Das Erbe des Highlanders

Amanda Scott

Das Erbe des Highlanders

Deutsch von Carola Kasperek

Weltbild

Originaltitel: *Abducted Heiress*
Originalverlag: Warner Books

Besuchen Sie uns im Internet:
www.weltbild.de

Deutsche Erstausgabe 2006
Weltbild Buchverlag –Originalausgaben–

Dieses Werk wurde vermittelt durch die
Literarische Agentur Thomas Schlück GmbH, 30827 Garbsen.

Projektleitung: Almut Seikel
Redaktion: lüra – Klemt & Mues GbR
Übersetzung: Carola Kasperek
Umschlag: Hauptmann & Kompanie Werbeagentur GmbH, München
Umschlagabbildung: © Pino Daeni via Agentur Schlück GmbH
Satz: AVAK Publikationsdesign, München
Druck und Bindung: GGP Media GmbH, Karl-Marx-Straße 24, 07381 Pößneck
Gedruckt auf chlorfrei gebleichtem Papier
Printed in Germany
ISBN 3-89897-374-3

Für Maggie und Serendipity
und für Donal Sean
mit aufrichtigem Dank!

Prolog

Dunsithe Castle an der schottischen Grenze, 1527

Als sie kamen, um sie zu holen, schlief sie. Keine bösen Träume störten ihren Schlaf, denn noch war ihr nicht richtig klar geworden, dass ihr Vater, dieser große, fröhliche Mann, der sie stets neckte und den sie zutiefst bewunderte, für immer aus ihrem Leben verschwunden war.

Adam Gordon, der mächtige Lord, der mit unglaublichem Glück das Blutbad von Flodden im Jahre vierzehn überlebt hatte, starb mit achtundzwanzig Jahren an einem Messerstich, den ihm ein gewöhnlicher Räuber beigebracht hatte – noch dazu, nachdem er dem Schuft die Todesstrafe erlassen und ihn lediglich zur Brandmarkung verurteilt hatte. Nachdem Gordon gestorben war, machten seine Männer die falsche Entscheidung ihres Herrn rückgängig, doch das spielte für Gordon keine Rolle mehr. Er würde nie erfahren, welche Verwicklungen sein Tod verursachen sollte. Wenn er nur einen männlichen Erben hinterlassen hätte, wäre alles anders gekommen …

»Wach auf, Mädchen!« Die fremde Stimme sprach eindringlich. »Du musst mit uns kommen.«

Vergeblich bemühte sich Molly, die große Hand abzuschütteln, die auf ihrer Schulter lag. Sie war fünf Jahre alt und hatte den tiefen Schlaf eines unschuldigen Kindes. Es war also gar nicht so leicht, sie aufzuwecken, wie der Mann wohl erwartet hatte.

»Um Himmels willen, heb sie doch einfach hoch, Davy.« Eine andere Stimme, noch ein fremder Mann. »Seine Lordschaft will, dass wir sie auf der Stelle nach unten bringen.«

»Aber sie muss doch erst mal anständig angezogen werden«, wandte der erste ein.

»Psst! Glaubst du denn, das kleine Ding weiß, wo seine Sachen liegen? Nimm sie einfach hoch, Mann. Sie schläft doch wie eine Tote.«

Als die Decke zurückgeschlagen wurde, spürte Molly einen kalten Luftzug, war aber noch immer zu schläfrig, um sich zu wehren, selbst als der Mann sie hochhob. Sobald er ihren kleinen Körper an seiner breiten Brust barg, drückten sich harte Spitzen durch ihr dünnes Hemdchen in ihre zarte Haut, und sie versuchte nun, sich aus seinem Griff zu winden.

Sie blinzelte benommen. Es war dunkel ringsum, doch sie bemerkte dennoch, dass sich ihre Kinderfrau nicht im Zimmer befand. Wo war sie nur? Die Männer ihres Vaters kümmerten sich normalerweise nicht um sie.

»Sie friert bestimmt«, mutmaßte der Mann, der sie auf dem Arm hatte. »Vielleicht sollte ich die Decke mitnehmen.«

»Seine Lordschaft wird uns schon sagen, was das Mädchen braucht«, entgegnete der andere barsch.

Molly war jetzt ein wenig wacher und begann sich zu sträuben. »Lass mich runter«, murmelte sie. »Wer bist du? Du darfst mich nicht anfassen.«

»Ruhig, Mädchen«, brummte der Mann. »Du wirst tun, was man dir sagt.«

Sein brüsker Befehl brachte sie zwar zum Schweigen, doch sie ärgerte sich darüber. An Grobheiten war sie nicht gewöhnt.

Der fremde Mann trug sie über die von Fackeln erleuchtete Wendeltreppe in die große Halle hinab. Dort war es ebenfalls kalt, denn an den Wänden mit ihren Behängen hatte man zwar mehrere Fackeln entzündet, doch das Feuer war vollständig heruntergebrannt. Molly erschauerte. Eigentlich sollte sie jetzt nicht hier sein. Irgendetwas stimmte nicht, das spürte sie ganz deutlich.

»Hier ist die Maid, Mylord«, erklärte der Mann, der sie auf dem Arm hatte.

»Setz sie ab.«

Diese Stimme erkannte sie. Es war ihr Onkel, der Graf von Angus.

Weil Angus nur selten zu Besuch kam, blickte Molly ihn verwirrt an und versuchte, seine Stimmung einzuschätzen. Währenddessen stellte der Mann, der sie getragen hatte, sie auf ihre bloßen Füße.

Da bemerkte sie plötzlich ihre Mutter im Schatten des großen offenen Kamins, und gut erzogen, wie sie war, machte sie sogleich einen hastigen Knicks und sagte: »Guten Abend, Onkel.«

Obwohl sie auf einem Teppich stand, wurden ihre Füße langsam kalt, und ihr war klar, dass ihre Mutter sie für ihren ungebührlichen Aufzug schelten würde. Dennoch hielt sie den Blick fest auf ihren Onkel gerichtet.

Angus war ein gut aussehender blonder Mann Ende dreißig, doch seine stechenden blauen Augen waren so kalt wie die Luft in der Halle und starrten sie an, ohne zu blinzeln. Als er ihren Gruß nicht erwiderte, wurde sie von Furcht erfasst.

Mit unbewegter Miene und schroffer Stimme blaffte er schließlich: »Wo zum Teufel sind deine Kleider?«

Auf einmal tat ihr die Kehle weh, sie musste hart schlucken und bemühte sich, die Tränen zu unterdrücken, die ihr in die Augen stiegen. »K-keiner hat sie mir gebracht«, stammelte sie und traute sich nicht, ihre Mutter dabei anzuschauen.

Zu ihrer Verblüffung sagte Lady Gordon mit scharfer Stimme: »Ich bitte dich, Archie, was hast du denn erwartet? Das Kind ist noch keine sechs Jahre alt. Ich weiß wirklich nicht, warum du auf deinem schrecklichen Vorhaben bestehst. Sie ist noch viel zu jung, um aus ihrem Heim gerissen zu werden.«

Molly spannte die Muskeln an und rieb einen kalten Fuß am anderen, doch sie sagte kein Wort. Obwohl sie noch klein war, hütete sie sich zu quengeln. Ihre Mutter war genauso unberechenbar wie Onkel Archie und würde es nicht sehr schätzen, wenn sie jetzt ihre Meinung kundtat.

Der Graf blickte ihre Mutter missbilligend an. »Du wirst dich mir nicht widersetzen, Eleanor«, sagte er. »Du wirst tun, was das Beste für deine Familie ist, und ich entscheide, was das ist. Ich habe einen neuen Ehemann für dich gefunden. Er ist zwar durchaus bereit, eine Frau zu heiraten, die nicht im Ehebett geboren ist – zumindest, wenn es sich bei ihr um meine Schwester handelt –, aber ich kann ihm nicht gestatten, über die Maid von Dunsithe und ihre gegenwärtige Erbin zu bestimmen. Die Geschicke der beiden werde ich selbst in die Hand nehmen.

»Du kannst mir Bessie nicht auch noch wegnehmen«, protestierte Lady Gordon. »Sie ist doch noch so klein!«

»Selbstverständlich werde ich sie auch mitnehmen. Kinder sterben nun einmal, meine Liebe, und falls Mary stirbt, wird ihre Schwester die Maid von Dunsithe und erbt alles.«

Wäre er nicht ihr Onkel gewesen, hätte Molly ihm unmissverständlich zu verstehen gegeben, dass sie nicht Mary gerufen werden wollte. Ihr Vater hatte sie immer Molly genannt.

»Das Wohl meiner Töchter schert dich keinen Deut«, sagte Lady Gordon ärgerlich. »Dir geht es nur darum, Dunsithe und seinen Reichtum in die Finger zu bekommen, genauso, wie du dir in den vergangenen Jahren die Gunst des Königs erschlichen hast. Ich bin Marys Mutter und daher am besten geeignet, mich um sie zu kümmern und auch um die Besitztümer meines verstorbenen Mannes.«

»Sei doch nicht so dumm!«, erwiderte Angus. »Dunsithe ist eine Grenzfestung, die von einem starken Mann gehalten werden muss. Ich bin im Besitz einer königlichen Urkunde, die mich zu Marys Vormund bestimmt und mir das Recht verleiht, sie zu verheiraten; du wirst also gefälligst genau das tun, was ich dir sage, sonst findest du dich bald ganz gewiss in einer ungemütlichen Lage wieder.«

Er machte eine Pause und blickte sie scharf an. Molly war keineswegs überrascht, dass ihre Mutter nichts mehr entgegnete. Niemand ließ sich auf ein Streitgespräch mit einem Mann ein, der in einem solchen Ton sprach.

»So ist es schon besser«, sagte Angus. »Nimm das Mädchen mit, und lass es warm anziehen. Und kümmere dich auch um die Kleine.«

»Was ist mit ihrer Kinderfrau?«

»Sie bleibt hier. Auf Tantallon habe ich Kinderfrauen für sie, denen ich vertrauen kann. Geh nun, denn ich habe noch weitere Angelegenheiten zu regeln, bevor ich abreise.«

Ohne ein weiteres Wort riss Lady Gordon ihre Tochter an sich, und Molly presste die Lippen fest zusammen, um angesichts dieser unwirschen Behandlung nicht in Tränen auszubrechen. Als sie die Treppe hinaufgetragen wurde, hörte sie ihre Mutter murmeln: »Weitere Angelegenheiten ... Er will doch nur den Besitz und die Erbin von Dunsithe in die Finger kriegen.«

Oben angekommen, rief Lady Gordon nach ihrer Zofe, und als die würdige Dame erschien, sagte die Lady ungehalten: »Wir müssen sie reisefertig machen, Sarah. Also sag ihrer Kinderfrau, sie soll dir warme Sachen für Mary geben und auch Elizabeth dick anziehen. Außerdem soll sie noch mehr Kleidung einpacken. Die beiden gehen mit Angus fort.«

Bei der Vorstellung, mit ihrem unfreundlichen Onkel ihr Zuhause verlassen zu müssen, schossen Mary die Tränen in die Augen.

»Seine Lordschaft nimmt die *beiden* Kleinen mit?«

»Ja«, antwortete Lady Gordon, »und ich werde einen Mann seiner Wahl heiraten. Immerhin ist Molly jetzt eine reiche Erbin, und mein werter Bruder hält mich für ungeeignet, für sie zu sorgen. Und er will auch Elizabeth, für den Fall, dass Molly sterben sollte. Es wäre mein gutes Recht, das Vermögen zu verwalten, bis Molly erwachsen ist, doch ich muss mich mit dem zufrieden geben, was Angus und mein zukünftiger Ehemann mir gestatten. Zweifellos wird man die arme Molly auch so schnell wie möglich verheiraten.«

»Ach, aber sie ist doch noch viel zu jung zum Heiraten!«

»Ein Mädchen mit einem solchen Vermögen ist niemals zu jung zum Heiraten«, erwiderte Lady Gordon in schroffem Ton. »Angus wird sie und ihr Vermögen so einsetzen, dass es ihm zum Vorteil gereicht.«

»Wenn sie heiratet, wird er den Schatz von Dunsithe bestimmt nicht mit ihr ziehen lassen.«

»Nein, aber in der Geschichte läuft nicht immer alles nach Plan, Sarah. Der junge König Jakob mag meinen Bruder nicht. Noch muss er ihm Gunst erweisen, doch eines Tages wird sich Jakob von ihm befreien, und dann wird Angus nicht mehr so viel Macht besitzen wie jetzt. Und was ist, wenn Molly etwas zustößt? Oder wenn jemand ihren Anspruch auf das Erbe anfechten sollte?«

»Aber wer würde denn so etwas tun?«

»Jetzt denk doch mal nach, Weib!«, sagte Lady Gordon ungeduldig. »So etwas passiert immer dann, wenn ein Mann etwas begehrt, das einem anderen gehört. Es braucht nur jemand daherkommen und sie eine Betrügerin nennen oder behaupten, dass da irgendein Schwindel im Gange sei.«

»Aber dann werdet Ihr doch wohl alles richtig stellen, Madam. Ihr seid immerhin ihre Mutter!«

»Ja, aber ich würde mich nicht wundern, wenn Angus mir verbietet, sie zu sehen. Er entführt sie – nichts anderes tut er nämlich – ja nicht, weil er glaubt, sie besser erziehen zu können. Er will einfach verhindern, dass ich über die Maid von Dunsithe und ihren Besitz verfüge. Jetzt bring mir Marys Kleider, sonst holen sie sie noch so, wie sie ist.«

Die Frau eilte davon, und das Kind blieb mit seiner Mutter allein zurück.

»Hör mir zu, Molly«, sagte Lady Gordon. »Du gehst jetzt mit deinem Onkel Archie fort. Du musst ein braves Mädchen sein und ihm immer gehorchen, denn er ist sehr streng.«

»Aber ich will nicht weg«, widersprach Molly und kämpfte schon wieder mit den Tränen. »Ich wohne doch hier, und ich kann Onkel Archie nicht leiden.«

»Du musst gehen, damit du auf Bessie aufpassen kannst.«

»Aber warum können wir nicht beide hier bei dir bleiben?«

»Es geht eben nicht, fertig.«

Die Augen liefen Molly über, und sie wischte hastig die Tränen ab. Nur Babys weinten.

Die Tür schwang auf, und die Zofe erschien mit Mollys Kleidern. Sarah blickte sehr besorgt drein.

»Was ist denn?«, wollte Lady Gordon wissen. »Was ist los?«

»Ein paar Männer haben die Kleine geholt, Mylady! Sie sind einfach in die Kinderstube eingedrungen und haben Elisabeth aus der Wiege genommen.«

»Mein Gott, was fällt ihm bloß ein?«

Sarahs Augen wurden nun ebenfalls feucht, und als Molly das sah, begann sie zu zittern. Wieder rannen ihr die Tränen über die Wangen, und diesmal wischte sie sie nicht ab.

Während Sarah sie zügig ankleidete, sagte sie betrübt zu Lady Gordon: »Warum nur nimmt uns der Graf die kleine Bess weg, Mylady?«

»Wenn Molly etwas passiert, wird Bessie die Maid von Dunsithe, und er will unter allen Umständen die Verfügungsgewalt über das Vermögen behalten. Allerdings«, setzte sie nachdenklich hinzu, »würde ich es Angus zutrauen, eine eigene Erbin zu präsentieren, falls beide Mädchen sterben sollten. Wenn er sie vor der Welt verborgen hält und sie immer wieder auf eine andere seiner Burgen bringen lässt, wer würde da etwas merken? Wahrscheinlich würde selbst ich nach ein paar Jahren die wahre Maid von Dunsithe nicht mehr erkennen.«

»Aber das könnte doch sicher nie geschehen!«

»Wir dürfen es einfach nicht zulassen«, entgegnete Lady Gordon knapp. »Für Bess kann ich nichts mehr tun, da Angus sie schon in seine Gewalt gebracht hat, aber Molly werde ich auf jeden Fall wiedererkennen.« Sie zog einen kleinen Schlüssel von dem Schlüsselring, der an ihrem Gürtel hing, und reichte ihn Sarah. »Fache das Feuer an, und erhitze diesen Schlüssel, bis er glüht. Ich sorge nun dafür, dass es niemals einen Zweifel daran geben wird, wer die wahre Maid von Dunsithe ist.«

»Herrin, Ihr werdet dem Mädelchen doch wohl kein Leid antun!«

»Hüte deine Zunge, Weib, und tu, wie dir geheißen. Ich werde jetzt die Kinderfrau antreiben, damit sie sich mit dem Zusammensuchen der Kleidung beeilt, doch ich bin gleich wieder da. Und du, Molly«, fügte sie in scharfem Ton hinzu, »hörst auf zu weinen, wenn du nicht gleich meine Hand zu spüren bekommen willst.«

Molly krampfte sich der Bauch zusammen, sie atmete stoßweise, doch mit einer schnellen Armbewegung fuhr sie sich über die feuchten Wangen und sah schweigend zu, wie die Zofe in den Resten des Feuers stocherte.

Sarah legte noch ein Holzscheit nach und blies gekonnt die Glut an, bis erneut Flammen hochschlugen. Sobald das Feuer kräftig flackerte, schob sie den kleinen Schlüssel auf das Ende des Schürhakens und hielt ihn mitten in die Flammen. Als Lady Gordon zurückkam, glühte der Schlüssel in einem kräftigen Rot.

»Such mir etwas, womit ich ihn anfassen kann, und dann entblöße ihre Brust«, befahl sie der Zofe. »Den Rest mache ich schon selbst.«

Erst in diesem Augenblick begriff Molly, was ihre Mutter vorhatte. Laut schreiend versuchte sie, sich aus Sarahs Griff zu befreien. Obwohl sie so klein war, mussten die Frauen sie zu zweit festhalten.

1

Insel Skye, Schottland, 1539

Der Wind heulte um das kleine strohgedeckte Häuschen, und aus dem schwarzen, nur von Blitzen erhellten Himmel stürzten Regen und Graupel herab. Die Tropfen prasselten laut auf das Strohdach, und nach jedem Blitz grollte der Donner, doch die Bauern in der Hütte waren an derartige Geräusche gewöhnt. In dem einzigen kleinen, überfüllten Raum war es still, bis auf das Tosen des Sturmes, das gleichmäßige Surren eines Spinnrades, das Knistern und Zischen des Torffeuers, das in der Mitte des festgetretenen Lehmbodens brannte, und die Stimme des langbärtigen alten Mannes, der auf dem Ehrenplatz saß.

»Vor vielen Jahren«, hob er an, »erzählte mir mein Vater die Geschichte von der Frau, die nicht wusste, wie sie mit all dem Spinnen und Weben fertig werden sollte.«

Er machte eine Pause, blinzelte zu der Frau am Spinnrad hinüber und tat einen langen, durstigen Zug aus seinem Krug. Dann stellte er den Krug auf seinem Schoß ab, umfasste ihn mit den knotigen, altersfleckigen Händen und fuhr in geheimnisvollem Ton mit seiner Geschichte fort: »Obwohl man sie gewarnt hatte, sprach sie eines Nachts den Wunsch aus, dass ihr jemand bei der Arbeit helfen möge, und am nächsten Tag erschienen sechs oder sieben Elfenfrauen in langen grünen Gewändern vor ihrem Haus und sangen geheimnisvolle Zauberworte, die nur sie allein verstehen konnten. Sie machten sich ans Werk, krempelten und spannen die Wolle, und am folgenden Mittag lag bereits das Tuch auf dem Webstuhl. Als sie fertig waren, fragten sie die Frau, ob sie noch mehr Arbeit für sie habe, doch es gab nichts mehr zu spinnen und zu weben, und die Frau überlegte, wie sie die Elfen wieder loswerden konnte.«

Die siebzehnjährige Molly Gordon saß auf ihrem Umhang in einer Ecke des Zimmers auf dem Lehmboden und lehnte sich zufrieden gegen die Wand. Die Arme um die Knie geschlungen, lauschte sie auf die altbekannte Geschichte und hatte für einen flüchtigen Augenblick beinahe das Gefühl dazuzugehören, zu Hause zu sein. Sie kannte jeden Einzelnen im Raum gut, genauso gut wie die Familie, die sie aufgezogen hatte, und sie fühlte sich ihnen tief verbunden.

Der Duft des brennenden Torfes waberte durch die Luft, mischte sich mit den Essensgerüchen der Mahlzeit, die man zuvor auf dem Feuer gekocht hatte, mit dem Geruch der nassen Hunde, die sich neben ihren Herrn zusammengerollt hatten, und mit dem Dunst, der aus den regenfeuchten Wollkleidern aufstieg. Obgleich alle in der Hütte die Erzählung schon oft gehört hatten, lauschten sie so hingerissen, als sei es das erste Mal.

Jeder hatte etwas zu essen mitgebracht, und nun, da sie alles verspeist hatten und die Dunkelheit hereinbrach, begann der wichtigste Teil des *ceilidh*, des geselligen Beisammenseins. Während des Mahls hatte man miteinander geplaudert und den neuesten Klatsch und Tratsch ausgetauscht. Die Männer hatten noch Torf nachgelegt, und als er aufflammte und dann vor sich hin glühte, war es Zeit für die Geschichten.

Beinahe zwanzig Menschen, Erwachsene und Kinder, drängten sich in der Stube zusammen. Die meisten hatten sich in einem engen Kreis um das Feuer niedergelassen, doch achteten sie darauf, noch genügend Platz zwischen sich und den Flammen zu lassen – für den Fall, dass jemand vom kleinen Volk zu ihnen stoßen und sich an den Geschichten ergötzen wollte. Die Mädchen kuschelten sich an ihre Verwandten oder Freundinnen, und die Jungen zwängten sich in jede verfügbare Lücke – drei von ihnen hockten auf dem massiven eckigen Tisch, den man an die Wand geschoben hatte, und noch ein paar mehr hatten sich daruntergequetscht.

Der Mann, der neben Molly saß, drehte beim Zuhören Heidekrautzweige zu Seilen, mit denen er sein Dachstroh befestigen wollte. Ein anderer fertigte Kälberstricke aus Queckenwurzeln, und ein weiterer flocht einen Binsenkorb.

Während die Hände der Gastgeberin am Spinnrad flink die vertrauten Bewegungen vollführten, hechelte ihre älteste Tochter neben ihr Wolle. Eine weitere zupfte die Knoten von einem fertigen Stück Tuch. Die anderen Frauen nähten, strickten oder versorgten ihre kleinen Kinder. Säuglinge wurden gestillt oder schliefen auf einer Eckbank, und Molly gegenüber schlummerte ein älterer Mann und begleitete die Erzählung mit seinem Schnarchen.

Molly hatte keine Arbeit, um ihre Hände zu beschäftigen, kein Knie, an das sie sich schmiegen, keine Hand, die sie halten konnte. Sie saß ein Stück von den anderen entfernt, und dennoch wurde ihr an diesem Abend warm ums Herz, und ihre rastlose Seele kam zur Ruhe.

Der Erzähler schilderte gerade, wie sich die Hausfrau bei ihrer Nachbarin darüber beklagte, dass die Elfenfrauen sie zur Verzweiflung trieben.

»›Geh zu ihnen hinein‹, riet ihr die Nachbarin, ›und sag ihnen, sie sollen zum Strand hinunterlaufen und den Sand zu Tuch spinnen und weben. Dann sind sie beschäftigt und bleiben deinem Haus fern.‹ Das tat die Frau auch«, fuhr der Erzähler fort, »und soweit man weiß, sind die Elfen noch bis auf den heutigen Tag damit beschäftigt.«

Wie immer wurde das Ende der Geschichte mit Kichern begrüßt, und noch bevor die Heiterkeit abgeklungen war, sagte ein anderer Mann in nüchternem Ton: »Mein Vater und Großvater kannten einen Mann, den hat die Wilde Jagd die ganze Strecke von South Uist nach Barra getragen.«

»Erzähl uns davon, Mann«, murmelten mehrere Stimmen im Chor.

Danach gab der alte Mann die Sage von den *dracae* oder Wasserelfen zum Besten, eine von Mollys Lieblingsgeschichten. Da verstummten sogar die Kinder und hörten aufmerksam zu, was der Frau widerfuhr, die von den Wasserelfen ergriffen und in deren unterirdische Behausung verschleppt wurde, wo sie den Elfenkindern als Kinderfrau dienen sollte. Der Gefangenen gelang es jedoch zu fliehen, und sie erhielt die Fähigkeit, die *dracae* zu sehen, wann immer sie sich unter die Menschen mischten. Genau an dieser Stelle schlief ein kleiner Bursche, der sich nur noch mit Mühe wach gehalten hatte, ein und kippte einfach zur Seite. Seine Brüder, die daraufhin in schallendes Gelächter ausbrachen, wurden sofort von ihrem Vater und ein paar anderen Erwachsenen zur Ordnung gerufen. Molly lächelte.

Als die Geschichte von den Wasserelfen zu ihrem glücklichen Ende kam, tat sie einen tiefen zufriedenen Atemzug. Es war ganz egal, wie oft man diesen Erzählungen lauschte, denn wenn man wusste, wie sie ausgingen, machte es nur noch mehr Spaß. Molly musste sogar für den Regen dankbar sein. Keiner würde von ihr erwarten, dass sie bei diesem Wetter nach Dunakin Castle zurücklief.

Obwohl der Sturm, der vom Atlantik kam, mit unverminderter Gewalt wütete, lenkten die Ruderer das kleine Fischerboot bemerkenswert sicher und unbeirrt von Kintail auf dem Festland hinüber zur Insel Skye, deren Silhouette sich verschwommen in der Ferne abzeichnete. Im Schein eines Blitzes konnte man im Boot die sechs Mann Besatzung sehen. Einer kauerte im Bug, einer saß an der Ruderpinne, und die anderen bedienten die langen Ruder. Der Donner grollte und rumpelte, und eisige Graupelschauer prasselten auf die Männer herab. Die Sturmböen waren so heftig, dass sie das viereckige Sturmsegel des Bootes eingeholt und fest am Mast vertäut hatten.

Der nächste Blitz erhellte die weiße Gischt, die sich überall türmte, und wieder hüllte Finsternis die Männer ein.

Im Bug, das Gesicht vom Wind abgewandt, saß Sir Finlay Mackenzie, Baron Kintail, wickelte sich noch fester in seinen eingeölten Wollumhang und betrachtete das winterliche Wetter mit gemischten Gefühlen. Ihm war kalt, und trotz seines schweren Umhangs war er auch durchnässt. Als er sich vorgenommen hatte, seinem Leben wieder einen sicheren Halt zu geben, hatte er sich das so nicht vorgestellt.

Früher am Tag waren er und die fünf anderen zu Pferd von Eilean Donan Castle in das Dorf Kyle geritten. Von Kyle aus waren sie mitten im Sturm in See gestochen. Normalerweise wäre es nur eine kurze Fahrt gewesen, denn die Insel Skye lag nur eine halbe Meile vor der Küste. Da sie jedoch in Richtung Süden rudern mussten, traf sie der Atlantiksturm von rechts und drohte, sie immer wieder vom Kurs abzubringen. Auf diese Weise dauerte die Überfahrt eine Ewigkeit.

Ungeachtet der eisigen Graupel, die ihm ins Gesicht schlugen, warf Fin einen Blick über die Schulter und spähte in die Dunkelheit hinaus. In der Schwärze des Unwetters flackerte ein winziges Lichtpünktchen – es war das Leuchtfeuer von Dunakin Castle, hoch oben auf seiner Klippe. Obgleich der Sturm sie noch immer zurück nach Eilean Donan zu treiben drohte, hielten sie Kurs.

Sir Finlay hoffte, dass er das Richtige tat. Es mochte tollkühn sein, sich im Interesse seines Vorhabens in solche Gefahr zu begeben, besonders da er nur so wenige Männer im Gefolge hatte. Doch immerhin war er ein Anführer der Mackenzies, ein Baron und Gerichtsherr, und damit ein Mann von beträchtlicher Autorität. Vielleicht hätte er besser einen ruhigen Tag abwarten sollen, an dem er so viele Pferde und bewaffnete Männer nach Skye bringen konnte, wie es einem Oberhaupt geziemte. Doch bis er das bewerkstelligt hätte, würde jedermann auf Skye von seiner Ankunft wissen, und nicht alle hegten freundliche Gefühle für die Mackenzies von Kintail.

Daher hatte er sich dazu entschlossen, seine Pläne rasch,

ohne Vorwarnung und vor allem still und heimlich auszuführen. In ein Hornissennest würde er trotzdem stechen, doch das scherte ihn wenig. In Wirklichkeit freute es ihn sogar, dass sein größter Feind, Donald von Sleat – der Mann, der ihm solch schwere Verantwortung aufgeladen hatte –, seinen wertvollsten Besitz einbüßen würde. Die Maid von Dunsithe, reichste Erbin im ganzen Land, würde einen neuen Vormund bekommen, und Donald von Sleat, den man im westlichen Hochland und auf den Inseln nur den grimmigen Donald nannte, hatte von diesem Wechsel noch keinen Schimmer.

Ihm die Maid wegzunehmen war nur ein kleiner Schachzug im großen Gesamtplan, aber es war immerhin etwas, und schließlich hatte Fin Mackenzie noch eine Rechnung mit dem grimmigen Donald zu begleichen. Erst wenige Monate zuvor, mitten im tiefsten Winter, hatten Donald und einige Mitglieder seines Clans Fins Vater kaltblütig ermordet. Rache war süß, ganz gleich in welcher Form.

Fin konnte nicht unterscheiden, ob ihn nun die Gischt oder der peitschende Graupelschauer durchnässte, doch als sie sich der Insel Skye näherten, ließ das Wüten des Sturmes etwas nach. Im Gegensatz zur offenen See waren sie hier ein wenig geschützt, und durch das Pfeifen des Windes konnte Finlay das Quietschen der Ruderdollen hören und das Wasser, das gegen die Bordwand schlug. Wenn der Wind einmal für kurze Zeit abebbte, vernahm er sogar das Keuchen seiner Ruderer. Als Küstenbewohner waren sie alle gute Bootsmänner – und ebenfalls gute Krieger.

Wieder flammte ein Blitz auf, und Fins Blick begegnete dem von Sir Patrick MacRae, seinem engsten Gefährten und besten Freund. Im Hochland nannte man die MacRaes das »Kettenhemd der Mackenzies«. Patrick war etwa im gleichen Alter wie sein Herr und diente Fin seit seiner Kindheit. Er hatte ihn sogar auf die St. Andrews Universität begleitet, wo die beiden gemeinsam eine ganze Reihe von Abenteuern erlebt hatten.

Patrick grinste wie gewöhnlich, und unwillkürlich lächelte Fin zurück. Doch als der Donner krachte und die Finsternis sie erneut verschlang, wanderten seine Gedanken zurück zur Maid von Dunsithe. Vor allem überlegte er, was er wohl mit ihr anfangen sollte.

Seine größte Liebe galt seiner Heimat und seinem Volk. Jakob, fünfter seines Namens und von Gottes Gnaden Oberster König der Schotten, hatte ihm die Erlaubnis erteilt, die Maid so zu verheiraten, wie es ihm den größten Nutzen brachte. Wenn er wollte, konnte er sie sogar selbst zur Frau nehmen, aber ihm stand der Sinn überhaupt noch nicht nach der Ehe, mit welcher Frau auch immer.

Fin war viel mehr am Reichtum der Maid interessiert, der ihm sehr gelegen käme, denn mit dem Vermögen könnte er die Befestigungen von Eilean Donan verstärken und somit seine Leute besser beschützen. Es gab allerdings ein Problem: In ganz Schottland, von der Grenze bis ins Hochland, stimmte man darin überein, dass die Maid von Dunsithe die reichste Erbin des Landes war. Unter normalen Umständen hätte daher einer ihrer früheren Vormünder – von denen sie im Laufe ihres Lebens mehrere gehabt hatte – sie schon lange unter die Haube gebracht. Doch ihr Vermögen war ein Anreiz und ein Hindernis zugleich, denn es hieß, dass noch niemand es je zu Gesicht bekommen hatte. Diese ganze Geschichte kam Fin sehr merkwürdig vor. Wenn es einen Schatz gab, würde er ihn finden, wobei er allerdings glaubte, dass dieser Schatz über die Jahre hinweg in den Erzählungen immer gewaltiger geworden war. Doch gleichgültig, wie groß er nun wirklich sein mochte, er, Fin, würde ihn entdecken und ihn sich aneignen. Dann erst wollte er über das weitere Schicksal der Erbin entscheiden.

Er konnte sich gar nicht genug darüber wundern, was für ein unwahrscheinliches Glück ihm widerfahren war. Nach all den Monaten der Ungewissheit, in denen er daran gezweifelt hatte, ob es ihm gelingen würde, in die Fußstapfen seines mächtigen Vaters zu treten, hatte er schließlich die Aufmerksamkeit des Königs erregt und ein Bündnis mit dem einflussreichen Grafen von Huntly, dem Anführer der Gordons, schließen können. Huntly regierte über das östliche Hochland und war ein Cousin der Maid.

Dadurch hatte die Erbin unter anderem wichtige Verbindungen nach Edinburgh, doch zurzeit verfügte ein Baron über sie, der außerhalb des Hochlands kaum Einfluss besaß.

Fin war sich schmerzlich bewusst, dass es schon eines Wunders bedurfte, die Vormundschaft über die Maid zu behalten. Wenn mächtigere Männer als er erst herausfanden, was König Jakob getan hatte, würden sie das Mädchen für sich beanspruchen. Falls diese Männer, darunter der grimmige Donald, die Geschichte mit dem sagenhaften Schatz nicht ebenfalls für ein Märchen hielten, würde Fin um sie kämpfen müssen.

Leider war der König sehr wankelmütig bei der Wahl seiner Freunde. Und er hetzte die ihm untergebenen Adligen gern gegeneinander auf. Doch wenn es hart auf hart kam, so glaubte Fin, würde er seinen Besitz verteidigen können. Auch ohne verstärkte Befestigungen war Eilean Donan eine bedeutende Bastion, und er selbst war ein Krieger, der sein Hab und Gut durchaus zu schützen wusste. Und wenn dann noch der Schatz der Maid seine Stellung stärkte, wer weiß, was sich in dem Fall noch alles erreichen ließ.

Die Bootsleute zogen die Ruder ein, und der Kiel des Bootes schrammte über den Kiesstrand. Auf dem Steilufer über ihnen erhoben sich die hohen Mauern und eckigen Türme von Dunakin Castle, Festung der Mackinnons auf Skye. Am Fuße des Burgfelsens drängten sich die Hütten des Fischerdörfchens Kyleakin zusammen, deren Umrisse Fin in der Dunkelheit vage ausmachen konnte. Es bestand lediglich aus einer Reihe von Behausungen, Schuppen und geteerten Verschlägen, in denen Fisch geräuchert wurde, doch zumindest drang das Tosen des Sturmes nicht bis hierher. Es war dunkel und still, und die Dorfbewohner schienen schon alle zu schlafen.

Fin spürte eine Welle der Erregung. Er kannte Mackinnon nicht, doch er liebte das Abenteuer und zweifelte nicht einen Augenblick lang daran, dass er bekommen würde, was ihm zustand.

Als Fin auf den Kiesstrand sprang, schlug ein einsamer Hund an. Dann stimmten weitere Hunde in das Gebell ein, doch in den Fischerhütten regte sich nichts.

Fins Männer folgten ihm, und gemeinsam zogen sie das Fischerboot ans Ufer, wo es bis zu ihrer Rückkehr sicher aufgehoben war. Fin genoss das angenehme Gefühl, in diesem Spiel die Oberhand gewonnen zu haben, noch bevor sein Gegner überhaupt wusste, dass er mit ihm rechnen musste. Er ließ seine Augen über die Festungsmauern wandern, dann marschierte er los, um sich sein Eigentum zu holen.

»Wach auf, Claud! Verdammt noch mal, du nichtsnutziger Kerl, wach endlich auf!«

So grob aus seinem schönen Schläfchen auf der Bank am Feuer der Wohnstube gerissen, öffnete Brown Claud ein Auge und schaute verschlafen auf den Störenfried. Beim Anblick seiner Mutter schloss er messerscharf, dass irgendetwas ihr aufbrausendes Temperament erregt hatte, und fragte daher vorsichtig: »Willst du etwas, Mama?«

»Ich will, dass du aufwachst«, fuhr Maggie Malloch ihn an.

Bevor er auch nur einen Finger rühren konnte, packten ihn zwei plumpe, doch erstaunlich kräftige Hände vorn beim Kittel und rissen ihn hoch. Das Nächste, was er mitbekam, war, dass er durch die Luft segelte. Es war allerdings nur ein kurzer Flug. Mit einem markerschütternden Krachen landete er in voller Länge auf dem Steinboden, wo er sich verrenkt und verblüfft, doch auf jeden Fall hellwach wiederfand.

Er setzte sich mühsam auf, rieb sich die schmerzende

Schulter und versuchte, einen klaren Gedanken zu fassen. In seinem Kopf drehte es sich, aber zumindest tat er nicht weh. Also war er damit wohl nicht auf dem Boden aufgeprallt.

Die Hände in die Hüften gestützt, stand seine Mutter da und starrte auf ihn hinunter. Ihre ganze rundliche Gestalt bebte vor Wut und einem anderen, weniger vertrauten Gefühl. »Die Runde ist zusammengekommen«, berichtete sie grimmig. »Sie haben eine Entscheidung gefällt.«

»Was haben sie gesagt, Mama?«, fragte er. Es sollte beiläufig klingen, doch angesichts seiner jüngsten Taten würde wohl seine gesamte Zukunft von dem Beschluss der Runde abhängen. Daher krampfte sich sein Magen schmerzhaft zusammen, und er bemerkte, dass sich seine Stimme angstvoll und jämmerlich anhörte.

Falls seine Mutter seine Furcht spürte, so ließ sie es sich nicht anmerken, sondern entgegnete nur kurz angebunden: »Du selbst bist dafür verantwortlich, Claud, und niemand sonst.«

»Hat man mich verurteilt, Mama? Will der Clan mich ausstoßen?«

»Meine Stimme hat immer noch einiges Gewicht in der Runde«, erwiderte sie barsch. »Für den Augenblick konnte ich das Schlimmste verhüten, aber ich kann dich nicht für immer beschützen, Junge, wenn du dich nicht langsam auf die eigenen Füße stellst und tust, was deine verdammte Pflicht und Schuldigkeit ist.«

»Aber ich dachte, ich hätte meine Pflicht getan.«

»Pah«, stieß sie hervor. Sie schob drohend den Kopf nach vorn, um ihren folgenden Worten Nachdruck zu verleihen. »Du solltest auf die Maid aufpassen und sie vor Unheil beschützen. Stattdessen hast du dich auf Sachen eingelassen, aus denen nichts Gutes entstehen kann.«

»Ich wollte ihr doch nur helfen. Solange sie unter der Aufsicht des grimmigen Donald stand, konnte es ihr nicht gut gehen. Das weißt du genauso gut wie ich!«

Sie schüttelte den Kopf. »Was ist nur in dich gefahren, Junge? Du hast ja schon manches Mal Unfug angestellt, aber so eine Dummheit hast du dir noch nie geleistet. Geht es um eine Frau? Wenn eine Frau im Spiel ist, kannst du ja nie einen klaren Gedanken fassen.«

Er zögerte, doch sie war viel stärker als er, und er wusste nicht, wie er ihr die Wahrheit verschweigen sollte. »Ja«, bekannte er leise, »aber Catriona ist nicht einfach eine Frau, Mama. Sie ist eine wahre Göttin!«

»Ach was«, gab seine Mutter zurück. Sie trat noch einen Schritt näher und fügte hinzu: »Das habe ich mir schon gedacht. Ich wette, sie hat sich die ganze Sache ausgedacht.«

»Nein, das stimmt nicht«, protestierte Claud. »Es war alles ganz allein meine Idee, Mama.« Er wollte ihr lieber nicht verraten, dass er einfach hatte wissen wollen, ob er es schaffen würde; ob er stark genug wäre, den Obersten König der Schotten zu beeinflussen. Außerdem war er bestrebt zu verhindern, dass seine Mutter ihm seinen unglaublichen Erfolg verdarb. Aus diesem Grund würde er nie offenbaren, dass jemand anderes dabei die Hand im Spiel hatte.

Dass Catriona ihm ursprünglich die Idee in den Kopf gesetzt hatte, mochte er noch nicht einmal sich selbst, geschweige denn seiner Mutter gegenüber eingestehen.

»Ja, sicher, ich bin überzeugt davon, dass du das selbst glaubst, mein Jungchen«, sagte Maggie Malloch seufzend. Dann fuhr sie wieder mit fester Stimme fort: »Aber du hast dich in die Angelegenheiten des Königs nicht einzumischen und ihn schon gar nicht zu etwas zu bringen, das er eigentlich gar nicht will. Du darfst so etwas nie wieder tun, denn darauf habe ich der Runde mein Wort gegeben.«

»Ich danke dir, dass du zu mir gehalten hast, Mama.«

»Du bist schließlich mein Sohn, Claud, und außerdem werde ich es nicht zulassen, dass du unseren guten Namen in den Schmutz ziehst.«

Mit zorngeschwelltem Busen ragte sie drohend über ihm

auf. Er rappelte sich hoch und versuchte, der Furcht Herr zu werden, die ihn bei solchen Gelegenheiten immer wieder überfiel. »Auch die Mitglieder der Runde können nicht in die Zukunft blicken, Mama«, sagte er in dem Bemühen, tapfer zu klingen. Doch er hörte selbst nur die Verzweiflung in seiner Stimme. Dennoch setzte er mit Bestimmtheit hinzu: »Ich versichere dir, dass alles gut ausgehen wird. Du wirst schon sehen. Und die in der Runde auch.«

»Das wollen wir hoffen, Junge, denn der Anführer hat selbst gesagt, dass sie dir nur noch eine letzte Chance geben. Wenn du noch einmal deine Grenzen überschreitest, wollen sie dich ausstoßen, und du weißt ja, was dann aus dir wird.«

Eiskalte Furcht kroch Claud den Rücken herauf und verschlug ihm beinahe die Sprache. »Ja, ich weiß«, konnte er nur flüstern.

»Jetzt hast du Angst bekommen, und das ganz zu Recht«, bemerkte sie. »Aber wenn du in König Jakobs Süppchen rühren willst, darfst du nicht jammern, wenn du dir die Finger verbrennst.«

Er schwieg einen Augenblick lang und versuchte sich zu beruhigen. Er wollte seiner Mutter erklären, dass er das Richtige getan hatte. Doch als er merkte, dass er seine Stimme noch immer nicht in der Gewalt hatte, zog er es vor, sich stumm an Maggie vorbeizudrücken.

»Wo willst du hin?«

»Raus«, murmelte er.

»Wohin? Du wirst jetzt nicht zu diesem verflixten Mädchen gehen!«

»Nein, es gibt ein *ceilidh*«, stieß er hervor. »Ich möchte den Geschichten zuhören.«

Er schob sich an ihr vorbei aus dem Zimmer und fühlte ihren wütenden Blick wie ein scharfes Schwert im Rücken.

Mit tiefer und grollender Stimme rief sie ihm nach: »Denk daran, Claud – Könige, Drachen und Clanhäuptlinge speien Feuer, wenn man ihnen zu nahe kommt.«

2

Hohe Feuer prasselten an beiden Enden der großen Halle auf Dunakin Castle, doch die sechs späten und unerwarteten Besucher wurden äußerst kühl empfangen. Lord Mackinnon saß in einem Sessel auf einem leicht erhöhten Podium an dem Ende der Halle, die dem Eingang gegenüberlag, zu seiner Rechten thronte seine Lady in einem beinahe ebenso kunstvoll geschnitzten Sessel. Zu seiner Linken saßen seine beiden stämmigen Söhne auf Stühlen ohne Armlehnen. Der Stuhl rechts von der Lady war leer.

Als man Fin und seine Männer um halb elf, kurz vor dem Abendessen, in die Halle führte, erhob sich ein allgemeines Gemurmel. Es verstummte jedoch sofort, als der Pförtner des Lords seinen Amtsstab auf den Steinboden stieß, um in der nun einsetzenden Stille den Namen des Anführers auszurufen, der so plötzlich eingetroffen war.

Mit weithin tragender Stimme verkündete er: »Sir Finlay Mackenzie, Laird von Kintail, erklärt, dass er in einer wichtigen Angelegenheit zu Mackinnon von Dunakin gekommen ist.«

»Willkommen auf Dunakin, Kintail«, begrüßte Mackinnon Fin freundlich. »Lasst uns alle Geschäfte aufschieben, bis Ihr zu Abend gegessen habt. Ein Mann sollte gut speisen, bevor er sich wichtigen Angelegenheiten widmet. Holt Eure anderen Männer herein, und lasst sie an einem der Tische Platz nehmen.«

Doch statt dieser Aufforderung nachzukommen, trat Fin einen Schritt vor und entgegnete: »Es ist sonst niemand mit mir hergekommen, Sir. Und was ich zu sagen habe, wird nicht lange dauern.«

»Gewiss, doch ich würde es trotzdem vorziehen, zunächst in Ruhe mein Abendbrot einzunehmen«, erwiderte Mackinnon, nun schon etwas weniger freundlich. »Nehmt Platz, Kintail – und Eure Burschen auch –, und lasst Euch mit mir zusammen das Mahl schmecken. Nichts kann wichtiger sein als ein gutes Essen, es sei denn, Ihr brauchtet meine Hilfe im Kampf gegen einen gemeinsamen Feind. Gibt es denn einen Kampf?«

»Nein Sir, nichts dergleichen.«

»Dann setzt Euch doch, Mann, setzt Euch. Es gibt Lachs und ein frisches Lamm, am Spieß gebraten, und ich habe einen solchen Hunger, dass ich alles allein aufessen könnte.«

Weil ihnen nichts anderes übrig blieb, ließen sich Fin und seine Männer mit dem Lord und den Mitgliedern seines Haushaltes am Tisch nieder. Doch obgleich Mackinnons Diener ihnen reichlich von den Speisen und Getränken anboten, aßen die sechs kaum etwas und tranken noch weniger. Wenn sie angesprochen wurden, antworteten sie höflich, blieben aber ansonsten schweigsam.

Fin war klar, dass seinem grauhaarigen Gastgeber, der ihn aus zusammengekniffenen Augen musterte, seine Ungeduld nicht entgangen sein konnte. Doch nachdem die Diener Obst und Süßigkeiten auf die Tische gestellt hatten, durfte Fin noch immer nicht sein Anliegen vorbringen. Stattdessen befahl Mackinnon einem seiner Männer, ein Stück auf dem Dudelsack zum Besten zu geben. Danach musste ein anderer eine Geschichte erzählen, und anschließend nahm eine von den Damen der Lady eine kleine Harfe zur Hand und spielte darauf. Währenddessen waren die Bediensteten damit beschäftigt, die Tische abzuräumen und die Böcke, auf denen die Tischplatten ruhten, beiseite zu schaffen. Die große Tafel, an der Mackinnon und seine Familie saßen, blieb an Ort und Stelle.

Fin, der auf seiner harten Bank saß und zusah, wie der Tisch vor ihm auseinander genommen wurde, musste große

Beherrschung aufbringen, um sich seine wachsende Unruhe nicht anmerken zu lassen. Doch er schwieg, da er einen Verdacht hegte: Mackinnon wartete bestimmt nur darauf, dass Fin Anstalten machte, seine Angelegenheit zur Sprache zu bringen, um ihn dann erneut zur Geduld mahnen zu können. Geduldig zu sein ging Fin gegen die Natur.

Es war schon sehr spät geworden, als sich der Lord mit einer kleinen einladenden Geste an Fin wandte. »Nun tragt Euer Anliegen vor, Kintail. Ihr seid der Sohn von Sir Ranald Mackenzie. Der, den sie den wilden Fin nennen, nicht wahr?«

»So wurde ich vor dem Tod meines Vaters genannt«, pflichtete Fin ihm mit angemessen ruhiger, doch fester Stimme bei und erhob sich. Er sah keinen Grund zuzugeben, dass viele, die ihn kannten, ihn noch immer bei diesem Namen riefen.

Mackinnon nickte ernst. »Mit großem Bedauern habe ich die Nachricht von seinem Ableben vernommen.«

»Das war fürwahr ein trauriger Tag«, entgegnete Fin bloß. Dann ergriff er die Pergamentrolle, die Patrick MacRae ihm reichte, und fuhr fort: »Bei allem Respekt, Sir, ich bin nicht gekommen, um über Vergangenes zu reden, sondern um Euch diese Urkunde zu präsentieren und mir das zu holen, was mir zusteht.«

»Was soll denn das für eine Urkunde sein?«

»Es handelt sich um eine Vollmacht über Vormundschaft und Verheiratung, ausgestellt von König Jakob, durch die eine frühere, gleich lautende Vollmacht, verliehen vor zwölf Jahren an Donald von Sleat, hinfällig wird.«

»Tatsächlich?«

»Ja.«

»Dann solltet Ihr dieses Dokument wohl eher Sleat präsentieren.«

»Was das betrifft –«

Mackinnon unterbrach ihn mit einer Handbewegung. »Ich denke, ich weiß schon, um welches Mündel es dabei geht, Kintail, aber nennt mir trotzdem seinen Namen.«

»Eine gewisse Mary Gordon, Sir, die Maid von Dunsithe.«

Ein überraschtes Geraune erhob sich in der Halle, das Mackinnon jedoch mit einem drohenden Blick in die Runde schnell zum Verstummen brachte. Barsch sagte er: »Eure Vollmacht erstreckt sich ohne Zweifel auch auf ihren Grundbesitz und ihr Vermögen.«

»Ja, so ist es«, antwortete Fin mit klarer Stimme.

Mackinnon verzog das Gesicht. »Ich wüsste zu gern, wie Ihr Jakob dazu überredet habt, Euch ein solches Geschenk zu machen, Junge. Gehört Ihr neuerdings zu seinen Lieblingen? Wenn das so ist, rate ich Euch, besonders vorsichtig zu sein. Meiner Erfahrung nach geht jeder Mann, der Jakobs Worten traut, ein großes Risiko ein.«

»Ich habe keine Ahnung, weshalb der König mir diese Vollmacht übertragen hat, Sir«, sagte Fin ruhig und fügte hinzu: »Erst gestern wurde sie von einem königlichen Boten nach Eilean Donan gebracht. Darauf gebe ich Euch mein Wort, und Ihr habt keinen Anlass, mir zu misstrauen, denn wenn ich mein Wort gebe, dann halte ich es auch.«

Lady Mackinnon, die neben ihrem Gemahl saß, schaute sorgenvoll drein. Ihre Hände lagen krampfhaft ineinander verschlungen vor ihr auf der Tischplatte. Fin konnte das Wüten des Windes vernehmen, der um die Burgmauern brauste.

Nach einer Weile erklärte Mackinnon mit rauer Stimme: »Und ich sage noch einmal, Ihr legt Eure Urkunde dem falschen Mann vor, Junge. Die Maid ist Donald von Sleats Mündel. Er ist der Häuptling aller Macdonalds, und man nennt ihn nicht ohne Grund den grimmigen Donald. Also müsst Ihr Euch an ihn wenden – obwohl ich glaube, dass Ihr Euch damit keinen Gefallen tun würdet.«

»Bei allem Respekt, Sir, man hat mir gesagt, die Maid lebe hier auf Dunakin, und in der Urkunde steht, ich solle sie von ihrem Wohnsitz abholen und sie nach Eilean Donan bringen. Seine Hoheit tut seinen Willen in dem Schreiben unmissverständlich kund. Wenn Ihr es lesen wollt …«

Mit einem schiefen Lächeln fragte Mackinnon: »Wollt Ihr auch ihren sagenhaften Schatz abholen, Junge? Hat unser gerissener Jakob Euch ihre Reichtümer versprochen?«

»In dieser Hinsicht hat mir Seine Hoheit gar nichts versprochen, Sir. Allerdings wird mir in der Urkunde auch die Verfügungsgewalt über ihren Grundbesitz und das Erbe ihres verstorbenen Vaters übertragen. Ich bin nur gekommen, um die Maid abzuholen. Über ihr Vermögen weiß ich nur wenig.«

»Ja, sicher so wenig wie jedermann in Schottland. Hat man Euch nicht erzählt, Jungchen, dass schon schlauere Männer als Ihr nach dem gewaltigen Vermögen des Mädchens gesucht haben? Ich für meinen Teil glaube, dass das alles nur eine goldglänzende Ausgeburt von Jakobs Fantasie ist – und der von Angus vor ihm.«

»Ich weiß aus der Urkunde, dass die Maid mit Angus verwandt ist, doch über ihr persönliches Schicksal wird dort lediglich berichtet, dass Jakob vor Jahren Donald von Sleat eine ähnliche Vollmacht über Vormundschaft und Verheiratung übertragen hat, die Donald jedoch –«

»Das stimmt schon, aber Ihr müsst wissen, dass Jakob selbst noch fast ein Junge war, als Angus sein Stiefvater wurde, indem er die Schwester dieses Lumpen Heinrich von England heiratete. Königin Mary hatte natürlich bald genug von Angus, aber er hielt den jungen Jakob noch zwei Jahre lang praktisch als Gefangenen. Während dieser Zeit zwang er den Jungen, ihm die Vormundschaft über die Maid zu übertragen. Ihr Vater, Gordon von Dunsithe, war gerade gestorben. Er war ein fähiger Mann, und es hieß, er sei mehr wert gewesen als jeder aus der Gefolgschaft des Königs, mehr noch sogar als sein Cousin, der Graf von Huntly.«

»Diese Geschichten habe ich natürlich auch gehört«, gab Fin zu. »Ich habe sie aber immer für unwahr gehalten, da noch niemals jemand etwas von dem Reichtum der Maid gesehen hat, außer dem Schloss und dem dazugehörigen Land.«

Mackinnon zuckte die Achseln. »Es geht das Gerücht, es gebe dort Gold und Juwelen, ganze Truhen voll mit dem Zeug, aber es stimmt schon, dass seit Gordons Tod nichts mehr davon aufgetaucht ist. Ich glaube auch nicht, dass es überhaupt existiert. Aber manche glauben es schon, und keiner von denen, die das Mädchen wollen, schert sich auch nur im Geringsten um ihr Wohlergehen. Ich habe gehört, dass Angus, als er sie entführte –«

»Entführte?«

»Aber ja, wusstet Ihr das nicht? Vierzehn Tage nach Gordons Tod ritt Angus nach Dunsithe und entriss sie und ihre kleine Schwester den Armen ihrer Mutter. Die Maid war damals erst fünf Jahre alt.«

»Aber Angus hat sie doch nicht geheiratet.«

»Nein, denn er hatte damals genug Schwierigkeiten, und der König bescherte ihm noch mehr, nachdem er sich erst einmal aus Angus' Gefangenschaft befreit hatte. Die kleine Schwester der Maid war mittlerweile gestorben – Säuglinge sind ja immer empfindlich –, und mit das Erste, was Jakob als König tat, war, die Maid von der Verwandten wegzuholen, in deren Obhut Angus sie gegeben hatte. Er behielt sie aber nicht lange bei sich, sondern reichte sie an Donald von Sleat weiter.«

Mackinnon stützte die Ellbogen auf die große Tafel, verschränkte die Finger unter dem Kinn und runzelte für einen Moment gedankenverloren die Stirn. Dann fuhr er fort: »Seit dieser Zeit haben viele nach dem Vermögen der Maid gesucht, darunter auch Donald und Jakob selbst, doch niemand hat es je gefunden. Also lasst sie besser in Ruhe, Junge. Ihr werdet es auch nicht finden, genauso wenig wie irgendjemand sonst.«

»Das mag schon sein«, sagte Fin und presste die Kiefer zusammen. »Trotzdem gehört die Maid jetzt mir. Wollt Ihr sie mir nun gutwillig übergeben oder nicht?«

»Nun ja, wie es sich trifft, kann ich das jetzt gar nicht«,

entgegnete Mackinnon ohne zu zögern. »Weil sie im Augenblick gar nicht hier ist.«

»Wo ist sie denn?«

»Wenn denn diese Urkunde das besagt, was Ihr behauptet, habt Ihr natürlich das Recht, danach zu fragen, aber ich schätze, die Antwort wird Euch nicht gefallen. Sie ist nämlich in Dunvegan am nördlichen Ende von Skye.«

Lady Mackinnons Augenbrauen zuckten, und ihre Augen huschten zu ihrem Gemahl hinüber, so als wolle sie etwas sagen. Dann aber nahm sie sich beiläufig, als sei nichts gewesen, einen Apfel aus dem Korb auf dem Tisch und begann, ihn überaus sorgfältig an ihrem Ärmel zu polieren.

Mackinnon sah sie nicht an. Sein Blick ließ Fin nicht los.

Der sagte in gleichmütigem Ton: »Vielleicht könntet Ihr nach ihr schicken lassen, Sir.«

»Junge, ich gestehe, dass Ihr mich mit dieser Bitte in arge Verlegenheit bringt. Wie Ihr wisst, gibt es drei Häuptlinge auf dieser Insel – MacLeod von Dunvegan im Norden, Donald von Sleat im Süden und mich selbst hier in der Mitte. Ich muss an meine guten Beziehungen zu Donald und MacLeod denken und schlage daher vor, dass Ihr Eure Forderung selbst bei MacLeod vorbringt.«

»Es ist schon zu spät, um sich noch nach Dunvegan aufzumachen«, sagte Fin, der rasch ein paar Überlegungen angestellt hatte. Es war ein schwerer Schlag für ihn, dass sich die Maid in Dunvegan aufhielt, denn die MacLeods standen nicht gerade auf gutem Fuß mit den Mackenzies. Und außerdem lag Dunvegan abgeschieden an einer Meeresbucht und war daher leicht zu verteidigen. »Es liegt fast fünfzig Meilen nördlich von hier, und in einer Nacht wie dieser können wir uns nicht mehr aufs Meer hinauswagen.«

»Ja, da habt Ihr Recht«, stimmte Mackinnon ihm bei. »Aber ich leihe Euch gern ein paar Pferde, und der Weg ist ganz eben. Ihr seht mir alle wie kräftige Burschen aus, und ich wette, Ihr schafft die Strecke leicht bis morgen Mittag.

Dann braucht Ihr nur noch die Ebbe abzuwarten und könnt vom Meer aus leicht zum Schloss gelangen – das heißt, natürlich nur, wenn MacLeod Euch dort haben will.«

Kintail schaute seinen Gastgeber eine ganze Weile lang an, dann nickte er kurz. »Ich danke Euch, Sir, und nehme die Pferde gern an. Kommt, Männer. Wir brauchen die Gastfreundschaft der Leute hier nicht länger in Anspruch zu nehmen und werden jetzt aufbrechen.«

Er stand auf und ging hinaus, und seine Gefährten folgten ihm eilig. Als er durch die hohe Eingangstür schritt, wandte sich Fin noch einmal um. Als er sah, wie Mackinnon einen zutiefst erleichterten Blick mit seiner Lady tauschte, fühlte er Ärger in sich aufsteigen.

In dem kleinen Bauernhaus bemerkte Molly, dass der Regen aufgehört hatte. Da sie wusste, dass er jeden Augenblick wieder einsetzen und dann die ganze Nacht lang anhalten konnte, erhob sie sich widerstrebend und nahm den Umhang hoch, auf dem sie gesessen hatte.

»Müsst Ihr jetzt gehen, Mistress?«, fragte der Bauer und stand sogleich auf.

»Ja, Geordie. Ich verlasse nur ungern die warme Stube und die fröhliche Stimmung hier, aber es ist schon gleich Mitternacht, und möglicherweise erinnert sich jemand daran, dass ich fort bin und kommt mich holen, wenn ich mich jetzt nicht auf den Heimweg mache.«

»Ich werde Euch begleiten«, beschloss er und wollte nach Mütze und Umhang greifen.

»Nein, lasst nur«, wehrte sie lächelnd ab und legte ihm eine Hand auf den Arm. »Ihr dürft die Geschichten nicht versäumen. Der kleine Hobby hat die von Joseph und seinem wunderbaren Mantel noch nicht erzählt, und ich weiß doch, dass Ihr sie immer gern hört.«

»Ja, das ist schon eine gute Geschichte«, musste Geordie zugeben.

»Der Weg ist mir vertraut«, sagte Molly, und als sich weitere aus der Runde erhoben, um sich von ihr zu verabschieden, lächelte sie erneut. »Der Regen hat aufgehört, und jetzt ist niemand draußen unterwegs. Mir kann also gar nichts geschehen.«

»Das mag schon sein«, warf einer der Männer ein, »aber der Lord wird uns was erzählen, wenn wir Euch so ganz allein nach Hause gehen lassen.«

»Wenn, dann wird er *mir* was erzählen«, entgegnete sie ruhig, warf sich den dunklen Umhang um die Schultern und zog sich die Kapuze über den Kopf. Dann fügte sie hinzu: »Habt alle vielen Dank, dass ihr mich zu eurem *ceilidh* eingeladen habt. Es war ein schöner Abend, trotz des Sturms.«

»Ach Mädchen«, sagte der Mann, der zuletzt gesprochen hatte, »das hier war doch gar kein richtiger Sturm.« Und er setzte kopfschüttelnd hinzu: »Nur ein bisschen Donner und ein paar winzige Blitzchen vor dem Abendessen. Wenn die Wogen bis hinauf zu den Berggipfeln donnern und die Blitze wie feurige Schwerter auf die Häuser niederfahren – das kann man dann einen Sturm nennen. Ich erinnere mich an den Herbst des Jahres dreiundzwanzig, da –«

»Pst, Lachlan«, riefen ein paar andere.

»Der kleine Hobby will uns jetzt was von Josephs hübschem Jäckchen erzählen!«, sagte einer.

Während Lachlan eine Entschuldigung murmelte, ging Molly herum, dankte der Hausfrau und verabschiedete sich von allen. Nachdem sie ihre Runde gemacht hatte, war die Erzählung schon in vollem Gange. Der Gastgeber geleitete sie zur Tür hinaus und wünschte ihr eine gute Nacht.

Als sie in die Kälte hinaustrat, hörte sie den Erzähler gerade sagen: »Na ja, es nützte Joseph, dem kleinen Schurken, gar nichts, dass er seine Brüder bei seinem Vater anschwärzte, als sie draußen beim Schafehüten waren!«

Zwischen dem Bauernhaus und dem Felsvorsprung, auf dem Dunakin Castle thronte und die Meerenge überblickte, wand sich der unebene Weg leicht bergauf. Molly schritt gegen die Kälte kräftig aus, doch setzte sie ihre Schritte behutsam, denn sie wollte nicht riskieren, sich den Knöchel zu verstauchen. Es machte ihr nichts aus, allein zu gehen, da sie an Einsamkeit gewöhnt war.

Zwar hatte es aufgehört zu regnen, doch noch immer heulten kräftige Windböen durch die Baumwipfel, während am Boden kaum ein Lüftchen wehte. Molly konnte das Meer zu ihrer Linken hören und riechen, und der Wind trug den Schrei eines Seevogels an ihr Ohr.

Wie sie sich so in der unheimlichen, düsteren Landschaft umblickte, musste sie wieder an eine der Geschichten denken, die sie an diesem Abend gehört hatte. Immer wieder waren in dunklen, stürmischen Nächten wie dieser seltsame Dinge vor sich gegangen. Das brachte sie auf einen anderen Gedanken, und sie schaute genau in dem Augenblick zum Himmel, als der Mond hinter den Wolken zum Vorschein kam und sein silbernes Licht auf dem Schaum der Wogen tanzen ließ.

»Gerade die richtige Nacht für Heldentaten«, murmelte sie zum fast vollen Mond empor, der jetzt ganz hervorbrach und die Landschaft beleuchtete. »Wenn es ein bisschen interessanter auf der Welt zuginge, gäbe es mehr Heldentaten und auch den richtigen Helden dafür – einen tapferen, aufrechten Mann, der Feuer speiende Drachen erschlägt.«

Der Mond schien stumm auf sie herab, und der Wind sang weiter sein Lied, also ermahnte sie sich selbst, nicht so albern zu sein und sich zu beeilen, bevor noch jemand nach ihr suchte. Natürlich wäre ihr keiner böse, aber sie hätte ein schlechtes Gewissen, wenn einer der Männer seinen Platz am warmen Feuer verlassen und in die Nacht hinausreiten müsste, nur um sie daran zu erinnern, dass sie möglichst noch vor dem Morgen ins Bett kommen sollte.

Wäre Dunakin ihr richtiges Zuhause gewesen, und hätte sie Brüder und Schwestern gehabt, mit denen sie sich zanken konnte, und Eltern, die für sie sorgten, dann wäre sie vielleicht nicht so dankbar für jede kleine Freundlichkeit gewesen, die ein Bediensteter ihr erwies. Doch sie lebte hier nur, weil Mackinnon und seine Lady so freundlich gewesen waren, sie aufzunehmen, denn der grimmige Donald hatte sie nicht bei sich haben wollen. Und obwohl die beiden über all die Jahre immer sehr nett zu ihr gewesen waren, bemühte sich Molly, ihnen nicht mehr als nötig zur Last zu fallen.

Sie wussten ja, wohin sie gegangen war und dass *ceilidhs* bis in die frühen Morgenstunden dauern konnten. Vielleicht wartete man daher noch gar nicht auf sie.

Eine ziehende Wolke verdunkelte für einen Augenblick den Mond, dann wurde es wieder heller, und Molly sah sechs Reiter auf sich zukommen.

Sie waren wie aus dem Nichts aufgetaucht, denn beim Brausen des Westwindes hatte Molly weder den Hufschlag noch Stimmen hören können, sofern die Männer überhaupt gesprochen hatten. Sie vermochte sie nicht deutlich zu erkennen, aber es waren auf jeden Fall zu viele, als dass sie auf der Suche nach ihr sein konnten. Dafür wurde gewöhnlich nur ein Mann ausgeschickt.

Ein Schauer lief ihr über den Rücken. Im Allgemeinen brauchte sie sich um ihre Sicherheit nicht zu sorgen, da die drei Männer, die auf Skye herrschten, sie kannten. Donald von Sleat, der furchterregendste von ihnen, war ihr offizieller Vormund. Mackinnon von Dunakin war ihr Pflegevater, und MacLeod von Dunvegan war mit ihm, wenn auch nicht mit Donald, befreundet. Keiner von ihnen würde ihr schaden oder zulassen, dass seine Männer ihr etwas zu Leide taten.

Sie konnte sich auch nicht vorstellen, warum einer der drei mitten in der Nacht einen Reitertrupp losschicken sollte. Von einem solchen Vorhaben hätte sie bestimmt auf der Burg oder beim *ceilidh* etwas aufgeschnappt. Das hieß, dass die Reiter wohl vom Festland kamen und nichts Gutes im Schilde führten.

Diese Gedanken schossen ihr blitzschnell durch den Kopf, dann zog sie ihren dunklen Kapuzenumhang noch fester um sich und trat mit einem Schritt nach rechts zwischen die Bäume und Büsche am Wegesrand. Wenn sie Glück hatte, hatten die Reiter sie vor dem Hintergrund des dunklen Hügellandes noch nicht entdeckt. In der Hoffnung, dass diese das Rascheln für Windgeräusche halten würden, huschte Molly so leise wie möglich durchs Gebüsch und versteckte sich im Unterholz.

Der Trupp kam immer näher. Nun konnte sie auch das Trommeln der Hufe hören, das den Boden erzittern ließ. Die Männer ritten nicht sehr schnell, also kannten sie den Weg wohl nicht gut. Offensichtlich waren es Fremde. Merkwürdigerweise entfernten sie sich von Dunakin, statt auf die Burg zuzuhalten. Molly begann vor Furcht zu zittern. Was, wenn sie die Burg angegriffen hatten?

Doch dann ließ sie diesen Gedanken gleich wieder fallen, denn ringsum war alles ruhig und Dunakin verfügte über eine ausreichende Befestigung. Die drei Häuptlinge von Skye wussten sich zu schützen, und Mackinnon wäre wohl der letzte von ihnen, den jemand angreifen würde. Da würden sich schon eher MacLeod und Donald gegenseitig befehden. Man nannte Mackinnon den Mann mit den zwei Gesichtern, doch das war nicht als Beleidigung gemeint. Der Hauslehrer, bei dem sie zusammen mit Mackinnons Söhnen unterrichtet worden war, hatte ihnen von dem doppelgesichtigen römischen Gott Janus erzählt. Ebenso wie Janus nach vorn und hinten blickte, so hatte Mackinnon gleichzeitig ein Auge auf MacLeod und Donald und hielt Frieden mit beiden.

Ihr kam jetzt in den Sinn, dass es für einen Angriff gar nicht genug Reiter waren.

Sie wünschte, der Mond würde wieder hinter einer Wolke verschwinden, doch wie zum Trotz leuchtete er auf Reiter und Landschaft hinab, und ihr wurde klar, dass die Fremden irrtümlich den Hauptweg verlassen hatten. Zu ihrem Entsetzen sah sie, dass sie den Hügel herab auf sie zuritten und unmittelbar an ihrem Versteck vorüberkommen mussten, doch in dem hellen Mondschein wagte sie sich nicht zu rühren. Jetzt hörte sie auch ihre Stimmen, aber sie konnte ihre Worte im auffrischenden Wind nicht verstehen. Um sie herum tanzten und raschelten die trockenen Blätter, und der Wind blies ihr kalt ins Gesicht.

Die Männer näherten sich stetig, und Mollys Anspannung wuchs. Sie gelangte zu dem Schluss, dass es besser wäre, die Augen zu schließen, um sich nicht durch deren Funkeln zu verraten, doch kaum hatte sie die Lider gesenkt, da riss sie sie schon wieder auf. Sie musste einfach sehen, was vor sich ging.

Die beiden vorderen Reiter schauten ohne zu reden geradeaus. Einer von ihnen ritt ein klein wenig vorweg, und Molly war sicher, dass er der Anführer war. Sein Profil wirkte im Mondlicht scharf geschnitten und stolz. Er sah kraftvoll und gefährlich aus, und seine Haltung verriet große Selbstsicherheit. Hoch gewachsen und breitschultrig saß er im Sattel; er trug keinen Helm, und sein windzerzaustes Haar glänzte dunkel im Licht des Mondes. Sein Pferd war größer als das seines Nebenmannes, und beide Tiere kamen ihr vertraut vor. Kannte sie sie etwa?

Wie magisch angezogen wanderte ihr Blick wieder zum Anführer hinüber, da fegte plötzlich eine besonders kräftige Windböe über die Hügel, fuhr mitten in den Busch hinein, der sie verbarg, und teilte ihn förmlich. Die ersten beiden Reiter waren keine zwei Meter weit entfernt, der Mond leuchtete strahlend, und als der Anführer leicht den Kopf drehte, schauten er und Molly sich in die Augen.

Fin erschien es, als sei das Gesicht des Mädchens wie durch Zauberhand in einem Wirbel von Farben aus dem Dunkel aufgetaucht. Er hatte kaum auf den Weg geachtet, den sich sein Pferd suchte, da er nur so schnell wie möglich den felsigen Abhang hinter sich bringen und zu ihrem Boot am Strand zurückkehren wollte.

Ohne den Blick von der jungen Frau zu wenden, zog er sofort die Zügel an. Trotz des Mondscheins sah er nur das bleiche Oval ihres Gesichts und ihre angstvoll aufgerissenen Augen. Doch das genügte schon. Volle weiche Lippen, eine makellose Haut und riesige Augen mit schwarzen Wimpern. Er wollte, dass sie sich erhob. In seinem Kopf entstand das Bild eines nackten, schlanken, doch wohl gerundeten Körpers, der zu diesem hübschen Gesicht passte. In seinen Lenden regte sich die Begierde. Es war schon lange her, dass er eine schöne Frau genossen hatte.

Mit erhobener Hand befahl er den anderen anzuhalten, und seine Stimme drang mit erschreckender Klarheit an Mollys Ohren: »Ja, was haben wir denn da?«

Sie sprang auf und wollte davonlaufen, doch er ritt ihr nach und würde sie im nächsten Moment einholen. Wenn er sie umstieß, würde sie sich womöglich verletzen oder zumindest erheblich an Würde einbüßen, also blieb sie stehen, wandte sich um, straffte die Schultern und blickte ihm trotzig entgegen.

Seine dunklen Augen glitzerten, und das leichte Lächeln verlieh seinem Gesicht einen hungrigen, ja lüsternen Ausdruck. Plötzlich waren Mollys Lippen wie ausgetrocknet, und sie musste sie mit der Zunge befeuchten. Sie zog den Umhang enger um ihre Brüste und wunderte sich über das zarte Prickeln in ihren Brustwarzen.

»Schau sie dir doch bloß an, Patrick«, wandte er sich an einen seiner Begleiter. »Das ist ja eine kleine Schönheit.«

Molly hörte den anderen Mann leise lachen, und in ihre Furcht mischte sich Ärger.

»Lasst mich vorbei«, sagte sie in entschiedenem Ton und machte einen Schritt nach vorn.

Der Mann, der gesprochen hatte, versperrte ihr mit seinem

Pferd den Weg. »Ich dachte schon, das ganze Unternehmen würde sich als völlige Zeitverschwendung erweisen«, sagte er, »aber vielleicht stimmt das doch nicht so ganz. Vielleicht kann ich mich ja ein bisschen mit dir vergnügen, Mädchen.«

»Ganz gewiss nicht«, entgegnete Molly empört, während sie versuchte, die Reaktion ihres zitternden Körpers auf seine offensichtliche Begierde nicht zu beachten. »Was ist das bloß für ein Mann, der mir solch ein unverschämtes Angebot macht?«

Er grinste und sagte: »Na, ich bin's eben. Also ist der Mann schon ganz in Ordnung.«

Er hatte eine tiefe Stimme, und ihr Klang drang bis in ihr Innerstes. Doch als die anderen Männer seine pfiffige Erwiderung mit Gelächter quittierten, kam Molly schnell wieder zu sich.

Er beachtete seine Begleiter nicht und fragte voller Neugier: »Wie kommt es, dass du Schottisch sprichst und nicht Gälisch wie die meisten einfachen Leute hier in der Gegend, Mädchen?«

»Ich spreche so, wie man mit mir spricht«, gab sie zur Antwort. »So habe ich es immer gemacht. Dabei ist mir die Sprache ganz egal. Und weil die Lady unseres Lords aus Edinburgh stammt, beherrschen auf Dunakin die meisten Leute beide Sprachen.«

Der Mann, der Patrick genannt wurde, sagte lachend: »Das ist ja eine ganz Kesse, Fin. Mir gefallen so aufgeweckte Weiber.«

Auch Fin lachte. »Dir gefällt alles, was Röcke anhat, mein Junge. Ich bin da viel wählerischer, aber ich glaube, die hier könnte mir auch gefallen.«

»Aber falls du sie nicht zu teilen gedenkst, was sollen wir anderen denn tun, solange du dich mit ihr vergnügst?«, fragte Patrick in wenig respektvollem Ton. »Und außerdem bringt uns das ganz schön in Verzug, es sei denn, du beeilst dich.«

»Ich habe keinen Grund zur Eile«, erwiderte Fin. »Wenn ich es richtig geschätzt habe, ist es bis Dunvegan noch ein Ritt von fünfzig Meilen über die Insel, und das bei diesem trügerischen Mondschein. Es wäre vernünftiger, hier unser Lager aufzuschlagen, dann könnte ich mich mit dem Mädchen bis morgen Früh amüsieren. Wie heißt du, Kleine?«

»Das werde ich Euch gewiss nicht sagen, und Ihr werdet nichts dergleichen tun«, fuhr Molly ihn an, wobei sie versuchte, nicht darauf zu achten, was für Gefühle seine Haltung und Stimme und sein gutes Aussehen in ihr auslösten. »Wie könnt Ihr überhaupt daran denken, mit mir das Bett zu teilen!«

»Ich denke, was mir passt, Mädchen, und tue, was mir gefällt. Pass also auf, wie du mit mir sprichst, sonst wirst du ganz schnell merken, was ich alles mit dir machen kann.«

Die Reaktion ihres Körpers verblüffte sie völlig. Ihre Empfindungen waren anders als alles, was sie bisher verspürt hatte. An gewissen Stellen spannten sich Muskeln, von denen sie nicht einmal gewusst hatte, dass sie sie besaß, und Wogen von Hitze fluteten über sie hinweg. Zugleich hätte sie den Mann am liebsten für seine Frechheit geschlagen, doch so dumm war sie nicht, und er befand sich ohnehin nicht in Reichweite. Betreten nagte sie an ihrer Unterlippe und überlegte, wie sie fliehen könnte.

»Ich sehe, dass du doch noch einen Funken Verstand hast«, sagte er. »Ich frage dich jetzt zum letzten Mal: Wie ist dein Name?« Sie funkelte ihn böse an.

»Fin, bevor du in Erwägung ziehst, am hellichten Tag mitten über die Insel zu reiten, solltest du vielleicht mal überlegen, ob du dem grimmigen Donald wirklich gern den Zweck unserer Reise erklären würdest«, sagte Patrick, und Molly dachte einen Augenblick lang, dass die Reiter vielleicht schon wussten, wer sie war, und Angst vor ihrem Vormund hatten.

Doch Fin ging nicht auf den Vorschlag ein. »Was schert mich dieser Donald?«, fragte er.

»Du bist ja verrückt, wenn du glaubst, wir könnten stundenlang auf Skye umherstreifen, ohne dass er davon erfährt«, sagte Patrick. »Und wahrscheinlich wird sich MacLeod auch noch weigern, uns zu empfangen.«

»Er wird uns schon empfangen. Er schätzte meinen Vater, und wenn er dann noch meine Urkunde sieht, wird ihm gar nichts anderes übrig bleiben, falls er den König nicht erzürnen will. Donald wird uns nichts tun, wenn wir hier in der Nähe von Kyleakin kampieren, und dieses hübsche Geschöpf wird mein Lager wärmen.«

Wieder grinste er Molly an. »Du hast schönes Haar, Mädchen. Es glänzt wie geschmolzenes Gold im Mondlicht.«

Als angesichts dieses unerwarteten Kompliments erneut eine heiße Woge durch ihren Körper lief, rief sich Molly zur Ordnung. Sicher war es nicht so gemeint gewesen, außerdem war er nichts als ein ungehobelter Schuft, der sich ungeheure Freiheiten herausnahm. Sie hatte ganz bestimmt keine Angst vor ihm – und fand ihn auch nicht im Mindesten anziehend. Er war einfach abscheulich.

»Ich werde Euch jetzt verlassen, Sir«, sagte sie in dem Versuch, ihre Würde zu wahren, und langte nach hinten, um sich die Kapuze, die verrutscht war, wieder über den Kopf zu ziehen.

»Nein, Mädchen«, widersprach er und beugte sich zu ihr hinunter. »Erst gibst du mir mal einen Kuss, und dann ...«

Mit diesen Worten griff er nach ihrem erhobenen Arm, doch seine behandschuhte Hand streifte nur ihren Ellbogen, weil sein Pferd plötzlich scheute. Da es so überraschend kam, konnte er das Gleichgewicht nicht halten, flog aus dem Sattel und stürzte zu Boden, wobei sein Schädel mit einem dumpfen Laut aufschlug. Verdreht und bewegungslos lag sein Körper da. Das große Pferd, jetzt wieder ganz ruhig, wandte neugierig den Kopf und beäugte die reglose Gestalt seines Reiters.

3

Voller Entsetzen starrte Molly mit offenem Mund auf den gestürzten Mann. Währenddessen sprang derjenige, der Patrick hieß, vom Pferd und kniete sich eilends neben seinem Gefährten auf den Boden.

»Eine Hexe! Das Mädchen ist sicher eine Hexe!« Erst geflüstert, dann gemurmelt gingen die Worte von Mund zu Mund.

Ein weiterer Mann hockte sich neben Patrick, ließ Molly dabei jedoch nicht aus den Augen. Er sagte: »Sie haben Recht, Sir Patrick, das Mädchen hat bestimmt das Pferd so verhext, dass es scheute.«

Sir Patrick? Molly starrte ihn an. Wenn Patrick ein Ritter war, was war denn dann sein Herr?

»Sei doch nicht so dumm, Tam«, knurrte Sir Patrick und schüttelte seinen verletzten Herrn an der Schulter. »Mackinnons Stallburschen haben uns doch vor diesem Pferd gewarnt. Es soll ein ebenso aufbrausendes Temperament haben wie das von unserem Laird. Er glaubt eben, er kann alles reiten, was ... Fin, sag doch etwas!«

Keine Antwort.

»Stimmt schon, sie haben gesagt, dass das Biest unberechenbar sei«, pflichtete Tam ihm bei. »Aber es hat wohl gemerkt, dass es seinen Meister gefunden hat, denn bis jetzt war es ja lammfromm! Also hatte es keinen Grund zu scheuen. Der Donner hat schon lange aufgehört, und es gab nichts, was es erschreckt haben könnte, außer dem Mädchen hier.« Er verstummte, und als er keine Antwort erhielt, beugte er sich zu Sir Patrick hinüber und fragte: »Ist er denn tot?«

Molly zitterte. Ob nun Schuft oder nicht, sie wollte nicht, dass der Mann starb.

»Er atmet«, entgegnete Sir Patrick, »aber er hat eine dicke Beule am Kopf und rührt sich nicht.«

»Sitzt nicht herum und glotzt ihn an, ihr Dummköpfe!« Vor lauter Erleichterung klang Mollys Stimme schneidend. »Ihr beiden da«, sagte sie und zeigte auf zwei der Reiter, »geht in den Wald dort, und schneidet zwei Baumschösslinge, die ein bisschen länger sind als euer dämlicher Herr. Habt ihr einen Strick oder so etwas zum Zusammenbinden?«

»Ja, Mistress«, antwortete einer, angesichts der Autorität in ihrer Stimme jetzt ganz höflich.

Sir Patrick blickte sie über die Schulter hinweg an. »Was sollen wir denn mit den Schösslingen machen, Mistress?«

»Ihr müsst seinen Mantel dazwischen befestigen, damit ihr ihn darauf wieder nach Dunakin bringen könnt. Womöglich ist er schwer verletzt, doch auf der Burg gibt es einen Heiler, der ihm helfen kann. Wenn Ihr gestattet, werde ich sein Pferd reiten.«

Sir Patrick runzelte die Stirn. »Das scheint ein launisches Tier zu sein, Mistress. Ihr solltet es also besser sein lassen.«

»Tiere haben keine Angst vor mir«, erklärte Molly.

»Trotzdem halte ich es für keine gute Idee«, widersprach er. »Unsere Männer denken sowieso schon, Ihr wärt eine Hexe. Ihr sprecht Schottisch anstatt Gälisch und habt ihrer Meinung nach den Sturz unseres Herrn verursacht. Wenn es Euch jetzt auch noch gelingt, ein Pferd zu reiten, mit dem ein so geschickter Reiter wie er nicht fertig geworden ist, dann wird sie das nur in ihrer Ansicht bestärken.«

»Nun gut, ich verstehe. Doch wenn ich Eurem Rat folge, werdet Ihr dann tun, was ich vorgeschlagen habe?«

»Ja, wenn Ihr glaubt, dass uns Mackinnon aufnehmen wird … Ich sollte vielleicht erwähnen, dass wir vorhin nicht allzu herzlich von ihm empfangen wurden.«

»Ich kann mir nicht vorstellen, dass er Euch seine Gastfreundschaft verwehrt hat, Sir, denn so unhöflich würde kein Hochländer sein«, sagte sie. In dem Moment kamen die beiden Männer mit den jungen Bäumchen zurück.

»Uns war nicht um Gastfreundschaft zu tun«, entgegnete Sir Patrick. »Mackinnon gab uns etwas zu essen und lieh uns diese Pferde, doch sein Verhalten war nicht gerade freundlich, sodass mein Herr die Nacht nur ungern unter seinem Dach verbracht hätte. Wenn wir unterwegs sind, übernachten wir sowieso lieber unter freiem Himmel.«

Molly blickte auf. Es ging noch immer ein Wind, doch heftige Böen wie diejenige, die Mollys Versteck preisgegeben hatte, blieben nun aus. Die Wolken lösten sich rasch auf, der Mond schien hell, und am Himmel funkelte ein Meer von Sternen.

»Wer seid Ihr?«, erkundigte sie sich leise, bevor ihr einfiel, dass er ihr die gleiche Frage stellen könnte. Und sie war nicht sicher, ob sie ihm darauf antworten wollte.

Er gab jedoch nicht zu erkennen, ob er die Frage überhaupt gehört hatte, und sagte bloß: »Ich helfe, die Trage fertig zu machen. Es wird nicht lange dauern.«

Kurz darauf stand die Trage bereit. »Hebt ihn vorsichtig an«, wies Molly die fünf Männer an. »Der Heiler von Dunakin kann Knochenbrüche kurieren, aber nur, wenn man die Knochen nicht allzu sehr verschiebt.«

»Ich hatte nicht den Eindruck, dass er sich etwas gebrochen hat«, erklärte Sir Patrick, »aber wir werden vorsichtig sein. Soll einer unserer Männer Euch nach Hause begleiten, während wir uns um unseren Herrn kümmern?«

»Ich begleite euch«, sagte Molly kurz angebunden. »Offen gestanden, Sir, da Euer Herr ihnen ein solches Beispiel gibt, fühle ich mich sicherer auf Dunakin als in der Gesellschaft einer Eurer Männer.«

»Wie Ihr wünscht«, entgegnete er leise und nahm das Pferd beim Zügel, das sein Herr geritten hatte. »Also zurück nach Dunakin, Männer. Zuerst tragt ihr vier ihn, und wenn einer von euch müde wird, übernimmt ein anderer – obgleich es ja nicht weit ist. Möchtet Ihr auf einem der anderen Pferde reiten, Mistress?«

»Danke, ich laufe lieber«, sagte Molly. Sie wollte nicht reiten, weil ihr Sir Patrick gewiss aufs Pferd helfen würde, und dagegen sträubte sich alles in ihr. »Aber ich führe gern eines der anderen Pferde, wenn ihr möchtet«, fügte sie hinzu, während sie zusah, wie die Männer den Verletzten vorsichtig auf die Trage betteten.

Sir Patrick, der seine Aufmerksamkeit ganz auf seinen bewusstlosen Herrn gerichtet hatte, dankte ihr beiläufig.

Molly wusste nicht so recht, ob es ihr lieber war, dass der Verletzte schnell wieder zu sich kam oder besser nicht, doch als sie so auf ihn hinunterblickte, spürte sie, dass ihre Wut und Empörung sanfteren Gefühlen gewichen waren.

Im Mondschein wirkte er völlig friedlich und trotz seiner beträchtlichen Körpergröße fast jungenhaft. Sein Gesicht erschien Molly nicht mehr so einschüchternd, aber noch immer sehr anziehend. Zweifellos würden ihn die meisten Frauen äußerst gut aussehend finden und springen, wenn er pfiff, wahrscheinlich sogar in sein Bett. Molly betrachtete ihn mit gemischten Gefühlen. Einerseits wünschte sie keinem Menschen ein solches Missgeschick und wurde auch das Gefühl nicht los, dass sie das Pferd auf irgendeine Weise zum Scheuen gebracht hatte, andererseits war sie froh und dankbar, dass der Unfall den Mann daran gehindert hatte, seine Pläne mit ihr auszuführen.

Sie hätte gern gewusst, welche Farbe seine Augen hatten. In der Dunkelheit waren sie ihr tief und gefährlich vorgekommen.

Er hatte keinen Zweifel daran gelassen, was er von ihr wollte, und mit Beunruhigung dachte sie daran, dass er sie hatte küssen und sicher auch liebkosen wollen, so wie manche Männer auf der Burg Bauernmädchen oder Dienerinnen liebkosten, ob es diesen nun gefiel oder nicht.

Seine Hände waren sehr groß, stellte sie bei näherer Betrachtung fest. Er konnte sie sicher mit einer festhalten, und wenn er dann den Arm um sie legen würde …

»Wir können uns jetzt auf den Weg machen, Mistress.« Sir Patricks Worte rissen sie aus ihren Gedanken, und sie ergriff die Zügel, die er ihr reichte.

Sir Patrick ging ebenfalls zu Fuß und führte dabei sein Pferd und das seines Herrn. Die Tiere waren vollends friedfertig, und Molly kam es merkwürdig vor, dass eines von ihnen seinen Reiter abgeworfen hatte. Sie kannte die Pferde alle aus dem Stall auf Dunakin und wusste, dass sie lebhaft, aber keineswegs bösartig waren, was immer die Stallburschen den Fremden auch erzählt haben mochten.

Die kleine Gruppe kam gut voran, und bald befanden sie sich innerhalb der Burgmauern, wo ihnen Knechte sogleich die Pferde abnahmen. Dann führte Molly die Männer in die große Halle.

Mackinnon thronte noch immer an der großen Tafel. Seine Lady hatte sich, wie es ihre Gewohnheit war, nach dem Abendessen in ihre Gemächer zurückgezogen.

Micheil Love, der über lange Zeit die Söhne des Lords und Molly unterrichtet hatte, saß auf dem Platz von Lady Mackinnon, und als die kleine Gruppe mit der Trage in die Halle trat, hoben die beiden den Blick von dem Schachbrett, auf das sie sich konzentriert hatten.

Ein Anflug von Ärger zog über Mackinnons Gesicht, doch gleich darauf fragte er freundlich: »Was ist das denn? Habt ihr euch schon in Schwierigkeiten gebracht, Jungs?« Dann fiel sein Blick auf Molly, und er sagte verwundert: »Molly, Mädchen, was machst du denn bei denen? Du solltest doch schon längst in deinem Bett liegen.«

»Ja, Sir, ich weiß, aber bei dem Sturm musste ich länger auf dem *ceilidh* bleiben, als ich eigentlich wollte, und dann traf ich diese Männer. Ihr Anführer ist verletzt und –«

»Schon gut, das sehe ich ja«, unterbrach er sie. »Aber jetzt gehst du bitte schön ohne weiteres Gerede schlafen. Ich werde mich um die Angelegenheit kümmern.«

»Ja, Sir«, sagte sie leise. »Aber wenn Ihr erlaubt, möchte ich noch Gerald den Heiler für den verletzten Mann holen.«

»Das ist eine gute Idee. Der Heiler wird schon wissen, was mit ihm zu tun ist.«

Nun, da sie selbst in Sicherheit war, wuchs in Molly die Sorge um den Fremden, und sie eilte durch eine Bogentür neben dem prasselnden Feuer und rannte die Hintertreppe hinab, die sich neben der dicken Mauer bis hinunter ins Untergeschoss wand, wo der Heiler ein kleines Zimmer neben den Küchen bewohnte. Sie nahm eine Wachskerze aus dem Halter an der Wand und entzündete sie an einer der Fackeln. Obwohl sie wusste, dass Gerald schon lange schlief, drückte sie die Tür auf und sagte eindringlich: »Wach auf, Gerald. Der Lord braucht dich auf der Stelle.«

»W-was?« Der Heiler setzte sich unter der Pelzdecke auf seinem Strohlager auf, rieb sich den Schlaf aus den Augen und blinzelte benommen ins Licht der Kerze.

»Komm schnell!«, forderte sie ihn auf. »Ein Mann ist vom Pferd gefallen und liegt bewusstlos in der Halle. Ich habe Angst, er stirbt!«

Völlig verwirrt fragte der Heiler: »Er ist in der Halle vom Pferd gefallen?«

»Nein, sein Pferd hat ihn auf dem Weg unterhalb der Burg abgeworfen«, erklärte Molly ungeduldig. »Komm jetzt, und beeil dich!«

»Ich komm ja schon, ich komm ja schon.«

Sie stieg mit der Kerze in der Hand die Treppe hinauf, und er folgte ihr.

In der Bogentür wartete Mackinnon auf sie.

»Gerald, geh mal nachschauen, was du für Mackenzie von Kintail tun kannst. Und du, Mädchen, mach, dass du wegkommst, und lass dich heute Nacht nicht mehr in der Halle blicken. Am liebsten wäre es mir, du würdest so schnell wie möglich nach Dunvegan verschwinden – nein«, unterbrach er sich sofort. »Das geht nicht. Ich habe denen ja vorhin gesagt, sie sollten sich dorthin aufmachen, also würden sie dich dort auch zuerst suchen. Aber das würde sie etwa einen Tag lang aufhalten, und in der Zwischenzeit könnte ich dich sicher zu Donald von Sleat bringen. Er wird schon zu verhindern wissen, dass sie dich wegholen.«

»Mich wegholen?« Molly ahnte Schlimmes. »Aber warum denn, Sir? Ich will nicht bei Donald wohnen. Er mag ja mein Vormund sein, aber er ist grausam, und außerdem fühle ich mich auf Dunsgaith nicht wohl. Dunakin ist mein Zuhause geworden, ich möchte hier bleiben.«

»Donald mag ja grausam sein«, stimmte Mackinnon ihr zu, »aber letztlich zählt allein, dass er dein offizieller Vormund ist. Ich habe dich nur in Pflege genommen, solange er damit beschäftigt ist, die Herrschaft über die Inseln zurückzugewinnen, die die Krone seiner Meinung nach vor Jahren den Macdonalds geraubt hat.«

»Ja, Sir«, sagte sie. In den vergangenen Jahren hatte sie immer wieder von Donalds zahlreichen Meinungen und Plänen gehört, die alle darauf hinausliefen, dass er sie nicht bei sich unterbringen konnte. »Aber ich will nicht fort von Dunakin«, setzte sie hinzu. »Ich kenne Donald von Sleat doch kaum, und Ihr seid wie ein Vater zu mir gewesen, solange ich denken kann.«

»Du würdest auch nur für kurze Zeit bei Donald bleiben«, versuchte Mackinnon sie zu beruhigen. »Jetzt geh, Mädchen. Ich will nicht, dass jemand erfährt, wer du wirklich bist, bis ich diese Leute von Kintail wieder los bin.«

»Aber wer sind sie denn eigentlich? Du hast Mackenzie von Kintail erwähnt, aber der Name sagt mir nichts.«

»Das ist der, der da drinnen auf dem Boden liegt. Er ist der Häuptling der Mackenzies von Eilean Donan Castle, und er hat eine Urkunde des Königs dabei.«

»Von König Jakob?«

»Genau der. Welcher andere König würde sich wohl so unbeliebt machen wie unser guter Jakob?«

»Was das angeht, bin ich nicht so sicher«, sagte Molly mit einem kleinen gezwungenen Lächeln. »Wo doch Heinrich von England die lästige Gewohnheit angenommen hat, immer wieder die schottische Grenze anzugreifen und seine Nase in die Angelegenheiten des Königs auf Stirling zu stecken, will er seine Finger jetzt vielleicht auch noch nach dem Hochland ausstrecken. Egal, wo er sich in all diesen Jahren blicken ließ, wurde er zu einer wahren Landplage. So erzählt man sich zumindest.«

»Und wer hat dir von den Zwischenfällen an der Grenze berichtet?«, erkundigte sich Mackinnon.

»Na Ihr, Sir, und Micheil Love auch. Ihr habt gesagt, ich sollte wissen, was dort während meiner Abwesenheit vorgeht.«

»Schon, aber deine Abwesenheit, wie du es nennst, dauert nun schon bald zwölf Jahre, mein Mädchen. Ich schätze, was zurzeit im Grenzland passiert, braucht dich nicht allzu sehr zu bekümmern.«

»Nein, Sir.«

»Also debattiere nicht mit mir herum, sondern geh und tue, was ich dir gesagt habe. Und schlaf nicht in deinem Zimmer, sondern bei Doreen oder Annie. Und wenn dich jemand fragt, wer du bist, antwortest du, du seist eine Dienstmagd hier auf der Burg.«

Da ertönte eine beunruhigend vertraute, grimmige Stimme: »Das würden wir ihr nicht abnehmen.«

Molly und Mackinnon fuhren gleichzeitig herum und sahen sich Mackenzie von Kintail gegenüber. Er war noch größer, als Molly ihn in Erinnerung hatte – und noch anziehender –, aber sein freches Grinsen war verschwunden.

Sie hatte seine Stimme sofort wieder erkannt, denn sie übte dieselbe Wirkung auf sie aus wie zuvor. Dennoch konnte sie kaum glauben, dass der große, breitschultrige, dunkelhaarige und völlig gesund wirkende Mann, der in der Bogentür stand, noch kurz zuvor ohnmächtig auf dem Boden gelegen hatte.

Offenbar dachte Mackinnon das Gleiche, denn er sagte nur: »Na, wenigstens seid Ihr nicht tot, Kintail.«

»Wie Ihr seht«, erwiderte Kintail. »Euer Heiler war auch überrascht, aber ich habe nun mal einen harten Schädel.«

Zwar richtete er die Antwort an Mackinnon, schaute dabei jedoch Molly an, die sich zwang, seinem Blick standzuhalten.

In dem Licht ihrer Kerze und der Fackeln an den Wänden glitzerten seine Augen so bedrohlich, dass sie das Gefühl hatte, Satan höchstpersönlich ins Angesicht zu schauen. Trotzdem konnte sie ihren Blick nicht abwenden. Seine Augen waren von einem sehr tiefen Braun, bemerkte sie und fühlte, wie diese dunklen Augen sie immer näher zu sich heranzogen, obgleich sie in Wirklichkeit keinen Schritt tat. Sie zuckte wie unter einer Berührung zusammen.

»Ihr ... Ihr könnt ja stehen«, sagte sie etwas einfältig.

»Ihr habt eine scharfe Beobachtungsgabe, Mistress.«

Seine Stimme war honigsüß, und doch schwang etwas Drohendes darin mit. Und obwohl sie ihm nur zu gern gesagt hätte, dass seine Worte ebenso unverschämt waren wie sein Ton, ließ dieser gewisse Unterton sie verstummen. Nichts an dem Mann erinnerte mehr an den dreisten Straßenräuber, der ihr auf dem Abhang des Hügels begegnet war.

Da sagte Mackinnon unvermittelt: »Wenn Euch nichts mehr fehlt, Kintail, können wir vielleicht zu den anderen hineingehen, damit sich das Mädchen in seine Kammer zurückziehen kann. Ich muss noch meine Schachpartie gewinnen, aber Eure Burschen können sich gern in der Halle zur Ruhe legen; und für Euch und Euren Gefährten findet sich gewiss auch noch ein Gemach. Er ist ein MacRae, nicht wahr?«

»Ja.« Noch immer blickte Kintail Molly unverwandt an,

und sie hatte das Gefühl, dass es einer Niederlage gleichkäme, wenn sie ihre Augen jetzt abwenden würde – falls sie das überhaupt fertig brachte. »Habt Dank für Eure Gastfreundschaft, Mackinnon«, fuhr Kintail fort, »aber wir schlafen bei unseren Männern.«

»Wie Ihr wünscht. Sind das alles MacRaes?«

Kintail schaute ihn kurz an. »Wie kommt Ihr darauf?«

»Man nennt die MacRaes doch ›das Kettenhemd der Mackenzies‹, oder nicht?«, sagte Mackinnon. »Also liegt es ja wohl nahe, dass sie den größten Teil Eures Gefolges stellen, Junge. Spielt Ihr Schach?«

»Ja.«

»Dann lasst uns eine Partie machen, sofern Euch der Kopf nicht wehtut. Ich würde Euch nämlich zu gern schlagen«, erklärte Mackinnon aufgeräumt.

Kintail zog die Brauen hoch. »Gewinnt Ihr denn immer?«

»Ja. Habt Ihr jetzt Angst bekommen, oder wollt Ihr spielen?«

»Ich werde spielen«, antwortete Fin und richtete seinen Blick erneut auf Molly. »Doch bevor wir das Mädchen gehen lassen, wüsste ich gern ihren Namen.«

»Nenne ihn nicht, Mädchen«, ermahnte Mackinnon Molly.

»Wie Ihr wünscht, Sir«, erwiderte sie. »Er hat mich schon mehrmals danach gefragt, aber mir gefiel sein Ton nicht, und so habe ich ihm meinen Namen nicht verraten.« Sie warf Kintail einen herausfordernden Blick zu und hoffte, ihm würde alles wieder einfallen, was er zu ihr gesagt hatte.

Ohne mit der Wimper zu zucken, erklärte er leichthin: »Ich habe eben gedacht, was jeder Mann denken würde, wenn ihm mitten in der Nacht ein einsames Mädchen draußen begegnete. Falls ich Euch beleidigt haben sollte, Mistress, so ist es ganz allein Eure Schuld. Ihr hättet nicht ohne Begleitung unterwegs sein dürfen. Ganz im Ernst, Mackinnon, Ihr solltet besser auf sie aufpassen.«

»Warum sollte er das?«, gab Molly zurück, die wütend darüber war, dass er Ihr die Schuld in die Schuhe schob. »Was bitte geht es Euch an, wenn es mir gefällt, nachts draußen herumzulaufen?«

»Es geht mich sehr viel an«, entgegnete Kintail mit fester Stimme. »Ich glaube nämlich, dass Ihr Mary Gordon, die Maid von Dunsithe, seid.«

»Und was ist, wenn?« Sie hörte, wie Mackinnon die Luft scharf einzog, hielt ihre Augen jedoch unverwandt auf Kintail gerichtet.

»Wenn Ihr es seid«, antwortete er gelassen, »dann bin ich Euer Vormund. Ich besitze nämlich eine königliche Urkunde, die mich dazu bestimmt.«

»Aber das kann doch nicht sein!«, rief Molly aufgebracht, vollkommen entsetzt bei dem Gedanken, dass dieser Mann Verfügungsgewalt über sie bekommen könnte. Jetzt erst begriff sie, was Mackinnon ihr zu sagen versucht hatte. Voller Verzweiflung erklärte sie: »Mein Vormund ist Donald von Sleat.«

»Jetzt nicht mehr, Mistress. Seine königliche Hoheit hat es für richtig befunden, mir die Vormundschaft zu übertragen. Anscheinend ist ihm zu Ohren gekommen, dass Sleat beabsichtigt, sich wieder die Herrschaft über die Inseln anzueignen.«

»Darüber weiß ich kaum etwas«, gestand Molly. »Aber ich kann mir nicht vorstellen, was diese Angelegenheit zwischen Donald und dem König mit mir zu tun hat.«

»Alles was Ihr wissen müsst, ist, dass ich die Wahrheit sage«, erwiderte er mit geradezu herausfordernder Ruhe. »Leugnet Ihr, dass Ihr die Maid von Dunsithe seid?«

»Ich leugne es nicht, denn die bin ich wahrhaftig«, antwortete Molly. »Doch wenn es Euch um mein Vermögen zu tun ist, Sir, so solltet Ihr wissen, dass schon viele vergeblich danach gesucht haben. Es ist etwas Grund und Boden da, gewiss, und Dunsithe Castle im Grenzland. Doch das zerfällt wohl mittlerweile, falls Donald nicht noch immer Soldaten dort stationiert hat. Man sagt, mein Vater sei ein sehr reicher Mann gewesen, allerdings hat meines Wissens seit seinem Tod niemand etwas von dem Reichtum zu Gesicht bekommen, außer dem Schloss und seinen Ländereien.«

»Das lasst nur meine Sorge sein«, herrschte Kintail sie an. »Im Augenblick geht es mir bloß darum, mir das zu holen, was mir zusteht – und das seid nun einmal Ihr, Mistress. Macht Euch also bereit, im Morgengrauen nach Eilean Donan aufzubrechen.«

Sprachlos und den Tränen nahe blickte Molly von einem Mann zum anderen. Auch wenn sie nun seit Jahren in diesem Haushalt leben durfte, so hatte sie doch immer gefürchtet, dass man sie von einer Sekunde zur anderen rücksichtslos aus ihrem Heim reißen würde. Nun war es also so weit.

»Seid nicht albern, Junge«, sagte Mackinnon barsch. »Das Mädchen ist seit mehr als zehn Jahren hier zu Hause. Ihr könnt sie nicht Hals über Kopf von hier fortbringen. Ich denke, sie wird mindestens eine Woche brauchen, um sich von allen, die sie lieben, zu verabschieden. Ihr könnt gern so lange bei uns bleiben, bis sie bereit ist, aber –«

»Ich gebe ihr einen Tag.«

»Nein, denn es sind ja nur noch ein paar Stunden bis zum Morgengrauen, und das Mädel braucht seinen Schlaf. Seid ein guter Junge, und lasst uns vier Tage festlegen. Das wäre doch nur recht und billig.«

»Zwei.«

»Also gut, dann also drei!«

»Meine Güte, Mackinnon, ich bringe sie doch nicht bis ans Ende der Welt, sondern nur nach Eilean Donan. Das ist noch nicht einmal so weit weg wie Dunvegan«, sagte Kintail ungerührt.

»Ach ja, Dunvegan«, erwiderte Mackinnon augenzwinkernd. »Ich habe doch tatsächlich gedacht, ich hätte das

Mädchen dorthin geschickt, aber, wisst Ihr, ich habe einfach ein furchtbar schlechtes Gedächtnis.«

Molly nahm ihren ganzen Mut zusammen. »Glaubt Ihr nicht, Ihr solltet mich fragen, ob ich überhaupt mit ihm gehen möchte? Selbst wenn ich das wollte – was nicht der Fall ist –, schaffe ich es auf gar keinen Fall, so schnell von Dunakin abzureisen.«

»Da habt Ihr gar nicht mitzureden«, bemerkte Kintail. »Weil nun schon Dienstagmorgen ist, gebe ich Euch bis Donnerstagmittag Zeit zum Packen.«

»Wir essen erst um eins zu Mittag«, warf Mackinnon ein. »Ihr werdet Euch doch wohl nicht ohne Essen auf den Weg machen wollen, Junge. Schließlich müsst Ihr bei Kräften bleiben. Es grenzt an ein Wunder, dass Ihr Euch nach dem Sturz überhaupt auf den Beinen halten könnt. Ich weiß wirklich nicht, wie Ihr es geschafft habt, von diesem Pferd zu fallen. Zugegeben, das Tier soll recht temperamentvoll sein, aber abgeworfen hat es noch keinen Reiter. Vielleicht habt Ihr ja –«

»Es lag ganz gewiss nicht an mir oder dem Pferd«, unterbrach Kintail ihn und warf Molly einen scharfen Blick zu. »Bis zu dem Moment war es so lammfromm, dass meine Männer immer noch an Hexerei glauben.«

»Da haben Eure Männer aber etwas ganz anderes gesagt«, widersprach Molly. »Sie meinten, es sei so bösartig wie Euer eigenes – obwohl«, setzte sie eilig hinzu, »es bei Euch anscheinend wirklich ganz brav war. Das Ganze war schon eigenartig, Sir«, erklärte sie Mackinnon. »Ich bin sicher, es gab nichts, wovor es hätte erschrecken können. Es scheute ganz ohne Grund.«

»Nun, bei Tieren weiß man eben nie«, sagte Mackinnon freundlich und wandte sich dann im gleichen Ton an Kintail. »Wir sind uns also einig. Ihr bleibt noch bis Donnerstag nach dem Mittagsmahl – oder vielleicht auch bis Freitagmorgen. Sicher wollt Ihr nicht die ganze Zeit auf dem Steinboden in der Halle nächtigen, denn schließlich braucht Ihr Euren

Schlaf, und zwar in einem richtigen Bett. Meine Leute werden sich gut um Euch kümmern. Und du, Molly, gehst jetzt schnell zu Bett. Morgen Früh reden wir weiter.«

»Ja, Mädchen«, fügte Kintail hinzu. »Wir sprechen uns morgen auch noch.«

Ungeachtet des leichten Schauers, der ihr bei seinen harten Worten über den Rücken lief, machte Molly einen Knicks vor Mackinnon, nickte Kintail jedoch nur knapp zu und freute sich, als er die Stirn runzelte. Er sollte gleich wissen, dass sie nicht die Frau war, die das Knie vor einem Mann beugte, nur weil der glaubte, Macht über sie zu haben.

»Kommt, Junge«, hörte sie Mackinnon im Davongehen sagen, »falls Euch nicht doch höllisch der Kopf wehtut, was er eigentlich sollte, dann werde ich Euch mal zeigen, wie man ordentlich Schach spielt.«

4

Fin ging nur allzu gern mit seinem Gastgeber in die Halle, doch er war heilfroh, dass ihn niemand fragte, wie er sein neues Mündel finde. Seit er die Urkunde vom König erhalten hatte, war ihm nur in den Sinn gekommen, was die ganze Sache für Donald von Sleat und vielleicht noch für Eilean Donan bedeuten würde. Was das alles für ihn selbst mit sich brächte, daran hatte er keinen Gedanken verschwendet. Wenn ihn vorher jemand gefragt hätte, wie das Mädchen wohl aussehe, hätte er keine Antwort gewusst, und es wäre ihm auch gleichgültig gewesen. Nie hätte er gedacht, dass sie so außerordentlich, ja geradezu berauschend schön war.

Eine Frau wie sie hatte er noch nie zuvor gesehen. Das galt sicher für die meisten Männer, und ihm schoss durch den Kopf, dass Jakob sicher nicht einmal ahnte, wie hübsch sie war, denn sonst hätte er sie bestimmt zuerst selbst verführt und dann erst weitergereicht. Zumindest entsprach das dem Ruf, den Seine Hoheit genoss, und falls Marys Vermögen auch nur halb so groß war, wie behauptet wurde, wäre es völlig gleichgültig, ob sie unberührt war oder nicht. Zweifellos dachte Jakob, sie sei noch ein Kind, eine bloße Schachfigur in seinem Lieblingsspiel, das »Adelige gegeneinander ausspielen« hieß.

Fin wurde sich klar darüber, dass auch er sein neues Mündel für ein Kind gehalten hatte, doch das war es ganz und gar nicht. Selbst in ihren einfachen Kleidern und zerzaust vom Herumkriechen im Gebüsch sah die Maid blendend aus. Ihr helles, rotgoldenes Haar war so weich und seidig, dass es zum Streicheln einlud. Er hätte zu gern sein Gesicht in ihren langen, dichten Locken vergraben. Ihr Gesicht war von einer fast durchscheinenden Blässe, mit einem vorwitzigen kleinen Kinn, einem Stupsnäschen und Lippen, bei denen man ans Küssen dachte. Und dann ihre außergewöhnlichen Augen – riesig groß hatten sie im flackernden Schein der Fackel gewirkt, mit einem dunklen Rand um die graue Iris und umrahmt von langen schwarzen, geschwungenen Wimpern, die das Mädchen verletzlich erscheinen ließen – bis es sein freches Mundwerk in Bewegung setzte.

Ihre Figur war wirklich erstklassig, anmutig und schlank mit aufregenden Rundungen. Eigentlich fand er an ihrem Aussehen nicht das Geringste auszusetzen, und, um ehrlich zu sein, er freute sich darauf, sie wiederzusehen. Doch wenn sie miteinander auskommen wollten, musste sie sich ganz entschieden bessere Manieren angewöhnen, so viel stand fest.

Während er Mackinnon zur großen Tafel folgte, überlegte er, was sich der Mann wohl bei ihrer Erziehung gedacht hatte, dass er ihr solch ein freches Benehmen durchgehen ließ. Er schaute zu, wie die beiden Schachspieler ihre Partie beendeten. Dabei kam ihm ein Bild in den Kopf: das Mädchen, nackt und mit zugebundenem Mund, einladend vor ihm ausgestreckt. Bei der Vorstellung lachte er in sich hinein. Sie würde ganz bestimmt jeden entmannen, der es wagen würde, sie zu knebeln.

Kurz darauf nahm Fin siegesgewiss den Platz des Hauslehrers am Schachbrett ein. Er war sich sicher, den älteren Mann schlagen zu können. Sie spielten mehrere Partien, doch was Fin auch tat, wie sorgfältig er auch seine Züge plante, kein Sieg wollte ihm gelingen. Mackinnon, der ihm immer wieder von dem starken *brogac* der Inselbewohner einschenkte, sagte schließlich freundlich, Fins Niederlagen seien gewiss auf seinen Sturz auf den Kopf zurückzuführen. Fin hätte ihm nur zu gern geglaubt, dabei tat ihm der Kopf noch nicht einmal weh.

Auch das war merkwürdig, denn da er doch hart genug auf dem Boden aufgeschlagen war, um ohnmächtig zu werden, hätte sein Kopf eigentlich teuflisch schmerzen müssen.

Etwas Gutes hatten die nächtlichen Aufregungen – oder der *brogac* – dann doch. Obwohl Fin in fremder Umgebung immer schlecht schlief, fiel er diesmal in seiner Kammer sofort in tiefen Schlummer und erwachte erst, als jemand fest an die Tür klopfte.

»Herein!«, rief er unwirsch und setzte sich in den Kissen auf.

»Na, du hast ja vielleicht eine Laune«, begrüßte Patrick MacRae ihn mit einem Grinsen. »Ich wollte nur mal sehen, ob du den ganzen Tag verschlafen willst. Es ist schon beinahe elf.«

»Meine Güte, das kann doch nicht sein!«

»Doch. Ich wäre schon früher gekommen, aber Mackinnon sagte mir, dass du ausschlafen wolltest. Dasselbe hat er auch Tam erzählt.«

»Zum Teufel nochmal! In Zukunft, mein Junge, werdet ihr solche Anordnungen nur noch von mir entgegennehmen, verstanden?«

»Ja, ist gut«, antwortete Patrick mit unschuldsvollem Blick. »Normalerweise hätte ich auch nicht auf ihn gehört, aber du warst ja fast bis zum Morgengrauen auf und hast gegen den alten Mann im Schach verloren und *brogac* getrunken. Deshalb dachte ich, ich sollte dich besser schlafen lassen.«

»Wo ist das Mädchen? Schläft es auch noch?«

»Nein, der alte Mann hat gesagt, sie sei schon in aller Herrgottsfrühe auf die Jagd gegangen.«

»Auf die Jagd!«

»Ja. Ich fand es auch ein bisschen merkwürdig, und so habe ich zwei von den Jungs mitgeschickt, die ein Auge darauf haben sollen, dass sie sich nicht heimlich von der Insel macht, während du schläfst. Sie sind noch nicht zurück, also passen sie wohl immer noch auf sie auf.«

»Gut gemacht«, lobte Fin.

»Es könnte natürlich sein, dass Mackinnon gerissener ist,

als wir denken«, setzte Patrick nachdenklich hinzu. »Vielleicht hat er ja unsere Jungs umbringen lassen und das Mädchen irgendwo versteckt. Wir befinden uns immerhin auf seinem Land.«

»Mackinnon gilt als ein Mann, der zu seinem Wort steht«, erklärte Fin. »Aber dem Mädchen traue ich nicht über den Weg. Wenn ich mich nicht sehr irre, wird sie versuchen, mir bei der erstbesten Gelegenheit durch die Lappen zu gehen.«

»Komisch, dass sie sich nicht auf der Stelle in dich verliebt hat«, sagte Patrick grinsend.

»Pass auf, was du von dir gibst, mein Junge«, knurrte Fin. »Sonst könnte sogar dir bald das Lachen vergehen. Ich sehe dir ja einiges nach, aber –«

»Ich bin ja schon still«, antwortete Patrick und wurde schleunigst wieder ernst. »Es steht noch etwas zu essen in der Halle. Soll ich einem der Jungs sagen, dass er dir etwas bringen soll?«

»Nein, ich gehe hinunter«, verkündete Fin. »Jemand soll ein Pferd für mich satteln. Gleich nach dem Frühstück werde ich mich der Jagdgesellschaft anschließen.«

Eine Stunde später ritt Fin in Begleitung von Sir Patrick aus der Burg, und es dauerte nicht lange, da stießen sie auf die Jagdgesellschaft. Zu seiner Verwunderung ritt die Maid wie eine junge Göttin an der Spitze der Männer.

Ihr Pferd war ein wunderschöner Fuchswallach mit schwarzen Fesseln, einer Blesse und einem geschwungenen schwarzen Schweif. Winzige Silberglöckchen waren in seine schwarze Mähne geflochten und klingelten melodisch bei jedem Schritt. Der gepolsterter Sattel der Maid hatte Intarsien aus Elfenbein und Gold. Ihre silbernen Steigbügel, das elegante graue Samtkleid und der schwarze Hut mit der Feder – all das ließ sie noch bestrickender und prächtiger erscheinen. Die schöne Jägerin hielt die Zügel anmutig mit der linken Hand und trug ihren Bogen in der rechten. Von ihrem Gürtel hing ein Köcher mit Pfeilen. Ihre dichten rotblonden Locken wallten ihr über den Rücken herab.

Der Anblick erinnerte Fin an seine Wikingervorfahren, von denen jeder einzelne bestimmt mit Freuden einen solchen Schatz erobert hätte. Dann hätte er sich über sie hergemacht, bis sie sich vor Wonne unter ihm gewunden hätte. Der bloße Gedanke verursachte Fin ein wohliges Ziehen in den Lenden.

Drei riesige Hirschhunde folgten der Reiterin auf dem Fuße, und ihre hoch erhobenen Nasen schnupperten eifrig nach Beute. Während Fin noch immer auf die bezaubernde Erscheinung starrte, kam ihm in den Sinn, was das alles hier gekostet haben mochte. Es sah ja herrlich aus, doch er hoffte, die Maid würde nicht erwarten, dass er sie auf Eilean Donan auch mit solch schönen Kleidern und einem derart prächtigen Pferd ausstattete – jedenfalls nicht, bevor er herausgefunden hatte, ob ihr Vermögen wirklich so sagenhaft groß war, und er es in die Finger bekommen hatte.

Er hatte angenommen, dass sie die Jäger begleiten, doch nicht, dass sie selbst jagen würde. Wieder einmal fragte er sich, was sich Mackinnon nur dabei dachte, sie einfach mit den Männern reiten zu lassen. Hatte der Mann denn keinen Funken Verstand? Er selbst würde auf jeden Fall besser auf sie aufpassen.

Fin hätte es durchaus angemessen gefunden, wenn sie mit einigen anderen Damen auf die Falkenjagd gegangen wäre, begleitet von Männern, die mit größeren Greifvögeln jagten. Doch das Mädchen trug einen Langbogen, was an sich schon eine Ungeheuerlichkeit darstellte. Der Langbogen war eine Waffe für Männer, und für Krieger noch dazu, und nichts für gertenschlanke junge Damen, die ihre Zeit besser darauf verwenden sollten, Männer zu erfreuen. Die Maid war einfach zu klein und schwach für eine solche Waffe. Allerdings musste Fin zugeben, dass sie gut ritt und den Bogen hielt, als wüsste sie damit umzugehen.

Er hatte den letzten Gedanken noch nicht zu Ende gedacht,

da scheuchten die Jäger einen Schwarm graubrauner Waldtauben auf. Blitzschnell hob die Maid den Bogen, ließ die Zügel fahren und schoss so geschwind einen Pfeil ab, dass Fin kaum merkte, was geschah. Da traf der Pfeil auch schon sein Ziel, und ein Vogel fiel vom Himmel.

Fin warf einen Blick zu Patrick hinüber, dem der Mund offen stand.

»Hast du das gesehen?«

»Ja«, antwortete Fin. »Sie ist vielleicht nicht ganz so geschickt wie du, aber wenn mich nicht alles täuscht, ist sie ein ausgezeichneter Schütze.«

»So etwas habe ich noch nie gesehen«, sagte Patrick. »Sie handhabt den Bogen genauso gut wie alle Männer, die ich jemals ausgebildet habe.«

Es war Molly nicht entgangen, dass Kintail sie beobachtete. Dennoch vermied sie es sorgfältig, zu ihm hinüberzublicken, aus Angst, er könnte ihre Neugier missverstehen. Sollte er doch ruhig glauben, dass sie Wichtigeres zu tun hatte. Trotzdem freute sie sich, dass er ihren Schuss auf die Wildtaube mitbekommen hatte. Die Vögel galten wegen ihres schnellen, steilen und wendigen Fluges als schwieriges Ziel, daher konnte sie es sich nach ihrem Treffer kaum verkneifen, Kintail ein triumphierendes Lächeln zuzuwerfen. Als er und Sir Patrick davonritten, redete sie sich ein, sie wäre nur enttäuscht darüber, dass er nicht Zeuge ihres nächsten Schusses würde.

Eine Stunde später war sie wieder auf Dunakin, reichte ihren Bogen und Köcher einem Knecht und wollte sich von einem anderen beim Absitzen helfen lassen. Bevor jedoch der Junge ihrem Befehl nachkommen konnte, wurde er von einem muskulösen Arm beiseite geschoben, und Kintail stand auf einmal neben ihrem Pferd.

»Würdet Ihr bitte zur Seite gehen, Sir, damit ich absitzen kann«, sagte sie mit vorgerecktem Kinn. »Ich habe noch viel zu tun, und Lady Mackinnon wartet sicher schon auf mich.«

»Ihr habt ganz ohne Zweifel noch viel zu tun«, bestätigte er gleichmütig. »Ich verstehe nur nicht, warum Ihr den ganzen Morgen durch die Gegend galoppiert, anstatt Eure Abreise vorzubereiten.«

»Weil es so ein herrlicher Tag ist«, entgegnete sie leichthin und wich seinem eindringlichen, verwirrenden Blick aus. »Alles ist so frisch nach dem Sturm, und ich hatte Lust zu jagen.«

»Tut Ihr immer, wonach es Euch gelüstet, Mistress?«

»Ja, immer«, antwortete sie.

»Dann, so fürchte ich, wird das Leben auf Eilean Donan für Euch sehr ungewohnt sein«, sagte er, fasste sie mit festem Griff um die Taille und hob sie aus dem Sattel.

Zu ihrer großen Überraschung setzte er sie nicht sofort ab, sondern hielt sie einen Moment lang fest, sodass ihre Füße in der Luft baumelten. Angesichts dieser unwürdigen Lage stieg Zorn in ihr auf. Er schaute sie herausfordernd an und legte es offensichtlich auf einen Streit an. Als sie nicht sofort darauf einging, kniff er die Augen zusammen und runzelte die Stirn.

Ihr ganzer Körper war sich seiner Gegenwart bewusst. Wie sie da so in der Luft hing, blickte sie ihm direkt in die Augen. Seine Hände, die er um ihre Taille gelegt hatte, waren warm und stark. Er war groß – im Vergleich zu ihr geradezu riesig –, und sie war sich darüber im Klaren, dass sie nichts tun konnte, damit er sie endlich absetzte. Ein solches Gefühl der Hilflosigkeit hatte sie seit ihrer frühen Kindheit nicht mehr verspürt. Sie wurde nervös, und ihr Atem ging schneller.

Noch bevor sie zum Sprechen ansetzen konnte, sagte er: »Eilean Donan ist nur eine kleine Insel, Mistress, viel kleiner als Skye. Zusammen mit Loch Duich, dessen Zufahrt sie bewacht, könnte man die Insel glatt irgendwo nach Skye versetzen, ohne dass es besonders auffallen würde.«

»Möchtet Ihr vor dem Mittagessen sonst noch etwas anmerken, Sir?«, fragte sie.

»Allerdings«, erwiderte er. Er schien ihr Gewicht überhaupt nicht zu spüren und blickte sie noch immer eindringlich an. Als sie ihn flüchtig anschaute, bemerkte sie, dass seine Augen nicht dunkelbraun waren, wie sie vergangene Nacht angenommen hatte. Sie waren vielmehr so tief dunkelblau, dass sie fast schwarz wirkten. In einer Gegend, wo viele Männer die helle Augenfarbe ihrer Wikingervorfahren geerbt hatten, war das ungewöhnlich.

»Ich möchte Euch darauf hinweisen«, sagte er und schüttelte sie ein wenig, als wolle er sich ihrer Aufmerksamkeit vergewissern, »dass Ihr, wenn wir erst einmal auf Eilean Donan sind, nirgends mehr ohne meine Erlaubnis hingehen werdet. Mackinnon hat Euch mehr Freiheit gelassen, als der Anstand erlaubt. Das wird sich ändern.«

»Ihr nehmt Eure neue Aufgabe viel zu ernst, Sir«, entgegnete sie und hoffte, dass sie ebenso entschlossen klang wie er. »Ich kann sehr gut auf mich allein aufpassen, und außerdem möchte ich Euch bitten, mich jetzt abzusetzen. Jeder im Burghof hat mittlerweile Eure bemerkenswerte Kraft zur Kenntnis genommen. Eure Vorstellung ist zwar sehr beeindruckend, zeugt aber kaum von guten Manieren.«

Er blickte sich irritiert um, und seine verlegene Miene zeigte, dass er seine Umgebung völlig vergessen hatte. Zu ihrer Erleichterung stellte er sie sofort behutsam auf die Füße. Als er dann allerdings die Hände auf ihren Schultern ruhen ließ, wurde sie wieder unruhig.

Ihr fiel gerade auf, dass sie ihm noch nicht einmal bis zur Schulter reichte, da legte er ihr einen Finger unter das Kinn, hob es leicht an und sagte leise: »Hört mir gut zu, Mistress. Ihr erhaltet Eure Anweisungen nicht länger von Mackinnon, sondern von mir. Und Ihr tätet gut daran, das nicht zu vergessen. Ich bin nicht nur ein Mann, der nicht mit sich spaßen lässt, ich bin auch Euer rechtmäßiger Vormund. Mit Erlaubnis des Königs kann ich Euch selbst heiraten oder Euch einem Mann meiner Wahl zur Frau geben. Also verärgert mich besser nicht.«

Sie empfand Furcht und noch etwas anderes, das sich nur schwer beschreiben ließ, doch sie unterdrückte ihre Gefühle, fuhr sich mit der Zunge über die trockenen Lippen und sagte vorsichtig: »Habe ich bei dieser ganzen Angelegenheit denn gar nicht mitzureden, Sir? Ich sage Euch offen, dass ich nicht bereit bin, Euch zu heiraten, genauso wenig wie einen Mann, den Ihr für mich auswählt. Ich warne Euch außerdem vor Donald von Sleat. Er wird Euch schnell eines Besseren belehren, falls Ihr meint, Euch seine Rechte aneignen zu können.«

Kintails Augen funkelten. »Ich hoffe doch sehr, dass Sleat nach Eilean Donan kommt, um die Sache mit mir zu bereden, denn dann werde ich ihm einen warmen Empfang bereiten. Falls er es wagen sollte, unbefugt seinen Fuß auf das Gebiet von Kintail zu setzen, werden meine Männer und ich ihn schon gebührend willkommen heißen.«

Urplötzlich wirkte er wie ein völlig anderer Mann. Er war zwar auch vorher nicht gerade freundlich gewesen, doch gemessen an der ungestümen Gewalt, die, wie Molly spürte, jetzt unter der Oberfläche brodelte, hatte er sich zuvor sanft wie ein Lämmchen benommen.

Sie gab ihre hochmütige Haltung auf und fragte leise: »Weshalb hasst Ihr ihn so?«

»Er hat meinen Vater umgebracht.«

»Männer bringen sich oft gegenseitig um«, sagte sie und versuchte, eine unvermutete Regung von Mitleid zu unterdrücken. Und so fügte sie schnell hinzu: »Seit vielen Jahren, seit sich der König der Inseln bemächtigt hat, müssen die Macdonalds nun schon um ihr Eigentum kämpfen. Andere Clans, die der König gegen sie ausspielen wollte, haben sie um ihr Land betrogen. Ich glaube, auch die Mackenzies ...«

»Ja, wir haben Lewis von ihnen bekommen.«

»Wenn also Euer Vater –«

»Davon versteht Ihr nichts«, fuhr er sie an. »Haltet den Mund!«

Da sie ein wenig Angst vor ihm bekam, verstummte Molly, obwohl sie ihm nur zu gern bewiesen hätte, dass sie eine ganze Menge von der Geschichte der Inseln verstand. Doch falls Donald wirklich für den Tod von Kintails Vater verantwortlich war, würde der ganz sicher nicht mit ihr darüber reden wollen, da er in der Angelegenheit natürlich alles andere als unparteiisch war.

Kintail wartete kurz, als rechne er erneut mit einer frechen Bemerkung von ihr, und sagte schließlich leise: »Mein Vater führte gerade seine Männer nach Kinlochewe, um dort einen Angriff abzuwehren, da berichtete man ihm, dass am Nordufer des Loch ein Boot gekentert sei. Als er mit seinen Leuten der Besatzung zu Hilfe eilen wollte, wurden sie von den Macdonalds aus dem Hinterhalt angegriffen. Sleat ist ein ehrloser Schuft, der wie seine Vorfahren über die Inseln herrschen will. Wenn er könnte, würde er am liebsten König der Schotten werden.«

Darauf wusste sie nichts zu entgegnen. Sie mochte den grimmigen Donald nicht. Seine Vormundschaft hatte sie nur ertragen, weil er fast nie anwesend gewesen war. Bei den seltenen Gelegenheiten, da sie ihm begegnet war, hatte er sie mit seinem wilden Blick und seinen ungehobelten Manieren geängstigt und verärgert.

»Geht jetzt hinein«, sagte Kintail brüsk. »Bis zum Essen kann es nicht mehr lange dauern, und Ihr wollt Euch gewiss noch umkleiden.«

»Das stimmt«, bestätigte sie und wünschte, sie könnte ihn mit einer lustigen Bemerkung zum Lächeln bringen. Stattdessen schaute sie nur kurz zur hoch stehenden Sonne am strahlend wolkenlosen Himmel auf und verkündete: »Die Glocke wird bald ertönen.«

»Also dann, geht nun hinein«, sagte er. »Und, noch etwas, Mädchen …«

Sie hatte sich erleichtert zum Gehen gewandt, doch bei diesen Worten blickte sie über die Schulter zurück. »Ja, Sir?«

»Zieht Euch ein blaues Kleid an. Ich möchte sehen, wie Euch Blau steht.«

Auf einmal hatte sie gar keine Lust mehr, ihn aufzuheitern.

»Eingebildeter Kerl«, murmelte sie, als sie sich wieder umdrehte. Bei all seiner Attraktivität und dem verführerischen Klang seiner Stimme widerstrebte ihr doch sein ungestümes Wesen. Augenblicklich ging sie in Gedanken ihre Garderobe durch. Mit welchem Kleid würde sie ihm wohl am deutlichsten klar machen, dass sie nicht gewillt war, seinen dummen, willkürlichen Befehlen zu gehorchen?

Während Fin ihr nachschaute, tat er einen tiefen Atemzug. Sie wackelte auf eine Art und Weise mit ihrem kleinen runden Hinterteil, dass er es ihr am liebsten versohlt hätte – oder sie gepackt und so lange leidenschaftlich geliebt hätte, bis einer von ihnen als der Stärkere aus dem Machtkampf hervorgegangen wäre. Dieser Gedanke hätte ihm beinahe ein Lächeln entlockt, doch er verkniff es sich, für den Fall, dass sie sich umdrehen würde. Sie sollte nicht glauben, sie hätte schon die Oberhand über ihn gewonnen.

Die vergangenen Stunden hatten ihn in Verwirrung gestürzt. Das lag zum einen daran, dass er Hals über Kopf aufgebrochen war, nachdem die Botschaft des Königs ihn erreicht hatte. Und dann dieser Sturz vom Pferd. Daran und an fast allem Übrigen auch war eindeutig Mistress Gordon schuld. Das ganze Problem lag darin, dass das Mädchen seinen Platz nicht kannte. Sie benahm sich eher wie eine verwöhnte Prinzessin denn wie die Pflegetochter eines Hochlandhäuptlings.

Allerdings hatte er sich auch nicht gerade gut benommen, das zumindest gestand er sich ein, während er zu der kleinen Tür im Burgturm hinüberging, von wo aus eine schmale Treppe zu seiner Kammer hinaufführte. Es wurmte ihn, dass das Mädchen ihm sein Verhalten zum Vorwurf machen konnte, wann immer er sie zur Ordnung rufen müsste. Und dass er gezwungen war, das zu tun, stand völlig außer Zweifel. Noch niemals zuvor hatte er jemanden gekannt, der so dreist und spöttisch und zugleich so faszinierend war.

Sie war anders als alle Frauen, die er jemals kennen gelernt hatte. Als Frau aus dem Grenzland war sie kleiner und zierlicher als die meisten Hochländerinnen, für deren große, kräftige Statur das Blut ihrer norwegischen Vorfahren verantwortlich war.

Vormund der Mistress Gordon zu sein würde eindeutig nicht so leicht werden, wie er es sich vorgestellt hatte. Ebenso wenig wie er sich zuvor überlegt hatte, wie sie wohl aussehen mochte, hatte er darüber nachgedacht, wie sie sich verhalten würde. Und wenn er das getan hätte, wäre er wohl einfach davon ausgegangen, dass sie ihm gehorchen würde. Dessen war er sich jetzt nicht mehr so sicher.

Er seufzte. Sie musste eben einiges lernen, so oder so. Er würde es einem kleinen Mädchen, das ihm noch nicht einmal bis zur Schulter reichte, nicht gestatten, ihm auf Eilean Donan Schwierigkeiten zu machen. Sie würde dort ihre Aufgaben erledigen wie jeder andere auch und seinen Anweisungen folgen, sonst würde sie schon sehen, was sie von ihrem widerspenstigen Gebaren hatte. Ob das wohl schwierig für sie werden würde?

Fin versuchte, die nagenden Zweifel in seinem Kopf und die ebenso beunruhigenden Gefühle weiter unten zu verdrängen. Er stieg zu seiner Kammer hinauf, wo er auf Patrick stieß, und bat ihn, ihm bei der Auswahl anderer Kleidung behilflich zu sein.

In ihrer Schlafkammer angekommen, dachte Molly noch immer darüber nach, wie sie diesem Kintail zeigen konnte, wie wenig sein Machtgehabe sie beeindruckte. Weil ihr ständig seine Anweisung, etwas Blaues anzuziehen, im Kopf herumging, stieß sie die Tür so heftig auf, dass diese gegen die Wand krachte. Dann blieb sie wie angewurzelt auf der Schwelle stehen und schaute völlig sprachlos auf ihr Bett: Dort hatte sich die größte Wildkatze, die sie je gesehen hatte, behaglich zusammengerollt.

Die goldenen Augen des Raubtiers funkelten böse, und es stieß bei Mollys Anblick ein leises Grollen aus.

»Gütiger Gott!«, flüsterte das Mädchen, das sich vor lauter Verblüffung nicht einmal fürchten konnte. Aber als es dann doch Angst bekam, fiel ihm ein, dass es ja schnell zurückspringen und die Tür zuschlagen konnte, bevor das Tier angriff. Doch in diesem Augenblick nahm etwas noch Seltsameres als die Wildkatze Mollys Aufmerksamkeit gefangen. Zuerst war es nur so etwas wie ein kleiner Wirbelwind aus Nebelschwaden, der sich vor der Katze bildete, dann wurden nach und nach klare Umrisse sichtbar.

Molly stellten sich die Nackenhaare auf. Wie aus dem Nichts erschien eine kleine Frauengestalt. Molly kniff die Augen zusammen, riss sie wieder auf, doch die Frau war noch immer da. Gut halb so groß wie die Wildkatze, saß sie da, bequem gegen die pelzige Flanke des Tieres gelehnt, mit ausgestreckten und sittsam gekreuzten Beinen. In der rechten Hand hielt sie ein merkwürdiges stabähnliches Gebilde, von dessen Spitze ein dünnes Fähnchen grauweißen Rauches aufstieg.

»Ich grüße dich«, sagte die kleine Frau. »Hat dir die Jagd Spaß gemacht?«

»Ja, danke«, antwortete Molly unwillkürlich. Dann kam ihr die überaus merkwürdige Situation wieder zu Bewusstsein, und sie fragte vorsichtig: »Wer seid Ihr?«

»Nun, ich bin Maggie Malloch.«

»Ich fürchte, Euren Namen habe ich noch nie gehört«, gestand Molly.

»Ja, das habe ich mir schon gedacht«, entgegnete Maggie Malloch. »Aber wir haben jetzt keine Zeit, uns weiter mit meinem Namen zu beschäftigen. Es ist ganz schön anstrengend für mich, sichtbar zu bleiben. Ich werde also möglichst schnell sprechen und bitte dich, mich nicht zu unterbrechen.«

»Sichtbar bleiben!«

»Scht, ich habe dir doch gesagt, du sollst mich nicht unterbrechen«, rief Maggie ungeduldig. »Ich finde ja, dass Sterbliche ebenso unhöflich sind wie nur irgendwer vom kleinen Volk, auch wenn manche was anderes behaupten.«

»Das kleine Volk!« Mollys Worte klangen fast wie ein Schrei, obwohl sie sich schon etwas Ähnliches gedacht hatte.

»Pst! Jetzt aber wirklich!«, sagte Maggie bestimmt. »Du solltest besser nicht schreien, denn sonst kommt noch jemand angerannt, und dann muss ich auf der Stelle verschwinden. Würdest du jetzt wohl die Tür zumachen – und zwar leise, wenn ich bitten darf.«

In Molly siegte die Neugier langsam über ihre Furcht und ihre Zweifel. Ihr ganzes Leben lang hatte sie Geschichten über das kleine Volk gehört, doch noch niemals hatte sie einen von ihnen gesehen – oder zwei, wenn man, wie Molly hoffte, die Wildkatze dazuzählen konnte. »Aber Ihr könnt keine Elfe sein«, wagte sie einzuwenden. »Elfen sind doch viel kleiner als Ihr.«

»Wie klein denn? So klein, was meinst du?«, fragte Maggie und schrumpfte zusammen, bis sie nur noch so groß war wie die Pfote der Wildkatze. Da wirkte das Tier auf einmal noch viel gefährlicher.

»M-mir wäre es etwas größer lieber, wenn es Euch nichts ausmacht«, sagte Molly und beäugte ängstlich die Katze.

»Na, das habe ich mir schon gedacht«, bemerkte Maggie, die wieder ihre frühere Größe annahm. »Nun schließ aber die Tür, wenn du willst, dass ich bleibe und mit dir rede.«

Molly deutete auf die Wildkatze. »Und was ist mit ihr?«

»Reg dich nicht auf. Sie wird dir nichts tun.« Maggie kuschelte sich noch tiefer in das dichte Fell, und zu Mollys Erstaunen begann das Tier zu schnurren. »Da siehst du's. Aber lass uns keine Zeit verlieren. Was hältst du von diesem Finlay Mackenzie von Kintail?«

Überrascht von dieser Frage sagte Molly, die gerade die Tür geschlossen hatte, rundheraus und mit mehr Nachdruck als nötig: »Er ist abscheulich und arrogant.«

»Ach, ich habe schon befürchtet, dass du ihn nicht magst, obwohl er ja sehr gut aussieht.«

»Wenn man dunkelhaarige Männer mag, deren Blick einem durch und durch geht, schon. Ich mag sie nicht.«

»Das ist wirklich bedauerlich, aber da sich unser Claud nun einmal eingemischt hat, konnte ich nicht viel machen. Er ist mal wieder verliebt, der Claud, und in diesem Zustand ist sein Hirn wie Brei. Nicht, dass er sonst der Hellste wäre. Weißt du, ich fürchte, unser Claud hat nicht die gleichen Geistesgaben mitbekommen wie ich, obwohl ich ja zu seinem Glück seine Mama bin.«

Völlig verwirrt trat Molly einen Schritt näher und fragte: »Wovon redet Ihr eigentlich, und wer ist Claud?«

»Wenn du mir zugehört hättest, wüsstest du, dass er mein Sohn ist. Wobei das nichts ist, womit ich prahlen könnte, das darfst du mir glauben.«

»Aber wer seid Ihr? Oder, besser gesagt, *was* seid Ihr?«

»Das ist jetzt mal eine vernünftige Frage. Aber du warst ja sicher, dass ich eine von diesen nichtsnutzigen Hochlandelfen bin«, schnappte Maggie Malloch und nickte mit dem Kopf. Sie schwang ihren Stab ein wenig und fragte: »Hast du noch nie etwas von Hausgeistern gehört?«

»Ich glaube nicht, dafür aber schon viele Geschichten über das kleine Volk«, antwortete Molly. »Geschichten von Elfen, die Babys aus der Wiege stehlen, und von der Wilden Jagd, die durch die Nacht braust auf der Suche nach verirrten Seelen.«

»Die Wilde Jagd lassen wir jetzt mal bitte schön beiseite! Und was die Kinder stehlenden Elfen angeht, so werden das wohl welche aus dem Hochland oder aus Irland sein. Mit denen habe ich nichts zu schaffen. Närrische Geschöpfe allesamt! Immerzu reden sie über Könige und Königinnen und solche Leute und machen nichts als Unfug. Erwachsene entführen sie nämlich auch und bringen sie zwanzig Jahre später zur allgemeinen Bestürzung zurück. Mit solchen Machenschaften will ich nichts zu tun haben.«

»Aber seid Ihr denn nicht auch aus dem Hochland?«

»Nein, Mädchen, ich bin nicht mehr aus dem Hochland als du auch. Ich und Claud, wir sind mit dir gekommen, damals, als dein Onkel dich weggeholt hat. Und später dann sind wir dir nach Dunsgaith gefolgt, und zwar, als der betrügerische Narr, der zurzeit Schottland regiert, dich nach Skye bringen ließ. Und seit Donald dich nach Dunakin schickte, wohnen wir hier mit dir.« Sie steckte sich ein Ende des Stabes in den Mund, zog daran und stieß eine Rauchwolke aus.

Molly, die ihr wie gebannt zusah, hatte das Gefühl, sie müsse sich bei der kleinen Frau entschuldigen. Daher sagte sie: »Es tut mir Leid, dass Ihr meinetwegen Euer Zuhause verloren habt, aber mich trifft keine Schuld, da ich ja nicht einmal wusste, dass es Euch gibt.«

»Papperlapapp, ich gebe dir ja gar nicht die Schuld. Das war eine schreckliche Nacht damals.«

»Ja, wirklich«, stimmte Molly ihr zu. Als ihr plötzlich die Schmerzen wieder einfielen, die man ihr zugefügt hatte, legte sie unwillkürlich die Hand auf ihre linke Brust.

Die kleine Frau sah sie an und nickte. »Ich weiß sehr wohl, dass du deswegen immer noch zuweilen Albträume hast, und wir tun unser Möglichstes, sie auf jemanden umzulenken, der sie mehr verdient hat«, sagte sie leise. »Doch mit der Zeit, wenn alles gut geht, wird diese Narbe verblassen und vielleicht sogar verschwinden, so wie Erinnerungen verblassen und verschwinden.«

Wieder hatte Molly das Gefühl, dass Maggie Malloch ihre Gedanken lesen konnte. Doch sie entsann sich nicht gern jener Nacht und war froh, als die Erinnerung von Neugier verdrängt wurde. »Ihr lenkt meine Albträume auf andere um?«

»Ja, es ist immerhin meine Pflicht und Schuldigkeit, und Clauds auch, mich um die Maid von Dunsithe zu kümmern, und wir haben diese Pflicht immer mit Freuden erfüllt. Sehr mühsam war das ja nicht, solange du hier auf Dunakin lebtest. Nur ein bisschen Hilfe beim Unterricht in Gälisch und in den anderen Fächern war nötig – und den Lord bei Laune halten, indem wir dafür sorgten, dass er immer im Schach gewann.«

»Durch Euch schafft er das also?«

»Ja«, sagte Maggie mit einem langen Seufzer.

»Verzeiht mir die Bemerkung, aber im Moment seht Ihr mir nicht sehr fröhlich aus.«

»Nein, wirklich nicht, aber mein saures Gesicht habe ich Claud zu verdanken. Allerdings hatten wir beide die Befürchtung, dass der grimmige Donald seine Pflicht nicht erfüllen und dich standesgemäß verheiraten würde. Er ist ein so übler Kerl, wie man sich nur denken kann, aber einen solch übereilten Schritt wie Claud hätte ich nicht getan. Und er eigentlich auch nicht – wenn nicht jemand anderes seine Finger im Spiel gehabt hätte. Und zweifellos hat er dir damit auch keinen Gefallen getan, denn du bist sicher sehr beunruhigt darüber, dass du dein Zuhause verlassen sollst.«

Zwar hatte Molly jahrelange Übung darin, ihre geheimsten Gefühle vor anderen und auch vor sich selbst zu verbergen, doch war sie tatsächlich weit mehr als nur beunruhigt über die Aussicht, Dunakin den Rücken kehren und mit Kintail weggehen zu müssen. Mit erzwungener Ruhe sagte sie: »Ich möchte Euch nur daran erinnern, dass Männer mich schon drei Mal in meinem Leben entwurzelt haben. Von Dunsithe brachten sie mich zuerst nach Tantallon, dann nach Dunsgaith und von dort hierher nach Dunakin. Die meisten jungen Frauen sind sich natürlich darüber im Klaren, dass sie eines Tages heiraten und ihr Elternhaus verlassen müssen, aber das alles geht so überstürzt vor sich, es erinnert mich an die Nacht, als mein Onkel meine Schwester und mich von Dunsithe fortholte.«

»Ihr wart beide noch viel zu jung, um ohne eure Mutter auszukommen«, bemerkte Maggie und verzog das Gesicht. »Und Angus war bestimmt nicht der richtig Mann, um sich zweier kleiner Kinder anzunehmen. Vor allem war es ein Jammer, dass die Kleine so zart war und nicht lange überlebt hat.«

Molly, die nach all den Jahren noch immer um ihre kleine Schwester trauerte, wollte nicht an Bessies Tod denken und fragte: »Aber was genau hat Claud denn so Übereiltes getan, um Euch so zu verärgern?«

»Nun ja, es war mein Claud, der dafür sorgte, dass dieser Taugenichts von König deine Vormundschaft von Donald auf Kintail übertragen hat. Claud meinte, das würde die Sache beschleunigen und Euch eine baldige Heirat verschaffen. Aus dem gleichen Grund hat Claud Kintail dein Versteck verraten, als der gestern Nacht mit seinen Männern vorbeiritt.«

»Gott im Himmel!«, entfuhr es Molly. »Warum um alles in der Welt hat er das nur getan?«

Doch sie sprach schon ins Leere, denn Maggie Malloch war verschwunden, und mit ihr die Wildkatze. Selbst von dem Rauchfähnchen war nichts mehr zu sehen.

5

Molly starrte eine ganze Weile lang auf das leere Bett und rieb sich die Augen. Aber das Hirngespinst – und ein solches war es zweifelsohne gewesen – kam nicht wieder. Nichts deutete darauf hin, dass gerade erst eine große pelzige Wildkatze und eine kleine dicke Frau mittleren Alters dort gesessen hatten. Da war nicht einmal eine Delle in der Bettdecke.

»Wollt Ihr heißes Wasser, Mistress?«

Als sie die Stimme des Dienstmädchens hinter sich vernahm, fiel ihr auf einmal wieder ein, warum sie eigentlich in ihre Kammer gegangen war. Sie hatte so gedankenversunken auf das Bett gestarrt, dass sie gar nicht gehört hatte, wie die Tür geöffnet wurde.

»Ja, Doreen«, sagte sie und versuchte, ihre Stimme normal klingen zu lassen. »Lass den Krug füllen, damit ich mich ein wenig frisch machen kann. Und dann hilf mir, mich zum Essen umzuziehen. Ich werde wohl das gelbe Kleid aus Wolle mit den Stickereien nehmen, denke ich.«

Das Mädchen nickte und eilte hinaus. Kaum war sie verschwunden, da kam Lady Mackinnon hereingerauscht. Sie war dick und behäbig und machte kein Hehl aus ihrer Erleichterung, Molly zu erblicken.

»Gott sei Dank bist du wieder da, meine Liebe!«, rief sie. »Ich wusste zwar, dass du ausreiten wolltest, bin aber nicht auf die Idee gekommen, dass du den ganzen Morgen fortbleiben würdest!«

»Ich bitte um Verzeihung, Madam, falls Ihr auf mich gewartet habt«, entgegnete Molly mit freundlichem Lächeln. »Aber, wisst Ihr, es war ein so schöner Tag.«

Lady Mackinnon hob abwehrend die Hände. »Du

brauchst nichts weiter zu sagen! Ich weiß genau, was du meinst. Sobald man sich auf den Pferderücken schwingt, ist es immer dasselbe.«

»Aber Madam«, wandte Molly ein und küsste die ältere Frau auf die zarte Wange, »ich glaube, ich schwinge mich nicht mehr aufs Pferd. Schließlich habt Ihr mir gutes Benehmen beigebracht. Als ich noch klein war, da vielleicht …«

Lady Mackinnon gluckste vergnügt. »Das Verdienst kann ich mir wohl wirklich anrechnen«, sagte sie. »Ich glaube, ich habe tatsächlich einigen Einfluss auf dich gehabt.«

»Sehr viel Einfluss sogar, Madam, und ich bin Euch dankbar dafür. Ihr habt mir so oft geholfen, wenn ich nicht mehr weiterwusste. Ich – ich werde Euch vermissen.« Zu ihrer eigenen Überraschung zitterte ihre Stimme, und sie bemühte sich um Selbstbeherrschung.

»Dasselbe hätte ich für meine eigene Tochter getan, wenn ich eine gehabt hätte, Liebes«, erklärte die Lady. »Diese Lücke hast du ausgefüllt, und außerdem war es doch meine Pflicht, denn Donald von Sleat ist bestimmt nicht der richtige Mann, um ein Kind zu erziehen.«

»Ich bin sicher, er hätte mir auch nicht Lesen und Schreiben beigebracht.«

»Dieses Verdienst kann ich nun nicht beanspruchen«, erwiderte Lady Mackinnon, »da ich mich selbst kaum darauf verstehe. Du hast selbst dafür gesorgt, denn als Mackinnon Micheil Love als Lehrer für unsere drei Jungs anstellte, wolltest du unbedingt bei ihrem Unterricht dabei sein, und nichts konnte dich davon abhalten.«

»Ich war ja noch nicht einmal sieben, als ich zu Euch kam, Madam. Ihr wollt doch wohl nicht sagen, dass ich über Euren gesamten Haushalt bestimmt hätte.«

Lady Mackinnon zwinkerte mit den hellblauen Augen. »Das will ich nicht behaupten«, räumte sie ein, »aber trotzdem schien es uns damals klüger, dich an den Schulstunden teilnehmen zu lassen, bevor du einen Wutanfall bekamst, wie immer, wenn du nicht deinen Willen kriegtest. Außerdem lassen viele angesehene Hochlandfamilien ihren Töchtern eine gute Erziehung zukommen.«

»Ist das im Grenzland denn anders?«

»Das weiß ich nicht, aber als Mackinnon Donald von Sleat berichtete, dass du an den Schulstunden teilnimmst, hatte der nichts dagegen einzuwenden.«

»Doch die neueste Entwicklung wird ihm wohl kaum gefallen, oder?«

»Ach ja«, antwortete Lady Mackinnon mit sorgenvoll gerunzelter Stirn. »Dieser Mann – man weiß nie, was er als Nächstes tun wird, aber etwas Gutes ist es bestimmt nicht. Man kann nur beten, dass – was willst du denn hier, Mädchen?«, herrschte sie Doreen an, die auf einmal mit einem Krug voll heißem Wasser in der Hand sowie Mollys gelbem Kleid über dem Arm in der Tür erschien.

Die Dienerin blieb wie angewurzelt stehen.

»Sie soll mir helfen, mich zum Essen umzukleiden, Madam«, erklärte Molly und lächelte Doreen aufmunternd zu.

Lady Mackinnon sagte nur: »Dann komm schon rein. Aber hole ein anderes Kleid für deine Herrin. Dieses hier ist doch wohl zu gut, um darin zu Mittag zu essen. Und beeil dich, sonst ist schon alles aufgegessen, wenn wir uns zu Tisch setzen.«

Doreen stellte den Krug neben der Waschschüssel ab. Molly wollte der Lady nicht widersprechen. Sie wusste, dass es keine so große Eile hatte, obwohl die Mittagsmahlzeit tatsächlich nicht so lange dauerte wie das Abendessen. Mittags mussten alle für das Essen ihre Arbeit stehen und liegen lassen, und jeder wusste, dass er nicht trödeln durfte. Abends dagegen hatte man mehr Zeit, und das Mahl wurde von Gesprächen und Musik begleitet. Danach hielten sich die Leute noch längere Zeit in der Halle auf, und ein paar der Männer schliefen jede Nacht dort auf dem Boden.

Während Molly Wasser in die Schüssel goss und sich Gesicht und Hände wusch, überlegte sie, was sie vor ihrer Abreise nach Eilean Donan noch erledigen musste. Dabei bemerkte sie, dass Doreen noch immer mit dem gelben Kleid dastand. Sie blickte unsicher zwischen Molly und Lady Mackinnon hin und her, bis die Lady sagte: »Rasch, Mädchen, hol ein passenderes Gewand.«

»Das hier wird schon gehen«, wandte Molly ein. »Ich habe ihr befohlen, es zu bringen.«

»Aber es ist doch viel zu festlich, meine Liebe, und außerdem weiß ich, dass deine Alltagskleider für die Abreise noch nicht in die Truhen gepackt wurden.«

»Das stimmt, Madam, aber ich habe dieses Kleid aus gutem Grund gewählt.«

»Was könnte das wohl für ein Grund sein?«, wollte Lady Mackinnon wissen und wartete auf eine Erklärung. Als Molly nicht antwortete, runzelte sie die Stirn und lächelte dann plötzlich. »Jetzt verstehe ich«, rief sie. »Der Mann sieht ja wirklich gut aus, mein Liebes, aber ich hoffe, er wird dich nicht enttäuschen. Offen gestanden finde ich ihn ziemlich unverfroren und ... Nun ja, er ist doch ein ziemlich arrogantes Bürschchen und geradezu beängstigend groß. Einer von diesen Hochlandhäuptlingen eben. Nicht, dass er so viel Macht besäße wie Mackinnon, doch mit einer so einflussreichen Familie wie den Mackenzies im Rücken kommt es praktisch aufs Gleiche heraus. Und natürlich ist er noch jung und –« Sie hielt inne und fragte: »Aber was wollte ich eigentlich sagen, bevor wir auf Kintail kamen?«

Molly, die nur zu gern das Thema wechseln wollte, erwiderte freundlich: »Ich habe dieses Kleid gewählt, Madam, weil Kintail mir befohlen hat, ein blaues anzuziehen. Er hat mir in ziemlich barschem Ton zu verstehen gegeben, dass sich mein Leben von nun an ändern wird. Daran habe ich keinen Zweifel, doch welche Kleidung ich trage, wird er mir nicht vorschreiben – jetzt nicht und auch nicht in Zukunft.«

»Nein, so kann er wirklich nicht mit dir umspringen«,

stimmte Lady Mackinnon ihr zu. Nach kurzem Nachdenken fuhr sie stirnrunzelnd fort: »Das heißt, wahrscheinlich kann er es schon, denn manche Männer wollen eben alles bestimmen, weißt du. Trotzdem hat er keinen Grund, sich wie ein Tyrann aufzuführen. Aber wenn er ein herzloser Mann wäre, hätte Seine Hoheit ihn gewiss nicht zu deinem Vormund bestimmt.«

Molly kannte den König nicht, doch sie konnte sich nicht vorstellen, dass er auch nur einen Gedanken an ihr Wohlergehen verschwendete. Denn sonst hätte er sie wohl kaum im zarten Alter von fünf Jahren der Vormundschaft ihres Onkels Angus unterstellt und ein Jahr später einem Mann, der den Beinamen »der Grimmige« trug. Wäre König Jakob auch nur das Mindeste an ihr gelegen gewesen, hätte er dafür gesorgt, dass sie in ihrem eigenen Heim bei ihrer Mutter und ihrer geliebten kleinen Schwester aufwachsen konnte, und dann wäre auch Bessie noch am Leben.

Doch von alldem äußerte sie der Lady gegenüber nichts, denn zum einen sprach Molly nicht gern über dieses Thema, und zum anderen war sie vollauf damit beschäftigt, ihr Jagdkleid auszuziehen und das reich bestickte gelbe Wollgewand anzulegen. Währenddessen hörte sie den beiden Frauen zu, die sich darüber unterhielten, welche Arbeiten sie nach dem Essen erledigen mussten. Immer wieder tauchte dabei das Bild des mächtigen, böse dreinblickenden Kintail vor ihrem geistigen Auge auf, doch genauso schnell verscheuchte sie es immer wieder. Es reichte schon, dass er über ihre Zukunft bestimmen konnte, da sollte er nicht auch noch ihre Gedanken beherrschen. Während die Lady unablässig schwatzte und dem Dienstmädchen Anweisungen erteilte, machte sich Molly schnell fertig.

Bevor Doreen zum Essen mit den anderen Dienstboten hinunterging, räumte sie noch die Kammer auf. Die beiden Damen begaben sich in die große Halle. Zahlreiche Männer und Frauen strömten gerade hinein, um an einem der Tische Platz zu nehmen, die wie immer im rechten Winkel zur Tafel des Lords aufgestellt worden waren. Geschirrklappern und laute Gespräche begleiteten die beiden Frauen auf ihrem Weg zur hohen Tafel. Zwei von Lady Mackinnons drei Söhnen, von denen einer ein Jahr jünger, die anderen mehrere Jahre älter als Molly waren, standen schon an ihrem Platz. Die anderen Sitze waren noch leer.

Die beiden Frauen ließen sich nieder. Molly bemühte sich, ruhig und gleichmütig zu wirken, hielt jedoch immer wieder verstohlen nach Kintail Ausschau. Dabei fragte sie sich, ob er wohl vor allen Leuten eine Bemerkung über ihre Kleiderwahl machen würde. Das war durchaus wahrscheinlich, nach allem, was sie bisher mit diesem Mann erlebt hatte.

Als er kurz darauf mit Mackinnon und dessen ältestem Sohn Rory die Halle betrat, hatte er einen großen bestickten Kragen über einen Kittel gelegt, der offensichtlich Rory gehörte. Dazu trug er eine Hose aus grobem Leinen und Wildlederstiefel. Obgleich vorzüglich geschnitten, war der Kittel zu kurz für ihn und spannte über seinen breiten Schultern. Mit seinen langen Beinen und den Armen, die aus den zu kurzen Ärmeln hervorschauten, wirkte Kintail wie ein Schuljunge, der aus seinen Kleidern herausgewachsen war. Sonst aber hatte er nichts Jungenhaftes an sich. Er sah hinreißend aus, und mit einem kurzen Blick erkannte Molly, dass er sie in ihrem gelben Kleid erspäht hatte und über ihren Ungehorsam ungehalten war.

Trotz des leichten Angstschauers, der ihr über den Rücken lief, setzte sie sich nur noch gerader hin, hob das Kinn und schaute Kintail fest in die Augen.

In dem Augenblick sagte Mackinnon etwas zu ihm, und Molly war ihrem Pflegevater dankbar, dass er diesen bohrenden Blick von ihr abgelenkt hatte. Doch die Dankbarkeit war nur von kurzer Dauer.

»Molly, mein Mädchen«, sagte Mackinnon gutmütig polternd, »du tauschst jetzt mal den Stuhl mit der Lady, und ich tausche meinen mit Kintail, damit ihr beide nebeneinander sitzen könnt. Er hat mir gesagt, dass er noch kaum Zeit hatte, dir von seinem Eilean Donan zu erzählen, und ich bin sicher, du brennst darauf, alles darüber zu erfahren.«

Molly fiel kein höflicher Einwand ein, doch das war auch gleichgültig. Denn sobald die Menschen in der Halle bemerkten, dass der Lord anwesend war, verstummten sie, und die Gelegenheit, etwas zu entgegnen, war vorüber.

Gehorsam stellte sie sich hinter den Stuhl, den Mackinnon ihr zugewiesen hatte, und spürte, wie die Spannung in ihr wuchs, als sich Kintail zu ihr gesellte. Sie wusste, dass er voller Missbilligung jede ihrer Bewegungen beobachtete. Mackinnon sprach so etwas wie ein kurzes Tischgebet, und mit Getrampel und Gescharre nahmen die Leute ihre Plätze auf den langen Bänken ein.

Kintail rückte Molly gewandt den Stuhl zurecht. Die gute Sitte hätte es eigentlich verlangt, dass sie ihm dafür dankte, doch da sie nichts von ihrer Beklemmung verraten wollte, sagte sie kein Wort.

Diener gingen herum und stellten klappernd Platten mit Fleisch und Bretter mit Brot auf die Tische. Während Molly darauf wartete, dass der Vorschneider des Lords ihr das Fleisch vorlegte, nahm ihre Erregung weiter zu. Sie hätte zu gern ein Gespräch mit Lady Mackinnon angefangen, doch die gab gerade einem Knecht Anweisungen, der Schüsseln mit Beilagen auf den Tisch stellte. Also befahl Molly einem anderen Diener mit einer Handbewegung, ihr etwas Ale einzuschenken.

»Seid Ihr farbenblind, Mistress?«

So wie seine Stimme jetzt musste das Grollen eines Tigers klingen. »Ich glaube kaum, Sir«, erwiderte sie und wich seinem Blick aus, während der Knecht ihren Becher füllte.

»Ich glaube das aber schon«, widersprach er, nachdem sich der Knecht entfernt hatte. »Dieses Kleid ist gelb. Ich muss zugeben, es steht Euch, zumindest besser, als die Farbe den meisten anderen Frauen stehen würde, aber es ist nicht blau.«

Wider Willen geschmeichelt sagte sie: »Ich habe mich dafür entschieden, heute kein Blau zu tragen.«

»Ich verstehe.« Er schwieg so lange, dass sie fast zu ihm hinübergeschaut hätte. Dann sagte er: »Nun gut, dieses eine Mal will ich es Euch durchgehen lassen, denn Ihr habt gut gewählt, und vielleicht habt Ihr auch nicht verstanden, dass Ihr mir gehorchen müsst. Ihr dürft stattdessen heute Abend Blau tragen.«

»Ich bin es nicht gewohnt, dass man mir meine Kleidung vorschreibt«, entgegnete Molly, während sie wütend auf ihr Essen starrte und wünschte, seine Worte würden sie nicht so aufregen.

»Ich komme langsam zu der Ansicht, dass Ihr es nicht gewohnt seid, dass Euch irgendwer überhaupt irgendetwas vorschreibt«, konterte er. »Eine solche Haltung gehört sich nicht für eine junge, unverheiratete Frau. Ihr müsst Euch mehr von anderen leiten lassen.«

»Warum?«, fragte sie rundheraus und sah ihn erstaunt an.

Er erwiderte ihren Blick, ohne mit der Wimper zu zucken. »Weil Ihr sonst nicht zurechtkommt. Frauen sind zu bestimmten Dingen einfach nicht in der Lage. Ihnen fehlt die Bildung und die Erfahrung, um selbstständig die richtigen Entscheidungen zu treffen.«

Aufgebracht erwiderte sie: »Ich bin sicher, meine Bildung ist ebenso gut wie die der meisten Männer.«

»Meint Ihr?«, fragte er mit nachsichtigem Lächeln. »Welche Universität habt Ihr denn besucht?«

»Ihr wisst sehr gut, dass Frauen nicht auf die Universität gehen, was ich persönlich sehr bedauere. Doch als ich zusammen mit Rory Mackinnon und seinen Brüdern unterrichtet wurde, wusste ich öfter die richtige Antwort als sie.«

»Ihr hattet Unterricht?« Jetzt war Fin ehrlich überrascht.

»Ja, bei Micheil Love, zusammen mit den Jungen natürlich. Aber er hat oft gesagt, ich sei seine beste Schülerin und es sei ein Jammer, dass ich nicht Griechisch und Latein studieren könne. Seiner Meinung nach wäre ich auch in diesen Fächern sehr gut gewesen.«

»Warum seid Ihr dann darin nicht unterrichtet worden?«

»Weil Rory und die beiden anderen keine Lust dazu hatten und der Lord keinen Lehrer für mich allein bezahlen wollte. Ich durfte nur lernen, was sie auch lernen wollten.«

»Verstehe.« Er runzelte die Stirn, und sie erwartete eine weitere beißende Bemerkung darüber, was Frauen konnten und was nicht, doch die blieb zu ihrer Überraschung aus. Stattdessen lächelte er ein wenig schief und sagte: »Ich gestehe, Ihr seid ganz und gar nicht so, wie ich mir Euch vorgestellt habe, Mistress. Kennt Ihr Euch womöglich auch mit Zahlen aus?«

»Ja«, antwortete sie und setzte ohne falsche Bescheidenheit hinzu: »Ich kann auf jeden Fall addieren und subtrahieren und malnehmen und teilen auch, wenn die Zahlen nicht zu groß sind. Doch mehr habe ich aus dem eben genannten Grund nicht gelernt.«

»Das würde schon reichen«, bemerkte er nachdenklich. »Ihr könntet Euch auf Eilean Donan nützlicher machen, als ich zu hoffen wagte.«

»Tatsächlich?« Obwohl sie für ihr Leben gern gewusst hätte, was er meinte, hätte sie ihm nie den Gefallen getan, danach zu fragen.

Und er sagte auch nichts weiter. Er lächelte nur geheimnisvoll, und gerade als sie dachte, er würde sich endlich seinem Essen widmen, fuhr er fort: »Doch zuerst einmal müsst Ihr Gehorsam lernen. Ich freue mich schon auf das blaue Kleid heute Abend.«

Molly seufzte. Es würde einige Zeit dauern, bis Kintail begriff, dass er sie nicht herumkommandieren konnte. Dieser dumme Mann glaubte wohl, alles würde nach seiner Pfeife tanzen.

In diesem Augenblick schlug Mackinnon Fin vor, später eine Partie Schach zu spielen. Fin war einverstanden, ließ sich jedoch nicht lange davon abhalten, sein Mündel eingehend zu betrachten. Ihr herrliches Haar fiel ihr nicht mehr in üppigen Kaskaden über den Rücken, sondern war im schlanken Nacken zu einer Rolle gebändigt, aus der sich ein paar duftige Strähnen gelöst hatten. Auch unter ihrer Haube lugten einige Löckchen hervor, die sanft ihre rosigen Wangen umspielten.

Sie saß da, wie versunken in den Anblick der saftigen, halbrohen Scheiben Rindfleisch auf ihrem Teller, ohne auf den Lärm und das Stimmengewirr in der Halle zu achten. Auch für seine Gegenwart schien sie blind und taub. Sie griff graziös nach einem kleinen Stückchen Fleisch und hob es an die Lippen. Als ihre kleine rosa Zunge vorschnellte, um ein wenig Bratensaft aufzufangen, überkam ihn eine plötzliche Erregung. Die gebratene Hühnerkeule, die er in der Hand hielt, war vergessen. Regungslos schwebte sie zwischen Teller und Mund, während er nur Augen für das Mädchen hatte. Geistesabwesend saugte sie den köstlichen Saft aus dem Fleischstückchen, und Fin bekam eine trockene Kehle. Dann nippte sie an ihrem Ale, und er sah, wie sie schluckte. Sie setzte den Becher ab, und er schaute auf ihren Mund und wartete atemlos darauf, dass sie sich die Lippen leckte. Voller Verlangen dachte er, wie gern er über diese Lippen lecken würde.

Da drehte sie sich zu ihm um, blickte ihm direkt in die Augen und fragte: »Esst Ihr das Hühnchen noch, oder wollt Ihr es den ganzen Tag herumschwenken?«

Er erkannte, dass sie seine Blicke die ganze Zeit über bemerkt hatte, und seine Wangen wurden so brennend heiß wie seit seinen Jünglingstagen nicht mehr. Brüsk sagte er: »Solch lockere Rede geziemt sich nicht für eine junge Dame, Mistress. Ihr müsst lernen, Eure Zunge zu hüten.«

Mit zuckersüßem Lächeln erwiderte sie: »Wo wir gerade von Manieren sprechen, Sir, so muss ich Euch sagen, dass es hier auf Dunakin als unschicklich gilt, wenn ein Mann eine Frau beim Essen beobachtet.«

»Ich habe Euch doch gar nicht –«

»Habt Ihr doch.«

»Sei es drum, es steht Euch nicht an, mich zu tadeln.«

»Jemand muss das mal tun«, gab sie zurück. »Falls Ihr gedenkt, einmal meinen Beschützer zu spielen und dann wieder in Eure Rolle als Verführer zurückzufallen, werden wir beide nicht gut miteinander auskommen.« Ohne seine Antwort abzuwarten, widmete sie sich wieder ihrem Essen.

Das war auch gut so, denn ihm fiel einfach keine Erwiderung ein. Wenn er daran dachte, wie er sich bei ihrem ersten Zusammentreffen benommen hatte, krümmte er sich innerlich, wohl wissend, dass er ihr allen Grund gegeben hatte, ihn zu tadeln. Genau das hatte er befürchtet. Diese Vormundschaft war voller Fallstricke, die er nicht voraussehen konnte. Jedenfalls hatte er nicht erwartet, dass sein Mündel derart begehrenswert sein würde.

Er durfte dieser Anziehungskraft nicht nachgeben, sondern musste sie überwinden. Solange er nicht an ihr Vermögen herankam, würde es ihm gar nichts einbringen, sie zu verführen. Da konnte er sie besser verheiraten und auf diese Weise ein Bündnis mit einem anderen mächtigen Clan eingehen.

Er sah, wie sich ihr Busen hob und senkte, und gelangte zu der Überzeugung, dass auch sie mit Gefühlen zu kämpfen hatte – mit Ärger auf ihn zweifellos. Sie schaute in die andere Richtung, und sie hatte auch durchaus einen Anlass, ihm böse zu sein. Angesichts ihrer sanft gerundeten Brüste juckte es ihn in den Fingern, doch er würde sich beherrschen. Die Pflicht verlangte es, und sie verlangte es auch, dass er der Maid Gehorsam beibrachte. Dabei musste er unbedingt seine niedrigen Regungen aus dem Spiel lassen.

In leisem, aber bestimmtem Ton sagte er zu ihr: »Wir werden besser miteinander auskommen, Mistress, wenn Ihr mir nicht dauernd die Stirn bietet. Ihr seid sicher vor mir, das verspreche ich Euch, außer, wenn Ihr meine Autorität in Zweifel zieht.«

Sie presste ihren hübschen Mund zusammen und blieb stumm. Auf jeden Fall hatte er ihr seinen Standpunkt klar gemacht. Er würde seine Aufgabe als Vormund schon bewältigen, so wie er auch sonst alles bewältigte. Es war einfach eine Frage der Übung.

Nur wenig Sonne drang durch das dichte grüne Dach der Baumkronen bis auf den Boden der versteckten Waldlichtung. Claud, der auf den Weiher mitten auf der Lichtung zuschritt, schien es, als seien ein paar vorwitzige Sonnenstrahlen vom Himmel entwischt, um auf dem moosigen Untergrund und der stillen grünen Wasseroberfläche zu spielen.

Der kristallklare Weiher wurde von einer kleinen Quelle gespeist, und wenn man sich ganz still verhielt und kein Lüftchen ging, konnte man ihr leises Plätschern vernehmen.

»Catriona, los, wach auf!«, rief Claud der schlanken kleinen Dame zu, die auf der Lichtung schlief. Er hätte nicht so voreilig sein und sie aufwecken sollen, denn sie war einfach zu schön, wie sie da auf ihrem weichen Bett aus Moos ruhte in ihrem dünnen grünen Gewand, das sich eng an ihren Körper schmiegte und sie fast mit dem Untergrund verschmelzen ließ. Bei ihrem Anblick machte sein Herz einen Sprung, und auch ein anderer Körperteil regte sich.

Unter ihrer glockenförmigen grünen Kopfbedeckung quollen flachsblonde Locken hervor und umrahmten ihr hübsches Gesicht. Beim Klang seiner Stimme presste sie die rosigen Lippen zusammen und zog die schön geschwungenen Brauen zusammen, dann öffnete sie schließlich die Augen. Auch sie waren von einem sanften Grün, wie das Moos, auf dem ihre kleine Gestalt ruhte.

»Warum störst du meinen Schlummer, Claud?«, fragte sie verdrießlich, gähnte und hielt sich dabei eine schmale Hand mit rosigen Nägeln vor den Mund. Als sie sah, wie verdattert er dastand, streckte sie einladend die Arme aus und raunte ihm zu: »Mein unartiger Junge.«

»Oh, vergib mir, meine Herzallerliebste«, bat er, kniete sich neben sie und umfasste ihre Hände.

»Na gut, aber nur, weil du Mackenzie von Kintail die Maid von Dunsithe verschafft hast«, antwortete sie, entzog ihm ihre Hände und streckte sich noch behaglicher auf dem weichen Moos aus.

»Ja, das habe ich«, bestätigte Claud. Er wunderte sich nicht im Geringsten, dass sie darüber Bescheid wusste, und interessierte sich viel mehr für das sanfte Auf und Ab ihrer weichen, festen Brüste unter dem zarten Stoff. Bevor er sich ins Hochland begeben hatte, war er noch nie jemandem wie ihr begegnet.

»Ich bin zufrieden mit dir, Claud.«

»Wirklich, Catriona?« Er beugte sich zu ihr hinab, bis sein Gesicht nur noch wenige Zentimeter von ihrem entfernt war. »Bist du tatsächlich zufrieden mit mir?«

Sie lächelte. »Möchtest du mich küssen, Claud?«

»O ja«, antwortete er mit rauer Stimme. »Wenn ich dürfte, würde ich jeden Zentimeter deines Körpers küssen.«

»Das könnte mir gefallen«, murmelte sie mit dunkler, verführerischer Stimme. »Du kannst bei meinen Brüsten anfangen, wenn du magst.«

Schwungvoll senkte er sich über sie und streifte ihr behutsam das grüne Gewand von Schultern und Busen. Er hatte kaum eine der festen Brustwarzen in den Mund genommen, da fragte sie beiläufig: »Aber welche wichtigen Neuigkeiten haben dich heute hierher geführt?«

Den köstlichen Nippel noch immer zwischen den Lippen, versuchte Claud, seine Gedanken zu sammeln, doch es wollte ihm nicht gelingen. Er hob die Augen zu ihrem Gesicht in der stummen Bitte, sie möge ihn doch noch ein paar Minuten lang gewähren lassen.

»Sag mir, was es Neues gibt, Liebster«, verlangte sie leise. »Hinterher wirst du dich schon erinnern, wo du stehen geblieben bist.«

Widerwillig erhob er sich ein wenig und stellte zufrieden fest, dass sie zumindest keine Anstalten machte, sich zu bedecken. Dann räusperte er sich und murmelte: »Meine Mama hat gesagt, dass die Runde zusammengekommen ist.«

»Ist so ein Treffen denn sehr wichtig?«

Ihr Blick war eindringlich und voller Neugierde. Zumindest langweilte er sie nicht. »Ja, schon. Mama hat gesagt, ich hätte mich nicht in die Angelegenheiten des Königs einmischen dürfen.«

»Aber du hast es so schlau angestellt, Claud. Und außerdem hast du es ja für mich getan. Ich weiß, dass die Vormundschaft über die Maid Kintail von Nutzen sein wird, und ich muss ja auf ihn aufpassen, so wie du auf sie aufpassen musst. Allerdings hätte ich nie zu hoffen gewagt, dass du den König dazu bringen würdest, sie Kintail zu übergeben, aber du hast es tatsächlich geschafft!«

»Ja.« Nach der Auseinandersetzung mit seiner Mutter war Claud die Freude an seinem schlauen Winkelzug ein wenig vergangen, doch jetzt war sie wieder da. »Es war gar nicht so einfach«, fuhr er fort. »Gefühle können wir schließlich nicht beeinflussen, das weißt du ja, sondern nur Ereignisse. Und das auch nur, wenn nichts dazwischenkommt.«

»Aber es ist nichts dazwischengekommen, und du hast es fertig gebracht.«

»Ja, aber jetzt ist meine Mama böse auf mich, und die Runde auch.«

»Erzähl mir noch etwas über die Runde.«

»Ich habe dir doch schon davon berichtet, Catriona. Und außerdem solltest du wissen, wie mächtig sie ist, denn das gilt für deine Gegend hier ebenso wie für meine.«

»Das stimmt schon, aber ich habe kaum etwas mit ihr zu schaffen, also, erzähl schon«, drängte sie ihn.

Und wie immer war er Wachs in ihren Händen. »Die Runde ist unsere Regierung, so wie der Kronrat des Königs in der Welt der Sterblichen. Denn auch bei uns gibt es ja Anführer und Häuptlinge und dergleichen. Die mächtigsten von ihnen bilden die Runde und entscheiden darüber, wer dazugehört und wer nicht. Wenn sie mich ausstoßen, holt mich die Wilde Jagd, und ich muss mit denen durch die endlose Nacht fliegen, bis meine Sünden gesühnt sind. Ich habe schreckliche Angst vor der Wilden Jagd, Catriona.«

»Du hast nur getan, um was ich dich gebeten habe, Claud. Das ist doch nichts Schlimmes.«

»Aber was ist, wenn –«

»Pscht«, machte sie und legte ihm leicht zwei Fingerspitzen auf den Mund. »Mein armer Junge, erinnerst du dich noch, womit du vor ein paar Minuten beschäftigt warst, als ich dich unterbrochen habe?«

»O ja«, sagte er und wurde wieder ganz munter.

Da fasste sie ihn an, und ihre Berührung, zart wie sie war, hatte eine enorme Wirkung. Er vergaß seinen Kummer.

6

Auf Dunakin verbrachte Molly Nachmittag und Abend damit, zusammen mit Lady Mackinnon ihre Sachen zu sortieren und jene zu verpacken, die sie mitnehmen würde. Die Lady redete weniger als gewöhnlich und wirkte gedankenverloren.

»Vielleicht solltet Ihr Euch ein wenig ausruhen, Madam«, schlug Molly vor. »Ihr seht sehr müde aus.«

»Es geht mir gut«, erwiderte die Lady seufzend. »Ich habe nur gerade daran gedacht, wie sehr du mir fehlen wirst. Ich weiß gar nicht, was ich ohne dich anfangen soll.«

Gerührt schloss Molly sie in die Arme und sagte: »Ich bin Euch dankbar für alles, was Ihr für mich getan habt, Madam – und dem Lord natürlich auch. Ihr beide seid mir so sehr Vater und Mutter gewesen, wie es unter den gegebenen Umständen möglich war.«

»Du hast deine richtigen Eltern sehr vermisst, nicht wahr?«

»Ich habe sie ja kaum gekannt«, antwortete Molly wahrheitsgemäß. »Mein Vater hatte mich wohl gern um sich, doch meine Mutter kümmerte sich nicht viel um mich, sondern überließ mich und meine Schwester der Aufsicht von Kinderfrauen. Meine stärkste Erinnerung an meine Mutter ist der Tag unseres Abschieds, als sie mich mit dem rot glühenden Schlüssel verbrannte.«

»Das war wirklich grausam von ihr«, erklärte Lady Mackinnon entschieden. »Soweit ich weiß, trägst du noch immer dieses schreckliche Mal, und ich kann mir nicht vorstellen, warum die Frau ihrem eigenen Kind so etwas angetan hat.«

»Sie hat gesagt, an dem Zeichen könnte sie ihre Tochter

immer wiedererkennen«, entgegnete Molly. »Aber grausam war es schon. Damals kannten mich viele Leute, und auch heute wissen die meisten, wer ich bin. Warum sollte man mich da nicht wiedererkennen?«

»Wir wissen nicht, was damals in ihr vorging«, sagte Lady Mackinnon, »aber du bist eine bedeutende Erbin und unterstehst mächtigen Männern.«

Molly lächelte. »Ihr wart nicht auf mein Vermögen aus.«

»Offen gestanden«, erwiderte Lady Mackinnon mit einem erneuten Seufzer, »haben wir nie die geringste Aussicht darauf gehabt. Ich kann nicht verhehlen, dass ich es gern gesehen hätte, wenn unser Rory oder einer von den anderen Jungen dich geheiratet und das Ganze bekommen hätte. Aber uns war klar, dass Donald dazu niemals seine Zustimmung gegeben hätte, und der König schon gar nicht. Wir haben eigentlich angenommen, Donald würde dich mit einem von seinen eigenen Söhnen vermählen, aber er ist ein vorsichtiger Mann und würde so einen Schritt nie tun, bevor ihm nicht dein Vermögen sicher wäre. Es ist schon komisch, wie der Schatz so einfach verschwinden konnte.«

Molly zuckte bloß die Achseln, und da in diesem Augenblick Doreen ins Zimmer trat, ließen sie das Thema fallen und widmeten sich wieder ihrer Arbeit. Doch bald schon musste Molly wieder an ihre Lage denken und an das, was auf sie zukam.

Der Schatz der Gordons erschien ihr wie ein Märchen, denn sie hatte nie auch nur das Geringste davon zu Gesicht bekommen und wusste auch nicht, woraus er eigentlich bestand. Und an das Schloss, das für die ersten fünf Jahre ihres Lebens ihr Zuhause gewesen war, hatte sie nur undeutliche Erinnerungen. Sie wusste noch, wie sie an der Hand ihres Vaters auf den Hügel geklettert war, der im goldenen Sonnenlicht lag, und von oben auf Dunsithe hinuntergeblickt hatte. Und wie sie auf ihrem Pony geritten war, denn reiten konnte sie schon, seit sie denken konnte. Und an ihre und Bessies

Kinderfrau entsann sie sich auch noch, doch die anderen Erwachsenen auf der Burg waren nur noch vage Gestalten, die in ihrer Erinnerung ineinander flossen. Ihr war ebenfalls entfallen, wie ihr Zimmer ausgesehen hatte, ihr war lediglich im Gedächtnis geblieben, wie sie mit dem Baby auf dem Schoß in dessen Kinderstube gesessen oder die neugeborene Schwester in ihrer Wiege angeschaut hatte. Alles in allem waren es eher Traumbilder als wirkliche Erinnerungen, und außerdem dachte sie nicht mehr gern an jene Zeit und vor allem an Bessie zurück.

Mehr als ihr halbes Leben hatte sie auf Dunakin verbracht, und nun sollte sie es verlassen. Das schien ihr nicht gerecht, doch so war das Leben für eine Frau nun einmal, und so würde es auch immer sein. Sie hatte sich damit abzufinden.

Im Laufe der Zeit hatte sie die Erfahrung gemacht, dass die Männer, die über ihr Schicksal zu bestimmen hatten, mehr daran interessiert waren, die Verfügungsgewalt über sie zu erringen als sie kennen zu lernen. Da war Kintail auch nicht anders. Er rechnete damit, sie leicht beherrschen zu können, doch ihr war es bislang noch immer gelungen, sich Freiräume zu verschaffen, auf Tantallon ebenso wie auf Dunsgaith und auch hier auf Dunakin. Und auf Eilean Donan würde sie das auch schaffen, ganz gleich, was ihr strenger Herr und Meister davon hielt.

Bereits mit sechs Jahren hatte sie Mittel und Wege gefunden, ihren Willen durchzusetzen, und sie in den folgenden Jahren immer mehr verfeinert. Sie würde Kintail schon zeigen, dass er sie nicht wie eine Schachfigur nach Belieben hin und her schieben konnte.

Dabei war sie von jetzt an ganz auf sich gestellt, denn von Mackinnon und seiner Lady konnte sie kaum Hilfe erwarten. Doch letztlich war sie daran gewöhnt, denn trotz ihrer Worte gegenüber Lady Mackinnon hatte sie die beiden nie als Eltern betrachtet und war von ihnen auch nicht dazu ermutigt worden. Sie waren immer freundlich zu ihr gewesen, hatten sie jedoch nie vergessen lassen, dass der grimmige Donald ihr eigentlicher Vormund war. Und ihre Söhne hatten ihr stets gezeigt, dass sie keine Hochländerin war, sondern aus dem Grenzland stammte, was in den Augen der Burschen einen schwer wiegenden Makel darstellte.

Da Molly die Jungen jedoch sowohl in der Schulstube als auch beim Bogenschießen übertraf und weil diese sie ansonsten nicht schlecht behandelten, ärgerte sie sich nicht allzu sehr über ihre Neckereien. Allerdings fühlte sie sich auch keinem von ihnen besonders verbunden. All die Jahre lang war sie für sich geblieben, überzeugt davon, dass es besser wäre, keine engen Beziehungen aufzubauen, die dann womöglich doch wieder zerstört wurden. Jetzt, da sich ihre Befürchtungen bewahrheiteten, beglückwünschte sie sich zu ihrer Einstellung.

Sie hatte nur die leise Befürchtung, dass Kintail ihr gegenüber nicht ebenso distanziert bleiben würde wie die Familie Mackinnon und ihre früheren Vormünder.

Die Gedanken an ihn lösten erneut das eigenartige Gefühl in ihr aus, das sie im Zusammenhang mit ihm stets überfiel. Sie konnte seine Anwesenheit in der Burg geradezu körperlich spüren. Wie sollte das erst werden, wenn sie sich in seinem eigenen Heim aufhalten musste? Hastig richtete sie ihre Aufmerksamkeit wieder auf das Packen und das Geplauder der beiden anderen Frauen, und so verging der Nachmittag. Schließlich stieß die Lady einen besonders tiefen Seufzer aus.

»Ihr seid müde, Madam«, stellte Molly fest. »Es ist längst Zeit für Euer gewohntes Nachmittagsschläfchen, und uns bleibt ja auch noch der ganze morgige Tag zum Packen. Ich muss mich jedenfalls noch waschen, bevor ich mich zum Abendessen umziehe. Ich bin ganz staubig.«

»Ein bisschen Ruhe könnte ich schon vertragen«, gab Lady Mackinnon zu. Sie strich sich eine graue Strähne aus dem Gesicht und blickte sich stirnrunzelnd in der Kammer um. »Ich hätte nie gedacht, dass das so viel Arbeit sein würde.«

»Ich habe immerhin viele Jahre hier gewohnt, und Ihr seid mehr als großzügig gewesen mit den Dingen, die Ihr mir gegeben habt.«

»Nun ja, man kann ja nicht wissen, was du in deinem neuen Zuhause brauchst, und du sollst es so behaglich wie möglich haben. Aber Kintail wird sich wundern, wie viele Körbe und Truhen es sind.«

»Soll er sich ruhig wundern«, entgegnete Molly mit einem Lächeln. »Ich überrasche ihn nur zu gern.«

»Ja, ich habe schon gemerkt, wie du ihn heute Mittag mit diesem gelben Kleid geärgert hast, aber unterschätze den Mann nicht«, sagte Lady Mackinnon ebenfalls lächelnd. »Die meiste Zeit deines Lebens hast du unter Menschen verbracht, die nur dein Bestes wollten. Kann sein, dass das auf Eilean Donan anders sein wird.«

»Dann schreibe ich einen Brief an den König und sage ihm, er soll mich wieder zu Euch zurückschicken«, erklärte Molly grinsend.

»Ach, ich wünschte, das könntest du wirklich!«, stieß Lady Mackinnon hervor, der plötzlich die Augen feucht wurden.

Als Molly ihre Tränen sah, fühlte sie sich auf einmal sehr verloren. Ihr kam der Gedanke, dass ihre Pflegemutter gern ein engeres Verhältnis zu ihr gehabt hätte, wenn Molly nur dazu bereit gewesen wäre. Da diese Vorstellung sie traurig machte, schob sie sie schnell beiseite und sagte: »Ihr habt ein gutes Herz, Madam. Ich bete dafür, dass Kintail auch nur halb so freundlich zu mir ist wie Ihr.«

»Dafür bete ich auch«, erklärte Lady Mackinnon und wischte sich die Tränen ab.

Dann wandte sie sich an die Dienstmagd und fuhr mit festerer Stimme fort: »Ich lasse dich jetzt allein, Doreen, aber sieh zu, dass du unverzüglich Mistress Mollys Kleider durchsiehst und ausbesserst. Wir können unser Mädchen doch nicht in Lumpen nach Eilean Donan gehen lassen.«

»Sehr wohl, Lady, ich werde mich darum kümmern«, antwortete Doreen gehorsam.

»Lass die Ausbesserei erst mal sein, Doreen«, sagte Molly, kaum dass sich die Tür hinter der Lady geschlossen hatte. »Bring mir etwas Wasser, und hol mir das rote Samtgewand, das ich an Weihnachten getragen habe. Das mit dem Zobelbesatz an der Taille und am Saum.«

»Aber Mistress, das könnt Ihr doch nie und nimmer zum Abendessen anziehen«, protestierte Doreen. »Das Kleid ist doch viel zu festlich! Denkt daran, was der Lord neulich gesagt hat. Nach der Kleiderordnung darf so ein Zobelbesatz nur an wirklich hohen Festtagen getragen werden.«

Molly tat den Einwand mit einer Handbewegung ab. »Mir ist eben nach Feiern zu Mute. Kintail, dieser Teufel, hat gesagt, ich solle beim Mittagessen etwas Blaues anziehen, und als ich es nicht tat, meinte er, es sei ein Befehl gewesen. Also werde ich jetzt zum Abendessen blauen Pelz tragen.«

»Wie wäre es denn stattdessen mit dem blauen Seidenkleid, dem mit der Stickerei? Das steht Euch wirklich gut, finde ich.«

»Das mag wohl sein, aber Kintail wird es nicht zu Gesicht bekommen. Ich habe nun einmal beschlossen, nicht nach seiner Pfeife zu tanzen. Also das rote, wenn ich bitten darf. Bürste es gut aus, ich muss nämlich blendend aussehen, damit er merkt, dass er es nicht mit irgend so einem unterwürfigen Mäuschen zu tun hat.«

Sie benetzte sich flüchtig Gesicht und Hände und ließ sich kurz darauf von Doreen in das elegante, pelzbesetzte tiefrote Kleid helfen. Dann schüttelte sie die Röcke aus und kicherte vor sich hin. »Hab keine Angst. Schließlich kann er mich ja nicht dafür umbringen, und er muss beizeiten lernen, dass ich nicht sein Fußabtreter bin. Mit meinem Vermögen kann er dann machen, was er will – wenn er es denn findet.«

»Gehört Euch wirklich ein Schatz, Mistress? Und woraus besteht der denn?«

»Weiß der Himmel«, antwortete Molly. »Die Lady sagt, es gibt ihn, aber die Männer haben auf der Suche danach vergeblich jeden Stein auf Dunsithe umgedreht. Und damit ihn auch kein anderer findet, hat Donald bewaffnete Männer dort stationiert, die den Schatz bewachen sollen. Die wird er wohl abziehen, jetzt, wo Kintail mich unter seine Fuchtel bekommen hat. Der behauptet ja, er habe wenig Interesse an meinem Vermögen, aber das würde mich doch sehr wundern.«

»Ja«, stimmte ihr Doreen zu, »Männer sind ein gieriges Pack.«

Ihrem Ton konnte Molly entnehmen, dass Doreen jetzt nicht von Kintail oder Donald sprach, und da sie sich nicht in die Angelegenheiten des Mädchens einmischen wollte, wechselte sie schnell das Thema. »Ich trage dazu meine silberne Parfumkugel. Hol sie mir bitte.«

»Sehr wohl, Mistress.« Doreen eilte davon, und Molly betupfte ihre Handgelenke und die Kehle mit ein paar Tropfen von dem Lilienparfum, das Mackinnon ihr zu Weihnachten geschenkt hatte. Hätte man sie nach dem Grund gefragt, so hätte sie gesagt, dass sie einfach den Duft mochte. Es störte sie nicht im Geringsten, dass er sich mit dem Aroma der Nelken in der Parfumkugel mischen würde.

Sie musste an den Mann denken, der in der Halle auf sie wartete. Zwar freute sie sich darauf, ihm die Stirn zu bieten, doch zugleich war ihr auch ein wenig bange bei dem Gedanken, wie er auf ihr Kleid reagieren würde. Sie hatte oft genug das leidenschaftliche Wesen gespürt, das sich hinter seiner abweisenden Fassade verbarg, um zu wissen, dass er nicht der Mann war, der mit sich spaßen ließ. Doch konnte sie sich einfach nicht vorstellen, dass er sie vor allen Leuten in der Halle anbrüllen würde, und er tat ihr auch ganz sicher nichts zu Leide.

Doreen fummelte so lange mit der Parfumkugel und einer Kette herum, bis Molly, plötzlich ungeduldig, sie mit den

Worten fortschickte: »Ich möchte noch ein wenig allein sein. Mir bleibt ja nur noch wenig Zeit bis zu meiner Abreise. Du kannst nach dem Abendessen deine Arbeit hier fertig machen.«

»Jawohl, Mistress.« Ohne ein weiteres Wort verließ Doreen die Kammer.

Mit einem tiefen Atemzug trat Molly an das kleine Bogenfenster, stützte ein Knie auf die Polsterbank darunter und beugte sich vor, um hinauszusehen. Sie hoffte, damit alle Gedanken an Kintail wenigstens für ein Weilchen zu verscheuchen.

Im Westen, wo der Himmel pfirsichfarben im Abendlicht leuchtete, wallten graue Nebelschwaden um die kahlen, schroffen Gipfel der Cuillin-Bergkette und breiteten sich mit zunehmender Dunkelheit über dem Land aus. Nur dieser Nebel zeugte noch von den Regenfällen des vergangenen Tages. Wenn es nun aufklarte, würde Molly unweigerlich am Donnerstag mit Kintail reisen müssen.

»Es lohnt nicht, sich über Zukünftiges zu sorgen, auch wenn du diesen Ort und seine Bewohner vermissen wirst.«

Molly erschrak über die Stimme, mehr aber noch über die dicke kleine Frau, die gerade aus dem Nichts direkt neben ihrem Knie auftauchte und sich lässig an den Fenstersims lehnte. Dieses Mal war sie nicht größer als eine Puppe, doch auch jetzt hielt sie diesen merkwürdigen Stab in der Hand, an dessen einem Ende eine weiße Kugel saß und aus dessen Spitze ein grauweißes Rauchfähnchen aufstieg. Molly konnte den angenehmen Duft des Rauches riechen.

»Warum verfolgt Ihr mich?«, wollte Molly wissen, während sie verzweifelt versuchte, sich an den Namen der Frau zu erinnern. »Ich habe gehofft, Ihr wärt nur ein Traum oder ein Trugbild gewesen!«

»Maggie Malloch ist kein Traum«, konterte die kleine Frau. »Das letzte Mal, als wir miteinander sprachen, wollte ich dir gerade etwas erklären, wenn du dich gütigst erinnern willst. Doch dann hast du mich ja so unhöflich unterbrochen.«

»Ich soll Euch unterbrochen haben?«

»Ja, denn du hast Geister heraufbeschworen, die weder meiner noch deiner Welt angehören. Wenn du also wissen willst, was ich dir zu sagen habe, darfst du so etwas nicht wieder tun.«

»Ich werde mich bemühen«, versprach Molly, obwohl sie keine Ahnung hatte, von was für Geistern die Frau sprach. Es war schon schlimm genug, dass sie auf irgendeine Weise die kleine Frau heraufbeschworen hatte, doch außer ihr war sicherlich nun niemand anwesend. »Was habt Ihr eigentlich da in der Hand?«

»Das nennt man eine Pfeife«, klärte Maggie sie auf und nahm einen Zug. »Das ist was Feines, obwohl es von weither aus einem fernen Land stammt. Dort rauchen viele Leute, aber es wird noch eine ganze Zeit dauern, bis es das hier bei uns auch gibt. Erinnerst du dich, was ich dir über mich und meine Welt erzählt habe?«

»Ihr habt gesagt, Ihr seiet ein Hausgeist von der Grenze und mir wegen irgendeiner Pflicht hierher gefolgt. Und dass Euer Sohn Claud daran schuld sei, dass ich von hier fortmuss. Das verstehe ich allerdings nicht, weil ich doch auf königlichen Befehl hin abreisen soll.«

»Nun, es ist alles so gekommen, weil du auf deinem Heimweg vom *ceilidh* letzte Nacht einen Wunsch geäußert hast«, sagte Maggie.

»Einen Wunsch? Was für einen Wunsch? Und wieso hat mein Verhalten nach dem *ceilidh* etwas damit zu tun, dass König Jakob Kintail meine Vormundschaft übertragen hat? Das ist doch schon vorher passiert.«

»Ich war mal wieder zu schnell«, gestand Maggie und nickte. »Natürlich bist du nicht dafür verantwortlich, was Jakob getan hat. Der ganze Schlamassel ist nur entstanden, weil sich Claud mal wieder verliebt hat. Aber das erwähnte ich wohl bereits. Ich sage es fürwahr nur ungern, aber mein eigener Sohn hat nicht genug Grips, um sich solch einen Winkelzug allein auszudenken.«

»Er hat sich verliebt?«

»O ja, und mit dieser Verlieberei ist das eine schlimme Sache. Denn ich glaube, Claud wurde von jemandem angestiftet, der einem Mackenzie den Schatz von Dunsithe in die Hand spielen will. Du weißt ja, verliebte Männer tun alles Mögliche, was sie sonst nicht tun würden, und hinterher bedauern sie es, aber dann ist es meist zu spät.«

»Und jetzt ist es also zu spät?«

»Gewiss, denn schließlich hat der König die Urkunde ja ausgestellt, und Kintail ist hergekommen, nicht wahr? Und wenn der grimmige Donald davon erfährt, wird er seine Soldaten schicken, die Kintails Vater getötet haben, und sein wertvolles Mündel zurückfordern.«

Molly runzelte die Stirn und fragte: »Aber wenn Euer Claud den König beeinflussen kann, warum macht er dann nicht einfach alles wieder rückgängig?«

»Weil das nicht in seiner Macht steht. Was geschehen ist, ist geschehen. Das ist in unserer Welt nicht anders als in eurer, und wir müssen uns alle damit abfinden. Das meinte ich auch damit, als ich davon sprach, dass Claud deinen kleinen Wunsch gehört hat.«

»Aber –«

»Unterbrich mich nicht«, verlangte Maggie streng. »Ich habe dir doch gesagt, dass ich immer nur für kurze Zeit sichtbar bleiben kann. Wenn du das zweite Gesicht besäßest, brauchte ich mich nicht so anzustrengen. Aber du hast es nun einmal nicht. Also, dadurch, dass er den König so beeinflusste, hat Claud die Runde verärgert – das sind die Anführer unseres Clans. Sie nehmen es nämlich sehr übel, wenn sich einer in die Angelegenheiten des Königs einmischt, und ein paar von ihnen wollten Claud ausstoßen. Ich habe sie überredet, ihm noch eine Chance zugeben, aber als ich dem dummen Jungen sagte, er müsse das Mädchen aufgeben – dieses Flittchen, in das er verliebt ist –, wurde er wütend und rannte davon zum *ceilidh*, deinem *ceilidh*. Und als du dann später die Hütte verließest, hörte mein Claud, wie du dir einen Helden wünschtest – einen, der Drachen erschlägt, hast du gesagt.«

Molly, die sich undeutlich erinnerte, etwas Ähnliches gemurmelt zu haben, erklärte: »Aber das war doch nur so dahingesagt. Wollt Ihr mir etwa erzählen, dass Claud mir diesen Wunsch erfüllen wollte, indem er Kintail auf meine Spur führte?«

»Ja, so ähnlich«, antwortete Maggie und verzog ein wenig das Gesicht. »Es ist klar, dass so etwas nur jemandem einfallen kann, der eine weiche Birne hat, aber mein Claud dachte wohl, er könne seinen ersten Fehler wieder gutmachen, indem er dir Kintail als Helden servierte. Ich wusste sofort, dass das schief gehen musste, daher habe ich eingegriffen –«

»Ihr?«

»Ja«, entgegnete Maggie und zwinkerte Molly zu. »In seinem gegenwärtigen Zustand kann Claud alle möglichen Dummheiten anstellen, also hatte ich ein Auge auf ihn. Und als Kintail dich für ein Dienstmädchen hielt und dich schnappen wollte, sorgte ich dafür, dass sein Pferd scheute und ihn abwarf.«

»Und dann habt Ihr ihn wieder gesund gemacht«, ergänzte Molly, die langsam anfing, an Maggies Existenz zu glauben.

»Genau. Und es war ein Glück für Claud, dass ich solche Zauberkräfte habe«, sagte Maggie. »In meiner Welt können die meisten jemandem ein Staubkorn aus dem Auge entfernen oder von weitem Blutungen zum Stillstand bringen, doch so gut wie ich sind nur wenige. Es ist Clauds größter Fehler, dass er es mir gleichtun will, ohne über meine Kräfte zu verfügen.«

»Könnt Ihr denn nicht einfach dafür sorgen, dass Kintail mich nicht mehr will?«, fragte Molly.

»Nein, denn auf die Gefühle der Menschen haben wir keinen Einfluss. Ich kann aus einem kleinen weißen Wölkchen einen wilden Sturm machen, doch ich kann einen Menschen nicht dazu bringen, etwas zu lieben, was er nicht mag, oder ihn von seinem Zorn oder seiner Habgier befreien – oder auch nur Claud von seinem Liebeswahn heilen. Obwohl ich das nur zu gern täte!«

»Ich verstehe«, sagte Molly seufzend. »Dann könnt Ihr Kintail wohl auch nicht dazu bringen, dass er mich lieber in diesem Kleid sieht als in dem blauen, das er verlangt hat.«

»Nein«, antwortete Maggie und zwinkerte noch einmal. »Doch in einem muss ich Claud Recht geben. Es wäre sehr hilfreich und nützlich für dich, wenn du dich in diesen verflixten Mann verlieben könntest.«

Unwillkürlich musste Molly lachen. »Gütiger Himmel!«, rief sie. »Ihr könnt doch nicht wirklich annehmen, dass ich auch nur die geringste –«

Doch wieder einmal sprach sie in die leere Luft, denn Maggie Malloch war verschwunden. Da ertönte auch schon die Glocke und rief die Bewohner der Burg zum Abendessen.

Als Fin die Maid in ihrem roten, mit Zobel besetzten Kleid erblickte, stieß er einen unterdrückten Fluch aus. Wie viele Leute auf Dunakin wussten, dass er ihr befohlen hatte, ein blaues Kleid anzuziehen, mochte der Himmel wissen, doch von seinem Platz an der großen Tafel aus beobachtete er, wie sich fast alle zu ihr umdrehten. Und er konnte es den Leuten wahrlich nicht verdenken.

An diesem Abend trug sie keine Haube, und ihr wunderschönes Haar lag zu einem dicken Zopf geflochten über ihrer Schulter und glänzte im flackernden Lichtschein. Sie sah großartig aus, aber wenn er seine Stellung auf Eilean Donan nicht aufs Spiel setzen wollte, musste er sich jetzt durchsetzen.

Fin hörte Patrick neben sich hüsteln, und als er sich zu ihm umwandte, zwinkerte sein Freund ihm zu. Zumindest Patrick wusste also ganz genau, was hier gespielt wurde. Kintail biss wütend die Zähne zusammen – obwohl er zugeben musste, dass das tiefrote Gewand der Maid noch besser stand als das gelbe vom Mittag.

Sie ging betont langsam und vermied es offensichtlich, ihn anzuschauen. So viel Verstand besaß sie also zumindest. Auf jeden Fall war sie überaus anziehend. Ihre Bewegungen waren so geschmeidig und sinnlich, dass sie alle männlichen Blicke auf sich zogen.

Fin überlegte fieberhaft, womit er ihr eine Lehre erteilen könnte. Dann wandte er sich an Mackinnon und sagte mit weithin vernehmbarer Stimme: »Ich habe meine Meinung geändert, Sir. Wir werden schon morgen in aller Frühe nach Eilean Donan aufbrechen.«

Molly bedachte ihn mit einem zornsprühenden Blick, und Fin verspürte den Drang, sie zu packen und zu schütteln. Er wagte es jedoch nicht, Hand an sie zu legen, denn dann würde er vor lauter Begierde den Kopf verlieren, sie aus der Halle tragen und ihr zeigen –

Mackinnons Worte drängten sich in seinen Tagtraum. »Aber bis dahin ist sie doch noch nicht mit dem Packen fertig! Ein Tag länger wäre doch sicher –«

»Was sie bis morgen Früh nicht eingepackt hat, könnt Ihr ihr nachschicken«, unterbrach Fin ihn in schroffem Ton und funkelte sein Mündel herausfordernd an.

Sie erwiderte seinen Blick und sagte: »Falls Ihr mit dieser Schikane beweisen wollt, dass Ihr noch nicht einmal in so einer läppischen Kleiderfrage Widerspruch duldet, vergeudet Ihr nur Eure Zeit. Und wenn es Euch darum geht, Eure Macht zu beweisen, dann missbraucht Ihr Eure Stellung.«

»Ich treffe meine Entscheidungen nicht aus leichtfertigen Gründen.«

»Da bin ich aber anderer Meinung.«

Ohne ihrem wütenden Blick auszuweichen, sagte er zu

Mackinnon: »Ich muss in knapp einer Woche Gerichtstag halten und habe bis dahin noch sehr viel zu erledigen. Daher sollte ich besser so bald wie irgend möglich aufbrechen, auch wenn ich Euch die Maid gern noch ein wenig länger lassen würde.«

Die Maid schaute ihn noch immer böse an, doch ihr war gewiss klar, dass er seine Entscheidung nicht ändern würde. Auf jeden Fall, dachte er, war sie klug genug, sich nicht in ein Streitgespräch mit ihm einzulassen.

Zufrieden mit seinem Sieg wandte Fin seine Aufmerksamkeit seinem Gastgeber zu, der gerade vorsichtig andeutete, dass man möglicherweise noch ein oder zwei weitere Boote benötigen würde, um Mollys Sachen zu befördern. Da sich diese während der gesamten Mahlzeit in Schweigen hüllte, überlegte er, was sie wohl im Schilde führen mochte. Dann beruhigte er sich mit dem Gedanken, dass er ihr Manieren beigebracht hatte. Allerdings vermisste er den Klang ihrer Stimme, doch sie anzusprechen hätte bedeutet, auf einen Teil seines Triumphes zu verzichten.

Nachdem sie Mackinnon nach dem Abendessen gute Nacht gesagt, sich von Fin jedoch nur mit einem knappen Kopfnicken verabschiedet und die Halle verlassen hatte, wurde ihm auf einmal furchtbar langweilig. Und dass sein Gastgeber ihn zweimal haushoch im Schach schlug, hob auch nicht gerade seine Stimmung.

Auf Schloss Stirling saß der Hofstaat Jakobs des Fünften, des Obersten Königs der Schotten, ebenfalls gerade beim Abendessen. Der König selbst war allerdings nicht anwesend; er vergnügte sich auf die Art und Weise, die ihm seit seinem dreizehnten Lebensjahr die liebste war. Damals hatte sein ansonsten nicht gerade tadelloser Vormund, der Graf von Angus, ihn in die Wunder des weiblichen Körpers eingeführt. Seither hatte sich Jakob in zahlreiche Liebesabenteuer jeglicher Spielart gestürzt und diese Gewohnheit bis zum gegenwärtigen Zeitpunkt, da er siebenundzwanzig Jahre alt und seit fast einem Jahr verlobt war, nicht aufgegeben.

Gerade erklärte er seiner momentanen Gespielin: »Weiß Gott, du bist vielleicht ein süßes Mädchen, Nell! Ich schwöre dir, ich habe noch nie ein Paar Titten gesehen, die so fest und glatt sind wie deine, und so keck noch dazu.« Er streichelte für eine Weile zärtlich ihre Brüste und beugte sich dann über sie, um sie noch ausgiebiger zu genießen.

Seine Hoheit machte wirklich einen überaus verliebten Eindruck, und Eleanor Douglas Gordon, jetzige Lady Percy, seufzte voller Erleichterung und vorgetäuschter Leidenschaft.

Als sie sich nach Stirling begeben hatte, war sie ein großes Risiko eingegangen, denn zweifellos würde Heinrich von ihrem Besuch erfahren. Der König von England hatte überall seine Spione. Und wenn Heinrich davon hörte, würde es auch sofort ihrem Bruder Archie, dem Grafen von Angus, zu Ohren kommen. Zwar fürchtete sie Heinrich den Achten – wie jeder vernünftige Mensch in seiner Umgebung –, doch ihren Bruder fürchtete sie noch viel mehr.

Es war allgemein bekannt, dass Jakob von Schottland dem schönen Geschlecht sehr zugetan war, doch wegen seines unverminderten Hasses auf Angus war keiner – ob nun ehelich oder unehelich geboren – vor ihm sicher, der den Namen Douglas trug. Die Tatsache, dass Nells Vater ihre Mutter nie geheiratet hatte, war für Angus kein Hindernis gewesen, Nells erste Ehe mit Lord Gordon und die zweite mit einem älteren Ritter aus der einflussreichen englischen Familie Percy zu arrangieren, der Gott sei Dank mittlerweile verstorben war. Nells illegitime Herkunft würde Jakob zudem nicht davon abhalten, sie wegen Hexerei anzuklagen und auf dem Scheiterhaufen verbrennen zu lassen, wie er es zwei Monate zuvor mit ihrer Halbschwester Janet getan hatte.

Doch Nell hatte ein wichtiges Anliegen. Dafür war sie am vergangenen Tag in Edinburgh eingetroffen, nachdem sie die ganze Strecke von Northumberland geritten war. Als sie erfuhr, dass sich der Hof nach Stirling begeben hatte, ruhte sie sich eine Weile lang aus und machte sich dann ebenfalls auf den Weg. Kurz nach Sonnenaufgang am nächsten Morgen erblickten sie und ihre drei Begleiter die hoch aufragenden Türme der gewaltigen Festung Stirling, die wie ein schlafender Löwe auf ihrem Felsplateau ruhte.

Obwohl die vier mit lautem Hufgeklapper durch die steilen Gässchen des Ortes ritten, schenkten ihnen die Bewohner, die erst einige Tage zuvor den Einzug des Hofes verfolgt hatten, nur wenig Aufmerksamkeit. Nell war froh darüber, denn bestimmt sah sie ganz entsetzlich aus.

Seit Angus viele Jahre zuvor dem königlichen Haushalt vorgestanden hatte, war sie nicht mehr auf Stirling gewesen, doch viel hatte sich nicht verändert. Zwar hörte man allenthalben das Hämmern und Sägen von Handwerkern, doch der einzige sichtbare Unterschied zu den Tagen von Angus' Herrschaft war, dass das Fallgitter hochgezogen und die Zugbrücke herabgelassen war.

Die Doppeltore waren natürlich geschlossen, doch als Nell ihren Namen nannte, wurden sie sofort geöffnet, und gleich darauf donnerten die Hufe der Pferde über die hölzerne Zugbrücke. Der Vorhof des Schlosses sah noch genauso aus, wie Nell ihn in Erinnerung hatte, doch überall waren Ausbesserungsarbeiten im Gange, und zahlreiche Arbeiter hasteten hin und her.

Im Inneren des Schlosses war es ein wenig ruhiger. Nell entließ die beiden Bewaffneten, die mit ihr geritten waren, damit sie sich um Pferde und Gepäck kümmern und dann ausruhen konnten. Dann folgten sie und ihre Zofe einem Diener in eine Kammer, wo sich Nell den ganzen Morgen über für die Begegnung mit dem König zurechtmachte.

Als sie sich kurz vor ein Uhr in die große Halle begab, bemerkte sie, dass das Schloss von modisch ausstaffierten Menschen nur so wimmelte, doch von denen interessierte sie keiner auch nur im Geringsten. Sie war ausschließlich gekommen, um Jakob zu treffen.

Mit vierunddreißig war Nell noch immer eine bemerkenswert schöne Frau, aber sie wusste, dass sie nichts dem Zufall überlassen durfte. Jakob hatte ein Auge für weibliche Reize, und obwohl sie sieben Jahre älter war als er, war sie sicher, dass sie ihn nicht enttäuschen würde. Zum einen wirkte sie jünger, als sie war, und zum anderen kümmerte sich Jakob nur insofern um das Alter einer Frau, als er herausfinden wollte, wie viel Erfahrung und Fantasie im Bett sie mit den Jahren gewonnen hatte. Über beides verfügte Nell in reichem Maße, und infolgedessen war Seine Hoheit bald Wachs in ihren weichen, glatten Händen.

Beim ersten, verführerischen Blick, den sie Jakob zuwarf, fiel ihr wieder einmal auf, was für ein gut aussehender Mann der König doch war – groß, kräftig gebaut und von faszinierenden Umgangsformen. Als sie ihm zuletzt gegenübergestanden hatte, war er noch ein rothaariger, blauäugiger Jüngling gewesen, der ein wirklich attraktiver Mann zu werden versprach. Und dieses Versprechen hatte er voll und ganz gehalten.

Nachdem der Herold Nell angekündigt hatte, trat sie vor Jakob hin und merkte sofort, dass der sich an ihren Namen erinnerte. Während sie einen tiefen Hofknicks machte, hielt sie gespannt den Atem an. Dann, als sie das Interesse in seinen Augen las, entspannte sie sich ein wenig und beugte erleichtert den Kopf in einer demütig wirkenden Geste. Schließlich wagte sie es, ihm unter ihren langen, dunklen Wimpern einen Blick zuzuwerfen. Dabei stellte sie mit Genugtuung fest, dass seine Augen unverwandt auf ihren sanft schwellenden Brüsten ruhten, die das tief ausgeschnittene, enge Mieder ihres blauen Samtkleides zu sprengen drohten.

Um die Wirkung zu erhöhen, tat sie einen tiefen Atemzug, und sie hörte, wie er nach Luft schnappte. Ganz bewusst hatte sie ein Gewand mit einem solch unmäßigen Dekolletee gewählt, und in diesem Augenblick wusste sie, dass sie den Mann richtig eingeschätzt hatte.

Mit anerkennendem Lächeln reichte der König ihr seine Hand beim Aufstehen und bot ihr darauf seinen Arm, doch dann bat er einen seiner Edelleute, sie zu Tisch zu führen. Nell tat so, als sei sie darüber hoch erfreut, und brachte sogar die Geduld auf, dem Geschwätz einer prächtig gekleideten, aber äußerst langweiligen Frau zu lauschen, die ihr ungebeten ihre beiden reizlosen Töchter vorstellte. Nell machte sich nicht die Mühe, sich ihre Namen zu merken.

Die Halle war voller Menschen, von denen viele bis in den Nachmittag hinein dort verweilten, so auch der König, den seine Berater mehrmals vergebens um seine Aufmerksamkeit baten. Es gab Gerüchte über einen Aufstand im westlichen Hochland, wo der grimmige Donald, der die Herrschaft über die Inseln wiedererlangen wollte, offenbar bei den anderen Clans um Unterstützung warb.

Bei diesen Neuigkeiten spitzte Nell aufmerksam die Ohren. Es war bedauerlich, dass die Leute auf Stirling schon so viel über Donalds Pläne gehört hatten, dennoch hoffte sie hier etwas zu erfahren, aus dem sie Nutzen ziehen konnte. Egal, was Angus oder Heinrich denken mochten, es war auf jeden Fall richtig gewesen, nach Stirling zu kommen, bevor sie sich allein auf den Weg in das Hochland mit seinen Aufständischen machte.

Sie hatte schon beinahe die Hoffnung aufgegeben, Jakob vor dem Abendessen noch einmal zu sprechen, da stand er plötzlich vor ihr und bot ihr galant seinen Arm.

Als sie ihm lächelnd die Hand auf den Arm legte, flüsterte er ihr ins Ohr: »Ich hoffe, es stört Euch nicht, wenn wir uns zurückziehen, Madam. Wir haben so viel zu besprechen.«

»Euer Wunsch ist mir wie immer Befehl, Sire«, antwortete sie fügsam.

Jakob kicherte leise. »Ich werde die Probe aufs Exempel machen, das verspreche ich Euch.«

Er führte sie in eines seiner Privatgemächer, verriegelte die Tür und sagte nur: »Ich hoffe, wir verstehen einander.«

»Ja, Euer Hoheit. Ihr könnt über mich verfügen.«

Ohne ein weiteres Wort entblößte er ihre Brüste und befahl ihr, ihm beim Ausziehen zu helfen. Nur zu gern kam Nell diesem – und weiteren – Befehlen nach, und als sie sich schließlich im Bett räkelten, liebkoste Jakob noch ein wenig ihre Brüste mit seiner Zunge, dann stieg er auf sie und nahm sie voller Genuss. Danach lag er so lange reglos auf ihr, dass sie schon fürchtete, er sei eingeschlafen.

Sein Gewicht lastete schwer auf ihr, doch als sie versuchte, ihn von sich hinunterzuschieben, brummte er: »Lieg doch still, Mädchen. Sag mir lieber, wieso ich mich nicht erinnern kann, dir die Rückkehr nach Schottland erlaubt zu haben.«

»Ich wusste nicht, dass ich dazu Eure Erlaubnis brauche, Sire«, murmelte Nell und hoffte bloß, dass er ihr Herzklopfen nicht spürte. »Schließlich bin ich nur nach Hause gekommen.«

»Und was macht Ihr dann hier auf Stirling?«

»Ich wollte Euch um Vergebung bitten und um eine Gunst«, erwiderte sie, bemüht, ruhig zu klingen und sich ihre wachsende Aufregung nicht anmerken zu lassen.

Jakob hob den Kopf und sah sie an.

»Eine Gunst, Madam?« Er zog spöttisch eine Braue hoch und setzte hinzu: »Ich will doch wohl annehmen, dass diese Gunst nicht Eurem lästigen Bruder gelten soll.«

»Das würde er mir übel danken«, antwortete Nell aufrichtig. »Und außerdem, Sire, weiß ich, dass Ihr niemals so töricht wärt, Angus wieder nach Schottland zu lassen. Offen gestanden traue ich ihm nicht mehr über den Weg als Ihr, denn schließlich hat er sich mir gegenüber abscheulich benommen.« Und das, dachte sie, war die reine Wahrheit.

Jakob rutschte von ihr hinunter, legte sich neben sie auf die Seite und blickte sie forschend an. »Was also wollt Ihr von mir?«

Jetzt war der Augenblick gekommen. Ihre Lippen waren trocken, doch sie wagte nicht, sie zu befeuchten, aus Angst, Jakob könnte merken, wie nervös sie war, und daraus seine Schlüsse ziehen.

Nach kurzem Nachdenken sagte sie: »Ich hoffe, ich kann Euch von einigem Nutzen sein und vielleicht dabei auch meinen eigenen Zwecken dienen.«

»Wie solltet Ihr mir von Nutzen sein, außer auf die Art und Weise, die Ihr mir soeben demonstriert habt?«, wollte er wissen.

»Der grimmige Donald«, platzte Nell heraus. »Ich … ich habe gehört, dass Ihr fürchtet, er könnte Ärger machen und sich womöglich sogar einen gewissen Titel im Hochland aneignen wollen.«

»Das stimmt.« Er runzelte die Stirn. »Ich habe ihm meine Freundschaft angeboten. Stattdessen hat sich dieser Verräter gegen mich gestellt. Wollt Ihr vielleicht als Spionin in sein Haus gehen, Madam?«

»Ihr habt vielleicht vergessen, dass Donald der Vormund meiner Tochter ist, Sire.«

Jakob schwieg für einen Augenblick und fragte dann leise: »Habt Ihr keine weiteren Kinder, Madam?«

In bitterem Ton antwortete Nell: »Ich habe Gordon zwei Töchter geboren, doch die jüngere von ihnen starb bald, nachdem Angus sie mir weggenommen hatte. Mit Percy habe ich keine Kinder, denn er war schon älter, als wir heirateten. Molly ist mir als Einzige geblieben.« Da sie nicht mehr aus ihrer Vergangenheit erzählen wollte, fügte sie hinzu: »Ich habe gehört, Sire, dass sie noch unverheiratet ist. Es ist mein größter Wunsch, dass mir Donald die Erlaubnis gibt, sie zu besuchen.«

»Wisst Ihr, was aus ihrem Vermögen geworden ist, Nell?«

»Nein, Sire«, entgegnete sie gelassen und sah ihm dabei fest in die Augen. »Ich wusste nie, wo Gordon seine Schätze aufbewahrte. Nach seinem Tod stellte ich fest, dass er sogar meine Juwelen versteckt hatte. Und noch mehr war verschwunden, selbst die Möbel aus dem Schloss.«

Jakob schaute sie lange an, dann sagte er: »Es fällt mir schwer, jemandem mit dem Namen Douglas zu vertrauen. Könnte es nicht sein, dass sich Angus alles geholt hat?«

»Dafür gab es nie auch nur den geringsten Hinweis«, entgegnete Nell und war froh, in diesem Punkt nicht lügen zu müssen. »Ich bitte Euch, Sire, gebt mir die Erlaubnis, mich auf die Suche nach meiner Tochter zu machen.«

»Mir scheint noch mehr als bloße Mutterliebe hinter Eurer Bitte zu stecken«, bemerkte Jakob scharfsinnig. »Ich verspreche Euch, über die Angelegenheit nachzudenken, Madam. Euer Plan hat nur einen winzigen Haken.«

Nell wollte nicht um eine Erklärung betteln und blieb daher stumm, denn immerhin besaß sie nicht nur das Blut der Douglas', sondern auch ihren Stolz.

Etwas wie Verständnis blitzte in Jakobs Augen auf, und er fuhr mit sanfterer Stimme fort: »Eure Tochter ist nicht länger das Mündel von Donald von Sleat.«

»Wo ist sie dann?«

»Alles zu seiner Zeit, Madam, alles zu seiner Zeit.«

Nell zwang sich zu einem Lächeln. Wenn sie verriet, wie wichtig seine Entscheidung für sie war, würde er sie nur noch länger hinhalten. Sie hoffte sehr, dass sie sein Interesse so lange fesseln konnte, bis sie bekam, was sie wollte. Als Percys Witwe genoss sie mehr Freiheit als jemals zuvor in ihrem Leben, und sie war nicht gewillt, auch nur das Geringste davon wieder herzugeben. Doch wenn man auf Dauer frei sein wollte, musste man auch unabhängig sein, und das war für eine Frau weiß Gott nicht einfach.

7

Noch vor Tagesanbruch erhoben sich Fin und seine Männer, aßen ihr Frühstück und trugen dann Mistress Gordons restliches Gepäck in die Boote. Der Himmel war schwarz und sternenlos, und die feuchten Nebelschwaden waberten gespenstisch um die Fackeln, die die Männer trugen.

Die meisten von Mollys Habseligkeiten waren bereits in den beiden Langbooten verstaut worden, die Mackinnon ihnen zur Verfügung gestellt hatte und die den alten Wikingerschiffen ähnelten. Sie waren schmal gebaut, hatten einen hochgezogenen Bug und konnten mit Rudern oder Segeln bewegt werden, was sie für die Fahrten zwischen den einzelnen Inseln besonders geeignet machte.

Fin hatte nicht gut geschlafen und war entsprechend schlechter Laune. Am Abend zuvor hatte sich die Maid zeitig zurückgezogen und ihn seinem Schicksal am Schachbrett überlassen, und zu allem Überfluss hatte sich der alte Mann auch noch genötigt gesehen, ihm gut zuzureden.

»Sie ist ein liebes, gutherziges Mädchen«, hatte er gesagt.

»Kann schon sein«, war Fins knappe Antwort gewesen, da er keinen Streit vom Zaun brechen wollte.

»Wenn sie bei Euch ein wenig schwierig ist, dann liegt das sicher daran, dass sie Angst hat, so ganz allein mit Euch fortzuziehen. Schließlich kennt sie Euch gar nicht, Junge. Ihr solltet Sie fürs Erste mit Nachsicht behandeln.«

»Ich bin doch kein Menschenfresser, Sir«, entgegnete Fin. »Aber Frauen müssen dem Mann gehorchen, der über sie gebietet«, fügte er brüsk hinzu. »Zu ihrer eigenen Sicherheit sollte die Maid das lernen, und sie wird es leichter lernen, wenn sie sich mir nicht länger widersetzt.«

Während die Männer nun die Boote bereitmachten, musste Fin wieder an jenen Wortwechsel denken. Es war gut, dass er in diesem Punkt fest geblieben war. Er hatte seine Mutter schon als kleines Kind verloren, doch seine Erfahrungen mit anderen Frauen hatten ihm gezeigt, dass sie sich so viele Freiheiten herausnahmen, wie sie nur konnten, und wenn ein Mann nicht einmal in der Lage war, seinen Haushalt zu regieren, würde er auch sonst nie viel zu sagen haben.

Bei seiner großen Verantwortung und all den Pflichten, die er als Anführer der Kintails nun einmal hatte, konnte er es sich nicht leisten, dass ihm eine kleine, offensichtlich verwöhnte Frau die Stirn bot. Doch war es nicht der Gedanke an ihre allzu freie Kindheit gewesen, der ihn in der letzten Nacht nicht hatte schlafen lassen. Vielmehr waren die Bilder ihres schlanken, kurvenreichen Körpers schuld daran gewesen. Bei diesen hatte sich ihm die Frage aufgedrängt, wie die Maid wohl nackt aussehen mochte und wie es wohl wäre, die Hände in ihrem Seidenhaar zu vergraben und über ihre glatte Haut zu streicheln.

Trotz aller Anstrengung, sich auf andere Dinge zu konzentrieren, gingen ihm diese Bilder auch jetzt einfach nicht aus dem Kopf. Mit einem Seufzer zwang er sich, an etwas anderes zu denken.

Für den Fall, dass der grimmige Donald bereits wusste, dass man ihm die Vormundschaft über die Maid entzogen hatte, würde ihnen noch ein weiteres von Mackinnons Booten, mit Bewaffneten bemannt, auf dem Weg nach Eilean Donan Geleitschutz geben. Denn niemand zweifelte daran, dass Donald in einem solchen Fall unverzüglich losschlagen würde, und so konnte Fin nur hoffen, seine Last schnell genug in den Mauern von Eilean Donan in Sicherheit zu bringen – falls sie dann nicht bereits geflohen wäre.

Das war auch ein Gedanke, der ihn wach gehalten hatte und auch jetzt noch immer beschäftigte. Er hatte deutlich sehen können, wie verärgert Molly beim Abendessen gewesen war, und er bezweifelte, dass dieser Ärger mittlerweile verflogen war. Außerdem hatte sie ihm von Anfang an klar gemacht, dass sie sich weder ihm noch irgendeinem anderen Mann jemals unterwerfen würde.

Wieder einmal kam ihm in den Sinn, dass er als ihr neuer Vormund auch verpflichtet war, einen geeigneten Ehemann für sie zu finden, am besten einen, der ihm ebenfalls Vorteile bringen würde. Doch vorher musste sie lernen zu gehorchen, denn für eine Ehe war sie einfach noch nicht reif genug. Vermutlich würde sie sogar angesichts des Königs ihr kleines Kinn trotzig vorrecken, sollte sich Seine Hoheit jemals ins Hochland wagen und der Maid von Dunsithe befehlen, vor ihm niederzuknien.

Bei dieser Vorstellung musste Fin innerlich lachen, doch zwang er seine Gedanken rasch wieder in ernstere Bahnen. Es war nun einmal nicht daran zu rütteln, dass Frauen das schwächere Geschlecht waren und einen Mann brauchten, der sie beschützte. Im Gegenzug schuldeten sie ihrem Beschützer unbedingten Gehorsam.

Ganz ohne Zweifel wäre Jakob von Mollys Frechheit alles andere als angetan. Und er war nicht der einzige Mann, der unverschämte Mädchen nicht ausstehen konnte. Jedem Laird im Range eines Barons, wie zum Beispiel auch Fin, unterstand die hohe Gerichtsbarkeit, wodurch er jeglicher Unverschämtheit – und dem Mädchen überhaupt – ein schnelles Ende bereiten konnte. Die Vorstellung, dass ihre unglaubliche Schönheit so sinnlos vergeudet werden könnte, vertrieb den letzten Rest von Belustigung aus Fins Gedanken und machte ihn ganz elend. Wenn er mit dem Mädchen fertig war, würde es sanft wie ein Lämmchen sein, das nahm er sich fest vor.

Schließlich war er ein verantwortungsbewusster Mann. Er hatte die Aufgaben auf sich genommen, die der Tod seines Vaters ihm auferlegt hatte, und er würde auch vor seinen Pflichten gegenüber der Maid von Dunsithe nicht zurückschrecken, ganz gleich, welchen Sturm von Gefühlen sie in ihm auslöste.

Als Fin und Patrick zur Burg zurückgingen, war es schon fast hell. Die anderen Männer blieben zurück und bewachten Boote und Fracht. An den langen Tischen saßen noch einige Burgbewohner beim Morgenmahl, und Fins Blick schweifte durch die Halle auf der Suche nach Mistress Gordons lieblicher Gestalt.

Als er sie nirgends sehen konnte, biss er in plötzlicher Angst die Zähne zusammen. Falls Mackinnon dem kleinen Biest geholfen hatte zu fliehen, konnte er wenig dagegen unternehmen.

Zum gegenwärtigen Zeitpunkt, da ein überaus reizbarer Donald wahrscheinlich seine Schiffe und Fußsoldaten auf den Weg schickte, wäre es der helle Wahnsinn, sich mit jemandem auf Skye anzulegen.

Da entdeckte er sie. Sie stand neben Mackinnon, hatte ihm ihre zarte Hand auf den Arm gelegt und plauderte mit einem der Leute. Sofort entspannten sich Fins Kiefer, und er war so erleichtert, dass es ihn selbst überraschte.

Neben ihm flüsterte Patrick mit einem leisen Glucksen in der Stimme: »Ich wette, du bist ganz schön froh, sie zu sehen. So vernarrt, wie Mackinnon in das Mädchen ist, hatte ich schon Angst, er habe sie einfach verschwinden lassen.«

»Gut für ihn, dass er es nicht getan hat«, entgegnete Fin.

»Ja, wirklich«, stimmte Patrick ihm zu, noch immer belustigt. »Wir hätten sie nie wiedergefunden, denn du weißt ja, die Berge hier sind tückisch und bewahren ihre Geheimnisse gut.«

Fin zuckte mit den Schultern. Jetzt, da Mistress Gordon in Lebensgröße vor ihm stand, brauchte er keinen Gedanken mehr an die Berge von Skye zu verschwenden.

In diesem Augenblick drehte sie sich um, erblickte ihn und reckte sofort kampflustig das Kinn. Plötzlich musste er sich ein Lächeln verkneifen.

Molly hatte sofort bemerkt, dass Kintail und sein Gefährte in die Halle traten, sich jedoch nichts anmerken lassen. Während sie die beiden verstohlen aus den Augenwinkeln musterte, stellte sie fest, dass die beiden Männer vom Festland viel größer waren als die Männer auf Skye. Sah man die beiden für sich, fiel es nicht so auf, doch hier in der belebten Halle wurde der Unterschied augenfällig. Die Mehrzahl der Leute aus dem Hochland war größer als sie, und die meisten Männer überragten sie bei Weitem. Das galt auch für Kintail, bei dem noch sein einschüchterndes Auftreten hinzukam.

Vielleicht, ging es ihr durch den Sinn, hatte ihn das Pferd nur deshalb abgeworfen, weil er einfach zu schwer für das arme Tier gewesen war. Dann dachte sie an Maggie Malloch und stieß einen Seufzer aus, sich nicht im Klaren darüber, was ihr lieber wäre: dass die kleine Frau nur eine Ausgeburt ihrer überreizten Fantasie war oder dass diese wirklich die Kraft besaß, ihr gegen Kintail beizustehen.

Direkt nach dem Aufwachen und noch bevor Doreen eingetroffen war, um ihr beim Ankleiden zu helfen, hatte Molly versucht, Maggie Malloch heraufzubeschwören. Sie wollte sie bitten, ihr die Reise nach Eilean Donan zu ersparen, doch vergeblich. Falls Maggie sie gehört hatte, so war sie jedenfalls nicht in Erscheinung getreten.

Zum Frühstück hatte Molly nur ein paar Bissen heruntergebracht, und als Mackinnon sie drängte, doch mehr zu essen, sagte sie ihm, dass sie keinen Hunger habe. In ihrem Inneren herrschte schon Aufruhr genug, auch ohne dass sie ihrem Körper noch Nahrung zugemutet hätte.

Als sie sah, wie Kintail seine Blicke durch die Halle schweifen ließ, wusste sie, dass er nach ihr Ausschau hielt. Rasch wandte sie ihre Aufmerksamkeit wieder den Lehnsbauern zu, die gekommen waren, um sich von ihr zu verabschieden, doch nach wie vor spürte sie seine Anwesenheit wie ein Prickeln auf der Haut. Schließlich hielt sie es vor Neugier nicht mehr aus und drehte sich zu ihm um. Sie wollte herausfinden, ob er sie bereits entdeckt hatte.

Ihre Blicke trafen sich, und während es sie wie ein Blitz durchzuckte, straffte sie unwillkürlich die Schultern und hob das Kinn.

Seine Augen verengten sich, und es zuckte kurz um seinen Mund, dann presste er die Lippen fest zusammen. Zu gern wäre sie seinem stechenden Blick ausgewichen, denn sie fühlte, wie ihr die Hitze nicht nur in die Wangen stieg, sondern ihren ganzen Körper überflutete, so als sei es urplötzlich heiß in der Halle geworden. Als Mackinnon ihr auf den Arm tippte, fuhr sie vor Schreck zusammen und starrte ihn mit großen Augen an.

»Kintail scheint zur Abfahrt bereit zu sein, mein Mädchen«, sagte er sanft.

»Ich ... ich wünschte, Ihr und die Lady könntet mit uns kommen«, entschlüpfte es Molly gegen ihren Willen.

Mackinnon schaute traurig und unbehaglich drein. »Ich auch«, antwortete er, »aber Kintail hat anders entschieden. Er will, dass du allein mit ihm gehst.«

»Nun, zumindest bin ich nicht ganz allein. Schließlich begleitet mich Doreen«, sagte sie mit einem erzwungenen Lächeln. Doch das Lächeln verging ihr bei Mackinnons nächsten Worten.

»Doreen kann dich nicht begleiten, Mädchen«, erklärte er und wich ihrem Blick aus. »Kintail sagt, auf Eilean Donan ist nicht genug Platz für noch einen Dienstboten. Aber er hat mir versprochen, dass du nicht einsam sein wirst.«

»Er wird mich doch nicht gleich irgendeinem Mann geben, nicht wahr?« Dieser Gedanke lag ihr schon lange auf der Seele, denn sie wusste, dass ihr Vormund sie eines Tages vorteilhaft – zumindest für sich selbst – verheiraten würde. Die Vorstellung, dass dieser Vormund nun nicht mehr der grimmige Donald, sondern Kintail war, machte die Sache nur noch schlimmer.

»Er wird dich nicht so bald zu einer Heirat zwingen«, antwortete Mackinnon, nun schon bedeutend weniger verlegen. »Er hat selbst noch keine Heiratsabsichten, und er hat gesagt, er würde noch eine Weile über einen möglichen Kandidaten nachdenken. Und in der Zwischenzeit würdest du genug Gesellschaft haben.«

»Sagte er ›Gesellschaft‹?«

»Ja.«

Sie überlegte kurz, ob Kintail ihr wohl vorschreiben wollte, Hausarbeit zu verrichten, da er doch so wenig Platz für weitere Diener hatte. Bei diesem Gedanken musste sie beinahe lächeln, da sie sich mit Haushaltsdingen nicht auskannte und daher für eine solche Aufgabe denkbar ungeeignet war.

Bevor sie diese Möglichkeit noch länger erwägen konnte, war Fin schon zu ihnen getreten. Von der Spannung, die sie bei seinem Eintreten wahrgenommen hatte, war keine Spur mehr zu spüren, und er sagte in gelassenem Ton: »Bereit zur Abreise, Mistress?«

»Wenn es denn sein muss«, erwiderte sie. »Stimmt es, dass ich meine Kammerzofe nicht mitnehmen darf?«

»Man hat mir gesagt, dass sie in einem Monat heiraten will«, antwortete er ruhig und vernünftig. »Es erschien mir sinnlos, sie mitzunehmen, wenn sie uns doch bald wieder verlassen müsste und sich in der Zwischenzeit wahrscheinlich nur nach ihrem Bräutigam sehnen würde.«

»Sie ist mir treu ergeben«, sagte Molly eigensinnig.

»Ja, und das ist der wahre Grund, warum ich sie nicht mitnehme«, erklärte er mit einem aufreizenden Lächeln.

Sowohl das Lächeln als auch seine Frechheit nahmen Molly fast den Atem. In ihrer Verwirrung entgegnete sie schärfer als beabsichtigt: »Und das wagt Ihr, mir auf den Kopf zuzusagen?«

Sein Lächeln verschwand. »Sie kann Euch begleiten, wenn Ihr unbedingt wollt, Mistress. Ich werde es nicht verbieten, doch sie wird wohl mit in Eurer Kammer schlafen müssen, und die ist sehr klein. Außerdem wird das unglückliche Mädchen wahrscheinlich keine erfreuliche Gesellschaft sein, aber wenn Euch das nicht stört …«

Dafür, dass er sie als so herzlos dastehen ließ, hätte Molly ihm am liebsten eine Ohrfeige verpasst. Nie war ihr der Gedanke gekommen, dass Doreen womöglich nicht mit ihr nach Eilean Donan gehen wollte. Doch in diesem Augenblick überkam sie die Erinnerung an ihren eigenen Abschied von Dunsithe – ihr Entsetzen und das Elend, als sie von völlig Fremden aus ihrem Heim gerissen worden war. Sie entsann sich, dass sie nach jener schrecklichen Nacht ein paar Wochen lang kaum ein Wort geredet hatte. Ein solches Schicksal wollte sie Doreen um alles in der Welt ersparen.

»Vielleicht kann mich eine andere Dienerin begleiten«, schlug sie an Mackinnon gewandt vor. »Ich bin sicher, die Lady findet es unschicklich, dass ich ohne weibliche Begleitung mit all diesen Männern reisen soll.«

Darauf entgegnete Kintail mit ruhiger Stimme: »Da Ihr mit Eurem rechtmäßigen Vormund reist, Mädchen, ist es durchaus schicklich. Ich werde auf Euch aufpassen, und meine Männer werden Euch ganz gewiss nichts zu Leide tun, schon gar nicht, wenn ich dabei bin.«

Ohne ihn anzuschauen, dachte sie im Stillen, dass sich seine Gegenwart womöglich als die größte Gefahr für sie herausstellen könnte. Sie blickte Mackinnon fragend an, doch der Lord sah zweifelnd drein, und ihr kam der Gedanke, dass sich schwerlich eine Frau auf Dunakin finden ließe, die freiwillig mit nach Eilean Donan ging. Sie alle würden sich dem Wunsch ihres Herrn fügen, doch ihr fiel ein, dass sie zwar jahrelang hier gelebt hatte, doch letztlich keine Mackinnon war und daher nicht das Recht besaß, Ansprüche an die Mitglieder des Clans zu stellen.

»Wenn du möchtest, Mädelchen«, sagte Mackinnon freundlich, »werde ich mal herumhören, ob sich jemand findet.«

»Nein, lasst nur«, entgegnete Molly so würdevoll wie möglich. »Ich hoffe aber, Ihr und die Lady werdet mich besuchen kommen. Ich würde mich sehr freuen, Euch wiederzusehen.«

»Ja, das werden wir bestimmt tun, und zwar schon sehr bald«, antwortete Mackinnon und warf Kintail einen warnenden Blick zu für den Fall, dass dieser es wagen sollte, ihm das zu verbieten.

Doch der sagte bloß: »Ihr seid willkommen. Und es ist ja auch nicht weit, nur acht oder zehn Meilen mit dem Boot. Bei einer steifen Brise aus Westen ist das in zwei Stunden zu schaffen.«

Mackinnon nickte zustimmend und gab einem Knecht ein Zeichen, der schon mit Mollys Umhang bereitstand. Mackinnon griff nach dem Kleidungsstück, legte es ihr um und schloss zärtlich die Spange unter ihrem Kinn. Dabei strich er leicht mit den Fingerspitzen über ihre Wange, und in seinen Augen funkelten Tränen. »Wir werden dich vermissen, Mädchen, das ist mal sicher«, sagte er.

»Ja«, konnte sie nur entgegnen, ganz verblüfft, dass er seine Gefühle so offen vor all den Leuten zeigte. Sie war froh, dass Lady Mackinnon erklärt hatte, sie würde es nicht fertig bringen, sich noch einmal von ihr zu verabschieden. Denn bei einem tränenreichen Abschied hätte auch Molly nicht mehr an sich halten können. Sie war beinahe erleichtert, als Kintail ihr seinen Arm reichte und ihr damit zu verstehen gab, dass es Zeit zum Aufbruch sei.

Sie übersah geflissentlich seine bestimmende Geste, legte stattdessen Mackinnon ihre Hand auf den Arm und fragte: »Wollt Ihr nicht mit zum Strand hinunterkommen, Sir?«

»Ja, sicher«, antwortete er bereitwillig, nahm sie bei der Hand und führte sie aus der Halle, während Kintail nichts anderes übrig blieb, als hinterherzugehen.

Molly, die erfreut die Abschiedsgrüße der Leute entgegennahm, war sich fast sicher, dass sie von Sir Patrick MacRae ein unterdrücktes Glucksen gehört hatte. Die Vorstellung, welche Wirkung das auf Kintails Laune haben mochte, ließ sie noch erfreuter lächeln.

Die Luft war noch immer schwer vom Nebel, der die schroffen Gipfel des Cuillin-Massivs verbarg und die hügelige Küste des Festlands, die der Insel Skye gegenüberlag, nur als vagen dunklen Schatten enthüllte. Der Nebel dämpfte ihre Schritte ebenso wie alle anderen Geräusche auf der Insel. Nur das Klatschen der Wellen am Strand war zu vernehmen. Die Bewohner des Dörfchens kamen zu Mollys Abschied aus ihren Häusern, sprachen jedoch kein Wort. Jedes Gesicht, jeder einzelne der Männer, Frauen und Kinder war ihr lieb und vertraut, wie sehr würde sie sie alle vermissen.

Mit Freude und Dankbarkeit bemerkte sie, dass Doreen neben einem der Boote auf sie wartete. Da Molly fest davon ausgegangen war, dass die Zofe sie begleiten würde, hatte sie sich noch nicht von ihr verabschiedet.

Jetzt streckte sie ihr beide Hände entgegen und sagte: »Ich bin so froh, dich zu sehen, Doreen! Weißt du, ich habe gedacht, du würdest mit mir kommen. Aber ich habe dich nie danach gefragt, sondern es einfach vorausgesetzt.«

»Ja, und ich wäre auch mit Euch gegangen, Mistress«, entgegnete Doreen und warf einen vielsagenden Blick zu einem stämmigen, grimmig dreinblickenden jungen Soldaten hinüber, der in der Nähe stand. »Thomas hat gesagt, der Herr habe es so bestimmt, weil Ihr auf Eilean Donan keine Verwendung für mich hättet. Aber vielleicht hat sich das Mannsvolk das nur so ausgedacht. Also bin ich hergekommen, um Euch zu sagen, dass ich mit Euch gehe, wenn Ihr es wollt – außer der Herr selbst verbietet es«, fügte sie mit einem schnellen, besorgten Blick auf Mackinnon hinzu.

Auch Molly sah ihn an. »Nun, Sir?«

Mackinnon jedoch schaute zu Kintail hinüber.

Der zögerte, und Molly, die sich seine Antwort schon denken konnte, seufzte. Dankbar dafür, dass sich Doreen so tapfer auf ihre Seite gestellt hatte, sagte sie: »Das ist sehr lieb von dir, Doreen, und ich hätte dich wirklich gern bei mir, aber ich fürchte, du musst hier bleiben.«

Da warf Kintail ein: »Mir ist gesagt worden, dass du heiraten willst, Mädchen.«

Molly blickte ihn überrascht an. War das mit der Heirat tatsächlich der wahre Grund für seine Ablehnung gewesen?

Doreen machte einen kleinen Knicks. »Es stimmt schon, dass ich eingewilligt habe, Thomas MacMorran zu heiraten, Sir«, erklärte sie. »Aber ich habe ihm auch gesagt, dass meine Herrin vorgeht. Ich bin schon in ihren Diensten, seit wir beide Kinder waren. Wenn also Mistress Molly mich haben will und wenn der Lord es erlaubt – und Ihr auch«, setzte sie ein wenig verspätet hinzu, »nun, dann muss Thomas eben so lange warten, bis die Herrin meine Dienste nicht länger benötigt.«

Kintail tauschte einen Blick mit Sir Patrick MacRae und schaute dann fragend den jungen Soldaten neben Doreen an. »Bist du Thomas MacMorran?«

»Ja, mein Laird.«

»Was sagst du zu der ganzen Sache?«

Dem Blick, mit dem MacMorran seine Zukünftige bedachte, war zu entnehmen, wie ärgerlich er auf sie war. »Wir sind einander versprochen, Sir, und der Lord hat sein Einverständnis zu unserer Hochzeit gegeben.«

Doreen schien völlig unbeeindruckt von seiner finsteren Miene. Sie ließ Kintail nicht aus den Augen und wirkte fest entschlossen.

Molly erwartete, dass Kintail ihre Hoffnungen zerstören würde, doch zu ihrer Verwunderung wandte der sich an Mackinnon und fragte: »Benötigt Ihr MacMorran unbedingt?«

Mackinnons buschige Brauen schossen nach oben, doch er sagte nur: »Ich benötige jeden meiner Männer. Warum fragt Ihr?«

»Weil ich noch eine weitere Dienerin unterbringen könnte,

sofern sie einen erfahrenen Kämpfer mitbringt. Könntet Ihr vielleicht auf beide verzichten, Sir?«

Mackinnon lächelte Molly zu. »Mir ist es recht, doch nur, wenn der Bursche auch gehen will. MacMorran ist ein geschickter Schwertkämpfer, und ich würde ihn gern hier behalten.«

Aller Augen richteten sich auf Thomas MacMorran, woraufhin der kräftige Bursche knallrot anlief und verlegen zu Boden sah. Dann warf er seiner Liebsten einen schnellen Blick zu, die seine unausgesprochene Frage mit einem Nicken beantwortete.

»Wie ist es, MacMorran?«, erkundigte sich Kintail. »Willst du mir Lehnstreue schwören und mir ebenso treu dienen, wie du Mackinnon gedient hast?«

MacMorran richtete sich hoch auf, schaute ihm in die Augen und sagte mit fester Stimme: »Ja, Sir, das schwöre ich – wenn meine verflixte Braut verspricht, sich gut zu benehmen.«

Doreens strahlende Augen verrieten Molly, welches Opfer die junge Frau ihr hatte bringen wollen. Ihr kamen die Tränen, sie musste krampfhaft schlucken und war froh, dass alle auf Doreen blickten. Da bemerkte sie aus dem Augenwinkel, dass Kintail nicht Doreen, sondern sie beobachtete, und brennende Hitze stieg ihr in die Wangen. Um ihm ihre Verlegenheit nicht zu zeigen, sah sie ihn offen an und sagte: »Ich bin Euch sehr dankbar, Sir.«

Er entgegnete kurz angebunden: »Ich will Eure Dankbarkeit nicht, Mistress. Aber vielleicht hilft euch die Erinnerung an diesen Augenblick, bei der nächsten Gelegenheit nicht wieder so störrisch zu sein, sondern mir zu gehorchen.«

Seine überhebliche Antwort machte sie rasend, vor allem, weil sie sich so edel vorgekommen war, als sie ihm ihre Dankbarkeit ausgedrückt hatte, statt vor ihm auszuspucken, wonach ihr viel eher zumute gewesen war. Doch hielt sie es für besser, sich ihren Zorn nicht anmerken zu lassen, und außerdem fiel ihr auch keine passende Antwort auf diese dumme Bemerkung ein. Nur ein Narr würde versprechen, einem anderen immer zu gehorchen.

Mackinnon, überzeugt, dass nun alles zur allgemeinen Zufriedenheit geregelt und es sinnlos sei, noch länger zu warten, sagte munter: »Ich habe das Gefühl, es kommt in Kürze eine frische Brise auf, Junge. Darüber werden sich die Ruderer freuen, denn dann könnt Ihr bald die Segel hissen.«

Sir Patrick MacRae hielt einen angefeuchteten Finger in die Höhe und entgegnete fröhlich: »Sehr richtig, Sir. Ich schätze, wir werden zu Hause sein, noch bevor auf Eilean Donan die Glocke zum Mittagessen läutet. Allerdings nur, wenn wir jetzt bald in See stechen«, setzte er mit einem spöttischen Blick auf seinen Herrn hinzu.

Molly hakte sich bei Doreen unter. »Ich freue mich so, dass du mitkommst«, sagte sie. »Bei dem Gedanken, allein an einem fremden Ort zu sein, war ich ganz traurig, aber vielleicht wird es jetzt nicht so schlimm.«

»Gewiss nicht, Mistress«, antwortete Doreen.

Doch Molly hörte einen zweifelnden Unterton in ihrer Stimme und sah, dass das Mädchen nicht mehr MacMorran, sondern Kintail anblickte. Ihr Verlobter half, die Boote mit dem Gepäck zu Wasser zu lassen, doch Kintail schaute Molly noch immer unverwandt an. »Also los«, sagte sie mit einem kleinen gezwungenen Lachen und ging, noch immer Arm in Arm mit Doreen, zu Kintails Boot hinüber. »Wir suchen uns besser gleich unsere Plätze, sonst lassen uns diese abscheulichen Männer noch rudern. Aber warte mal, was ist denn mit deinen Kleidern und allem?«

Die Zofe grinste. »Keine Angst, Mistress. Ich war ganz sicher, dass ich mitfahren würde, und deshalb habe ich all meine Sachen hergeschafft und schon in einem der Boote verstaut. Ich glaube allerdings, dass Thomas nur die Sachen dabei hat, die er am Leibe trägt. Wollen mal sehen, wie der tapfere Bursche mit dieser kleinen Schwierigkeit fertig wird.«

Angesteckt von Doreens guter Laune, kletterte Molly vor ihr in Kintails Boot, dessen Kiel noch auf dem Kiesstrand ruhte. Zwei der Ruderer sowie Sir Patrick, der die Ruderpinne bedienen würde, saßen schon auf ihren Plätzen, und so musste Molly vorsichtig bis zur mittleren Ruderbank balancieren, die den Mast stützte. Doch sie war so froh wie schon seit Tagen nicht mehr.

Dieses Gefühl hatte jedoch nur so lange Bestand, bis Kintail und die anderen beiden Ruderer einstiegen. Die zwei Männer nahmen ihre Plätze auf den Ruderbänken ein, und Kintail setzte sich in den Bug des Bootes, das Gesicht Doreen und Molly zugewandt und somit in der Lage, sie ständig im Auge zu behalten.

Ohne sich viele Gedanken darüber zu machen, hatte Molly erwartet, dass Kintail ebenso wie sie in Fahrtrichtung blicken würde, doch dann bemerkte sie, dass er seine langen Beine schwerlich in dem engen Raum im Bug unterbringen konnte. Also würde er sie während der gesamten Reise anschauen, und die konnte wer weiß wie lange dauern, denn die von Mackinnon vorhergesagte steife Brise ließ noch auf sich warten.

8

Die zunehmend auffrischende Brise war ihnen nicht von großem Nutzen, bis sie den östlichsten Punkt der Insel umrundet hatten. Doch davon bekam Molly nicht viel mit, da sie sich interessiert umschaute. Sie hatte die Insel seit ihrer Ankunft vor zwölf Jahren nie verlassen und war noch nie an einem solch nebligen Tag in einem Boot gefahren. Die vertraute Landschaft erschien ihr fremd und auf unheimliche Weise verwandelt.

Kintails Boot war viel kleiner als Mackinnons Langboote, doch da diese schwer beladen waren, bewegten sich alle vier Boote mit annähernd gleicher Geschwindigkeit. Sie hielten Fahrt, blieben jedoch wegen der schlechten Sicht immer möglichst nahe an der Küste der Insel, bis sich der Nebel schließlich lichtete.

Molly genoss die Seereise, und als zwei der Ruderer vorsichtig aufstanden, um das eckige Segel zu setzen, sah sie ihnen genau zu. Auch in den anderen Booten wurden die Segel gehisst, und das Ganze wirkte so mühelos, dass sich Molly fragte, ob sie es mit Doreens Hilfe nicht auch schaffen würde. Ganz gewiss würde sich Kintail weigern, es ihr beizubringen, ebenso wie Mackinnon ihr vor Jahren ihren Wunsch, schwimmen zu lernen, abgeschlagen hatte. Damals hatte sie sich einen anderen Lehrer gesucht, und wenn sie sich entschloss, segeln zu lernen, würde sie auch das erreichen.

Sie hatte eigentlich erwartet, dass der Wind die Boote nun zügig vorantreiben würde, und war erstaunt, als die Männer erneut zu rudern begannen, sobald die Segel gehisst waren.

Als hätte er ihre Gedanken gelesen, erläuterte Kintail: »Der Wind ist noch so schwach, dass er den Ruderern ihre

Arbeit nur etwas erleichtern kann, aber er wird wohl bald den Nebel auflösen.«

Mollys Neugier siegte über ihren Entschluss, Kintail links liegen zu lassen, also fragte sie mit lauter Stimme, um das Klatschen des Segels und das Knarren der Riemen in den Dollen zu übertönen: »Die Landspitze da hinten gehört doch immer noch zu Skye, oder?« Dabei wies sie mit der Hand in die Ferne.

»Ja«, antwortete er und blickte in die angegebene Richtung. »Die Insel erstreckt sich noch weiter nach Osten, als man von hier aus sehen kann. Da hinten liegt die Meerenge Kylerhea am Eingang zum Loch Alsh. Südlich davon verläuft der Sund von Sleat, in dem wir uns jetzt befinden und der schließlich in den Atlantik mündet. Sobald wir die Meerenge erreicht haben, liegt fast die halbe Strecke nach Eilean Donan hinter uns.«

»Mistress Molly hat gesagt, dass sich Euer Eilean Donan auf einer Insel befindet«, sagte Doreen.

Er lächelte. »Eigentlich ist es mehr ein Inselchen, und es liegt am Eingang zum Loch Duich, nahe dem Loch Long. Wenn du dir die Wasserfläche vor uns als zweizinkige Gabel vorstellst, dann liegt Loch Alsh an ihrem Griff, und wir segeln auf die Gabelzinken zu. Kein Boot kann nach Loch Duich oder Loch Long hineinfahren, ohne von den Festungswällen auf Eilean Donan aus gesehen zu werden.«

»Gibt es Pferde auf Eilean Donan?«, fragte Molly harmlos, warf ihrem neuen Vormund jedoch gleichzeitig einen verschlagenen Blick zu.

»Wir halten ein paar innerhalb der Mauern«, antwortete er, »aber die meisten unserer Tiere leben auf dem Festland. Bei Ebbe kann man durch den schmalen Kanal reiten, der uns vom Festland und dem Dorf Dornie trennt, doch normalerweise rudern wir zunächst über den Kanal und nehmen von dort aus ein Pferd.« Zu Doreen gewandt fügte er hinzu: »Einige meiner Soldaten mit ihren Familien leben in Dornie.«

»Thomas und ich brauchen noch kein eigenes Haus, Sir«, entgegnete Doreen. »Und wenn es Euch genehm ist, bleibe ich bei meiner Herrin, solange sie mich braucht.«

Er nickte, und Molly starrte überrascht auf Doreen. So mutige Worte hätte sie ihrer Kammerzofe nicht zugetraut.

Eine Zeit lang sagte keiner ein Wort; man hörte nur das Klatschen der Ruder, das knatternde Segel, das Glucksen der Wellen an der Bordwand und das Keuchen der rudernden Männer. Molly genoss die Stille, die noch immer anhielt, als sie in die Meerenge von Kylerhea einfuhren.

Da frischte der Wind auf, die letzten Nebelfetzen lösten sich auf, und ein blauer Himmel mit ein paar weißen Wölkchen kam zum Vorschein. Ein einsamer, braun gesprenkelter Brachvogel segelte gemächlich über das Boot hinweg und stieß ab und an seinen melodiösen Ruf aus, während er nach einem geeigneten Landeplatz am nahen Strand Ausschau hielt. Seine Ankunft scheuchte einen Schwarm schwarzweißer Austernfischer mit leuchtend orangefarbenen Schnäbeln auf, deren schrille Schreie die Stille durchbrachen.

Ihr Anblick löste in Molly die Erinnerung an ein Erlebnis in ihrer Kindheit aus. Damals hatte sie zum ersten Mal einen dieser Vögel gesehen, der gerade damit beschäftigt war, einen dicken Wurm aus einem frisch umgegrabenen Beet zu ziehen. Als sie auf ihre Frage hin den Namen des Vogels erfahren hatte, war sie erstaunt gewesen, dass Austernfischer keineswegs nur Austern fraßen, und hatte sich köstlich darüber amüsiert.

Fin überlegte, was wohl das leise, sanfte Lächeln auf das Gesicht der Maid gezaubert haben mochte. Es verblüffte ihn, wie sehr sich ihr Ausdruck, normalerweise frostig und abweisend, durch diese Kleinigkeit verwandelt hatte. Doch schon war der Augenblick vorüber und das Lächeln verschwunden, als sei es nie da gewesen.

Jetzt starrte die Maid in die Ferne, und er fragte sich, ob

sie wohl einsam war. Es wäre zumindest kein Wunder, denn schließlich fühlte sich jeder irgendwie verloren, der gezwungen war, seine Heimat zu verlassen. Auch er war ein wenig betrübt gewesen, als er von Eilean Donan fort auf die Universität von St. Andrews hatte gehen müssen.

Einsam hatte er sich allerdings ganz und gar nicht gefühlt, vielmehr waren er und Patrick voller Vorfreude auf das große Abenteuer gewesen. In der Universitätsstadt angekommen, hatten all die faszinierenden Eindrücke und Erlebnisse jeden Anflug von Heimweh schnell im Keim erstickt. Vielleicht schätzte er die Maid ja auch falsch ein, und sie war ebenfalls gespannt auf die Zukunft. Sehr abenteuerlich würde es auf Eilean Donan allerdings nicht werden, doch er war sicher, dass sie den Ort ebenso lieb gewinnen würde wie er selbst. Natürlich, rief er sich in Erinnerung, würde sie nicht allzu lange dort bleiben, sondern alsbald zu einem Ehemann ziehen, den er für sie auswählen würde.

Er rutschte auf der harten Bank herum in dem vergeblichen Versuch, es sich ein wenig bequemer zu machen. Sie waren erst etwas über eine Stunde lang unterwegs, aber das Boot taugte nur für kurze Fahrten, zumindest für einen Mann von seiner Körpergröße. Nicht einmal der Raum im Bug hinter den Ruderern bot seinen langen Beinen ausreichend Platz.

Mit einem Blick zu den anderen Booten stellte er fest, dass deren Segel gerefft waren. Wahrscheinlich verwünschten die Männer dort seinen langsamen Kahn, doch er wollte mit seinem neuen Mündel in seinem eigenen und nicht in einem von Mackinnon geliehenen Boot nach Eilean Donan zurückkehren.

Wieder rutschte er auf seinem Sitz herum. Es ging wirklich im Schneckentempo voran, und er war sowieso schon viel zu lange von zu Hause fort. Dort wartete Arbeit auf ihn, er musste seinen Gerichtstag vorbereiten. Wie konnten Frauen nur so lange still sitzen, dachte er verwundert.

Die Maid hatte die Augen geschlossen. Ob sie wohl eingeschlafen war? Sie wirkte so kindlich und verletzlich, von zarter, bezaubernder Schönheit. Sie sollte besser aufpassen, dass sie nicht ins Wasser fiel. Doch falls sie zu kippen drohte, würden natürlich Doreen und einer der Ruderer sofort nach ihr greifen und sie festhalten, und außerdem war es wahrscheinlich zwecklos, wenn er sie warnte. Vermutlich würde sie sich ihm zum Trotz dann mit Absicht ins Wasser stürzen.

Molly genoss die Geräusche und Gerüche der See und die leichte Brise, die ihr Gesicht umschmeichelte. Über ihr stießen Brachvögel und Möwen ihre Schreie aus, und von fern drang das Bellen eines Seehunds an ihr Ohr. Der Wind war mild und roch wunderbar frisch und salzig.

»Da hinten liegt Glas Eilean«, sagte Kintail eine halbe Stunde später plötzlich, und in seiner Stimme schwang unverkennbar Erleichterung.

Molly hatte noch keine Lust, die Augen aufzuschlagen und sich aus ihrer friedlichen, verträumten Stimmung zu lösen.

»Das ist ja nur ein winziges Stückchen Land, das kaum aus dem Wasser ragt«, bemerkte Doreen.

»Das stimmt«, pflichtete Kintail ihr bei, »aber kurz dahinter liegt Eilean Donan.«

Molly öffnete ihre Lider einen Spalt breit und sah, dass sich Kintail umgedreht hatte und zu einem kleinen flachen Inselchen vorausblickte. Da machte sie die Augen ganz auf und hielt nach Eilean Donan Ausschau. Wie er gesagt hatte, kam die Burg gleich darauf in Sicht.

Im Vergleich zu den steilen Hügeln, die sich Dunakin gegenüber auf der anderen Seite der Meerenge befanden, und den eindrucksvollen, schroffen Cuillin-Bergen auf Skye lag Eilean Donan ziemlich tief auf einem flachen Fleckchen Erde. Die Umgebung war allerdings malerisch; an drei Seiten war die Burg von den Hügeln und Bergen des Hochlandes umgeben, und die schneebedeckten Berge weiter hinten schienen noch höher als die Cuillins. Doch das kleine Felseninselchen, nicht viel größer als die Grundfläche der Burg, war wenig eindrucksvoll.

Da machte die aus braunrosafarbenem Stein erbaute Burg selbst schon mehr her. An ihrer Nordwestecke erhob sich ein kantiger Turm als Teil des Bergfrieds, Ausgangspunkt einer hohen Befestigungsmauer mit zahlreichen Schießscharten. Von ihrem Blickwinkel aus schien es Molly, als sei der Turm fünf Stockwerke hoch. Der Rest des Bergfrieds besaß ein Stockwerk weniger, war jedoch ebenfalls mit Schießscharten gespickt. Auf gleicher Höhe führte eine mit Zinnen und einem Laufgang versehene Brustwehr rings um die gesamte Burganlage herum.

Seit einiger Zeit hatten die Ruderer nur zeitweilig die Riemen bedient und die meiste Arbeit dem steifen Wind überlassen, doch als sich die vier Boote nun dem Strand der kleinen Insel näherten, griffen die Männer wieder zu den Rudern. Je näher sie der Burg kamen, desto interessanter wirkte der Bau. Der Strand vor dem Eingang an der Ostseite diente als Landeplatz für die Boote, von denen noch weitere dort vertäut lagen, darunter zwei Langboote wie die, welche Mackinnon ihnen geliehen hatte, und eine kleinere zwölfrudrige *birlinn*.

Männer eilten herbei, um die Boote an Land zu ziehen, und Kintail begrüßte seine Leute mit herzlichen Worten. Molly fiel auf, wie sehr sie sich über die Rückkehr ihres Herrn freuten. Auch Sir Patrick MacRae wurde willkommen geheißen, und gleich darauf lachten und schwatzten Kintail und sein Freund mit den Männern, während sie die Boote entluden.

Molly, der keiner außer Doreen beim Aussteigen behilflich war, fühlte Ärger in sich aufsteigen. Die Leute von der Burg bedachten sie und auch Doreen mit neugierigen Blicken, machten sich jedoch nicht die Mühe, auch sie auf Eilean Donan willkommen zu heißen. Mit Doreen an ihrer Seite stand sie einfach da und wartete, da sie nicht wusste, was sie sonst tun sollte.

Obwohl viele der Männer, die sich an den Booten zu schaffen machten, aus Dunakin stammten, war sich Molly nicht sicher, ob sie ihr auch hier gehorchen würden, jetzt, wo sie Kintails Mündel war, und ihr sank der Mut beträchtlich.

»Ihr da unten! Was macht ihr da?«

Molly sah auf und erblickte eine mollige, rothaarige Frau, die auf dem steilen, felsigen Weg zwischen dem Anlegeplatz und dem Eingang zur Burg stand. Die Frau, die etwa zehn Jahre älter als Molly war, kümmerte sich nicht darum, dass der Wind, der um die Burg fegte, ihr langes Haar zerzauste, sondern stand da, die Hände in die Hüften gestemmt, und schaute auf die Männer herunter.

Die blickten zu ihr hoch und sahen sich dann verwirrt an.

Kintail rief: »Ist das eine Art, deinen Herrn willkommen zu heißen, Mauri MacRae? Steht das Essen schon bereit?«

»Ja, und zwar jede Menge«, schrie sie zurück, »aber nur, weil einer von den Jungs die Boote mit Eurem Banner rechtzeitig erspäht hat. Aber was fällt euch allen eigentlich ein – ihr amüsiert euch, und die Damen, die ihr mitgebracht habt, stehen da wie bestellt und nicht abgeholt. Ihr benehmt euch ja wie die Heiden und solltet euch was schämen!«

Molly verkniff sich ein Lächeln. Zumindest schon mal ein Mensch auf Eilean Donan gefiel ihr. Dann blickte sie zu Kintail hinüber, um zu sehen, wie er reagieren würde.

Mit gerunzelter Stirn starrte er die Frau auf dem Weg an. Da musste Molly daran denken, dass man ihn den wilden Fin nannte, und sie hoffte, er würde nicht zu grob zu der schimpfenden Frau sein.

Das war er auch nicht. Stattdessen richtete er seinen erzürnten Blick auf Molly. »Was steht Ihr noch da?«, wollte er wissen. »Die ganzen Sachen aus den Booten müssen in die Burg hinaufgeschafft werden, und Mackinnons Männer halten nur Wache, solange wir ausladen, und wollen sich dann wieder auf den Heimweg machen. Ihr beide könntet mal mithelfen.«

Noch bevor er ausgeredet hatte, war Doreen schon einen Schritt vorwärts gegangen, doch bei seinen letzten Worten blieb sie abrupt stehen und blickte überrascht und erschrocken auf ihre Herrin.

Molly fragte verblüfft: »Mithelfen? Ist es also so, wie ich vermutet habe, Kintail? Wollt Ihr eine gewöhnliche Dienstmagd aus mir machen?«

»Redet keine Unsinn!«, schnauzte er sie an. »Seht Ihr nicht, dass ich selbst auch Sachen trage? Und glaubt Ihr etwa, ich halte mich für einen Dienstboten?«

»Aber es ist die Aufgabe von Dienern –«

Er schnitt ihr das Wort ab. »Leider fehlt uns die Zeit, die Etikette zu wahren, wenn wir uns außerhalb der Mauern aufhalten und ein leichtes Ziel für Angriffe bieten. Damit findet Ihr Euch am besten von Anfang an ab. Also helft beim Tragen, außer Ihr wollt die Angelegenheit jetzt noch weiter mit mir erörtern.«

Molly, die erwartet hatte, dass er sie den steilen Abhang hinaufgeleiten und förmlich in seinem Haus willkommen heißen würde, war über sein schlechtes Benehmen so erbost, dass sie sich am liebsten geweigert hätte. Doch eine ganz leise innere Stimme flüsterte ihr zu, dass ein Mann, der so wenig Wert auf Umgangsformen legte wie Kintail, recht unwirsch auf eine Weigerung reagieren könnte.

Da sie ein solches Risiko nicht vor den versammelten Leuten eingehen wollte, setzte sie eine kalte, abweisende Miene auf und marschierte mit festem Schritt zu einem der drei Lastboote hinüber.

Dort ließ sie sich von Thomas MacMorran ein kleines Bündel reichen und machte sich damit auf den Weg zur Burg. Dabei gewahrte sie, wie sich Kintail gerade zu dem feixenden Sir Patrick MacRae umdrehte, der offensichtlich eine spöttische Bemerkung gemacht hatte.

Mit dem Rücken zum Wasser stand Sir Patrick da, grinsend und breitbeinig, die Daumen in den Gürtel gehakt, und sagte erneut etwas, das dem neben ihm stehenden Mann ein Kichern entlockte.

Doch das Kichern verstummte sofort, als Kintails Faust vorschoss und Sir Patrick mit voller Wucht an der Schulter traf. Er verlor das Gleichgewicht, kippte fluchend und mit wild rudernden Armen rückwärts ins Wasser und ging sofort unter.

Während die anderen Männer in brüllendes Gelächter ausbrachen, schnappte sich Kintail in Windeseile ein Seil, warf ein Ende Sir Patrick zu und zog ihn wieder an Land. Dann reichte er ihm die Hand und half ihm dabei, sich aufzurichten.

Als Patrick gebeugt dastand, die Hände auf die Knie gestützt, und hustend nach Luft rang, versetzte ihm Kintail einen Schlag auf die Schulter, der ihn fast wieder umgeworfen hätte, und sagte mit weithin vernehmbarer Stimme: »Hat deine Frechheit jetzt einen Dämpfer gekriegt, oder soll ich dich noch mal untertauchen?«

In Sir Patricks Augen blitzte es gefährlich auf, doch angesichts von Kintails kühlem festem Blick zuckte er nur die Achseln und sagte mit verlegenem Lächeln: »Friede. Ich werde demnächst meine Zunge hüten.«

»Das will ich dir auch geraten haben«, entgegnete Kintail.

Nun lachte niemand mehr, und als Kintail zu Molly hinübersah, wandte diese flugs ihre Augen ab und machte sich auf den Weg zur Burg, gefolgt von Doreen, die ein viel größeres Bündel trug als sie.

Nachdem sie den Abhang erklommen hatten, streckte die rothaarige Frau die Hand nach Mollys Bündel aus und sagte mit breitem Grinsen, wobei sie einige Zahnlücken entblößte: »Willkommen, Mistress Gordon. Ich bin Mauri MacRae.« Sie klemmte sich Mollys Bündel unter den Arm, machte einen ungeschickten Knicks und fragte: »Wollt Ihr nicht hereinkommen?«

»Ja, gern«, antwortete Molly. Sie war sicher: Kintail erwartete von ihr, dass sie mehr als nur das kleine Bündel beförderte. Dennoch folgte sie Mauri MacRae, ohne sich noch einmal umzudrehen. Sie fühlte Kintails wütende Blicke wie ein Stechen im Rücken und rechnete jeden Augenblick damit, ihn losbrüllen zu hören. Doch nichts dergleichen geschah, und als sie und die beiden anderen Frauen an dem hohen, mit einem Fallgitter versehenen Eingangstor angelangt waren, schaute sie sich verstohlen um.

Mit dem triefenden Sir Patrick an der Spitze wand sich ein Zug von beladenen Männern den Burghügel herauf. Mackinnons Soldaten halfen den anderen beim Tragen.

Doreen, die neben ihr stand, kicherte leise und sagte: »Ich habe meinem Thomas einen Blick zugeworfen, den er nicht missverstehen konnte. Wenn die Männer von Dunakin hier essen wollen, dann sollen sie gefälligst auch mit anfassen. Das ist jedenfalls meine Meinung.«

Mauri MacRae warf den Kopf in den Nacken und lachte. Dann sagte sie glucksend: »Kommt, ihr beiden. Ich zeige Euch, wo Ihr schlafen werdet.«

»Ihr seid sehr freundlich, Mistress MacRae«, sagte Molly dankbar, während sie hinter ihr her über den Burghof ging, der ringsum mit zahlreichen Schuppen und Anbauten gesäumt war.

»Ist schon gut«, erwiderte die Frau fröhlich. »Aber nennt mich doch lieber Mauri, so wie alle hier es tun, Mistress Gordon. Hier gibt es so viele MacRaes, dass wir gar nicht wüssten, wen Ihr denn meint.«

»Und ich bin Molly für meine Freunde«, sagte Molly impulsiv, »und das ist Doreen.«

»Ich bin Mistress Mollys Dienerin«, ergänzte Doreen lächelnd. »Doch wenn sie meine Hilfe nicht benötigt, stehe ich Euch immer gern zur Verfügung.«

Sie durchschritten noch ein mächtiges Tor und folgten ihrer Führerin dann durch einen kurzen Bogengang in die große Halle der Burg. Ebenso wie in Dunakin hingen auch hier die Banner der Clans in Halterungen hoch oben an den Wänden. Ohne sich aufzuhalten, durchquerte Mauri die Halle, ging durch eine weitere Bogentür und stieg eine gewundene Treppe hoch bis zu einem Absatz im zweiten Stockwerk. Dort machte sie vor zwei gegenüberliegenden Türen Halt und wandte sich zu Molly und Doreen um.

»Ich habe gehört, was der Laird vorhin zu Euch gesagt hat, Mistress, und obwohl ich der Meinung bin, dass eine Dame sich nicht unnötig die Hände schmutzig machen sollte, halte ich es doch für meine Pflicht, Euch auf etwas aufmerksam zu machen. Es wird hier wenig Beschäftigung für Euch geben, falls Ihr Euch nicht an den alltäglichen Arbeiten beteiligen wollt. Jetzt, da der Laird wieder zu Hause ist, wird er bald Gerichtstag halten, und wir haben mit den Vorbereitungen alle Hände voll zu tun.«

Molly kannte solche Gerichtstage, da auch Mackinnon sie abgehalten hatte, doch mit den Vorbereitungen hatte sie sich noch nie befasst. »Gibt es denn dafür keine Mägde?«

»Nun ja, Mistress, die Burg ist zwar mit Soldaten besetzt, doch außer Euch und Eurer Doreen werdet Ihr hier meist nur wenige Frauen antreffen.« Sie zählte an den Fingern ab: »Alles in allem gibt es hier mich, meinen Mann Malcolm, meinen Onkel Ian Dubh, den Schlossvogt, der aber zurzeit nicht hier ist, und dann noch unser Töchterchen Morag. Aber das ist erst vier Monate alt. Dann ist da noch mein Cousin, Tam Mathson, der sich um die Garderobe des Herrn und dergleichen kümmert. Zwei der Soldatenfrauen kommen fast jeden Tag zum Helfen, und noch ein paar mehr, wenn der Herr Gericht hält. Und dann lassen sich ab und an noch ein paar Besucher sehen. Doch ansonsten gibt es hier nur den Herrn, unseren Patrick und ein paar Jungs, die ihm zur Hand gehen.«

»Aber Sir Patrick kann doch nie und nimmer Euer Sohn sein!«

»Nein«, bestätigte Mauri lachend. »Er ist der ältere Bruder meines Mannes und außerdem der beste Freund des Lairds.« Dann fügte sie, wieder ernst geworden, hinzu: »Der Vater von Patrick und Malcolm, Sir Gilchrist MacRae, wurde zusammen mit dem Vater des Lairds aus dem Hinterhalt getötet, als sie auf dem Weg nach Kinlochewe waren. Beim Gerichtstag werdet Ihr bestimmt Patricks Mutter und Schwester kennen lernen. Sie leben auf Ardintoul; das liegt am Loch Alsh, direkt unter Glas Eilean. Das Südufer von Loch Alsh gehört auch noch zu Kintail, müsst Ihr wissen.«

»Ich habe gehört, dass man die MacRaes das ›Kettenhemd der Mackenzies‹ nennt«, sagte Molly. »Stimmt es wirklich, dass sie die Mackenzies immer beschützen?«

»Ja, das war immer die Aufgabe der MacRaes. Aber jetzt sollten wir uns beeilen«, setzte sie hinzu und öffnete die Tür zu ihrer Rechten, da auf der Treppe bereits Stiefelschritte ertönten. »Da kommen die Männer schon mit Euren Sachen, Mistress, und hier ist Eure Schlafkammer. Und in das kleine Kämmerchen gegenüber legen wir einen Strohsack für Doreen, dann braucht Ihr Eure Kammer nicht mit ihr zu teilen.«

Der Raum war nicht groß und wirkte noch kleiner, nachdem die Männer Mollys Sachen heraufgebracht und abgestellt hatten. Sie war ganz bestürzt, wie viel es war. Auf Dunakin oder in den Booten hatte es gar nicht nach so viel ausgesehen, doch hier in der kleinen Kammer konnte sie kaum glauben, dass das alles ihr gehörte.

»Ich hoffe, Ihr habt genug mitgebracht, um es Euch behaglich zu machen«, ließ sich Kintail hämisch von der Tür her vernehmen, während seine Augen durch den voll gepackten Raum wanderten.

»Wir helfen ihr, alles zu verstauen, Laird«, sagte Mauri beschwichtigend.

»Aber nicht jetzt«, widersprach er. »Mackinnons Männer wollen ihr Essen und dann losfahren, denn auf dem Rückweg müssen sie gegen Wind und Gezeitenströmung anrudern. Also lauft jetzt schnell hinunter, und kümmert Euch darum. Und nehmt Doreen mit, ich möchte nämlich mit Mistress Gordon unter vier Augen reden.«

Molly erschauerte bei seinen strengen Worten und war keineswegs überrascht, dass Doreen und Mauri ohne ein Widerwort verschwanden. Wie gern wäre sie mit ihnen gegangen!

Als die Tür hinter ihnen ins Schloss fiel, wappnete sie sich innerlich in Erinnerung daran, was er gerade erst seinem »besten Freund« aus nichtigem Anlass zugefügt hatte.

»Unten am Strand habe ich zu harte Worte zu Euch gesprochen, Mistress«, begann er. »Was ich sagte, war schon wahr, aber ich hätte es ein wenig behutsamer vorbringen können.«

Völlig verdutzt entgegnete sie: »Dann brauche ich hier also nicht als Dienstmagd zu arbeiten?«

»Ihr legt meine Worte falsch aus«, sagte er betrübt. »Ihr seid kein Dienstbote, aber auch kein Gast. Eilean Donan ist von nun an Euer Zuhause, bis ich einen geeigneten Ehemann für Euch gefunden habe, und da wir nicht gerade über zu viele Arbeitskräfte verfügen, erwarte ich, dass Ihr einen Teil der Arbeit übernehmt.«

»Mein Zuhause«, wiederholte sie und seufzte bei dem Gedanken, dass dieser Ort genauso wenig ein richtiges Zuhause für sie war wie Dunakin. Aber der Herr auf Dunakin war zumindest nicht so unberechenbar gewesen. Dabei fiel ihr etwas anderes ein. »Werft Ihr oft Leute ins Wasser, die Euch verärgern, Sir?«

»Patrick war unverschämt«, erwiderte er.

Da er schon des Öfteren das Gleiche von ihr behauptet hatte, fand sie diese Aussage alles andere als beruhigend. Gerade wollte sie fragen, was Sir Patrick denn so Schlimmes gesagt habe, da kam ihr Kintail zuvor und forderte sie mit einem unerwarteten und sehr gewinnenden Lächeln auf: »Nun macht Euch zurecht, und kommt zum Essen nach unten.«

Ohne ein weiteres Wort ging er aus der Kammer und zog die Tür hinter sich zu.

Molly starrte die Tür an und wusste nicht, was sie von seinem Benehmen halten sollte, da hörte sie hinter sich eine gereizte Stimme.

»Steh doch nicht wie angewurzelt da, Mädchen! Er ist eben, wie er ist, dieser Mackenzie von Kintail. Und du wirst ihn auch nicht ändern.«

Erleichtert drehte sich Molly um und rief: »Maggie, Ihr seid ja hier!«

»Ja, wo sollte ich wohl sonst sein?«, gab Maggie Malloch zurück.

»Aber – ach, da seid Ihr«, sagte Molly, die die kleine Frau endlich oben auf dem größten Gepäckhaufen erspäht hatte. »Aber du meine Güte, Ihr seid ja heute nicht größer als meine Faust!«

»Ja, weil es weniger anstrengend für mich ist, sichtbar zu bleiben, wenn ich kleiner bin«, erklärte Maggie und schaute sich mit finsterem Blick missbilligend in der vollgestopften Kammer um.

Dann deutete sie mit ihrer Pfeife einen Halbkreis an und fügte in gekränktem Ton hinzu: »Eines will ich dir mal sagen, an so was hier bin ich nicht gewöhnt. Erwartet dieser miserable Mensch wirklich von dir, dass du in einem solchen elenden engen Loch wohnst?«

»Ich denke, ich werde ganz gut zurechtkommen, wenn die ganzen Sachen erst einmal untergebracht sind«, sagte Molly. »Ihr könnt den Raum wohl nicht größer machen, was?«, fragte sie gleich darauf hoffnungsvoll.

»Nein«, antwortete die kleine Frau. »Das kann ich nicht. Aber ich kann dir später beim Aufräumen zur Hand gehen, und ich kann dir jetzt helfen, dich zurechtzumachen. Denn damit legst du jetzt besser los, sonst kommt Kintail noch fuchsteufelswild zurück, legt dich über die Schulter und schleppt dich nach unten.«

Dieser Gedanke war alles andere als verlockend, also widmete sich Molly flugs ihrem Äußeren.

Fins Laune hatte sich zwar gebessert, doch war ihm seine Lage mit einem Schlag wirklich zu Bewusstsein gekommen, der fast so heftig war wie der Schlag, den er Patrick verpasst hatte. Seine Reaktion auf Patricks Neckereien war wahrscheinlich so harsch ausgefallen, weil sein Freund das Gleiche angedeutet hatte, was ihm seine eigene aufsässige Fantasie auch immer wieder vorgaukelte. Doch die ließ sich nicht so leicht zum Schweigen bringen wie Patrick.

Wenn weiterhin diese verführerischen Bilder einer – meist unbekleideten – Mistress Gordon vor seinem inneren Auge schweben sollten, musste er sich von ihr fern halten. Sie stand unter seinem Schutz, und das hieß, er musste sie auch vor seinen eigenen niedrigen Regungen beschützen.

9

Mackinnons bewaffnete Männer verließen die Burg kurz nach dem Essen, und in den folgenden Tagen sah Molly kaum etwas von Kintail und seinen Leuten, da sie über Land ritten und ausriefen, dass Anfang der kommenden Woche in der großen Halle Gericht gehalten werden solle. Die Vorbereitungen dafür waren in vollem Gange, und die ganze Burg summte emsig wie ein Bienenstock.

Molly war in der Küche und leistete Mauri und Doreen Gesellschaft, die sich zusammen mit ein paar Frauen aus dem Dorf Dornie am Vorabend des großen Ereignisses um das Essen kümmerten. »Ich bin schon sehr gespannt, wie ein Gerichtstag so ist«, sagte sie. »Auf Dunakin wurden natürlich auch welche abgehalten, aber ich durfte nie dabei sein.«

»Das wird Euch der Laird auch nicht erlauben«, erklärte Mauri ihr behutsam. »So ein Gericht ist meistens reine Männersache, es sei denn, es wären ein paar arme Frauen wegen Hexerei angeklagt. Aber Malcolm und Patrick haben mir beide versichert, dass es so einen Fall morgen nicht geben wird. Aber vielleicht muss der Laird ja einen Mann zum Tode verurteilen, und Ihr wollt doch sicher nicht zusehen, wie einer ertränkt oder gehängt wird, nicht wahr?«

»Ganz bestimmt nicht!«, entgegnete Molly mit Entschiedenheit. »Aber ich glaube kaum, dass jemand auf der Stelle gehängt wird, und wenn das hier bis zu meiner Heirat mein Heim sein soll, dann muss ich doch die Guten von den Schurken unterscheiden können, oder?«

»Ja, schon«, stimmte Mauri ihr zu. »Aber Ihr werdet Euch ja meist bei uns Frauen aufhalten, und wir erzählen Euch schon alles über die Leute.«

»Ich will aber wissen, was morgen geschieht«, beharrte Molly eigensinnig.

»Dann müsst Ihr den Laird fragen, ob Ihr dabei sein dürft, aber ich bezweifle, dass er einverstanden ist.«

Molly hatte auch ihre Zweifel, doch wenn sie etwas über Kintail wusste, dann, dass er unberechenbar war. So hatte er sie am Tag ihrer Ankunft mit seiner Erklärung verblüfft, die fast schon einer Entschuldigung gleichkam. Bis zu diesem Augenblick hatte sie ihn für streng, humorlos und tyrannisch gehalten.

Ein gut aussehender Mann war er unbestreitbar, und ihr Körper reagierte jedes Mal auf sein Lächeln und seinen unverhofften Blick, doch ansonsten fand sie ihn vor allem Furcht einflößend groß und ärgerte sich immer wieder über seine unerbittliche Härte. Sobald er einen Raum betrat, schien er ihn auszufüllen und alle Blicke auf sich zu ziehen. Obwohl seit ihrer Ankunft nichts darauf hindeutete, dass er sich geändert hatte, gaben ihr seine Entschuldigung und das jungenhafte Lächeln, das seine Worte begleitet hatte, einen Funken Hoffnung, dass er ihre Anwesenheit auf dem Gerichtstag vielleicht doch dulden würde.

Die Gefühle, die sein Lächeln in ihr auslöste, und sein verschmitztes Augenzwinkern veranlassten sie, ihn heimlich zu beobachten, wann immer sie ein wenig Zeit in seiner Gegenwart verbrachte. Wenn sie ihn um Erlaubnis bat, dem Gericht beizuwohnen, würde er wohl schwerlich lächeln, doch es lag einfach in ihrer Natur, dass sie mit aller Kraft versuchte, das zu erreichen, was sie sich wünschte.

Den Frauen in der Küche war sie ganz gewiss keine Hilfe. Zwar hatte sie auf Dunakin Lady Mackinnons Anordnungen an die Dienstboten weitergegeben, und außerdem konnte sie ein paar Dinge, die die meisten anderen Frauen nicht fertig brachten, doch mit solch niedrigen Arbeiten wie Kochen und Putzen hatte sie sich nie abgegeben.

Während sie genießerisch die Düfte von Braten und köchelndem Stew einsog, die die Luft erfüllten, sah sie fast ein wenig neidisch zu, wie Mauri geschickt eine schwere Pfanne zum Warmhalten in die Backröhre in der Wand über der Kochstelle schob. Dann flitzte die Frau um Doreen herum, die mit einem langen Löffel in einem Topf auf dem Feuer rührte, um das Geflügel am Spieß zu wenden. Dabei gab Mauri den Küchenmädchen, die um sie herumwieselten, unablässig Befehle.

Schließlich verließ Mauri den Herd, um auf der anderen Seite des Raumes zwei Frauen auf die Finger zu schauen, die sich an Servierplatten, Körben und Tellern mit bereits fertigen Beilagen zu schaffen machten.

Seufzend sagte Molly zu ihr: »Ich bin Euch wahrhaftig keine Hilfe.«

Doreen, die noch immer am Herd stand, strich sich mit der freien Hand eine Haarsträhne unter ihre Haube und erklärte: »Ihr könnt dieses Stew umrühren, wenn Ihr wollt, Mistress, aber es ist ganz schön heiß hier.«

»Nein, lieber nicht«, hielt Mauri dagegen und fing an, Schneidebretter für Brot zu zählen, während sie sie aus einem großen Korb auf kleinere verteilte. »Sie würde sich nur ihr Kleid dabei verderben.«

»Ich könnte die Bretter für Euch zählen«, schlug Molly vor.

»Schon fertig«, antwortete Mauri und rief jemandem namens Ian zu, er solle die Bretter in die Halle bringen. Dann drehte sie sich zu Molly um und sagte: »Ihr braucht Euch hier wirklich nicht die Hände schmutzig zu machen, Mistress. Das muss zwar alles bis morgen fertig sein, aber wir haben schon so viel getan, dass auch Malcolms Mutter und Schwester, die vor einer Stunde angekommen sind, sich ausruhen können. Und Ihr solltet das Gleiche tun.«

»Aber wenn ich Euch jetzt helfe, dann weiß ich morgen besser, was zu erledigen ist, wenn so viele Leute verköstigt werden müssen und Ihr alle Hände voll zu tun haben werdet.«

»Ja«, stimmte Mauri ihr zu. »Wir werden hundert Gäste oder mehr haben, aber dann sind ja noch die Frauen aus dem Dorf hier, die mir helfen, und offen gestanden, Mistress«, fügte sie freundlich hinzu, »wir sind alle so beschäftigt, da wäret Ihr mehr im Weg als eine Hilfe. Wenn ich Zeit habe, bringe ich Euch gern alles bei, was ich weiß. Ich finde nämlich, dass eine Frau zumindest genauso viel von der Hausarbeit verstehen sollte wie ihre Dienstboten. Nur heute Abend und morgen habe ich dazu keine Zeit, wo ich doch auch noch Doreen ihre Aufgaben zuweisen muss. Vielleicht hält sich der Laird jetzt in der Halle auf. Ihr solltet ihn fragen, ob Ihr bei seinem Gericht dabei sein dürft.«

Ohne ein weiteres Wort ging Molly davon. Zum ersten Mal in ihrem Leben fühlte sie sich unzulänglich und war traurig darüber.

Kintail war nicht in der Halle. Molly traf nur einige wenige Soldaten dort an, da diese vor den Mahlzeiten meist unten in der Wachstube zusammenkamen. Während ein Mann das Feuer schürte, füllte ein anderer neben ihm einen Haufen Torf in einen Korb. Zwei weitere Männer saßen beim Würfelspiel an einem der auf Böcken ruhenden Tische, an denen die meisten Mitglieder des Haushaltes ihren Platz hatten.

»Können wir irgendetwas für Euch tun, Mistress?«, fragte der Mann, der im Feuer stocherte.

»Wisst Ihr, wo ich den Laird finden kann?«, erwiderte Molly.

»Ja, er ist oben«, antwortete der Mann und wies mit dem Daumen zur Decke. »Dritter Stock, die Tür zur Linken.«

Sie dankte ihm und eilte die Treppe hinauf, da die Essensglocke jeden Augenblick läuten konnte und sie ihre Bitte an Kintail lieber unter vier Augen als vor dem versammelten Haushalt vortragen wollte. Hinter der dicken Eichentür im dritten Stockwerk ertönte lautes Männerlachen.

In der Annahme, dass Sir Patrick bei Kintail drinnen sei,

zog Molly eine Grimasse. Der Gedanke, den Laird überreden zu müssen, während sein Freund grinsend dabeistand oder – noch schlimmer – seinen Senf dazugab, behagte ihr gar nicht.

Sie hatte die Erfahrung gemacht, dass Sir Patrick selten ernst war und zu allem Überfluss ganz unerhört mit ihr flirtete. Zuerst hatte sie gedacht, er wolle sie vielleicht zur Frau nehmen, doch dann hatte sie schnell gemerkt, dass Sir Patrick mit allem schäkerte, was Röcke trug, selbst mit seiner temperamentvollen Schwägerin.

Am Tag nach Mollys Ankunft hatte er Mauri einen Klaps auf die Kehrseite gegeben, worauf diese ihm einen nassen Lappen an den Kopf geworfen hatte. Doch davon ließ sich Patrick nicht die Laune verderben. Mit einem fröhlichen Lachen hatte er den Fetzen geschickt aufgefangen und ihn ebenso zielsicher zurückgeschleudert.

Dieses Bild ging Molly durch den Kopf, als sie kräftig an die Tür klopfte.

»Herein.« Noch immer klang unterdrücktes Gelächter in Kintails Stimme mit, und als Molly die Tür aufdrückte, setzte er prustend hinzu: »Schau bloß mal, was ich hier für ein Fischchen gefangen habe, Patrick.«

Ein spitzer Schrei und lautes Platschen begleiteten seine Worte, und Molly blieb wie versteinert stehen, doch es war bereits zu spät. Entgeistert starrte sie auf die Szene, die sich ihr bot.

In dem Raum, offensichtlich Kintails Schlafkammer, saß ihr Herr in einem großen Zuber, das Haar voller Seifenschaum, und auf ihm lag lang ausgestreckt ein voll bekleidetes, aber völlig durchnässtes junges Frauenzimmer.

Die Kammer war nicht viel größer als Mollys. An der gegenüberliegenden Wand stand ein hohes Bett mit Vorhängen, und der Waschtisch neben dem Fenster sowie Truhen und ein Kleiderschrank an der Wand rechts neben der Tür nahmen so viel Raum ein, dass kaum noch Platz für den Badezuber blieb. Er stand daher unmittelbar vor der Tür, nur wenige Zentimeter von Molly entfernt mitten in einer Pfütze, und daneben befand sich ein großer Eimer mit Wasser.

Beide Insassen des Zubers sahen sie bestürzt an, wobei die junge Frau, die ihr den Rücken zukehrte, über die Schulter schaute. Sie schien mindestens zwei Jahre jünger zu sein als Molly und wirkte auf den ersten Blick verschreckt und ängstlich. Doch als sie Molly gewahrte, verwandelte sich ihre Furcht in Erleichterung, trotz der tiefen Röte, die ihre Wangen überzog.

»Wer seid Ihr?«, flüsterte sie mit schwacher Stimme.

Im gleichen Augenblick schnauzte Kintail Molly an: »Was zum Teufel macht Ihr denn hier? Ich dachte, es wäre Patrick, sonst hätte ich doch nie ›Herein‹ gerufen!«

Mit einiger Mühe riss sich Molly zusammen und entgegnete ruhig: »Ich weiß, Sir, und bitte Euch um Verzeihung. Ich bin gar nicht auf die Idee gekommen, dass er mich zu Eurer Schlafkammer schicken könnte, und weil ich mich hier noch nicht so auskenne –«

»*Patrick* hat Euch hergeschickt? Wahrhaftig, den Kerl erwürge ich! Bleib, wo du bist, Mädchen«, befahl er in bestimmtem Ton und drückte das Mädchen wieder zurück, als es versuchte, aus dem Zuber zu krabbeln.

»Sir Patrick habe ich gar nicht gesehen«, erwiderte Molly und wich einen Schritt zurück. Sie war so entsetzt, peinlich berührt und allmählich auch wütend, dass sie sich nichts mehr wünschte, als aus diesem Zimmer zu entkommen und keinen von den beiden jemals wiederzusehen.

»Wer hat denn dann –«, begann er, brach jedoch sofort ab. »Halt deine Hände bei dir, Bab, oder willst du noch mal untergetaucht werden?«

Mollys Zorn flackerte auf, doch das Mädchen prustete los, gab Kintail einen Klaps auf die nackte Schulter und sagte: »Pass besser auf *deine* Hände auf, Fin, sonst –«

Sie kreischte los, und Kintail brüllte auf, als Molly nach

dem Wassereimer griff und seinen Inhalt über den beiden ausleerte.

Ohne ein weiteres Wort drehte sie sich auf dem Absatz um und stürmte aus der Kammer. Sie wusste selbst nicht, welcher Teufel sie da geritten hatte, und bei dem Gedanken daran, wie sich Kintail dafür rächen würde, wurde ihr ganz mulmig.

Nachdem die Tür hinter Mistress Gordon ins Schloss gefallen war, sagte das klatschnasse Pärchen im Zuber eine ganze Zeit lang gar nichts. Dann fasste Fin seine Gespielin mit sicherem Griff um die schlanke Taille und schob sie von sich.

»Pass auf, wenn ich dich jetzt absetze, Bab«, sagte er. »Der Boden ist rutschig.«

»Lehn dich nicht so weit raus!«, rief Barbara MacRae warnend, während ihre Füße noch in der Luft baumelten. »Du wirst noch mit dem ganzen Zuber umkippen!«

Er stellte sie auf den Boden und sagte: »Und wenn schon. Auf jeden Fall werde ich nicht warten, bis dein Bruder dir für diesen kleinen Streich eins überzieht. Das mache ich dann schon selbst.«

Das Mädchen, das damit beschäftigt war, sich aus den nassen Röcken, die ihr am Leib klebten, zu schälen und sie auszuwringen, schenkte seiner Drohung keine Beachtung. »Wer war das, Fin? War das die Maid von Dunsithe? Und kommt sie öfter in deine Schlafkammer?«

»Jetzt ziehe ich dir wirklich eins über«, grollte er, stützte die Hände auf den Rand des Badezubers und machte Anstalten, sich hochzustemmen.

»Nein, bleib drin!«, kreischte sie und wich so eilig vor ihm zurück, dass sie in einer Wasserlache ausrutschte und beinahe gefallen wäre. Sie konnte sich gerade noch an einem Bettpfosten festhalten. Aufmerksam beobachtete sie ihn, bis er sich wieder im Wasser niederließ. »Was soll ich anziehen? Zumindest hat sie die Seife aus deinen Haaren gespült, aber ich kann doch so nicht zu meiner Mutter hinuntergehen, und schon gar nicht zum Abendessen!«

»Das hättest du dir überlegen sollen, bevor du hier hereingeschlichen kamst, um mir beim Baden behilflich zu sein«, antwortete er ohne eine Spur von Mitleid. »Bitte doch Mauri, dir irgendwas zu leihen, oder frage die Maid. Sie hat genügend Kleider mitgebracht, um ganz Dornie auszustaffieren, und unsere Gäste in den nächsten ein bis zwei Jahren noch dazu.«

»Mauri werde ich ganz gewiss nicht bitten«, sagte Barbara. »Sie würde bloß mit mir schimpfen.« In schmeichelndem Ton fügte sie hinzu: »Du wirst es doch nicht wirklich Patrick erzählen, oder? Er ist der beste Bruder der Welt und schert sich keinen Deut darum, wenn sein Benehmen andere Leute schockiert. Aber wenn es um mich geht, ist er manchmal ganz schön besitzergreifend.«

»Raus jetzt«, rief er und wies ihr die Tür. »Da läutet schon die Glocke zum Abendessen, und wir müssen uns beide erst mal etwas Trockenes anziehen.«

»Aber –«

Wieder tat er so, als wolle er aufstehen, da machte sie den Mund zu und entfloh.

»Das Zimmer der Maid ist auf der rechten Seite unter diesem hier«, brüllte er ihr nach. »Aber lass zuerst Tam Matheson ausrichten, dass ich ihn brauche.«

Er wusste, dass sie ihn gehört hatte, war jedoch keineswegs sicher, ob sie auch tun würde wie ihr geheißen. Also stieg er aus dem Zuber, patschte mit bloßen Füßen durch die Wasserlachen und holte sich ein Handtuch vom Waschtisch. Als er sich abtrocknete und Kleider aus dem Schrank nahm, fiel ihm der entsetzte Gesichtsausdruck der Maid wieder ein, und er wäre beinahe herausgeplatzt, riss sich jedoch sofort zusammen.

Sie hatte nicht gewusst, dass es seine Schlafkammer war, so viel stand fest. Aber warum war sie überhaupt gekommen? Die ganze Zeit über erregte und verwirrte ihn ihre Gegenwart – auch etwas, das sie nicht wusste. Selbst in ihrem Zorn war sie noch beunruhigend schön. Es verging kein Tag, an dem er nicht den Drang spürte, sie zu schütteln oder jeden Zentimeter ihres wundervollen Körpers zu küssen. Ganz ohne Zweifel hatte Jakob ihm einen Gefallen erwiesen, doch er war sich nicht sicher, ob er dafür jemals dankbar sein konnte.

Auch Molly hatte die Essensglocke gehört, doch statt nach unten in die Halle zu laufen, sauste sie in ihre Schlafkammer, warf die Tür hinter sich zu und lehnte sich schwer atmend dagegen.

Dabei kniff sie fest die Augen zu und versuchte, wieder einen klaren Gedanken zu fassen. Was war bloß mit ihr los? Sie hatte ja weiß Gott nicht zum ersten Mal den nackten Oberkörper eines Mannes gesehen, und der Rest von Kintail war ihr ja wegen des Mädchens, das auf ihm gelegen hatte, verborgen geblieben. Und auch wenn sie mehr erblickt hätte, wäre das keine Katastrophe gewesen. Selbst in den vornehmsten Häusern – das hatte ihr zumindest Lady Mackinnon erzählt – war es nicht unüblich, dass die Tochter des Hauses männlichen Gästen beim Baden aufwartete. Doch im Allgemeinen badeten Männer höchst selten, und auf Dunakin hatte man solche Dienste nie von ihr verlangt.

Molly konnte sich trotzdem nicht vorstellen, dass der Anblick des halb nackten Kintail allein sie so aus der Fassung gebracht hatte. Sie holte tief Luft und ließ sich ihr eigenes merkwürdiges Verhalten noch einmal durch den Kopf gehen. Wahrscheinlich hatte die Szene in seiner Schlafkammer sie so überrascht, dass sie ganz außer sich geraten war. Und nachdem sie nun wieder Atem geschöpft und sich ein wenig beruhigt hatte, kam ihr der Gedanke, dass ihre boshaften Hausgeister möglicherweise ihre Hände im Spiel hatten. Mit zusammengekniffenen Augen spähte sie in der Kammer umher, die jetzt aufgeräumt war. Getreu Maggie Mallochs Versprechen hatten sie und Doreen für jedes Gepäckstück ein Plätzchen gefunden.

»Maggie? Maggie, seid Ihr hier? Ich brauche Euch.«

War da nicht ein kleiner Luftwirbel auf dem Kissen unter dem Fenster?

Ein lautes Klopfen an der Tür ließ sie zusammenfahren. Sie hielt den Atem an, voller Angst, dass ein wütender Kintail vor der Tür stehen könnte, und ärgerte sich gleichzeitig über ihre ungewohnte Feigheit. Da hörte sie eine Stimme, die ganz eindeutig nicht ihm gehörte.

»Mistress Gordon, ich bin's, Barbara MacRae. Wenn Ihr da drin seid, habt die Güte und lasst mich herein – jetzt gleich, ich bitte Euch!«

Da sich Molly schon denken konnte, dass ihre Besucherin das Mädchen aus Kintails Schlafkammer war, wollte sie nicht öffnen. Doch als die Klinke zaghaft von außen niedergedrückt wurde, schob sie heftig den Riegel zur Seite, riss die Tür auf und sagte mit eisiger Stimme: »Geht fort. Mit einem so schamlosen Mädchen will ich nicht reden.«

Aber beim Anblick des tropfnassen, jämmerlich dreinblickenden Geschöpfes, das da auf dem Treppenabsatz stand, verflog ihr Zorn im Nu. Unter der Haube des Mädchens hatten sich ein paar dunkle Locken gelöst und hingen ihm schlaff und feucht auf die Schultern. Sein Kleid war vollkommen durchweicht.

»Bitte, Mistress, habt doch Mitleid«, sagte die Besucherin drängend. »Die Glocke hat schon zum Abendessen geläutet, und ich kann so doch auf keinen Fall hinuntergehen. Oh, schnell! Da kommt jemand die Treppe hoch. Wenn das Patrick ist –«

Im nächsten Augenblick war sie schon ins Zimmer gehuscht und hatte die Tür hinter sich zugezogen. Mit dem Rücken dagegengelehnt stand sie da, wie Molly ein paar Minuten zuvor, und flehte: »Bitte, Mistress Gordon, wir haben doch die gleiche Größe, und Fin hat gesagt, Ihr hättet genug Kleider. Könntet Ihr nicht so gütig sein und –«

»Fin?« Molly war einen Schritt zurück in die Kammer getreten, um nicht von dem Mädchen umgerannt zu werden.

»Ja, Fin Mackenzie – Kintail.«

Schon wieder regte sich Zorn in Molly. »Redet Ihr ihn immer so formlos an?«

»Wir kennen einander seit Kindertagen, Mistress. Ich bin Patrick MacRaes Schwester. Als unser Vater zusammen mit dem alten Lord starb, entschloss sich meine Mutter, in unser früheres Zuhause auf der anderen Seite des Loch zu ziehen, und ich ging mit ihr. Doch ebenso wie Patrick bin ich hier in der Burg aufgewachsen und habe mich nützlich gemacht, indem ich Mauri bei der Arbeit half.«

»Für eine Dienerin könnt Ihr Euch gut ausdrücken«, bemerkte Molly.

Als Barbara antwortete, funkelten ihre blaue Augen ebenso schelmisch wie die ihres Bruders. »Obwohl wir MacRaes gelobt haben, den Mackenzies treu zu dienen, sind wir noch lange keine Dienstboten, Mistress. Wir sind auch keine Lehnsleute, auch wenn es für viele so aussieht. Meine Familie hat Landbesitz drüben in Kintail am anderen Ufer des Loch. Mein Bruder war mit Fin auf der Universität, und ich hatte das Glück, etwas von ihrer Redeweise aufschnappen zu können.«

»Habt Ihr an ihren Schulstunden teilgenommen?«, wollte Molly wissen, die hoffte, eine verwandte Seele gefunden zu haben.

»Nein, leider nicht. Mein Vater hat es nicht erlaubt. Man hat mir genug lesen beigebracht, um Rezepte und Ähnliches zu entziffern, und auch ein wenig schreiben. Aber das ist schon alles. Oh, habt vielen Dank!« Der letzte Ausruf galt der Tatsache, dass Molly eine Truhe geöffnet und ein sauberes Unterhemd nebst Rock und Mieder herausgeholt hatte.

»Aber was um alles in der Welt habt Ihr da mit ihm in dem

Badezuber gemacht?«, fragte Molly, reichte Barbara ein Handtuch und half ihr, die nassen Sachen auszuziehen.

»Ich war auf jeden Fall nicht freiwillig da drin«, entgegnete Barbara lachend, während sie sich so gut es ging abtrocknete. »Ich traf auf der Treppe Tam Matheson. Der kam gerade mit dem Eimer Wasser herauf, den Ihr dann über uns ausgegossen habt. Ich nahm ihm den Eimer ab und ging in Fins Kammer, weil ich ihn überraschen wollte. Er wusste ja noch nicht, dass meine Mutter und ich schon eingetroffen waren, um Mauri bei den Vorbereitungen für den Gerichtstag zu helfen.«

»Geht Ihr denn immer einfach so in sein Schlafzimmer?«

Barbara wurde rot. »Als Kind schon, aber vermutlich sollte ich es jetzt nicht mehr tun. Auf jeden Fall saß Fin gerade vornübergebeugt im Wasser und wusch sich die Haare. Weil er die Augen geschlossen hatte, dachte er, ich sei Tam, und bat mich, ihm Wasser über den Kopf zu gießen. Ich hatte mich mittlerweile angeschlichen, stellte den Eimer ab und sagte, er solle sich besser den Mund mit Seife auswaschen wegen der ganzen Schimpfnamen, die er mir als Kind gegeben habe. Da bekam er einen Schreck und befahl mir, ihm den Eimer zu reichen und zu verschwinden. Ich habe ihn aber noch ein bisschen geneckt, so wie früher, und gesagt, ich würde gehen, wenn es mir passte. Ich hatte ganz vergessen, was für lange Arme er hat«, schloss sie betreten.

»Er hat Euch also gepackt und in den Zuber gezerrt«, ergänzte Molly.

»Ja, gerade in dem Moment, als Ihr geklopft und uns einen Heidenschreck versetzt habt. Fin meinte, es sei Patrick, denn Tam würde sich wohl so schnell nicht wieder sehen lassen, nachdem er mir den Eimer gegeben habe. Das jagte mir Angst ein, denn bestimmt hätte Patrick es gar nicht gern gesehen, dass ich mich dort aufhielt, geschweige denn, dass ich mit Fin im Badezuber saß.«

Molly warf Barbara den Rock über den Kopf. Die junge

Frau war noch immer nicht ganz trocken, aber daran ließ sich jetzt so schnell nichts mehr ändern.

»Könntet Ihr mir wohl auch eine Haube leihen, damit ich mein nasses Haar verstecken kann?«, bat Barbara, nachdem Molly ihr flink das Mieder geschnürt und den Rock zurechtgezupft hatte.

Molly erfüllte auch diesen Wunsch, und schließlich war Barbara zwar nicht tadellos hergerichtet, doch zumindest wieder vorzeigbar.

Als Molly die Tür öffnete, stieß die junge Frau einen Seufzer aus. »Patrick wird ganz schön wütend sein.«

»Nun, das hättet Ihr Euch überlegen sollen, bevor Ihr zu Kintail in die Kammer gingt«, erwiderte Molly lächelnd. »Aber vielleicht merkt er ja auch gar nichts.«

»Patrick? Da kennt Ihr ihn aber schlecht, Mistress. Patrick hat ein sichereres Auge für Kleidung als jeder andere. Auf jeden Fall sicherer als Fin. Ich habe gehört, dass Fin ihn am Tag Eurer Ankunft ins Wasser gestoßen hat. Es heißt, das Einzige, was Patrick daran geärgert habe, sei, dass er an dem Tag ein paar nagelneue Stiefel trug. Er hat sie Tam gegeben, weil er sie nicht mehr wollte.«

»Tatsächlich?«

»Ja. Fin mag vielleicht nicht darauf achten, was eine Frau anhat, aber ich verwette mein schönstes Seidenmieder darauf, dass Patrick mit einem Blick sieht, dass dieses Kleid nicht mir gehört.«

Sie sollte Recht behalten, dennoch waren ihre Ängste unbegründet, denn bei ihrem Anblick lachte ihr Bruder nur und schloss sie in die Arme.

»Du hättest mir sagen sollen, dass ihr angekommen seid, Bab«, rief er aus, trat einen Schritt zurück und musterte sie mit schief gelegtem Kopf und kritischem Blick. »Dieses Kleid steht dir nicht, und außerdem hast du uns elend lange auf unser Abendessen warten lassen. Aber Fin hat mir erzählt, was geschehen ist.«

Molly und Barbara drehten sich gleichzeitig zu Kintail um, der an einem der Tische herumlümmelte, als habe er schon seit geraumer Zeit auf sie gewartet. Angesichts des spöttischen Blickes, den er ihr zuwarf, wünschte Molly, sie hätte noch einen Eimer Wasser.

»Ja«, bestätigte er und grinste Barbara an, »ich habe zugegeben, dass ich mit meinem Geplantsche die ganzen Wasserlachen verursacht habe. Als du mir dann das Wasser zum Ausspülen brachtest und ausgerutscht bist, hättest du dir leicht das Genick brechen können, wenn ich dich nicht festgehalten hätte. Es tut mir immer noch Leid, dass du dabei versehentlich in den Zuber gefallen bist, mein Mädchen.«

Wenn Molly nicht die ganze Geschichte von Barbara gehört hätte, wäre sie ihm auf den Leim gegangen, so glatt kam ihm seine Version der Ereignisse über die Lippen. Sie betrachtete ihn nachdenklich und fragte sich, ob er wohl immer so mühelos log.

Er sah sie mit ausdruckslosem Blick an und schlug vor, sogleich mit dem Essen zu beginnen, damit seine Männer danach weitere Bänke für das Gericht am nächsten Tag aufstellen konnten.

Als sich Molly und Barbara später von der Tafel erhoben, stand auch er auf und sagte zu Molly: »Einen Augenblick noch, wenn Ihr gestattet, Mistress.«

Molly war froh, dass Barbara neben ihr stand. Sie wollte überhaupt nicht wissen, was Kintail ihr zu sagen hatte. Er jedoch bedeutete dem Mädchen mit einer Handbewegung, sich zu entfernen. Als es zögerte, sagte er: »Verärgere mich nicht, Bab. Deinetwegen musste ich schon Patrick anlügen –«

»Meinetwegen!«, rief sie empört, warf aber zugleich einen verstohlenen Blick zu ihrem Bruder hinüber, der noch am Tisch saß.

»Genau«, beharrte Kintail. »Und falls du nicht willst, dass ich ihm auf der Stelle die Wahrheit sage, machst du dich jetzt davon. Ich muss unter vier Augen mit Mistress Gordon reden.«

Mit beleidigtem Gesichtsausdruck stelzte Barbara von dannen.

Um Kintails Worten zuvorzukommen, sagte Molly schnell: »Ihr wollt sie doch nicht wirklich bei ihrem Bruder anschwärzen, nicht wahr, Sir? Mir scheint, Ihr habt mehr Schuld an der Sache als sie.«

»Das stimmt schon«, gab er zu. »Wenn Ihr allerdings nicht angeklopft hättet, hätte ich sie gleich wieder ihrer Wege gehen lassen. So haben wir beide einen Schreck bekommen, gerade als ich nach ihr griff, und deshalb rutschte sie aus, und ich zog sie in den Zuber. Wäre wirklich Patrick an der Tür gewesen, hätte ich ihm gleich alles erzählt, und er hätte sich wahrscheinlich darüber amüsiert und nur ein wenig mit Barbara geschimpft, weil sie ungebeten in meine Kammer gekommen war. So aber wollte ich nicht, dass er die Geschichte von jemand anderem hört, vor allem nicht, welche Rolle Ihr dabei gespielt habt. Und außerdem sollte er seine Schwester nicht gerade beim Abendessen ins Gebet nehmen.«

»Und deshalb habt Ihr ihn angelogen«, fasste Molly zusammen und warf ihm einen herausfordernden Blick zu.

»Ja«, gestand Kintail und blickte etwas betreten zu Sir Patrick hinüber, »und ich muss das noch richtig stellen, bevor wir die Halle verlassen.«

»Ihr werdet ihm also die Wahrheit sagen?«, fragte Molly, die jetzt schon Mitleid mit Barbara hatte.

»Sicher, denn dann kann ich ihm alles erklären. Muss ich es Euch auch erklären, Mistress? Ich weiß nämlich sehr gut, welchen Eindruck das alles machte.«

»Ihr braucht mir gar nichts zu erklären«, wehrte Molly ab. »Barbara hat mir schon die ganze Geschichte erzählt. Sie hätte eben nicht in Eure Kammer gehen sollen, ebenso wenig wie ich.«

»Ihr habt ja schließlich nicht gewusst, dass es meine

Schlafkammer war. Wie kamt Ihr denn dahin? Falls Euch einer meiner Männer hereingelegt hat –«

»Nein«, beeilte sie sich zu entgegnen. »Ich glaube, es war keine böse Absicht. Und vielleicht hätte ich ja auch wissen müssen, dass es Eure Schlafkammer war.«

»Was wolltet Ihr denn von mir?«

»Euch fragen, ob ich morgen beim Gerichtstag dabei sein darf«, antwortete sie.

»Ihr werdet doch an so einem Tag ganz gewiss zu viel zu tun haben.«

»Mauri hat gesagt, ich sei ihr ohnehin nur im Weg«, murmelte Molly traurig. »Kochen und putzen hat man mir nie beigebracht, also muss sie mir jeden Handgriff zeigen.«

Kintail schwieg für einen Augenblick, und sie erwartete schon, er werde sie über die Pflichten einer Hausfrau belehren, doch stattdessen sagte er: »Auf Dunakin habt Ihr mir erzählt, dass Ihr Zahlen zusammenzählen könnt und so was alles.«

»Ja, das stimmt.«

»Dann habe ich vielleicht etwas für Euch, was Euch mehr zusagt als kochen oder putzen. Patricks Vater hat immer die Bücher der Burg geführt, doch seit er tot ist, kümmern sich Patrick und ich darum. Wir haben uns allerdings schon überlegt, jemand anderen damit zu betrauen. Glaubt Ihr, Ihr könntet damit fertig werden, wenn wir Euch alles zeigen?«

»Ja, sicher. Und das würdet Ihr wirklich tun?«

Ihre freudige Überraschung bekam gleich wieder einen Dämpfer, denn er fügte hinzu: »Wir werden natürlich alles nachkontrollieren müssen, aber wenn Ihr Euch geschickt anstellt und nicht zu viele Fehler macht, könntet Ihr uns viel Zeit ersparen.«

»Das würde mir sehr gefallen«, sagte sie, »aber wäre es in dem Fall nicht besser, wenn ich über die Angelegenheiten der Burg Bescheid wüsste?«

Er zwinkerte verschmitzt. »Ich sehe schon, Ihr wollt unbedingt bei meinem Gerichtstag dabei sein, Mädchen. Und weil ich Euch mittlerweile gut genug kenne, um zu wissen, dass Ihr ohnehin einen Weg finden würdet –«

»Das würde ich auch«, versicherte sie. »Mauri hat mir erzählt, dass es oben auf der Galerie jede Menge versteckter Nischen gibt, von wo aus man die Halle überblicken kann. Ich habe von der Treppe aus selbst eine gesehen, also …«

»Und Ihr würdet wirklich die Strafe riskieren, die Euch droht, wenn Ihr mir nicht gehorcht?«

Sie zögerte kurz, legte den Kopf schief und fragte: »Ist es denn so schrecklich, was Ihr mit den Leuten macht, die bei Euch Gerechtigkeit suchen?«

Er verzog das Gesicht und blickte über die Schulter, so als fürchte er einen heimlichen Lauscher. Dann erklärte er: »Es ist nicht immer angenehm, Zeuge von Gerechtigkeit zu werden, Mädchen, aber Ihr könnt dabei sein, wenn Ihr wollt. Ich wette, Bab hat mehr als einmal heimlich zugehört, ebenso wie Patrick und ich, bevor mein Vater uns offiziell dazugeholt hat. Ihr könnt bei uns sitzen, wenn Mauri Eure Hilfe nicht benötigt.«

Er wünschte ihr eine gute Nacht und ging davon, und während sie die Treppe zu ihrer Schlafkammer hinaufstieg, kam ihr der erfreuliche Gedanke, dass er sie wieder einmal in Erstaunen versetzt hatte. Vielleicht war es letzten Endes doch nicht so schlimm, sein Mündel zu sein.

»Das hat ja vorzüglich geklappt«, sagte Catriona und knabberte an Clauds Ohr. Die beiden saßen in der Mauernische neben der Treppe und hatten die ganze Unterhaltung zwischen Kintail und Mistress Gordon belauscht.

»Ich glaube, sie mögen einander nicht sonderlich«, bemerkte Claud.

»Sie hat ihn doch mit Wasser begossen, als sie ihn mit dieser Bab überraschte, oder?« Catriona kuschelte sich noch enger an ihn. »Das war ein schlauer Schachzug von dir, Claud, die Maid gerade in dem Augenblick zu ihm in die Kammer zu schicken.«

»Aber ich habe doch gar nichts gemacht«, widersprach Claud und versuchte zu überlegen – was ihm auch ohne Catrionas Zunge in seinem Ohr schon schwer genug fiel. »Ich – ich weiß bloß noch nicht, was ich tun soll, wenn er einen Ehemann für sie findet.«

»Er darf sie keinem anderen geben«, murmelte Catriona und legte ihm ihre schmale Hand auf den Oberschenkel. »Ihr Mann bekommt schließlich ihren Schatz.«

»Aber daran können wir nichts ändern«, sagte Claud in vernünftigem Ton. »In ihrer Welt steht einem Ehemann nun einmal das Vermögen seiner Frau zu.«

»Dann müssen wir uns eben etwas einfallen lassen, Claud, mein Lieber.« Sie ließ ihre Hand zwischen seine Beine wandern.

Er keuchte. »Ach, Catriona, ich kann doch nicht nachdenken, wenn du so etwas tust.«

»Dann tun wir eben das hier zuerst und denken später nach.«

Claud stöhnte, und dann konnte von Nachdenken keine Rede mehr sein.

10

Am nächsten Morgen strömten Männer und Frauen zu Kintails Gerichtstag. In kleinen und größeren Booten kamen sie über das Wasser gefahren, und einige Leute aus Dornie stakten sich auf einem Holzfloß über das Loch. In der großen Halle war es laut und voll.

Sir Patrick, der in seinem eleganten blauen Samtwams und der schwarzen Hose wie ein Lord aussah, teilte Molly und Barbara gleich zu Beginn mit, dass sie auf Anweisung von Kintail in einer der hinteren Reihen Platz nehmen sollten. Molly hatte gehofft, dem Geschehen so nahe wie möglich zu sein, doch als sie Einspruch erhob, sagte Patrick nur: »Ich soll Euch vor die Tür setzen, wenn Ihr Schwierigkeiten macht, Mistress. Und was dich angeht, Bab«, setzte er zu seiner Schwester gewandt hinzu, »so müssen wir beide heute noch ein ernstes Wörtchen miteinander reden.«

Die Frauen fügten sich seiner Anordnung. Nachdem sie sich auf den von ihm angewiesenen Plätzen niedergelassen hatten und er gegangen war, sagte Barbara: »Ich möchte wissen, was ich jetzt schon wieder angestellt habe.«

Molly, die am Vorabend keine Gelegenheit mehr gehabt hatte, mit dem jungen Mädchen zu reden, erklärte ihm: »Ich glaube, er weiß jetzt, was wirklich in Kintails Schlafkammer geschehen ist.«

»Aber woher? Fin hat es ihm doch gestern Abend nicht verraten.«

Molly weihte sie ein und fuhr dann fort: »Ob Euer Bruder wohl wirklich wütend ist, Barbara? Er muss doch wissen, dass Kintail sich bei Euch keine Freiheiten herausnehmen würde.«

Barbaras sorgenvolle Miene hellte sich auf, und sie kicherte. »Ich würde es durchaus ›Freiheiten herausnehmen‹ nennen, wenn er mich zu sich in den Badezuber zieht.«

»Er hat zu mir gesagt, ihr beide hättet euch erschreckt, und außerdem wisst Ihr wohl, was für Freiheiten ich meinte«, erwiderte Molly.

»Ja, schon, aber ich glaube kaum, dass Patrick ihm wirklich über den Weg traut, wenn es um ein Frauenzimmer geht. Die beiden haben so einiges zusammen angestellt, als unsere Väter noch lebten, und da es in Kintail wohl kaum eine Frau gibt, die sich ihnen verweigern würde, kann man nie wissen, was sich Patrick so denkt.«

Schockiert entgegnete Molly darauf: »Ihr wollt doch wohl nicht sagen, dass Kintail –«

»O nein«, beeilte sich Barbara zu sagen, offensichtlich bemüht, ihre Heiterkeit zu verbergen, »auf gar keinen Fall. Und jetzt, wo Patrick Zeit hatte, über die Angelegenheit nachzudenken, wird er hoffentlich zu dem Schluss gekommen sein, dass Fin mir niemals etwas zu Leide tun würde. Auf jeden Fall ist es gut, dass Fin es ihm nicht sofort gesagt hat, denn Patrick ist ebenso aufbrausend wie er, müsst Ihr wissen. Beide geraten schnell in Wut, und in so einem Fall ist es das Beste, sich davonzumachen, solange man noch kann.«

»Sie täten gut daran, ihren Zorn nicht gegen mich zu richten«, bemerkte Molly kühl.

Barbara blickte sie verdutzt an. »Habt Ihr denn gar keine Angst vor wütenden Männern? Sie können doch wirklich wild werden.«

Molly zuckte die Achseln, ungeachtet des leichten Schauers, der sie bei dem Gedanken an einen wütenden Kintail überlief. Doch nun mussten die beiden Frauen ihr Gespräch abbrechen, denn Sir Patrick war am oberen Ende der Halle erschienen. Er hob eine Hand, und die Versammlung verstummte. Schließlich brach auch das letzte Flüstern ab, und man hörte nur noch leises Füßescharren.

Sir Patrick sagte nur: »Der Laird«, und alles erhob sich. Währenddessen kam Kintail hereingeschritten und ließ sich auf dem einzelnen Sessel auf dem Podium nieder, wo normalerweise die große Tafel stand.

Molly war starr vor Staunen. Ihr war schon Sir Patrick sehr prächtig aufgeputzt erschienen, doch Kintail stellte ihn noch in den Schatten. Beide Männer waren nach französischer Mode gekleidet, wie es bei den Adligen im westlichen Hochland bei offiziellen Anlässen üblich war. Kintail trug rot und schwarz gestreifte Strümpfe; seine Hosen waren geschlitzt und mit roten Seidenbändchen verziert, dazu hatte er ein elegantes rotes Wams mit passendem Muster angezogen. An seiner schwarzen Samtmütze steckten zwei Adlerfedern, die ihn als Oberhaupt des Mackenzie-Clans auswiesen. In einem solch förmlichen Aufzug hatte Molly ihn noch nie gesehen, fand ihn darin aber großartig.

In seiner Eigenschaft als Gerichtsbeamter gebot Sir Patrick Ruhe und rief den ersten Fall auf, bei dem es um den tätlichen Angriff eines Matheson gegen einen Mackenzie ging.

Kintail hörte sich beide Seiten an, entschied dann zu Gunsten des Mackenzies und erlegte dem Matheson eine Geldstrafe von zwei *merks* auf. Außerdem ermahnte er ihn, in Zukunft Frieden zu halten.

»Und wenn du mir nicht gehorchst, Will Matheson«, fügte er mit einschüchterndem Blick hinzu, »dann werde ich mir eine empfindlichere Strafe für dich ausdenken.«

»Jawohl, Laird, ich werde es nicht vergessen«, entgegnete der junge Mann eifrig nickend.

Molly, die ein paar grausigere Verbrechen, wie zum Beispiel Mord oder schwere Körperverletzung, erwartet hatte, fragte sich, ob sich Kintail wohl immer auf die Seite der Mackenzies schlug. Im Laufe des Morgens stellte sie fest, dass das nicht der Fall war, doch bei den Klagen ging es durchweg um Kleinigkeiten, und da sie außerdem die beteiligten Leute nicht kannte, wurde ihr bald langweilig. Sie stellte fest, dass

Barbara ähnlich empfand, traute sich aber nicht vorzuschlagen, dass sie beide gehen sollten. Sie hatte sich ihr Anwesenheitsrecht hart erkämpft und fürchtete, dass, wenn sie jetzt den Saal verließe, Kintail etwas Ähnliches äußern würde wie »ich habe es Euch ja gleich gesagt« und ihr in Zukunft die Teilnahme an den Gerichtstagen verböte.

Als sich ihre und Kintails Blicke trafen, sah sie, wie seine Lippen zuckten, und glaubte auch zu bemerken, dass er ihr unauffällig zuzwinkerte. Konnte er ihre Gedanken erraten? Sie war so sehr in seinen Anblick versunken, dass sie ihre Aufmerksamkeit erst wieder dem Geschehen widmete, als einer der beiden Männer, die nun vor Kintail standen, flehend sagte: »Laird, das haben die Elfen getan.«

Sofort war ihr Interesse geweckt. In der Halle erhob sich hier und da gutmütiges Gelächter.

Doch Kintail, ganz und gar nicht belustigt, entgegnete kurz angebunden: »Erkläre mir das genauer, Ranald MacVinish.«

Stattdessen mischte sich der andere Mann ein und rief wütend: »Laird, Ranald selbst hat meine Kuh erschossen, ich habe es mit eigenen Augen gesehen. Und ich hatte doch nur die eine.«

»Ich weiß«, antwortete Kintail. »Lass ihn sprechen.«

»Aber Elfen, Laird? Er muss den Verstand verloren haben. Elfen, also wirklich!«

Ranald MacVinish breitete in einer hilflosen Geste die Arme aus und sagte: »Gewiss doch, es ist wahr, Ian MacMurchie.« Dann wandte er sich in bittendem Ton an Kintail: »Letzte Nacht war ich auf dem Heimweg, nachdem ich ein Schaf gerettet hatte, das in einen Graben gefallen war. Da hörte ich ein Rauschen in der Luft wie von einem riesigen Vogelschwarm. Es war die Wilde Jagd, die da vorüberstürmte, Laird, und sie riss mich glattweg von den Füßen und schleppte mich mit.«

Bei seinem Bericht schnappten einige Zuschauer hörbar

nach Luft. Andere kicherten, doch Molly spitzte die Ohren, um sich nur ja kein Wort entgehen zu lassen.

»Na, das ist vielleicht eine Geschichte«, rief der Ankläger höhnisch. »Wie ich schon sagte, Ranald, diese Elfen haben dir wahrscheinlich eins auf den Schädel gegeben.«

Das Gelächter wurde noch lauter.

»Ja, lacht ihr nur«, sagte Ranald MacVinish und räusperte sich nervös.

Selbst von ihrem entfernten Platz konnte Molly erkennen, dass er blass geworden war und ihm der Schweiß auf der Stirn stand.

In grimmigem Ton fuhr er fort: »Du wirst schon deine Meinung ändern, Mann, wenn ich dir sage, dass deine Tochter Anna gerade die Kuh molk, als wir über sie hinwegflogen. Der Wilde Jäger befahl mir, das Mädchen zu erschießen, doch als sie mich absetzten, erschoss ich stattdessen die Kuh, denn es ist ja allgemein bekannt, dass es auch genügt, ein Tier zu töten, um dem Wilden Jäger zu gehorchen. Du solltest froh sein, dass es nur deine Kuh und nicht deine Tochter war, du undankbarer Jammerlappen.«

Der Ankläger war sprachlos, doch Kintail sagte streng: »Du gibst also zu, dass du die Kuh erschossen hast, Ranald?«

»Ja, schon, Laird, aber alles ist so passiert, wie ich es berichtet habe.«

»Du wirst Ian MacMurchie die Kuh bezahlen. Hast du die Mittel dazu?«

Der Mann zog ein langes Gesicht, erhob jedoch keine Einwände mehr, sondern entgegnete nur: »Ich habe bloß vier Schafe, sieben Hühner und einen Hund, Laird.«

»Deine vermaledeiten Schafe kann ich nicht melken, Ranald«, warf Ian MacMurchie ein.

»Dennoch sind sie eine passende Entschädigung«, befand Kintail. »Ich nehme eines deiner Schafe, Ranald, und gebe Ian MacMurchie dafür eine Milchkuh. Ist es schon Zeit zum Essen, Patrick?«

»Ja, Laird. Man wartet schon seit einer Viertelstunde, dass man die Speisen auftragen kann.«

Kintail nickte und verkündete, dass das Gericht nach dem Essen wieder zusammentreten würde. Als er sich erhob, standen auch die Zuschauer von ihren Plätzen auf, und sobald er die Halle verlassen hatte, setzten die Männer die große Tafel wieder an ihren Platz und brachten Platten und Holzböcke für die übrigen Tische herbei, die im rechten Winkel zum Podium angeordnet wurden. Im Handumdrehen stellten Mauri MacRaes zahlreiche Helfer das Essen auf den Tisch.

Alle, Kläger wie Beklagte, ließen sich an den langen Tischen nieder, und soweit Molly erkennen konnte, störte sich keiner auch nur im Geringsten daran.

Von ihrem Platz zwischen Barbara und Kintail ließ Molly ihre Blicke über die versammelten Leute wandern und überlegte gerade, wie sie sich mit Anstand vor der weiteren Verhandlung drücken konnte, da kündigte ein Lärm an der Eingangstür Besucher an.

Unter ihnen waren mindestens drei Bewaffnete, und alles reckte die Hälse, um herauszufinden, ob es Freunde oder Feinde waren. Einer von Kintails Männern, der an der Tür stand, übernahm die Rolle des Pförtners und verkündete mit weithin schallender Stimme: »Es ist Mackinnon von Dunakin, Laird.«

»Willkommen, Sir, tretet näher«, sagte Kintail, während er sich erhob, um den älteren Mann zu begrüßen.

Mackinnon ließ seine Begleiter an der Tür warten und näherte sich.

Molly lächelte ihrem Pflegevater zu, doch als er ihr Lächeln erwiderte, bemerkte sie die Sorgenfalten auf seinem wettergegerbten Gesicht. Seine Lady begleitete ihn offensichtlich nicht.

Bei seinem Anblick verstummten ringsum alle Gespräche, und die Leute an den Tischen blickten ihm besorgt entgegen.

»Wünscht Ihr zu speisen, Sir?«, fragte Kintail und schüttelte Mackinnon die Hand.

»Nein, Junge«, erwiderte dieser und beugte sich hinab, um Molly einen Kuss auf die Wange zu geben. »Du siehst gut aus, Mädchen. Der Ort hier scheint dir zu bekommen.«

»Ich danke Euch, Sir«, antwortete Molly.

Doch Mackinnon hatte sich bereits wieder Kintail zugewandt. Mit rauer Stimme sagte er zu ihm: »Wir müssen uns unterhalten, Junge, und zwar jetzt gleich.«

Kintail nickte und erklärte Sir Patrick: »Du kannst heute Nachmittag schon mal mit der Gerichtsverhandlung anfangen. Tam Matheson soll dir dabei helfen. Ich könnte mir denken, dass das Gespräch mit Mackinnon länger als nur ein paar Minuten dauert.«

Mackinnon nickte zustimmend. »So ist es, Junge. Wir müssen wichtige Entscheidungen treffen.«

»Dann kommt mit mir«, sagte Kintail.

Molly, die das Gefühl hatte, dass das Gespräch sie betraf, fragte: »Worum geht es denn, Sir? Was ist geschehen?«

Mackinnon wollte gerade antworten, da kam Kintail ihm zuvor: »Falls es Euch etwas angeht, Mistress, dann könnt Ihr Euch darauf verlassen, dass wir es Euch zu gegebener Zeit mitteilen werden. An der Sitzung heute Nachmittag dürft Ihr übrigens nicht teilnehmen. Ich werde nach Euch schicken, sofern Eure Anwesenheit erforderlich ist.«

Sie ärgerte sich, doch da es geradezu tollkühn gewesen wäre, ihm vor allen Leuten zu widersprechen, verzichtete sie auf eine Entgegnung.

Ein langer, schlaksiger junger Mann, offensichtlich Tam Matheson, der Sir Patricks nasse Stiefel geerbt und Barbara den Eimer mit Wasser gegeben hatte, tat kund, dass die Verhandlung fortgesetzt würde, sobald man die Tafel aufgehoben habe. Unverzüglich machten sich einige Männer daran, die Tische fortzuräumen, und Barbara sagte: »Wenn wir doch nicht mehr dabei sein dürfen, gehe ich jetzt besser mal nachschauen, was für Arbeit meine Mutter und Mauri für mich haben. Kommt Ihr mit?«

»Nein, danke«, antwortete Molly. Ihr war in den Sinn gekommen, dass die Gelegenheit für einen Spaziergang günstig sei, jetzt, wo alle Frauen bei der Arbeit und alle Männer in der Halle beschäftigt waren. Seit ihrer Ankunft hatte sie noch keine Zeit gehabt, die kleine Insel zu erkunden. Um nicht Gefahr zu laufen, dass einer der Bewaffneten am Eingang sie zurückhielt, benutzte sie stattdessen ein Hintertürchen im nordwestlichen Turm. Das war ihr aufgefallen, als sie sich an ihrem zweiten Tag auf der Burg verlaufen hatte. Einen Augenblick später trat sie ins Sonnenlicht hinaus.

»Worum geht es, Sir?«, fragte Fin, nachdem er seinen Gast in das kleine Studierstübchen geführt und die Tür hinter sich geschlossen hatte.

Mit belegter Stimme antwortete Mackinnon: »Donald hat herausbekommen, wo die Maid ist, und will Euch deswegen Ärger machen.«

»So etwas habe ich schon erwartete«, sagte Fin, den die Nachricht härter traf, als er zugeben mochte. Er war einfach nicht bereit, die Maid an Donald von Sleat auszuliefern.

Er bot seinem Gast den einzigen Stuhl im Zimmer an und setzte sich selbst auf einen Hocker neben dem Schreibpult aus Olivenholz, auf dem ein eisenbeschlagenes Federkästchen stand. »Sie ist völlig sicher hier. Eilean Donan ist uneinnehmbar ohne Kanonen, und die hat Sleat nicht, soviel ich weiß.«

»Das mag sein«, gestand Mackinnon, »doch der Mann ist trotz allem gefährlich, mein Junge. Er ist entschlossen, sich die Maid mit allen Mitteln zurückzuholen. Dazu hat er ein Heer aufgestellt, das über viele schnelle Boote verfügt.«

»Ihr habt also mit ihm gesprochen.«

»Ja, und dieser übellaunige alte Teufel hat mir gedroht«, sagte Mackinnon erbost. »Er hatte vor, unsere Molly Huntly zur Frau zu geben. Im Gegenzug sollte der versprechen, Donald beim Versuch, die Inseln für sich zurückzuerobern, nicht in die Quere zu kommen. Und jetzt hat Donald nichts mehr, was er Huntly als Anreiz bieten könnte, und Huntly wird sich sicher auf die Seite des Königs schlagen.«

»Ja, ebenso wie ich auch«, erklärte Fin.

»Donald glaubt sich im Recht«, erwiderte Mackinnon. »Und tatsächlich wurde ja der letzte Lord der Inseln als Kind verschleppt. Ich halte nichts davon, Kinder zu entführen«, setzte er mit vielsagendem Blick hinzu.

Fin zog die Brauen hoch. »Ihr stellt also die Annektierung der Inseln durch den König auf eine Stufe mit der Entführung der Maid von Dunsithe?«

»Ja, und warum auch nicht? So wie der König damals das Land der Macdonalds an seine Speichellecker verteilt hat, so lässt unser Jakob Molly herumreichen wie einen Wanderpokal.«

Fin unterdrückte seinen aufwallenden Zorn. »Wenn Ihr meine Unterstützung für Donald von Sleat gewinnen wollt, so seid Ihr vergebens gekommen, Sir. Denkt daran, dass der Mann meinen Vater und viele unserer Leute umgebracht hat.«

»Nur ruhig Blut, Junge. Mir geht es einzig und allein um Molly. Und ich wollte Euch nur noch einmal Donalds Denkweise ins Gedächtnis rufen und Euch vielleicht wieder einmal eine kleine Lektion im edlen Schachspiel erteilen.«

»Ich zweifle nicht daran, dass Sleat von seiner Sache überzeugt ist«, sagte Fin, »doch werden ihn die anderen Clans wohl kaum bei dem Versuch unterstützen, einen erloschenen Titel wiederzugewinnen.«

»Es gibt tausende von Macdonalds, Junge. Außerdem hat er gedroht, MacLeod und mich anzugreifen, wenn wir ihm nicht helfen, die Maid wiederzubekommen, und Ihr könnt Euch darauf verlassen, dass er dafür auch Eilean Donan und ganz Kintail überfallen würde. Das könntet Ihr nur verhindern, wenn Ihr dafür sorgt, dass der Preis, auf den er aus ist, für ihn wertlos wird.«

»Ich werde alles tun, was in meiner Macht steht, um Eilean Donan und meine Lehnsbauern zu schützen«, sagte Fin. »Doch wenn es zu einer längeren Belagerung kommt, kann die Burg nicht alle Bewohner von Kintail beherbergen. Und dann wird Sleat unter ihnen ein Blutbad anrichten – wenn wir es nicht vereiteln.«

»Das weiß ich wohl«, erklärte Mackinnon. »Wir können zwar nicht im Handumdrehen eine Armee aufstellen, doch falls Ihr Molly auf der Stelle verheiratet, wird das Donald ganz schön den Wind aus den Segeln nehmen.«

Fin holte tief Luft. Er wusste nicht, was er darauf sagen sollte. Zum einen hielt er es für unklug, Mackinnon gegenüber zuzugeben, dass Molly ihn allein für einen solchen Vorschlag höchstwahrscheinlich umbringen würde. Zum anderen erschien ihm der Gedanke, Molly selbst zu ehelichen, verlockender, als er sich noch vor wenigen Tagen hätte vorstellen können.

Mackinnon blinzelte ihm zu. »Ich weiß schon, wie dir zumute ist, mein Junge. Schließlich habe ich nicht umsonst fast zwölf Jahre mit dem Mädchen unter einem Dach gelebt und kenne sie daher ganz gut. Aber du wirst es schon schaffen, und dann hast du ja auch noch die Urkunde des Königs.«

»Wenn ich sie zur Frau nähme, würde das für Sleat nicht das Geringste ändern. Er würde einfach die Ehe für null und nichtig erklären und nach Belieben über das Mädchen verfügen. Ich habe gehört, er hätte sie zu gern mit seinem eigenen Sprössling verheiratet, obgleich sie das Jüngelchen wahrscheinlich in die Tasche gesteckt hätte.«

»Das hätte sie ganz gewiss«, stimmte Mackinnon ihm nicht ohne Stolz zu. »Aber mir wäre es am liebsten, sie ganz aus dem Spiel zu lassen. Und vergesst Huntly nicht! Immerhin hofft Donald, ihm das Mädchen als Köder anbieten zu können.«

»Huntly ist Oberhaupt eines Clans«, gab Fin zu bedenken. »Als solcher kann auch er eine Ehe für ungültig erklären und Molly dann selbst zur Frau nehmen, wenn es ihm passt.«

»Für die meisten Clanhäuptlinge im Hochland mag das zutreffen, aber Ihr dürft nicht vergessen, dass Huntly ein ausgemachter Papist ist. Ihr habt doch selbst einen Priester auf Kintail, oder?«

»Ja, schon«, antwortete Fin, dem die Gedankengänge des Älteren jetzt klar wurden. »Ihr glaubt also, wenn ich die Maid in einer richtigen kirchlichen Zeremonie heiratete, würde Huntly die Ehe anerkennen und sich gegen Sleats Ansinnen stellen.«

»Genau. Und immerhin steht Huntly ja auch auf Seiten des Königs, im Moment jedenfalls.«

»Dann würde er doch sowieso keine königliche Anordnung verletzen«, wandte Fin ein. »Und ich brauchte das Mädchen gar nicht zu heiraten.«

»Das klingt ja, als sei das eine Strafe, Junge. Wisst Ihr denn überhaupt, wie viel Landbesitz Euch das Mädchen einbringen würde? Dunsithe ist auf jeden Fall eine Heirat wert, selbst wenn der Schatz nie gefunden wird.«

»Aber ich müsste mir den Besitz auch sichern«, wandte Fin ein. »Und das ist auf die Entfernung gar nicht so einfach. Jedenfalls ist es noch zu früh, an eine Heirat mit ihr zu denken, und ich bin sicher, sie würde mich auch gar nicht wollen. Und wenn Huntly sowieso nicht auf Sleats Vorschlag eingeht …«

»Ich habe doch gar nicht behauptet, dass er nicht darauf eingehen würde, sondern nur, dass er keine kirchlich geschlossene Ehe auflösen würde, nur um an Mollys Schatz heranzukommen. Ich glaube einfach, dass sie für Donald weniger wert wäre, wenn Ihr sie heiraten würdet. Er weiß, dass Huntly sich hüten würde, sich zugleich mit dem König und dem Papst anzulegen.«

»Ihr habt mich schon fast überzeugt, Sir.«

»Denkt sorgfältig darüber nach«, riet ihm Mackinnon.

»Donald wird einige Zeit brauchen, um seine Kräfte zu bündeln, bevor er diese Festung hier angreift. Das verschafft Euch ein wenig Aufschub.«

»Die Idee wird ihr nicht zusagen«, bemerkte Fin und fragte sich zugleich, ob sie ihm selbst denn überhaupt zusagte. Er fand Molly fraglos sehr anziehend und spürte eine körperliche Erregung, wann immer sie den Raum betrat. Und der Gedanke daran, das Bett mit ihr teilen zu dürfen, reizte ihn mehr als all die überzeugenden Beweggründe, die Mackinnon für eine Ehe mit ihr vorgebracht hatte. Allerdings hatte er bei seinem Bemühen, sie Gehorsam zu lehren, noch keine allzu großen Fortschritte gemacht, und so mochte der Himmel wissen, mit welchen Mitteln sie sich gegen eine Heirat sträuben würde. Oder wie sie es ihm heimzahlen würde, wenn er sie gegen ihren Willen vor den Altar schleppte.

Molly hatte sich einen einigermaßen behaglichen Platz auf einem Felsen gesucht, der wie ein Sessel geformt war, und genoss die selbst gewählte Einsamkeit. Das Einzige, was sie jetzt noch lieber getan hätte, war, mit offenem, wehendem Haar auf einem schnellen Pferd dahinzugaloppieren.

Der leichte Wind kam von Westen und trug einen frischen, salzigen Geruch heran. Der stand in angenehmem Gegensatz zur Luft in der großen Halle, die schwer war von den Ausdünstungen so vieler ungewaschener Körper. Am Himmel über ihr glitten Möwen und Brachvögel mit weit tragenden Rufen dahin, die so anders klangen als das Geplapper der vielen Menschen in der Burg.

An diesem klaren Tag konnte Molly fern im Westen den verschwommenen, gedrungenen Umriss der Insel Skye erkennen. Ihre müßigen Gedanken verweilten häufig bei Kintail, kehrten aber immer wieder zu Mackinnon zurück, und sie rätselte, welchen Grund sein unerwartetes Eintreffen haben mochte.

Da die Lady nicht mitgekommen war, musste jedermann

klar sein, dass es sich nicht um einen Höflichkeitsbesuch handelte, und Molly brauchte ihre Fantasie nicht allzu sehr anzustrengen, um zu dem Schluss zu gelangen, dass der grimmige Donald wohl herausgefunden hatte, dass sie sich jetzt hier aufhielt.

Sie überlegte, ob wohl Mackinnon selbst Donald davon unterrichtet hatte. Das würde ihm durchaus ähnlich sehen, denn dass er das Kunststück fertig brachte, den wackeligen Frieden mit MacLeod und Donald zu wahren, lag vor allem an seiner Ehrlichkeit. Diese Eigenschaft bewunderten die beiden anderen Männer an ihm, obwohl sie selbst weit davon entfernt waren.

»Was zum Teufel tut Ihr denn hier draußen?«

Als ihr klar wurde, dass sie beim Anblick der See und der Vögel und beim Rauschen des Windes ganz und gar die Zeit vergessen hatte, seufzte sie tief und drehte sich widerstrebend zu Kintail um.

»Es ist so friedlich hier«, sagte sie.

Die Geräusche der Natur hatten seine Schritte auf den Felsen übertönt, bis er unmittelbar hinter ihr stand.

Er blickte ungehalten auf sie herab, sprach jedoch nicht sofort, sondern tat einen tiefen Atemzug, so als wüsste er, dass seine Worte ihr missfallen würden.

»Geht es um die Lady?«, fragte sie und sprang hastig auf die Füße. »Ist ihr etwas zugestoßen? Steht doch nicht so da, und starrt mich an, Kintail, sondern sagt es mir!«

»Immer mit der Ruhe, Mädchen, es ist nichts dergleichen.«

»Warum rückt Ihr dann nicht mit der Sprache heraus?«

»Weil ich Euch am liebsten anschreien würde. Könnt Ihr Euch nicht vorstellen, dass es hier draußen gefährlich für Euch ist?«

»Die paar kleinen Wellen werden mich schon nicht ins Meer spülen«, entgegnete sie ungerührt. »Die See ist heute ganz ruhig.«

»Auf Eilean Donan ist es ratsam, sich nicht nur vor der See in Acht zu nehmen«, entgegnete er mit mühsam unterdrücktem Zorn. »Seht Ihr denn nicht, wie nah das andere Ufer ist? Ein geübter Schütze mit einem Langbogen könnte –«

»Der müsste fürwahr geübt sein«, erwiderte sie und maß mit zusammengekniffenen Augen die Entfernung, »und einen starken Bogen haben.«

»Patrick würde es schaffen«, sagte Kintail nur. »Er hat es schon fertig gebracht. Und ich übrigens auch, obgleich ich kein so guter Schütze wie Patrick bin.«

»Ja, das mag schon sein«, lenkte sie ein. »Allerdings glaube ich, dass ein Pfeil bei diesem Wind keinen allzu großen Schaden anrichten würde und –«

»Das reicht jetzt«, knurrte Kintail und blickte sich um. »Ich bin nicht hier, um mit Euch über das Bogenschießen zu reden. Ich habe Euch doch gesagt, dass Ihr die Burg nicht ohne meine Erlaubnis verlassen dürft. Habt Ihr das schon vergessen?«

»Nun ja«, antwortete sie vorsichtig, »Ihr habt nur gesagt, ich dürfe Eilean Donan nicht ohne Erlaubnis verlassen, und das hier gehört doch schließlich noch zur Insel, oder?«

Sie meinte geradezu hören zu können, wie er mit den Zähnen knirschte. Da sie auf einer abschüssigen Stelle standen, überragte er sie noch mehr als gewöhnlich, und ihr war klar, dass er sie mit einer Hand hätte hochheben können. Vielleicht war es ganz gut, dass er nicht wusste, dass sie schwimmen konnte. Womöglich hätte er sie sonst ins Wasser geworfen, wie er es damals mit Patrick gemacht hatte, und das Meer war zu dieser Jahreszeit noch eiskalt.

Als er noch immer nichts sagte, entschloss sie sich zu einem Ablenkungsmanöver. »Wie habt Ihr mich überhaupt gefunden?«

»Das war nicht allzu schwer«, entgegnete er. »Ich lasse die Burg nie unbewacht, zumal, wenn sich so viele Leute hier aufhalten. Eine der Wachen auf den Zinnen sah Euch und gab mir sofort Bescheid. Ich wäre schon eher gekommen, wenn ich mich nicht gerade mit Mackinnon unterhalten hätte.«

»Weshalb ist er hier? Hat Donald herausgefunden, dass ich hier bin?«

»Ja, und Mackinnon sagt, das ärgert den Schurken nicht wenig. Anscheinend hat Sleat vor, Euch an Euren Vetter zu verschachern.«

»Meinen Vetter? Wer soll das denn sein?«

»Huntly.«

»Der kennt mich doch gar nicht«, sagte Molly und zog die Nase kraus. »Mein Vater und er waren zwar Vettern, doch Huntly hat mich noch nie gesehen, soviel ich weiß.«

»Auf jeden Fall will Sleat Euch Huntly anbieten. Im Gegenzug soll er Sleat nicht daran hindern, die Herrschaft über die Inseln wiederzuerlangen. Und deshalb hält Mackinnon es für möglich, dass Sleat uns angreift.«

»Aber Eilean Donan könnte er doch nie und nimmer einnehmen!«

Kintail warf ihr einen nachdenklichen Blick zu und sagte: »Seid unbesorgt, Mistress. Es heißt allgemein, dass ein einzelner Mann, ja selbst eine Frau oder ein Kind diese Burg verteidigen könnte. Ihr seid also völlig sicher hier.«

»Ich habe so meine Zweifel, dass ich mich mit nur einem Verteidiger auf Eilean Donan sicher fühlen würde. Aber das würdet Ihr ja auch gar nicht zulassen.« So gut kannte sie ihn mittlerweile schon.

Er seufzte. »Ihr könnt mir glauben, Mädchen, dass ich Euch manchmal nur zu gern Eurem Schicksal überlassen würde. Aber was Eilean Donan angeht, so habt Ihr Recht. Wenn mir tatsächlich Euer Schatz gehörte, dann würde ich als Erstes die Befestigungsanlagen der Burg verstärken und erweitern.«

»Also seid Ihr wie alle anderen nur an meinem Vermögen interessiert«, stellte sie fest und wunderte sich selbst, wie enttäuscht sie darüber war. »Ich hätte es mir ja denken können, denn das war immer das Einzige, worum es den Leuten ging.«

»Selbst wenn es so wäre, würde es jetzt keine Rolle spielen«, erwiderte er. »Ich sorge mich im Augenblick nur um Eure Sicherheit und die meiner Leute, und was das betrifft –«

»Ich gehe ja schon hinein, und wenn auch nur, damit Ihr endlich aufhört, auf mich einzureden.«

»Aber –«

»Männer reden meist nichts als Unfug. Aber was zählt, sind ihre Taten.«

Dass Kintail mit einer solchen Selbstverständlichkeit über ihr Vermögen sprach, verletzte sie mehr als zuvor seine Äußerung, er würde sie manchmal gern sich selbst überlassen. Sie wusste: Damit hatte er sie nur ärgern wollen. Doch obwohl sie daran gewöhnt war, dass alle Männer nur auf ihr Vermögen schielten, wehrte sie sich gegen den Gedanken, dass Fin Mackenzie auch nicht anders war. Jedenfalls sollte er es ihr nicht so offen ins Gesicht sagen. Und außerdem stand er viel zu nahe bei ihr. Ihre Haut prickelte förmlich, und sie wäre am liebsten von ihm abgerückt.

Als sie sich umdrehte, um zur Burg zurückzugehen, legte er ihr auf einmal die Hand auf die Schulter und sagte: »Wartet.«

Die Hitze seiner Berührung brannte sich durch die Kleider bis auf ihre Haut.

Ohne ihn anzusehen, blieb sie stehen und ließ es geschehen, dass er ihr seine warme Hand unter das Kinn legte und behutsam ihr Gesicht anhob.

»Sieh mich an, Molly.«

Seine Stimme war drängend, bezwingend und schrie jedem Nerv ihres Körpers zu, ihr nachzugeben. Nur mit Mühe hielt Molly die Augen niedergeschlagen und wehrte sich gegen die Versuchung, die von Kintail ausging. Denn sie war sicher, dass er ihre Schwäche erbarmungslos ausnutzen würde. Und noch in anderer Hinsicht würde es sie verwundbar machen. Wenn sie ihrer Neigung folgte und auch nur zarte Wurzeln auf Eilean Donan schlug, fiele es ihr am Ende noch schwerer, diesen Ort wieder zu verlassen, etwa wenn es Kintail einfiel, sie einem anderen Mann zur Frau zu geben.

Als sie seine Lippen auf ihrem Mund spürte, durchfuhr es sie wie ein Feuersturm. Seine Hand glitt von ihrer Schulter hinunter zur Taille, und mit den Fingern, die zuvor ihr Kinn umfasst hatten, streichelte er zart ihren rechten Arm, wobei sein Daumen leicht ihre Brust streifte. Ihr Körper wurde ganz starr vor Erregung, und sie öffnete die Augen und schaute ihn groß an.

Er blickte sich verstohlen nach allen Seiten um und sagte dann mit einem kleinen Lächeln: »Seit der Nacht, als ich dich zum ersten Mal sah, habe ich mich danach gesehnt, dich zu küssen.«

Sie nahm sich zusammen, riss sich von ihm los und sagte schnippisch: »Es tut Euch also immer noch Leid, dass Ihr damals nicht mit mir geschlafen habt. Nun, das wird Euch niemals gelingen, Sir. Und nun guten Tag!« Damit drehte sie sich auf dem Absatz um und unterdrückte den Impuls, sich über die brennenden Lippen zu wischen. Sie wollte ihn nicht wissen lassen, wie aufgewühlt sie war.

»Nein, Mädchen, warte doch!« Er packte ihren Arm. »Ich hätte nicht – bitte geht nicht fort. Ich muss Euch noch etwas mitteilen ... vielmehr mit Euch besprechen«, setzte er eilig hinzu. Erneut schaute er sich prüfend um und fügte hinzu: »Ich werde das Gefühl nicht los, dass uns jemand beobachtet. Vielleicht sollten wir besser hineingehen.«

»Was könntet Ihr wohl mit mir zu besprechen haben?«

In diesem Augenblick hörten sie Mackinnon etwas rufen, und da kam er auch schon den steilen Weg von der Burg herabgeeilt. Als Molly ihm zuwinkte, hörte sie Kintail leise fluchen.

»Habt Ihr es ihr schon erzählt?«, keuchte Mackinnon, als er bei ihnen angelangt war. »Was hat sie gesagt?«

»Mir was erzählt?«, wollte Molly von Kintail wissen.

Zu ihrem Erstaunen errötete er, und zum ersten Mal seit sie sich kannten, wich er ihrem Blick aus.

Mackinnon zog sie in seine Arme und fragte mit dröhnender Stimme: »Also, Mädchen, wie ist es? Werden wir nun deine Hochzeit oder sein Begräbnis ausrichten?«

Molly schaute Kintail scharf an und fragte: »Wovon ist hier eigentlich die Rede?«

»Eigentlich wollte ich es Euch nicht auf diese Weise beibringen«, antwortete Kintail kleinlaut.

»Ihr habt es ihr noch nicht gesagt?« Mackinnon schlug sich an die Stirn. »Für einen solchen Feigling hätte ich Euch nie im Leben gehalten, Kintail.« Dann wandte er sich grinsend an Molly: »Der Mann hat beschlossen, dich zu heiraten, Mädchen, um dich vor Donald zu beschützen. Und das ist eine verdammt gute Idee, wenn du mich fragst. Je eher du unter die Haube kommst, desto besser!«

»Aber nur, wenn er gern eine Leiche zur Braut hätte«, fuhr Molly ihn an und schlug den Weg zur Burg ein. »Weil ich nämlich eher sterben würde!«

Als sie auf ihn zustürmte, machte Mackinnon einen Schritt zur Seite, doch Kintail streckte die Hand nach ihr aus und murmelte: »Wartet doch.«

Sie schob unwirsch seine Hand beiseite und rauschte hoch erhobenen Hauptes an ihm vorüber. Dabei rechnete sie damit, dass er sie festhalten würde, und war ein wenig enttäuscht, als er keinen Versuch dazu unternahm. Da redete sie sich ein, dass sie ihm auf jeden Fall einen Klaps gegeben hätte, und verschwand durch die Hintertür in der Burg.

»Also das lief jetzt nicht ganz so wie geplant«, sagte Catriona, die Mollys temperamentvollen Abgang mit zusammengekniffenen Augen verfolgt hatte. Sie und Claud saßen nebeneinander bei dem Felsen, der Molly als Sitzplatz gedient hatte.

»Ärgere dich nicht darüber, mein Mädchen«, antwortete Claud. »Ich habe dir ja gesagt, dass die beiden sich nicht ausstehen können.«

»Was spielt das schon für eine Rolle?«, erwiderte sie sorglos. »Mein Laird braucht das Vermögen deiner Lady, und sie braucht eine feste Hand. Denk doch mal nach, Claud! Kannst du nicht dafür sorgen, dass sie ihn ein bisschen lieber mag?«

»Du weißt sehr gut, dass ich so etwas nicht kann«, antwortete Claud. »Übrigens ebenso wenig wie du, falls ihr hier im Hochland nicht mehr Zauberkräfte habt als wir. Und außerdem habe ich schon genug Ärger, auch ohne dass ich mich in Sachen einmische, die mich nichts angehen.«

Sie machte einen Schmollmund. »Ich will doch nur das Beste für meinen Laird, Claud.«

»Ja, sicher, Mädchen, das weiß ich doch.«

»Und außerdem, mein kluger Mann, haben wir beide unsere Aufgabe erfüllt, sobald die beiden Mann und Frau sind. Dann hast du deiner Maid einen Ehemann verschafft und ich meinem Laird Reichtum. Und dann müssen auch die ewigen Meckerer in der Runde zugeben, dass es eine ausgezeichnete Idee war, den König dazu zu bringen, dass er die Maid Kintail anvertraute.«

»Mag sein«, gab Claud ihr Recht. Doch wenn er daran dachte, wie wütend die Maid gewesen war, hatte er doch seine Zweifel, ob irgendjemand sie dazu bewegen könnte, ihre Meinung über Kintail zu ändern.

Dann brachte Catriona ihn auf ihre unnachahmliche Weise auf andere Gedanken, und er vergaß die Maid.

Nell Percy langweilte sich und hatte immer stärker das ernüchternde Gefühl, dass ihr sorgfältig ausgeheckter Plan zu nichts führte.

An diesem Abend ging es in der Halle auf Stirling laut und lustig zu, und Nell, die um jeden Preis Jakobs Aufmerksamkeit erregen wollte, musste ihre ganze Geduld aufbieten, um das Geschwätz der älteren Frau zu ertragen, der sie schon an ihrem ersten Abend auf Stirling begegnet war.

Während sie den Wortschwall über sich ergehen ließ, blickte sie verstohlen zu den beiden unscheinbaren, schweigsamen Töchtern der Frau hinüber und gelangte zu dem Schluss, dass die beiden Mädchen nur deshalb so stumm dasaßen, weil sie sowieso nicht zu Wort gekommen wären.

Gerade bemerkte ihre Mutter mit strahlendem Lächeln: »Ich bin so überaus entzückt, Lady Percy, dass ich mich einmal ausgiebig mit Euch unterhalten kann.«

»Das sagtet Ihr bereits, Madam«, entgegnete Nell, doch die Frau ging gar nicht darauf ein, sondern plapperte ohne Punkt und Komma weiter.

»Euer ganz reizender Bruder Angus – es ist ein Jammer, dass Ihr von ihm getrennt seid, Madam. Ich muss allerdings gestehen, dass ich nie richtig begriffen habe, was die ganze Aufregung damals sollte und warum er all die Jahre in England geblieben ist. Ich glaube fast, seine königliche Hoheit ist doch tatsächlich ein wenig eifersüchtig auf die Macht der Familie Douglas.« Sie kicherte hinter vorgehaltener Hand und fuhr dann fort: »Ich weiß, so etwas sollte ich hier im Schloss des Königs ja eigentlich nicht sagen, wo ich noch dazu sein Gast bin, aber andererseits erwartet ja kein Mann von uns armen Frauenzimmern, dass wir all diese Dinge verstehen, und ich bin ja auch gottlob keine geborene Douglas! Man muss ja staunen, dass Ihr Euch traut, hierher zu kommen, Madam, so bald, nachdem Eure arme Halbschwester ein solch beklagenswertes Ende auf dem Scheiterhaufen genommen hat. Mein Mann, der behauptet, er sei entfernt mit den Douglas' verwandt, ist sich ganz sicher, dass Janet Douglas nichts mit den Mächten der Finsternis oder Giftmischerei zu schaffen hatte und dass ihre beiden Ehemänner eines ganz natürlichen Todes gestorben sind. Sir Hector sagt, ihr Pech sei nur gewesen, dass sie eine Douglas war und außerdem versehentlich den König verärgert hat.«

»Ihr sagtet, Euer Gatte sei ein Douglas, Madam?«

»Nun ja, eigentlich nicht direkt ein Douglas«, entgegnete die Frau, jetzt offensichtlich auf der Hut. »Sir Hector ist irgendwie mit Eurem Onkel von Kilspindie verwandt, doch Gott sei Dank nur sehr entfernt, wie man unter den gegebenen Umständen leider sagen muss. Eine Verwandtschaft über die mütterliche Linie, wisst Ihr. Da hat unsere Elspeth schon engere Beziehungen zur Familie«, setzte sie mit einem verschlagenen Blick hinzu. »Aber um die Vorfahren einer Dienstmagd schert sich ja niemand, noch nicht einmal in unruhigen Zeiten wie diesen. Aber ich sollte nicht so viel schwatzen. Denn gewiss wünscht Ihr so wenig wie möglich von Elspeth zu hören. Sie war natürlich weniger glücklich dran als Ihr, denn leider war ihre Mutter nur eine aus dem gewöhnlichen Volk, Eure dagegen hochwohlgeboren. Andererseits, wenn man das traurige Schicksal Eurer Halbschwester bedenkt, erscheinen Euch die Umstände Eurer Geburt vielleicht als gar nicht mal so günstig. Ich bin jedenfalls sicher, dass Elspeth bei uns glücklicher ist, als wenn sie in England im Haushalt ihres Vaters dienen müsste.«

Nells Gedanken waren bei dem langen Redeschwall abgeschweift, doch die letzte Bemerkung erregte ihre Aufmerksamkeit, und genau das hatte ihre Gesprächspartnerin wohl auch beabsichtigt, denn sie schaute Nell jetzt erwartungsvoll wie ein munterer kleiner Vogel an.

Die antwortete leise: »Ihr könnt offen sprechen, Madam. Wollt Ihr damit andeuten, dass eine Eurer Dienerinnen eine uneheliche Tochter von Angus ist?«

»Ich will gar nichts andeuten, Madam. Ich sage nur, wie es ist. Unser kleines Küchenmädchen ist Eure Nichte, die bei Sir Hector und mir blieb, als Euer Bruder nach England fliehen musste. Angus versprach uns, für ihren Lohn aufzukommen, sobald sie alt genug zum Arbeiten sei, und das tat er auch – doch leider nur für kurze Zeit. Seitdem müssen wir die Kosten tragen, aber vielleicht ist es ja ein Wink des Himmels, dass ich Euch hier getroffen habe. Vielleicht könntet Ihr ja Euren Bruder …« Sie legte eine Pause ein und zeigte damit zum ersten Mal in diesem Gespräch einen Funken von Diskretion.

Doch Nells Geduld war erschöpft. Sie tat nichts, um die unbehagliche Stille zu durchbrechen, bis die andere Frau schließlich unruhig auf ihrem Sitz herumzurutschen begann und Anstalten machte, erneut das Wort zu ergreifen.

Doch kam Nell ihr zuvor und erklärte mit eisiger Stimme: »Ich muss Euch leider enttäuschen, Madam, aber Angus' Fehltritte gehen mich nichts an. Wenn Ihr etwas von ihm wollt, dann müsst Ihr es ihm schon selbst sagen. Gewiss wird sich einer Eurer Leute ein Herz fassen und die Botschaft zu ihm nach England bringen. Ob sich Angus allerdings zu einer Antwort herablässt, vermag ich nicht zu sagen.«

»Ich bitte Euch, Lady Percy –«

Aber Nell schnitt ihr kühl das Wort ab: »Verzeiht, aber ich sehe gerade, dass Seine Hoheit der König meine Gesellschaft wünscht.«

Das entsprach keineswegs der Wahrheit, doch als sich Nell erhob und energischen Schrittes zu ihm hinüberging, blickte der König auf und lächelte ihr zu. Sie nahm das als Einladung und trat näher, wobei sie sich nun allerdings dazu zwang, würdig einherzuschreiten.

»Guten Abend, Sire«, sagte sie und versank in einem tiefen Knicks.

»Da schau an, Ihr seid genau das, was ich heute Abend brauche«, erwiderte er mit breitem Grinsen. »Diese Männer hier langweilen mich noch zu Tode mit ihren Geschichten über den grimmigen Donald, sein verdammtes Heer und seine ebenso verdammte Flotte von Langbooten. Mir ist nach Unterhaltung, und weil die Königin auf Linlithgow weilt und meine diversen anderen Frauen –« Mit einem Kichern brach er ab und blickte sich um, als wolle er sich vergewissern, dass auch alle Höflinge in seiner Nähe über seine Worte lachten.

Das taten sie auch pflichtschuldig, und Nell stellte zu ihrer Verblüffung fest, dass sie noch immer rot werden konnte. Um von diesem Thema abzulenken, fragte sie: »Führt sich Donald von Sleat schlecht auf, Sire?«

»Ja, wahrhaftig«, antwortete Jakob, jetzt ungehalten. »Der Verräter versucht, das gesamte westliche Hochland gegen mich aufzuwiegeln.«

Einer der umstehenden Höflinge warf beiläufig ein: »Es heißt, dass Sleat über fünfzehntausend Langschwerter und über einhundert Boote gebietet. Vielleicht führt er sein Heer und seine Flotte schon bald Richtung Süden.«

»Ihr seid immer so ein Schwarzseher«, tadelte der König den Mann. »Mackenzie von Kintail und andere, die treu zu mir stehen, werden diesen Sleat schon aufhalten.«

Er warf Nell einen Blick zu, der nicht nur gereizt, sondern auch schuldbewusst wirkte und den sie nicht zu deuten vermochte. Also schwieg sie und hoffte, die Männer würden weiter über Donald reden. Auch wenn er nicht mehr Mollys Vormund war, so musste Nell ihn doch ausfindig machen.

Während sich die übrigen Männer für das Thema des Aufstandes erwärmten, wurde Jakob immer unruhiger und erhob sich schließlich abrupt. Daraufhin verstummten auch alle Umstehenden.

»Kommt, Madam, für heute habe ich von Politik mehr als genug. Euch fällt bestimmt etwas Besseres ein, um Euren König zu erfreuen.«

»Aber gewiss, Sire«, entgegnete Nell, legte ihm die Hand auf den dargebotenen Arm und ließ sich von ihm aus der Halle geleiten.

Er brachte sie in sein Privatgemach, wo er sich ohne lange Vorrede mit ihr vergnügte. Später dann, als er sich satt und zufrieden in die Kissen lehnte, sagte er zu ihr: »Es gibt Neuigkeiten über Eure Tochter.«

»Ihr habt mir mitgeteilt, dass sie nicht länger das Mündel des grimmigen Donald ist. Wo also hält sie sich jetzt auf, Sire?«

»Das ist der springende Punkt, und ich fürchte, Ihr werdet mir böse sein. Vielleicht wisst Ihr noch, dass ich vorhin Mackenzie von Kintail erwähnte.«

»Ja, Sire, ich kann mich erinnern. Einer von Euren treuen Hochländern.«

»Kintail ist der neue Vormund der Maid. Wenn es ihm wider Erwarten nicht gelingen sollte, Sleat auf seinem Weg nach Süden aufzuhalten, fällt sie Donald direkt in die Hände. Er will sie mit Sicherheit zurückhaben oder zumindest Kintail dafür bestrafen, dass er sie ihm weggenommen hat.«

»Aber wurde sie denn nicht auf Euren Befehl Kintail übergeben?«, fragte Nell und überlegte gleichzeitig, wie nützlich ihr dieses neue Wissen sein würde.

»Doch. Es war meine Absicht, mir Kintails Loyalität zu sichern, indem ich ihm eine hervorragende Grenzfestung verschaffte und ihm das Vermögen des Mädchens versprach, wenn er es denn finden könnte.«

»Ich wette, Ihr wolltet zugleich auch Donald eins auswischen«, sagte Nell trocken. »Meine Tochter ist immer noch ein Spielball für alle, die Macht über sie haben.«

Jakob zuckte die Achseln. »Das waren auch schon viele andere vor ihr, wie Ihr aus eigener Erfahrung wisst, Madam. Will man seine Macht vergrößern, so braucht man dazu neben einer hohen Stellung und Reichtum vor allem die Unterstützung ebenbürtiger oder noch mächtigerer Verbündeter.«

Das alles war nichts Neues für Nell. »Ich möchte so gern meine Tochter sehen, Sire«, sagte sie daher nur. »Möglicherweise kann ich Euch, mit Eurer gütigen Erlaubnis, von Nutzen sein.«

»Wie das?«

»Jetzt, da Donalds Soldaten das westliche Hochland unsicher machen, wäre es vielleicht gut, wenn Ihr Verbindung mit diesem Mackenzie aufnehmen würdet. Ich könnte ihm Eure Nachricht überbringen und gleichzeitig meine Tochter besuchen. Wer würde schon einer Dame von Rang, die mit einer bewaffneten Eskorte reist, etwas zu Leide tun?«

»Boten des Königs werden häufig abgefangen«, gab Jakob zu bedenken. »Schon vor vierzehn Tagen, als ich von Sleats Vorhaben erfuhr, habe ich eine Nachricht an Mackenzie abgeschickt, jedoch noch keine Antwort erhalten.«

Das war Nell bereits zu Ohren gekommen. Sie schwieg und wartete.

»Ich werde mir Euer Angebot überlegen«, sagte Jakob schließlich. »Doch hütet Euch, Euren König zum Narren zu halten, Madam. Ich habe keineswegs vergessen, dass Ihr Angus' Schwester seid und schottischen Boden betreten habt, ohne zuvor meine Erlaubnis einzuholen. Es gibt auch Stimmen, die meinen, Sleats verrückter Aufstand werde von Heinrich von England unterstützt. Wenn ich herausfinde, dass mehr hinter Eurer Reise steckt als der natürliche Wunsch einer Mutter, ihre Tochter zu sehen, dann werdet Ihr den Tag verfluchen, an dem Ihr nach Stirling gekommen seid.«

Nell überlief es eiskalt, doch blickte sie Jakob lächelnd in die Augen und sagte: »Ich versichere Euch, Sire, ich bin bloß eine Mutter auf der Suche nach ihrem verlorenen Kind.«

11

Nachdem Molly die beiden Männer so einfach am Strand hatte stehen lassen, erwartete sie eigentlich, dass Kintail ihr folgen oder sie durch einen Knecht zu sich rufen lassen würde, doch nichts dergleichen geschah. Vielmehr nahm er seinen Platz bei der Gerichtsverhandlung wieder ein, und auch in den folgenden Tagen sah sie ihn kaum. Da Barbara und ihre Mutter ebenso wie Mackinnon und all die übrigen Zuschauer abgereist waren und sich Maggie Malloch noch nicht wieder hatte blicken lassen, hatte Molly niemanden außer Doreen und Mauri, um Kintails merkwürdiges Verhalten zu erörtern.

In ihrer Kindheit war Doreen ihre Vertraute gewesen, doch das hatte sich schon geändert, als sie beide noch auf Dunakin lebten. Und nun erschien es Molly unpassend, mit der Zofe über Kintail zu reden oder gar zu erwähnen, dass er sie geküsst hatte. Auch mit Mauri, die sie ja kaum kannte, wollte sie solche persönlichen Angelegenheiten nicht besprechen.

Seltsamerweise fühlte sie sich eher geneigt, sich Sir Patrick anzuvertrauen. Am Tag nach der Gerichtsverhandlung wies er sie in die Rechnungsbücher von Eilean Donan ein. Zwar war Patrick so charmant und fröhlich wie immer, doch dann musste Molly daran denken, wie er sich in jener ersten Nacht benommen hatte, als Kintail mit ihr hatte schlafen wollen, und da war ihr klar, dass auch er sich nicht zur Vertrauensperson eignete. Als er ihr nun die Buchführung erklärte und ihr zeigte, wo MacVinishs Schaf und die Milchkuh für Ian MacMurchie vermerkt werden mussten, war sein Benehmen untadelig. Dennoch war Molly ganz froh, dass er nicht zu einem Schwätzchen aufgelegt schien. So wusste sie am Ende der Unterrichtsstunde zwar bedeutend mehr über die Haushaltsangelegenheiten der Burg, nicht jedoch über Kintail.

Mit der Zeit bekam sie heraus, dass er und Sir Patrick am Morgen meist mit ihren Hunden oder Falken auf die Jagd ritten und sich an den Nachmittagen um die Probleme ihrer Lehnsbauern und andere Angelegenheiten kümmerten, die ihr Stand als Großgrundbesitzer mit sich brachte. Auch hörte sie von Mauri, dass Kintail Kundschafter ausgeschickt hatte, die ihn über die Schritte des grimmigen Donald auf dem Laufenden halten sollten. Doch welche Nachrichten sie übermittelt hatten, erfuhr sie nicht.

Als ihr daher vier Tage später Sir Patrick mitteilte, dass Kintail sie zu sehen wünsche, war sie einerseits sehr begierig auf Neuigkeiten, andererseits war ihr jedoch auch ein wenig mulmig vor dem Zusammentreffen.

»Wo ist er denn?«, fragte sie Patrick und legte die Stickerei, mit der sie sich die Zeit vertrieben hatte, aus der Hand.

»Unten in der Halle.«

Da er sie sozusagen vor aller Augen sprechen wollte, hatte er wohl kaum vor, einen Streit vom Zaun zu brechen, dachte sie. Trotzdem empfand sie eine steigende Spannung, als sie ihn beim Betreten der Halle neben dem Kamin erblickte, wo er in ein Gespräch mit einem seiner Männer vertieft war. Die Banner an den Wänden bewegten sich leicht im steten Luftzug, doch das Feuer im Kamin war jetzt, da die Tage wärmer wurden, nicht mehr ganz so groß.

Als Kintail sie bemerkte, bedeutete er dem Mann, sich zu entfernen, und bedachte sie mit einem festen, abschätzenden Blick, so als wolle er ihre Stimmung erkunden. Bei ihrem Kuss hatte er völlig anders dreingeschaut …

Bei dem Gedanken daran wurde Molly ganz heiß, und sie musste sich zu einem gelassenen Ton zwingen. »Ihr habt mich rufen lassen?«

»Zweifelt Ihr vielleicht an Patricks Worten, wenn er Euch etwas ausrichtet?«

Ohne auf seine Stichelei einzugehen, sagte sie: »Ich hoffe, Ihr wollt mich nicht wieder dazu drängen, Euch zu heiraten, denn ich habe meine Meinung nicht geändert.«

Er schüttelte lächelnd den Kopf. »Ich werde Euch weder drängen noch bitten, Mädchen. Wenn ich entscheide, dass wir heiraten, dann werden wir es tun. Hier bin ich der Herr, und zwar in jeder Beziehung. Ich habe sogar Mackinnon beim Schachspiel geschlagen, als er neulich hier war«, fügte er zufrieden hinzu.

»Das überrascht mich«, warf sie ein. »Ich habe noch nie erlebt, dass er verloren hat. Aber wie auch immer, Ihr seid nicht Herr der Welt, Sir. Hier in Kintail mögt Ihr oberster Gerichtsherr sein, doch ich bezweifle, dass Ihr Euch selbst hier über die Kirche erheben könnt. Micheil Love hat mir vor langer Zeit erzählt, dass in Schottland eine Frau das Recht hat, eine Eheschließung zu verweigern, wenn sie ihr missfällt.«

Kintail zuckte die Achseln. »In Schottland gibt es eine Menge Gesetze, Mädchen, doch Edinburgh und Stirling sind weit weg. An wen wollt Ihr also Eure Klage richten?«

»Der Priester –«

»... ist mein Priester«, vollendete er ihren Satz. »Seinen Lebensunterhalt und seine Unterkunft erhält er von mir und den Leuten hier in Kintail. Deshalb wird er meinem Willen gehorchen, sonst bekommen es seine Frau und seine Kinder zu spüren.«

»Er sollte gar keine Frau haben, geschweige denn Kinder«, erwiderte sie scharf. »Priester sollen ehelos leben.«

»Da seht Ihr es«, entgegnete er, als habe sie ihm Recht gegeben. »Wie ich schon sagte, es ist weit bis Edinburgh und Stirling, und nach Rom zum Papst ist es noch viel weiter. Wollt Ihr jetzt also wissen, warum ich nach Euch geschickt habe, oder nicht?«

»Nur, wenn Ihr Euch nicht wieder Freiheiten herausnehmt und wir nicht mehr von dieser Heirat reden.«

»Wäre eine solche Heirat für Euch denn gar so fürchterlich?«

Überrascht vernahm sie einen wehmütigen Unterton in seiner Stimme und brachte es auf einmal nicht mehr fertig, die Frage so ohne Weiteres zu bejahen. Also antwortete sie bloß: »Ich habe Euch seit Tagen kaum noch zu Gesicht bekommen. Was wollt Ihr also jetzt von mir?«

»Habt Ihr mich vermisst?« Er zwinkerte ihr zu. »Ihr solltet heilfroh sein, dass ich mich erst ein wenig beruhigt habe, bevor ich Euch rufen ließ. Wäre ich neulich, als Ihr Mackinnon und mich so einfach stehen ließet, meinem ersten Impuls gefolgt, dann hättet Ihr Eure Unhöflichkeit bereut.«

Darauf vermochte sie nichts zu erwidern. Mit brennenden Wangen stand sie da und wusste überhaupt nicht mehr, was sie eigentlich für Kintail empfand. Und was in ihm vorging, war ihr sowieso ein Rätsel. Sein Augenzwinkern deutete darauf hin, dass er ihr nicht böse war, doch seine Worte sagten etwas ganz anderes, und so wusste sie wieder einmal nicht, woran sie mit ihm war. »Warum habt Ihr mich denn nun holen lassen?«

»Ich dachte, Ihr würdet vielleicht Eure Pferde vermissen«, antwortete er leise.

Sofort stieg eine Welle von Freude in ihr auf. »Ihr meint, ich darf reiten?«

»Ihr werdet mit mir zusammen reiten«, verbesserte er sie. »Ihr dürft Euch unter keinen Umständen allein von der Burg entfernen, Mistress. Weder jetzt noch in Zukunft. Wenn Ihr es doch tut, werdet Ihr für drei volle Monate auf keinem Pferd mehr sitzen. Habt Ihr mich verstanden?«

Sie schluckte ihre Empörung hinunter und sagte nur: »Ich bin daran gewöhnt, mit Begleitschutz auszureiten.«

»Das mag wohl sein«, erwiderte er, »doch ich habe den Eindruck, Ihr seid auch viel zu sehr daran gewöhnt, Eure eigenen Wege zu gehen, ohne um Erlaubnis zu fragen. Das muss ein Ende haben. Auf Skye kannte Euch jeder; hier dagegen ist die Lage eine völlig andere, vor allem jetzt, da sich Sleat auf dem Kriegszug befindet.«

»Wo ist er denn? Doch wohl nicht in Kintail, oder?«

Zu ihrer Erleichterung ging er auf das neue Thema ein. »Ich habe gehört, dass er immer noch zwischen den Inseln hin und her kreuzt und eine Streitmacht sammelt. Doch bald wird er sich wohl auf den Weg nach Süden machen, und dieser Weg führt ihn und sein Heer direkt durch Kintail und Glen Shiel. Daher ist jetzt vielleicht die letzte Gelegenheit für ein paar sichere Ausritte. Wollt Ihr also mitkommen oder nicht?«

Ihre Vorfreude auf das Reiten überwog alle anderen Gefühle. Daher nickte sie nur, und kurz darauf folgte sie ihm hinunter zur Anlegestelle am Strand. Am strahlend blauen Himmel trieben ein paar weiße Wölkchen, und von Nordwesten blies eine sanfte Brise.

Kintail wies sie an, sich im Heck eines der kleinen Ruderboote niederzulassen, dann stieß er den Kahn ab, sprang hinein und ergriff die Ruder.

Überrascht, dass er keinen seiner Männer zum Rudern mitgenommen hatte, beobachtete Molly ihn dabei, wie er mühelos und geschickt das Boot lenkte.

»Ich kann auch segeln«, sagte er. »Schließlich bin ich kein verweichlichter Höfling.«

Sie lächelte nur und verzichtete darauf, ihm zu erklären, dass sie ihn auch nie dafür gehalten hatte. Lieber sah sie zu, ob sie etwas von ihm lernen konnte, und freute sich am Spiel seiner Muskeln, während er ruderte. Als sie spürte, dass seine Augen auf ihr ruhten, zwinkerte sie verlegen und versuchte, sich auf seine Rudertechnik zu konzentrieren. Zwar wusste auch sie ein wenig mit einem Ruderboot umzugehen, doch es konnte ja nie schaden, etwas dazuzulernen.

Bis zum anderen Ufer bei Dornie war es nicht weit, und im Handumdrehen waren sie dort angelangt und auf dem Weg zu dem Stallgebäude, wo Kintails Pferde untergestellt waren.

Zu Mollys großer Überraschung brachte der Pferdejunge ihr ihren eigenen Fuchswallach von Dunakin. Glücklich streichelte sie über die weiche, weiße Blesse auf der Pferdestirn.

»Mackinnon dachte, Ihr würdet Euch freuen, den Burschen wiederzusehen«, sagte Kintail, klopfte dem Fuchs den Hals und hielt ihm auf der ausgestreckten Handfläche ein Stückchen Möhre hin.

»Mackinnon hat ihn also herübergebracht?«

»Ja, vor vier Tagen«, entgegnete Kintail knapp und ließ sie dabei nicht aus den Augen.

»Warum habt Ihr mir nichts davon erzählt?«

»Es war keine Gelegenheit dazu«, antwortete er ausweichend, doch sie wusste, dass mehr dahintersteckte. Er hatte sie für ihr Verhalten bestrafen wollen.

»Sollen wir jetzt losreiten?«, fragte sie, um die plötzliche Spannung zu überwinden.

»Ja.«

Ohne ein weiteres Wort packte er sie mit festem Griff um die Taille und hob sie in den Sattel.

Während sie ihre Röcke ordnete, sagte sie: »Ich bin froh, dass er da ist, Sir. Vielen Dank.«

»Ihr braucht mir nicht zu danken«, erwiderte er und sah ihr direkt in die Augen. »Aber ich freue mich, dass Ihr auch Dankbarkeit kennt.«

Sie biss sich auf die Lippen, weil sie wusste, dass sie den Tadel verdient hatte. Trotzdem ärgerte sie sich darüber. Kintail schwang sich ebenfalls in den Sattel, und auf einmal bemerkte sie, dass sich vier bewaffnete Männer zu Pferd bereithielten, um sie zu begleiten. Da Kintail normalerweise keinen besonderen Wert darauf legte, stets von einem Gefolge umgeben zu sein, wie es einem Clanoberhaupt zukam, musste sie annehmen, dass er nicht übertrieben hatte und die Gefahr, die von Donald ausging, wirklich recht groß war.

Doch als sie von dem Hof ritten, vergaß sie das alles und genoss nur noch den sanften Windhauch auf ihrem Gesicht und die vertrauten Geräusche und Gerüche, die zu einem Ausritt gehörten. Sie war so glücklich, dass es ihr nicht das Geringste ausmachte, Kintail die Führung zu überlassen. Eine leise innere Stimme sagte ihr sogar, dass es sie beglückte, mit Kintail auszureiten, aber sie hörte einfach nicht hin. Und als die hartnäckige Stimme flüsterte, wie viele solcher schönen Momente ihr eine Ehe mit ihm bringen würde, ignorierte sie auch das.

Sie kamen durch das Dorf Dornie, wo Kintail oft anhielt, um ein paar Worte mit einem der Dorfbewohner zu wechseln und sie vorzustellen, sodass Molly ganz zappelig wurde. Sie wollte reiten, zügig und ohne Pausen. Endlich hatten sie das Dorf hinter sich gelassen, und die Pferde fielen in schnellen Galopp. Doch bald schon machten sie erneut auf dem Hof einer Kate Halt.

Gerade wollte sich Molly über die erneute Unterbrechung ihres Ausritts beklagen, da trat der Besitzer des Häuschens aus der Tür, begleitet von zwei bellenden Hunden und einem tollpatschigen Kleinkind. Als Kintail sie vorstellte und der Bauer sie höflich willkommen hieß, musste Molly dann doch lächeln, zumal sogleich die Bauersfrau und weitere Kinder herbeieilten, um die Ankömmlinge ebenfalls zu begrüßen.

Nachdem sich dies auf ein paar weiteren Höfen wiederholt hatte, begehrte Molly dann doch auf. »Wollt Ihr mich denn an einem Tag mit ganz Kintail bekannt machen, Sir?«

»Wenn es sein muss, ja«, antwortete er. »Mauri hat uns etwas zu essen eingepackt, falls wir Hunger bekommen.«

»Aber warum muss ich denn alle auf einmal kennen lernen?«

»Ich finde, Ihr solltet wissen, wer die Leute sind, die sich Sleat in den Weg stellen werden, wenn er auftaucht, um Euch zu holen«, entgegnete er und sah sie direkt an.

Empört erwiderte sie seinen Blick und versuchte dabei, das schauderhafte Bild zu verdrängen, das dank seiner Worte vor ihrem inneren Auge entstanden war. »Das hört sich ja schon wieder so an, als wolltet Ihr mich überreden, Euch zu heiraten, Kintail. Aber ich kann nur wiederholen: Das kommt nicht infrage!«

»Es ist meine Pflicht, Euch zu beschützen«, gab er zurück. »Und außerdem habe ich meinen Lehnsleuten gegenüber die Pflicht, eine standesgemäße Ehe zu schließen und einen Erben zu zeugen. Und Mackinnon lag ja nicht falsch mit seiner Einschätzung, dass Sleat das Interesse an Euch verlieren würde, wenn er Euer Vermögen nicht in die Finger kriegt.«

»Das würde heißen, dass Ihr dann mein Vermögen in die Finger kriegt«, fauchte sie ihn lauter als beabsichtigt an.

Er warf einen Blick über die Schulter und bedeutete seinen Männern, ein wenig zurückzubleiben. Als er sich wieder zu ihr umdrehte, erinnerte sein Gesichtsausdruck sie jäh daran, dass sie sich in Gegenwart des wilden Fin befand.

»Jetzt hört mir einmal gut zu«, knurrte er. »Ihr könnt mit mir zanken, so viel Ihr wollt, solange wir unter uns sind. Doch wenn uns jemand hören kann, werdet Ihr Eure Stimme gefälligst dämpfen, oder Ihr werdet es bereuen.«

»Ich werde es auch bereuen, wenn ich Euch heirate«, konterte sie und versuchte tapfer zu erscheinen, doch ihre Worte klangen für ihre eigenen Ohren bloß mürrisch.

Er holte tief Luft und fuhr dann mit ruhigerer Stimme fort: »Solange Ihr unverheiratet seid, stellt Euer Vermögen einen Wert dar, den Sleat als Köder einsetzen kann. Doch dafür muss er Euch erst einmal haben. Ich denke doch, Ihr wollt auf keinen Fall für ein solches Spiel benutzt werden.«

»Aber Ihr wollt doch das Gleiche wie er«, beharrte sie störrisch.

»Das ist nicht wahr.«

»Doch. Bevor Ihr kamt, war es Donalds Pflicht, mich zu beschützen. Woher wollt Ihr wissen, dass er mich nicht aus Euren Klauen befreien will?«

Plötzlich bemerkte sie, wie sich kleine Fältchen in seinen Augenwinkeln bildeten und seine Lippen ein klein wenig zuckten. Sie wusste zwar nicht, was er so erheiternd fand, war aber froh über diese Spur eines Lächelns.

Da fragte er zu ihrer Verblüffung: »Und was wollt Ihr?«

Sie starrte ihn erstaunt an. Noch niemals zuvor hatte ihr jemand diese Frage gestellt. Ohne lange nachzudenken, setzte sie zum Sprechen an, klappte den Mund dann aber wieder zu.

»Sagt es mir«, drängte er sie mit ungewohnt sanfter Stimme. »Ich werde Euch schon nicht fressen, nur weil Ihr auf meine Frage antwortet, selbst wenn mir Eure Antwort nicht gefallen sollte.«

»Das habe ich auch nicht angenommen«, erwiderte sie. »Ich fürchte nur, Ihr würdet mich doch nicht verstehen.«

»Versucht es einfach.«

»Nun gut«, sagte sie daraufhin. »Ich möchte ein Zuhause.«

Er zuckte mit den Schultern. »Das sollt Ihr haben, egal, wie Ihr Euch entscheidet. Euer Zuhause ist auf Eilean Donan, solange Ihr wollt, und wenn es die Umstände erfordern, auch bei Mackinnon auf Dunakin. Und wen immer Ihr auch ehelicht –«

»Zuhause ist nicht einfach da, wo man seine Kleider aufhängt«, unterbrach sie ihn. »Als ich noch klein war, dachte ich, Dunsithe sei mein Zuhause. Doch das änderte sich in einer einzigen Nacht. An Tantallon, wohin mich mein Onkel für einige Monate bringen ließ, nachdem er mich aus dem Bett gerissen und fortgeschleppt hatte, erinnere ich mich nicht mehr. Und ebenso wenig an die Zeit auf Dunsgaith, bevor Donald mich an Mackinnon weiterreichte. Ich hatte schlicht und einfach kein Zuhause mehr, seit mein Vater starb.«

»Mackinnon hat Euch beinahe zwölf Jahre lang ein Zuhause gegeben.«

»Aber ich wusste immer, dass es nur vorübergehend war. Und auf Eilean Donan werde ich auch nur so lange bleiben, bis Euch oder dem König einfällt, dass ich anderswo von größerem Nutzen sein kann. Begreift Ihr das denn nicht?«, fragte sie ihn eindringlich. Doch als er kein Anzeichen von Verständnis erkennen ließ, seufzte sie nur und sagte: »Doch zumindest habt Ihr gefragt, Sir. Das hat noch keiner vor Euch getan.«

»Ich tue noch ein Übriges, Mistress. Wenn Ihr wollt, dass ich Euch zu Donald schicke, braucht Ihr es nur zu sagen. Und solltet Ihr jemand anderen heiraten wollen, dann will ich versuchen, die Ehe zu arrangieren, falls derjenige Euch ebenso gut beschützen kann wie ich.«

»Es gibt keinen anderen«, entgegnete sie schnippisch. Obwohl sie durchaus erkannte, wie vernünftig sein Anerbieten war, machte es sie unerklärlich wütend.

»Dann ist ja alles ganz einfach«, erklärte er zufrieden. »Ihr müsst Euch bloß entscheiden, ob Ihr zu Sleat zurückkehren oder mich heiraten wollt. Doch nur die zweite Möglichkeit wird Euch Eilean Donan als Zuhause erhalten.«

Bei ihm klang das alles so klar und überzeugend, und wenn er etwas mehr an ihr selbst und weniger an ihrem Vermögen interessiert gewesen wäre, hätte sie auch andere Gefühle für ihn gehabt. Doch solche Überlegungen waren reine Gedankenspielerei und führten zu nichts. Wenn es ihm nicht um ihr Vermögen ging, dann eben um den Triumph, als ihr Vormund Donald gegenüber im Vorteil zu sein.

Dass er die Angelegenheit in solch beiläufigem, blasiertem und selbstzufriedenem Ton erörterte, weckte in ihr den Wunsch, ihm eins mit der Reitpeitsche überzuziehen. Doch zum einen wollte sie seinen Begleitern nicht noch mehr Grund zu Gerede geben, und zum anderen bezweifelte sie doch sehr, dass Kintail ein solches Verhalten wie ein Gentleman hinnehmen würde. Also unterdrückte sie den Impuls und verweigerte Kintail die Antwort.

Fin versuchte nicht weiter, Molly zu überreden, denn ihm war eines klar: Sie wollte auf keinen Fall wieder unter Sleats

Vormundschaft stehen. Er ritt einfach schweigend weiter und musste wieder an die Vorstellung denken, die ihn zuvor fast zum Lachen gebracht hätte. Sleat, der sie vor ihm rettete! Wenn ihm jemand vor einer Woche prophezeit hätte, dass er in Erwägung ziehen könnte, die sprunghafte Maid von Dunsithe zu ehelichen, hätte er wohl darum gebeten, ihn davor zu bewahren. Die Idee, er müsse sich vor einem Frauenzimmer in Sicherheit bringen, erschien ihm ausgesprochen lustig. Doch nicht so lustig, dass er Patrick davon erzählt hätte.

Als er noch ein Kind gewesen war, hatte er am liebsten die Geschichten über seine Wikingervorfahren gehört, die das wilde Nordmeer auf der Jagd nach Beute, Abenteuern und Frauen durchstreiften. An kalten Winterabenden hatte er am Feuer in der großen Halle gesessen und den Männern seines Vaters gelauscht, wenn sie wieder und wieder die gleichen Geschichten zum Besten gaben. Dabei hatte er sich zwar mit Vergnügen als Krieger gesehen, der die ergebenen Damen gleich zu Dutzenden fortschleppte, die Neigung der Wikinger dagegen, sich unwillige Frauen gefügig zu machen, hatte er nie nachempfinden können. Damals war es ihm in seinem kindlichen Stolz nicht eingefallen, dass es eine Frau geben könnte, die ihm nicht mit Freuden folgen würde. Doch heute war ihm klar, dass ihm so etwas durchaus passieren konnte. Warum in aller Welt reizte ihn dann die Möglichkeit so sehr, dieses Mädchen vielleicht doch noch umzustimmen?

Der flüchtige Gedanke, Mistress Gordon vor Sleat zu retten, hatte die alten Fantasien wieder aufleben lassen, doch die Wirklichkeit sah ganz anders aus. Gegen seinen Willen und trotz ihres beharrlichen Widerstandes fühlte er sich immer stärker zu ihr hingezogen und hatte angefangen, sie gern zu haben. Dennoch stand seine Pflicht ihr gegenüber fest.

Gegen Männer vom Schlage Sleats konnte sie sich nicht allein wehren, und wenn er ihr diese ewige Widerspenstigkeit nicht auszutreiben vermochte, würde auch er sie nicht richtig beschützen können. Vielleicht war es eine ganz gute Idee gewesen, ihr zur Strafe für ihr Benehmen das Pferd vorzuenthalten, aber ob sie seine Absicht eigentlich verstanden hatte, konnte er nicht sagen. Nie wusste er, was sie eigentlich dachte.

Je länger er darüber nachsann, desto mehr kam er zu der Überzeugung, dass Mackinnon Recht hatte. Am besten konnte er sie beschützen, indem er sie heiratete, immer vorausgesetzt, dass Sleat so handeln würde, wie Mackinnon prophezeit hatte. Und das war bei dem unberechenbaren Sleat eben die große Frage.

Fin hatte mit Dougal Maclennan, dem Priester von Kintail, gesprochen, und der hatte wie erwartet erklärt, dass er in Anbetracht der königlichen Heiratserlaubnis nichts gegen eine Eheschließung einzuwenden habe, ob die Braut nun einverstanden sei oder nicht. Fin zögerte allerdings noch. Sein Wunsch, Molly zur Frau zu nehmen, wurde mit jedem Tag größer, doch wenn er sie auch zehnmal dazu zwingen konnte, wäre sein Leben in einer solchen Ehe ohne jeden Zweifel die reinste Hölle.

Zu einem offenen Wort entschlossen, brach er jetzt das lange Schweigen. »Ich will hoffen, Mistress, Ihr erwägt die Sache mit der Heirat sorgfältig, bevor Ihr Euch endgültig dagegen entscheidet. Ich will Euch nicht zu einem Ehebund zwingen, der Euch missfällt, doch ich kann auch meine Pflicht, Euch zu beschützen, nicht vernachlässigen.«

»Es geht Euch doch gar nicht darum, mich zu beschützen«, murmelte sie. »Wenn Ihr mein Vermögen ohne mich bekommen könntet, würdet Ihr keinen zweiten Gedanken an eine Heirat verschwenden.«

»Ich will nicht leugnen, dass ich den Schatz gut gebrauchen könnte«, antwortete er aufrichtig. »Doch da ich ihn ebenso wenig finden werde wie irgendjemand sonst, müssen wir uns beide nicht den Kopf darüber zerbrechen.«

»Mein Land bekommt Ihr auf jeden Fall«, erinnerte sie ihn.

»Ja, und davon habe ich auch sehr viel«, erwiderte er spöttisch. »Ob es mir nun als Vormund oder Ehemann gehört – es liegt dennoch hunderte von Meilen von hier entfernt und wird sich wohl auch in Zukunft nicht vom Fleck rühren.«

Abermals schwiegen sie für eine ganze Zeit, bis Kintail ruhig zu Molly sagte: »Ich bitte Euch nur darum, Molly, dass Ihr eine Eheschließung nicht leichtfertig von der Hand weist, sondern die Folgen bedenkt, die sich aus einer solchen Entscheidung ergäben.«

Sie nickte bloß, und damit musste er sich zufrieden geben.

Als sie am späten Nachmittag wieder nach Eilean Donan kamen, hatten sich dunkle Wolken zusammengeballt, und Fin fürchtete, der aufziehende Sturm könne ein schlechtes Vorzeichen sein. Sie hatten während des Tages nicht mehr über eine Heirat gesprochen, und obwohl er den Ausritt mehr als erwartet genossen hatte, musste er sich eingestehen, dass es ihm noch immer nicht gelungen war, Molly zu überzeugen.

Molly dachte über seine Worte nach, doch die Tatsache, dass Kintail sie seinen Leuten vorgestellt hatte, hatte einen noch größeren Eindruck auf sie gemacht. Beim Gerichtstag waren ihr die vielen versammelten Menschen wie eine anonyme Menge erschienen, bis auf den Mann, der behauptet hatte, die Kuh seines Nachbarn auf Geheiß des Wilden Jägers erschossen zu haben. Doch als sie Kintails Leute jetzt vor ihren eigenen Behausungen gesehen hatte, umgeben von ihren Frauen und Kindern und ihren alten Eltern, da hatten sie für Molly auf einmal ein Gesicht bekommen, und der Gedanke, dass sie sie durch ihre Gegenwart in Gefahr bringen könnte, beunruhigte das Mädchen zutiefst.

Als sie nach dem Abendessen allein in ihrer Kammer war, sagte sie sich jedoch, dass eine Heirat mit Kintail nichts zur Sicherheit der Leute beitragen würde. Auch wenn ihre Gegenwart momentan eine Gefahr für alle darstellte, gab es noch andere Schwierigkeiten.

»Donald ist fest entschlossen, die Herrschaft über die Inseln zurückzugewinnen, und Kintail wird alles tun, um ihn daran zu hindern«, murmelte sie vor sich hin. »Darin liegt die wirkliche Gefahr.«

»So ist es«, bestätigte da eine vertraute Stimme. »Aber vielleicht kämpfen Kintails Leute erbitterter, um seine Lady zu schützen, als wenn es nur darum geht, dass Donald irgendeinen alten Titel für sich beansprucht.«

Molly schrak zusammen und blickte sich in der Kammer um. »Maggie, wo seid Ihr?«

»Hier, in der Ecke. Wenn du mal eine Kerze anzünden und das Feuer anfachen würdest, könntest du mich vielleicht sehen. Es wird schon Nacht, und ein Sturm braut sich zusammen.«

Molly, die gerade keine Lust hatte, auf das launische Temperament der kleinen Frau Rücksicht zu nehmen, entgegnete: »Der schwache Schein der Glut passt ganz gut zu meiner Stimmung. Könnt Ihr Euch nicht im Dunkeln zeigen?«

»Doch, schon, aber es ist mühsamer, und ich kann auch nicht so lange sichtbar bleiben.«

Molly konnte die kleine Frau vage erkennen. Sie trat näher zu ihr und fragte: »Was soll ich tun?«

»Das kann ich dir auch nicht sagen«, antwortete Maggie. »Ihr beide, du und Kintail, müsst das schon unter euch ausmachen.«

»Er hört mir nie zu«, seufzte Molly. »Immer denkt er, dass er alles besser weiß.«

»Dann sorge dafür, dass er dich beachtet«, riet Maggie ihr und schränkte gleich darauf ein: »Falls du das fertig bringst.« Sie paffte ungerührt ihre Pfeife und stieß Qualmwolken aus.

Währenddessen überlegte Molly, wie sie Kintail beeinflussen konnte. »Es kommt mir immer noch höchst seltsam vor, wenn ich sehe, wie Rauch aus Eurem Mund quillt, obwohl ich Euch selbst nicht einmal richtig erkennen kann«, sagte sie schließlich.

»Ja, aber ich mag es. Hast du vorhin eigentlich nur laut gedacht, oder hattest du einen Wunsch an mich?«

»Kannst du denn Wünsche erfüllen?«

»Ich denke schon, sofern sie mir vernünftig erscheinen und es in meiner Macht steht, sie zu erfüllen.«

»Dann verrate mir, wo sich mein Vermögen befindet!«

»Das kann ich nicht«, erwiderte Maggie und lächelte ein wenig kläglich. »Ich kann dir aber sagen, dass du es finden wirst, wenn die Zeit dafür gekommen ist.«

»Und wann ist die Zeit gekommen?«

»Das wirst du dann schon merken.«

»Der Schatz liegt auf Dunsithe, nicht wahr?«

»Mag sein.«

»Aber Dunsithe ist weit. Wird Kintail ihn finden?«

»Mag auch sein«, antwortete Maggie. »Er besitzt die Gabe und müsste sie nur zulassen. Aber in der Zwischenzeit kann er wenigstens für deine Sicherheit sorgen.«

»Was für eine Gabe meint Ihr denn?«

»Na, das zweite Gesicht. Er hat es – falls seine großartige Erziehung nicht alles verdorben hat.«

Molly wusste nicht, was sie denken sollte, doch da sie so viel wie möglich über Kintail erfahren wollte, fragte sie weiter: »Was hat seine Erziehung damit zu tun?«

»Es ist einfach so, dass Menschen, die in der Stadt leben – und sei es auch nur für eine gewisse Zeit –, das verlieren, was sie Aberglaube nennen. Und dann belächeln sie mitleidig all diejenigen, die an Elfen und dergleichen glauben.«

»Kintail glaubt nicht an Elfen«, sagte Molly in Erinnerung an den Gerichtstag.

»Eben«, stimmte Maggie ihr leicht verschnupft zu. »Männer wie er, die eine hervorragende Ausbildung genossen haben, entfernen sich immer mehr von der Natur. Das geht schließlich so weit, dass so ein Herr seinen eigenen Augen nicht mehr traut. Bauern, denen kein kluger Besserwisser etwas eingeredet hat, glauben dagegen, was sie sehen.«

»Aber ich bin doch auch gebildet«, gab Molly zu bedenken. »Vielleicht nicht so sehr wie Kintail, aber doch mehr als die meisten Frauen.«

»Ja, schon, doch man muss ja auch nicht ungebildet sein, um das gute Volk zu sehen«, antwortete Maggie kopfschüttelnd. »Man muss nur seinen eigenen Augen trauen.«

»Dann habe ich wohl auch das zweite Gesicht, weil ich Euch ja sehen kann.«

»Nein, Mädchen«, widersprach Maggie und schüttelte erneut den Kopf. »Wenn du die Gabe hättest, könntest du mich sehen, auch ohne dass ich mich so anstrengen müsste. Und du könntest auch die anderen sehen, wenn sie sich in der Nähe aufhalten. Kintail dagegen hätte durchaus die Fähigkeit, aber er will nicht.«

»Du lieber Himmel, ich verstehe Euch einfach nicht! Wie ist das denn möglich?«

Doch offenbar hatte Maggie die Kraft verlassen, denn sie war verschwunden.

Molly starrte noch einen Augenblick lang auf den leeren Fleck in der Ecke der Kammer. Dann ging sie hinüber und fuhr mit der Hand durch die Luft, doch wo noch vor ein paar Sekunden Maggie Malloch mit ihrer Pfeife gesessen hatte, war nichts mehr.

Da verkündete ein Donnerschlag, dass der dräuende Sturm jetzt losbrach, und kurz darauf peitschten Wind und Regenschauer um die Mauern der Burg. Geschwind schloss Molly die Fensterläden, fachte das Feuer an und entzündete einige Kerzen. Dann setzte sie sich vor den Kamin und versank in ihren Gedanken.

Als schließlich Doreen kam, um ihr beim Zubettgehen behilflich zu sein, saß sie noch immer da und versuchte, Ordnung in ihre wirren Überlegungen zu bringen. Jedes Mal, wenn sie sich sagte, dass es alle nur auf ihr Geld abgesehen hätten, tauchte Kintails Gesicht mit dem verschmitzten Blick vor ihr auf, und ihr fiel wieder ein, wie warm ums Herz ihr immer bei seinem Lächeln wurde. Dann wieder sah sie seine ernste, verschlossene Miene vor sich und musste daran denken, wie stur er doch sein konnte.

Auch nachdem Doreen gegangen war, drehten sich ihre Gedanken noch immer um die Frage, wie die Ehe mit einem solchen Mann wohl sein mochte. Dabei regten sich nie gekannte, verwirrende Gefühle in ihrem Körper.

Dann wieder erschien er vor ihrem inneren Auge, wie er neben ihr ritt und sie leise nach ihren Wünschen fragte.

Sie konnte sich ganz gut vorstellen, nicht nur seine Bücher zu führen, sondern mit ihm zusammen über Kintail und Dunsithe zu herrschen. Doch schon kam ihr wieder ein anderes Bild in den Sinn: das eines großen, entschlossenen und anmaßenden Mannes, der keine ihrer Meinungen unwidersprochen hinnahm und sie ganz gewiss nicht als gleichberechtigte Partnerin dulden würde.

Maggie Malloch war ihr auch keine Hilfe gewesen. Ihr Vorschlag, Molly solle doch einfach dafür sorgen, dass Kintail sie beachte, war einfach lächerlich. Sie konnte ihm ja noch nicht einmal klar machen, wie wichtig ihr die Freiheit war, die sie auf Dunakin genossen hatte. Obwohl sie, wie sie zunächst befürchtet hatte, nicht als Dienstmagd arbeiten musste, fühlte sie sich auf Eilean Donan fast wie eine Gefangene. Nichts von dem, was ihr früher Spaß gemacht hatte, konnte sie hier tun. Vor allem vermisste sie die einsamen Ritte auf Skye, wo jeder sie kannte und ihr half, wenn ihr mal ein Zügel riss oder sich ihr Pferd das Bein vertreten hatte.

Obgleich sie erst seit so kurzer Zeit auf Eilean Donan lebte, wusste sie doch, dass die Beschränkungen sie hier – verheiratet oder nicht – noch zum Wahnsinn treiben würden. Kintail musste ganz einfach begreifen, dass er nicht willkürlich einen Befehl aussprechen und dann von ihr erwarten konnte, dass sie blind gehorchte. Er musste seine Anordnungen schon begründen und mit ihr bereden.

Doch um ihm das deutlich zu machen, würde sie ihm zunächst einmal zeigen, dass sie nicht bereit war, seinen Befehlen ohne Weiteres Folge zu leisten. Doch wie sollte sie das anstellen? Tagsüber war er selten anwesend und bekam deshalb nicht mit, was sie tat oder ließ. Außerdem durften weder Mauri noch Doreen unter ihrer Auflehnung zu leiden haben.

Kintail musste einfach erkennen, dass sie nicht so leicht unterzukriegen war. Dass er mit ihr eine Frau heiraten würde, die ihre eigenen Gedanken, Meinungen und Fähigkeiten mitbrachte. Die Leute auf Dunakin hatten das begriffen, also würde auch Kintail es eines Tages begreifen. Er war zwar ein bisschen begriffsstutzig, doch keineswegs dumm.

Am besten verließ sie Eilean Donan für eine Weile, möglichst bevor Donald und sein Heer anrückten, denen sie auf keinen Fall in die Quere kommen wollte. Sie würde allein fortreiten und ...

Nein, so ging das nicht. Kintails Leute würden niemals zusehen, wie sie über den Kanal ruderte und sich ein Pferd aus dem Stall holte, ohne ihm Bericht zu erstatten. Außerdem hatte sie Angst, er könnte seine Drohung wahr machen und sie drei Monate lang nicht mehr reiten lassen. Und wer weiß, was ihm noch einfiele? Sie würde also nicht auf einem Pferd fliehen.

Dann kam ihr der Einfall, die Insel mit dem Boot zu verlassen. Sie konnte rudern oder vielleicht sogar mit einem der Fischerboote davonsegeln. Der Sturm würde schließlich nicht ewig dauern. Doch würden Kintails Männer ihr ein Boot aushändigen?

Die Idee gefiel ihr mehr und mehr. Wahrscheinlich behielten die Männer den eigenen Strand nicht so sehr im Auge wie die offene See und die Küste des Festlands, da sie einen Angriff aus dieser Richtung oder von Loch Alsh aus erwarteten. Wenn sich Molly ein wenig mit der Strömung treiben ließ, bevor sie die Ruder einsetzte, könnte sie es schaffen.

Aber wohin sollte sie fahren?

Flüchtig kamen ihr Dunsithe und die Suche nach dem

Schatz in den Sinn, doch das hatte keinen Zweck. Sich allein auf eine Fahrt von über hundert Meilen zu machen wäre bodenloser Leichtsinn.

Es müsste ein ganz gewöhnliches Unterfangen sein, etwas, das sie auf Dunakin alle Tage ohne große Umstände getan hatte – wie zum Beispiel auf die Jagd gehen.

»Er weiß doch, dass ich gern jage«, murmelte sie. »Er und Sir Patrick gehen jeden Tag auf die Jagd, und er hat mich noch nicht ein einziges Mal gefragt, ob ich mitkommen möchte.«

Wie auf jeder anderen Burg war man auch auf Eilean Donan dankbar für jede Bereicherung des Speisezettels. Und genau dafür würde sie sorgen. Ihr Entschluss war gefasst, und mit einem Lächeln drehte sie sich um und schlief ein.

Zu Nells großer Erleichterung hatte der König nach fast einer Woche endlich eingewilligt, sie mit einer Botschaft nach Kintail reiten zu lassen. Darüber hinaus gab er ihr noch einen Geleitbrief mit. Zwar boten die meisten Häuser Reisenden bereitwillig Obdach, doch einer Frau, die nur mit einer kleinen Eskorte unterwegs war, konnte ein Schreiben des Königs sehr von Nutzen sein.

Der Weg betrug mehr als einhundertfünfzig Meilen und führte größtenteils durch unwegsames Hochland. Sie würden also zumindest drei Tage benötigen, und das auch nur, weil Nell und ihre Begleiterinnen als Frauen aus dem Grenzland ausgezeichnete Reiterinnen waren.

Jakob hatte vorgeschlagen, sie solle nach Dunbarton reisen und von dort per Schiff weiterfahren, doch die Gefahr, dass sie unterwegs dem grimmigen Donald in die Arme lief, der dabei war, eine Flotte zusammenzustellen, war einfach zu groß. Da würde es ihr auch nicht viel nützen, dass auch der König seine Schiffe in aller Eile seeklar machte.

Sie befahl ihren Zofen zu packen und ließ den Männern ihrer Eskorte mitteilen, dass sie unverzüglich aufbrechen wollte und einen Führer benötigte, der sich im Hochland auskannte und sie sicher und auf dem kürzesten Weg nach Kintail bringen konnte. Gerade blickte sie sich noch einmal prüfend in der Kammer um, um sicherzugehen, dass sie nichts vergessen hatte, da klopfte es vernehmlich an die Tür.

Als die Kammerzofe öffnete, stand da ein Mädchen in blauem Kleid und einer weißen Haube, die ihr Haar verbarg. Ihre grauen, von dunklen Wimpern gesäumten Augen wirkten riesig.

»Verzeiht, Mylady«, sagte das Mädchen, »aber als meine Herrin hörte, dass Ihr abreist, befahl sie mir, Euch diese Nachricht zu übergeben.« Sie überreichte Nell den Brief, machte einen flüchtigen Knicks und huschte davon.

»Wie merkwürdig«, murmelte Nell, während sie das wächserne Siegel erbrach. Und der Wortlaut des Schreibens war ebenso rätselhaft:

Liebe Madam,

Euer überstürzter Aufbruch lässt keinen förmlichen Abschied zu, doch ich dachte mir, Ihr würdet gern einen Blick auf die Überbringerin dieser Zeilen werfen und Euch vergewissern, dass sie gut behandelt wird.

Mit allem Respekt, der gebotenen Verschwiegenheit und in Eile verbleibe ich Eure sehr ergebene Lady F.

»Ist es was Schlimmes, Mylady?«

»Nein, Jane. Ich glaube, der Brief kommt von einer überaus aufdringlichen Frau, die nicht davon abzubringen ist, dass mich die Angelegenheiten meines Bruders interessieren. Das ist nicht der Fall, aber ich könnte ihr das nicht einmal sagen, da ich mich nicht mehr an den Namen dieser verflixten Person erinnere und sie ›in aller gebotenen Verschwiegenheit‹ nur mit ihrer Initiale unterzeichnet hat.«

»Soll ich versuchen, den Namen herauszubekommen, Mylady? Vielleicht könnte –«

»Lass nur, Jane. Ich will bei Einbruch der Dunkelheit schon so weit von Stirling entfernt sein wie möglich. Seid ihr bereit?«

Da alle fertig zur Abreise waren, ging Nell in den Schlosshof voraus, wo ihre Eskorte und der Führer schon warteten. Jakob hatte ihr einen seiner eigenen Leute, einen drahtigen kleinen Mann, als Führer zur Verfügung gestellt, was ihr ganz und gar nicht passte. Der Führer war von Nutzen, bis sie in Kintail eintrafen, doch damit sie ihren Auftrag ausführen konnte, musste sie ihn gleich nach ihrer Ankunft loswerden.

»Wir reiten zunächst nach Loch Lomond, Mylady«, wandte er sich höflich an sie, »und dann durch das Great Glen nach Glen Garry und Richtung Westen nach Kintail. Stellenweise wird es durch eine ziemlich wilde Landschaft gehen, doch Eure Leute haben mir versichert, dass Ihr und Eure Damen geübte Reiterinnen seid. Wollen wir hoffen, dass das stimmt.«

»Es stimmt«, erwiderte Nell knapp. »Lasst uns sofort aufbrechen.«

Er half ihr in den Sattel, und binnen weniger Minuten ritt das Grüppchen über die Holzbrücke und verließ Schloss Stirling.

12

Molly benötigte fast den ganzen Tag für ihre Vorbereitungen, denn sie brauchte nicht nur etwas zu essen, sondern auch andere Kleider. Dank Kintails Vorstellungsrunde würden sie in ihrer gewöhnlichen Aufmachung zu viele Leute erkennen, und die anderen würden sich bestimmt fragen, warum eine vornehm gekleidete junge Frau allein durch die Wälder streifte oder sich auf einer Lichtung im Bogenschießen übte.

Doch genau betrachtet konnte jede Frau ungewollte Aufmerksamkeit erregen, also zog sie am besten Männerkleider an. Allerdings traute sie sich nicht, einen zerlumpten Kilt zu tragen, wie die meisten Männer und Jungen in der Gegend. Schließlich trieb sie einen safrangelben, knielangen Kittel auf und dazu ein Paar schäbige Hosen. Außerdem besorgte sie sich Lederschuhe und Wickelgamaschen, mit denen sie die Schuhe, die ihr ein wenig zu groß waren, zusätzlich befestigen konnte. Eine flache blaue Kappe und ein wollener Umhang in dem blaugrünen Karomuster, das die Hochländer Tartan nannten und das hier fast jeder Mann in weitem Umkreis trug, vervollständigten ihre Garderobe. All das legte sie griffbereit in eine Holztruhe in ihrer Schlafkammer.

Der Regen hielt den ganzen Tag lang an und schien gar nicht mehr aufhören zu wollen, was Mollys Unruhe stetig steigerte. Es brauchte bloß Fin zu Ohren zu kommen, dass der grimmige Donald in Kintail gelandet war, und auf der Stelle würde er diesen nichtsnutzigen Priester nach Eilean Donan beordern und sich mit ihr trauen lassen. Sie musste ihm aber doch unbedingt vorher noch beibringen, dass er sie nicht nach Belieben tyrannisieren konnte.

Als sie am nächsten Morgen noch vor Tagesanbruch erwachte, blinkten die Sterne am dunklen Himmel. Es hatte aufgehört zu regnen. Hurtig legte sie die ungewohnte Kleidung an, befestigte ihren Köcher an ihrem Gürtel, stopfte ihr langes Haar unter die Kappe und hüllte sich in den Tartanumhang. Dann nahm sie ihren Bogen und schlich die Treppe hinab zu der kleinen verriegelten Hintertür im Nordwestturm.

Der Haupteingang der Burg war ihr versperrt, denn in der großen Halle schliefen immer bewaffnete Männer, und der Eingang selbst war mit einem massiven Holztor und dem noch schwereren hölzernen Fallgitter verrammelt. Doch die Riegel an der kleinen Turmpforte ließen sich ohne Schwierigkeiten zurückschieben. Sie quietschten nur ein wenig, ebenso wie die Türangeln, und Molly hielt erschrocken den Atem an. Aber vor der Tür war keine Wache postiert, und es hatte sie auch niemand sonst gehört.

Draußen atmete sie vor Erleichterung tief durch. Die Wellen klatschten hart gegen das Ufer, und der Wind übertönte jedes andere Geräusch. Außerdem schien glücklicherweise der Mond nicht, und so konnte sie, zusätzlich getarnt durch ihren dunklen Umhang, ungehindert bis zur Ostseite der Burg schleichen und gelangte – nach einer Ewigkeit, wie ihr schien – schließlich zu den Booten.

Da hörte sie plötzlich ein Klirren oben vom Wehrgang und blieb wie erstarrt stehen. Doch als sich nichts weiter regte, huschte sie flink zu einem der Boote, legte ihren Bogen hinein und zog es so leise wie möglich über den Kies zum Wasser. Wie sie es bei Kintail zwei Tage zuvor gesehen hatte, packte sie die Dollborde zu beiden Seiten des kleinen Kahns, schob und zog, und schwang schließlich ein Bein über die Bordwand. Als sie mit dem anderen Fuß in das eiskalte Wasser trat, schnappte sie heftig nach Luft. Dabei wankte das Boot, und ein Ruder rutschte ab und schlug mit einem dumpfen Laut gegen das Dollbord.

Molly rechnete mit einem Alarmruf, doch nichts rührte sich, und das Boot trieb langsam auf den Strand von Dornie zu. Noch immer war sie zu nahe an der Burg, um anzulegen, und außerdem gab es auf dieser Seite des Loch steile Klippen und nur wenige geeignete Landungsplätze. Das gegenüberliegende Ufer mit seinen dichten Wäldern war da schon einladender. Mit einer leichten Bewegung der Ruder lenkte Molly das kleine Boot in die Gezeitenströmung, und als sie sich außer Hörweite der Burg befand, begann sie kräftig zu rudern und legte zwanzig Minuten später am jenseitigen Ufer an.

Sie zog das Boot so hoch auf den Strand, dass die Flut es nicht davontragen konnte, vertäute es zusätzlich an einer Baumwurzel, nahm ihren Bogen und verschwand zwischen den Bäumen. Dort im Wald setzte sie sich auf einen flachen Stein und wartete auf die Morgendämmerung. Sie hatte keine Ahnung, wie spät es sein mochte.

Sie legte die verschränkten Arme auf die Knie, stützte den Kopf darauf und döste ein wenig, bis der Schrei eines Kranichs sie weckte. Die Sonne war bereits aufgegangen; im blassen Morgenlicht konnte Molly drüben auf dem anderen Ufer des Loch Eilean Donan erkennen, dessen Mauern wie Bronze glänzten. Erleichtert stellte sie fest, dass man offensichtlich noch nicht nach ihr suchte, doch dann fiel ihr ein, dass es besser gewesen wäre, Doreen ins Vertrauen zu ziehen. So würde die Zofe vielleicht Alarm schlagen, wenn sie Molly nicht in ihrer Schlafkammer antraf.

Auf der Suche nach ihr würden die Männer schnell das Boot entdecken, daher beschloss sie, sich noch weiter vom Ufer zu entfernen. Sie stieg einen steilen Abhang hinauf und kam zu einer grasbewachsenen Lichtung. Dort blickte sie sich erneut um, damit sie ihren Standort bestimmen konnte. Vor ihr lagen die drei Lochs, und am dunstigen Horizont war sogar Skye zu erkennen. Sie würde sich also nicht verirren.

Da erregte eine Bewegung am anderen Ufer ihre Aufmerksamkeit – Reiter, etwa ein halbes Dutzend. Fahndete man doch bereits nach ihr? Nein, für einen Suchtrupp ritten die Männer zu eng beisammen, und für Angreifer oder die Vorhut von Donalds Heer waren es zu wenige.

Aus ihrer Deckung heraus beobachtete sie die Reiter, bis sie die Spitze des Loch passiert hatten, und beschloss, sie im Auge zu behalten. Dann wollte sie sich einen Platz für ihre Schießübungen suchen und später in die Burg zurückkehren.

»Ein prächtiger Tag für die Jagd«, sagte Patrick MacRae frohgemut. »Wollen wir hoffen, dass der grimmige Donald ihn uns nicht mit einem Überfall auf Kintail verdirbt.«

»Ja«, antwortete Fin geistesabwesend, während er aufmerksam das übellaunige junge Habichtweibchen betrachtete, das auf seiner behandschuhten linken Faust saß. Obwohl mit Kappe und Fußfessel versehen, war der Vogel unruhig und flatterte seit einigen Minuten bei jedem Geräusch mit den Flügeln. Nur gut, dass Fins Pferd daran gewöhnt war und nicht durchgehen würde. Dennoch war es besser, wenn sich der junge Habicht ruhig verhielt, da er sich in seiner Aufregung womöglich verletzen oder eine Schwungfeder brechen konnte. Fin wickelte sich die Zügel um das Handgelenk und streichelte dem Vogel sacht den Bauch.

Patrick, dessen Habicht kleiner und von ruhigerem Wesen war, schien den Vogel gar nicht zu beachten und unterhielt sich stattdessen angeregt mit den anderen Männern, doch Fin ließ sich von seiner scheinbaren Lässigkeit nicht täuschen.

Patrick konnte ebenso gut mit einem Habicht umgehen wie mit Langbogen, Schwert oder Gewehr. Er und Fin hatten die Kunst der Beizjagd vom obersten Falkner des alten Lords gelernt, denn Sir Ranald Mackenzie hatte die Auffassung vertreten, dass sowohl sein Sohn als auch der zukünftige Burgvogt in all diesen Künsten mindestens ebenso bewandert sein sollten wie ihre Untergebenen.

»Macht Smoke Euch Schwierigkeiten, Herr?«, fragte Tam Matheson. Auch er war beim obersten Falkner in die Lehre gegangen, denn dieser war sein Vater gewesen. Da er selbst die Vögel für Fin und Patrick abgerichtet hatte, beschlich ihn stets ein schlechtes Gewissen, wenn eines der Tiere versagte.

Patrick grinste. »Zurzeit machen alle dem Laird Schwierigkeiten, Tam – seine Vögel, seine Frauen, seine –«

»Hüte deine Zunge!«, unterbrach ihn Fin, der gerade versuchte, Mollys Bild vor seinem inneren Auge zu verscheuchen. »Du wirst doch nicht vergessen haben, dass ich dir immer noch Manieren beibringen kann.«

»Sehr wohl, Herr«, entgegnete Patrick mit belustigtem Glucksen und wandte sich dann an Tam. »Wie passen dir eigentlich meine Stiefel, Tam?«

»Ausgezeichnet, wie Ihr seht«, erwiderte Tam und hob ihm einen Fuß entgegen.

Fin schwieg und widmete sich wieder seinem Habicht.

Schließlich sagte Patrick in sachlichem Ton: »Da hinten auf dem Hügel liegt doch die große Heidefläche. Probieren wir es dort mit den Vögeln? Dieses wilde Weibchen, das du da hast, könnte sich dort austoben, und wir können es im Blick behalten, selbst wenn es zwischen die Bäume fliegt.«

»Smoke trägt doch ein Glöckchen, Patrick«, bemerkte Tam leicht gekränkt.

»Schon, Tam, aber wenn sie ein Moorhuhn sichtet und das dann im Wald verschwindet, sollten wir sie trotzdem nicht aus den Augen verlieren, denn sie ist schließlich noch jung und unerfahren. Und sie im Wald auszumachen ist auf jeden Fall schwierig, ob mit oder ohne Glöckchen.«

Tam zuckte bloß die Achseln, und Fin musste grinsen. Tam wusste genau, dass er derjenige war, der den Habicht wiederfinden musste, wenn sie ihn verloren, denn Patrick hielt sich alle langweiligen Arbeiten so gut es ging vom Hals, und schließlich hörte der Vogel ebenso gut auf Tams Pfeife wie auf Fins.

Als sie auf der Heide ihre Pferde zum Stehen brachten, warf Patrick Fin einen herausfordernden Blick zu. »Ich wette, mein Kit schlägt seine Beute auf Anhieb, und deine Smoke nicht.«

»Um was wollen wir wetten?«

»Um zehn *merks.*«

»Einverstanden«, sagte Fin, zog sich mit den Zähnen einen Handschuh aus und steckte ihn in sein Wams, damit er die Riemen an der rot befederten Kappe des Habichts lösen und ihm diese abnehmen konnte. »Smoke ist schneller als alle anderen, nicht wahr, mein Mädchen?«, redete er dem Vogel gut zu. Das Tier war so unruhig, dass es bei jedem Geräusch und jeder schnellen Bewegung zusammenschrak und wie eine gespannte Bogensehne zitterte. Fin konnte das Beben des Vogelkörpers durch den Handschuh hindurch spüren und wusste, dass der Grund dafür eher Hunger und Jagdfieber als Nervosität war.

Von der Kappe befreit, blickte sich der Habicht forschend nach allen Seiten um, und Fin wusste, dass er bald eine Beute erspähen würde. Hinten im Wald erklang Vogelgezwitscher, doch die Tiere der Heide waren gewarnt und rührten sich nicht.

Da brach in einiger Entfernung ein kupferfarbenes Moorhuhn laut rufend aus seiner Deckung hervor und flog mit klatschendem Flügelschlag auf. Fin machte Smokes Fesseln los, und im selben Augenblick breitete der Habicht seine großen Schwingen aus und stieß sich schnell und kraftvoll mit den Beinen von Fins Arm ab. Bald schon näherte er sich seiner Beute und stürzte sich, die glänzenden Flügel eng an den Körper gelegt, auf sie. Das Moorhuhn, das die Gefahr zu spät erkannt hatte, versuchte schreiend und wild flatternd zu entkommen, doch einen Sekundenbruchteil bevor der Habicht seine Beute schlagen konnte, zischte unmittelbar vor ihm ein Pfeil durch die Luft und durchbohrte das Moorhuhn, das noch im Todeskampf flatternd zu Boden fiel.

»Was zum Teufel war denn das?«, zeterte Fin. – »Irgend so ein Verrückter hat einen Pfeil aus dem Wald abgeschossen«, schrie Patrick.

»Da hinten«, rief Tam und zeigte mit dem Finger in die Richtung.

Fin sah etwas Safrangelbes blitzartig zwischen den Bäumen verschwinden. Er warf Tam die Kappe seines Habichts zu und riss sein Pferd mit den Worten herum: »Hole Smoke, Tam. Ich werde mir diesen Schurken mal vorknöpfen. Fast hätte er meinen Habicht umgebracht!«

Er ritt in den Wald hinein und hielt Ausschau. Und da erspähte er es wieder: Eine gelb gewandete Gestalt flitzte behände zwischen den Bäumen hindurch.

Mit einem Stoß seiner Hacken trieb er sein Pferd an. Als Spross einer Hochlandrasse hatte das Tier keine Probleme mit dem unwegsamen Gelände, und zudem ermüdete der Läufer jetzt offensichtlich. Zwischen ihm und seinem Verfolger lag nun ein Streifen flaches Land, und Fin beugte sich tief über den Hals seines Pferdes und spornte es noch weiter an.

Als er den Flüchtenden eingeholt hatte, packte Fin in die Falten des gelben Kittels und hievte den Übeltäter mitsamt Bogen und Köcher aufs Pferd. Da lag er nun bäuchlings quer über dem Pferderücken, mit nur einem Schuh, denn den anderen hatte er bei der Hetzjagd offenbar verloren. Fin, der aus Gewicht und Größe der Person schloss, dass es sich bloß um einen jungen Burschen handelte, verpasste ihm ein paar wütende, kräftige Schläge auf das griffbereite Hinterteil.

Die Schreie, die der Gefangene daraufhin ausstieß, waren ganz eindeutig nicht die eines Mannes und wurden von wildem Gestrampel begleitet. Dabei fiel die blaue Kappe hinunter und gab ein Gewirr rotgoldener Locken frei. Bei diesem vertrauten Anblick biss Fin wutentbrannt die Zähne zusammen und schlug noch einmal besonders hart zu.

»Lasst das sein, Ihr Schuft!«, kreischte Molly.

Zur Antwort versetzte Fin ihr noch einen Hieb. »Wenn Ihr

nicht noch mehr wollt, dann haltet den Mund, und hört auf zu zappeln«, schnauzte er sie an. »Ihr habt um ein Haar meinen Habicht getötet! Was zum Teufel habt Ihr Euch dabei gedacht? Woher habt Ihr diese scheußlichen Kleider, und was um alles in der Welt macht Ihr überhaupt außerhalb der Burgmauern?«

Molly knirschte vor Wut mit den Zähnen. Auf Dunakin hatte niemand ihr auch nur ein Haar gekrümmt, und es wäre ihr nicht im Traum eingefallen, dass jemand so etwas überhaupt wagen könnte. Ihre Kehrseite brannte wie Feuer, und obwohl ihre Mutter und ihre Kinderfrau ihr manchmal eine Tracht Prügel verabreicht hatten, als sie noch klein gewesen war, konnte sie sich nicht entsinnen, dass es so wehgetan hatte.

Auf Kintails durchaus berechtigte Fragen hatte sie keine Antwort parat. Sie hatte einfach nicht damit gerechnet, dass der Habicht seine Beute so schnell erreichen würde, aber das brauchte sie ihrem Vormund gar nicht erst zu erzählen.

Sie hatte die Männer vom Wald aus belauscht, und als sich Kintail damit gebrüstet hatte, dass sein Vogel schneller fliegen könne als alles andere, hatte sie beschlossen, ihn vom Gegenteil zu überzeugen und ihm seine Beute vor der Nase wegzuschnappen. Bei dem Gedanken, dass sie den herrlichen Vogel mit ihrem Schuss hätte verletzen können, wurde ihr ganz übel, und sie konnte Kintail seinen Zorn nicht verdenken. Trotzdem war sie froh, dass er aufgehört hatte, ihr den Hosenboden zu versohlen, und wollte ihn auf keinen Fall weiter reizen und ihn wieder auf die Idee bringen.

»Also?«

Bei seinem grimmigen Ton schwand ihr der Mut. Sie tat einen zitternden Atemzug, um sich zu wappnen, und als habe der Grauschimmel die Spannung gespürt, versuchte er, zur Seite auszubrechen, und musste von seinem Herrn mit einem leichten Ruck am Zügel wieder in die richtige Richtung gelenkt werden.

Sie wagte einen zaghaften Vorstoß: »Lasst Ihr mich runter?«

»Das kommt darauf an.«

»Worauf?«

»Darauf, was Ihr mir zu sagen habt.«

»Und wenn ich nichts zu sagen habe?«

»Dann denkt noch einmal scharf nach.« Er legte die Hand auf ihr Hinterteil, wobei seine Finger verräterisch zuckten.

Sie schluckte. Was wollte er denn hören? Ob es wohl eine einfache Entschuldigung tat, oder wollte er mehr? Er konnte doch nicht erwarten, dass sie in eine Heirat mit ihm einwilligte, nur damit er sie nicht mehr schlug.

Wieder zuckten seine Finger, dann hob er die Hand.

»Es tut mir Leid«, erklärte sie hastig. »Wenn Ihr mehr von mir hören wollt, dann müsst Ihr mir schon sagen, was. Ich ... ich weiß einfach nicht, was Ihr von mir erwartet!«

Zwei starke Hände legten sich um ihre Taille, hoben sie hoch und setzten sie im Damensitz vor ihn auf den Sattel. Da ihre Kehrseite noch immer brannte, war das Sitzen alles andere als angenehm, aber sie hielt es für unklug zu jammern und zu klagen. Laufen konnte sie ohnehin nicht richtig, da sie ja einen Schuh verloren hatte.

Als das Pferd abermals ausscheren wollte, spürte sie, wie Kintail es mit einem festen Schenkeldruck dirigierte.

Ohne etwas wahrzunehmen, blickte sie in die Ferne und wartete, dass er das Wort ergreifen würde, doch da näherten sich Reiter, und er fluchte leise.

Es waren Sir Patrick und ein Mann, den Molly nicht kannte.

Patrick rief: »He, Fin, was hast du denn da gefangen?« Wie immer klang in seiner Stimme unterdrücktes Lachen mit, doch in diesem Augenblick konnte Molly seinem Sinn für Humor wenig abgewinnen.

»Wo sind die anderen?«, wollte Kintail wissen.

»Da hinten.« Patrick wies zur Heidefläche hinüber. »Nachdem das Moorhuhn zu Boden gegangen war, baumte

Smoke auf und starrte eine Weile auf die noch flatternde Beute hinunter. Als das Flattern dann aufhörte und nichts weiter passierte, kam sie heruntergeflogen und wollte sich über die Beute hermachen. Aber als Tam pfiff, flog sie sofort gehorsam zu ihm. Also habe ich den anderen befohlen zu warten und bin hergekommen, um mir deinen Fang mal näher anzuschauen.« Er machte eine galante Verbeugung im Sattel. »Mistress, es ist mir wie immer ein Vergnügen, Euch zu sehen.«

Molly funkelte ihn wütend an.

Zu dem anderen Mann gewandt sagte Kintail: »Kein Wort über die Sache, verstanden?«

»Ja, Herr. Ich werde nichts sagen.«

»Gut. Du reitest jetzt mit den anderen voraus, und du, Patrick, bleibst bei mir.«

Molly beobachtete mit Erleichterung, wie der andere Mann sein Pferd wendete und davonritt, und sie hoffte, dass die Anwesenheit von Sir Patrick sie vor Kintails Zorn bewahren würde. Doch diese Hoffnung machte Kintail schnell zunichte.

Während die beiden Männer ihre Pferde nach Hause lenkten, sagte er in demselben strengen Ton wie zuvor: »Also, Mistress, ich wünsche eine Erklärung. Und lasst Euch am besten eine gute einfallen, sonst bekommt Ihr noch mehr von dem, was ich Euch vorhin verabreicht habe.«

Molly warf einen schnellen Blick zu Patrick hinüber. Ob er wohl erriet, was Kintail ihr angetan hatte? Doch er schaute mit versteinerter Miene geradeaus. In ihm hatte sie jedenfalls keinen Verbündeten. Da beschloss sie, Fin offen ihre Meinung zu sagen, und bemerkte in bissigem Ton, doch ohne ihn anzusehen: »Pflegt Ihr häufig Frauen zu schlagen, Sir? Wenn ja, dann muss ich Euch sagen, dass mir das missfällt. Und außerdem halte ich eine solche Gewalttätigkeit für unnötig. So groß wie Ihr seid, schüchtert Ihr sicher die meisten Leute schon ein, wenn Ihr sie nur anbrüllt.«

Ihre Worte wurden schweigend zur Kenntnis genommen. Dann fragte Kintail brüsk: »Hattet Ihr vor, den Habicht zu erschießen?«

»Seid doch nicht so dumm!«, blaffte sie. »Ich verfehle niemals mein Ziel.«

Verblüfft mischte sich Patrick ein. »Niemals?«

Molly zögerte einen Moment lang. Da ihr klar war, dass die beiden Männer ihr die Wahrheit nicht abnehmen würden, verbesserte sie sich: »Selten.«

»Na, das war auf jeden Fall ein guter Schuss, und ich kann das bestens beurteilen. Wer hat Euch schießen gelehrt?«, wollte Patrick wissen.

»Das ist doch egal«, fuhr Kintail ihn in scharfem Ton an. »Sei jetzt still, Patrick. Du brauchst sie nicht noch zu ermutigen. Und Ihr hättet gar nicht dort sein dürfen, Mistress.«

Doch nun hatte Molly endgültig genug. In bestimmtem Ton sagte sie: »Sir Patrick, würdet Ihr bitte vorausreiten, ich möchte unter vier Augen mit Eurem Laird sprechen.«

Patrick blickte verdutzt erst sie, dann Kintail an.

»Geh schon«, befahl der und wedelte ungeduldig mit der Hand.

Ohne ein weiteres Wort und offensichtlich erleichtert gab Patrick seinem Pferd die Sporen und verschwand im Wald.

Weil Molly fürchtete, Kintail könnte sie erneut schelten, erklärte sie eilig: »Das mit dem Schuss war nicht richtig von mir, aber ich hatte Euch sagen hören, dass Euer Habicht schneller sei als alles andere, und da wollte ich Euch beweisen, dass ich das Moorhuhn mit meinem Pfeil noch schneller erlegen kann als er. Ich wusste ja nicht, mit welcher Geschwindigkeit der Vogel angesaust kommen würde.«

Kintail antwortete nicht gleich, und während des langen Schweigens war sie sich seiner Nähe sehr bewusst. Sein Körper war nah und warm, seine Muskeln hart. Sie spürte, wie er atmete und wie sein Herz schlug.

Schließlich sagte er leise: »Ihr seid also nicht weggelaufen.«

»Nur vorhin vor Euch«, murmelte sie. – »Dazu hattet Ihr auch allen Grund.«

»Ja.« Noch immer tat ihr das Hinterteil weh.

»Wie seid Ihr hierher gekommen?«

Da erst fiel ihr das Ruderboot wieder ein. »Ich habe mich heimlich zur Tür im Turm hinausgeschlichen und dann eines der Boote genommen.«

»Ihr habt die Tür unverriegelt gelassen?«

Sie nickte nur und vermied es, ihn anzusehen.

»Schon allein dafür habt Ihr Schläge verdient«, knurrte er.

Um ihn von diesem schmerzlichen Thema abzubringen, platzte sie mit dem Erstbesten heraus, das ihr in den Sinn kam: »Wollt Ihr mich immer noch heiraten?«

»Ich werde Euch nicht zu einer Heirat zwingen.«

Obwohl sich Molly so sehr gegen die Vorstellung gesträubt hatte, war sie jetzt seltsamerweise doch ein wenig enttäuscht.

»Aber Ihr glaubt noch immer, dass es das Richtige wäre«, beharrte sie, »selbst wenn Ihr mich verachtet. Mackinnon hat mir erzählt, dass Ihr eigentlich überhaupt nicht heiraten wolltet.«

Mit Erleichterung sah sie das verräterische Zucken um seinen Mund, als er antwortete: »Zunächst einmal verachte ich Euch nicht. Und was die Ehe angeht, so habe ich mich wirklich gegen die ständigen Versuche meines Vaters gewehrt, mich mit einer passenden Frau zu verbandeln. Ich dachte, ich hätte noch viele Jahre Zeit, bis ich mir Gedanken um einen Erben machen müsste. Doch als mein Vater getötet wurde, änderte sich meine Einstellung. Das Leben kann ein jähes Ende finden, Mädchen, und mir ist sehr viel an meinen Leuten gelegen. Ich nehme meine Pflichten ihnen und der Burg gegenüber ernst, und wenn ich ebenso plötzlich sterben müsste wie mein Vater, würden sie mehr verlieren als nur ihren Herrn.«

»Ihr braucht mich also nur, damit ich Euch Erben schenke.« Ihre Kehle war plötzlich wie zugeschnürt.

»Und wegen Eures Vermögens«, sagte er trocken. »Vergesst das nicht.«

Sie wusste, dass er sie nur aufziehen wollte, doch ein bisschen Wahres war schon daran. Denn was für ihn zählte, waren nun einmal ihre Gebärfähigkeit und ihr Besitz, und daher wollte er sie auch um den Preis einer Heirat an sich binden.

Seine Hand, die neben ihrer Hüfte lag, berührte sie leicht, und eine solche Woge von Verlangen schoss durch ihren Körper, dass sie Angst bekam. Er hatte mehr Macht über sie, als ihr bewusst gewesen war, doch wenn sie ihm nachgab, lief sie Gefahr, ihr Herz an ihn zu verlieren. Und wenn er dann, wie schon andere vor ihm, beschloss, dass sie ihm anderswo nützlicher sein konnte ... Diese Vorstellung war einfach unerträglich.

Sie ritten eine Weile lang schweigend, bis Kintail sein Pferd auf einen festgetretenen Uferpfad lenkte, der am Loch entlangführte.

»Das Boot«, murmelte sie.

»Ich lasse es später holen«, sagte er.

Wortlos ritten sie weiter und überquerten schließlich die Bohlenbrücke, die das muntere Bächlein am Eingang zum Loch überspannte. Laut donnerten die Hufe über die Bohlen, und unter der Brücke rauschte das Wasser. Umso drückender erschien ihnen die Stille, die wieder einsetzte, sobald sie den Bach hinter sich gelassen hatten. Auf halbem Weg zwischen ihnen und der Burg konnte Molly Kintails Begleiter sehen, die den Weg über die Klippen genommen hatten.

»Ich bin normalerweise gar nicht so aufsässig«, bemerkte sie mit einem Blick auf Fin.

»Was Ihr nicht sagt«, antwortete er mit gespieltem Erstaunen.

»Wirklich, Sir. Ich bin es nur einfach nicht gewohnt, dass man mir Befehle erteilt, ohne mir etwas zu erklären oder meine Meinung anzuhören. Ihr behandelt mich, als sei ich nicht ganz bei Trost. Wenn ich Euch wirklich heiraten sollte, würde mir das gar nicht behagen.«

Er schaute ihr forschend in die Augen, und sie hatte auf einmal das Gefühl, als sei ihr Körper lebendiger als sonst. Sehr deutlich spürte sie die Bewegungen des Pferdes, Kintails frischen Geruch nach Wald und Heide, seinen gleichmäßigen Atem, seinen finsteren Blick und seine strengen Züge. Als er sich mit der Zunge über die Lippen fuhr, kam es ihr so vor, als habe er ihren Mund berührt. Und noch immer fiel kein Wort.

Endlich sagte er leise: »Wenn ich Euch Befehle erteile, Mädchen, dann deshalb, weil Ihr ständig meine Autorität infrage stellt. Wie war es denn zum Beispiel heute wieder?«

»Ich komme mir bei Euch wie eine Gefangene vor«, erwiderte sie. »Ich bin mit meinem Bogen losgezogen, so wie ich es oft auf Skye getan habe, einfach weil es mir gefällt, ganz allein auf die Jagd zu gehen. Ich verstehe ja, dass es gefährlich ist – besonders jetzt«, fügte sie eilends hinzu, als sie sah, wie er die Stirn runzelte. »Aber ich habe aufgepasst. Wie Ihr wisst, bin ich nicht so aufgewachsen wie die meisten anderen Mädchen.«

Er presste die Lippen zusammen, und zunächst glaubte sie, sie habe ihn schon wieder verärgert. Doch dann bemerkte sie, dass er sich kaum noch das Lachen verkneifen konnte.

»Ich habe doch gar nichts Lustiges gesagt«, stellte sie beleidigt fest.

»Ihr habt auf jeden Fall die Wahrheit gesagt«, entgegnete er mit unterdrücktem Kichern. Dann wurde er wieder ernst. »Verzeiht, wenn ich Eure Worte falsch deute, doch mir scheint, Ihr steht einer Heirat mit mir nicht mehr ganz so ablehnend gegenüber. Wo es Euch doch immer so davor gegraust hat …« Er ließ den Rest unausgesprochen.

Sie nagte an ihrer Unterlippe und überlegte, wie sie ihm ihre schwankenden Gefühle erklären sollte. Dabei verstand sie doch selbst nicht, was in ihr vorging. »Es hat mich eigentlich nicht davor gegraust«, stellte sie schließlich richtig. »Ich weiß ja, dass ich eines Tages heiraten muss. Lady Mackinnon sagte oft, es sei ein Wunder, dass Donald mich nicht schon zu einer für ihn vorteilhaften Partie gezwungen hat. Immerhin bin ich schon fast achtzehn, und die meisten Frauen, besonders Erbinnen, heiraten wesentlich früher.«

»Dann richtet sich Eure Ablehnung also nur gegen mich«, sagte er mit ausdrucksloser Stimme.

»Es hat ganz allgemein etwas mit den Umständen zu tun und … damit, wie Ihr mich behandelt«, antwortete sie. »Wenn Ihr mehr wie –«

»Wenn ich mehr wie Mackinnon wäre?«

»Ja, vielleicht«, gab sie zu, runzelte gleichzeitig aber die Stirn bei dem bloßen Gedanken daran, mit dem jovialen, aber immer behutsam taktierenden Mackinnon oder jemandem wie ihm verheiratet zu sein.

»Ich bin aber nun einmal nicht Mackinnon, Mädchen, und werde auch nie wie er sein. Ich bin ich selbst. Ihr solltet bedenken, dass ich Euch beschützen und für Euch sorgen kann, auch ohne Euren Schatz – wobei es mit ihm leichter wäre, wie ich eingestehen muss. Auf jeden Fall habe ich die Pflicht, einen geeigneten Ehemann für Euch zu finden, und wie die Dinge nun einmal liegen, fällt mir kein besserer ein als ich selbst, schon gar nicht in der kurzen Zeit, die uns bleibt.«

Molly fühlte sich niedergeschlagen. Er sollte sie nicht zur Frau nehmen, nur um sie vor Sleat zu beschützen, und ebenso wenig wegen ihres Vermögens oder eines Erben. Dennoch konnte sie sich jetzt unmöglich erneut weigern, ihn zu heiraten. Aber zu einer Einwilligung konnte sie sich auch nicht durchringen.

»Ich … ich will nicht wieder zurück zu Donald«, sagte sie schließlich.

»Ich warne Euch«, entgegnete er mit zusammengekniffenen Augen. »Wenn Ihr glaubt, durch Nachgiebigkeit Eurer gerechten Strafe für das, was Ihr Euch heute geleistet habt, zu entgehen, dann habt Ihr Euch geirrt.«

Das Blut schoss ihr in die Wangen, und sie rief wütend: »So etwas würde ich nie tun!«

»Dann bitte ich um Verzeihung. Ich werde sogleich nach Dougal Maclennan, dem Priester, schicken. Soll ich auch Mackinnon und seine Lady einladen?«

Über sich selbst erstaunt, konnte sie nur nicken. Dann fiel ihr etwas ein. »Was wollt Ihr mit mir machen, dafür, dass ... für das, was ich heute getan habe?«

»Das, was ich Euch schon einmal angedroht habe«, antwortete er. »Ihr könnt Euch auf mein Wort verlassen, Mädchen. Ihr werdet drei Monate lang nicht mehr reiten.«

»Aber das galt doch nur für den Fall, dass ich heimlich ausreiten würde. Und das habe ich ja nicht getan!«

»So war es aber nicht gemeint. Ich sagte, Ihr dürftet nicht allein die Burg verlassen.«

»Aber es war nur vom Reiten die Rede!«

»Vielleicht habt Ihr es so verstanden. Ich habe mich jedenfalls klar ausgedrückt. Ihr werdet also Euren Bogen nicht mehr anfassen, bis ich es Euch gestatte.«

»Ich glaube, ich habe doch keine Lust, Eure Frau zu werden.«

»Wenn Ihr Euer Wort brechen wollt, nur weil ich das meine halte, nun denn«, sagte er. »Doch an Eurer Strafe ändert das nichts. Ich bin immer noch Euer Vormund, und deshalb werdet Ihr erst wieder ausreiten, wenn ich es erlaube.«

Mollys Stolz hatte an diesem Tag schon viele Dämpfer bekommen, doch nun war sie am Boden zerstört. »Ich werde mein Wort halten«, murmelte sie. »Wenn ich schon heiraten muss, dann doch lieber einen Mann, der in der Nähe von Dunakin lebt und der ... der sein Wort auch hält. Aber müssen wir nicht das Aufgebot bestellen?«

»Dazu ist keine Zeit«, erklärte er. »Der Priester wird schon dafür sorgen, dass alles seine Richtigkeit hat.« Als sie nicht antwortete, hakte er nach: »Soll ich denn nun nach ihm und Mackinnon schicken?«

Sie zögerte mit ihrer Antwort. In ihrem Kopf jagten sich die widersprüchlichsten Bilder, von denen eines sie im Bett mit Kintail zeigte. Doch dann musste sie wieder an Donald denken und daran, dass alles noch viel schlimmer kommen konnte, und sie flüsterte: »Ja, lasst sie holen.«

»Dann also übermorgen, falls Mackinnon und seine Lady bis dahin hier sein können. Sobald wir nach Eilean Donan kommen, schicke ich Patrick zu ihnen.«

»Gut«, sagte sie nur. Sie war ganz sicher, dass sie ihre Entscheidung bereuen würde. Doch eine Frau hatte im Leben selten die Wahl, und zumindest hatte sie in dieser Angelegenheit ein kleines Wörtchen mitreden dürfen.

13

Fin bemerkte, dass sich Molly ihrer Sache ganz und gar nicht sicher war, doch hütete er sich, weitere Fragen zu stellen. Er hätte sie gern ein wenig aufgemuntert, wusste aber nicht, wie. Eines jedoch wusste er genau: Über die Gefühle, die ihn in diesem Moment bewegten, konnte er ganz bestimmt nicht reden.

Wie sie sich so, von seinem Arm gestützt, gegen ihn lehnte, versetzte ihn jede Bewegung ihres Körpers in heftige Erregung, und bei dem Gedanken, wie es wäre, mit ihr verheiratet zu sein, schwirrte ihm der Kopf von Bildern, die noch nicht einmal ein Hochlandpriester gutgeheißen hätte.

Seit ihrer ersten Begegnung war seine Leidenschaft geweckt, doch das konnte er ihr schwerlich gestehen, denn es würde nur den Eindruck bestätigen, den sie in jener Nacht von ihm gewonnen hatte. Aus seiner Sicht war eine Ehe mit ihr überaus sinnvoll. Darin hätte ihm auch sein Vater zugestimmt, und zwar nicht nur wegen Mollys versteckten Schatzes. Dass Fin das Mädchen anziehend fand, es sogar heiß begehrte, war nur ein weiterer Pluspunkt.

Während sie nach Eilean Donan zurückritten, ließ er heimlich seine Blicke auf ihr ruhen, auf ihrer zarten, rosigen Wange, den vollen roten Lippen. Er hätte sie wieder und wieder küssen mögen, so wie damals am Strand, als Mackinnon sie gestört hatte. Jetzt allerdings verlangte es ihn nach mehr, doch seine Gelüste würden sie nur verschrecken und sie ihre Entscheidung bereuen lassen. Das Beste wäre es, gleich nach ihrer Ankunft auf der Burg mit den Vorbereitungen für die Hochzeit zu beginnen.

Weil Molly einen Schuh verloren hatte, musste er sie hineintragen, was fast das Maß seiner Selbstbeherrschung überstieg. Leicht belustigt gewahrte er, wie erstaunt seine Leute waren, sie in dem Aufzug eines Bauernburschen zu sehen. Doch als er verkündete, dass er sie auf der Stelle heiraten wolle, wunderten sie sich noch viel mehr.

Nach einer Sekunde verblüfften Schweigens war es Patrick, der sich zuerst fasste. Laut rief er: »Es lebe der Laird! Er tut das Rechte für Eilean Donan.«

Da stimmten auch die anderen in den Jubel ein, und Fin, der Molly noch immer auf dem Arm trug, sagte: »Ich freue mich, dass du einverstanden bist, mein Freund. Schicke sofort einen laufenden Boten zu Dougal Maclennan, und lass ihm ausrichten, er soll in zwei Tagen die Trauung vornehmen. Und dann stärke dich noch einmal mit einer Mahlzeit, denn du sollst zu Mackinnon reiten. Nimm ein paar Bewaffnete mit, für den Fall, dass du auf Sleat triffst, aber hole mir Mackinnon und seine Lady pünktlich zur Hochzeit hierher.«

Patrick grinste, machte eine formvollendete Verbeugung und antwortete: »Ich mache mich sogleich auf den Weg, Laird. Und hat die Lady auch einen Befehl für mich?«

Molly schüttelte nur wortlos den Kopf, und ihr hochrotes Gesicht verriet Fin, dass sie sich sonst wohin wünschte. »Wenn ihr noch etwas einfällt«, sagte er zu Patrick, »werde ich es dich rechtzeitig wissen lassen. Jetzt aber an die Arbeit! Jemand soll Mauri die Neuigkeit mitteilen, damit sie alles Weitere veranlassen kann.«

Mit diesen Worten trug er Molly die Treppe hinauf zu ihrer Schlafkammer und genoss dabei das Gefühl, sie in seinen Armen zu halten. In der Kammer stellte er sie auf die Füße, ließ sie jedoch noch nicht los. Er legte ihr die Hände auf die Schultern und fragte ruhig: »Seid Ihr Euch wirklich sicher, Mädchen?«

»Dürfte ich denn meine Meinung ändern?«, fragte sie zurück und schaute ihm direkt in die Augen.

»Ich weiß es nicht«, antwortete er wahrheitsgemäß, während er ihren Blick erwiderte. Ihre Augen waren so wunderschön. Der Gedanke, dass er von nun an jeden Tag in diese Augen schauen durfte, bestärkte ihn in seinem Zweifel. Er würde sie jetzt nicht mehr gehen lassen wollen.

»Ihr wollt es nicht wissen«, sagte sie mit einem kleinen, geheimnisvollen Lächeln.

Dieses Lächeln war einfach zu viel für ihn. Er beugte sich zu ihr hinunter und küsste sie ganz zart, als wolle er ihr sagen – ja was eigentlich? Doch bevor er sich darüber klar werden konnte, drängte sich ihr weicher Mund gegen den seinen, und er war rettungslos verloren. Er zog sie an sich und ließ seine Hände über ihren Rücken und ihre Seiten wandern, voller Vorfreude darauf, dass er bald jeden Zentimeter ihres Körpers erforschen würde. Der Gedanke erregte ihn so sehr, dass er mit seiner Zunge die weiche Höhlung ihres Mundes erkundete und gleichzeitig mit einer Hand die Bänder hinten an ihrem safrangelben Kittel löste. Seine Hand schlüpfte in die Öffnung und streichelte die weiche Haut darunter. Molly schnappte nach Luft. Sie wurde ganz steif und entzog sich seinem Griff.

»Ist schon gut, Mädchen«, murmelte er.

»Nein, ist es nicht. Noch nicht«, sagte sie so schwer atmend, als sei sie gerannt.

Ihre Wangen glühten, ihre schönen Augen leuchteten. Sein Körper verzehrte sich nach ihr. Doch wenn er sie erzürnte, würde er nichts gewinnen. Wenn er sich dagegen in Geduld übte, vielleicht sehr viel.

»Ich bin ein geduldiger Mann«, fasste er seine Gedanken in Worte.

»O nein, das stimmt nicht«, entgegnete sie und trat einen Schritt zurück.

Er grinste. »Ich werde aber daran arbeiten. Ich habe Euch ein Abkommen vorgeschlagen, Mädchen. Bald werdet Ihr das Zuhause haben, nach dem Ihr Euch sehnt.«

»Darum geht es Euch doch eigentlich gar nicht«, bemerkte sie mit einem Seufzer. »Es ist schon so, wie Sir Patrick sagte: Ihr tut das alles nur für Euer geliebtes Eilean Donan. Und überhaupt, wann immer es Euch beliebte, könntet Ihr mir befehlen, irgendwo anders zu leben, oder etwa nicht?«

»Also gut«, erwiderte er ungerührt, »ich mache Euch ein anderes Angebot. Wenn Ihr es Euch vor der Hochzeit noch anders überlegt, lasst es mich wissen. Vielleicht gebe ich Euch dann frei. Und bis dahin zieht Euch ein paar passendere Sachen an. So wie Ihr jetzt ausseht, in den Männerkleidern, könnte ich fast auf die Idee kommen, ich hätte einen Lustknaben vor mir.«

Dann ging er, noch immer in sich hineinprustend.

Als er fort war, stand Molly noch eine Weile lang völlig verwirrt an derselben Stelle. Welcher Teufel hatte sie bloß geritten, dass sie dieser Heirat zugestimmt hatte? Sie hatte Kintail unbedingt beibringen wollen, ihre Meinung und ihren Freiheitsdrang zu achten, und was hatte sie jetzt erreicht? Eher das Gegenteil. Was war nur in sie gefahren?

Gab es wirklich noch ein Zurück? Und wenn ja, was dann?

Sofort stand ihr sein markantes Gesicht vor Augen, seine starken Arme, seine blitzenden Augen, wenn er lächelte. Und wie dieses Lächeln sein ganzes Gesicht erstrahlen ließ und sie im tiefsten Innern erwärmte. Doch im nächsten Augenblick fiel ihr ein, was er mit ihr getan hatte, nachdem er sie auf sein Pferd gezogen hatte, sein finsterer Blick, seine harten Worte. Dann wieder dachte sie an seine Küsse und die zärtlichen Liebkosungen.

So purzelten ihre Gedanken durcheinander, und sie wünschte sich sehnlichst, mit Maggie Malloch zu sprechen, doch die kleine Frau erschien nicht auf Mollys Rufen. Offensichtlich tauchten Elfen oder Hausgeister oder wie auch immer sie sich nennen mochten nur dann auf, wenn es ihnen passte.

Unten im Erdgeschoss sah sich Fin Mauris Vorwürfen ausgesetzt.

»So eine überstürzte Hochzeit gehört sich einfach nicht«, sagte sie, die Hände in die Hüften gestemmt.

»Es würde sich auch nicht gehören, wenn der grimmige Donald auf der Schwelle stünde, um Molly mit Gewalt zurückzuholen«, gab er zurück. »Tu einfach, was du kannst, Mauri. Unsere Gäste werden schon zufrieden sein.«

»Welche Gäste?«, wollte sie wissen. »Wer weiß denn schon davon?«

»Wir schicken laufende Boten aus«, erklärte er. »Es wird schon jemand kommen. Vielleicht nicht allzu viele, aber zumindest werden wir nicht allein feiern müssen.«

»Nun, wir werden ja sehen«, sagte sie mit düsterer Stimme. »Aber trotzdem geziemt es sich nicht für das Oberhaupt der Mackenzies, auf diese Art zu heiraten. Und wenn die Maid einverstanden ist, so hat sie es sich bisher zumindest nicht anmerken lassen.«

»Sie ist sogar mehr als einverstanden«, erwiderte er und hoffte, dass das stimmte. Der Gedanke an eine Ehe mit Molly war ihm mittlerweile schon sehr vertraut, doch sie brächte es fertig, im letzten Augenblick ihre Meinung zu ändern und ihr Versprechen zurückzunehmen.

Als er sich umwandte, um den Boten Anweisungen zu geben, kam es ihm so vor, als sehe er aus dem Augenwinkel jemanden vorüberhuschen. Doch als er den Kopf drehte, war niemand da.

Als Doreen kam, um Molly beim Umkleiden zu helfen, schnalzte sie missbilligend mit der Zunge und schimpfte dann so ausgiebig mit ihr, wie es sich nur eine Zofe erlauben konnte, die ihre Herrin von Kindesbeinen an kannte. Doch Molly wusste schon seit Langem, wie sie Doreen zu nehmen hatte.

»Was ist eigentlich aus Thomas MacMorran geworden?«,

fragte sie beiläufig, als die Zofe einmal eine Atempause machte. »Ich habe ihn in letzter Zeit gar nicht gesehen.«

»Ihr hättet ihn schon sehen können, wenn Ihr nur richtig hingeschaut hättet«, sagte Doreen spitz. »Schließlich schläft er nachts mit den anderen in der Halle, und außerdem war er gestern den ganzen Tag in der Burg und hat sich bei mir unbeliebt gemacht.«

»Wieso?«

»Dieser Mann will unbedingt in einer der kleinen Hütten wohnen, die der Laird all denen gibt, die eine Familie haben«, antwortete Doreen. »Thomas MacMorran ist es ja ganz egal, dass andere Leute auch ihre Pflichten haben. Was für ihn zählt, sind seine eigenen Angelegenheiten. Heute ist er zum Beispiel mit Sir Patrick MacRae nach Skye geritten, ohne einmal zu fragen, ob ich nicht vielleicht meinen Leuten dort etwas auszurichten habe. So viel zu Thomas MacMorrans Vorstellung von Liebe.«

Molly bekam Mitleid. »Männer«, sagte sie mitfühlend.

»Ja«, stimmte Doreen erbost zu. »Die meisten sind ein elendes Pack.« Doch mit ihren nächsten Worten zerstörte sie das Gefühl weiblicher Übereinstimmung. »Außer natürlich der Laird von Kintail. Der ist ein herrlicher Mann, und Ihr habt großes Glück, ihn heiraten zu dürfen.«

Molly verkniff sich gerade noch ein abfälliges Knurren und sagte nur: »Kintail ist ein Mann wie alle anderen auch. Einer, der denkt, die Welt gehöre ihm.« Im selben Augenblick, da sie die Worte aussprach, wusste sie, dass das nicht der Wahrheit entsprach. Niemand, der Kintail kannte, würde behaupten, er sei wie alle anderen.

Doreen starrte sie an. »Du meine Güte, Mistress, wenn alle Männer so wären wie er, gäbe es auf der Welt keinen Platz mehr für die Frauen.«

Das Bild einer Masse von Männern, alle so groß wie Kintail, die mit Schwert und Rüstung Schulter an Schulter standen und die ganze Welt erfüllten, war so lächerlich, dass

Molly laut lachen musste. »Na ja,«, sagte sie, als sie wieder sprechen konnte. »Kintail ist zwar größer als die meisten, aber genauso halsstarrig und selbstgerecht. Wie kommen die Männer nur darauf, dass sie mehr von irgendetwas verstehen als eine Frau?«

Doreen verzog zustimmend das Gesicht, doch kurz darauf, als sie Molly half, ein frisches Mieder und einen Rock anzuziehen, erklärte sie: »Ich wette, er wird gut zu Euch sein, Mistress. Ich muss allerdings sagen, ich war ganz baff, als ich hörte, dass Ihr ihn heiraten wollt.«

Molly seufzte. »Glaubst du, ich mache da eine Dummheit, Doreen? Ich gebe zu: Ich weiß gar nicht, wie ich dazu kam, in die Heirat einzuwilligen.«

»Ihr werdet dann endlich ein eigenes Zuhause haben«, sagte Doreen leise.

Das war es, dachte Molly. Zwar hatte sie Kintail widersprochen, als der das Gleiche geäußert hatte, doch Eilean Donan wäre tatsächlich ihr Zuhause – falls er ihr nicht befehlen würde, anderswo zu leben. Doch das war unwahrscheinlich. Es war wohl wirklich die Aussicht auf ein richtiges Heim gewesen, die ihre Entscheidung beeinflusst hatte. Endlich würde sie irgendwo hingehören. Dieser Gedanke gab ihr mehr Trost als alles, was ihr im Laufe des Tages durch den Kopf gegangen war.

Seit dem Tag, als ihr Onkel sie aus ihrem Zuhause auf Dunsithe gerissen hatte, war sie sich immer wie eine Fremde vorgekommen. Selbst auf Dunakin, wo alle freundlich zu ihr gewesen waren, hatte sie sich nicht richtig zugehörig gefühlt. Und die Vorstellung, auf Eilean Donan endlich eine Heimat gefunden zu haben, machte sie sehr glücklich.

»Ich wünsche mir tatsächlich ein richtiges Zuhause«, sagte sie nachdenklich zu Doreen.

Die Dienerin lächelte. »Ja gewiss, das Gefühl kenne ich gut. Jede Frau möchte ein eigenes Heim, einen Mann und Kinder, für die sie sorgen kann. Das ist doch nur natürlich.«

»Ja, mag sein«, antwortete Molly bloß. Der Gedanke, Kinder mit Kintail zu haben, beunruhigte sie ein wenig. Ein eigener Sohn, der zweifellos seinem Vater gleichen würde – diese Vorstellung erschreckte und faszinierte sie gleichermaßen.

Kintail würde sie wieder küssen. Und er würde noch viel mehr mit ihr tun. Was dieses »viel mehr« eigentlich bedeutete, war ihr nicht ganz klar, doch wusste sie, dass Eheleute oft im selben Bett schliefen. Bei der Erinnerung an seine Küsse kribbelten ihre Lippen, und bei der Aussicht darauf, mit ihm im Bett zu liegen und ein Kind zu zeugen, kribbelten noch ganz andere Stellen.

Sie war noch immer unschlüssig und verwirrt. In der folgenden Nacht lag sie schlaflos im Bett und versuchte, den Gedanken an die bevorstehende Hochzeitsnacht zu verdrängen.

Am nächsten Tag dann wirbelten alle Leute geschäftig und aufgeregt um sie herum. Immer wieder sollte sie eine Frage beantworten oder eine Entscheidung treffen, doch an ihre Antworten und Beschlüsse konnte sie sich später beim besten Willen nicht mehr erinnern.

Molly bekam Kintail nur gelegentlich und flüchtig zu sehen. Dann lächelte er ihr zu, schien jedoch einem Gespräch aus dem Weg zu gehen. Das war ihr ganz recht; sie hätte sowieso nicht gewusst, was sie ihm sagen sollte.

Am Nachmittag vor dem Hochzeitstag bekam sie beiläufig mit, dass Mauri und Doreen ihre Garderobe auf der Suche nach einem passenden Brautkleid durchstöberten, doch das war ihr gleichgültig. Gehorsam probierte sie ein Gewand nach dem anderen an und stellte sich wie gewünscht in Positur.

Alle, die bemerkten, wie geistesabwesend sie war, schrieben es der Nervosität einer jungen Braut zu. Sie selbst jedoch musste immerzu daran denken, dass sie bald Kintails Frau und ihm untertan sein würde. Noch immer schwankte sie in ihrem Entschluss, doch der Lauf der Dinge schien schon so weit fortgeschritten, dass nichts mehr ihn aufhalten konnte. Der Priester würde tun, was Kintail ihm befahl, ebenso wie alle anderen, sie selbst eingeschlossen.

Diese erschreckende Vorstellung hätte sie fast aus ihrer Betäubung gerissen, doch in dem Moment kam gerade Mauri, um sie zum Abendessen zu holen. Folgsam ging Molly mit ihr hinunter und sehnte sich nach einem kleinen, aufmunternden Lächeln von ihrem zukünftigen Ehemann.

Als sie in die große Halle trat, erwartete sie, das Gleiche zu erblicken wie immer um diese Zeit, doch dann bot sich ihr ein solch gänzlich anderes Bild, dass sie wie erstarrt auf der Schwelle innehielt. In der Halle wimmelte es von Menschen, und immer noch mehr strömten durch das Haupttor herein. Es herrschte ein solches Getöse, dass sich Molly wunderte, auf der Treppe nichts davon mitbekommen zu haben. Vielleicht war ja die Zeit wie von Zauberhand verstrichen und der Hochzeitstag schon angebrochen? Sie schaute sich nach Kintail um und sah ihn in einiger Entfernung in ein Gespräch mit Tam Matheson vertieft. In diesem Augenblick drehten sich zahlreiche Köpfe zur Tür, wo gerade Neuankömmlinge eingetroffen waren. Molly beobachtete, wie sich Kintails Kiefermuskeln spannten, und folgte seinem finsteren Blick.

Als Erster kam Sir Patrick, der ungewohnt böse dreinblickte. Hinter ihm erkannte sie zu ihrer Erleichterung die vertrauten Gestalten von Mackinnon und seiner Lady. Freudig lief sie hinter Kintail her, um die beiden zu begrüßen, blieb jedoch wie angewurzelt stehen, als sie das wütende Gesicht hinter Mackinnon entdeckte. Obwohl sie es nur dreioder viermal in ihrem Leben gesehen hatte, war es ihr unauslöschlich in Erinnerung geblieben.

Da rannte Mauri ihr von hinten in die Hacken. Nach einer kurzen Entschuldigung fragte sie Molly: »Wer ist das? Er hat zwei Adlerfedern an der Mütze, so wie Mackinnon oder der Laird, aber ich weiß nicht ...«

»Das ist der grimmige Donald«, antwortete Molly, deren Gleichgültigkeit wie weggeblasen war.

Während Fin auf die Neuankömmlinge zuschritt, konnte er kaum seinen Ärger über Sleats Dreistigkeit verbergen. Doch brauchte er nicht Patricks warnenden Blick, um zu wissen, dass er sich jetzt beherrschen musste. Also wandte er sich zuerst an Mackinnon und seine Lady und versuchte, mit einem schnellen Blick einzuschätzen, wie viele Bewaffnete sie wohl mitgebracht hatten.

»Seid willkommen, Sir«, begrüßte er Mackinnon. »Und Euch ein noch herzlicheres Willkommen, Mylady. Ich bin sicher, Mistress Gordon wird entzückt sein, Euch zu sehen. Da hinten steht sie.« Mit diesen Worten wies er zur Tür, wo er kurz zuvor Molly erblickt hatte. Doch die war verschwunden.

»Ich bin hier«, ertönte ihre leise Stimme dicht hinter ihm. Molly war äußerst wachsam und auf der Hut.

Lady Mackinnon schob sich an Kintail vorbei und schloss das Mädchen in die Arme. »Wie gut du aussiehst, meine Liebe!«, rief sie strahlend. »Dein neues Heim bekommt dir anscheinend ausgezeichnet.«

»Das werden wir noch sehen«, mischte sich eine grollende Stimme hinter Fin ein, die dieser sofort wiedererkannte.

Er drehte sich um und sagte kurz angebunden: »Und welchem Umstand verdanken wir Euren Besuch, Sleat?«

Donald von den Inseln, genannt »der Grimmige«, Häuptling von Sleat und Uisdean, war ein hoch gewachsener, breitschultriger Mann mit blondem Haar und hellblauen Augen, dessen Blick so stolz war wie der seiner Vorfahren, der Abkömmlinge von Somerled, dem König der Inseln. Jetzt blaffte er in überheblichem Ton: »Habt gefälligst die Güte, mich mit Donald oder Macdonald anzureden, denn das ist mein rechtmäßiger, ererbter Titel als Herr der Inseln.«

Eilfertig mischte sich Mackinnon ein: »Ich musste ihn mitbringen, Kintail, da war nichts zu machen. Er war nämlich gerade bei mir, als Sir Patrick mir die gute Nachricht überbrachte.«

»Eine gute Nachricht würde ich es nicht gerade nennen«, brummte Sleat.

In jovialem Ton, der in deutlichem Gegensatz zu seinem abschätzigen Blick stand, sagte Mackinnon zu ihm: »Nun hör mal, Donald. Du kannst doch nichts daran ändern. Schließlich hast du noch nicht einmal ein Dutzend Männer bei dir. Und außerdem hast du versprochen, keinen Ärger zu machen, wenn du mitkommen darfst.« Und zu Kintail gewandt: »Es blieb mir wirklich nichts anderes übrig.«

»Er hat meinen und Patricks Vater abgeschlachtet«, erwiderte Fin mit äußerster Selbstbeherrschung. »Deshalb hat er innerhalb der Mauern von Eilean Donan nichts zu suchen.«

»Ihr Tod war bedauerlich, doch sie sind im Kampf gefallen«, entgegnete Sleat. »Diese Gefahr geht jeder Mann ein, der sein Schwert gegen einen Feind zieht. Doch es ist ein ehrenvoller Tod. Und was meine Anwesenheit heute angeht, so fordere ich Gastfreundschaft, damit ich der Hochzeit meines Mündels beiwohnen kann.«

»Er ist in friedlicher Absicht gekommen«, fuhr Mackinnon eilig dazwischen. Er konnte sich gut vorstellen, dass Fin es kaum als ehrenvoll ansah, wenn ein Mann durch Lug und Trug starb.

Mit fester Stimme fügte Sleat hinzu: »Ich verlasse mich darauf, dass Ihr das Gesetz der Gastfreundschaft nicht verletzen und mir nicht mein Recht verwehren werdet, bei der Hochzeit der Maid anwesend zu sein.«

»Und ich verlasse mich darauf, dass Ihr Euch friedlich verhalten werdet, Sleat«, entgegnete Fin, wobei er die Anrede besonders betonte. Allerdings verkniff er sich den Hinweis darauf, dass Molly nicht mehr das Mündel des alten Schurken war.

»Vielleicht hat Euch Euer Ohr getrogen«, sagte Sleat betont sanft, »aber ich heiße nicht länger nur Sleat, sondern Macdonald, Herr der Inseln.«

»Anderswo vielleicht, hier nicht«, erwiderte Fin mit festem Blick. »Soweit ich weiß, ist Jakob noch immer Herr der Inseln.«

Sleat verzog das Gesicht, sagte jedoch nichts darauf. Stattdessen wandte er sich an Molly und fragte brüsk: »Hast du völlig den Verstand verloren, Mädchen?«

»Ich glaube nicht«, antwortete sie und verblüffte Fin durch ihre äußere Ruhe.

»Dieser Jakob macht mir das Leben schon schwer genug, da brauchst du nicht noch obendrein diesen Kerl zu heiraten. Du könntest etwas Besseres haben. Sag einfach, dass du ihn nicht mehr willst, und dann kümmere ich mich um dich. Ich bringe dich zu deinem Vetter Huntly, den noch nicht einmal der wilde Fin anzugreifen wagt.« Mit einem Seitenblick auf Fin setzte er hinzu: »Jedenfalls habe ich noch nie gehört, dass Euch jemand einen Narren genannt hat, Kintail.«

Fin ging nicht darauf ein und sagte nur: »Wir wollten uns gerade zum Abendessen begeben, Mackinnon. Vielleicht möchtet Ihr und Eure Lady Euch zuvor ein wenig frisch machen.«

»Ja, gern«, stimmte Mackinnon erleichtert zu. »Und später spielen wir eine Partie Schach, mein Junge. Und ich verspreche Euch: Noch einmal werdet Ihr mich nicht schlagen.«

»Einen Augenblick noch«, blaffte Sleat. »Zuerst soll mir das Mädchen selbst sagen, dass es mit der Heirat einverstanden ist. Es gibt schließlich immer noch Gesetze in Schottland, selbst hier im Hochland, und ich werde nicht zulassen, dass man ihr eine Verbindung aufzwingt. Wie ist es also, Mädchen?«

Fin musste sich zusammennehmen, um Sleat nicht niederzuschlagen und ihn dann hinausschaffen und für den Mord an Ranald Mackenzie und Gilchrist MacRae aufhängen zu lassen. Doch es gab in der Tat Gesetze im Hochland, und eines davon besagte, dass ein Mann nicht getötet werden durfte, solange er im Hause seines Feindes Gastfreundschaft genoss. Allerdings fiel es Fin weiß Gott schwer, sich ruhig zu verhalten, während sich aller Augen erwartungsvoll auf Molly richteten.

Als Molly jetzt Donalds forschendem Blick begegnete, fiel auf einmal alle Unsicherheit von ihr ab, und sie sah die Wege, die ihr zur Wahl standen, klar vor sich.

Sie konnte bei Kintail bleiben, der versprochen hatte, sie zu beschützen, und dem sie trauen konnte, oder die Hochzeit absagen und sich in Donalds Hände begeben. Dass sich ausgerechnet ein Mann auf das Gesetz berief, der im Begriff war, das westliche Hochland gegen seinen König aufzuwiegeln, war wirklich die Höhe. Sie staunte, dass ihn nicht alle Zuhörer für diese Frechheit schlichtweg ausgelacht hatten. Es fiel ihr nicht schwer, sich zwischen den beiden Männern zu entscheiden.

»Nun, Mädchen?«, drängte Donald. Er hatte seinen Umhang zurückgeschlagen, die Daumen in den Gürtel gehakt und blickte höchst selbstzufrieden drein.

»Es ist mir recht«, sagte sie leise, aber bestimmt.

»Du willst also diesen Kerl heiraten?«

»Ich werde ihn heiraten«, erklärte sie und reckte das Kinn. Und um allen ihre Entscheidung deutlich zu machen, fügte sie hinzu: »Dann bin ich nicht länger eine Geisel, die meine Vormünder für ihre politischen Ränke benutzen können, wie es ihnen beliebt. Dann habe ich einen Mann und ein richtiges Zuhause.«

Ihre Worte wurden mit allgemeinem Schweigen aufgenommen, doch zugleich war eine Spannung spürbar, die sich noch steigerte, als Donalds Augen zornig aufblitzten. Doch er nickte Kintail bloß kurz zu und sagte brüsk: »Ich gehe davon aus, dass Eure Leute meine Männer versorgen werden.«

Kintail bejahte und gab Tam ein Zeichen, sich um alles Notwendige zu kümmern.

Mit den Worten »Darf ich Euch auf Euer Zimmer bringen, Madam?« wandte sich Molly an Lady Mackinnon, die das Angebot mit offensichtlicher Erleichterung annahm. Auf ihrem Weg nach oben wurde Molly durch das vertraute Geplauder der Lady von der bangen Frage abgelenkt, was Donald jetzt wohl vorhaben mochte.

Nachdem Tam mit Sleat und dessen Leibdiener fortgegangen war, um ihnen ihre Kammer zu zeigen, fragte Fin Mackinnon: »Also Sir, was zum Teufel will der alte Halunke nun wirklich hier?«

Mackinnon schüttelte betrübt den Kopf. »Ehrlich, Junge, mir blieb nichts anderes übrig, als ihn mitzubringen. Er kam zu mir und forderte mich auf, mich mit ihm zu verbünden. Ich will mit der ganzen Sache nichts zu tun haben, aber ich will auch nicht, dass Donald eines Tages mit einer Kanone vor meiner Tür steht, sobald er ausgetüftelt hat, wie man Kanonen auf Langbooten transportieren kann.«

»Wir können nur froh sein, dass ihm das bis jetzt noch nicht gelungen ist.«

»Nun ja, bei Donald muss man immer mit dem Schlimmsten rechnen. Auf jeden Fall platzte Sir Patrick mitten in unser Gespräch, und zuerst war ich froh über die Unterbrechung und lud ihn ein, einen Krug *brogac* mit uns zu trinken, weil ich dachte, er kennt Donald. Er kannte ihn aber nicht und rückte gleich mit seiner Botschaft heraus.«

Patrick sagte betreten: »Ich habe Sleat nie zuvor gesehen. Ich dachte, er sei ein Freund von Euch, Sir.«

»Und ich war fest davon überzeugt, dass Ihr ihn nur zu gut kennen würdet.«

»Keiner von uns beiden war dabei, als er meinen Vater und seine Begleiter angriff«, erklärte Fin ihm. »Wir sagten gerade den Dorfbewohnern Bescheid, dass sie Überlebende des angeblich gekenterten Schiffes aufnehmen sollten.«

»Als Donald von der Hochzeit hörte«, fuhr Mackinnon

fort, »bestand er darauf, uns zu begleiten. Er hatte nur ein kleines Gefolge dabei – vermutlich, um seine friedlichen Absichten zu unterstreichen –, und Sir Patrick war so geistesgegenwärtig, einen sofortigen Aufbruch vorzuschlagen.«

»Könnte es eine List von Sleat sein?«, fragte Fin. »Vielleicht ist sein Heer schon im Anmarsch und will uns alle auf einmal schnappen?«

»Diese Idee kam auch Sir Patrick in den Sinn«, antwortete Mackinnon. »Ich habe mich auf Donalds Wort verlassen, und Ihr werdet sicher sagen, dass das leichtsinnig war. Aber Patrick war nicht so vertrauensselig.«

»Ich habe unsere Männer angewiesen, die Meerenge im Auge zu behalten und sofort zu melden, wenn sie etwas Ungewöhnliches sichten«, berichtete Patrick.

»Gut«, sagte Fin und zu Mackinnon gewandt: »Ihr wollt Euch gewiss vor dem Essen noch etwas ausruhen, Sir. Einer der Burschen wird Euch zu Eurer Kammer bringen.« Nachdem der ältere Mann gegangen war, fragte Fin Patrick: »Was hältst du davon? Bestimmt hat Sleat noch etwas anderes vor, als nur an meiner Hochzeit teilzunehmen.«

Patrick zuckte die Achseln, doch Fin bemerkte ein amüsiertes Funkeln in seinen Augen, als er antwortete: »Ich kann mir nicht vorstellen, dass er die Burg angreifen lässt, solange er sich darin aufhält. Trotzdem habe ich dafür gesorgt, dass heute Nacht genügend Männer in der Halle schlafen, um seine Leute ins Visier zu nehmen. Sie sollen Sleat und sein Gefolge sofort in den Kerker werfen, falls sich fremde Boote dem Loch nähern oder sonst etwas Verdächtiges passiert.«

»Gut gemacht.« Fin schlug ihm auf die Schulter.

Patrick grinste. »Sie sind mit Mackinnons Booten gekommen, vergiss das nicht. Aber wir werden bei ihrer Abreise auf jeden Fall ein scharfes Auge auf sie haben.«

Nachdem sich Fin vergewissert hatte, dass sein Freund alle Vorkehrungen getroffen hatte, kam er zu dem Ergebnis, dass es besser war, wenn sich Sleat hier in Sichtweite aufhielt, als wenn er irgendwo anders Unheil anrichtete. Daraufhin ließ seine Anspannung nach, und er sagte leichthin: »Das überlasse ich dir, alter Freund, zumindest, bis meine Hochzeitsnacht vorüber ist.«

Patrick lachte. »Sehr verständlich. Wenn ich mich nicht täusche – und bei solchen Dingen täusche ich mich selten –, dann musst du einen klaren Kopf bewahren, sonst bist du deine Männlichkeit los, noch bevor du richtig Gebrauch davon machen kannst. Also widme dich nur in Ruhe deiner Braut, ich kümmere mich schon um unsere Sicherheit.«

Fin nickte und lächelte vor sich hin. Betörende Bilder von der bevorstehenden Hochzeitsnacht schwebten vor seinem inneren Auge. Es war nur gut, dass er sich auf Patrick verlassen konnte, denn wenn er erst einmal mit Molly im Bett lag, würde er wohl kaum Sinn für etwas anderes haben.

14

Auch Molly träumte von der Hochzeitsnacht, doch waren es nicht unbedingt schöne Träume. Bis zum Morgen der Hochzeit plagte sie die Frage, was ihr wohl bevorstehen mochte. Dann dachte sie an Fins Küsse und an die zärtlichen Berührungen, die sie so erregt hatten. Doch weiter reichte ihre Vorstellungskraft nicht. Auf Skye hatte sie zuweilen mitbekommen, wie frisch verheiratete junge Frauen hinter vorgehaltener Hand mit ihren Freundinnen getuschelt und gekichert hatten, doch was sie tatsächlich erlebt hatten, war ihr nicht verraten worden.

Von dem Augenblick, als sie am Morgen der Hochzeit erwachte, bis zu dem Moment, da Doreen an die Tür klopfte, kreisten ihre Gedanken unablässig um diese Frage. Sie hatte sich endlich bewusst zu dieser Heirat entschlossen, daher wunderte sie sich, warum sie so konfus war. Selbst sich anzukleiden und das Frühstück einzunehmen schienen ihr überaus komplizierte Angelegenheiten zu sein. Sie ließ alles fallen und konnte keinen klaren Gedanken fassen. Und wenn es ihr schließlich doch einmal gelang, sich einigermaßen zu konzentrieren, brachte sie keinen vernünftigen Satz zustande und redete nur Unsinn, weil ihr immer wieder Kintails Bild in den Sinn kam. Sie hätte sich so gern Doreen anvertraut, bezweifelte jedoch, dass die ebenfalls unverheiratete Zofe ihre Gefühle verstehen würde.

Molly hatte gerade ein Bad genommen und ließ sich von Doreen das Haar bürsten, da trat Mauri in die Kammer. Sie ging zum Schrank, um das Hochzeitskleid herauszuholen, und fragte dann ohne Einleitung: »Kennt Ihr eigentlich die Zeremonie des Brautbettes, Molly?«

Molly, die sich ertappt fühlte, wurde knallrot und schüttelte den Kopf. »Ich weiß, dass Eheleute oft ein Bett teilen, dass sie sich küssen und ... und so weiter, aber dass es da eine Zeremonie gibt, hat mir noch keiner gesagt.«

»Das habe ich mir fast gedacht«, antwortete Mauri und bedeutete ihr mit einer Handbewegung aufzustehen, damit sie ihr den blassblauen Rock mit der Goldstickerei über den Kopf ziehen konnte. »Sie findet in der Hochzeitsnacht statt, und Jungfrauen nehmen nicht daran teil. Deshalb habe ich mir schon gedacht, dass Ihr noch nichts davon gehört habt«, fuhr sie fort, während sie Molly den Unterrock schnürte. »Ich hatte vor meiner Heirat auch keine Ahnung davon, und so war es ein ziemlicher Schock für mich, als ich hörte, dass die männlichen Hochzeitsgäste mich für die Hochzeitsnacht entkleiden würden.«

Molly stand da und starrte sie völlig entgeistert an. »Die Männer?!«

»Ja«, bestätigte Mauri und bat Doreen mit einem Kopfnicken, ihr das passend bestickte Mieder zu reichen. »Alle Gäste geleiten das Brautpaar in seine Schlafkammer, und dann entkleiden die Männer unter vielen Scherzreden und Späßen die Braut und die Frauen den Bräutigam, und danach legen sie sie nackt auf das Ehebett.«

»Vor allen Gästen?«

»Ja. Und die Leute gehen nicht, bevor sie sich nicht davon überzeugt haben, dass die Ehe nach Recht und Gesetz vollzogen wurde.«

»Das klingt ja entsetzlich!«, rief Molly aus, obgleich sie Mauris letzte Bemerkung nicht recht verstand. »Das mache ich auf gar keinen Fall mit!«

»Euch wird nichts anderes übrig bleiben«, erwiderte Mauri und zog die Schnürbänder fest. »Das muss jeder mitmachen, auch wenn es den meisten jungen Bräuten nicht gefällt. Was ein Bräutigam dabei empfindet, kann ich nicht sagen. Malcolm meinte, er hätte gut darauf verzichten können, aber es schien ihm trotzdem nicht übel zu gefallen.« Mit einem Seufzer setzte sie hinzu: »Ich wollte Euch noch mitteilen, dass Malcolm und Ian Dubh zurück sind. Sie wollten unter keinen Umständen Eure Hochzeit versäumen. Aber nun kommt, es ist schon fast Zeit.«

Molly nickte, doch während Mauri ihr den Rock und die langen, bauschigen Ärmel zurechtzupfte, dachte sie nicht an Malcolm oder Ian Dubh. Sie musste unbedingt mit Kintail reden. Gewiss konnte er diese schreckliche Brautbettzeremonie untersagen. Er war ja schließlich der Herr, oder etwa nicht? Sie war sich darüber im Klaren, dass sie als seine Ehefrau sein Bett teilen musste, wenn er es wünschte, aber dies war etwas ganz anderes. Sie musste ihm unbedingt begreiflich machen, dass sie damit keinesfalls einverstanden war.

»Ich habe hier ein paar hübsche blau-silberne Bänder gefunden, die wir um Euren Gürtel und in den Brautkranz winden können«, riss Mauri sie aus ihren Gedanken. »Sie scheinen neu zu sein. Ihr habt sie wohl nie getragen.«

Sie wirkten tatsächlich neu, doch Molly hatte sie nie zuvor gesehen. Entweder hatte Lady Mackinnon sie beim Packen zwischen ihre Sachen gelegt, oder sie waren ein Geschenk von Maggie Malloch, was noch wahrscheinlicher war. Molly verschwendete keinen weiteren Gedanken daran, sondern überlegte schon wieder, was sie Kintail sagen wollte.

»So.« Mauri hatte inzwischen die Bänder drapiert. »Jetzt dreht Euch einmal um, und lasst Euch anschauen.«

Molly tat, wie ihr geheißen. Jetzt war sowieso keine Zeit mehr, Kintail zu suchen, denn in wenigen Minuten, zur Mittagsstunde, würde die Trauung stattfinden. Dann konnten die meisten Leute an der Zeremonie teilnehmen, auch wenn es möglicherweise ein wenig dauern würde, bis alle mit der Fähre vom Festland nach Eilean Donan herübergekommen waren.

Als sie jedoch Mauri darauf ansprach, die ihr gerade den Brautkranz aufsetzte, entgegnete die, dass Patrick, Malcolm und Ian Dubh alles im Griff hätten. Und wenn man nach der großen Zahl von Gästen urteilte, die schon in der Halle auf die Braut warteten, lief alles beinahe zu reibungslos.

Als Fin Molly in die Halle schreiten sah, schnürte es ihm förmlich die Kehle zu. Er hatte sie immer sehr hübsch gefunden, doch jetzt, in diesem Augenblick, war sie von fast überirdischer Schönheit. Ihr herrliches rotgoldenes Haar fiel ihr in duftigen Kaskaden bis auf die Hüften, und das schlichte, aber gut geschnittene himmelblaue Kleid mit seinen Goldstickereien hätte einem Engel zu Gesicht gestanden. Ihre Wangen waren rosig, und ihre Augen strahlten. Sie hielt die Hände auf Höhe der Taille über dem versilberten Gürtel gefaltet, von dem ein silberner Spiegel und ihre Parfumkugel herabhingen.

Mackinnon stellte sich neben sie, um sie zum Podium zu geleiten, wo Fin, Patrick und Dougal Maclennan neben dem improvisierten Altar auf sie warteten. Sleat stand ein Stückchen entfernt, denn wenigstens besaß er nicht die Frechheit, sie anstelle ihres Pflegevaters zum Altar führen zu wollen.

Allen voran ging Mauri als Mollys einzige Brautjungfer. Der Duft von Rosmarin erfüllte die Luft. Die Frauen aus dem Dorf hatten etwas von dem aromatischen Kraut zwischen die Binsen auf dem Fußboden gestreut und jedem Gast, auch den Männern, ein getrocknetes Zweiglein gegeben, denn für frischen Rosmarin war es noch zu früh im Jahr.

Wie Molly an Mackinnons Arm daherschritt, schmiegte sich ihr Gewand an ihre sanft gerundeten Hüften und schwang um ihre zierlichen Füße. Fin konnte die Augen nicht von ihr wenden, und als sie ihn mit einem scheuen Lächeln bedachte, fürchtete er, sein Körper könnte hier vor aller Augen verraten, wie groß sein Verlangen nach ihr war.

Während Molly auf das Podium mit dem Altartisch zuhielt, betrachtete sie ihrerseits Kintail und fand ihn überaus prächtig anzusehen. Er war in ein mit Grün und Gold besticktes schwarzes Samtwams und eine schwarze Pluderhose gekleidet. Dazu trug er ein gefälteltes Plaid aus dem schwarz-grün karierten Stoff, der typisch für die Gegend war. Sein Wams hatte Puffärmel, die geschlitzt und mit dunkelgrüner Seide unterfüttert waren, seine Schuhe mit den breiten Kappen waren passend dazu ebenfalls mit grüner Seide bestickt. Und sein Schwert und die beiden Adlerfedern auf seiner flachen schwarzen Samtmütze zeugten von seiner Macht und Stellung.

Molly stellte sich neben ihn, worauf Mackinnon einen Schritt zurücktrat. Auch jetzt wieder übte Kintails körperliche Nähe die übliche Wirkung auf Molly aus. Er strahlte eine solche Vitalität aus, dass sie davon überzeugt war, sie könne seine Anwesenheit auch in völliger Dunkelheit und Stille spüren. Als er ihre Hand nahm, zuckte sie leicht zusammen und sah zu ihm auf. Er zwinkerte ihr leicht zu, und wie immer wärmte sein Lächeln sie durch und durch. Es kam ihr so vor, als löse sich die Menschenmenge in der Halle in nichts auf und ließe sie beide allein zurück. Fast hätte Molly Kintail von ihren Befürchtungen wegen des Brautbettes erzählt, hätte nicht im selben Augenblick der Priester das Wort ergriffen und so den Zauber gebrochen.

Die Trauungszeremonie wurde im Wesentlichen auf Latein abgehalten, nur einige wenige Formeln sprach Dougal Maclennan auf Gälisch.

Molly hörte Kintail die Trauformel vortragen und wiederholte selbst die althergebrachten Worte, wobei sie den Eindruck hatte, als verpflichte sie sich mit allem, was sie sagte, zu Demut und Gehorsam ihrem Mann gegenüber. Würde so ihre Ehe werden – eine Annehmlichkeit für ihn und völlige Unterwerfung für sie?

Kintails Trauformel enthielt natürlich nichts von Gehorsam. Er gelobte lediglich, Molly zu seinem angetrauten Weibe zu nehmen, sie zu lieben in guten wie in schlechten Tagen, in Reichtum und Armut, in Gesundheit und Krankheit, bis dass der Tod sie scheide, und das alles im Namen der »heiligen Mutter Kirche«.

Und die ganze Zeit über lag dieses verschmitzte Lächeln in seinen Augen, als könne er Mollys Gedanken lesen.

Er streifte ihr einen kunstvoll gravierten Ring über den Finger und verkündete, dass er sie mit diesem Ring zur Frau nehme. Dann versprach er, sie zu lieben und zu ehren, doch obgleich seine Worte aufrichtig klangen und er wie zur Bekräftigung leicht ihren Arm berührte, hörte sie doch noch immer nichts von Gehorsam, Unterwürfigkeit oder auch nur Beachtung ihrer Wünsche.

Sie musste daran denken, dass Gott ja nicht verheiratet war. Was wusste er da schon von den Bedürfnissen einer Frau? Sogleich erschrak sie über ihre lästerlichen Gedanken und warf einen vorsichtigen Blick auf den Priester. Der war wieder ins Lateinische verfallen und schenkte ihr keine Beachtung.

Da spürte sie, wie Kintail leicht ihre Hand drückte, und schaute ihn an. Wieder lächelte er ihr zu, doch anders als zuvor. Sein leuchtender Blick erfüllte ihren Körper mit Wärme und diesem seltsamen, ungewohnten Gefühl, das ihre Nervenenden vibrieren ließ.

Als der Priester sie dann der Versammlung als Mann und Frau vorstellte, brach allgemeiner Jubel los, der nur vom Klang der Dudelsäcke, der nun einsetzte, übertönt wurde.

Im Handumdrehen verwandelten Knechte und Mägde den behelfsmäßigen Altar wieder in die große Tafel des Lairds, an der das Brautpaar, die Ehrengäste sowie die ranghöchsten Mitglieder des Haushalts Platz nahmen. Die Diener schleppten Platten und Körbe mit Essen herbei, und der Schlossvogt Ian Dubh eröffnete das Hochzeitsmahl mit einem Trinkspruch auf das Brautpaar. Danach erhob Kintail sein Glas auf die Festversammlung, und noch viele weitere Trinksprüche schlossen sich an.

So genossen alle das fröhliche Fest, und das Brautpaar

plauderte angeregt mit Mackinnon, seiner Lady, Patrick und seinen Verwandten und auch mit dem grimmigen Donald, der seines hohen Ranges wegen mit einbezogen werden musste. Zugleich nahmen Molly und Fin an ihrer Tafel die zahlreichen Glückwünsche der Gäste entgegen. So verging der Nachmittag.

Molly war derart beschäftigt mit ihren Freunden und Gästen, dass sie überhaupt nicht mehr an die Brautbettzeremonie dachte – bis Kintail auf einmal ihre Hand nahm und sich erhob.

Da fiel ihr zu ihrem Schrecken ein, dass sie noch gar nicht dazu gekommen war, ihm zu sagen, wie sehr sie dieses schreckliche Ritual verabscheute. Und jetzt war sie so aufgeregt, dass ihr die passenden Worte fehlten. Außerdem waren sie von Hochzeitsgästen umgeben, und sowohl Mackinnon als auch der grimmige Donald standen in Hörweite.

Auf ein Zeichen von Kintail hin sprang Sir Patrick auf eine Bank und bat mit erhobenen Händen um Ruhe.

Als in der Halle schließlich Stille eintrat, verkündete er: »Der Laird bittet euch alle, vergnügt weiterzufeiern, so lange ihr möchtet. Es gibt noch genug zu essen und zu trinken, und es kann auch getanzt werden. Wir haben nämlich keine Reformierten eingeladen.«

Dieser kleine Seitenhieb wurde mit herzhaftem Gelächter begrüßt, doch dann brüllte ein Witzbold: »Aber wir wollen noch die Bettzeremonie sehen, Herr!«

Da drehte sich Kintail in die Richtung, aus der der Ruf gekommen war, während sich Molly hinter seinem Rücken versteckte, ein einziges Mal froh darüber, dass er so groß war. So würde wenigstens niemand sehen, wie rot sie vor lauter Scham und Furcht geworden war.

Mit ruhiger, doch weithin vernehmbarer Stimme sagte Kintail: »Ich bringe meine Braut lieber selbst zu Bett, Jungs. Tradition ist ja schön und gut, aber das hier ist schließlich meine Hochzeit, und jeder, der mir meine Hochzeitsnacht verderben will, wird schnell merken, dass auch meine Gastfreundschaft und Freundlichkeit ihre Grenzen haben.«

Sir Patrick gab einem der Dudelsackpfeifer ein Zeichen, und zu den Klängen einer Tanzweise ergriff Kintail Mollys Arm und schob sie durch die Tür ins Treppenhaus.

»Beeil dich, Mädchen«, trieb er sie an. »Patrick kann sie noch ein wenig hinhalten, doch die meisten sind schon sturzbetrunken, und wenn sie auch nur deinen Fußknöchel zu sehen bekommen, werden wir sie nicht mehr los.«

»Wir haben es geschafft, Catriona«, sagte Claud zufrieden, der von seiner Mauernische aus beobachtete, wie Molly und der Laird eilig die Halle verließen und an ihnen vorbei die Wendeltreppe hinaufstiegen. »Jetzt, wo Kintail und meine Lady ordentlich verheiratet sind, kann die Runde mir nichts mehr vorwerfen. Bist du zufrieden mit mir, mein Mädchen?«, fuhr er fort und legte einen Arm um Catriona, die neben ihm saß. Vielleicht würde er jetzt mehr Zeit mit ihr allein verbringen können.

Doch gerade, als sein Arm ihre Schulter berührte, stand sie auf. »Los, komm, Claud. Ich will sehen, was da oben vor sich geht.«

»Aber Catriona –«

Doch sie huschte bereits die Treppe hinauf.

15

Mit gerafften Röcken eilte Molly nervös nach oben. Dabei hielt sie sich mit einer Hand an dem dicken Tau fest, das als Treppengeländer diente, denn sie fühlte sich ganz benommen und außer Atem.

Über die Schulter wandte sie sich an Kintail. »Ich ... Ich wollte Euch eigentlich noch sagen, dass ich diese grässliche Brautbettzeremonie niemals überstehen würde.« Fast wäre sie auf einer Stufe gestolpert und fügte hinzu: »Meine Güte, der Wein war aber stark. Anscheinend ist er mir zu Kopf –«

Sie brach mit einem kleinen Schrei ab, denn ohne ein Wort hob er sie von hinten hoch und trug sie zu seiner Schlafkammer. Dort schaffte er es trotz seiner Last, den Riegel zu öffnen und die Tür mit dem Fuß aufzustoßen. Molly war so durcheinander, dass sie nichts mehr sagen konnte.

Sie traten in das warme gelborangefarbene Licht, das sich von dem behaglich prasselnden Feuer im Kamin und den Kerzen in ihren Wandhaltern im ganzen Raum ausbreitete. Die Fenstervorhänge waren zugezogen, die am Bett dagegen noch geöffnet. Der längliche Zuber stand noch immer an derselben Stelle, wo Molly Kintail mit Patricks Schwester Bab überrascht hatte, und im ersten Augenblick nahm Molly an, dass Kintail vor der Feier gebadet und man vergessen hatte, den Zuber fortzuschaffen. Daher war sie höchst erstaunt, als sie sah, dass das Wasser darin dampfte. Auch von dem Wasserkessel, der über dem Feuer hing, stieg Dampf auf.

Sie hatte jedoch keine Zeit mehr, darüber nachzudenken, denn schon stellte Kintail sie ab und schaute sie lange und eindringlich an. Womöglich war auch er so nervös und verwirrt wie sie – doch nein, dazu war er viel zu selbstsicher.

Sie betrachtete forschend sein Gesicht. In seinen Augen tanzten kleine Flämmchen, Spiegelungen des Kaminfeuers. Doch noch etwas anderes sah sie darin: einen Hunger, der ihren ganzen Körper vor Erwartung erbeben ließ.

Er strich ihr mit dem Zeigefinger langsam über die Wange bis zum Kinn. Seine Hand war warm und ein wenig rau.

Leise sagte er: »Weißt du eigentlich, wie schön du bist?«

Plötzlich konnte sie wieder klarer denken. Mit einem kleinen, leisen Lachen entgegnete sie: »Was soll ich jetzt darauf antworten? Wenn ich Ja sage, haltet Ihr mich für eingebildet. Wenn ich Nein sage, für dumm.«

»Für dumm halte ich dich ganz bestimmt nicht«, widersprach er mit leiser, bebender Stimme. »Alles Mögliche, aber das nicht.«

Als er seine Hand in ihren Nacken gleiten ließ, lächelte sie ihm schüchtern zu und fragte: »Sollte ich wissen, was ich jetzt zu tun habe, Sir?«

»Weißt du denn, was Männer und Frauen im Bett miteinander tun, Mädchen?«

»Ja, schon«, antwortete sie mit brennenden Wangen. »Es ist so … wie bei den Pferden, nicht wahr?«

Er gluckste. »Ich verspreche dir, mich zivilisierter aufzuführen als ein brünstiger Hengst.«

Da schreckte sie ein Klopfen an der Tür auf. Kintail lächelte Molly aufmunternd zu und rief: »Herein.«

Mauri kam mit einem Zinnbecher hereingerauscht. »Gut«, sagte sie nach einem prüfenden Blick auf die ganze Kammer. »Ich sehe, man hat den Zuber für Sie bereitet, Mistress.« Sie bedachte Kintail mit einem vielsagenden Blick und setzte hinzu: »Es ist aber kein Eimer mit kaltem Wasser da, Herr. Wollt Ihr jemanden rufen oder ihn vielleicht lieber selbst holen, denn sonst kommt die ganze Bande womöglich hier herauf und verlangt eine richtige Bettzeremonie.«

Lächelnd schüttelte Kintail den Kopf. »Was ist da in dem Becher?«

»Nur ein kleiner Trank aus warmem Wein und Milch«, antwortete Mauri. »Ich ... ich dachte, die Mistress sollte sich nach diesem ... diesem langen Tag bei einem warmen Trank und einem Bad erholen. Ich kann ihr beim Auskleiden helfen, während Ihr den Eimer holt.«

»Lasst den Becher hier, aber geht jetzt. Ich werde ihr schon beim Baden helfen.«

»Aber das Wasser ist doch noch viel zu heiß!«

»Dann werden wir uns etwas einfallen lassen, womit wir uns die Zeit vertreiben, bis es abgekühlt ist«, erwiderte er mit einem schelmischen Blick auf Molly. »Ich denke, ich möchte meine Braut lieber nicht zusammen mit einem Eimer kaltem Wasser in der Schlafkammer haben.«

Molly errötete schon wieder, und Mauri zögerte noch. Doch als sie Kintails gerunzelte Stirn sah, gab sie mit einem mitleidigen Blick auf Molly nach. »Also gut«, sagte sie lediglich und ließ die beiden allein.

Als sich die Tür hinter ihr geschlossen hatte, holte Molly tief Luft. »Sie wollte mir nur einen Gefallen tun, Sir.«

»Aber sie kann verdammt lästig sein«, gab er zurück. »Nervös, Mädchen?«

»Ja«, antwortete sie aufrichtig. »Ihr füllt den ganzen Raum aus.«

»Das will ich doch wohl hoffen«, sagte er grinsend. Dann wandte er rasch den Kopf ab.

»Was ist denn?«, wollte sie wissen.

»Meine Fantasie spielt mir wohl einen Streich. Es kam mir so vor, als sei jemand dort drüben am Fenster; aber das ist ja unmöglich. Zieh also jetzt schnell deine Sachen aus, und hinein ins Bad. Ich habe mich noch nie als Kammerzofe betätigt, aber ich glaube, ich könnte mich daran gewöhnen.«

Molly schämte sich. Es wäre ihr lieber gewesen, wenn Mauri oder Doreen ihr beim Baden behilflich gewesen wären. Und außerdem hatte sie ja schon morgens ein Bad genommen. Aber vielleicht wollte er, dass sie noch einmal badete, bevor sie zu Bett gingen – obgleich sie von solch einer befremdlichen Sitte noch nie gehört hatte. Doch dann erinnerte sie sich daran, was der Priester über die Pflichten und den Gehorsam einer Ehefrau gesagt hatte, und beschloss, Kintails Wunsch nachzukommen, zumal er im Augenblick gar nicht so einschüchternd wirkte.

Er drehte sie um, nahm ihr den Brautkranz ab, löste ihren Gürtel und begann, ihr Rock und Mieder aufzuschnüren. Mollys Herz klopfte so laut und heftig, dass sie meinte, er müsse es hören. Im Nu lag ihr hübsches blaues Gewand als ein Haufen Stoff auf dem Fußboden, bedeckt mit einem Gewirr blausilberfarbener Bänder, und sie stand im Hemd da. Er zog sie von hinten an sich und umfasste mit seinen warmen Händen ihre Brüste.

»So weich«, murmelte er und liebkoste mit seinen Lippen ihren Nacken.

Sein Griff wurde fester. Vor Wonne brachte sie kaum ein Wort heraus. »Ist … ist etwas nicht in Ordnung?« Als er jetzt leise lachte, spürte sie seinen Atem auf ihrem Hals, und heiße Lust durchströmte ihren Unterleib.

»Ich fange richtig an zu zittern, wenn ich dich berühre«, sagte er.

»I-ich auch«, stammelte sie.

Er drückte sie an sich, streichelte ihren nackten Arm und ließ dann seine Hand wieder zu ihrer Brust wandern.

»Was ist mit Euren Kleidern?«, fragte sie mit belegter Stimme. »Zieht sich nur die Braut aus?«

Wieder gluckste er vergnügt, legte ihr die Hände auf die Schultern und drehte sie zu sich herum. »Willst du nun ein Bad nehmen oder nicht?«

»Nein«, antwortete sie. »Ich habe schon heute Morgen gebadet, und das wusste Mauri auch. Wahrscheinlich dachte sie, ich hätte Angst.«

»Und, hast du Angst? Sag mir die Wahrheit, Mädchen.«

Eine Weile lang dachte sie ernsthaft über seine Frage nach,

dann antwortete sie: »Ich glaube nicht. Ich bin vielleicht ein bisschen aufgeregt, aber das geht wohl jeder Braut so.«

»Dann werde ich dich jetzt ins Bett legen, wo du Mauris Gebräu trinken kannst. Währenddessen werde ich mich auskleiden. Du kannst ein andermal die Zofe für mich spielen.«

Ohne eine Antwort abzuwarten, hob er sie abermals hoch und trug sie die wenigen Schritte zum Bett hinüber.

»Das ist ja hervorragend«, sagte Catriona und schmiegte ihren schlanken, doch verführerisch gerundeten Körper noch behaglicher in das Kissen am Fenster. »Von hier aus können wir alles beobachten.«

»Wir sollten nicht hier bleiben«, wandte Claud ein, der die Augen nicht von ihr lösen konnte. »Es gehört sich nicht.«

»Das ist mir egal«, erwiderte sie und klopfte einladend auf den Platz neben sich. »Ich möchte es nun einmal sehen, und überhaupt, wenn Kintail es nicht untersagt hätte, wären sie vor einem viel größeren Publikum ins Bett gestiegen.«

»Ja, schon, aber er hat es schließlich verboten«, erinnerte Claud sie.

»Du kannst ja gehen, wenn du willst. Allerdings werde ich dann wohl ein paar Tage lang kein Wort mehr mit dir reden«, entgegnete sie und strich mit der Hand über Clauds Oberschenkel.

»Catriona«, konnte er nur seufzen.

»Pst«, machte sie. »Schau mal. Warum steht er denn da immer noch neben dem Bett und hält sie auf den Armen? Weiß der lange Trottel denn nicht, was er tun muss?«

Kintail wollte Molly gerade aufs Bett legen, da verharrte er und lauschte aufmerksam.

»Was ist denn?«, fragte sie.

»Mir war so, als hörte ich Stimmen«, erklärte er und blickte sich um, so als müsste im nächsten Augenblick jemand aus dem Schatten treten.

Beide schwiegen für eine Weile, doch nur das Feuer warf seine flackernden Schatten an die Wände, und Molly vernahm nichts als das Prasseln der brennenden Holzscheite.

»Vielleicht kommt Mauri noch einmal«, mutmaßte sie.

»Das würde sie nicht wagen.«

»Könnten es Eure Freunde sein?«

»Wahrscheinlich habe ich es mir nur eingebildet«, sagte er schließlich und legte sie behutsam so auf das Bett, dass sie sich gegen die Kissen lehnen konnte. Dann reichte er ihr den Becher mit den Worten: »Trink das aber nicht zu schnell.«

Sie nippte an dem Trank und sah zu, wie er seine Kleider auszog. Auch ihm war sonst ein Diener behilflich, dennoch waren seine Handgriffe sicher und geschickt. Und ganz offensichtlich hatte er es eilig. Er warf das letzte Kleidungsstück ab und drehte sich zum Bett um.

Molly starrte ihn an.

»Oh, gut. Ganz ausgezeichnet sogar«, äußerte Catriona, setzte sich interessiert ein wenig auf und nahm die Hand von Clauds Bein.

Ihr beifälliger Ton machte Claud stutzig. Wollte sie womöglich selbst lieber mit dem großen Mann schlafen als mit ihm?

»Ja, nicht schlecht, schätze ich«, stimmte er ihr nach einem flüchtigen Blick zu. »Zumindest für einen Sterblichen.«

»Nicht schlecht?!« Sie konnte ihren gebannten Blick gar nicht von Kintail lösen. »Der Mann ist einfach großartig!«

Fins Schritt stockte abermals. Diesmal war er ganz sicher, Stimmen gehört zu haben – und zwar die eines Mannes und einer Frau. Doch seine Braut schien nichts Ungewöhnliches bemerkt zu haben. Sie starrte ihn noch immer mit großen Augen an, und er konnte ihr das auch nicht verdenken. Selbst falls sie schon einmal einen nackten Mann gesehen hatte, dann wohl kaum einen, dessen Erregung sich so deutlich zeigte. Zwar war diese etwas abgeklungen, als er die Stimmen gehört hatte, doch Mollys berauschende Schönheit fachte seine Lust rasch wieder an.

Im Schein des langsam verglimmenden Feuers nahm er ihr den Becher aus der Hand und stellte ihn auf eine Truhe, auf der eine einsame Kerze brannte. Dann schlug er das Deckbett zurück, glitt an ihre Seite und schloss sie in die Arme.

»Ich werde dir jetzt das Hemd ausziehen«, flüsterte er gleich darauf. »Ich möchte dich überall küssen.«

»Überall?« Ihre Stimme klang ebenso gespannt wie verzagt, und zögernd half sie ihm, ihr das Hemd abzustreifen.

»Ja«, erwiderte er nur und warf das Kleidungsstück achtlos beiseite. »Weißt du, Mädchen, mein Körper schreit danach, dich auf der Stelle zu nehmen, doch ich möchte, dass du auch Vergnügen daran hast.«

»Vergnügen?«, wiederholte sie erstaunt.

»Ja, so zum Beispiel«, antwortete er und begann, ihren ganzen Körper mit Mund und Händen zu liebkosen. Als er ihre vollen, weichen Brüste mit seinen Lippen erkundete, wurde er fast von Begierde übermannt, so sehr erregte ihn ihre weiche, glatte Haut und der betörende Duft, der von ihrem Körper ausging. Doch er beherrschte sich und genoss noch ein wenig die Vorfreude.

In dem sanften Feuerschein wirkte ihr Körper wie aus Gold gegossen, und ihre Brüste sahen so einladend aus, dass er eine Brustwarze genüsslich in den Mund nahm und dabei mit den Fingern sacht über ihre Brust strich. Es dauerte einen Moment, bis ihm klar wurde, dass er etwas Eigenartiges mit seinen Fingerspitzen ertastete. Die seltsam geformte Narbe war kürzer als sein kleiner Finger. Dunkelrot und ein wenig wulstig hob sie sich deutlich von der ansonsten makellosen Haut ab.

Er strich zart mit dem Finger darüber und sagte: »Das ist aber ein komisches Muttermal. Ich könnte schwören, dass meine Hand kribbelt, wenn ich es berühre.«

»Es ist kein Muttermal«, entgegnete sie. »In der Nacht, als Angus mich von Dunsithe fortholte, brachte mir meine Mutter dieses Zeichen mit einem glühenden Schlüssel bei.«

»Du lieber Himmel, was ist das bloß für eine Mutter, die ihr eigenes Kind brandmarkt?«

»Sie hat es getan, damit man mich immer als die wahre Maid von Dunsithe erkennen kann«, erläuterte sie und verzog ein wenig das Gesicht. Dann fügte sie fröhlicher hinzu: »Maggie sagt, es wird mit der Zeit völlig verblassen.«

»Wer ist Maggie?«

Molly zögerte eine Sekunde lang, dann antwortete sie: »Nur eine Frau, die sich um mich gekümmert hat. Davon gab es viele, müsst Ihr wissen. Immerhin war ich noch nicht einmal fünf, als man mich meiner Mutter wegnahm. Und vorher hatte ich auch mehr Zeit mit meiner Kinderfrau verbracht als mit ihr.«

»Ich glaube, es ist besser, dass ich deine Mutter nicht kenne«, sagte er.

»Ich kenne sie auch nicht. Seit ich Dunsithe verließ, habe ich sie nicht wieder gesehen.«

»Hast du eigentlich noch Erinnerungen an Dunsithe?«, wollte er wissen. Ihm war noch nie eingefallen, sie danach zu fragen, doch vielleicht hatte ihr ja jemand einen Hinweis gegeben, wo der Schatz versteckt war.

»Warum quasselt er eigentlich die ganze Zeit?«, fragte Catriona.

»Pst«, sagte Claud, »hör doch mal zu.«

Bei Kintails Worten fiel Molly wieder ein, warum er sie überhaupt geheiratet hatte, und so fragte sie ihn leicht verstimmt: »Müssen wir uns gerade jetzt über Dunsithe unterhalten?«

Das riss ihn aus seinen Gedanken. Er schaute sie lange an und sagte leise: »Es war nur so eine Idee, Mädchen, ganz unwichtig. Lass mich mal überlegen, wo war ich stehen geblieben?« Dabei funkelten seine Augen so übermütig, dass sie sofort wusste, dass er sie nur necken wollte.

»Daran müsst Ihr Euch schon selbst erinnern – wenn Ihr es könnt.«

»Ich denke schon«, sagte er lachend und griff nach ihr.

Als Fin spürte, wie sich die Spannung in Mollys Körper löste, seufzte er innerlich vor Erleichterung. Ihre Augen hatten ihm deutlicher als Worte verraten, was in ihr vorging, und er wunderte sich über sich selbst. Wie konnte er in solch einem Augenblick bloß an Dunsithe und den Schatz denken? Der war für ihn überhaupt nur von Bedeutung, weil er damit Eilean Donan ausbauen konnte, und das war ja nun wirklich kein Thema für eine solche Nacht.

Er hatte wieder die Stimmen gehört, zwar nur ganz kurz, doch lange genug, um irritiert zu sein. Trotzdem stützte er sich auf den Ellbogen und sagte: »Ich glaube, ich war genau hier stehen geblieben.«

Damit beugte er sich über ihre Brust und saugte zart an der rosigen Brustwarze. Als er Molly keuchen hörte, fragte er lächelnd: »Ist das gut so?«

»O ja! Sollte ich nicht auch etwas tun, um Euch Vergnügen zu bereiten?«

»Nicht heute Nacht«, erwiderte er. »Für heute ist mir das Vergnügen genug. Später werde ich dich noch etwas anderes lehren.« Damit widmete er sich wieder ihrem Körper und steigerte ihre Lust immer mehr, bis sie sich schließlich stöhnend wand. Da war für ihn der Augenblick gekommen, sich auf sie zu legen.

»Da, jetzt geht es los«, rief Catriona zufrieden. »Nun wollen wir mal sehen, was dieser Sterbliche zustande bringt.«

»Sei doch still, Catriona!«, bat Claud verzweifelt.

»Lass mich endlich mal in Ruhe!« Sie beugte sich vor, stützte die Ellbogen auf die hochgezogenen Knie und legte ihr Kinn auf die gefalteten Hände. »Da mich die Angelegenheiten der Menschen bisher kaum interessierten, habe ich mich auch nicht um das Liebesleben des Lairds gekümmert. Aber vielleicht war das ein Fehler. In dem Mann schlummern offenbar erstaunliche Fähigkeiten.«

Als sie ihre Aufmerksamkeit wieder dem Geschehen auf dem Bett zuwandte, seufzte Claud nur.

Fin erstarrte mitten in der Bewegung. Da war es wieder – es klang, als spräche jemand direkt neben ihm. Er schaute sich um, doch wieder vergeblich. Das Einzige, was sich in der Kammer bewegte, waren die flackernden Schatten an den Wänden.

Molly atmete tief durch und fragte mit rauer Stimme: »Warum macht Ihr nicht weiter?«

»Hast du es nicht auch gehört?« Fin spürte, wie seine Erregung ihn gänzlich verließ.

»Was?«

Aus Furcht, sie könne ihn für verrückt halten, versuchte er, die Leidenschaft wieder aufleben zu lassen. Doch so sehr er sich auch bemühte, die Stimmen zu überhören – sie wollten einfach nicht schweigen. Sie waren zu leise, als dass er einzelne Wörter hätte ausmachen können, aber noch immer vernehmlich genug. Sie störten ihn so sehr, dass sein Körper ihn schließlich ganz im Stich ließ.

»Ist etwas nicht in Ordnung?«, fragte Molly. »Habe ich etwas falsch gemacht?«

»Jetzt schau ihn dir bloß an, Claud«, sagte Catriona angewidert, lehnte sich auf ihrem Kissen zurück und streckte die Beine aus. »Er schafft es nicht. Sterbliche taugen einfach nicht dazu.«

»Wir haben ihn gestört«, wandte Claud mit schlechtem Gewissen ein.

»Ein guter Liebhaber lässt sich durch nichts und niemanden von seiner Geliebten ablenken«, erwiderte Catriona unnachgiebig. »Er verschlingt sie mit seinen Blicken, weidet seine Augen an ihrer Schönheit, und sein ganzes Sinnen und Trachten ist darauf gerichtet, sie zu erobern. Sein gesamter Körper sehnt sich schmerzlich nach ihr.«

Bei der bloßen Vorstellung fühlte Claud, wie sein Glied hart wurde und zu pochen begann. »Vielleicht ist das bei Sterblichen anders als bei unsereinem«, murmelte er.

»Dann sollten sie sich bemühen, so zu werden wie wir«, erklärte sie. »Aber mal im Ernst, Claud, jeder Mann kann einer Frau Lust bereiten, wenn er sich nur Mühe gibt. Sterbliche Männer sind da einfach nicht aufmerksam genug.« Sie stieß einen Seufzer aus. »Dem da könnte ich noch einiges beibringen, wenn er mich nur beachtete.«

»Immerhin hat er uns gehört«, gab Claud zu bedenken.

»Er hat nur unsere Stimmen gehört, aber die Worte nicht verstanden«, verbesserte Catriona ihn und ließ ihre Finger spielerisch über seinen Körper wandern. »Und solange er sich weigert, seinen eigenen Augen zu trauen, brauchen wir keine Angst zu haben, dass er uns sehen könnte.«

»Lass das, Catriona«, stöhnte Claud. »Egal, ob sie uns jetzt sehen oder nicht, ich kann mich hier jedenfalls nicht auf dich konzentrieren. Lass uns von hier verschwinden.«

»Also gut, mein Liebster. Ich muss dir sowieso etwas Wichtiges erzählen.«

»Ja, ja, aber jetzt erst mal schnell fort von hier!«

Er freute sich so sehr, dass sie einwilligte, mit ihm zu gehen, und hatte es so eilig wegzukommen, dass er gar nicht bemerkte, wie sich Catriona noch einmal zu dem Paar auf dem Bett umdrehte und mit ihren Händen eine flüchtige Geste vollführte.

»Was habe ich falsch gemacht?«, fragte Molly drängender.

»Nichts, mein Mädchen«, antwortete Fin mit ungewohnt schwacher Stimme.

Sie war sich jedoch ganz sicher, dass irgendetwas nicht stimmte, denn zuerst war er ebenso erregt gewesen wie sie, und dann war er plötzlich mitten in der Bewegung erstarrt.

»Warum habt Ihr dann aufgehört?«, wollte sie wissen.

Nach kurzem Zögern sagte er: »Ich wollte dich einfach noch ein bisschen im Arm halten«, und legte sich neben sie.

Das war ihr auch recht, also schmiegte sie sich in seine Arme und lehnte den Kopf an seine Schulter. Als er sie zärtlich auf den Mund küsste, kuschelte sie sich noch enger an ihn. Eine tiefe Zufriedenheit erfüllte sie. Es war schon ein seltsames Gefühl, mit einem Mann im Bett zu liegen, aber durchaus angenehm. Sie fühlte sich geborgen und ... Doch noch bevor sie den Gedanken zu Ende gedacht hatte, war sie bereits eingeschlafen.

Als Molly erwachte, waren die Vorhänge zurückgezogen, und die Morgensonne strahlte in die Kammer. Sie lag allein im Bett, und drüben am Waschtisch stand Doreen und faltete gerade ein Handtuch zusammen.

»Guten Morgen«, sagte Molly und rieb sich die Augen.

Über die Schulter hinweg erwiderte Doreen: »Es tut mir Leid, dass ich Euch geweckt habe, Mistress, aber ich dachte, Ihr wolltet wohl kaum den ganzen Tag verschlafen.«

»Nein«, stimmte Molly ihr zu, setzte sich auf und schob sich ein Kissen in den Rücken. Als sie bemerkte, dass sie noch immer nackt war, zog sie sich die Decke bis über die Brust. »Wie spät ist es?« – »Fast zehn Uhr«, antwortete Doreen. »Ihr seid letzte Nacht wohl noch lange wach gewesen. Ich meine, weil Ihr so lange geschlafen habt.«

Darauf sagte Molly nichts. Sie konnte sich eigentlich nur noch an die eigenartigen Gefühle erinnern, die Kintail in ihr ausgelöst hatte. Es war ihr so vorgekommen, als hätten sie gerade erst angefangen mit dem Liebesspiel, da hatte er plötzlich die Stimmen gehört. Und dann war sie von Ruhe und Zufriedenheit eingehüllt worden.

»Ich muss wohl sehr müde gewesen sein. Ich habe gar nicht gemerkt, wie Kintail aufgestanden ist«, erklärte sie.

»Er ist vor Tagesanbruch davongeritten«, teilte Doreen ihr mit und holte einen Rock, der auf einer der Truhen für Molly bereitlag. »Er, Sir Patrick und dessen Onkel Ian Dubh haben bereits die letzten Gäste zu ihren Booten gebracht.«

»Sind alle Gäste schon fort?«, fragte Molly enttäuscht.

»Ja«, entgegnete Doreen nur und schüttelte den Rock aus.

»Aber ich hätte ihnen doch so gern Lebewohl gesagt, vor allem Mackinnon und seiner Lady!«

»Das haben sie gar nicht erwartet, Mistress. Ihr habt anscheinend vergessen, dass es sich für eine Braut gehört, sich für mindestens vier Tage nach der Hochzeit nicht in der Öffentlichkeit zu zeigen.«

»Bleibt der Bräutigam denn nicht bei ihr?«

Doreen zuckte die Achseln. »Ich nehme an, das kommt auf den Bräutigam an. Der Laird hat auf jeden Fall gesagt, er möchte sichergehen, dass der grimmige Donald Eilean Donan auch wirklich verlässt.«

»Ist Donald denn nicht mit Mackinnon zurückgefahren?«

»Nein, ich glaube nicht. Mein Thomas hat gesagt, seine Männer hätten mit den Pferden beim Dorf auf ihn gewartet. Donald hat dem Herrn erzählt, er habe irgendwo im Norden noch etwas zu erledigen.«

»Das wird wohl kaum etwas Gutes sein«, sagte Molly.

»Wahrscheinlich nicht. Aber hier auf der Burg hat er sich jedenfalls benommen, dank unserer Männer, die ein Auge auf ihn hatten. Außerdem wollen Ian Dubh und Mauris Mann Malcolm ihm noch ein Stück folgen, sagt mein Thomas. Tam begleitet sie. Früher, bevor er der Kammerdiener des Lairds wurde, war Tam oft als laufender Bote unterwegs und kann immer noch stundenlang rennen wie der Wind. Wenn sie also Verstärkung brauchen, kommt er schnell hierher zurück und gibt Bescheid. Wollt Ihr Euch zuerst ankleiden, oder soll ich Euch das Frühstück bringen?«

»Hol mir bitte etwas zu essen, und dann ziehe ich mich gleich an. Und leg mir noch ein frisches Hemd heraus, bevor du gehst.« Dann fügte sie hinzu: »Man erwartet doch wohl nicht von mir, dass ich vier Tage lang in dieser Kammer bleibe. Das tue ich auf keinen Fall!«

Darauf gab Doreen keine Antwort. Nachdem sie gegangen war, zog sich Molly das frische Hemd über den Kopf, beschloss dann aber, im Bett auf die Rückkehr der Dienerin zu warten. Noch einmal versuchte sie, sich an die Ereignisse der vergangenen Nacht zu erinnern, doch bei allem, was über dieses angenehme Gefühl hinausging, ließ ihr Gedächtnis sie im Stich.

»Am Tag nach ihrer Hochzeit sollte eine Braut nicht allein sein.« Maggie Mallochs vertraute Stimme klang missbilligend.

»Guten Morgen«, begrüßte Molly die kleine Frau, deren Umrisse gerade am Fußende des Bettes sichtbar wurden.

Maggie saß mit dem Rücken gegen den Bettpfosten gelehnt und streckte die Beine in den adretten Stiefelchen von sich. Über der Pfeife in ihrer Hand kräuselte sich wie gewöhnlich eine Wolke aus Tabaksqualm.

»Dir auch einen guten Morgen«, erwiderte sie den Gruß. »Also hast du ihn weggeschickt, deinen Laird?«

»Wisst Ihr, wo er ist?«

Maggie zuckte die Achseln. »Was er mit seiner Zeit anfängt, geht mich nichts an.«

»Aber Ihr habt doch gerade nach ihm gefragt«, wandte Molly ein.

»Schon, aber nur, weil ich dich hier allein angetroffen habe. Und eine Braut sollte am Morgen nach der Hochzeit eben nicht allein sein.«

»Nun ja, er war schon fort, als ich aufgewacht bin. Doreen hat mir erzählt, er sei schon vor Morgengrauen aufgestanden, um sich zu vergewissern, dass der grimmige Donald auch abreist.«

»Ja, der Kerl ist wirklich gefährlich, da gibt es keinen Zweifel.« Mit einem kleinen Schlenker ihrer Pfeife fuhr Maggie fort: »Hast du deine Hochzeitsnacht denn genossen?«

»Darüber wisst Ihr also auch schon Bescheid?« Molly fühlte, wie sie rot wurde.

»Nur ruhig Blut, Mädchen. Schließlich war es deine große Nacht und nicht eine Angelegenheit, bei der Fremde etwas zu suchen hätten. Auch wenn es hierzulande noch bedauerlich unanständige Bräuche gibt.«

»Nun, die Hochzeitsgäste sind zwar nicht mit uns hier heraufgekommen, doch Kintail schien es, als höre er Stimmen. Also war vielleicht doch jemand anwesend.«

»Stimmen, soso.« Maggie setzte sich ein wenig aufrechter hin. »Was für Stimmen sollen das denn gewesen sein?«

»Ich habe nichts bemerkt«, antwortete Molly. »Aber Kintail sagte dreimal, er habe etwas gehört. Und nach dem dritten Mal habe ich mich an ihn gekuschelt, und dann muss ich eingeschlafen sein. Ich bin erst heute Morgen wieder wach geworden.«

Maggie runzelte die Stirn. »Ach, tatsächlich?«

»Ja, aber es war doch niemand da, und hier in der Kammer kann sich auch keiner verstecken.«

»Jedenfalls keiner, den du sehen könntest«, verbesserte Maggie sie. »Möglicherweise ist es gar kein so schlechtes Zeichen, dass der Laird sie hören konnte. Das würde bedeuten, dass sich seine Sinne geschärft haben. Aber wie auch immer, ich werde mich sofort um die Sache kümmern.«

»Aber wer sollte denn –«

Auf der Treppen erklangen Schritte, dann öffnete sich die Tür, und Doreen erschien mit dem Frühstück.

Als Molly wieder zum Bett blickte, war Maggie fort.

16

»Claud! Du dämlichster Idiot, der jemals einer dreckigen Dirne nachgerannt ist! Wo versteckst du dich?«

Maggies wütende Stimme ließ die Wände in ihrer kleinen Behausung erbeben, und in dem kleinen Wohnraum begann Claud vor Angst zu zittern.

Er sprang auf die Füße, doch bevor er noch einen Schritt tun konnte, flog schon die Tür auf, und Maggie fegte ins Zimmer. »Was zur Hölle hast du dir bloß dabei gedacht, du hirnloser Schlappschwanz?«

Claud wich vor ihr zurück und stammelte: »G-gar nichts, Mam!«

»Dann warst du mit dieser Hochlandschlampe wohl auch gar nicht in der Schlafkammer des Lairds, wo ihr euch rumgezankt habt wie ein Paar Elstern, sodass der arme Mann seine Pflicht nicht erfüllen konnte!«

»Catriona ist keine Schlampe!«

»Soll die Pest sie holen, diese Catriona – und dich auch«, schnauzte Maggie ihn an. »Ich sollte euch beide weiß Gott der Runde übergeben. Dann können die sich mit euch amüsieren.«

Claud schnappte entsetzt nach Luft. »Aber Mam, so etwas würdest du doch nie tun!«

»Wer weiß, vielleicht doch – vielleicht aber auch nicht«, fuhr Maggie unversehens mit leiser, fast sanfter Stimme fort.

Das machte Claud beinahe noch mehr Angst als ihr Wutausbruch. »Was denn dann? Was willst du mit uns machen?«

Statt einer Antwort hob sie die Hände und streckte ihm die Handflächen entgegen. Da flog Claud auf einmal rückwärts gegen die Wand und rutschte an ihr hinab, bis er atemlos, ansonsten aber unversehrt auf dem Boden landete. Maggie hatte die Hände noch immer erhoben und murmelte vor sich hin.

»Was redest du denn da, Mam?« Seine Stimme klang schwach und unnatürlich hoch, fast wie bei einem alten Weib.

Sie flüsterte noch ein paar Worte, dann ließ sie die Hände sinken und sagte in diesem entsetzlich ruhigen Tonfall: »Ich habe nur zwei Fragen an dich, Claud. Und es ist besser für dich, wenn du sie ehrlich beantwortest. Denn wenn du mich jetzt anlügst, wirst du es bitter bereuen.«

»Was willst du wissen?«

»Wer hat den Laird und unsere Lady letzte Nacht in Schlaf versetzt?«

»Das muss Catriona gewesen sein«, gab er unumwunden zu.

»Und warum hat dieses Flittchen das getan?«

»Ich ... ich weiß nicht.« Er hatte die Worte kaum ausgesprochen, da begann sein ganzer Körper plötzlich ganz abscheulich zu zucken und zu jucken. »Was hast du mit mir angestellt, Mam?«, kreischte er.

»Nichts Schlimmes – noch nicht, solange du bei der Wahrheit bleibst, Claud. Also denk jetzt gründlich nach. Warum hat das üble Weibsstück sie eingeschläfert?«

»Sie wollte zusehen, aber dann sagte sie, der Laird würde es nicht fertig bringen, und dann ging sie mit mir weg, aber ich kann nicht mit Gewissheit sagen, ob ...« Bei dem Gedanken an das, was dann geschehen war, verstummte er. Er war nicht besonders scharfsinnig, aber er war auch keineswegs dumm, und das Jucken in seinem Körper wurde stärker und unangenehmer. »Ich ... ich glaube, sie ist nur mit mir fortgegangen, weil ...«

»Weil was?« Maggies Ton war nach wie vor ruhig, denn sie war sicher, dass sie jetzt die Wahrheit hören würde.

Und so war es. »Sie hat mich gefragt, wo der Schatz der

Dunsithes versteckt liegt«, flüsterte er kaum hörbar und blickte betreten zu Boden.

»Und was hast du diesem liederlichen Luder erzählt?«

»Ich konnte ihr doch nichts verraten, weil du ja einen Zauberbann darüber gelegt hast.«

»Was hat sie da gesagt?«

Claud fiel auf, dass das jetzt schon mehr als zwei Fragen gewesen waren, doch er hatte nicht den Mut, seine Mutter darauf hinzuweisen, obwohl er die letzte Frage nur äußerst ungern beantwortete. »Sie hat gesagt, ich soll dir das Geheimnis entlocken.«

Er wagte es nicht, sie anzuschauen, und in der nun folgenden Stille begann er erneut zu zittern. Eine kleine Stimme in seinem Kopf hielt ihm all die Fehler vor, durch die er sich in diese Klemme gebracht hatte, und seine Furcht steigerte sich zu blankem Entsetzen.

»Du darfst sie nicht wiedersehen, Claud«, sagte Maggie leise und eindringlich. »Du solltest endlich begreifen, mein Junge, dass sie dich nur für ihre eigenen Zwecke und die ihres Lairds missbraucht. Sie will Dunsithes Schatz für ihn finden und hofft, dass du ihr dabei helfen kannst. Aber das kannst du nicht, mein Junge, das musst du hinnehmen. Nicht einmal ich könnte ihr helfen, den Schatz zu finden.«

»Wirklich nicht, Mam?« Er konnte kaum glauben, dass sie nicht in der Lage sein sollte, ihren eigenen Zauber aufzuheben.

»Wirklich nicht. Der Zauberbann, mit dem ich den Schatz in jener Nacht belegt habe, wird sich erst dann lösen, wenn der wahre Besitzer des Schatzes Mittel und Wege findet, ihn aufzuspüren.«

»Aber der Schatz liegt doch noch immer auf Dunsithe versteckt, oder?«

»Ja, aber das geht dich und deine nichtsnutzige Catriona nichts an. Die Kräfte, die du besitzt, sind nicht dafür gedacht, dass du sie für dieses miserable Weibsbild vergeudest. Und jetzt, Junge, hör mir gut zu, denn ich werde dir verraten, was ich vorhin getan habe.«

Claud wappnete sich.

»Mit jeder Minute, die du von nun an in ihrer Gesellschaft verbringst, werden deine Kräfte schwinden. Und jedes Mal, wenn du sie einsetzt, wirst du wünschen, es nicht getan zu haben. Nimmst du deine Strafe an, Claud?«

»Habe ich denn eine Wahl?«, gab er in bitterem Ton zurück.

»Ja, Junge, die hast du. Wenn du die Strafe zurückweist, muss ich die Sache der Runde vorlegen. Denn du hast dich nur um deines eigenen Vergnügens willen in die Angelegenheiten deiner Lady eingemischt. Du bist vor allem anderen der Maid von Dunsithe verpflichtet. Also wie ist es nun, Claud, willst du meine Strafe oder die der Runde? Du musst dich entscheiden.«

Er seufzte. Wie er sich schon gedacht hatte, gab es keine Wahl für ihn.

Nell und ihre Begleiter erreichten Glen Shiel am späten Nachmittag und ritten auf einem schmalen Pfad am Fluss entlang, der zu ihrer Linken dahinströmte. Zu beiden Seiten erhoben sich steile Berge. Seit sie Stirling verlassen hatten, waren sie fast ohne Unterlass geritten und hatten nur für die beiden Nächte in Häusern um ein Nachtlager gebeten. Bei Tagesanbruch waren sie dann schon wieder unterwegs gewesen.

»Wie weit ist es noch?«, fragte Nell den Führer.

»Wenn mich mein Gedächtnis nicht trügt«, begann er wie jedes Mal, wenn sie diese Frage stellte, »brauchen wir noch ungefähr eine Stunde bis Loch Duich und dann noch eine halbe bis Eilean Donan. Zumindest hält sich das Wetter«, fügte er hinzu. »Später könnte es aber noch Regen geben. Die Luft ist so feucht.«

Auch Nell spürte den Dunst auf ihrem Gesicht, doch noch

war es ein schöner, milder Tag, und bald würde sie zumindest eines ihrer Ziele erreicht haben. Wie es dann weitergehen sollte, wusste sie noch nicht. Zunächst einmal musste sie Jakobs allzu scharfäugigen Führer loswerden.

Um die Pferde zu schonen, ritten sie langsamer, und wo das steile Nordufer des Flusses Shiel in eine felsige Klippe überging, suchten sie sich eine flache Stelle, wo sie die Pferde tränkten, dann erst wechselten sie auf das Südufer hinüber.

Nell bemühte sich, ihre Ungeduld zu verbergen. Mit einem Blick auf ihre Kammerzofe stellte sie fest, dass Jane müde aussah. Kein Wunder, dachte Nell. Sie waren lange und schnell geritten. Die Männer, die sie schon nach Stirling begleitet hatten, waren nicht erstaunt über die Ausdauer der Frauen, und auch der Führer, den Jakob ihnen zur Verfügung gestellt hatte, musste bald erkennen, wie zäh sie waren. Als er am ersten Abend gehört hatte, dass Nell schon im Morgengrauen weiterreisen wollte, hatte er es noch gewagt, eine längere Nachtruhe vorzuschlagen. Am zweiten Abend beantwortete er ihre Anweisungen nur noch mit einem gehorsamen Nicken.

»Jetzt ist es nicht mehr weit«, verkündete er eine halbe Stunde später.

Als Jane einen erleichterten Seufzer ausstieß, lächelte Nell und sagte: »Falls sich Kintail als gastfreundlich erweist, bleiben wir vielleicht noch ein paar Tage bei ihm und ruhen uns aus.«

»Am Eingang zum Loch Duich überqueren wir diesen Fluss noch einmal«, erklärte der Führer. »Das Land dort ist besonders sumpfig, wir müssen uns also vorsehen.«

Nell war an Sümpfe gewöhnt. Das Grenzland im Westen war voll davon, und auch auf dem Land der Douglas' gab es Sümpfe. Sie war mit deren Besonderheiten vertraut und machte sich keine Sorgen.

Als sie zum Sumpfland kamen, entpuppte es sich als Waldgebiet mit weichem, aber nicht trügerischem Untergrund. Sie durchquerten einen Teil davon ohne Zwischenfälle und ritten auf einer Bohlenbrücke über den Fluss. Zu ihrer Linken lag Loch Duich, dessen Anblick Nell mit Vorfreude erfüllte. Bald würde sie bei Molly sein.

Nell lächelte mit Tränen in den Augen.

Genau in diesem Moment sprangen ohne jede Vorwarnung Männer von den Bäumen und aus dem Gebüsch am Wegesrand.

Die Angreifer hatten keine Pferde; die meisten von ihnen trugen keine Hosen, sondern nur lange safrangelbe Kittel mit Gürteln, an denen Scheiden für Dolche und Schwerter hingen. Die Scheiden waren leer, denn die Männer hatten die Waffen gezogen. Ein paar verirrte Sonnenstrahlen funkelten auf den blanken Klingen.

Seit die kleine Gruppe Glen Shiel erreicht hatte, war ihnen weder Mensch noch Tier begegnet, und der unverhoffte Überfall traf die Männer der Eskorte völlig unvorbereitet. Diese wurde ohne weitere Gegenwehr überwältigt. Noch bevor der Führer sein Schwert ganz aus der Scheide ziehen konnte, wurde auch er niedergemacht. Jetzt waren die beiden Frauen vollkommen schutzlos.

Einer der Angreifer packte Nells Zügel und sagte etwas zu ihr, doch da er dieses unsittliche Hochlandgälisch sprach, verstand sie kein Wort.

»Spricht denn keiner von euch einfaches, anständiges Schottisch?«, fragte sie, während sie sich kurz mit dem Ärmel über die noch immer tränenfeuchten Augen fuhr.

»Wenn du die Sprache meinst, die diese englischen Schurken sprechen – die kann ich gut genug«, erwiderte einer der Männer. »Wer seid ihr, und was habt ihr bei euch, das wir gebrauchen könnten – außer euch beiden Hübschen natürlich.« Er grinste anzüglich.

»Ich bin Lady Percy«, sagte Nell würdevoll. »Ich bin auf Befehl des Königs unterwegs und habe seinen Geleitbrief bei mir.«

»Ach, dann glaubt Jakob, dieser alberne Schwätzer, tatsächlich, dass er hier im Hochland regiert?«

»Ihr wisst genau, dass er hier regiert«, erwiderte Nell, die versuchte, ihre wachsende Furcht zu verbergen. »Er ist der oberste König *aller* Schotten.«

»Davon habe ich auch schon gehört«, sagte der Wegelagerer grinsend. »Aber ich habe den Mann noch nie zu Gesicht bekommen. Also warte ich erst mal ab, bis ich ihn sehe, und entscheide dann, ob ich mich ihm anschließe oder nicht.«

»Selbst wenn Ihr Jakobs Herrschaft nicht anerkennt, dann vielleicht die des Lairds von Kintail«, sagte Nell, der einfiel, wie nahe sie Eilean Donan waren. Dies mussten Kintails Männer sein. »Ich bin auf dem Weg nach Eilean Donan, wo meine Tochter lebt. Sie ist Mary Gordon, die Maid von Dunsithe und Kintails Mündel.«

Der Mann zog die Augenbrauen hoch. »Ach, so ist das. Dann könnte ich mir denken, dass mein Herr auf der Stelle mit dir reden will, Mädchen.

»Das glaube ich gern«, entgegnete Nell. »Und würdet Ihr Euch dann wohl gütigst um meine Männer kümmern? Schließlich seid Ihr für ihren gegenwärtigen Zustand verantwortlich.«

Er warf einen Blick auf die am Boden liegenden Männer und sagte achselzuckend: »Die kann ich nur noch begraben lassen. Sie sind tot, und ich kann den örtlichen Priester gerade nicht auftreiben, verstehst du?«

Nell überlegte, womit der Priester wohl gerade beschäftigt war, wollte aber lieber nicht danach fragen. Also nickte sie Jane nur aufmunternd zu und folgte ihrer neuen Eskorte. Zumindest brauchte sie sich jetzt keine Gedanken mehr darüber zu machen, wie sie Jakobs Führer loswerden sollte.

Der Mann, mit dem sie gesprochen hatte, offensichtlich der Anführer der Bande, übergab ihre Zügel einem seiner Männer, ein anderer führte Janes Pferd. Zu Nells Überraschung ritten sie jedoch nicht am Ufer von Loch Duich weiter, sondern wandten sich gen Norden in ein Seitental und ließen das Loch, und damit Eilean Donan, hinter sich. Also war die Burg offenbar nicht ihr Ziel. Doch auf ihre Frage, wohin sie ritten, erhielt sie keine Antwort.

Nachdem sie mehrere enge, gewundene Seitentäler durchquert hatten, gelangten sie in weniger als einer Stunde zu einem Zeltlager mitten im Wald. Der Anführer saß ab und verschwand im größten der Zelte. Ein paar Minuten später tauchte er mit einem großen, blonden Mann wieder auf, der sich direkt an Nell wandte.

»Lady Percy«, begann er und warf ihr einen gerissenen Blick zu, »ich habe gehört, Ihr wollt Eure Tochter besuchen.«

»Das stimmt«, erwiderte sie mit fester Stimme. »Und falls Ihr Mackenzie von Kintail seid, Sir, kann ich nur sagen, dass mir Eure Art, Gäste zu empfangen, sehr missfällt.«

»Ihr irrt Euch, Lady. Zwar lebt Eure Tochter bei Kintail und hat ihn sogar geheiratet, aber ich bin nicht Kintail. Ich bin Donald, Herr der Inseln.«

»Oh, tatsächlich?« Mit einem gezwungenen Lächeln versuchte Nell, sich ihre Überraschung über die Heirat ihrer Tochter nicht anmerken zu lassen. »Wie außerordentlich erfreulich, Sir. Unser Zusammentreffen kommt meinen Plänen sehr entgegen, denn eigentlich seid Ihr es, zu dem ich wollte, und der Wunsch, meine Tochter zu besuchen, war nur zum Teil Zweck meiner Reise. Ich bringe Euch nämlich Nachrichten von Heinrich von England und von meinem Bruder, dem Grafen von Angus.«

»Einen Besuch bei Eurer Tochter kann ich sicher in die Wege leiten, Madam«, sagte er und erwiderte ihr Lächeln. »Aber ich will doch hoffen, dass Ihr mir mehr aus England bringt als lediglich Nachrichten.«

Bis auf die leisen Geräusche der Dienstboten, die ihre Arbeit verrichteten, war es still in der Burg. Molly, die sich langweilte, war auf der Suche nach Mauri und Doreen und fand die beiden schließlich in der Küche, wo sie die Küchenmägde beaufsichtigten.

»Was wünscht Ihr, Mylady?«, fragte Mauri.

Als Molly zum ersten Mal ihren neuen Titel von Mauris Lippen vernahm, gab es ihr einen kleinen Stich. Auch die Hochzeitsgäste hatten sie schon so angesprochen, Doreen allerdings nicht, und so war diese Anrede noch völlig ungewohnt für Molly. Ihre Hochzeit, ja eigentlich der ganze vergangene Tag erschien ihr seltsam unwirklich. Seit sie am Morgen allein in Kintails Bett erwacht war, kam es ihr vor, als habe sie sich alles nur eingebildet. Dennoch vermisste sie ihn und freute sich darauf, die Wonnen der letzten Nacht wieder aufleben zu lassen.

Zu Mauri, die noch immer geduldig auf eine Antwort wartete, sagte sie: »Ich wollte sehen, ob ich Euch irgendwie helfen kann.«

»Nein, Ihr werdet heute gar nichts tun«, entgegnete Mauri entschieden und zog sie ein wenig beiseite. Dann fuhr sie mit leiser Stimme fort: »Eine anständige Braut lässt sich nach ihrer Hochzeit vier Tage lang nicht blicken.«

»Sperren die Ehemänner im Hochland dann ihre Frauen ein?«, erkundigte sich Molly mit einem schiefen Lächeln. »Kintail hat das anscheinend vergessen.«

»Das ist nicht das Einzige, was er vergessen hat«, erwiderte Mauri bloß. »Er sollte eigentlich hier bei seiner Braut sein, aber er und unser Patrick sind der Ansicht, dass Donald noch Übleres im Sinn hat, als nur Eure Hochzeit mit seiner Gegenwart zu verunzieren. Vor allem, weil weitere Männer draußen auf ihn gewartet haben.«

»Ich dachte, es seien Späher auf den Zinnen gewesen«, sagte Molly. »Wie konnten dann Donalds Männer unbemerkt herkommen?«

»Man kann ihnen nicht verbieten, ihren Herrn hier abzuholen«, stellte Mauri fest. »Ein paar von unseren Burschen haben sie natürlich nicht aus den Augen gelassen, und als Donald mit seinem Gefolge fortritt, sind ihm Ian Dubh und Malcolm gefolgt. Sie vermuten, dass sich noch mehr von seinen Männern in der Nähe versteckt halten. Er will mit ihnen wohl nach Norden reiten, wo seine Flotte auf ihn wartet.«

»Sind Kintail und Sir Patrick ihnen auch gefolgt?«

»Nein, die beiden haben zusammen mit Thomas MacMorran Lady MacRae und Bab über das Loch gerudert. Sie müssen bald zurück sein.«

»Da kommt gerade jemand«, verkündete Doreen, als schnelle Schritte auf der Treppen erklangen. »Thomas!«, rief sie freudig dem großen jungen Mann zu, der gerade durch die Tür trat. »Meine Herrin sucht den Laird. Wo habt ihr ihn gelassen?«

Mit einem entschuldigenden Blick wandte sich Thomas an Molly. »Er ist nicht mit uns zurückgekommen, Mistress. Er sagte, ihm sei danach, zu Fuß um das Loch herumzugehen. Aber er ist nicht allein, sondern wird von zwei bewaffneten Männern der MacRaes begleitet.«

Molly machte sich keine Sorgen um Kintails Sicherheit. Er schien ihr unverwundbar, allerdings fand sie es etwas befremdlich, dass er sich gerade an diesem Tag eine solche Beschäftigung ausgesucht hatte.

»Hat er gesagt, warum er laufen wollte?«, fragte sie.

Thomas zögerte ein wenig und wich ihrem Blick aus.

»Was ist denn, Thomas?«, hakte Doreen nach. »Stimmt etwas nicht?«

»Nein, alles in Ordnung«, erwiderte er und sah seine Verlobte kurz an. Dann holte er tief Luft und wandte sich wieder an Molly. »Unser Herr war einfach in einer wunderlichen Stimmung. Er sagte, ihm sei nicht nach Gesellschaft zu Mute und er wolle sich nur ein wenig Bewegung verschaffen. Doch er ist ja schließlich kein Narr und hat eingewilligt, die beiden Burschen zum Schutz mitzunehmen, jetzt, wo sich Donald hier herumtreibt und wohl nichts Gutes im Schilde führt.«

Molly bemerkte, dass jetzt auch Doreen und Mauri verlegen in eine andere Richtung schauten. Alle drei dachten wohl, sie habe Kintail verärgert. Sie war nahe daran, ihnen zu erklären, dass sie nichts dergleichen getan hatte, konnte sich im letzten Moment aber noch beherrschen. Wenn sie etwas über ihren frisch gebackenen Ehemann gelernt hatte, dann, dass er es nicht mochte, wenn sie seine Privatangelegenheiten mit anderen besprach.

Doch vielleicht hatte sie unwissentlich wirklich etwas falsch gemacht. Schließlich konnte sie sich nur noch undeutlich daran erinnern, was in der vergangenen Nacht geschehen war. Daher war sie froh, als Thomas das unbehagliche Schweigen durchbrach und Doreen zaghaft fragte, ob sie wohl Zeit für einen kleinen Spaziergang habe.

Doreen wollte ihm gerade aufzählen, was sie noch alles zu erledigen habe, doch Mauri unterbrach sie lachend: »Begleite ruhig deinen Thomas. Ich habe genug Frauen, die mir helfen. Und Ihr, Mistress, geht am besten über die Hintertreppe wieder nach oben. Der Laird will Euch sicher da vorfinden, wo er Euch zurückgelassen hat.«

Molly gehorchte, doch nur, weil sie in Ruhe nachdenken wollte. Allerdings kam sie zu keinem rechten Ergebnis, und die Stunden zogen sich hin. Als Kintail am späten Nachmittag noch immer nicht zu Hause eingetroffen war, lief sie wieder hinunter.

»Es ist schon komisch, dass er so lange ausbleibt«, sagte sie zu Mauri.

Die lachte nur. »Eigentlich nicht, Mylady. Wenn der wilde Fin schlechte Laune hat, wagt es niemand, ihn zur Eile anzutreiben.«

Dieses Mal schickte Mauri die junge Frau nicht wieder nach oben. Offenbar dachte sie, Molly habe Angst um Kintail. Doch in Wirklichkeit überlegte Molly nur mit wachsender Verstimmung, was ihn wohl so erzürnt haben mochte.

Um Molly auf andere Gedanken zu bringen, gab Mauri ihr eine Schachtel voller Rezepte, die die verschiedenen Burgherrinnen im Laufe der Zeit gesammelt hatten. Daraus sollte Molly ein paar Speisen aussuchen, auf die sie Appetit hatte. Molly zog sich mit der Schachtel in eine kleine Kammer neben der Küche zurück, und als sie endlich Kintails Stimme vernahm, war sie noch immer mit der Durchsicht der Rezepte beschäftigt.

Sie machte die Schachtel zu und sprang auf, doch da stand er schon groß und breit in der Tür. Er trug ein Kettenhemd, sein Schwert und einen Dolch, hatte jedoch Helm und Handschuhe abgelegt. Sein dunkles Haar kräuselte sich feucht.

Sie streckte eine Hand nach ihm aus, zog sie aber in plötzlicher Scheu sofort wieder zurück.

»Was zum Teufel tust du hier unten in diesem Versteck?«, wollte er von ihr wissen, wobei sein Ton verriet, dass sich seine Laune noch immer nicht gebessert hatte.

»Ich habe Rezepte ausgesucht«, erklärte sie. »Ihr wart schließlich den ganzen Tag fort.«

»Ja«, sagte er ein bisschen verlegen und fuhr sich mit der Hand durchs Haar. »Ich war beschäftigt, Mädchen. Und bei meiner Rückkehr finde ich meine Frau hier in diesem Winkel, wie sie Rezepte durchblättert.« Mit einem ebenso hungrigen Blick wie in der Hochzeitsnacht ließ er seine Augen über ihren ganzen Körper wandern.

Sofort regte sich ihr Begehren. Sie erwiderte lächelnd seinen Blick und sagte: »Ich habe doch nur nach Speisen gesucht, die Euch schmecken könnten.«

»Mag sein«, antwortete er und zupfte leicht an einer Locke, die sich unter ihrer Haube hervorgestohlen hatte. »Aber ich habe gelernt, deinen süßen Worten zu misstrauen, mein Mädchen. Habe ich dir eigentlich schon gesagt, das du schöne Lippen hast?« Mit diesen Worten beugte er sich über sie, um sie zu küssen, die Locke noch immer um den Finger gewickelt.

Der anfangs zarte Kuss wurde zunehmend leidenschaftlicher und drängender, bis Mollys Lippen nachgaben und sich öffneten. Kintail umfing sie mit einem Arm und zog sie an sich. Als sich ihre Brüste an sein Kettenhemd pressten, wurden ihre Brustwarzen ganz steif, und er ließ ihre Locke los und streichelte ihre linke Brust.

»Meine Hand kribbelt, wenn ich dich nur berühre«, murmelte er und küsste sie wieder.

Unter seinen Küssen und seiner Berührung schmolz sie förmlich dahin. Er war ihr so nah, und die Geräusche, die aus der Küche herüberdrangen, kümmerten sie nicht. Für sie zählten nur noch seine Gegenwart und die Gefühle, die er in ihr weckte.

Mitten in einem Kuss hob er auf einmal den Kopf und fragte: »Kannst du eigentlich schwimmen?«

Sie blinzelte ganz benommen und nickte dann leicht.

Er grinste. »Da ich weiß, wie gut du reiten und mit dem Langbogen umgehen kannst und wie gern du deinen Kopf durchsetzt, habe ich mir so etwas schon gedacht – und darauf gehofft.«

»Warum?«

»Weil ich dich zu einem geheimen Ort mitnehmen möchte. Ich habe ihn schon als Kind entdeckt, und wenn ich allein sein will, gehe ich noch immer dorthin.«

»Möchtet Ihr denn heute Nacht allein sein?«

»Ich möchte mit meiner Frau allein sein. Kommst du mit?«

»Aber ja, wenn Ihr es wünscht.«

An seinem Blick erkannte sie, dass er sich eine andere Antwort erhofft hatte, doch er sagte nur: »Gut.«

»Gehen wir jetzt gleich, oder soll ich mir noch etwas anderes anziehen?«

»Es schert mich keinen Deut, was du anhast. Aber für nach dem Baden wirst du einen warmen Umhang brauchen. Heute Nachmittag war es schön warm, aber die Nächte können noch kalt sein.«

»Wollt Ihr wirklich schwimmen?«

»Aber gewiss doch.«

»Ist es dafür nicht schon zu spät? Es gibt bald Abendessen.«

»Vielleicht wird es sogar schon dunkel sein, wenn wir schwimmen gehen, Mädchen. Warte nur ab. Und jetzt lauf, und hol dir einen warmen Umhang und feste Schuhe, ich kümmere mich um alles Übrige.«

Als Molly wieder herunterkam, hatte auch er sich einen Umhang umgelegt. Er sagte ihr, dass Mauri ihnen ihr Abendessen eingepackt habe und dass er das Bündel selbst tragen wolle.

»Reiten wir denn nicht?«, fragte sie in Erinnerung an den Tag, als er sie seinen Bauern vorgestellt hatte.

»Nein, wir gehen zu Fuß.«

Der scharfe Blick, den er ihr zuwarf, erinnerte sie daran, dass er ihr verboten hatte zu reiten, aber sie war ihm dankbar, dass er es wenigstens nicht erwähnte.

Es herrschte Flut, und einer von Fins Männern wartete in einem Ruderboot, um sie hinüber aufs Festland zu bringen. Doch Kintail schickte ihn fort und ergriff selbst die Ruder. Dabei achtete er darauf, dass Schwert und Dolch in seiner Reichweite lagen. Am westlichen Horizont versank die Sonne soeben hinter den Hügelkuppen, und die letzten glitzernden Streifen von Rosa und Orange auf dem Wasser verblassten bereits zu kaltem Silber.

Auf der anderen Seite angelangt, machten sie das Boot fest und wanderten durch das Dorf hindurch. Als sie bald darauf wieder zu einem Strand kamen, erklärte Kintail: »Wir sind jetzt am Loch Long. Der Platz, den ich meinte, liegt etwa eine halbe Stunde von hier entfernt.«

Es war eine geschützte, von Wald umgebene schmale Bucht. Im abendlichen Dämmerlicht glich die ruhige Wasserfläche einem grauen, länglichen Spiegel. Am östlichen Ende mündete ein Bach in die Bucht, und Molly konnte sich vorstellen, wie das bescheidene Rinnsal zur Zeit der Schneeschmelze durch sein felsiges Bett rauschte und sich sprudelnd und schäumend in das Loch ergoss. Zwischen Wald und

Wasser erstreckte sich ein schmaler Sandstrand. Die Vögel in den nahen Bäumen ließen sich von den beiden Ankömmlingen nicht stören und zwitscherten noch munter vor sich hin.

Kintail breitete seinen Umhang auf dem Sand aus und legte Mauris Bündel darauf ab. Dann drehte er sich zu seiner Frau um und verschlang sie geradezu mit seinen Blicken.

Molly fühlte sich auf einmal unsicher und verletzlich und fragte: »Warum sind wir hierher gekommen, Sir? Sind wir hier auch sicher? Und was ist letzte Nacht geschehen? Ich muss gestehen, ich kann mich nicht mehr an alles erinnern, doch ich weiß noch, dass es überaus angenehm war. Habe ich Euch mit irgendetwas verärgert?« Sie war wütend über ihr aufgeregtes Geplapper, konnte es jedoch nicht abstellen.

»Hier sind wir geschützt, Mädchen, und was letzte Nacht geschehen ist, hat nichts mit dir zu tun«, sagte er. »Ich möchte einfach nur mit dir allein sein, und zwar an einem Ort, wo uns niemand stört.«

»Warum wart Ihr dann den ganzen Tag so missmutig?«

»So ist ein Mann eben, wenn sein Körper sich merkwürdig verhält und er nichts dagegen tun kann. Mein Körper hat mir letzte Nacht nicht gehorcht, und ich weiß nicht, warum. Ich habe Stimmen gehört, obwohl keiner im Zimmer war. Das hat mich ganz durcheinander gebracht. Ich weiß noch, dass ich dich in den Armen hielt und dabei immer noch die Stimmen vernahm. Dann muss ich wohl eingeschlafen sein. Ich will einfach sichergehen, dass ich heute Nacht in Ruhe mit meiner Frau zusammen sein kann.«

»Ich bin auch in tiefen Schlaf gefallen«, sagte sie. »Dass es uns beiden so ging, ist schon eigenartig.«

»Ich nehme an, wir waren übermüdet. Mauri hat mir berichtet, dass du gut geschlafen hast.«

»Ihr dagegen seid heute ein schönes Stück gelaufen«, erinnerte sie ihn, »da müsst Ihr doch sehr müde sein.«

»Ja, aber wenn wir schwimmen gehen, werde ich wieder wach, das verspreche ich dir.«

»Aber es ist doch noch so hell, dass uns jemand sehen könnte!«

»Aber nicht mehr lange, und überhaupt, was macht das schon?«, neckte er sie grinsend. »Hast du dir darüber auch Sorgen gemacht, wenn du auf Skye baden gegangen bist?«

»Nein, aber da habe ich auch nie jemanden getroffen. Damals war ich auch noch ein Kind und habe außerdem im Hemd gebadet.«

Er runzelte die Stirn. »Ich habe es ja gleich gesagt. Mackinnon hat dir viel zu viel Freiheit gelassen und dich damit in Gefahr gebracht. Ich will auf keinen Fall riskieren, dass dir durch deinen Leichtsinn oder Ungehorsam etwas zustößt. Und was mögliche Beobachter angeht«, fuhr er fort, »so ist mir hier noch nie jemand begegnet. Und gleich ist es ohnehin dunkel, also komm schon.«

Molly zögerte einen Augenblick lang, doch als sie sah, wie Kintail spöttisch eine Augenbraue hochzog, ging sie zu ihm. Seine Augen wirkten schwarz, und als er sprach, klang seine Stimme noch eine Spur dunkler als gewöhnlich. »Du könntest mir helfen, dieses Kettenhemd abzulegen.«

So etwas hatte sie noch nie getan, doch er zeigte ihr, wie sie die Verschlüsse öffnen musste. Nachdem sie das erledigt hatte, befreite er sich selbst von dem schweren Hemd. Als er es auf eine Ecke des ausgebreiteten Umhangs fallen ließ, klimperte es wie Münzen.

Molly war ihm weiter beim Auskleiden behilflich, bis er nur noch sein langes Hemd und die Strümpfe trug. Dann griff er nach ihren Schnürbändern und sagte leise: »Und jetzt bin ich an der Reihe.«

Als seine Hand ihren bloßen Hals streifte, spannte sich ihr Körper in freudiger Erwartung der kommenden Genüsse. Er zog ihr jetzt Mieder, Rock und Unterrock aus, und seine flinken Finger schienen feurige Spuren auf ihrer Haut zu hinterlassen. Die Kleidungsstücke fielen zu Boden, und Molly stand in ihrem dünnen Unterhemd da. Obwohl es unwahrscheinlich war, dass sich ein ungebetener Zuschauer in der Nähe aufhielt, war sie noch immer unsicher und verlegen. Es kam ihr vor, als blickten Augen aus jedem Baum.

Um ein wenig Zeit zu gewinnen, fragte sie: »Wie klangen denn die Stimmen, die Ihr letzte Nacht gehört habt?«

Kintail lächelte.

Seine Nähe war so überwältigend, dass Molly kaum atmen konnte und am liebsten einen Schritt zurückgewichen wäre. Andererseits strahlte er eine solche Kraft und Lebendigkeit aus, dass es sie drängte, ihn noch enger an sich zu ziehen.

»Ich weiß nicht, wie sie klangen«, flüsterte er, während er ihr die Haube abnahm und beiseite warf. »Wie menschliche Stimmen eben. Doch sie schienen irgendwo im Raum zu schweben. So etwas habe ich noch nie erlebt.«

»Glaubt Ihr an Geister, Sir?«

»Du kannst ruhig Fin zu mir sagen und mich duzen, wenn wir allein sind. Ich bin doch schließlich jetzt dein Mann.«

»Ja, in Ordnung. Also, glaubst du daran?«

»Das weißt du doch wohl. Du warst schließlich dabei, als Ranald MacVinish mir einreden wollte, dass ihn die Elfen gezwungen hätten, die Kuh zu töten.«

Sie nickte. »Es war der Wilde Jäger, hat er behauptet. Die Leute sagen, dass es im Hochland boshafte, ja sogar ausgesprochen böse Geister gibt.«

Er streichelte ihr die Wange. »Und was sagen die Leute über die Geister im Grenzland?«

Nur mit Mühe gelang es ihr, ihre Gedanken zusammenzuhalten. »Dass ... dass sie anders sind, zupackender und ... und hilfreicher. Vielleicht würdest du mehr über sie erfahren, wenn du auf die Stimmen lauschtest«, sprudelte sie hervor. »Vielleicht musst du bloß sehen wollen, was direkt vor deiner Nase liegt.«

»Ich habe keine Lust, mich über so einen Geisterunsinn zu unterhalten, Mädchen. Lass uns lieber schwimmen gehen.« Er bückte sich, um sich die Strümpfe abzustreifen.

Aufgeregt fragte sie: »Willst du denn ... alles ausziehen?«

Er grinste sie über die Schulter hinweg an und ließ dabei sein Hemd fallen. »Schon geschehen«, sagte er und stand nackt in voller Lebensgröße am Strand. »Und wenn du klug bist, tust du das Gleiche. Es wäre nicht sehr angenehm, in einem nassen Hemd nach Hause zu gehen.«

Ohne auf eine Antwort zu warten packte er den Saum ihres Hemdes und zog es ihr schwungvoll über den Kopf. Während sie schleunigst mit der einen Hand ihre Brüste und mit der anderen ihre Scham bedeckte, löste er ihren im Nacken eingerollten Zopf und kämmte mit den Fingern durch das offene Haar, bis es ihr wie ein dichter, weicher Vorhang über den Rücken fiel.

»Du bist wahrhaftig schön«, sagte er, schob leicht ihre Hand beiseite und streichelte ihre Brust. »Es macht mich ganz verrückt, dich nur zu berühren.«

Sie hätte gern etwas Ähnliches erwidert, doch fehlten ihr schlichtweg die Worte. Ihr ganzer Körper stand in Flammen, doch da nahm er sie bei der Hand und zog sie ins Wasser. Die eisige Kälte erstickte jedes andere Gefühl.

»Oh, ist das kalt!«

»Nur ein kleines bisschen kälter als die Luft«, erklärte er. »Komm nur ganz rein, dann wirst du schon sehen.«

Sie wusste, dass er Recht hatte. Außerdem würde sie sich im Wasser vor den Augen, die aus den Bäumen lugten, sicher fühlen. Sie ließ seine Hand los und rannte mit Spritzen und Platschen weiter ins Wasser hinein. Sie fand es sehr angenehm, dass der Boden auch hier noch sandig war. An ihrem Badeplatz auf Skye hatte sie sich mühsam ihren Weg über spitze Felsen suchen müssen, die teilweise so scharf waren, dass man sich die Füße daran aufschneiden konnte.

Als sie ihn hinter sich ins Wasser platschen hörte, stieß sie sich kräftig vom Boden ab und tauchte mit langen Zügen hinaus, überzeugt, dass er sie nicht entdecken würde.

Gerade wollte sie sich selbst zu ihrem Geschick beglückwünschen, da schloss sich eine große Hand um ihren rechten Fußknöchel und zog kräftig daran. Sie erschrak so sehr, dass sie Wasser schluckte, dann kämpfte sie sich keuchend und hustend wieder an die Oberfläche.

Kintail tauchte unmittelbar neben ihr auf. »Ist dir immer noch kalt?«

Sie vernahm das Lachen in seiner Stimme, dennoch stützte er mit einer Hand ihren Ellbogen, sodass sie wieder zu Atem kommen konnte. Kalt war ihr ganz bestimmt nicht mehr. Das Wasser fühlte sich jetzt viel wärmer an und umspülte sacht ihren Körper. Nach einem tiefen Atemzug sagte sie: »Du brauchst mich jetzt nicht mehr festzuhalten.«

»Ich möchte dich aber festhalten«, murmelte er. »Lehn dich an mich.«

Es war, als seien sie die einzigen Menschen auf der Welt, wie sie so auf dem Wasser dahintrieben, und als gebe es nichts anderes als ihre Gefühle und die Wellen, die sie beide sanft trugen und wiegten.

Selbst die Vögel waren verstummt, und in der vollkommenen Stille überließen sich die beiden der schmeichelnden Berührung des Wassers.

Kintail riss Molly aus ihrer träumerischen Stimmung, indem er sie mit beiden Händen um die Taille fasste und zu sich herumdrehte.

Vorwurfsvoll rief sie aus: »Du kannst ja stehen!«

»Ja. Leg die Hände auf meine Schultern.«

Seine Schultern ragten aus dem Wasser hinaus, und er hielt Molly so, dass sie einander anblickten und ihr Busen seine Brust berührte. Er zog sie zu sich heran und küsste sie mit seinen warmen Lippen erst zart, dann fester.

»Schling deine Beine um meine Hüften«, ermunterte er sie.

Wortlos tat sie, wie ihr geheißen, überrascht über die Heftigkeit ihrer Empfindungen. Nie hätte sie sich eine solche Macht der Gefühle vorstellen können.

»Und jetzt küss mich.«

Als sie gehorchte, presste er sie noch enger an sich. Sein Mund war heiß und fordernd, und sie spürte, wie seine Zungenspitze ihre Lippen kostete. Dann glitt diese zwischen ihre Lippen und spielte mit ihrer Zunge.

Sie wand sich an seinem Körper und verschränkte die Hände in seinem Nacken. Jede Faser ihres Körpers schien jetzt einem geheimen Befehl zu gehorchen. Seine Hände umfassten ihre Brüste, seine Daumen fuhren zart um ihre Brustwarzen, bis sie vor Lust keuchte. Dann legte er eine Hand unter ihr Hinterteil und hob sie ein wenig hoch. Ein tiefes Stöhnen drang aus seiner Kehle.

Seine andere Hand schob sich sacht zwischen ihre Beine und berührte sie an Stellen, wo sie seit ihrer frühesten Kindheit niemand mehr berührt hatte. Es kam ihr vor, als seien seine Hände überall, zärtlich, drängend. Sein ganzer Körper schien in Bewegung. Sie öffnete die Augen und stellte fest, dass sie sich schon ganz nah am Strand befanden. Als er sie aus dem Wasser trug, war es vollkommen dunkel, und ihr war es völlig gleichgültig, ob Augen in den Bäumen sie beobachteten oder nicht.

Er kniete sich vor seinen ausgebreiteten Umhang und bettete sie behutsam darauf. Dann griff er nach ihrem Umhang und deckte sie beide damit zu. Er ließ sich Zeit. Langsam und genüsslich küsste er sie überall, streichelte sie, und seine Finger liebkosten sie zwischen den Beinen, um sie zu erregen und bereitzumachen, bis sie schließlich vor Verlangen stöhnte und ihn aufforderte, sie zu nehmen. Da stieg er endlich auf sie, und während sie in äußerster Erregung keuchte, drang er langsam in sie ein. Sie spürte einen scharfen Schmerz, doch als er plötzlich innehielt, hätte sie beinahe vor Enttäuschung aufgeschrien.

Er war jetzt völlig reglos, wachsam, und sie musste an die Augen in den Bäumen denken und daran, was in der vorherigen Nacht geschehen war.

Leise sagte sie: »Doch nicht schon wieder Stimmen!«

»Keine Stimmen, Mädchen, ein Schiff – wahrscheinlich ein Langboot oder ein großes Ruderboot.« Rasch zog er sich aus ihr zurück.

Als sie sich umschaute, erblickte sie einen dunklen Schatten auf dem Wasser, etwa so groß wie eines von Mackinnons Booten, die ihr Gepäck befördert hatten. Jäh bekam sie Angst, doch sie zwang sich, mit ruhiger Stimme zu fragen: »Hast du jemandem befohlen, uns abzuholen?«

»Nein«, sagte er kurz angebunden und langte nach seinem Schwert und dem Kettenhemd. »Ganz still jetzt. Ich glaube nicht, dass sie uns bemerken. Der Sand ist zwar hell, doch hier unter dem Umhang sehen wir aus wie ein Schatten, und es ist sowieso schon zu dunkel, um Farben zu erkennen.«

Die Stille wurde nur vom Klatschen der Wellen am Ufer und dem Quietschen der Ruder in den Dollen durchbrochen. Da ertönte ein tiefer, trillernder Pfiff.

Molly spürte, wie Kintail den angehaltenen Atem ausstieß und sich entspannte. »Es ist Patrick mit dem Ruderboot«, murmelte er. Dann rief er mit leiser, aber deutlicher Stimme: »Hier, am Strand.« Und an Molly gewandt: »Schnell, Mädchen. Er ist sicher nicht bloß hergekommen, um ein Schwätzchen mit mir zu halten. Irgendetwas ist passiert. Kannst du dich selbst anziehen, wenn ich die Bänder schnüre?«

»Ja«, sagte sie, während sie sich schon geschwind das Hemd überwarf. Dann fiel ihr ein, dass außer Patrick bestimmt noch weitere Männer im Boot saßen, und sie fragte ängstlich: »Wo sind meine anderen Kleider?«

»Hier.« Er schob ihr die Sachen zu.

Während sie in ihren Rock stieg, erkundigte sie sich: »Wie hat er uns gefunden?«

»Er kennt meine geheimen Plätze ebenso wie ich die seinen. Aber er würde uns nie ohne triftigen Grund stören.«

Fin brauchte so lange, um ihr behilflich zu sein, dass er keine Zeit mehr hatte, sich selbst richtig anzuziehen. Daher stand er noch in Hemd und Strümpfen da, als das Boot bei ihnen anlegte. Molly war gerade damit beschäftigt, ihr nasses Haar zu einem Zopf zu flechten, da sprang Sir Patrick schon von Bord und schritt auf sie zu.

»Ich hoffe, Ihr vergebt mir die Störung, Mylady«, sagte er leise, sobald er nahe genug herangekommen war. »Im Osten gibt es Schwierigkeiten, Fin. In dem kleinen Tal am Eingang zum Loch Duich haben ein paar von unseren Jungs drei halb verscharrte Leichen gefunden. Du hättest heute selbst auf sie stoßen können, wenn du nur ein paar Schritte von deinem Weg abgewichen wärest. Wir nehmen an, dass Donald dafür verantwortlich ist. Ian Dubh, Malcolm und die anderen haben ihn aus den Augen verloren, aber hier in der Gegend kommt kaum ein anderer dafür infrage.« Er machte eine Pause und fuhr dann fort: »Einer der Toten hatte einen Brief von Jakob an dich dabei.«

»Hast du ihn mitgebracht?«

»Ja, aber hier ist es zu dunkel zum Lesen, und ich würde nur ungern Fackeln anstecken. Man weiß ja nie, wer hier im Gebüsch herumkriecht. Die Nachricht kann auch warten, bis wir wieder in der Burg sind. Aber es gibt noch schlimmere Neuigkeiten. Einer von den Murchisons aus Glen Shiel kam mit der Nachricht, dass jemand Dougal Maclennan und seine ganze Familie umgebracht hat. Die Leute dort haben Angst, dass es noch weitere Morde geben könnte.«

Entsetzt fragte Molly: »Dougal Maclennan? Unseren Priester?«

»Ja«, antwortete Patrick. »Und seine Mörder sind anscheinend dieselben, die Jakobs Boten getötet haben. Unsere Späher haben sie nicht bemerkt, Fin.«

»Unsere Männer haben ja auch nicht in Glen Shiel Ausschau gehalten«, gab Fin zu bedenken. »Und sie können schließlich nicht das ganze Land der MacLeods südlich von Kintail bis nach Kylerhea im Auge behalten.«

»Wir wissen, dass sich Sleat vor der Hochzeit auf Skye aufgehalten hat«, sagte Patrick.

»Ja. Wahrscheinlich glaubte er, dass die meisten Leute aus der Gegend zur Hochzeit gehen würden, und wollte mit seiner Anwesenheit jeden Verdacht von sich ablenken.«

Molly sagte niedergeschlagen: »Aber der Verdacht war durchaus berechtigt.«

»Es scheint so«, stimmte Patrick ihr zu.

»Es *ist* so«, verbesserte Kintail. Er legte Molly den Arm um die Schultern und drückte sie kurz an sich. Dann sagte er zu Patrick: »Wir reiten bei Sonnenaufgang los und sorgen dafür, dass Dougal Maclennan und seine Familie ein anständiges Begräbnis bekommen. Und dann verfolgen wir die Schurken bis zu ihrem Anführer, bevor sie noch mehr Unheil anrichten können. Ich habe endgültig genug von Sleats Schandtaten. Ich will, dass er und seine Männer für immer aus Kintail verschwinden.«

17

Wieder auf Eilean Donan angekommen, küsste Fin Molly und riet ihr, zu Bett zu gehen. Er, Patrick und die anderen würden wahrscheinlich die ganze Nacht lang damit beschäftigt sein, Verpflegung zu organisieren und einen Trupp Männer aufzustellen, um die Mörder des Priesters zu fangen und Sleat zu verjagen. Bei der Erinnerung an den zauberhaften Abend am Strand fiel es ihm und Molly schwer, sich zu trennen. Fin war sich bewusst, dass er nie zuvor etwas Ähnliches für eine Frau empfunden hatte.

Molly blieb am Fuß der Treppe stehen und warf ihm über die Schulter hinweg einen sehnsüchtigen Blick zu. »Ihr werdet doch auf Euch Acht geben, nicht wahr?«

»Ja, mein Mädchen«, versprach er. »Wir beide müssen doch noch etwas Angefangenes zu Ende bringen. Vorher lasse ich mich ganz bestimmt nicht umbringen.« Sie errötete und wirkte schöner denn je, trotz der feuchten, salzverkrusteten Haare und der zerdrückten Kleider. Als sie sich ohne ein weiteres Wort anschickte, die Treppe hinaufzusteigen, fiel ihm etwas ein, und er sagte: »Einen Augenblick noch, Madam.«

Sie drehte sich um. »Ja?«

»Ihr werdet die Burg nicht verlassen«, ordnete er in strengem Ton an, um ihr zu zeigen, wie ernst es ihm war. »Unter keinen Umständen! Ich lasse Ian Dubh und Thomas MacMorran mit noch ein paar Männern hier. Ihr seid also sicher, solange Ihr Euch nicht hinauswagt. Wie ich Euch schon einmal erklärt habe, ist die Burg mit einer Hand voll Leuten zu verteidigen. Lasst nur das Fallgitter unten, und wartet hier, bis wir wieder da sind.« Dann fügte er eindringlich hinzu: »Gebt mir Euer Wort darauf, dass Ihr tut, was ich gesagt habe.«

Molly schaute ihn so lange schweigend an, bis seine Männer vor Verlegenheit mit den Füßen zu scharren begannen. Er wusste, dass sie sich über ihre Dreistigkeit wunderten, doch biss er nur die Zähne zusammen und schwieg. Er konnte sich nicht vorstellen, dass sie sich ausgerechnet jetzt aufsässig zeigen würde.

Endlich fragte sie leise: »Wie lange werdet Ihr fort sein?«

»Ich weiß es nicht. Das hängt davon ab, was Sleat noch alles angestellt hat und wie lange wir brauchen, um ihn aufzuspüren. Ich schicke Patrick mit ein paar Langbooten nach Skye hinüber. Er soll in Erfahrung bringen, ob Mackinnon weiß, wo sich Sleat aufhält. Möglicherweise hat der alte Schurke vor, mit seinen Männern bei Kyle an Land zu gehen und mich von Westen aus anzugreifen. In diesem Fall wäre er zwischen Patrick und mir gefangen. Bestimmt kommen uns bald noch weitere Clans zu Hilfe, doch im Moment wissen wir nicht, über wie viele Männer Sleat verfügt, wo sie sich aufhalten und wann wir sie finden werden.«

Sie nickte. »Gut, Sir. Ich werde tun, was Ihr mir befohlen habt. Doch wenn Ihr zu lange fortbleibt, bin ich gezwungen, meine eigenen Entscheidungen zu treffen.«

»Wenn Ihr das tut, Mädchen«, knurrte er, »dann wollen wir in Eurem eigenen Interesse hoffen, dass Eure Entscheidungen richtig sind.«

Sie hielt seinem Blick eine Weile lang stand, dann wandte sie sich um und stieg die Treppe hinauf.

»Es ist nur gut, dass Ian Dubh jetzt die Burg befehligt«, sagte Patrick. »Er wird schon dafür sorgen, dass sich die Lady nicht auf irgendeine Tollkühnheit einlässt.«

»Ja, und Mauri wird auch auf sie aufpassen«, stimmte Fin ihm zu. »Wo ist Jakobs Brief? Hast du ihn schon gelesen?«

»Nein. Es ist schließlich eine Nachricht vom König, an Euch gerichtet und versiegelt. Die konnte ich doch nicht einfach öffnen. Es grenzt an ein Wunder, dass die Mörder sie nicht gefunden haben. Unsere Männer haben gesagt, sie steckte im Wams des Toten.« Mit diesen Worten zog er ein gefaltetes, mit einem roten Siegel versehenes Stück Pergament aus seinem Umhang und reichte es Fin.

Der erbrach das königliche Siegel und glättete das Schriftstück. »Es ist wirklich von König Jakob, wahrscheinlich sogar von seiner eigenen Hand geschrieben«, sagte er zu Patrick, sobald er die ersten Worte gelesen hatte. Mit gerunzelter Stirn las er weiter und fuhr dann fort: »Er schreibt, er will die Botschaft erklären, die Lady Percy mir überbracht hat. Wer zum Teufel ist Lady Percy?«

»Percy ist ein englischer Name«, überlegte Patrick laut.

»Ja. Das gefällt mir alles ganz und gar nicht. Jakob schreibt, dass Sleat vorhat, im westlichen Hochland einen Aufstand gegen ihn anzuzetteln. Um das zu verhindern, braucht der König die Hilfe seiner getreuen Clans, vor allem der Mackenzies und MacRaes. Außerdem schreibt er, dass Sleat ein Heer von fünfzehntausend Mann und eine Flotte von einhundert Langbooten befehligt. Er wird seine Bewaffneten bald nach Süden in Marsch setzen, begleitet von seinen Schiffen, die die Küste entlangsegeln.«

»Fünfzehntausend Mann und einhundert Langboote?« Patrick riss erstaunt die Augen auf. »Das kann ich mir nicht vorstellen, Fin. So viele kann Sleat nicht haben!«

»Es ist schon öfter geschehen, dass übertriebene Botschaften Stirling erreichten«, sagte Fin. »Doch auch wir haben ja die Nachricht erhalten, dass er sich tatsächlich in Marsch gesetzt hat, nicht wahr?«

»Ja, das stimmt«, knurrte Patrick. »Was schreibt Jakob noch?«

»Er vermutet, dass Heinrich von England der Drahtzieher des Aufstands ist.«

»Für Jakob steckt Heinrich hinter allem und jedem.«

»Ja, aber diesmal warnt er mich außerdem davor, Lady

Percy zu trauen, trotz des vorgeschobenen Grundes für ihren Besuch. Ich soll sie unter allen Umständen auf Eilean Donan festhalten, bis sie bereit ist, nach Stirling zurückzukehren. Wenn er mir doch nur mitgeteilt hätte, wer die Dame ist! Allerdings könnte ich mir vorstellen, dass sie mittlerweile tot oder Sleat in die Hände gefallen ist.«

»Auf jeden Fall brauchen wir uns hier so weit im Norden nicht vor dem englischen König zu fürchten.«

»Da wäre ich mir nicht so sicher«, erwiderte Fin. »Anscheinend nimmt Jakob an, dass Heinrich Sleat mit Geld unterstützt, weil er die Absicht hat, Schottland zu überfallen. Er will wohl seinen Überfall mit Sleats Marsch nach Süden abstimmen und so die schottischen Kämpfer in die Zange nehmen. Was wird dann mit denen, die sich gegen Heinrichs neue Kirche gestellt haben? Viele von ihnen sind vor seinem Zorn nach Schottland geflohen, was ihn sicherlich noch wütender gemacht hat. Außerdem bin ich sicher, dass er uns Schotten dafür bestrafen will, dass wir unsere Kirche nicht nach seinem Vorbild reformiert haben.«

»Sagt Jakob auch, was er und seine Adeligen zu tun gedenken, um Heinrich aufzuhalten?«

»Ja, er schreibt, die Lords im Grenzland bieten Truppen auf, um sich Heinrichs Einmarsch entgegenzustellen, und Seine Hoheit sammelt eine Flotte gegen Sleat.«

»Es wird ihm schwer fallen, an dieser Küste dafür auch nur fünfzig Langboote aufzutreiben«, bemerkte Patrick.

»Das weiß er auch«, antwortete Fin und überflog rasch den Rest des Schreibens. »Und ebenso klar ist ihm, dass Sleat nicht über Kanonen verfügt. Daher versucht König Jakob, so viele große Schiffe wie möglich zu bemannen, mit denen er Sleats Flotte angreifen kann. Seine Hoffnung liegt darin, Sleat unter Kanonenfeuer zu nehmen und so seinen Vormarsch nach Süden aufzuhalten. Doch dazu braucht der König Zeit, und daher müssen wir Sleat hier so lange wie möglich festhalten.«

Mit einem leichten Stirnrunzeln fragte Patrick: »Also, was meinst du, hat diese Nachricht Einfluss auf unsere Pläne für morgen?«

»Nein«, erwiderte Fin. »Wir reiten im Morgengrauen los, lassen aber weniger Leute hier. Sleat hat ja, wie gesagt, keine Kanonen, und ohne die ist Eilean Donan uneinnehmbar. Wenn wir Sleat finden und ihn daran hindern können, sein Heer und die Flotte nach Süden zu führen, lösen wir damit unsere und Jakobs Probleme auf einen Streich.«

Am nächsten Morgen sah Molly von einem der Erkertürmchen an der Nordwestseite des Bergfrieds aus niedergeschlagen zu, wie die Männer davonritten. Sie war enttäuscht, dass Fin in der Nacht nicht zu ihr ins Bett gekommen war, konnte es aber auch verstehen. Schließlich hatte er sehr viel zu tun gehabt.

Als Molly am Vorabend in ihre Schlafkammer getreten war, hatte Doreen schon auf sie gewartet. Während die Zofe ihr half, das Salz aus ihrem Haar zu spülen, tadelte sie sie lachend für ihr abendliches Bad. Als sie fertig war, erwog Molly kurz, in Fins Kammer zu gehen, überlegte es sich dann aber anders. Wenn er sie bei sich haben wollte, würde er sie rufen.

Doch er kam erst im Morgengrauen, um ihr mit einem langen Kuss Lebewohl zu sagen. Er konnte, wenn überhaupt, nur wenige Stunden geschlafen haben.

Trotz Doreens Bemühungen war ihr Haar am Morgen noch immer feucht. Daher stand Molly nach dem Abschied von Fin auf, bürstete es kräftig vor dem Feuer aus, flocht es, als es fast trocken war, und steckte es sorgsam unter ihrer Haube fest.

Als sie auf den Wehrgang hinaustrat, hatte Fin bereits den schmalen Kanal überquert, um sich seiner Truppe anzuschließen. Die bestand aus einigen Bewaffneten in Kettenhemden und einer größeren Zahl zerlumpter Männer mit nackten Beinen und nackter Brust. Fin trug sein Kettenhemd über einem normalen Hemd, dazu dunkle, eng anliegende Hosen und seinen grün und indigoblau karierten Umhang. Seine Männer waren in einen kurzen Kilt gekleidet. Schräg über dem Rücken trug jeder von ihnen ein mit einem breiten Lederstreifen befestigtes Breitschwert. Außerdem hielten die Männer einen gefährlich blitzenden Dolch in der Hand. Einige von ihnen waren zusätzlich noch mit Äxten oder Lanzen, andere mit Langbogen und Pfeilen ausgerüstet.

Die meisten gingen zu Fuß, nur einige, wie Fin, hatten ein Pferd. Dennoch folgte die ganze Truppe in zügigem Tempo dem Pfad, der am nordöstlichen Rand von Loch Duich entlang nach Glen Shiel führte. Sie sahen genauso aus wie die Barbaren, für die Molly sie einst gehalten hatte. Sie wusste, dass auch die barfüßigen Männer ohne Schwierigkeiten mit den Pferden Schritt halten konnten, denn sie waren daran gewöhnt. Das Hochland war so berühmt für seine laufenden Boten, dass Erzbischof Beaton, der Geheimsiegelbewahrer, einmal sogar ein paar von ihnen mit nach Rom genommen hatte, um sie dem Papst vorzuführen.

Sir Patrick hatte sich bereits von der Gruppe gelöst und ritt in entgegengesetzter Richtung davon. Er sollte zwei Langboote mit je vierzig Mann Besatzung befehligen, die westwärts nach Kyleakin ruderten. Als Boote und Reiter außer Sicht waren, drehte sich Molly um und wäre fast gegen Mauri geprallt, die hinter ihr stand.

»Ich finde, Ihr solltet hereinkommen, Mistress«, sagte die ältere Frau. »Der Laird hat zwar die Hintertür verriegeln und verrammeln lassen, bevor er ging, und das Fallgitter ist auch hinabgelassen, aber trotzdem solltet Ihr nicht hier bleiben, wo Euch jeder sehen kann.«

»Die Kämpfe werden weit entfernt von Eilean Donan stattfinden«, gab Molly zu bedenken. »Fürchtet Ihr, dass es Kintail nicht gelingen könnte, Donalds Krieger zu finden und aufzuhalten?«

»Ich weiß nicht, was ich eigentlich befürchte, Mistress, doch sowohl unser Patrick als auch der Laird waren sehr erstaunt über Donalds Verhalten. Ich wünschte, der alte Herr wäre noch hier«, sagte sie wehmütig. »Er und Gilchrist MacRae kannten diesen üblen Donald am allerbesten.«

»Eilean Donan ist auf jeden Fall sicher, komme, was da wolle«, erklärte Molly in dem Bestreben, für Fin einzutreten. Dennoch war ihr bei dem Gedanken an einen Angriff auf die Burg jetzt, wo nur so wenig Verteidiger übrig waren, etwas beklommen zu Mute. Außer ihr selbst waren nur noch Mauri, Doreen, Thomas MacMorran und Ian Dubh anwesend – und die kleine Morag, die man nicht wirklich mitzählen konnte. Tam Matheson und Malcolm MacRae waren mit Fin fortgeritten.

»Wir gehen am besten nach unten zu Doreen.« Mauri seufzte. »Sie ist mit meiner Kleinen in der Halle und fürchtet sich wahrscheinlich. Die Männer überprüfen, ob die Burg auch genügend gesichert ist. Wenn sie damit fertig sind, wollen sie sich auf dem Wehrgang postieren und Ausschau halten.«

»Es gibt doch nur zwei Zugänge zur Burg, oder?«

»Ja, das Haupttor mit dem Fallgitter und die Hintertür im Nordwestturm. Die ist dick und hat einen schweren Riegel, und das Fallgitter besteht aus über einem Meter dicken Eichenbalken. Um sie noch fester zu machen, hat man sie in Salzwasser eingeweicht und außerdem mit eisernen Bändern verstärkt. Das Holz würde wohl nicht einmal brennen, also sind wir hier ganz sicher.« Kurz darauf rief Mauri, die mittlerweile am Fuße der Treppe stand, Molly zu: »Kommt Ihr nun, Mistress?«

»Aus welcher Richtung würde ein Angriff wohl erfolgen?«, fragte Molly sie, während sie ihr in die Halle folgte.

»Aus Westen, wenn er von Donald und seinem Gesindel ausginge«, antwortete Mauri und deutete mit der Hand in die Richtung. »Wenn sie sich auf dem Landweg näherten, würden wir sie schnell entdecken, daher kämen sie wohl von See her. Aber unser Strand ist so klein, dass nur wenige Boote anlegen können.«

»Dann sollte ich wohl hier stehen bleiben und Ausschau halten, bis Thomas und Ian Dubh nach oben kommen«, sagte Molly zögernd.

»Nein, Mistress«, erwiderte Mauri, »kommt nur zu Doreen herunter. Solange Patrick und seine Leute den Kyle bewachen, brauchen wir uns keine Sorgen zu machen.«

Widerstrebend begab sich Molly in die große Halle hinunter, wo Doreen die kleine Morag in ihrer Wiege schaukelte. Es war ganz still, bis auf das leise Knarren der Wiege und die gelegentlichen Schmatzlaute des Säuglings, der im Schlaf an einem seiner Fingerchen saugte.

Als Molly einen Blick auf die kleine Morag warf, lief ihr ein kalter Angstschauer den Rücken hinunter. Wie sollten drei Frauen und zwei Männer bloß das Kind bei einem Angriff beschützen? Ganz ohne Zweifel würde der grimmige Donald mit Freuden die Clans der Mackenzies und MacRaes ausrotten, damit er sich ihr Land aneignen konnte. Und auch seine Männer würden mit einem Kind der MacRaes kein Erbarmen haben. War Fin völlig verrückt geworden, die Burg praktisch ohne Schutz zurückzulassen?

Anders als Mauri, die sich auf ein Schwätzchen neben Doreen niederließ, hatte Molly nicht die Ruhe, sich hinzusetzen und geduldig auf Thomas und Ian Dubh zu warten. Unruhig wanderte sie hin und her und überlegte, was sie Sinnvolles tun konnte.

»Glaubt ihr, Thomas und Ian Dubh waren schon auf dem Turm?«, fragte sie die beiden Frauen kurz darauf. »Wo sind sie wohl jetzt? Sollten sie nicht bereits hier sein und uns Bericht erstatten?«

Doreen lächelte leicht. »Ich wünschte, Ihr würdet Euch hinsetzen, Mistress. Es wird schon nichts passieren, solange der Laird weg ist. Schließlich behält Sir Patrick das Meer im

Auge, und der Laird jagt die Wegelagerer von Glen Shiel und ihren elenden Anführer.«

»Aber immerhin sind die Banditen vorher bereits bis nach Glen Shiel gelangt.« Mit diesen Worten fasste Molly ihre bangen Befürchtungen zusammen, die sie seit dem vergangenen Abend plagten. »Doreen, Mauri, überlegt doch mal! Kintail hat doch einen Weg erwähnt, der von Kylerhea nach Süden führt.«

Mauri runzelte die Stirn und erwiderte: »Wenn es Donalds Männer waren, sind sie vielleicht gar nicht über das Land der Mackenzies und MacRaes geritten. Der Weg von Kylerhea führt über das Land der MacLeods. Möglicherweise hat MacLeod Donald ja die Erlaubnis gegeben, sein Gebiet zu durchqueren.«

»Alle haben vermutet, dass Donald zuerst nach Norden zieht, um zu seiner Flotte zu stoßen«, sagte Molly nachdenklich. »Zur Hochzeit kam er aber von Skye, also könnten einige seiner Schiffe noch immer dort liegen, und wenn die nun –« Bevor sie den Satz beenden konnte, schallte eine Stimme durch das Treppenhaus am anderen Ende der Halle.

»Langboote von Westen!«

Mauri erbleichte. »Wie konnten die Schiffe nur an Patrick und seinen Leuten vorbeikommen?«, fragte sie. »Donalds Flotte liegt doch nördlich von Kyle!«

»Vielleicht auch nicht«, gab Molly zu bedenken. »Es könnte doch sein, dass Donalds Boote um die Insel Skye herumgesegelt sind und sich uns von Süden, durch den Sund von Sleat, nähern. Vielleicht hat er auch ein paar Boote in Dunsgaith zurückgelassen. Wie auch immer – er scheint jedenfalls da zu sein. Bringt Morag in die Küche, Mauri.«

»Aber sie können auf keinen Fall in die Burg eindringen«, widersprach Mauri.

»Falls sie es doch schaffen, dann müsst Ihr ihnen sagen, dass Ihr hier fremd seid und dass einer von Mackenzies abscheulichen Männern Euch und das Kind vor einer Woche entführt und hierher gebracht hat«, schärfte Molly ihr ein. »Vielleicht glauben sie Euch ja und –«

»Aber das geht nicht! Was würde mein Malcolm dazu sagen?«

»Malcolm würde mir um des Kindes willen Recht geben«, entgegnete Molly. Sie machte sich nicht die Mühe, Mauri zu erklären, dass Malcolms Meinung ihre geringste Sorge wäre, wenn es den Angreifern wirklich gelänge, Eilean Donan einzunehmen.

»Geh nach unten, Mauri«, sagte Doreen leise und legte ihr das Kind in die Arme. »Und was ist mit uns, Mistress?«, fügte sie hinzu, nachdem Mauri verschwunden war. »Was sollen wir tun?«

»Ich gehe hinauf zum Erkertürmchen. Thomas und Ian Dubh können sicher Hilfe gebrauchen. Zuerst hole ich uns aber Waffen. Glaubst du, du kannst die Angreifer abwehren, wenn sie versuchen sollten, durch das Haupttor mit dem Fallgitter einzudringen?«

»Ja, Mistress, ich glaube schon«, erwiderte Doreen mit blitzenden Augen. »Thomas hat mir die kleine Kammer gezeigt, wo sie Steine und andere Scheußlichkeiten aufbewahren, die auf Angreifer hinabgeworfen werden. Und er hat gesagt, die Hebel, mit denen die Kessel angekippt werden, sind so fein ausbalanciert, dass sie sogar ein Kind bewegen könnte.«

»Also tu dein Bestes«, befahl Molly. »Gibt es oben genügend Waffen für Thomas und Ian Dubh?«

»Ja, sie haben ihre Bogen, und auch wenn sie nicht solch vorzügliche Schützen sind wie Sir Patrick oder der Laird, verstehen sie doch ihr Handwerk.«

Molly nickte nur und eilte in ihre Schlafkammer. Kintails alberne Anordnung, wonach sie ohne seine Erlaubnis keinen Bogen mehr anfassen durfte, galt jetzt nicht mehr. Doreen wäre in der kleinen Kammer über dem Fallgitter sicher und würde wohl auch mit den Waffen dort zurechtkommen. Aber trotz Kintails gegenteiliger Behauptung erschien es Molly völlig unmöglich, dass zwei Männer und drei Frauen allein die Burg verteidigen konnten. Auch Eilean Donans mächtige Mauern würden fallen, wenn ein Feind nur entschlossen und lange genug dagegen anrannte.

Sie riss ihren Bogen von der Wand und holte ihren Köcher mit den Pfeilen aus der Truhe. Da sie an jenem traurigen Tag, als Fin sie beim Schießen erwischt hatte, nicht mehr dazu gekommen war, all ihre Pfeile wieder einzusammeln, war ihr Vorrat auf beklagenswerte Größe geschrumpft. Aber vielleicht gab es ja irgendwo in der Burg noch mehr Pfeile. Sie würde Ian Dubh danach fragen.

Als sie jedoch auf dem Nordwestturm stand, vergaß sie, sich danach zu erkundigen, denn dort bot sich ihr ein Furcht erregender Anblick. Der Wind trieb von Westen schwarze Sturmwolken heran, und über das Loch Alsh rauschten vier Langboote unter vollen Segeln auf die Burg zu. Die Boote, die größer waren als die Kintails, wurden zusätzlich von langen Reihen von Rudern angetrieben, die sich in schnellem Takt hoben und senkten. Molly wusste, dass in einem Boot dieser Größe oft zwei Mann ein Ruder bedienten. Das bedeutete, dass in jedem der Boote mindestens vierzig Mann saßen.

»Gott sei uns gnädig«, stammelte Molly.

»Ja«, stimmte Thomas ihr mit einem kurzen Blick zu. Er hielt seinen Langbogen bereit, den Pfeil schon auf der Sehne, und sagte: »Ian Dubh steht dort drüben am südwestlichen Erkerturm, Mistress. Der Herr würde wahrscheinlich wollen, dass ich Euch nach unten schicke, aber ich bin froh über Euren Bogen. Ich weiß, Ihr könntet eine Kiefernnadel vom Ast schießen.«

»Das glaube ich kaum«, entgegnete Molly, »aber eine gewisse Begabung habe ich durchaus.«

»Ihr müsst schon allein deswegen begabt sein, weil Ihr als Frau überhaupt die Bogensehne spannen könnt. Das schafft manch ausgewachsener Mann nicht.«

Sie hatte nie darüber nachgedacht, wie viel Kraft es erforderte, mit einem Langbogen zu schießen. Als sie zum ersten Mal einen Schützen damit gesehen hatte, war der Wunsch in ihr erwacht, es ihm nachzutun, und wie fast immer hatte Mackinnon ihrem Willen nachgegeben und ihr einen eigenen kleinen Langbogen anfertigen lassen. Während sie heranwuchs, bekam sie neue, immer größere Bogen und überlegte nie, woher sie die Kraft nahm, die Waffen zu bedienen. Wahrscheinlich glaubte sie, es sei die stetige Übung, die es ihr ermögliche, den schweren Bogen zu handhaben.

»Wir schießen erst, wenn sie angelegt haben«, sagte Thomas. »Wir haben nicht genug Pfeile.«

»Gibt es keine mehr im Schloss?«, wollte Molly wissen.

»Wir haben schon alle geholt, die wir finden konnten. Sir Patrick und die Männer des Lairds haben fast alle verfügbaren Pfeile mitgenommen. Sie wollten Jagd auf Donald selbst machen und dabei die ganze Gegend von Kyle bis Glen Shiel im Auge behalten. Mit einem Angriff auf die Burg haben sie nicht gerechnet.«

»Das mit dem ermordeten Priester war doch bestimmt wieder eine Falle, oder? Ich vermute, Donald will mich immer noch zurückhaben.«

»Ja, der Laird und Sir Patrick wurden nicht misstrauisch, weil der Hilferuf doch von einem Murchison kam, der noch dazu landeinwärts lebt. Die beiden waren so sicher, dass sie uns schützen könnten, indem sie alle Wege von Norden und Westen im Auge behielten. Entgegen allen Vermutungen muss Donald jedoch mit einem Teil seiner Flotte vom Loch Alsh aus gekommen sein. Das Langboot an der Spitze trägt jedenfalls sein Banner.«

Molly, die die sich nähernden Boote nicht aus den Augen ließ, nickte nur. Mittlerweile waren sie auf weniger als fünfzig Meter an das Inselchen herangerudert. Sie fuhren in einer Reihe hintereinander, ihre Segel blähten sich im Wind, und die Ruder schlugen in schnellem Takt.

»Sagte Sir Patrick nicht, dass er den Boten von Glen Shiel kannte?«

»Er kannte seine Familie«, entgegnete Thomas. »Vielleicht hätten wir den Burschen ein wenig eindringlicher befragen sollen. Wartet noch, Mistress«, ermahnte er Molly, als sie den ersten Pfeil auf die Sehne legte. »Lasst sie erst nahe herankommen, und dann versucht, mit jedem Schuss zu treffen.«

»Das werde ich bestimmt«, stieß sie zwischen den Zähnen hervor.

Thomas bedachte sie mit einem durchdringenden Blick. »Dieses Banner – es ist also wohl Donald selbst, der sie anführt. Schurke oder nicht, der Mann ist noch immer Euer rechtmäßiger Vormund.«

»Das war er einmal«, hielt sie dagegen und erwiderte offen seinen Blick. »Hast du Angst, dass ich mich auf seine Seite schlage, Thomas?«

Er schaute ihr lange forschend in die Augen. Dann sagte er mit einem kleinen Lächeln: »Ihr habt nicht gerade eine große Zuneigung zu Kintail gezeigt, Mylady.«

»Für den grimmigen Donald empfinde ich noch viel weniger Zuneigung; und außerdem ist Eilean Donan jetzt mein Zuhause«, entgegnete Molly. Nur mit Mühe konnte sie es sich verkneifen, Thomas MacMorran zu erklären, dass es sich mit ihrer Beziehung zu Fin ganz anders verhielt, dass sie beide viel besser miteinander auskamen, als sie befürchtet hatte. In diesem Augenblick bemerkte sie, dass das erste Langboot den Strand an der Westseite erreicht hatte und bereit zum Anlegen war. »Pass auf, Thomas!«, rief sie.

Da drehte er sich um und ließ im gleichen Atemzug seinen Pfeil losschnellen. Als Antwort drang der Schrei eines Mannes zu ihnen herauf.

»Einer weniger«, sagte Thomas und legte in aller Ruhe einen neuen Pfeil auf.

Molly musste schlucken. Bis zu diesem Augenblick hatte

sie nur daran gedacht, Eilean Donan zu verteidigen. Dass dies mit der Vernichtung von Menschenleben einhergehen könnte, war ihr gar nicht in den Sinn gekommen. Der Gedanke daran bedrückt sie so sehr, dass sie zögerte. Thomas hatte bereits seinen zweiten Schuss abgegeben, da hob sie schließlich ihren Bogen und zielte.

Aus dem ersten Langboot, dessen Segel jetzt schlaff hinabhingen, strömten Männer an den Strand, und schon legte ein zweites Boot daneben an. Ein Pfeil, abgeschossen vom südwestlichen Erkerturm, verriet Molly, dass auch Ian Dubh den Kampf aufgenommen hatte. Ohne noch länger nachzudenken zielte sie auf die Schulter eines der Angreifer in der Hoffnung, ihn kampfunfähig zu machen, ohne ihn töten zu müssen.

Es gelang ihr. Der Mann umklammerte mit der Hand den in seiner Schulter steckenden Pfeil und versuchte, ihn herauszuziehen. Sein verwundeter Arm hing kraftlos herab.

Von ihrer vergleichsweise sicheren Stellung auf dem Wehrgang aus sah Molly, dass einige der Männer um die Nordseite der Burg herum zum Fallgitter liefen. Unter ihr versuchten andere, die Hintertür aufzubrechen, doch ihre und Thomas' Pfeile fanden ihr Ziel. Bald lagen überall auf dem grasbewachsenen Abhang Tote und Verwundete.

»Da!« Thomas deutete mit seiner freien Hand nach unten. »Seht Ihr? Donald höchstpersönlich steht dort direkt unter uns. Verdammt, er ist zu nahe an der Mauer. Dort kann ich ihn nicht erwischen.« Er lief ein Stück an der Brustwehr entlang bis zur Mitte des Gangs, sorgfältig darauf bedacht, in Deckung zu bleiben. Vorsichtig steckte er seinen Kopf zwischen zwei Zinnen hindurch und spähte nach unten. Dann verzog er enttäuscht das Gesicht. »Wenn ich doch nur ein paar große Steine hätte, dann könnte ich dem Kerl eins über den Schädel geben. Von hier aus lässt sich mit Pfeilen nichts ausrichten.«

»Dann lass ihn«, ordnete Molly an, »und schieß, was du kannst.«

»Wir haben nur noch ein paar Pfeile«, sagte er. »Wir sollten am besten –« Doch was sie sollten, erfuhr Molly nicht, denn in diesem Moment sauste ein Pfeil herauf und traf Thomas seitlich am Kopf. Er stürzte ohnmächtig zu Boden, und sein Kopf blutete stark. Molly rannte zu ihm und versuchte, die Blutung mit einem Stück ihres Unterrocks zu stillen. Dabei rief sie seinen Namen, doch er regte sich nicht.

Da stand sie auf, legte einen Pfeil auf die Sehne und blickte prüfend zwischen zwei Zinnen hindurch nach unten. Hier hatte sie eine bessere Sicht als vom Erkertürmchen aus, und kurze Zeit später hatte sie all ihre Pfeile verschossen, bis auf den einen, der noch immer neben Thomas lag und dessen Spitze mit Widerhaken versehen war. In der Hoffnung, dass Ian Dubh noch Pfeile hatte, rannte sie geduckt zum südwestlichen Erkerturm hinüber. Doch dort erblickte sie seinen leblosen Körper gegen die Mauer gelehnt. Sie kämpfte die Furcht nieder, die in ihr aufstieg. Ihr Köcher war leer, und von unten kamen auch keine Pfeile mehr heraufgeflogen. Als sie einen Blick durch eine der Schießscharten warf, sah sie, dass einige Männer zu den Schiffen zurückliefen. Für einen kurzen Moment hegte sie die Hoffnung, dass die Angreifer abziehen würden, um dem dräuenden Sturm zu entgehen, doch gleich darauf beobachtete sie, dass die Männer die Masten von den beiden Langbooten holten.

Molly konnte sich nicht vorstellen, was sie damit vorhatten. Geschwind rannte sie zu der Stelle zurück, wo Thomas lag, und nahm sich den letzten Pfeil. Bei einem erneuten Blick über die Zinnen erkannte sie zu ihrem Entsetzen, dass Donalds Männer die Masten als Rammböcke benutzen wollten.

»Bitte lass ihn sein Ziel finden!«, sandte sie ein Stoßgebet gen Himmel. Dann legte sie den Pfeil sorgfältig auf, und während sie die Männer unten beobachtete, wartete sie geduldig. Dabei wunderte sie sich selbst, wie ruhig sie auf einmal war. Für den Augenblick hatte man sie völlig vergessen, denn alle waren mit den Masten beschäftigt.

Das dritte Langboot war außer Sicht, doch das vierte näherte sich der südwestlichen Ecke des Bergfrieds. Anscheinend beabsichtigten die Männer nicht, das Schiff an Land zu bringen. Stattdessen hatten die Ruderer zu ihren Bogen gegriffen und waren im Begriff, einen Hagel von Pfeilen in die Burg zu schicken. Molly spähte nach Dornie hinüber, ob von dort vielleicht Hilfe nahte, doch es war nichts zu sehen. Als sie wieder nach unten schaute, wo sich die Männer nun anschickten, die Tür zu rammen, blickte sie direkt in die Augen ihres ehemaligen Vormunds.

Eigentlich schuldete sie ihm noch immer einen gewissen Respekt, dachte sie. Mackinnon hatte oft zu ihr gesagt, dass sie dem grimmigen Donald viel verdanke, doch eigentlich fühlte sie sich ihm in keiner Weise verpflichtet. Donald hatte sie zwar nicht entführt, doch er hatte ihr auch nicht geholfen, zu ihrer Familie zurückzukehren. Sie war ebenso seine Geisel gewesen wie die des Königs oder Fins. Doch Eilean Donan war jetzt nun einmal ihr Zuhause.

Donald grinste sie hämisch an, dann gab er seinen Männern ein Zeichen, den ersten Rammbock in Stellung zu bringen.

Ohne auch nur eine Sekunde zu zögern, hob Molly ihren Bogen und ließ den Pfeil von der Sehne schnellen. Er beschrieb einen hohen Bogen und landete in Donalds linkem Oberschenkel.

Aus seinem Blick sprach jetzt blanke Wut, und während ihm ein paar seiner Leute zu Hilfe eilten, riss sich Donald von Sleat wütend den Pfeil aus dem Bein.

Zu Mollys – und zweifellos auch Donalds – Entsetzen sprudelte eine Fontäne hellroten Blutes hervor, und obwohl die Männer alles unternahmen, um die Blutung zu stillen, hielt sie unvermindert an, bis Donald bewusstlos zusammenbrach. Einer der weiter entfernt stehenden Männer rief: »Haben sie unseren Häuptling umgebracht?«

»Nein, aber er ist schwer verwundet«, antwortete ihm ein

anderer und beugte sich über seinen Anführer. »Bringt ihn aufs Boot, Jungs. Wir verschwinden von hier, damit wir ihn richtig versorgen können!«

Im Nu waren die Angreifer mit Donald zu den Booten gerannt, währenddessen stellten einige der Männer die Masten wieder auf. Jemand blies in ein Horn, Dudelsäcke ertönten, und schon waren die Segel gehisst, und alle vier Langboote segelten davon.

Wie betäubt sah Molly ihnen nach. Sie beobachtete, wie die Männer im ersten Boot ihren verwundeten Anführer liegen ließen und zu den Riemen griffen. Ein Mann saß mit gesenktem Kopf am Heck.

»Ich habe ihn getötet«, flüsterte sie. »Ich habe den grimmigen Donald getötet. O mein Gott, was soll nun aus mir werden? Ich habe den Mann umgebracht, der mein Vormund war. Dafür komme ich in die Hölle, so wahr ich hier stehe.« Sie kniete sich neben Thomas, dessen Kopfwunde nur noch schwach blutete, und sagte eindringlich: »Wage es nicht, mir wegzusterben, Thomas! Ich brauche dich nämlich. Wir alle brauchen dich. Um Himmels willen, wach auf!«

Zu ihrer großen Verblüffung hörte die Wunde auf zu bluten, doch obwohl sie Thomas schüttelte und seinen Namen rief, rührte er sich nicht. Sie wollte schon zu Ian Dubh hinüberlaufen, entsann sich dann aber, dass ihm nicht mehr zu helfen war, und rannte stattdessen nach unten zu Mauri und Doreen.

18

Als die drei Frauen Thomas MacMorran und die Leiche Ian Dubhs in die beiden Erkertürme geschafft hatten, war der Sturm von Westen schon näher gekommen.

»Wir müssen Thomas nach unten ins Warme bringen«, sagte Doreen besorgt.

»Du hast Recht«, stimmte Molly ihr zu. »Aber ich weiß nicht, wie wir ihn die steile Treppe hinunterkriegen sollen. Aber hol schon mal ein paar Decken, dann können wir ihn warm halten, bis die anderen zurückkehren.«

»Ich hole die Decken«, bot sich Mauri an. »Und auch etwas, um Ian Dubh damit zuzudecken. Wir können ihn doch nicht einfach so liegen lassen, das gehört sich nicht.«

Molly lag die Bemerkung auf der Zunge, dass es Ian Dubh wohl nicht mehr kümmerte, was sich gehörte und was nicht. Doch sie sagte nichts und richtete ihre Aufmerksamkeit wieder auf Thomas. Im Nu war Mauri mit den Decken wieder da und bekam gerade noch mit, wie Doreen erschrocken den Atem anhielt. Zu ihrer großen Erleichterung sah sie, dass Thomas das Bewusstsein wiedererlangt hatte.

»Ich bin noch nicht tot, mein Mädchen«, sagte er mit einem schwachen Lächeln.

»Aber um ein Haar«, stieß Doreen aus. »Kannst du denn nicht den Kopf einziehen, wenn Pfeile durch die Luft schwirren, du dummer Junge?«

Sein Lächeln wurde breiter. »Anscheinend nicht«, flüsterte er mit unsicherer Stimme. »Ich brauche unbedingt eine Frau, die auf mich aufpasst.«

»Ach sei still, Thomas. Darüber können wir später reden. Stell dir vor, diese gemeinen Kerle haben Ian Dubh getötet!«

»O nein, nicht Ian!« – Doreen schaute betreten drein. »Ist dir kalt, Thomas?«, fragte sie dann. »Wir müssen dich schnell ins Warme bringen. Ein Sturm zieht auf, da hinten ist der Himmel schon ganz schwarz.«

»Du plapperst unzusammenhängendes Zeug, Mädchen. Aber das ist verständlich, bei dem Schreck … Was machen eigentlich diese Schurken da draußen?«

Doreen verzog das Gesicht und blickte zu Molly hinüber.

Die sagte: »Ich hoffe, sie sind auf dem Weg zurück nach Sleat. Ich … ich habe deinen letzten Pfeil auf den grimmigen Donald abgeschossen und ihn in den Oberschenkel getroffen.« – »Gut, Mädchen!«, rief Thomas aus. Dann verbesserte er sich hastig: »Das habt Ihr wirklich gut gemacht, Mistress. Schade, dass Ihr den elenden Schuft nicht getötet habt.«

»Ich fürchte, genau das habe ich getan«, antwortete Molly mit jämmerlicher Miene. »Weißt du, er hat sich den Pfeil herausgezogen, und die Spitze hatte Widerhaken. Donald muss sich eine Schlagader verletzt haben, denn plötzlich spritzte ein hellroter Blutstrahl heraus, und er brach zusammen. Seine Männer trugen ihn auf das Langboot, und dann segelten sie davon. Ich konnte noch erkennen, dass sie sich nach einer Weile nicht mehr um ihn bemühten, daher nehme ich an, dass er tot ist. Wahrscheinlich bringen sie seine Leiche nach Sleat. Auf jeden Fall haben wir nichts mehr von ihnen gesehen.«

»Aber sie kommen bestimmt zurück, um sich zu rächen«, mutmaßte Thomas und bat Doreen: »Hilf mir hoch, Mädchen. Wenn der Sturm losbricht, möchte ich lieber unten vor dem Kamin sitzen. Wo liegt denn Ian Dubhs Leichnam?«

»Wir haben ihn in den südöstlichen Erkerturm getragen und zugedeckt«, antwortete Doreen. »Du darfst ihn jedenfalls nicht hinunterbringen, denn du kannst dich ja kaum auf den Beinen halten.«

»Das habe ich auch nicht vor. Die anderen können sich um ihn kümmern, wenn sie wieder da sind«, sagte er und ergriff ihre Hand.

Molly und Mauri wollten ihm ebenfalls unter die Arme greifen, doch er winkte ab. »Es geht schon, ihr braucht mich nicht so zu verhätscheln.« Er rappelte sich hoch und stand einen Augenblick lang schwankend da. Dann, als er sich sicher genug auf den Beinen fühlte, humpelte er fast ohne Unterstützung die Treppe hinab. Allerdings hielt sich Doreen bereit, um ihn aufzufangen, falls er stürzen sollte. Angesichts ihres Größenunterschiedes war Molly froh, dass er es wohlbehalten nach unten schaffte.

Als sie Doreen und Mauri dabei zusah, wie sie sich bemühten, es Thomas so bequem wie möglich zu machen, fiel ihr ein, dass draußen vor der Burg noch immer tote und verwundete Männer lagen. Sie hatte keineswegs die Absicht, sich über Fins Verbot hinwegzusetzen und die Burg zu verlassen, überlegte jedoch, ob die verletzten Männer womöglich eine Gefahr für Fin und seine Leute darstellten. Nachdem Mauri Thomas versorgt und Morag nach oben in ihre Wiege gebracht hatte, fragte Molly sie: »Was ist mit den Verwundeten dort draußen? Könnte es nicht sein, dass sie Kintail und die anderen aus dem Hinterhalt überfallen?«

»Keine Angst, Mistress. Die Leute in Dornie werden unsere Jungs schon rechtzeitig warnen. Die Dorfbewohner konnten uns bei dem Angriff nicht zu Hilfe kommen, weil alle wehrfähigen Männer mit dem Laird oder Patrick fortgeritten sind, aber sie lassen unsere Leute bestimmt nicht in eine Falle laufen.«

»Ich werde mal hochgehen und nach ihnen Ausschau halten«, kündigte Molly an.

Mauri nickte, und Thomas riet Molly, in Deckung zu bleiben. »Nur für den Fall, dass einer von der Bande noch Kraft genug hat, einen Bogen zu spannen«, fügte er grimmig hinzu. »Ruft uns, wenn der Laird kommt. Dann ziehen wir das Fallgitter hoch.«

Molly versprach, vorsichtig zu sein, eilte dann hinauf zum Wehrgang und schaute hinab. Doch unten regte sich nichts, und so setzte sie sich hin und wartete so geduldig wie möglich auf die Rückkehr der Männer.

Ihre Gedanken wanderten zu Fin, und gegen ihren Willen stellte sie sich vor, dass er wie sein Vater in einen Hinterhalt geraten war und nun tot oder sterbend dort draußen in der stürmischen, sternenlosen Nacht lag. Wenn sie sich doch nur auf ein Pferd schwingen und ihn suchen könnte! Doch als sie sich ausmalte, was er wohl zu ihr sagen würde, wenn sie ihn irgendwo gesund und munter antraf, zog sie es vor, weiter ruhig auf ihn zu warten.

»Claud, was hast du denn?«, fragte Catriona, packte ihn bei den Schultern und schüttelte ihn heftig. »Was ist los mit dir?«

»Sei ruhig, Catriona«, stöhnte er. »Deine Stimme dröhnt mir in den Ohren wie der Donner da draußen.«

»Aber warum denn?« Sie neigte sich näher zu ihm hinüber und schüttelte ihn noch einmal. »Was ist denn bloß los?«

»Ich habe meine Zauberkräfte eingesetzt«, murmelte er undeutlich. »Mam hat mir prophezeit, dass ich jedesmal etwas spüren würde, wenn ich sie noch einmal gebrauche, aber ich wusste ja nicht, dass es so wehtut. Ich kann mich gar nicht mehr rühren, Mädchen. Ach ja, ich darf auch nicht mehr mit dir zusammen sein!«, rief er plötzlich. »Du musst mich allein lassen. Wo bin ich überhaupt?«

»In der Mauernische über der großen Halle. Ich habe dich hier gefunden.«

»Wahrscheinlich habe ich es gerade noch bis hierher geschafft und dann die Besinnung verloren«, sagte er.

»Aber was hast du denn bloß getan? War es denn etwas so Schreckliches?«

»Nein, Mädchen. Ich habe nur getan, was die Pflicht von mir verlangte. Und jetzt geh bitte. Mit jeder Minute, die ich bei dir bin, schwinden meine Kräfte, sagt Mam.«

»Erzähle mir erst, was du getan hast!«

»Nein.« Seine Stimme wurde immer schwächer. »Das kann

ich nicht. Du würdest böse mit mir sein, denn ich habe etwas getan, was nur meiner Maid und nicht deinem Laird dient.«

»Sag's mir! Vorher wirst du mich nicht los.«

Er konnte sie kaum noch hören, denn wieder drehte sich alles in seinem Kopf, und ihm wurde schwarz vor Augen.

Noch bevor die Männer heimgekehrt waren, brach der Sturm mit aller Macht los. Dennoch harrte Molly zusammengekauert in dem Erkertürmchen aus und hielt Wache. Stunden später erblickte sie schließlich ein paar schattenhafte Gestalten. Mauri hatte also Recht gehabt. Trotz Sturm und peitschendem Regen näherten sich Fins Männer langsam und vorsichtig der Burg. Ein paar von ihnen wateten durch den knietiefen Kanal, andere ruderten herüber.

Beim grellen Licht eines Blitzes glaubte Molly, Fin zu erkennen. Doch obwohl sie angestrengt in die Dunkelheit starrte, konnte sie nur undeutliche Umrisse ausmachen, die sich auf das Tor zubewegten. Mit pochendem Herzen rannte sie die Treppe hinab, um den anderen beim Hochziehen des Fallgitters zu helfen und endlich zu erfahren, ob alle wohlbehalten zurückgekommen waren. Sie hielt Thomas MacMorran noch für zu schwach, doch zusammen mit Doreen und Mauri würde sie das Gitter schon öffnen können. Aber Thomas lachte nur über ihre Bedenken und erklärte, er fühle sich pudelwohl. Als Doreen protestierte und drohte, sie werde ihn erwürgen, wenn er auch nur einen Finger rühre, legte er ihr besänftigend einen Arm um die Schultern und bat sie, mit ihm in den Raum hochzusteigen, in dem sich der Öffnungsmechanismus für das schwere Gitter befand.

Molly wäre am liebsten zu Fin in den Sturm hinausgerannt, doch wusste sie, dass er einen solchen Gefühlsausbruch vor aller Augen nicht gutgeheißen hätte. Also blieb sie wartend in der Halle stehen. Ob wohl alle heil und gesund waren? Würde sich Fin freuen, dass sie die Burg verteidigt, oder sich ärgern, dass sie versehentlich den grimmigen Donald getötet hatte?

Glücklicherweise hatte die Ungewissheit bald ein Ende. Noch bevor Doreen und Thomas wieder unten waren, trat Fin, begleitet von Tam Matheson, auch schon in die Halle.

Als Molly sah, wie sich Fin suchend umblickte, ließ sie alle aufgesetzte Würde fahren, rannte zu ihm hinüber und warf sich in seine Arme.

»Habt Ihr unterwegs Schwierigkeiten gehabt?«, fragte sie ihn atemlos.

»Überhaupt keine«, antwortete er und drückte sie an sich. »Hast du an meinen Worten gezweifelt, Mädchen?«

»Niemals«, versicherte sie und schmiegte sich trotz seiner nassen Kleider eng an ihn.

»Die Männer, die Sleat zurückgelassen hat, werden keinem mehr Schwierigkeiten machen«, flüsterte er ihr ins Ohr. Dann hielt er sie auf Armeslänge von sich weg und sagte: »Deine Sachen sind ja ganz feucht!« Offenbar hatte er das erst jetzt bemerkt.

»Ich war oben auf dem Wehrgang und habe nach Euch Ausschau gehalten. Aber Ihr seid ja auch ganz nass.«

»Es tut mir so Leid, was du durchmachen musstest, mein Mädchen«, sagte er und legte ihr die Hände auf die Schultern. »Ich hätte eigentlich wissen müssen, dass Donald dich nicht so schnell aufgeben würde.«

Diese schlichten Worte des Bedauerns zerstreuten all ihre Bedenken. Molly zwang sich, ihre aufkommende Erregung zu ignorieren und auch den Impuls, sich auf der Stelle mit Fin in ihre Schlafkammer zurückzuziehen. Stattdessen sagte sie: »Ich kann mir nicht vorstellen, dass es ihm um mich ging. Ich bin doch jetzt Eure Frau, was könnte er da noch mit mir anfangen?«

Noch immer schuldbewusst antwortete Fin: »Vielleicht glaubt er, er könne unsere Ehe annullieren lassen und dir dann doch noch selbst einen Ehemann suchen.«

»Was er glaubt, ist nicht mehr von Belang«, erwiderte sie knapp. »Aber kann man aus dem Angriff auf die Burg schließen, dass es gar keinen Überfall in Glen Shiel gegeben hat? War alles nur eine List, um Euch von hier fortzulocken?«

»O doch, einen Überfall gab es schon«, erklärte Fin in erbittertem Ton. »Dougal Maclennan und seine Familie sind tot, und sie wurden tatsächlich von Donalds Männern ermordet. Aber ich glaube, er wollte mich damit wirklich bloß weglocken, um Eilean Donan ungestört angreifen zu können.«

Da ertönte ein Ruf. »Patrick scheint zurück zu sein«, sagte Fin. »Er wird ganz schön wütend sein, dass ihm Donalds Boote durch die Lappen gegangen sind.«

»Das sind sie wahrscheinlich gar nicht«, entgegnete Molly leise. »Uns kam es so vor, als seien sie von Süden, von Sleat gekommen.«

»Damit hattet ihr Recht, meine Liebste«, stellte er fest, während er wieder seinen Arm um sie legte. Bei seinem Lob wurde ihr ganz warm ums Herz, doch seine nächsten Worte brachten sie beinahe zum Lachen. »Hat irgendjemand ans Abendessen gedacht?«, wollte er wissen. »Es sieht so aus, als wolle die Sintflut da draußen bis morgen Früh anhalten. Also sind wir heute Nacht hier drin sicher wie in Abrahams Schoß.«

Ein wenig betreten schaute Molly zu Mauri hinüber, doch die nickte nur. »Wenn mir zwei von Euren Burschen beim Auftragen helfen – zu essen habe ich genug. Die Suppe steht schon zum Aufwärmen auf dem Herd.« Damit machte sie sich auf den Weg in die Küche.

»Bring sie auf der Stelle auf den Tisch«, rief Fin ihr hinterher. »Ich sage euch, heute könnte ich für zehn essen.« Dann wandte er sich wieder an Molly: »Hast du große Angst gehabt, Mädchen?«

»Dazu hatte ich gar keine Zeit. Von dem Moment an, als wir die Boote entdeckten, hatten wir alle Hände voll zu tun. Und als dann Thomas getroffen wurde und … und Ian –«

»Thomas MacMorran? Ist er verletzt? Wo zum Teufel ist er überhaupt? Und was ist mit –«

»Hier, Herr«, antwortete Thomas, der gerade mit Doreen an seiner Seite in die Halle trat und schon wieder viel sicherer auf den Beinen stand. »Mir geht es gut, bis auf das scheußliche Kopfweh. Aber im Gegensatz zu Ian Dubh habe ich großes Glück gehabt.«

»Ian Dubh? Was ist mit ihm? Wo ist er?«

»Er wurde getötet, Sir«, berichtete Thomas und warf Molly einen kurzen Blick zu.

Stumm vor Schreck stand Fin da. Dann sah auch er Molly an. »Warum hast du mir das nicht gleich gesagt, Mädchen?«

»Ich hatte noch keine Gelegenheit dazu«, verteidigte sie sich. »Ihr wolltet zwar alles Mögliche wissen, habt mich aber noch nicht danach gefragt, was hier eigentlich geschehen ist. Es gibt da noch etwas, das Ihr wissen solltet.« Sie schilderte ihm die letzten Minuten des Gefechts und fügte hinzu, dass es nicht ihre Absicht gewesen sei, Donald zu töten. »Ich habe auf sein Bein gezielt und auch getroffen, er aber riss den Pfeil ohne jede Vorsicht heraus.«

»Ungeduld hat schon so manchem geschadet«, bemerkte Fin achselzuckend. »Aber das alles ist jetzt vorbei. Mach dir keine Gedanken darum. Keiner von uns wird Donald vermissen, und vermutlich hast du hunderte von Leben gerettet. Ich werde Jakob eine Nachricht schicken. Auch er ist bestimmt nicht traurig über Donalds Tod.«

Da trat Sir Patrick ein, und während Fin und Thomas ihm alles berichteten, eilte Molly in die Küche, um Mauri und Doreen zu helfen.

Beim Abendessen erholten sich alle von den Aufregungen des Tages, und als Doreen nach dem Essen aufstand, um Mauri zur Hand zu gehen, bat Molly sie, den Badezuber in Kintails Schlafkammer für sie füllen und ein Feuer im Kamin anzünden zu lassen.

»Ich möchte ein heißes Bad nehmen«, sagte Molly. »Gestern Abend habe ich mir nur das Haar gewaschen, und nach allem, was heute geschehen ist, fühle ich mich regelrecht schmutzig. Die Männer bleiben bestimmt noch stundenlang in der Halle und reden, da habe ich jede Menge Zeit für ein ausgiebiges Bad.«

»Ich werde mich sofort darum kümmern«, versprach Doreen. Als Molly die Halle verließ, unterhielt sich Fin noch immer angeregt mit Patrick und den anderen und winkte ihr nur kurz zu.

Oben in ihrer Schlafkammer holte sie aus einer ihrer Truhen ein Nachtgewand, das sie sehr mochte, aber auf Eilean Donan noch nicht getragen hatte. Es war aus leichtem, cremefarbenem Stoff und schlicht wie ein Hemd geschnitten. Es war mit keltischen Motiven in Blau bestickt und mit feiner Spitze besetzt – genau das Richtige für diese Nacht.

Ein paar Burschen schleppten Eimer mit heißem Wasser heran und füllten damit den Zuber. Einer von ihnen brachte einen Eimer kaltes Wasser, den er neben den Zuber stellte.

Kurz nachdem die Wasserträger gegangen waren, trat Doreen in die Kammer. »Habt Ihr Eure französische Seife, Mistress?«

»Ja«, antwortete Molly und schlüpfte aus ihrem Rock. »Hilf mir doch bitte mit den Schnürbändern.«

Nach einer Weile stieg sie in den Zuber und lehnte sich aufseufzend zurück. In einem so großen, bequemen Zuber hatte sie noch nie gebadet. Endlich einmal kam Fins Körpergröße ihr zugute. Bei dem Gedanken musste Molly lächeln. Genau genommen kam ihr seine Größe in vielerlei Hinsicht zugute und gefiel ihr durchaus – außer, wenn er zornig auf sie war. Dann verschaffte seine Größe ihm einen ungerechten Vorteil ihr gegenüber.

»Bring mir bitte ein Haarnetz«, wandte sie sich an Doreen. Sie hatte ihr Haar oben auf dem Kopf zu einem Knoten gedreht, doch einige Locken hatten sich daraus gelöst.

Doreen reichte ihr noch die Seife, zog einen kleinen dreibeinigen Hocker heran und stellte das Seifenschälchen darauf. Dann ging sie in Mollys Kammer hinunter, um das

Haarnetz zu holen. Währenddessen seifte sich Molly am ganzen Körper ein und rubbelte sich das Gesicht mit einem kleinen Handtuch ab.

Dann glitt sie tiefer ins Wasser, um die Seife abzuspülen. Dabei lehnte sie sich mit dem Rücken gegen das gewölbte Kopfteil des Zubers, presste das heiße Tuch an die Wangen und schloss genießerisch die Augen. Als sie hörte, dass die Tür aufschwang, sagte sie schläfrig: »Zieh mir einfach das Netz über die Haare, Doreen. Ich würde mich am liebsten nie mehr rühren.«

»Oh, ich hoffe, ein klein wenig wirst du dich schon noch rühren, meine Liebste.« Neckend und sinnlich drang Fins Stimme an ihr Ohr, und sie schlug die Augen auf.

»Du bist nicht Doreen!«, rief sie vorwurfsvoll.

»Und du«, gab er grinsend zurück, »merkst aber auch alles.«

»Es gefällt mir in deinem Zuber«, erklärte sie, faltete die Arme über der Brust und schaute Kintail wachsam an. Wie immer reagierte ihr Körper mit heftiger Erregung auf seine Gegenwart, sodass sie kaum noch still sitzen konnte. Er hatte seine Waffen sowie Helm, Rüstung und Kettenhemd abgelegt und stand nun in Hemd, Hose und Stiefeln da. Sein Hemd war aufgeschnürt.

»Ich bin ganz neidisch«, sagte er, noch immer grinsend. »Kannst du tatsächlich die Beine ausstrecken?«

»Ja, mit Leichtigkeit. Ich komme gerade mit den Zehen an die Wand. Es ist wirklich der größte Zuber, den ich je gesehen habe.«

»Ich hätte einen noch größeren machen lassen sollen«, antwortete er. »Groß genug für zwei.«

»Du kannst das Wasser benutzen, wenn ich fertig bin«, bot sie ihm an und hoffte, dass Doreen jetzt nicht hereinkam, denn es war eine Sache, sich beim Baden von einer Zofe bedienen zu lassen, die einen von Kindheit an kannte. Nackt im Bad zu liegen, während sich der Ehemann im Zimmer aufhielt, dagegen eine ganz andere. Und sich nackt und erregt in einem Badezuber zu räkeln, während Zofe und Ehemann sie anschauten, das war eine Erfahrung, die sich Molly lieber ersparen wollte.

Fin schaute anerkennend auf Molly hinunter. Sie konnte es nicht wissen, aber für ihn war diese Situation ebenso neu wie für sie. Noch niemals zuvor hatte er einer Frau beim Baden zugesehen, doch sie bot einen überaus erfreulichen Anblick. Zwar hatte sie bei seinem Eintreten schamhaft die Arme vor ihren üppigen Brüsten verschränkt, dennoch kam es ihm so vor, als störe sie seine Anwesenheit nicht im Geringsten. Doch als sie ihm dann anbot, ihr Badewasser zu benutzen – was ein durchaus verbreiteter Brauch war –, wurde sie rot vor Verlegenheit und schrubbte sich ihr Gesicht, als wolle sie sich die Haut abrubbeln.

Wie ein kleiner Kobold sah sie aus, mit den rotgoldenen Locken, die lose auf ihrem Kopf zusammengedreht waren, und den herrlichen großen Augen. Sie schimmerten grünlich, was er noch nie zuvor bemerkt hatte, und an ihren dunklen Wimpern hingen funkelnde Wassertröpfchen wie Diamanten. Ihre Haut war glatt und vom heißen Wasser rosig und wirkte ausgesprochen einladend. Am liebsten hätte er sie überall eingeseift.

»Gibst du mir bitte das Handtuch dort drüben?«, bat sie ihn und zeigte auf den Waschtisch, wobei sie mit der anderen Hand noch immer ihre Brüste bedeckte.

»Wo ist Doreen?«, fragte er.

»Sie holt mir ein Haarnetz. Aber wahrscheinlich hat sie gesehen, dass du hier hineingingst, und will uns jetzt nicht stören.«

Es gefiel ihm, wie die feinen Locken, die sich aus dem Haarknoten gelöst hatten, jetzt ihre Ohren und Wangen umspielten. Eine davon fiel ihr in den Nacken, und er wollte schon die Hand ausstrecken und sich die Strähne um den Finger wickeln, doch er beherrschte sich. Auf dem Hocker glänzte einladend die Seife.

»Das Handtuch bitte«, erinnerte Molly ihn.

»Ich glaube nicht, dass du schon sauber genug bist«, sagte er und schob den Riegel vor die Tür.

Er nahm die Seife, stellte das Seifenschälchen auf den Boden und setzte sich auf den Hocker. Bei der Vorstellung, das Seifenstück über ihre glatte Haut gleiten zu lassen, schrie sein Körper förmlich danach, dass er seine Frau aus dem Zuber hob und zum Bett trug. Aber die Vorfreude würde es für sie beide noch viel schöner machen. Er wollte sich Zeit lassen und jeden Augenblick genießen.

Molly beobachtete ihn mit großen, wachsamen Augen.

Sanft schob er ihren Arm beiseite, den sie vor die Brust gelegt hatte, und weidete sich an der üppigen Fülle ihrer Brüste. Dann fuhr er mit der angefeuchteten Seife in leichten kreisenden Bewegungen darüber hin, bis sie von seidigem Seifenschaum bedeckt waren. Er ließ die Seife einfach ins Wasser gleiten und streichelte mit beiden Händen ihre eingeseiften Brüste.

»Die Seife wird sich auflösen«, murmelte Molly und blickte Kintail tief in die Augen.

»Ich kaufe dir neue«, sagte er und sah, wie sich ihre Augen weiteten, als er mit einem Finger über die Narbe an ihrer linken Brust fuhr und dann die Brustwarze liebkoste.

Ihre Stimme war ein keuchendes Flüstern. »Das ist französische Seife. Sie ist sehr teuer.«

»Ich werde König Jakob sagen, dass er meiner hübschen Frau ein Stück französische Seife schuldet. Aber du redest entschieden zu viel.« Eine Hand noch immer auf ihrem Busen, beugte er sich vor und küsste sie. Als seine Lippen die ihren berührten, durchfuhr es ihn wie ein Blitz, der jeden Nerv in seinem Körper in Brand setzte.

Da legte er die andere Hand auf ihren Hinterkopf, presste mit einem leisen Stöhnen seine Lippen fester auf die ihren und machte sich daran, mit der Zunge die einladende Wärme ihres Mundes zu erforschen.

Dabei fuhr er fort, sie zu streicheln. Sanft erst, dann immer begieriger glitt seine Hand über ihren Körper, den flachen Bauch und weiter hinunter, bis zu dem leicht gekräuselten Haarbusch. Dann zog er die Hand weg und suchte im Wasser nach der Seife.

Sie wand sich lustvoll und ließ ihre kleine Zunge währenddessen behände in seinem Mund spielen.

Als er die Seife gefunden hatte, fuhr er damit über die Innenseiten ihrer Oberschenkel, immer höher und höher hinauf, bis zu ihren Schamlippen. Er strich sanft mit dem Seifenstück darüber hin und genoss Molly erregtes Stöhnen. Da ließ er die Seife los und drang mit seiner Hand in ihren warmen, bereiten Körper ein. Er brauchte seine Finger nur noch ein klein wenig spielen zu lassen, bis sie ihren Höhepunkt erreichte.

Er hielt sie, bis die lustvollen Krämpfe abebbten und sie die Augen aufschlug. Dann sagte er: »Und jetzt hole ich dir dein Handtuch.«

Als er sie losließ, hielt sie sich mit beiden Händen am Rand des Zubers fest, als fürchte sie unterzugehen.

Mit einem Lächeln voller Vorfreude zog Fin das Handtuch vom Halter und drehte sich wieder zu Molly um. Mochten die vermaledeiten Stimmen ruhig die ganze Nacht lang plappern, das würde ihn heute völlig kalt lassen. Er legte sich das Handtuch um die Schultern und holte heißes Wasser vom Kamineinsatz. Molly sah ihm mit vor Sinnlichkeit glänzenden Augen zu.

»Steh auf, Liebling. So kann ich dich doch nicht abspülen. Und außerdem muss das Wasser doch langsam kalt sein.«

Eine Hand auf den Rand des Zubers gestützt, erhob sie sich langsam und blieb dann aufrecht stehen, die Augen fest auf ihn gerichtet. Ihre festen Brüste glitzerten nass, makellos bis auf die Narbe, die der heiße Schlüssel hinterlassen hatte.

Ihre Arme waren sanft gerundet, ebenso wie ihre Hüften und das kleine Hinterteil, die Beine lang und schlank. Wie vom Blitz getroffen stand er da und starrte auf ihre anmutige Erscheinung.

Wenn er nur daran dachte, dass Donald sie ihm hatte wegnehmen wollen …

Sie zog leicht die Augenbrauen hoch, so als sei sie sich nicht sicher, was es mit seinem Zögern auf sich hatte.

»Du bist so schön«, sagte er leise, als er ihr behutsam den Seifenschaum mit dem frischen Wasser abspülte.

»Ich bin ganz schwach auf den Beinen. Außerdem wird mir kalt, wenn du mir jetzt nicht endlich das Handtuch gibst!«

»*Ich* werde dich abtrocknen«, erklärte er und reichte ihr die Hand. »Komm heraus, und geh hinüber zum Feuer, damit du nicht frierst.«

Ohne ihn aus den Augen zu lassen, stieg sie aus dem Zuber und stellte sich auf den kleinen Teppich vor dem Kamin.

»Vorn oder hinten zuerst?«

Sie zitterte leicht. »Ganz wie du willst«, sagte sie und senkte die Augen mit zitternden Wimpern.

Er lächelte. »Versuchst du jetzt, mich zu verführen oder zu entmutigen, Mädchen?«

Plötzlich ganz schüchtern geworden, blickte sie auf ihre Zehen. »Ich dachte, du wolltest …« Sie schluckte und fuhr dann hastig fort: »Was du da gerade mit mir gemacht hast … so ein Gefühl kannte ich nicht. Aber wir beide waren im Bett noch gar nicht richtig zusammen. Daher dachte ich, du …« Ihre Stimme versagte, und sie blickte ihn Hilfe suchend an.

»Wir sind ja noch nicht fertig, Liebste«, antwortete er mit rauer Stimme. Mit einer sanften Bewegung legte er ihr das Handtuch um, drehte sie zu sich herum und rubbelte sie ab. »Ich begehre dich so sehr«, flüsterte er. »Du bist anders als alle Frauen, die ich bisher kannte. Du entfachst ein solches Feuer in meinen Lenden, dass ich am liebsten den Rest meines Lebens mit dir im Bett verbringen würde.«

Dann hob er sie mitsamt dem Handtuch auf seine Arme, trug sie zum Bett und legte sie vorsichtig darauf.

»Ich bin noch ganz nass«, klagte sie, »und außerdem hat niemand das Bett angewärmt.«

»Fürs Erste bist du trocken genug«, murmelte er, »und das Bett wärmen wir selbst an.«

Sie kicherte leise. »Ihr habt es zu eilig, Sir. Was ist mit Eurem Bad?«

»Ich bin doch gestern Abend geschwommen und habe vorgestern gebadet«, erinnerte er sie. »Das ist mehr Wasser, als die meisten Männer in einem ganzen Monat zu sehen kriegen.«

»Aber du musst dich noch ausziehen«, sagte sie.

Während er im Handumdrehen aus seinen Kleidern schlüpfte, trocknete sie sich noch ein wenig ab. Dann ging er erneut zum Feuer hinüber und legte einige Holzscheite nach. Die Kerzen in den Wandleuchtern ließ er brennen. Heute Nacht, wenn er sie endgültig zu seiner Ehefrau machte, wollte er sich an ihrem Anblick ergötzen.

Molly war bereits unter die Decke geschlüpft und hatte sie sich bis zum Kinn hochgezogen. Doch Fin hob die Decke wieder an und betrachtete ausgiebig ihren Körper. Dieses Anblicks würde er nicht so schnell überdrüssig werden.

Molly war froh, dass er heute anscheinend keine seltsamen Stimmen hörte. Sein großer Körper glitt neben ihr ins Bett, und unter seinen warmen, zärtlichen Händen lebte ihre Erregung wieder auf, die er vorhin im Badezuber so geschickt geweckt hatte.

Auf einen Arm gestützt, lag er neben ihr und streichelte mit der anderen Hand ihre Brust. Sein Haar kitzelte ihre Wange, und er roch ganz leicht nach Wald und nach dem Lederfutter seines Helms. Als er begann, zart an ihrer Brustwarze zu saugen, und dabei seine Hand über ihren Körper nach unten gleiten ließ, schnappte sie leicht nach Luft.

Atemlos flüsterte sie: »Sag mir, was ich tun soll.«

Er schaute kurz auf. »Lass mich nur deinen Körper genießen.«

Sie zog ihn leicht an den Haaren. »Küss mich aber zuerst.«

Mit einem kleinen Glucksen küsste er sie erst zart, dann fordernder. Heiß und lüstern presste sie sich an ihn, und als er endlich die Hand zwischen ihre Beine schob, hob sie ihre Hüften voller Verlangen seinen forschenden Fingern entgegen.

Molly war jetzt so erregt, dass sie am liebsten aufgeschrien hätte, doch Fins Kuss verschloss ihr die Lippen. Sie stöhnte und wand sich wie im Fieber, bis er sich schließlich auf sie legte. Als sie spürte, wie er in sie eindrang, hielt sie den Atem an. Dann stieß sie unwillkürlich einen kleinen Schmerzensschrei aus. Das hier war anders als in dem Badezuber. Kintail bewegte sich langsam und so behutsam wie möglich, dennoch tat ihr jede seiner Bewegungen weh.

Da hielt er inne, streichelte ihr über Brust und Bauch und murmelte: »Es wird nicht immer so wehtun, Liebste. Dein Körper gewöhnt sich schnell an den meinen, du wirst schon sehen.«

»Gut. Wie lange wird das dauern?«

Er lachte leise. »Nicht lange. Aber doch länger als ein paar Minuten.«

Trotz des Schmerzes wollte sie nicht, dass er aufhörte. Doch als er sich erneut bewegte, zog sie scharf die Luft ein, sodass er fragte: »Tut es zu weh?«

»Eigentlich nicht«, antwortete sie ein wenig überrascht. Nach dem Wenigen, was sie über Ehemänner wusste, hätte sie nicht erwartet, dass er so rücksichtsvoll sein würde. »Es ist bloß so, dass so viele verschiedene Gefühle auf einmal auf mich einstürmen«, erklärte sie. »Einige davon sind angenehm, andere nicht.« Als er nichts erwiderte, schloss sie die Augen, holte tief Luft und ließ den Atem langsam wieder ausströmen. Der Schmerz sollte endlich verschwinden.

Sie spürte seine Lippen und vergaß den Schmerz. Hungrig

erwiderte sie seinen Kuss, und ihre Zungen umspielten einander in einem sinnlichen Tanz.

Er begann sich wieder in ihr zu bewegen, behutsam zuerst, doch dann immer drängender, und der Schmerz kehrte zurück. Gerade wollte sie ihn bitten, noch einen Augenblick lang zu warten, da wurden seine Stöße schneller und heftiger – und dann war es auf einmal vorüber.

Schwer lag er auf ihr, und sein Herz pochte wie rasend gegen ihre Brust. Der Schmerz ließ bereits nach.

Fin rutschte von ihr herunter, legte sich wieder neben sie und nahm sie in den Arm. Mit den Worten: »Du sollst doch nicht frieren«, zog er die Bettdecke über sie beide.

So ruhten sie sich ein paar Minuten lang aus, bis Molly schließlich fragte: »Wird es beim nächsten Mal wirklich nicht mehr so wehtun?«

»Nein, bestimmt nicht. Hast du noch Schmerzen?«

»Ein bisschen«, gestand sie.

»Ich bringe dir das Handtuch. Wahrscheinlich wirst du ein wenig bluten.«

Er stand auf und holte das feuchte Handtuch vom Badezuber.

»Das kann ich selbst machen«, sagte sie ein wenig verschämt.

»Lass es mich tun.« Sanft und geschickt wischte er ihr das Blut fort, dann warf er das Handtuch in den Zuber und stieg wieder zu ihr ins Bett.

Nach kurzem Schweigen sagte er: »Jetzt bist du keine Maid mehr, meine Liebste.«

»Nein«, antwortete sie und überlegte, ob man sie von nun an wohl noch die Maid von Dunsithe nannte.

Als er abermals begann, sie zu streicheln, schmiegte sie sich noch enger an ihn, lächelte ihn an und neigte sich zu ihm hinüber. Sie wollte, dass er sie küsste. Als er es tat, gab ihr dies das Gefühl von Macht. Sie hatte etwas verlangt, und er hatte gehorcht.

Er küsste ihre Nasenspitze, ihr Kinn, ihre Lippen. Dabei streichelte er weiter ihre Brust und ihren Bauch. Als sein Finger die Narbe auf ihrer Brust berührte, erkundigte er sich beiläufig: »Bist du sicher, dass dir nie einer verraten hat, wo der Schatz von Dunsithe liegt?«

Mit einem Schlag ließ ihre Erregung nach. »Ich weiß nur, dass es ihn geben soll«, antwortete sie mit leiser Stimme. »Warum fragst du gerade jetzt danach?«

»Ich dachte bloß, dass du als Kind einmal gehört haben könntest, wo er versteckt ist und wie man ihn finden kann.«

Sie versuchte, ihre Enttäuschung zu verbergen, und fragte: »Bist du deswegen heute Abend so rücksichtsvoll und leidenschaftlich gewesen? Hast du gehofft, ich würde dir alles über mein Vermögen erzählen, damit du es aufspüren und deine Burg noch stärker befestigen kannst?«

»Ich habe gefragt, weil es mir in den Sinn kam, als ich die Narbe berührte, und weil ich das Recht dazu habe. Ich bin schließlich dein Ehemann, Mädchen. Was dein ist, ist auch mein. Das hat nichts mit dem zu tun, was heute Abend zwischen uns geschehen ist.«

»Wie auch immer, ich weiß jedenfalls nicht mehr darüber als du«, erwiderte sie kurz angebunden. »Ich bin müde. Können wir jetzt schlafen?«

»Ja«, gab er in demselben Ton zurück. »Aber morgen kannst du dich bereitmachen, Eilean Donan zu verlassen.«

»Ich soll von hier fort?« Der Schreck fuhr ihr in die Glieder. Sie hatte es ja gleich gewusst – Eilean Donan war genauso wenig ihr richtiges Zuhause wie alle anderen Wohnstätten zuvor. »Willst du mich denn wegschicken, nur weil ich dir nichts über den Schatz von Dunsithe sagen kann?«

»Nein, mein Mädchen«, entgegnete er in freundlicherem Tonfall und zog sie an sich. »Ich schicke dich nur fort, weil Patrick, Malcolm, Thomas und ich davon überzeugt sind, dass Donalds Männer keine Ruhe geben werden, bis sie seinen Tod gerächt haben. Ich will, dass du in Sicherheit bist.«

»Und wo ist das?« – »Ich schicke dich zu Jakob. Er wird dir seinen königlichen Schutz nicht verweigern, und ich wüsste nicht, wo du sicherer wärest als auf Stirling.«

»Ich will aber nicht nach Stirling! Hier kann ich mich viel nützlicher machen.«

»Ich habe dich nicht nach deinem Willen gefragt. Obgleich ich nicht leugnen kann, dass du dich heute tapfer geschlagen hast. Thomas war ganz hingerissen von deinen Schießkünsten.«

»Aber Eilean Donan ist jetzt mein Zuhause. Hier gehöre ich hin!«

»Du reist zum König«, beharrte er unnachgiebig. »Ich will nicht, dass meine Frau Seite an Seite mit meinen Männern auf den Zinnen kämpft und ihr Leben – und nun vielleicht auch das meines Erben – aufs Spiel setzt.«

»Also gut, dann werde ich eben gehen«, sagte Molly steif. »Gute Nacht, Sir.« Mit diesen Worten drehte sie sich um, entschlossen, Fin nicht weiter zu beachten. Das war jedoch kaum möglich, denn er hielt sie weiterhin fest gegen seinen großen, warmen Körper gedrückt. Doch sprach er kein Wort mehr, und schließlich war Molly sicher, dass er eingeschlafen war.

Erst als sie selbst schon fast schlief, fiel ihr ein, dass sie ihr schönes Spitzennachthemd vergeblich herausgesucht hatte.

Bewegungslos lag Fin wach, hielt Molly in den Armen und hätte ihr gern gesagt, dass er sie am liebsten nicht wegschicken würde. Doch das hatte keinen Zweck. Bei der kleinsten Ermutigung würde sie darum kämpfen, bleiben zu dürfen, und das konnte er nicht gestatten. Er musste nicht nur an ihre Sicherheit, sondern auch an Eilean Donan und Kintail denken. Wenn sie sein Kind austrug, würde sein Haus weiterbestehen, selbst wenn er fiel. Es dauerte lange, bis er schließlich einschlief.

19

Irgendetwas ging da vor sich. Claud versuchte verzweifelt, zu sich zu kommen, doch sein Körper wollte ihm nicht gehorchen. Von allen Seiten drang schrilles Gekreisch auf ihn ein, das immer mehr anschwoll.

Die Wilde Jagd! Von unbeschreiblichem Grauen erfüllt, riss er die Augen auf.

Es war nicht die Wilde Jagd, doch der Anblick, der sich ihm bot, war schrecklich genug. Seine Mutter und Catriona standen sich gegenüber, doch war es nicht seine Mam, die so kreischte. Noch nie hatte er Catriona so außer sich gesehen.

»Bleib mir bloß vom Leib, du alter Besen!«, fauchte sie, die Hände in die Hüften gestemmt. »Deinen Sohn kannst du ja vielleicht herumkommandieren, aber über mich hast du keine Macht.«

Claud wollte sie noch warnen, doch er hatte gerade erst den Mund aufgemacht, da war es schon zu spät.

Maggie hob nur eine Hand, und Catriona flog rückwärts durch die Luft. Immer noch in den höchsten Tönen zeternd, blieb sie mit ihrem duftigen grünen Gewand an einer der Bannerhalterungen an den Wänden der Halle hängen und ruderte wie wild mit Armen und Beinen.

»Du bist ja verrückt geworden, du altes Weib!«, schrie sie. »Wie kannst du es wagen, mir so etwas anzutun?«

Claud hielt den Atem an.

Mit über der Brust gekreuzten Armen blickte Maggie drohend zu Catriona hoch. »Wagen? Ich wage hier gar nichts, du elendes, spatzenhirniges Flittchen. Hat mein Claud dir nicht gesagt, dass ihm die Strafe der Runde droht für all die Dinge, zu denen du ihn angestiftet hast? Ich wette, das hat er, aber dir war das ja piepegal. Du konntest ja nicht aufhören, ihn für deine eigenen selbstsüchtigen Zwecke einzuspannen. So brauchtest du selbst keinen Finger zu rühren, um deinem Laird zu dienen.«

»Das stimmt nicht! Und selbst wenn, geht es dich nichts an. Lass mich jetzt gefälligst runter!«

»Ich will keinen Mucks mehr von dir hören, du dreimal verdammte Schlampe«, schnauzte Maggie. »Halt endlich die Klappe!«

»Wie kannst du es wagen –«

Ohne die Arme zu bewegen zuckte Maggie nur mit einem Finger, und schon drang kein Laut mehr aus Catrionas noch immer eifrig plapperndem Mund.

Ruhig und bestimmt sagte Maggie: »So, du kleines Luder. Jetzt, wo endlich Ruhe herrscht, kann ich mich entsinnen, dass du mir gegenüber zweimal das Wort ›wagen‹ gebraucht hast. Hat Claud etwa vergessen, dir zu erzählen, dass ich selbst zur Runde gehöre?«

Catriona hörte auf herumzufuchteln und riss erst ungläubig, dann angstvoll die Augen auf.

»Aha, du fängst also langsam an zu begreifen, was dir blüht, nicht wahr? Ich wette, wir werden noch eine Entschuldigung von dir zu hören bekommen. Doch zuerst sag mir eines: Hat Claud dir nicht mitgeteilt, dass seine Strafe immer schlimmer wird, je öfter er mit dir zusammen ist?«

Nach kurzem Zögern nickte Catriona.

»Sehr klug von dir, mich nicht anzulügen«, sagte Maggie mit trügerisch sanfter Stimme. »Du wirst schon wieder von dieser Stange herunterkommen, aber dann wirst du auch merken, dass deine Zauberkraft nachgelassen hat. Aber da du deine Arbeit ohnehin lieber von jemand anderem erledigen lässt, hast du ja sowieso keine Verwendung dafür. Aber sieh dich vor, damit du sie nicht ganz verlierst!«

Catriona starrte die Ältere mit offenem Mund an. Augenscheinlich hatte sie Clauds Anwesenheit gar nicht bemerkt.

»Ihr Hochlandbande vergesst gern, dass die Runde die Macht hat, jeden zur Rechenschaft zu ziehen«, fuhr Maggie fort. »Und bevor es dazu kommt, denkst du besser darüber nach, wie du deine Übeltaten wieder gutmachen kannst. Wir wollen doch sichergehen, dass du deine Lektion gelernt hast. Und bis dahin wird deine schrille Stimme kein Ohr mehr beleidigen. Lass uns jetzt gehen, Claud.«

Er hatte angenommen, dass sie ihn ebenso wenig bemerkt hatte wie Catriona, aber obwohl sie ihn keines Blickes gewürdigt hatte, wusste seine Mutter natürlich ganz genau, dass er wieder wach war und die ganze Szene mitbekommen hatte. Gerade wollte er ihr sagen, dass er kein Glied rühren konnte, doch war er so klug, es vorher auszuprobieren. Zu seiner großen Verblüffung waren seine Schmerzen und die Schwäche wie weggeblasen. Er kam nicht schwerfälliger auf die Beine als gewöhnlich.

Er schwieg, bis sie außer Hörweite von Catriona waren. »Ich bin nicht zu ihr gegangen, Mam«, sagte er, »Sie hat mich hier gefunden.«

»Das ist jetzt egal«, entgegnete Maggie. »Eigentlich hast du es ja nicht verdient, dass ich dich jetzt schon von meinem Zauberbann erlöse, aber die Umstände erfordern es. Du musst die Maid begleiten.«

»Begleiten? Wohin denn?«

»Sie reist nach Schloss Stirling, um beim König Schutz zu suchen«, erklärte Maggie ihm. »Ich würde sie ja selbst unter meine Fittiche nehmen, aber ich muss mich jetzt anstelle dieser dummen Schlampe um den Laird von Kintail kümmern. Ich will nur hoffen, dass du auch deine Lektion gelernt hast, mein Bürschchen.«

»Ganz bestimmt«, sagte Claud eifrig. »Aber solltest du nicht auch bei der Maid bleiben? Was ist, wenn ich wieder was falsch mache und alles schief geht?«

»Beim König ist sie sicher«, erwiderte Maggie. »Und ich bin jetzt, wo ich Catriona ihre Zauberkräfte geraubt habe, auch noch für den Laird verantwortlich. Falls die Macdonalds den Tod ihres Anführers rächen wollen, steht ihm ein Überfall bevor.«

»Ist ihr Häuptling denn gestorben?«, fragte Claud erstaunt.

»Du warst doch dabei, Dummkopf, als die Maid ihn mit einem Pfeil erschoss. Du hast es mit eigenen Augen gesehen.«

»Das war ihr Anführer?«

»Ja, wusstest du das denn nicht?«

»Nein«, antwortete Claud nachdenklich. »Es fiel mir schon schwer genug, ihre Pfeile zu lenken, bei all den Schmerzen, die mir dein Zauberbann verursachte.«

Er hätte noch mehr hinzufügen können, unterließ es jedoch, da er sich nicht sicher war, wie seine Mutter die Neuigkeit aufnehmen würde. Er beschloss, damit zu warten, bis er den Beweis geliefert hatte, dass er auf die Maid aufpassen konnte. Maggie würde schon sehen. Die ganze Runde würde sehen, dass ihr Claud gewitzter war, als sie alle dachten.

»Wach auf, Molly. Der Sturm ist vorüber, und wir müssen losreiten.«

Als sie die Augen öffnete, erblickte sie Kintail, der sich über sie beugte. Es war noch dunkel, doch er hatte eine der Kerzen an den Wänden angesteckt, und in ihrem flackernden, orangegoldenen Schein wirkte seine Gestalt fast gespenstisch.

»Wie spät ist es?«, fragte sie schlaftrunken.

»Noch nicht vier Uhr«, antwortete er. »Ich möchte dich so schnell wie möglich fortbringen, bevor sich Sleats Leute sammeln können. Wir wissen zwar nicht, wer letzten Endes das Kommando übernimmt, aber sicher gibt es zuerst einmal ein Durcheinander, denn Sleats offizieller Nachfolger ist sein Sohn, und der ist noch zu jung, um die Männer zu befehligen. Sie würden ihm nicht gehorchen.«

Blinzelnd versuchte Molly, ihre Gedanken zu ordnen. Wieder einmal wurde sie ungefragt aus ihrer gewohnten Umgebung gerissen. »Ich will nicht fort«, sagte sie und setzte sich auf. Das hatte sie Kintail zwar schon einmal zu verstehen gegeben, doch jetzt versuchte sie es erneut. »Ich bin deine Frau, und dies ist mein Zuhause. Mein Platz ist hier.«

»Dein Platz als meine Frau ist dort, wo ich dich haben will«, verbesserte er sie und fügte dann etwas freundlicher hinzu: »Lass uns darüber nicht streiten, Liebste. Ich möchte, dass du in Sicherheit bist. Du wirst mit dem Schiff nach Dunbarton fahren und von dort aus zu Jakob nach Stirling.«

»Dann wirst du mich also nicht einmal begleiten«, erwiderte sie bitter. »Du schickst mich weg wie ein Bündel Lumpen.« Sie wusste, es klang kindisch, aber das kümmerte sie nicht. Sie war es herzlich leid, wie eine Schachfigur herumgeschoben zu werden in diesem Spiel, das ausschließlich Männern vorbehalten war.

»Liebling«, redete Fin ihr jetzt gut zu, »ich schicke dich zu Jakob, weil es meine Pflicht als dein Ehemann und Vormund ist, für deine Sicherheit zu sorgen. Und ich begleite dich aus zwei Gründen nicht. Zum einen ist mein Platz hier bei meinen Leuten. Jetzt, wo Ian Dubh nicht mehr ist, sind noch ein paar Dinge zu regeln. So will ich beispielsweise Patrick zum neuen Burgvogt ernennen. Tam Matheson, Thomas MacMorran und Doreen werden mit dir reiten.«

»Nur die zwei Männer?«

»Nein, Mädchen. Es kommen auch noch sechzehn bewaffnete Ruderer mit, aber es ist vor allem die Aufgabe von Tam und Thomas, auf dich aufzupassen. Sie werden auch eine Eskorte für die Strecke zwischen Dunbarton und Stirling anheuern und außerdem mit dir auf Schloss Stirling bleiben und sich dort um dich kümmern, bis ich dich wieder nach Hause holen kann.«

»Zwei hast du gesagt«, erinnerte sie ihn. »Zwei Gründe, warum du nicht mitgehst.«

»Ja. Der zweite Grund ist, dass meine Anwesenheit dich nur noch mehr in Gefahr bringen würde. Sleats Männer würden mich sofort erkennen, falls sie das Boot anhalten. Und außerdem will ich Eilean Donan jetzt nicht verlassen, da mit einem erneuten Angriff zu rechnen ist, und sei es auch nur, weil Donalds Männer beweisen wollen, dass sie diesmal im Stande sind, die Burg einzunehmen.«

»Eigentlich sollte es mich ja nicht wundern, dass du dir mehr Sorgen um deine Burg als um deine Frau machst«, sagte sie.

Da riss er ihr die Bettdecke weg, zog sie aus dem Bett, hob sie hoch, dass ihre Füße wie damals auf Dunakin ein Stück über dem Boden baumelten, und schüttelte sie einmal kurz.

»Das ist blanker Unsinn!«, fuhr er sie an.

Sie redete sich ein, dass der Schauer, der ihr über den Rücken lief, nicht ihrer Furcht, sondern der Tatsache zuzuschreiben war, dass sie noch immer nichts anhatte.

»Setz mich ab, Fin«, sagte sie mit erzwungener Ruhe.

Nach ein paar Sekunden gehorchte er, legte ihr jedoch die Hände schwer auf die Schultern, sodass sie sich nicht abwenden konnte.

Der Boden war kalt und ihre Füße auch. Überhaupt fror sie, sie wackelte mit den Zehen und verschränkte die Arme vor der Brust, um sich ein wenig zu wärmen.

Fin sah ihr tief in die Augen und sagte: »Du bist meine Frau, Molly. Ich kann weder meine Burg fortschicken noch meine Lehnsleute, aber ich kann dich in Sicherheit bringen. Und wenn ihr es vor Tagesanbruch bis hinter Kylerhea und zur Ostküste von Sleat schafft, dann seid ihr wahrscheinlich außer Gefahr, bevor Sleats Männer überhaupt auf den Beinen sind.«

Erschrocken vergaß sie ihre kalten Füße und ihre Angst. »Müssen wir denn unbedingt den Weg über die Küste von Sleat nehmen?«

»Ja, außer ihr wollt die ganze Strecke um die Nordspitze von Skye herum und an Burg Dunvegan vorbeisegeln«, erwiderte er. »Der Weg wäre nicht nur doppelt so lang, wir können uns auch nicht auf MacLeods Freundschaft verlassen. Es hängt alles davon ab, wer Nachfolger von Sleat wird. Wahrscheinlich wird der Clan jetzt nach dem Tod seines Anführers nicht mehr die Herrschaft über die Inseln beanspruchen, doch gewiss wird er Rache suchen. Ich möchte, dass du fort bist, bevor sie einen neuen Anführer gefunden und ihre Kräfte wieder gesammelt haben. Ihr werdet wohl kaum vor Tagesanbruch weiter als bis zum Point of Sleat kommen, aber da es in dieser Jahreszeit für gewöhnlich Morgennebel gibt, seid ihr einigermaßen sicher. Ich werde dich vermissen, mein Mädchen.«

Unvermittelt stiegen ihr die Tränen in die Augen. »Und wie ist es mit deiner Sicherheit?«, fragte sie – ihre Stimme war kaum mehr als ein Flüstern.

»Ach, Liebste, vergiss nicht, dass mich die MacRaes, mein ›Kettenhemd‹, und das Glück der Mackenzies beschützen.«

»Das Glück der Mackenzies hat deinem Vater nicht viel genützt«, wandte sie ein, während ihr eine Träne langsam über die Wange rollte. Sie wischte sie nicht fort, sondern wollte Fin ungestört ansehen, solange es noch ging.

Er fuhr ihr mit dem gekrümmten Finger über das Gesicht, dann beugte er sich zu ihr hinab und gab ihr einen Kuss auf die Wange. Er hob ihr Kinn etwas an, damit er auch ihren Mund küssen konnte. »Ich bin nicht mein Vater, Molly. Weißt du noch, wie man mich nennt?«

»Ja«, antwortete sie mit tränenerstickter Stimme, »den wilden Fin Mackenzie.«

»Denk immer daran«, verlangte er und trocknete mit seinem Ärmel ihre Tränen. »Mauri würde sagen: ›Der Laird, das ist ein ganz Schlimmer, dem keiner das Wasser reichen kann.‹«

Wider Willen musste Molly lachen, denn trotz seiner tiefen Stimme klang er ganz wie Mauri.

»So ist es schon besser«, sagte er und fügte, als die Tür aufging, hinzu: »Da ist ja auch Doreen. Sie hat ein paar Kleider für dich eingepackt, aber ich gebe dir einen Brief an den König mit, er wird dafür sorgen, dass du dir bei Hofe neue Kleider kaufen kannst.«

Doreen schaute ein wenig verblüfft, als sie ihre Herrin nackt neben dem völlig bekleideten Laird stehen sah. Dann aber schnappte sie sich einen Morgenrock, legte ihn Molly um die Schultern und sagte fröhlich: »Wir werden den König zu Gesicht bekommen, Mistress.«

»Ja«, erwiderte Molly ohne große Begeisterung.

Fin warf ihr einen kurzen Blick zu, erklärte aber bloß: »Ich gehe jetzt, damit du dich anziehen kannst, Mädchen. Aber trödel nicht herum, denn das Boot liegt schon bereit.«

Molly wollte nicht fort, doch Kintail ließ ihr keine Wahl. Zwar hatten ihre Tränen ihn gerührt, aber nicht genug, als dass er ihr erlaubt hätte zu bleiben. Es hatte keinen Zweck, sich mit ihm oder Doreen zu streiten, und sie wollte dem Mädchen auch nicht die Laune verderben. Also beschloss sie, gute Miene zum bösen Spiel zu machen und zu gehorchen. Langsam begann sie sich für den Besuch am Königshof zu erwärmen. Vielleicht gab es dort ja jemanden, der sich noch an ihre Eltern erinnerte. Wenn sie mehr über einen der beiden in Erfahrung bringen konnte, hätte sich die Reise schon gelohnt.

»Leb wohl, mein Mädchen«, sagte Fin, als er Molly in den Bug des mit sechzehn Ruderern bemannten Bootes half. Dann beugte er sich zu ihr hinunter und fügte so leise hinzu, dass nur sie es hören konnte: »Du musst Thomas und Tam gehorchen wie mir selbst.«

Molly blickte ihn durch einen Tränenschleier hindurch an. Sie wünschte, sie könnte ihn besser sehen, doch der Mann, der die einzige Fackel hielt, stand ein Stück entfernt am Ufer. Fins Anweisung überraschte sie, schließlich waren Tam und Thomas nur einfache Soldaten.

Als hätte er ihre Gedanken gelesen, erklärte er: »Sie stehen in deinen Diensten, doch wenn es hart auf hart kommt, müssen sie sich darauf verlassen können, dass du tust, was sie sagen. Ist das klar?«

»Ja«, antwortete sie und trocknete sich unauffällig die Tränen mit einem Zipfel ihres Umhangs. »Ich bin ja nicht dumm, Sir. Aber lasst mich nicht so lange auf Stirling.«

»Ich komme dich selbst holen, so schnell ich kann«, erwiderte er. »Sobald wir wissen, was Sleats Männer vorhaben, muss ich hier nur noch alles vorbereiten und Patrick als neuen Burgvogt einsetzen.«

Als sie nickte, hob er ihr Kinn mit einem Finger an, sodass sie ihm in die Augen schauen musste.

»Vertraust du darauf, dass ich das Richtige tue, Molly?«

»Ja«, gab sie zurück, und ihre Augen verengten sich ein wenig. »Und traust du mir auch?«

»Das muss ich wohl«, antwortete er mit einem verschmitzten Lächeln. »Schließlich trägst du meinen Namen, meine Ehre und vielleicht auch meinen Erben.«

Dann ging er wieder an den Strand zu seinen Männern. Er überragte sie nicht bloß durch seine Körpergröße, sondern auch durch seine starke Ausstrahlung.

Noch immer blickte er zu Molly herüber, und als sie ihm zum Abschied zuwinkte, hob er grüßend die Hand. In der Dunkelheit konnte sie nicht erkennen, ob er lächelte. Sie wünschte sich von ganzem Herzen, bei ihm bleiben zu können, doch schluckte sie tapfer die Tränen hinunter.

Als das Boot aufs offene Wasser hinausfuhr, wurde die Luft kühler. Molly und Doreen, beide in dicke Umhänge gewickelt, schmiegten sich Wärme suchend aneinander, und Molly wandte ihren Blick nicht vom Ufer ab, bis die Burg in Dunkelheit und Nebel verschwunden war.

Die Männer ruderten schweigend, und das Quietschen der Riemen wurde durch Lappen in den Dollen gedämpft. Tam, der am Ruder saß, gab von Zeit zu Zeit gemurmelte Befehle, bis sie zu der schmalen Meerenge zwischen der Insel Skye und dem südlichen Teil von Kintail gelangten. Von da an verständigte er sich nur noch durch Handzeichen mit den Ruderern.

Während sie durch die Meerenge fuhren, wurde der Himmel im Osten immer heller. Für eine kurze Zeit blies ein frischer Nordwestwind, und Thomas hisste das Segel, doch hinter der Einfahrt zum Loch Hourn holte er es schon wieder ein. Sie waren im Sund von Sleat eingetroffen, der im Westen von der Küste von Sleat begrenzt wurde. Die Männer hielten das Boot dicht am gegenüberliegenden Ufer. Niemand sprach ein Wort.

Bald schon brach der Tag an, denn um diese Jahreszeit wurde es stetig früher hell. Ohne Segel würden sie bedeutend länger brauchen, um die beinahe zehn Meilen des Teils der Küste zu passieren, wo sie in Sichtweite der Sleats waren. Zwar lag Donalds Burg Dunsgaith auf der anderen Seite der Halbinsel, doch Molly wusste, dass seine Männer den Küstenstreifen am Sund von Sleat im Auge behielten.

Das Boot hatte kein Banner gesetzt, was an sich schon verdächtig war. Doch vielleicht würde es in diesen Tagen, da Donalds Gefolgsleute die Gegend unsicher machten, als normal durchgehen. Man konnte es nur hoffen.

Der Wind von Nordwesten frischte wieder auf, doch mittlerweile waren sie ohnehin außer Hörweite möglicher Späher. Die Ruderer zogen die Lumpen aus den Ruderdollen, damit sich die Ruder leichter bewegen ließen, doch Thomas und Tam beschlossen, das Segel noch nicht zu setzen.

Als sie sich dem Eingang zum Loch Nevis und dem Mallaid Head näherten, schob sich gerade die Sonne über den östlichen Horizont. An dieser Stelle war der Sund von Sleat fast fünf Meilen breit, und Thomas wagte endlich doch, das Segel zu hissen.

Doreen seufzte. »Ich glaube, ich habe vor lauter Angst die Luft angehalten, seit wir Loch Duich verlassen haben.«

»Dann halt sie jetzt noch ein bisschen länger an und schau mal dort nach Westen«, riet Molly ihr.

Es sah so aus, als rollten vom Horizont her zwei weiße Wolken direkt über dem Wasser auf sie zu. Es waren jedoch keine Wolken, sondern Bugwellen aus Gischt, aus denen jetzt zwei eckige Segel auftauchten.

Thomas zog in aller Eile das Segel auf und rief den Ruderern zu: »Legt euch in die Riemen, Jungs. Das da hinten sind keine Freunde von uns!«

Trotz aller Anstrengungen der Männer kamen die anderen Boote rasch näher. Nur hin und wieder erhaschte Molly inmitten der Gischt einen Blick auf die schlanken, flachen Rümpfe der Schiffe, die von den langen Reihen von Rudern, unterstützt durch die Segel, mit unglaublicher Geschwindigkeit vorangetrieben wurden.

»Sie haben uns gleich eingeholt, Thomas!«, rief sie und deutete mit dem Finger hinüber.

Doch er hatte die Gefahr bereits erkannt. »Wir können ihnen nicht entkommen, Jungs«, sagte er. »Das werden Sleats Boote sein. Wir müssen uns ergeben und können nur hoffen, dass sie nicht wissen, wer wir sind. Wenn sie fragen, dann sind wir treue Gefolgsleute von Mackinnon.«

»Wenn wir jeder zwei von den Kerlen erledigen, können wir ihnen vielleicht doch entkommen, Tam«, warf einer der Ruderer ein.

»Ihr müsstet es schon mit mehr als zweien aufnehmen«, gab Tam zurück. »Tut, was ich gesagt habe. Falls sie uns rammen, müssen wir schwimmen. Also fahrt näher ans Ufer. Vielleicht kann zur Not ja einer von uns an Land entfliehen.«

Molly sah, wie sich Thomas zu Tam hinüberneigte, woraufhin dieser den Kopf schüttelte. Dann berieten sich die beiden noch eine Weile lang, bis Thomas Tam schließlich auf die Schulter klopfte, sich erhob und gebückt zwischen den beiden Reihen der Ruderer hindurch zum Bug lief. Dort nahm er seinen Tartanumhang ab und warf ihn Molly zu.

»Das sind die Farben der Mackinnons, Mistress. Wenn ihr den Umhang tragt, werden sie Euch vielleicht eher glauben.«

»Was macht Tam da?«, wollte sie wissen, als der junge Mann aufstand. Er hatte seinen Umhang abgeworfen und zog sich jetzt auch noch die kostbaren Stiefel aus, die Sir Patrick ihm gegeben hatte.

»Er soll über die Reling springen, wenn wir beidrehen«, antwortete Thomas. »Er kann zwar nicht so gut schwimmen wie ich, aber er rennt immer noch wie der Wind, und wir brauchen auf alle Fälle jemanden, der zurückläuft und dem Herrn Bericht erstattet.«

»Ohne Stiefel?«

»Du lieber Himmel, Mistress«, mischte sich Tam ein. »Ich hatte noch nie zuvor Stiefel. Meine Fußsohlen sind hart wie Leder.«

Sie lächelte, wandte sich dann aber erneut an Thomas. »Sie wollen uns angreifen, nicht wahr?«

»Das wissen wir noch nicht«, versuchte er sie zu beruhigen und gab dabei zwei Ruderern ein Zeichen, für Tam Matheson beiseite zu rücken.

Der junge Mann legte seine Kleider bis auf den kurzen Kilt ab, behielt aber seinen Dolch bei sich. Dann sagte er: »Ich glaube, ich nehme mein Schwert besser nicht mit. So ein guter Schwimmer bin ich nun auch nicht.«

»Dann lass es hier«, wies Thomas ihn an. »Du schaffst es leicht bis zum Ufer, weil du dich hier mit der Strömung treiben lassen kannst. Und wir lenken unser Boot zwischen dich und Sleats Schiffe. Aber jetzt schnell, über Bord mit dir!«

Ohne ein weiteres Wort sprang Tam ins Wasser und schwamm auf das Ufer zu. Sie waren nur noch etwa zwanzig Meter von der Landzunge entfernt, und Molly blickte gespannt zwischen dem Schwimmer und den herannahenden Booten hin und her.

»Dreht jetzt scharf bei, und haltet das Boot an, Jungs«, rief Thomas. »Und dann lasst uns hoffen und beten, dass sie nur auf uns achten und Tam nicht entdecken.«

»Wir sollten uns ergeben, sobald sie herangekommen sind,

Thomas«, sagte Molly mit vorgetäuschter Gelassenheit, während sie noch immer Tam im Auge behielt. »Es hat keinen Sinn, einen Kampf zu riskieren, zumal sie wahrscheinlich nur herausfinden wollen, wer wir sind.«

»Ja, Mistress, wahrscheinlich habt Ihr Recht. Aber schaut jetzt nach vorn. Und ihr, Männer, betrachtet nur eure Ruder und achtet auf mein Kommando. Und dass mir keiner auch nur einen Blick ans Ufer wirft.«

Die fremden Schiffe näherten sich so schnell, dass es leicht einzusehen war, warum man sie auch die »Windhunde des Meeres« nannte. Es waren schöne, elegante Boote, doch dafür hatte Molly in diesem Moment keinen Sinn. Sie sah nur Sleats Banner im Wind flattern.

Wenige Minuten später hatten die beiden Langboote Kintails Boot eingeholt. Thomas MacMorran stand mit erhobenen Armen hoch aufgerichtet da, das Schwert in der Scheide, und befahl seinen Männern noch einmal abzubremsen.

»Ich bin Thomas MacMorran von Dunakin«, rief er den Männern in dem ersten Boot zu, während er versuchte, das Gleichgewicht zu halten, als die Männer die Ruderblätter senkrecht ins Wasser drückten, um das Boot zum Stillstand zu bringen. »Wir sind in friedlicher Absicht unterwegs. Was wollt ihr von uns?«

Mit unverminderter Geschwindigkeit rauschten die Verfolger bis unmittelbar an das Boot heran. Dann bremste das erste der beiden Schiffe mit wohl berechneten Ruderbewegungen ab. Im selben Augenblick, als der Steuermann das Schiff quer vor Kintails Boot lenkte, wurden die großen Segel eingeholt.

Thomas schrie seinen Männern den Befehl zu, nach Steuerbord zu gieren, doch obwohl sie unverzüglich gehorchten, prallten die beiden Boote mit einem knirschenden Geräusch zusammen, das Molly durch Mark und Bein ging. Bei dem Zusammenstoß wurde sie von ihrem Sitz geschleudert. Wenn überhaupt, so hatte nur das kleinere Boot Schaden davongetragen, denn das fremde Schiff war anderthalb Mal so groß wie Kintails Boot. Molly konnte die Ruderer hinter der hohen Bordwand nicht sehen.

»Auf sie, Jungs!«, bellte eine Stimme über ihren Köpfen, und zu Mollys Entsetzen sprangen Bewaffnete mit gezogenen Schwertern in ihr Boot. Kintails überraschte Ruderer hatten ihnen kaum etwas entgegenzusetzen, und wenig später war das Gemetzel vorüber.

Thomas stand noch immer aufrecht im Boot. Mit erhobenem Schwert stellte er sich vor die Frauen, wurde jedoch von den Eindringlingen, die auf die toten und sterbenden Ruderer traten, zurückgetrieben. Sein Schwert schwingend sprang er auf eine Ruderbank, doch sein Gegner parierte seinen Angriff, und Thomas stolperte und fiel rücklings ins Wasser.

Mit einem Schreckensschrei sprang Doreen auf und wollte ihm zu Hilfe eilen, doch Molly zog sie wieder hinunter auf den Sitz. Beide Frauen beugten sich über die Reling und warteten mit angehaltenem Atem darauf, dass Thomas wieder auftauchte, doch er blieb verschwunden.

»Thomas, Thomas!«, schrie Doreen immer wieder.

Molly zog ihre schluchzende Zofe in die Arme. Tränen strömten ihr über die Wangen, und ihr Magen rebellierte angesichts des Blutbades ringsum.

»Ich wünsche Euch einen guten Tag, Mistress Gordon. Ich habe gehofft, dass wir uns wiedersehen würden.«

Verwirrt blickte sie in die Augen des grimmigen Donald.

»Aber Ihr seid doch gestorben«, rief sie aus. »Ich habe es doch gesehen!«

»Da haben Euch Eure Augen eben getrogen«, erwiderte er spöttisch. »Ich war schwer verwundet, doch Gott in seiner großen Güte hat die Blutung gestillt, und jetzt bin ich, wie Ihr seht, wieder wohlauf. Wir werden nun Euer Boot versenken, Mädchen«, fuhr er in sachlichem Ton fort. »Ihr klettert also besser in meines. Wir haben noch eine lange Reise vor uns.«

20

»Ich bitte um Verzeihung, Laird, aber da ist jemand, der Euch sprechen will.«

Fin, der über eine Vorratsliste gebeugt saß, schaute auf und erwiderte ungehalten: »Wer ist es denn?«

»Sie sagt, ihr Name sei Lady Percy, Sir.«

Fin warf einen Blick zu Patrick hinüber, der neben ihm an der großen Tafel in der Halle saß, und zog die Augenbrauen hoch. »Führ die Lady herein.«

Nachdem der Knecht gehorsam davongeeilt war, sagte Patrick: »Jetzt erfahren wir endlich, wer sie ist.«

Als er Stimmen am Tor vernahm, sah er hinüber und stieß einen leisen, anerkennenden Pfiff aus.

Um ein Haar hätte Fin es ihm gleichgetan, denn Lady Percy war eine schöne, elegante Dame, auch wenn es den Anschein hatte, als habe sie eine weite Reise hinter sich. Als sich Fin an Jakobs Anweisung, sie auf Eilean Donan festzuhalten, erinnerte, betrachtete er sie noch einmal so aufmerksam. Sie wirkt eigentlich ganz harmlos, dachte er. Aber traf das nicht auf alle Frauen zu?

»Guten Tag, Lady Percy«, begrüßte er sie höflich. »Willkommen auf Eilean Donan. Ich bin Sir Finlay Mackenzie, und dies hier ist Patrick MacRae, mein Burgvogt.«

»Mylord.« Sie versank in einen anmutigen Knicks. Dabei öffnete sich scheinbar rein zufällig ihr dunkelblauer Umhang und entblößte einen vollen, milchweißen Busen, der nur mit Mühe durch ein tief ausgeschnittenes, spitzenbesetztes Mieder aus gelber Seide gehalten wurde. Fin hörte Patrick beifällig murmeln, hatte sich selbst jedoch völlig in der Gewalt.

Gelassen erklärte er: »Obgleich ich den Titel eines Barons

trage, wurde ich noch nicht in den höheren Adelsstand erhoben und habe damit auch noch keinen Sitz im Parlament. Anders als in England ist das hier in Schottland aber die Bedingung dafür, dass ich mich ›Lord‹ nennen darf. Womit kann ich Euch dienen?«

Als sie sich aufrichtete, blendete ihn ihre Schönheit erneut. Ihre grauen Augen mit den schwarzen Wimpern waren fast so schön wie Mollys. Sie trug ein kostbares, modisches Gewand, das ihr ausgezeichnet stand. Ein perlenbesticktes Netz aus Spitze bedeckte ihr goldenes Haar, ohne es zu verbergen, und die Lederschuhe, die unter dem Saum ihres Rockes hervorlugten, waren mit Goldrosetten geschmückt. Ihrer Haltung merkte man an, wie sehr ihr die Wirkung bewusst war, die ihr schlanker, doch kurvenreicher Körper auf Männer ausübte. Ihr Rock war weit und ihr Mieder knapp, und wenn sie sich bewegte, sah man deutlich, dass sie bei ihrer Unterkleidung auf Rockreifen und Korsettstäbe verzichtet hatte – so eng schmiegte sich der Stoff an ihren Körper und betonte dessen Formen.

Ihr respektvolles und ernsthaftes Auftreten stand in krassem Gegensatz zu dieser verführerischen Aufmachung. »Ich bin gekommen, um meine Tochter zu sehen, Sir«, antwortete sie.

Fin zog überrascht die Brauen hoch. »Eure Tochter, Madam? Würdet Ihr mir bitte erklären, wo Ihr die zu finden hofft?«

»Nun, hier, Sir. Man hat mir gesagt, dass sie kürzlich Eure Frau wurde.«

Er starrte sie verdutzt an. Doch warum sollte sie nicht die Wahrheit sagen? Kein Wunder, dass ihn ihre Augen an Mollys erinnerten.

Leise setzte sie hinzu: »Wusstet Ihr nicht, dass ich die Mutter der Maid von Dunsithe bin? Percy war mein zweiter Ehemann. Mein erster war Lord Gordon von Dunsithe. Bitte, Sir, wo ist Molly? Sie ist die einzige Tochter, die mir geblieben ist, und wie Ihr wahrscheinlich wisst, habe ich sie seit Jahren nicht mehr gesehen.«

»Euer Bruder ist der Graf von Angus«, bemerkte Fin. Jetzt verstand er, warum Jakob wollte, dass er die Lady im Auge behielt. Für alle, die seine Lebensgeschichte kannten, war es verständlich, dass der König alles, was Angus tat, mit Misstrauen betrachtete.

Ein kleines, trauriges Lächeln umspielte Lady Percys Lippen, als sie ihn bat: »Ich flehe Euch an, Sir, verbietet mir nicht, Molly zu sehen. Ich habe einen so weiten Weg hinter mir.«

»Euer Weg war in der Tat so lang, dass Ihr vor ein paar Tagen ganz nah an Eilean Donan vorbeikamt, ohne anzuhalten und Eure Tochter zu besuchen. Würdet Ihr mir dieses Verhalten bitte erklären?«

Ihre Wangen röteten sich, doch hielt sie seinem Blick stand. »Banditen haben meine Eskorte überfallen. Das habt Ihr doch gewiss auch gehört.«

»Ja. Wir haben die getöteten Männer gefunden. Wer hat Euch angegriffen?«

Ihr Zögern war fast unmerklich, dennoch entging es Fin nicht. Kurz darauf schaute sie ihm wieder offen und unschuldig ins Gesicht. »Ich kannte sie nicht, Sir. Ich glaube, es waren einfach ein paar Barbaren aus dem Hochland. Doch Gott sei Dank haben sie mir nichts angetan und mich heute Morgen wieder laufen lassen. Und so bin ich hierher gekommen. Ich möchte meine Tochter sehen und Euch eine Botschaft von König Jakob überbringen.«

Sie langte unter ihren Umhang, löste einen Lederbeutel von ihrem schmalen Gürtel, öffnete ihn und zog eine schmale Schriftrolle heraus, die eine kleinere Version von Jakobs persönlichem Siegel trug.

Nachdem Fin das Schreiben in Empfang genommen hatte, prüfte er kurz das Siegel. »Das scheint aber beschädigt worden zu sein«, sagte er und blickte ihr gerade in die Augen.

Diesmal verzog sie keine Miene. »Es hat einen weiten Weg hinter sich, Sir, und wie Ihr seht, habe ich es am Leibe getragen. Falls das Wachs warm geworden ist …« Sie zuckte die Achseln und überließ den Rest seiner Vorstellungskraft.

Fin fragte sich, wer das Schriftstück wohl noch gelesen haben mochte. Dann erbrach er das Siegel und überflog geschwind die Nachricht. Sie war viel kürzer als diejenige, die der getötete Mann bei sich gehabt hatte. In dem Schreiben empfahl der König Lady Percy Kintails Obhut und bat ihn, ihr ihren Wunsch zu erfüllen. Dann verlieh er noch seiner Hoffnung Ausdruck, dass die Mackenzies, die der Krone stets treu ergeben gewesen waren, auch weiterhin die Interessen des Königs gegen den grimmigen Donald verteidigen würden. Nur gut, dass ich schon zwei laufende Boten mit der Nachricht von Sleats Tod nach Stirling geschickt habe, dachte Fin. Jakob würde erfreut über diese Neuigkeit sein.

Leise fragte sein Gast: »Bitte, Sir, darf ich jetzt Molly sehen?«

»Da kommt Ihr zu spät, fürchte ich«, sagte er und legte das Schreiben zu den anderen Papieren auf den Tisch. »Sie ist heute Morgen nach Stirling abgereist.«

Lady Percys Gesichtszüge erstarrten. Mit äußerster Anstrengung zwang sie sich, ruhig zu antworten. »Sie ist doch gewiss zu Pferd unterwegs. Wenn ich sofort losreite, kann ich sie und ihre Begleiter noch vor dem Abend einholen.«

»Sie reitet nicht. Ich habe sie mit einem Boot fortgeschickt.«

»O nein!« Sie griff sich mit einer Hand an die Brust und erbleichte. »Ich bitte Euch, Sir, sagt, dass das nicht wahr ist!«

Auf einmal überlief es Fin kalt. Er ging um den Tisch herum und trat zu ihr.

Mit kalkweißem Gesicht wich Lady Percy einen Schritt zurück.

»Was zum Teufel soll das heißen? Warum sollte ich sie nicht zu Wasser reisen lassen?«

»Weil … Oh, gütiger Himmel!« Sie tat einen tiefen Atemzug und fuhr fort: »Ihr habt ihr doch sicher eine Eskorte von schnellen, schwer bewaffneten Langbooten zur Seite gestellt, nicht wahr?«

»Es war nur ein Boot«, entgegnete er brüsk. »Jetzt sagt mir um Himmels willen endlich, was los ist, sonst –«

Doch ohne ein weiteres Wort sank Lady Percy ohnmächtig zu Boden.

»Du hast sie zu Tode erschreckt«, rief Patrick aus, der zu ihr eilte, sich neben ihr auf ein Knie niederließ und sacht ihren schlaffen Körper schüttelte. »Madam, Mylady, wacht doch auf!« Er schaute zu Fin hoch und sagte: »Ich hole Mauri. Sie wird wissen, was in diesem Fall zu tun ist.«

Fin nickte zustimmend, und während Patrick davonhastete, nahm er dessen Platz ein. Wie er so neben Lady Percy kniete, vermeinte er aus dem Augenwinkel eine Bewegung wahrzunehmen. Rasch drehte er den Kopf, sah jedoch nichts als die Stäubchen, die in einem Strahl der Abendsonne tanzten. Da richtete er seine Aufmerksamkeit wieder auf seinen Gast. Als er die Lady etwas kräftiger schüttelte, als Patrick es zuvor getan hatte, hörte er sie leise stöhnen.

»Kommt zu Euch, Madam«, sagte er schroff. »Ich muss wissen, was Euch so aufgeregt hat. Ich weiß, dass Euer angeblicher Angreifer neulich der grimmige Donald war, aber ich habe den Verdacht, dass Ihr entweder mit ihm unter einer Decke steckt oder dass Ihr seinen Männern irgendwie entkommen konntet. Mir ist durchaus bekannt, wie gut Ihr Euch immer mit ihm verstanden habt. Also erzählt mir besser alles, und zwar sofort.«

Wieder stieß sie ein leises Stöhnen aus und ließ sich von ihm aufhelfen. »Bitte … bitte verzeiht mir meine Schwäche, Sir«, flüsterte sie mit kaum vernehmbarer Stimme. »Ich …« Doch da versagte ihr die Stimme gänzlich, und ihre Augen füllten sich mit Tränen.

»Ihr seid ja ganz außer Euch«, stellte Fin fest und führte

sie zu einer der Bänke. Dort wartete er, bis sie sich hingesetzt hatte, und drängte dann: »Ihr müsst mir jetzt alles verraten, was Ihr wisst, Madam. Ist Molly in Gefahr?«

»Ja«, antwortete sie bloß. »Wahrscheinlich hat Donald sie schon in seiner Gewalt.«

»Donald? Meint Ihr Donald Gorm, Sleats Sohn?« Er schüttelte den Kopf. »Er kann doch unmöglich die Männer seines Vaters befehligen, dazu ist er noch viel zu jung. Bei Gott, Madam, wenn Ihr ein falsches Spiel mit mir treibt, wird es Euch noch Leid tun!«

»Der grimmige Donald ist nicht tot, wie Ihr glaubt, sondern am Leben und gefährlicher denn je, Sir«, sagte sie nun mit festerer Stimme. »Er hat mir erzählt, dass er beinahe gestorben wäre. Möglicherweise hat er die Schlagader verletzt, als er sich den Pfeil aus dem Bein zog, doch dann hörte die Blutung auf, und jetzt geht es ihm wieder gut, das kann ich Euch versichern.«

»Ach, soll ihn doch der Teufel holen!«, rief Fin. »Und er hat Molly gefangen genommen?«

»Ich weiß nur, dass er mich nach Süden, nach Dunbarton, bringen wollte, weil er hoffte –« Sie brach ab und befeuchtete ihre Lippen mit der Zunge. Dann fuhr sie hastig fort: »Das ist jetzt auch egal. Auf jeden Fall hat er mir angedroht, mich mitzunehmen, bis er heute Morgen die Nachricht von einem Boot im Sund von Sleat erhielt. Er sagte: ›Da wollten sich welche vorbeischleichen.‹«

»Das waren seine Worte?«

»Ja, Sir. Ich habe allerdings kaum auf die Unterhaltung geachtet, da ich glaubte, die Sache ginge mich nichts an. Bereits vor langer Zeit habe ich die Erfahrung gemacht, dass mächtige Männer es übel aufnehmen, wenn man sich zu sehr für ihre Angelegenheiten interessiert. Und ich wollte Donald auf keinen Fall reizen. Er ist von … gefährlich sprunghaftem Wesen.«

»Das ist nur zu wahr«, knurrte Fin zustimmend, wobei er

sich fragte, ob sie wohl wusste, dass man ihm die gleiche Eigenschaft nachsagte. »Und was dann?«

»Donald und seine Männer brachen sofort auf. Er nahm mich mit, setzte mich und meine Zofe jedoch bei Kylerhea an Land und gab uns ein paar Männer zum Geleit mit. Ich habe ihm gleich zu Anfang erzählt, dass ich ins Hochland gekommen sei, um meine Tochter zu sehen, und er wusste, dass ich ihr unbedingt einen Besuch abstatten wollte. Jetzt auf einmal sagte er, er habe nichts dagegen einzuwenden, während er mich vorher immer hingehalten hatte.«

Fin vermutete, dass Lady Percy ihm so manches verschwieg, doch mit ihren Auskünften konnte er zumindest etwas anfangen.

»Wird Sleat Molly nicht nach Dunsgaith bringen?«

»Das glaube ich nicht«, antwortete sie. Ihr Gesicht hatte wieder etwas Farbe bekommen, doch noch immer sprach sie mit gepresster Stimme. »Er hat Vorbereitungen für eine Seereise getroffen, Sir. Er ließ zwei von diesen großen Langbooten bereitmachen, deren lange Riemen von zwei Männern bedient werden müssen. Diese Boote sind sehr schnell.«

»Mit Sicherheit schneller als das Boot, in dem Molly saß«, murmelte Fin wie zu sich selbst.

Leise sagte Lady Percy: »Ihr solltet auch wissen, dass Donald mich immer wieder über Dunsithe und das Vermögen der Maid ausgefragt hat.«

»Und was habt Ihr ihm gesagt?«

»Was konnte ich ihm schon sagen? Ich weiß nicht mehr darüber als jeder andere auch. Glaubt Ihr denn nicht, Sir, dass mein Bruder mir das Geheimnis sonst schon längst entrissen hätte? Dann kennt Ihr Angus aber schlecht. Seine eigenen Geheimnisse bewahrt er gut«, fügte sie bitter hinzu, »aber seiner Schwester gesteht er das nicht zu, vor allem, wenn die Schwester im falschen Bett geboren ist. Er glaubt, seine Schwestern seien nur auf der Welt, um ihm und seinen politischen Interessen zu dienen.«

Fin glaubte ihr. Nach allem, was er über Angus gehört hatte, sprang der Mann nicht gerade sanft mit Frauen um. Wenn seine Schwester das Versteck des Schatzes kennen würde, hätte sie es ihm schon bei seiner allerersten Befragung verraten. »Ihr vermutet also, Donald bringt Molly nach Dunsithe«, sagte er.

»Ja. Wahrscheinlich soll sie den Schatz für ihn finden.« Sie biss sich auf die Unterlippe, so als wolle sie noch etwas hinzufügen, doch in diesem Augenblick traten Patrick und Mauri mit Lady Percys Zofe ein.

Fin wandte sich an Patrick: »Die Jungs sollen die Langboote bereitmachen. Sleat hat Molly gefangen genommen und bringt sie nach Dunsithe, wo sie ihn zum Versteck des Schatzes führen soll. Ich breche auf der Stelle auf.«

»Dieser Sleat soll zur Hölle fahren!«, fluchte Patrick wütend.

»Ich nehme beide Langboote«, verkündete Fin. »Und ich brauche die stärksten Ruderer, die du auftreiben kannst. Wahrscheinlich wird Sleat den Sund von Mull und Jura umschiffen, weil dort Jakobs Leute auf der Lauer liegen. Wenn ich also diese Route einschlage, kann ich ein bisschen Zeit aufholen. Trotzdem muss ich mich beeilen. Die Fahrt dauert mindestens drei Tage.«

Leise, aber bestimmt sagte Lady Percy: »Ich fahre mit Euch.«

Fin beachtete sie nicht, sondern erteilte Patrick weiter Anweisungen: »Hol Malcolm, er kann dir bei den Vorbereitungen helfen. Und überleg auch mal, welcher der Clans im Grenzland mir freundlich gesinnt ist.«

»Ihr müsst mich mitnehmen«, beharrte Lady Percy.

»Madam, Ihr und Eure Dienerin könnt gern hier bleiben, bis ich zurückkomme. Ich bringe Euch Eure Tochter so schnell ich kann, aber Ihr werdet mich nicht begleiten. Glaubt mir, Ihr wäret nur im Weg. Und würdet Ihr jetzt bitte –«

»Einem Mann von Eurer Größe und Eurem Temperament widerspreche ich nur ungern, Sir, doch ich kann Euch von größerem Nutzen sein als Sir Patrick, wenn es darum geht, Verbündete im Grenzland zu suchen. Ich bin immer noch eine Douglas, Sir, und zweifellos werden mir unter diesen Umständen die Gordons dort beistehen. Ich habe Freunde auf beiden Seiten, müsst Ihr wissen. Auf jeden Fall spart Ihr eine Menge Zeit, wenn Ihr kurz vor dem Solway Firth an Land geht und den Rest des Weges zu Pferde zurücklegt. Und könntet Ihr Euch dort vielleicht Pferde besorgen? Seid Ihr die Strecke überhaupt schon einmal gesegelt? Ich jedenfalls schon oft.«

Fin blickte schweigend zu Patrick hinüber.

Dieser lächelte etwas zerknirscht. »Jetzt hat sie dich, Fin. Hier gibt es keinen, dem dieser Teil Schottlands vertraut ist. Und außerdem wüsste ich nicht, an wen wir uns dort wenden könnten, wenn wir uns nicht zuvor ein Empfehlungsschreiben des Königs besorgten. Aber vielleicht fällt uns noch jemand ein, den wir von der Universität in St. Andrews her kennen.«

»Dazu bleibt uns keine Zeit«, entgegnete Fin. »Und ich wüsste auch keinen.«

»Wenn Euch das noch nicht Grund genug ist, mich mitzunehmen, dann nenne ich Euch noch einen anderen«, sagte Lady Percy. »Es ist ganz einfach so, dass Donald mich hereinlassen muss, wenn ich auf Dunsithe auftauche.«

Fins Augen verengten sich zu schmalen Schlitzen. Misstrauisch fragte er: »Wie ist denn nun eigentlich Euer Verhältnis zu Sleat, Madam?«

Mit einem schiefen kleinen Lächeln antwortete sie: »Nicht, was Ihr denkt, Sir. Aber vielleicht erscheint Euch die Wahrheit noch schlimmer. So wie ich Euch eine Botschaft von Jakob gebracht habe, so habe ich auch Donald eine übergeben, aber nicht vom König.«

»Von Angus?«

»Ja«, bestätigte sie und blickte ihn aufmerksam an. »Und noch eine von Heinrich von England und –«

»Also hatte Jakob Recht«, keuchte Patrick.

Sie wurde blass und blickte von ihm zu Fin. »Jakob weiß Bescheid?«

»Er hat einen Verdacht«, erwiderte Fin. »Er vermutet auch, dass Heinrich Sleats Aufstand finanziert. Wie steht es damit, Madam? Und glaubt nur nicht, Ihr könntet mich beschwatzen, Euch mit nach Dunsithe zu nehmen«, fügte er eilig hinzu, als er ihren nachdenklichen Blick bemerkte. »Ihr werdet schön hier bleiben, doch zuvor erzählt Ihr mir alles über Sleats Handel mit England.«

»Ihr werdet mich auf Dunsithe brauchen!«

»Wir wissen doch nicht einmal, ob Donald wirklich ins Grenzland will«, gab Fin zu bedenken.

»Vielleicht erfahren wir es aber jetzt«, sagte Patrick und schaute an Fin vorbei zum Eingangstor.

Als sich Fin umdrehte, wurde gerade Tam Matheson hereingeführt. Der Bursche schnaufte und japste und bekam kaum noch Luft.

»Tam!«

»Herr«, keuchte er. »Irgend so ein Schurke ist unter Sleats Banner gesegelt. Er hat sich die Herrin geschnappt und fährt nach Süden.«

»Das war Sleat selbst. Er ist am Leben«, teilte Fin ihm knapp mit. »Wo hat er euch überfallen?«

»Am Loch Nevis. Ich bin den ganzen Weg gerannt.«

»Und die anderen?«

»Alle tot«, erwiderte Tam mit einem Stöhnen. »Thomas hat gesagt, ich solle ins Wasser springen, bevor sie uns eingeholt haben. Seid Ihr sicher, dass es Sleat war?«

»Ganz sicher.« Zu Lady Percy gewandt, knurrte Fin: »Also gut, Madam. Ihr könnt mich begleiten, aber glaubt nicht, dass Ihr so einfach davonkommt. Wir müssen uns noch ausführlich darüber unterhalten, welche Rolle Heinrich bei alledem spielt. Eure Zofe bleibt zur Sicherheit hier. Und bei der ersten Klage, die ich höre, werfe ich Euch über Bord.«

Patrick sagte: »Ich gebe jetzt den Männern deine Befehle weiter, Fin. Dann brauche ich nur noch ein paar Minuten, um mich umzuziehen und meine Sachen zusammenzusuchen.«

»Du bleibst hier«, entgegnete Fin. »Du musst die Besatzung der Burg befehligen. Vielleicht lauern ja Sleats übrige Männer nur darauf, dass ich Eilean Donan ungeschützt zurücklasse.«

Einen Augenblick lang sah es so aus, als wolle Patrick widersprechen, doch dann besann er sich eines Besseren, nickte nur kurz und eilte aus der Halle hinaus.

»Und nun, Madam«, sagte Fin. »könnt Ihr anfangen, aber lasst nichts aus.«

Lady Percy schüttete ihm bereitwillig ihr Herz aus, doch war ihr Bericht verworren und voller bitterer Erinnerungen. Ganz offensichtlich machte sie ihren Bruder für ihre unglückliche Jugend verantwortlich, und ebenso offensichtlich genoss sie ihre neu gewonnene Freiheit als Witwe. Nicht so klar wurde dagegen ihre Haltung gegenüber ihrer Tochter, die sie zum Abschied mit einem glühenden Schlüssel gebrandmarkt hatte.

Während ihres Gesprächs hatte Fin noch zweimal das Gefühl, als husche etwas am Rande seines Gesichtsfeldes vorüber, doch jedes Mal, wenn er sich umdrehte, waren da nur die langsam verblassenden Sonnenstäubchen.

Getrieben von einer steifen Nordwestbrise nahmen Fins Langboote kurze Zeit später den gleichen Kurs wie zuvor Mollys Boot, durch die Meerenge von Kylerhea in den Sund von Sleat, vorbei an Loch Hourn und dann entlang der Küste nach Loch Nevis und Mallaig Head. Sie bewegten sich im Schutz der hereinbrechenden Dunkelheit. Dennoch hielt Fin die gegenüberliegende Küste scharf im Auge, für den Fall, dass noch weitere von Sleats Schiffen dort lauerten. Doch sie konnten ungehindert passieren.

Tam Matheson, der sich von seinem langen Lauf erholt hatte, saß im Heck am Steuer, Lady Percy, in einen schweren Kapuzenumhang gehüllt, neben Fin im Bug. Seit der Abreise von Eilean Donan hatte sie kaum ein Wort gesprochen und beobachtete gerade den dunklen Küstenstreifen zu ihrer Rechten.

Tam rief: »Glaubt Ihr, dass wir sie kriegen, Herr?«

»Ja«, antwortete Fin. »Wenn der Wind anhält, brauchen wir nicht länger für den Weg als Sleat, selbst wenn seine Boote schneller sind. Wir haben ja noch einen Ersatzmann an Bord; so kann sich immer einer der Ruderer ausruhen, und außerdem ist unsere Route kürzer als die Sleats. Und danach nehmen wir die Pferde ab …« Er schaute Lady Percy an. »Wie hieß der Ort noch gleich, Madam?«

»Ballantrae«, antwortete sie mit einem kurzen Blick, dann richtete sie ihre Augen wieder auf die Küste.

»Wie weit ist es bis Ballantrae?«, wollte Tam wissen.

Sie schien seine Frage nicht gehört zu haben. »Kintail«, sagte sie und deutete mit dem Finger auf das dunkle Ufer, »winkt uns da drüben nicht einer zu?«

Als Fin in die angegebene Richtung sah, konnte er eine Bewegung an Land ausmachen. Dann flackerte ein Fünkchen, und eine Fackel flammte auf, die von einem breitschultrigen Mann hin und her geschwenkt wurde.

»Das ist bestimmt eine Falle«, mutmaßte Tam, der jetzt ebenfalls in die Dunkelheit spähte.

»Bist du sicher, dass Sleats Leute all unsere Männer getötet haben?«, fragte Fin.

»Es kam mir so vor. Seine Bande sprang ins Boot und hieb auf alles ein, was sich bewegte.«

»Aber doch nicht auf die Frauen, oder?«

»Nein, Herr. Sie halfen hinterher den beiden Frauen in Sleats Langboot und versenkten dann unser Boot. Ich habe keinen von dem sinkenden Boot herunterspringen sehen, also bin ich losgerannt, um Euch zu benachrichtigen, so wie Thomas MacMorran es mir gesagt hat.«

»Das hast du gut gemacht«, lobte Fin. »Aber ich glaube, wir sollten mal nachschauen, wer das da am Ufer ist.«

Er gab den Ruderern auf der linken Seite den Befehl zu bremsen und denen rechts, sich kräftig in die Riemen zu legen. Auf diese Weise drehte er das Boot in Richtung Strand. Das zweite Boot folgte ihnen.

Noch bevor sie an dem bewaldeten Ufer anlegten, erkannte Fin das vertraute Gesicht Thomas MacMorrans.

Auch Tam und die anderen hatten ihn jetzt gesehen und brachen in wildes Jubelgeschrei aus. Thomas löschte die Fackel, watete so weit wie möglich ins Wasser und schwamm dann die restliche Strecke bis zum ersten Boot. Viele hilfsbereite Hände streckten sich ihm entgegen und zogen ihn an Bord.

Fin grinste über das ganze Gesicht vor lauter Freude, versetzte Thomas einen kräftigen Schlag auf die Schulter und schüttelte ihn zur Begrüßung. »Ich bin ja so froh, dich heil wiederzusehen, Thomas MacMorran!«

»Und ich erst, Herr«, antwortete Thomas, ebenfalls breit grinsend.

»Aber wie hast du das bloß geschafft, Mann?«, erkundigte sich Tam.

»Ich fiel über Bord. Dann tauchte ich unter unserem Boot und unter dem von Donald hindurch. Dort hielt nämlich keiner Ausschau. Ich holte kurz Luft, tauchte dann wieder und schwamm so lange neben Donalds zweitem Boot her, bis ich zu unserem Boot kam. Das sank sehr langsam, und ich versteckte mich dahinter, bis Donald und seine Bande zu weit weg waren, um mich zu entdecken. Dann bin ich hierher geschwommen und habe auf Euch gewartet.«

»Und ich musste den ganzen Weg zurück nach Eilean Donan rennen«, empörte sich Tam.

»Und das war auch gut so, Junge«, erwiderte Thomas noch immer grinsend. »Warum sollte ich auch noch loslaufen, wo ich doch wusste, dass du im Nu Hilfe holen würdest. Immerhin bin ich hier fast erfroren!«

»Beim Laufen wäre dir schon warm geworden.«

»Dafür hatte ich ja das Feuer.«

»Hört auf, ihr beiden«, mischte sich Fin mit unterdrücktem Lachen ein. »Verschwendet eure Kraft nicht beim Streiten, sondern hebt sie lieber für Sleat auf.«

»Ja, schon gut«, lenkte Tam ein und gab Thomas einen Schlag auf den Rücken. »Wir werden uns schon um Sleat kümmern, seid unbesorgt.«

»Sleat gehört mir«, entgegnete Fin nur.

21

Molly erwachte von dem Sonnenlicht, das durch die Fenster ohne Läden in ihre Schlafkammer fiel. Es war kühl, im Kamin brannte kein Feuer, und die Bettvorhänge rochen muffig. Zwar hatten sie und Doreen die Vorhänge ausgeschüttelt, doch wahrscheinlich verbargen sich noch immer Spinnen und ähnliche Geschöpfe in ihren Falten.

Sie setzte sich im Bett auf – einer Schlafstatt, die man im Hause ihrer Eltern wohl nur unbedeutenden Gästen zugewiesen hätte – und sah, dass Doreen noch auf einem Strohsack vor dem kalten Kamin schlief.

Darauf bedacht, sie nicht zu wecken, flüsterte Molly: »Maggie? Seid Ihr da?«

Keine Antwort.

Da rief sie ein wenig lauter: »Maggie, kommt doch bitte. Ich brauche Euch!«

Doreen regte sich und öffnete die Augen, die noch immer vor Trauer um Thomas rot und verweint waren. »Habt Ihr mich gerufen, Mistress? Soll ich aufstehen und gegen die Tür hämmern? Wahrscheinlich ist sie aber immer noch abgeschlossen.«

Molly seufzte. »Ach, lass nur. Den Nachttopf habe ich schon benutzt, und ob ich verhungere, ist mir sowieso gleichgültig. Dann brauche ich diesen Schurken wenigstens nie wiederzusehen.«

Aber ihr war klar, dass sein Anblick ihr nicht erspart bleiben würde, und da sie wusste, wozu Donald fähig war, hatte sie große Angst davor, ihm erneut gegenüberzutreten. Sie musste sich schließlich nicht nur um sich selbst kümmern, sondern wenn möglich auch noch Doreen beschützen.

Nach einer eintönigen Seereise und einem langen Ritt waren sie in der Nacht zuvor auf Burg Dunsithe eingetroffen. Nachdem sie an Land gegangen waren, hatten einige von Donalds Männern Ponys für die Weiterreise besorgt. Molly hatte schon befürchtet, sie müssten noch eine weitere Nacht im Freien kampieren, wie die beiden Nächte zuvor, die sie und Doreen voller Furcht vor den Männern verbracht hatten. Doch Donald drängte zur Eile. Dennoch war es schon fast dunkel, als sie die Burg erreichten.

Sie ritten durch das Haupttor, wo sie von Bewaffneten in Empfang genommen wurden. Obwohl Donald nicht mehr Mollys Vormund war und sie Kintail geheiratet hatte, hielten Donalds Soldaten noch immer die Burg besetzt.

Als Donald die Frauen in die große Halle geleitete, versuchte Molly, sich an die Burg ihrer Kindheit zu erinnern. Es kamen ihr nur noch vage Bilder in den Sinn, doch das Dunsithe von damals war auf alle Fälle voller Farben gewesen. Viele leuchtend bunte Banner hatten damals an den von Wandteppichen bedeckten Wänden gehangen, und die große Tafel hatte von Gold- und Silbergeschirr geglänzt. Einzig und allein das Wappenschild der Gordons über dem Kamin war von der ganzen Pracht noch übrig, und auch das zeigte sich nun alt und verblichen.

»Willkommen zu Hause, Mistress Gordon«, sagte Donald sarkastisch.

Sie hatte es mittlerweile aufgegeben, ihn an ihre Heirat und ihren neuen Titel zu erinnern, denn er tat einfach so, als habe ihre Hochzeit niemals stattgefunden, ungeachtet dessen, dass er selbst dabei gewesen war. Also schwieg sie und wünschte, der Ort wäre nicht gar so freudlos. Das spärliche Mobiliar bestand im Wesentlichen aus rohen Tischböcken und Bänken. Selbst die große Tafel bot einen traurigen Anblick; ihr kunstvolles Schnitzwerk war abgebrochen oder völlig zerschrammt, das ehemals schimmernd polierte Holz stumpf und matt. Wände und Fußboden wirkten nackt ohne die farbenprächtigen Teppiche und Wandbehänge, die sie in den alten Tagen geziert hatten.

Molly blickte sich noch immer neugierig um, da versetzte Donald ihr unverhofft eine Ohrfeige.

Sie schnappte nach Luft, fasste sich an die brennende Wange und bedachte ihn trotz ihrer Angst mit einem wütenden Blick.

In gleichgültigem Ton sagte er: »Wenn ich Euch etwas frage, Mistress, dann habt Ihr gefälligst zu antworten.«

Mit Mühe unterdrückte sie ein Zittern und erklärte: »Ich habe Euch nichts zu sagen.«

»Aber sicher habt Ihr das«, erwiderte er und näherte sein Gesicht auf wenige Zentimeter dem ihren. »Und wenn Ihr nicht ganz schnell Eure Sprache und Euer Gedächtnis wiederfindet, dann sollt Ihr noch mehr von diesen Ohrfeigen zu schmecken bekommen. Ihr werdet schnell merken, dass es Euch nicht gut tut, sich mir zu widersetzen.«

Sie reckte das Kinn und konterte: »Ich frage mich, was Ihr von mir hören wollt. Ich habe Euch schon des Öfteren gesagt, dass ich nicht weiß, wo mein Vermögen versteckt ist. Was soll ich Euch also erzählen?«

»Ich habe mir Eure Worte lange durch den Kopf gehen lassen, Mädchen«, fuhr er sie an. »Und ich kann mir einfach nicht vorstellen, dass Ihr nichts wisst.«

»Und dennoch ist es die Wahrheit.«

»Ihr müsst zumindest genug wissen, um einfordern zu können, was Euch gehört«, beharrte er. »Ich bin sicher, dass Ihr nach der Hochzeit so schnell wie möglich mit Kintail hierher kommen wolltet. Aber ich habe dafür gesorgt, dass er keine Gelegenheit dazu erhält.«

»Habt Ihr deshalb Eilean Donan angegriffen?«

»Unter anderem. Ich wollte Euch schon nach diesem Angriff mitnehmen, doch das habt Ihr ja vereitelt. Und bevor Ihr mir jetzt erneut widersprecht, möchte ich Euch daran erinnern, dass ich nicht vergessen habe, was Ihr mir an jenem

Tag angetan habt. Ich werde alles aus Euch herausholen, was Ihr wisst, da könnt Ihr sicher sein.«

Obgleich Molly innerlich vor Furcht bebte, schaffte sie es, Donald voller Verachtung anzustarren.

»Es ist schon spät«, sagte er nur. »Nutzt den Rest der Nacht, um meine Worte zu überdenken. Ich hoffe, dass Ihr morgen Früh zur Vernunft gekommen seid.« Er nickte einem seiner Männer zu und ließ die beiden Frauen in eine geeignete Kammer führen.

Molly war so froh gewesen, dass man sie nicht von Doreen getrennt hatte, dass sie bereitwillig mitgegangen war. Doch jetzt am Morgen wunderte sie sich, dass sie überhaupt Schlaf gefunden hatte, zumal nur eine dünne Decke und kein Kissen vorhanden waren. Dennoch war sie eingeschlafen, kaum dass sie sich hingelegt hatte.

Auch Doreen hatte offensichtlich fest geschlafen, doch wirkte sie ebenso sorgenvoll und verzweifelt wie in den drei vergangenen Tagen, seit sie hatte zusehen müssen, wie Thomas ins Wasser fiel und nicht wieder auftauchte. Jetzt schaute sie Molly verwirrt an und sagte: »Ich kann gar nicht verstehen, wie ich so tief schlafen konnte.«

»Ich auch nicht«, erwiderte Molly. »Aber es ist ganz gut so.«

»Ja, nun sind wir auf jeden Fall ausgeruht. Aber was wird jetzt mit uns geschehen? Ob Donald uns wohl freilässt, wenn Ihr ihm sagt, was Ihr wisst?«

»Ich weiß doch nichts«, antwortete Molly seufzend. »Ich dachte, das hättest du verstanden.«

Doreen zuckte nur mit den Schultern. »Was gehen mich die Angelegenheiten der Herrschaft an, Mylady? Ihr wart zwar noch ein kleines Dingelchen, als Donald von Sleat Euch nach Dunakin brachte, dennoch kommt es mir komisch vor, dass Ihr so gar nichts über Euer eigenes Vermögen wisst.«

»Aber das ist nun einmal die traurige Wahrheit.«

Da knirschte ein Schlüssel im Schloss, und schon stand einer von Donalds Soldaten in der Kammer und verkündete: »Ihr sollt zum Herrn nach unten kommen, Mistress Gordon. Du bleibst hier«, fügte er hinzu, als Doreen Anstalten machte, ihre Herrin zu begleiten.

»Meine Mistress braucht warmes Wasser, damit sie sich zurechtmachen kann«, sagte Doreen tapfer. »Ihr könnt sie doch nicht einfach aus dem Bett holen und zu Eurem Herrn schicken.«

»Halt die Klappe, Mädchen, oder willst du meine Hand zu spüren bekommen?«

»Lass nur, Doreen«, beeilte sich Molly zu sagen. »Wir müssen tun, was er verlangt. Ich folge Euch schon, bitte tut ihr nichts«, ersuchte sie den Soldaten.

»Ich habe mit dem Mädel nichts zu schaffen«, entgegnete der achselzuckend.

Molly drückte sich an dem Mann vorbei und stieg vor ihm die gewundene Treppe in die Halle hinunter, wo Donald noch bei einem reichhaltigen Frühstück saß. Der Duft von gebratenem Fleisch drang ihr in die Nase und ließ ihr das Wasser im Mund zusammenlaufen. Sie hatte Hunger.

In dem kahlen großen Raum hielt sich eine Gruppe von Männern auf, die ihre Waffen polierten, aßen oder sich unterhielten.

Donald blickte von seiner Mahlzeit auf. »Nun, Mädchen?«

Sie blieb zögernd auf der Schwelle stehen und spürte die gleiche Angst wie am Abend zuvor. »Ich kann Euch nicht mehr sagen als gestern Abend«, erklärte sie. »Ganz gleich, was Ihr mir auch antut, ich kann ja nicht verraten, was ich nicht weiß.«

»Wir werden sehen«, erwiderte er. Er wandte sich an den Mann, der sie heruntergeführt hatte, und fragte ihn: »Was würdest du vorschlagen, um ein Mädchen zum Reden zu bringen, Colson?«

Molly biss die Zähne zusammen und zwang sich, ihre Augen nicht von Donald abzuwenden.

Der Mann neben ihr kicherte. »Mit meinen Mädchen hatte ich noch nie Schwierigkeiten, Herr. Aber wenn, dann würde ich sie übers Knie legen und sie Mores lehren.«

»Ja, wir könnten mit einer gehörigen Tracht Prügel anfangen«, sagte Donald versonnen. »Oder noch besser, Mistress Gordon, ich könnte Euch nackt ausziehen und Euch vor den Augen meiner Männer züchtigen lassen, bis Euch Hören und Sehen vergeht. Wie würde Euch das gefallen?«

Vor Schreck stockte Molly fast das Blut in den Adern, doch sie schwieg.

»Bring sie her«, blaffte Donald Colson an.

Der Bewaffnete legte Molly seine Hand wie einen Schraubstock um den Oberarm und zerrte sie bis zu Donalds Platz. Dort stand sie, noch immer stumm, und biss sich auf die Unterlippe, bis sie blutete.

Diesmal war der Schlag so hart, dass er sie umgeworfen hätte, wäre sie nicht von dem stählernen Griff um den Arm gehalten worden.

»Ich habe Euch gewarnt«, knurrte Sleat.

Molly schossen die Tränen in die Augen, und sie spürte, wie ihr ein wenig Blut von der Lippe aufs Kinn rann, doch der Gedanke an Fin gab ihr neue Kraft, und sie sagte bloß: »Dafür wird Kintail Euch töten.« Sie staunte selbst, wie ruhig ihre Stimme klang.

»Vielleicht wird er es versuchen«, erwiderte Donald, »aber wie Ihr ja wisst, ist es nicht so einfach, mich umzubringen. Und außerdem ist er ja nicht hier. Niemand ist hier, der Euch helfen kann. Denkt daran, bevor Ihr mir noch einmal eine freche Antwort gebt.«

Ihre Angst wuchs, und sie wusste, dass sie Donald schwerlich daran hindern konnte, ihr etwas anzutun. Doch ihre Würde wollte sie sich nicht rauben lassen – da musste schon bedeutend mehr passieren.

»Schür das Feuer, Colson«, befahl Donald ihrem Bewacher. »Wir wollen doch nicht, dass das Mädchen friert.«

Als Colson zum Kamin ging, packte Donald sie und zog sie grob zu sich heran. Dann griff er mit beiden Händen in den Ausschnitt ihres Mieders und riss es auf, sodass ihr Oberkörper nur noch von dem dünnen Hemd bedeckt war.

Ihre Zähne fingen an zu klappern.

Da ertönte eine Stimme hinter ihr: »Verzeiht Herr, aber da ist eine gewisse Lady Percy am Tor, die Euch unverzüglich sprechen will.«

»Ach, zum Teufel! Bist du sicher, dass das ihr Name ist?«

»Ja, Herr. Lady Percy hat sie gesagt.«

»Hat sie auch gesagt, warum sie mich sprechen will?«, fragte Donald schroff.

»Nein, nur dass Ihr froh sein würdet, sie zu sehen, und dass es sich für Euch lohnen würde.«

Donald runzelte die Stirn, und Molly hielt den Atem an. Mit Sicherheit würde er ihr in Gegenwart eines Gastes nichts antun. Doch als sie versuchte, ihr zerrissenes Mieder mit den Händen zusammenzuraffen, schlug er ihre Finger fort.

»Lasst das. Mal schauen, was die Lady zu Eurer misslichen Lage sagt. Und ihr Burschen verschwindet. Ich brauche schließlich keine Armee, um mich vor Weibsbildern zu schützen.«

Molly konnte bloß hoffen, dass die Besucherin ihr beistehen und nicht ruhig mit ansehen würde, wie Donald sie misshandelte.

Colson verließ mit den übrigen Männern die Halle, kehrte aber kurz darauf mit einer Frau zurück. Auf ihren Anblick war Molly nicht gefasst gewesen – sie war jünger als erwartet und sehr schön. Lady Percy trug ein modisches Reitkleid und hielt eine Reitpeitsche in der Hand. Falls sie von ihrer Reise müde war, ließ sie es sich nicht anmerken, sondern zeigte sich sehr erfreut darüber, dass der Hausherr sie empfing.

»Wie gut es sich trifft, dass Ihr ebenfalls nach Süden gereist seid, Sir«, rief sie, während sie raschen Schrittes die

Halle betrat. Mit knappen Bewegungen zog sie sich die Handschuhe aus und ging hinüber zum Kamin. Dabei plapperte sie unentwegt weiter und warf Molly nur einen kurzen, verstohlenen Blick zu. »Und wie überaus angenehm ist es hier am Feuer. Es ist so scheußlich kalt draußen.«

»Was führt Euch nach Dunsithe?« Donalds Stimme war brüsk und hatte einen misstrauischen Unterton. »Ihr seid ja bemerkenswert schnell gereist.«

Die Besucherin zuckte die Achseln. »Als ich an meinem Ziel ankam, war sie schon fort. Also bin ich geradewegs nach Stirling und weiter ins Grenzland geritten.«

»In drei Tagen?«, fragte er ungläubig.

Sie zog die Brauen hoch. »Frauen von der Grenze können noch viel länger reiten, wenn es sein muss, Sir. Seid Ihr zornig, weil ich gekommen bin? Bestimmt nicht mehr, wenn Ihr hört, warum ich hier bin. Ich habe mich mit Angus getroffen! Und darüber hinaus habe ich Euch von ... von einem anderen etwas mitgebracht, worauf Ihr schon gewartet habt.« Mit einem verschlagenen Blick auf Molly setzte sie hinzu: »Aber mehr darf ich vor Eurer Freundin nicht ausplaudern.«

»Meine Freundin?« Donald schaute Lady Percy erstaunt an. »Erkennt Ihr das Mädchen denn nicht wieder, Madam?«

Lady Percy stieß ein leises, helles Lachen aus. »Nein, Sir. Sollte ich sie denn kennen? Ich bin sicher, dass ich sie niemals hier auf Dunsithe gesehen habe. Nach dem Zustand ihrer Kleidung zu urteilen habt Ihr sie zu Eurem Vergnügen mitgebracht. Das würde auch erklären, warum Ihr mich so überstürzt vom Schiff geschickt habt. Seid Ihr dann gleich zurückgefahren, um sie zu holen? Mir habt Ihr gesagt, Ihr würdet nach Dunbarton und dann weiter nach Stirling reisen. Ihr könnt Euch also vorstellen, wie erstaunt ich war zu erfahren, dass Ihr nie auf Stirling eingetroffen seid. Als ich dann hörte, dass Ihr Euch hier auf Dunsithe aufhaltet, erschien es mir wie ein Wink des Schicksals, wo ich doch nur ein paar Meilen entfernt war –«

»Wie kam es, dass Ihr hier in der Nähe wart?«, unterbrach Donald sie.

»Aber Sir, habe ich Euch denn nicht gerade gesagt, dass ich Angus aufgesucht habe und Euch ein gewisses Etwas von König Heinrich bringe, das Ihr schon seit Langem heiß ersehnt? Soll ich noch deutlicher werden?«, fragte sie mit einem schelmischen Blick.

»Warum nicht?«, gab er zurück. »Vor Molly brauchen wir keine Geheimnisse zu haben.«

Verwirrt schaute Molly von einem zum anderen, wobei sie unauffällig versuchte, ihr Mieder über der Brust zusammenzuhalten.

Doch Donald achtete gar nicht auf sie, sondern hielt seine Augen unablässig auf seinen Gast gerichtet.

Lady Percy erwiderte diesen Blick mit wachsender Verblüffung. »Molly? Wahrhaftig?« Sie drückte die Hände an die Brust und schaute zu Molly hinüber, dann wieder zu ihm. »Bitte sagt, dass Ihr damit nie spaßen würdet, Sir, ich flehe Euch an!«

Sie noch immer unverwandt betrachtend, schüttelte er nur den Kopf.

Da drehte sie sich zu Molly um und breitete mit Tränen in den Augen die Arme weit aus. »Molly? Mein liebstes Mädchen, du weißt ja nicht, wie sehr ich mich danach gesehnt habe, meine schöne Tochter wieder in die Arme zu schließen.«

Verschreckt und völlig verständnislos starrte Molly sie an.

»Oh, mein Schatz, wie habe ich auf diesen Augenblick gewartet. Lass mich dich umarmen, mein liebstes Mädchen! Erkennst du denn deine eigene Mutter nicht mehr?«

Mollys Knie drohten nachzugeben, doch sie blieb regungslos stehen.

Nicht weit von der Burg entfernt, am Abhang eines Hügels, lag Fin neben Tam auf der Lauer. Dank günstiger Winde waren sie schnell vorangekommen und hatten, als sie an Land gingen, von Bewohnern erfahren, dass Sleat nur noch wenige Stunden Vorsprung hatte. Lady Percy hatte ihr Wort gehalten und von einem Verwandten, der keine Fragen stellte, Pferde und einen Führer besorgt.

Fin wurde von fünfzig Mann begleitet, doch wusste er, dass Sleat über mehr Männer verfügte, und die Burg machte überdies einen gut befestigten Eindruck. Er hatte Lady Percy mitgeteilt, dass er die Absicht habe, unverzüglich anzugreifen, sobald sie die Verteidigungsanlagen auskundschaftet habe, doch schien ihm jetzt ein Angriff wenig Erfolg versprechend. Obwohl die Burg, die sich auf einem Hügelrücken befand, angeblich jahrelang unbewohnt gewesen war, schien sie in einem ausgezeichneten Zustand zu sein. Hinter der Hügelkuppe, wo Fin jetzt in Deckung lag, war er von den zinnenbewehrten Mauern aus nicht zu sehen, doch sobald er und seine Männer sich Dunsithe näherten, würde man sie sofort erspähen.

Wie auf Eilean Donan auch, befand sich der Brunnen von Dunsithe sicher innerhalb der Mauern, und die Besatzung der Burg war höchstwahrscheinlich gut mit Vorräten bestückt. Eine Belagerung würde also kaum etwas bringen, selbst wenn Lady Percys Verwandte ihnen zu Hilfe kämen. Wahrscheinlich jedoch waren Fin und seine Männer auf sich allein gestellt, und wenn sich Sleat entschloss, Lady Percy in der Burg festzuhalten, würden sie gar nichts über die Stärke der Besatzung erfahren.

Während er noch darüber nachdachte, sah Fin schon wieder etwas aus dem Augenwinkel vorbeihuschen, und als er hinschaute, war wie üblich nichts zu erkennen. Allerdings … Er kniff die Augen zusammen. Irgendetwas bewegte sich noch immer, vage und verschwommen wie ein Staubwölkchen, das vom Wind hochgewirbelt wird. Nur, dass es völlig windstill war. Es ging nicht das geringste Lüftchen.

In seinem Rücken, am Fuße des Hügels, warteten schweigend seine Männer. Sie vertrauten fest darauf, dass er einen Weg finden würde, die Mistress zu befreien und Sleat zu besiegen. Sie hatten ja keine Ahnung, wie ratlos er war. Er wünschte, Patrick wäre bei ihm. Patrick fiel immer etwas ein, und wenn seine Ideen auch manchmal verrückt schienen, so führten sie doch oft zum Erfolg. Fin musste lächeln, doch dann erstand vor seinem inneren Auge Mollys ernstes Gesicht und verdrängte Patricks Grinsen.

Wo war sie nur? Wie ging es ihr? Sie war zwar ein tapferes Mädchen, fürchtete sich nun aber ganz bestimmt. Und vermutlich vertraute sie nicht ganz so fest wie die Männer darauf, dass Fin sie befreien würde. Er musste sie einfach finden. Der bloße Gedanke, dass Sleat ihr etwas antun könnte, machte ihn ganz krank vor Sorge. Der Schuft hatte sie ohne Zweifel hierher nach Dunsithe gebracht, um sie zu zwingen, ihm das Versteck des Schatzes zu verraten. Selbst wenn Molly das könnte und es Sleat gelänge, sich ihr Vermögen anzueignen, müsste er sie danach ermorden, um seinen Raub zu vertuschen.

Da, wieder diese flüchtige Bewegung. Und wieder drehte sich Fin um und bemerkte …

»Tam, schau mal dort drüben«, flüsterte er und deutete in die entsprechende Richtung. »Siehst du auch jemanden dort drüben bei dem kleinen Wäldchen? Könnte es eine Bäuerin sein?«

Folgsam warf Tam einen Blick auf die Bäume und schüttelte dann den Kopf. »Nein, Herr. Wir sind doch aus der Richtung gekommen, und dort war niemand. Ich habe die ganze Zeit die Umgebung scharf im Auge behalten.«

»Ja, gut«, sagte Fin etwas enttäuscht. Er konnte noch immer erkennen, dass sich dort hinten etwas bewegte. Im Schatten der Bäume stand eine Gestalt, nicht größer als ein Kind, doch so alt, dass sie eher seiner lange verstorbenen Mutter glich. Machte sie ihm ein Zeichen? Er blinzelte, um deutlicher zu sehen.

Neben ihm flüsterte Tam: »Ist etwas nicht in Ordnung, Herr?«

»Siehst du da drüben wirklich niemanden?«

»Nein, gewiss nicht. Was seht Ihr denn?«

»Wir müssen die Mistress finden«, wich Fin der Antwort aus, konnte seinen Blick jedoch nicht von dem Wäldchen lösen. Da stand tatsächlich eine Frau. Jetzt sah er sie schon klarer; sie sprang auf und ab und winkte wie wild mit den Armen. Das musste wohl eine Halluzination sein.

Seit er erfahren hatte, das sich Molly in Sleats Gewalt befand, hatte er kaum noch geschlafen, und nun spielte ihm seine Fantasie einen Streich. Die Frau aber, die noch immer hüpfte und winkte, war jetzt ganz deutlich zu erkennen. Warum konnte er sie nicht hören? Er vernahm doch sonst ganz gegen seinen Willen Stimmen, warum nicht auch jetzt?

Was hatte Molly damals des Nachts in der Bucht zu ihm gesagt, als sie ihn gefragt hatte, ob er an Geister glaube?

Irgendetwas darüber, dass man es einfach zulassen sollte, zu sehen und zu hören, was direkt vor einem lag. Dazu war er durchaus bereit, doch wie sollte er es anstellen?

»Warte hier«, wies er Tam an.

»Wohin geht Ihr?«

»Da drüben zu dem Wäldchen. Ich muss herausfinden, ob sie uns vielleicht helfen kann.«

»Aber da ist doch keiner«, wandte Tam ein.

»Sei jetzt still, und warte auf mich«, befahl Fin unwillig.

Tief geduckt huschte er flink zu dem Dickicht aus Bäumen und Büschen hinüber, das einen Teil der Hügelkuppe bedeckte. Weiter unten hielten sich noch immer seine Männer bereit. An ihnen hätte sich schwerlich jemand vorbeischleichen können. Wie also war diese Frau hierher gekommen?

Molly brauchte ihn. Eigentlich sollte er jetzt die Burg von allen Seiten auskundschaften und auch von den nahe gelegenen Hügeln einen Blick auf Dunsithe werfen. Dabei liefe er allerdings Gefahr, in einen Hinterhalt zu geraten. Wenn er

Dunsithe verteidigen müsste, würde er jedenfalls auf allen umliegenden Hügeln Posten aufstellen.

Hatte Sleat das auch getan? War er mit seinem Gefolge vielleicht geflohen, als er ihn und seine Männer hatte kommen sehen? Wusste Sleat, dass sie hier waren? Womöglich wartete er nur ab, was Fin tun würde, um dann den nächsten Schachzug zu machen.

Fin, der mittlerweile den Schutz der Bäume erreicht hatte und sich nun aufrichtete, verharrte mitten in der Bewegung. Er hatte die kleine Frau aus den Augen verloren. Sicher war sie doch nur ein Trugbild seiner Fantasie gewesen. Doch er brauchte unbedingt Hilfe, daher rief er verzweifelt: »Wo seid Ihr?«

»Hier drüben.«

Er konnte sie nur schwach hören und kaum sehen. Und als er sie erblickte, hätte er am liebsten die Augen zugekniffen, so wütend schaute sie aus.

»Wer seid Ihr?«

Ohne ihn einer Antwort zu würdigen drehte sie sich um und marschierte davon. Sie war noch viel kleiner, als er zunächst gedacht hatte, bloß so groß wie ein kleines Kind, und er hatte Angst, sie erneut aus den Augen zu verlieren, wenn er sich nicht beeilte, ihr nachzugehen. Obwohl einer seiner Schritte so lang war wie sechs von ihren, hatte er Mühe, ihr zu folgen, da er sich immer wieder im dichten Gestrüpp ducken und Bäumen ausweichen musste.

»Wartet doch«, rief er leise. »Wohin gehen wir?«

Sie blieb stehen und wandte sich um. Die Hände auf die ausladenden Hüften gestützt, blickte sie ihm finster entgegen.

»Na, Ihr seid vielleicht eine Plaudertasche! Aber wir haben keine Zeit zum Schwatzen, wir müssen etwas erledigen. Könnt Ihr Eure Burschen heranpfeifen, oder müsst Ihr sie holen gehen?«

»Sicher kann ich Sie heranpfeifen, aber warum?«

Sie funkelte ihn böse an. Wollte sie ihn vielleicht in eine Falle locken?

Mit zusammengezogenen Brauen, die Hände noch immer auf den Hüften, antwortete sie: »Eigentlich wollte ich allein mit Euch gehen, aber ich habe es mir anders überlegt. Wir brauchen mehr Schwerter als nur eines, das ist mal sicher.«

»Aber wohin –«

»Pst, seid doch mal still! Ich habe ja noch nie jemanden getroffen, der so viel redete, wo er doch besser zuhören sollte. Unsere Maid ist in Schwierigkeiten, und wenn Ihr ihr helfen wollt, dann tut, was ich sage. Und jetzt keine Widerworte mehr!«

»Aber wer seid Ihr denn?«

»Ich bin Maggie Malloch, doch der Name wird Euch nichts sagen. Also, wie ist es? Ruft Ihr nun Eure Männer herbei oder nicht?«

»Erst müsst Ihr mir verraten, wohin Ihr mich führt«, entgegnete Fin.

»In die Burg«, erklärte sie. »Wäre Euch das nicht eine Hilfe?«

Da steckte er zwei Finger in den Mund und stieß einen tiefen, trillernden Pfiff aus. Als er sah, dass Tam ihn gehört hatte, winkte er ihn zu sich heran. Fin hatte sich entschlossen, der kleinen Frau zu folgen. Zwar sagte ihm der Name Malloch tatsächlich nichts, doch sie schien Molly zu kennen, und das genügte ihm für den Augenblick.

»Was soll ich tun, Herr?«, fragte Tam, der mittlerweile herangekommen war.

»Wir begleiten sie«, sagte Fin und zeigte auf seine Führerin.

»Wen?«

Als Fin einfiel, dass Tam die Frau nicht sehen konnte, zögerte er kurz. Im selben Augenblick begann die kleine, rundliche Gestalt vor ihm zu verblassen. Da war Fins Entschluss endgültig gefasst.

»Hol die anderen«, befahl er, »und folgt mir.« – »Aber wohin gehen wir denn?«

»In die Burg. Ich habe einen geheimen Eingang entdeckt. Frag jetzt nicht weiter, und tu, was ich dir gesagt habe.«

Tam blickte ihn erstaunt an, nickte dann aber nur, und kurz darauf folgten fünfzig Männer im Laufschritt der kleinen Frau. Fin hatte nicht gewusst, dass sich das Wäldchen so weit hinzog. Es bedeckte den größten Teil der Hügelkuppe, doch statt weiter bergauf in Richtung Burg zu gehen, führte Maggie sie immer weiter nach unten.

Er hätte ihr gern noch mehr Fragen gestellt, doch immer, wenn er gerade den Mund aufmachen wollte, begann ihre Gestalt zu verblassen. Also beschloss er, sich ihr wortlos anzuschließen, und schon wurden ihre Umrisse wieder schärfer. Fin achtete weder auf die Äste, unter denen er sich hindurchbücken musste, noch auf die Männer, die ihm nachkamen. Er hatte seine Augen fest auf die dahineilende Gestalt vor sich geheftet. Sie überquerten einen rauschenden Bach, und dann, unmittelbar dahinter, verschwand die kleine Frau im Hügel.

Fin lief ihr hastig hinterher und wäre beinahe gegen einen Felsen geprallt. Dahinter tat sich eine Öffnung auf. Fin überlegte noch, ob sie wohl groß genug für ihn sei, da hörte er von drinnen Maggies Stimme, die ihn zur Eile antrieb. Er machte einen Schritt und bemerkte verblüfft, wie sich die Öffnung vergrößerte und ihn hindurchließ. Er befand sich in einem unterirdischen Gang.

Als er vernahm, wie die Männer hinter ihm ein überraschtes Murmeln von sich gaben, gebot er ihnen zu schweigen. Zwar schienen sie noch recht weit von der Burg entfernt zu sein, dennoch wollte er sichergehen, dass Sleat oder die Wachen, die er möglicherweise aufgestellt hatte, sie nicht hörten.

In diesem Augenblick kam ihm zu Bewusstsein, dass er alles klarer erkennen konnte, als es normalerweise in solch einem Gang der Fall wäre. Er sah nicht nur die kleine Frau vor ihm, sondern ebenso deutlich Wände, Decke und Fußboden des Stollens, da der Boden mit vielen schwach glimmenden Lichtern bedeckt war. Früher musste der Gang öfter benutzt worden sein, denn einmal kamen sie an einer Felsnische vorüber, in der mehrere Waffentruhen standen. Offensichtlich hatten die Gordons den Gang als Fluchtweg für den Fall einer Belagerung angelegt. Fragte sich nur, ob der grimmige Donald auch von diesem Weg wusste. Lady Percy würde ihn wohl kennen, vermutete Fin, und vielleicht hatte sie ja Sleat davon erzählt.

Erneut überlegte er, ob sie womöglich in einen Hinterhalt liefen. Er drehte sich zu Tam um und las dieselbe Befürchtung in seiner Miene. Als er sich wieder nach vorn umwandte, war seine Führerin verschwunden.

Er blieb stehen. Was nun? Vielleicht war sie nur um eine Ecke gebogen oder versteckte sich in einer weiteren Nische. Vielleicht aber lauerte vor ihnen auch die Gefahr, und das Leben seiner Männer hing davon ab, dass er die richtige Entscheidung traf.

Bei diesem Gedanken kam ihm abermals Mollys Bild in den Sinn. Er mochte gar nicht daran denken, was Sleat ihr zufügen konnte, und da es für ihn nun einmal keinen anderen Weg gab, um in die Burg zu gelangen, wäre es unsinnig gewesen, seine Männer zurückzulassen. Sie würden also weitergehen. Er war bereit, der kleinen Frau zu vertrauen, aber er würde trotzdem auf der Hut sein.

Fin zog sein Schwert.

22

Molly ließ sich von der tränenüberströmten Lady Percy in die Arme schließen, doch ein Gefühl der Vertrautheit wollte nicht in ihr aufkommen. Sie konnte sich nicht entsinnen, dass ihre Mutter sie in ihrer Kindheit jemals umarmt hatte. Die Erinnerungsbilder, die für sie mit Eleanor Gordon verbunden waren, zeigten ein strahlend schönes Geschöpf, das leichtfüßig hierhin und dorthin flatterte und Molly oder ihre kleine Schwester Bess niemals liebkoste.

»Eure Tochter scheint nicht gerade vor Freude außer sich zu sein, Madam«, bemerkte Donald trocken.

Da ließ Lady Percy Molly los, trat einen Schritt zurück und sagte schuldbewusst: »Ich fürchte, dazu hat sie auch keinen Grund. Ich wusste gar nicht, was ich alles besaß, bis Angus es mir nahm. Er hat mir mein Leben gestohlen«, fügte sie bitter hinzu.

»Das würde allerdings bedeuten, dass Ihr schon seit rund zwölf Jahren tot seid, Madam«, erwiderte Donald. »Doch Ihr steht ja munter und lebendig vor uns.«

»Ich bitte Euch, Sir. Ich habe damals innerhalb weniger Tage meinen Mann und meine beiden Kinder verloren. Was bleibt einer Frau dann noch vom Leben?«

»Für Gordons Tod könnt Ihr schwerlich Angus verantwortlich machen. Euer Ehemann starb durch die Hand eines seiner eigenen Bauern! Und was das Übrige angeht, so hat Euch Angus für den Verlust vollauf entschädigt, will mir scheinen, indem er es Euch ermöglichte, in die mächtige Familie Percy einzuheiraten.«

»Eine englische Familie, möchte ich zu bedenken geben. Und ganz gewiss konnte mich diese öde Ehe nicht für den Tod der kleinen Bessie entschädigen, der sich immerhin ereignete, während sie in Angus' Obhut war. Vielleicht wollte er sichergehen, dass Molly die einzige Erbin von Dunsithe wurde. Und ebenso wenig konnte er wieder gutmachen, dass ich Molly verloren hatte«, fügte sie mit einem wehmütigen Blick aus tränenfeuchten Augen hinzu, der Molly ans Herz griff.

In scharfem Ton wechselte Donald das Thema. »Ihr sagtet, dass Ihr mir etwas mitgebracht hättet. Was ist es, und wo habt Ihr es?«

»Ja«, bestätigte Lady Percy, »das heißt, ich soll Euch etwas ausrichten –«

»Also habt Ihr mir nichts als Worte mitgebracht. Ergreif sie, Colson!«

»Nein! Heinrich schickt Euch das verlangte Geld. Angus hat mir versprochen, dass ich es morgen erhalte.«

»Ja, und wir wissen ja alle, was Angus' Versprechen wert sind«, entgegnete Donald sarkastisch.

Lady Percy errötete. »Bitte, Sir, bei meiner Ehre. Ich werde dafür sorgen, dass –«

»Eure Ehre ist nicht mehr wert als seine«, schnappte er. »Habt Ihr ihn nicht selbst im Verdacht, das Erbe Eurer Tochter gestohlen zu haben?«

»Davon bin ich sogar überzeugt«, sagte sie mit Nachdruck. »Was sonst soll damit geschehen sein? Ihr wart damals nicht auf Dunsithe, aber in jener Nacht, als Angus mir meine Töchter wegnahm, funkelte diese Halle nur so von Gold und Silber, kostbaren Möbeln und bunten Fahnen. Jedes Zimmer war auf das Prächtigste ausgestattet. Und Geld war auch da, ganze Truhen voll. Gordon las mir jeden Wunsch von den Augen ab – er überhäufte mich mit Kleidern und Juwelen. Oh, diese Juwelen! Wer sie nicht gesehen hat, kann sich nicht vorstellen, wie herrlich sie waren.«

Die Erinnerung brachte ihre Augen zum Glänzen.

Molly warf einen Blick auf Donald und sah, wie er die Stirn runzelte.

»Genug«, sagte er kurz. »Als Angus Eure Töchter abholte, wart Ihr doch noch hier. Wollt Ihr mir etwa weismachen, er konnte das alles ohne Euer Wissen fortschaffen lassen?«

Lady Percy nickte. »Als ich merkte, dass mein Bruder mir meine beiden Töchter nehmen wollte, war ich völlig außer mir. Da sperrte er mich in meiner Schlafkammer ein, und als ich mich schließlich befreien konnte, war alles verschwunden, einschließlich der Dienstboten. Nur seine Männer waren noch da und bewachten die Burg. Sie müssen alles in jener Nacht geraubt haben. Zwei Tage später kam Angus zurück und brachte mich nach Tantallon, seine Burg am Meer. Dort blieb ich, fast in Reichweite meiner Tochter, und durfte sie doch nicht sehen. Dann überwarf sich Angus endgültig mit dem König, und wir mussten nach England fliehen. Bis auf den heutigen Tag war ich nie wieder auf Dunsithe.«

»Eine hübsche Geschichte«, knurrte Donald, »aber gelogen, darauf möchte ich wetten. Es wird oft erzählt, Angus sei nichts als ein geduldeter Gast an Heinrichs Tafel, der springen muss, wenn der König pfeift. Wie kann das sein, wenn er Euch doch solche Reichtümer gestohlen hat?«

»Ich weiß es nicht«, erwiderte sie. »Es stimmt, dass man sich so etwas erzählt, aber vielleicht hat Heinrich Angus alles weggenommen und lässt ihm nur gerade genug, um den Schein zu wahren. Darin läge eine gewisse Ironie, nicht wahr?«

Donald sah sie lange an. »Madam«, sagte er schließlich, »ich glaube nicht, dass der Schatz von Dunsithe jemals diese Burg verlassen hat. Denn solange Angus die Maid in seiner Gewalt hatte, war ihm auch ihr Schatz sicher, und er konnte ja nicht wissen, dass er nur wenige Monate später seine Macht einbüßen und aus Schottland würde fliehen müssen.«

»Aber –«

»Schweigt!«, herrschte Donald sie an. »Für mich ist klar, dass es Gordon und seinen Helfershelfern irgendwie gelungen sein muss, das Erbe zu verstecken. Aber zweifellos wollte er, dass die Erbin es eines Tages bekommt. Also muss sie wissen, wo es sich befindet.«

Lady Percy blickte nachdenklich auf Molly. »Wie sollte sie mehr wissen als ich?«, gab sie schließlich zu bedenken. »Sie war noch nicht einmal sechs Jahre alt, als Angus sie fortholte. Und ihr Vater war ganz plötzlich gestorben und hatte daher gar keine Möglichkeit gehabt, ihr ein Geheimnis ins Ohr zu flüstern, selbst wenn er gewollt hätte. Und außerdem hätte sie das alles längst vergessen. Erinnerst du dich noch an etwas dergleichen, Molly?«

»Ich habe ihm bereits gesagt, dass ich nichts weiß«, sagte Molly, die noch immer die Neuigkeit zu verarbeiten versuchte, dass die schöne Lady Percy ihre Mutter war. »Ich kann mich ja kaum noch an Dunsithe entsinnen. Schließlich habe ich den größten Teil meines Lebens auf Skye verbracht.«

»Da seht Ihr es.«

»Trotz allem ist sie der Schlüssel zum Schatz von Dunsithe«, beharrte Donald. »Und wenn sie wirklich nichts weiß, dann hat sie eben Pech gehabt, denn ich werde jede Kleinigkeit aus ihr herausquetschen. Ich habe gehört, dass sie ein Mal auf der Brust trägt, das Ihr ihr mit einem Schlüssel beigebracht haben sollt.«

»Ja, das habe ich wahrhaftig getan, wie ich zu meiner Schande gestehen muss«, antwortete Lady Percy reuevoll. Ohne Molly anzusehen, fuhr sie fort: »Ihre Kinderfrau und ich hielten es für möglich, dass sich ihr Aussehen über die Jahre verändern würde und dass jemand eine falsche Maid präsentieren könnte. Das wollte ich mit dem Mal verhindern.«

»Welchen Schlüssel habt Ihr dazu benutzt? Zu welcher Tür gehörte er?«

»Meine Güte, das weiß ich nicht mehr! Das ist doch schon Jahre her, und es war nur irgendein Schlüssel, der der Kinderfrau zufällig in die Hände fiel, als sie mir einen bringen sollte.«

»Ich glaube Euch nicht«, sagte Donald. »Es trifft sich doch einfach zu gut, dass das Mädchen das Mal eines Schlüssels trägt, während wir ein Versteck suchen.« Er blickte zwischen den beiden Frauen hin und her. »Glaubt mir, eine von Euch wird mir schon verraten, was ich wissen will.«

»Ihr irrt Euch«, erwiderte Lady Percy eindringlich. »Wir wissen nichts!«

Mit einem bösartigen Grinsen sagte er: »Wir fangen mit dem Mädchen an, denn ich bin sicher, es wird Euch nicht gefallen, Eure Tochter schreien zu hören. Zuerst werden wir ihr nur ein bisschen wehtun, doch wenn sie dann immer noch nicht redet, wird ihr gewiss ein wenig von dem gleichen Schmerz, den Ihr ihr zum Abschied zugefügt habt, auf die Sprünge helfen.«

»Nein!«, schrie Lady Percy und stürmte an Colson vorbei. Der Soldat griff nach ihr, war jedoch nicht schnell genug. Schon hatte sie sich auf Donald gestürzt und zerkratzte mit den Fingernägeln seine Wange, bis sie blutete.

Donald packte sie und verdrehte ihr schmerzhaft die Arme, dann schleuderte er sie zu Boden. Als sie unsanft neben dem Kamin landete, wollte Molly ihr zu Hilfe eilen, doch Donald hielt ihren Arm so fest, als wolle er ihn zerquetschen.

»Colson, heb Lady Percy auf, und sorg dafür, dass sie genau zusieht, wenn ich jetzt das Mädchen verhöre. Ich bin sicher, die Lady wird sich sehr schnell daran erinnern, was für einen Schlüssel sie damals benutzt und wo sie ihn später versteckt hat.« Dann wandte er sich direkt an Lady Percy: »Ich habe mich allerdings schon öfter gefragt, warum Angus Euch noch nicht gezwungen hat, ihm alles darüber zu verraten. Aber vielleicht weiß er ja gar nichts von dem Brandmal.«

»Ich sage Euch doch, ich kann Euch nicht helfen«, rief Lady Percy erneut.

»Eine von euch beiden muss etwas wissen«, fuhr er sie an,

»und wer das ist, finde ich am schnellsten heraus, indem ich das Mädchen verhöre. Vermutlich könnte sie, ohne mit der Wimper zu zucken, zusehen, wie man Euch Schmerzen zufügt. Immerhin kennt sie Euch kaum, und ihre letzten Erinnerungen an Euch sind nicht die angenehmsten. Doch Ihr seid schließlich immer noch ihre Mutter, nicht wahr?«

»Ich bitte Euch, Sir, tut das nicht!«

Während Donald Molly noch immer mit festem Griff hielt, schaute die sich verzweifelt in der ganzen Halle nach einer Waffe um. Es musste sich doch irgendetwas finden lassen. Sie hatte den Gedanken noch nicht ganz zu Ende gedacht, da fiel ihr Blick auf etwas Funkelndes. Es war der Griff des Dolches, den Donald in einer Scheide am Gürtel trug. Sie beäugte die Waffe unter gesenkten Wimpern. Ob sie sie wohl an sich bringen konnte?

Donald richtete seine Aufmerksamkeit gerade auf die beiden anderen Personen im Raum. Lady Percy flehte ihn noch immer an und versuchte, sich aus Colsons Griff zu winden. Keiner beachtete Molly.

Langsam und vorsichtig streckte sie die Hand nach Donalds Dolch aus. Es waren zwar nur zwei Mann in der Halle, doch sie machte sich nichts vor. Selbst wenn es ihr und Lady Percy gelang, die beiden auszuschalten, warteten da noch immer Sleats Männer vor der Tür. Doch sie beschloss, sich darüber zu gegebener Zeit den Kopf zu zerbrechen. Sie konzentrierte sich ganz auf den Dolch und stellte sich ein wenig anders hin, damit Colson nicht sehen konnte, was sie tat. Dabei schob sie ihre Hand immer weiter auf die Waffe zu, bis ihre Finger schließlich den Griff berührten.

Die anderen stritten noch immer, doch Molly achtete nicht auf sie, selbst als Lady Percy vor Schmerz aufschrie. Vermutlich hatte Colson sie geschlagen, Molly wagte jedoch nicht hinzuschauen. Behutsam zog sie an dem Dolch und stellte zu ihrer Erleichterung fest, dass er sich leicht herausnehmen ließ.

Plötzlich war es ganz still in der Halle.

Blitzschnell riss Molly den Dolch aus der Scheide und richtete die Spitze auf Donalds Seite.

»Lasst mich los, und tretet zurück!«, befahl sie ihm knapp.

Er rührte sich nicht, sondern hob nur die Augenbrauen und sagte leichthin: »Ihr seht mir nicht wie eine Mörderin aus, Mädchen.«

»Ich hätte Euch schon einmal fast getötet«, erinnerte sie ihn.

»Ja, aber aus der Entfernung und mit einem Pfeil. Und wenn ich nicht so dumm gewesen wäre, ihn mir herauszureißen, wäre mir nicht viel geschehen. Auch so hörte die Blutung schneller auf, als ich erwartet hatte. Jedenfalls bezweifle ich sehr, dass Ihr es fertig bringt, mir die Klinge in den Leib zu stoßen.«

»Ich würde es lieber nicht darauf ankommen lassen«, warnte sie ihn und hoffte, dass sie überzeugend klang. »Ich bin durchaus imstande –«

Sie schrie auf, denn Donald hatte ihre Hand mit dem Dolch gepackt. Wieder stieß Lady Percy einen Schrei aus, doch Molly rang mit Donald um die Waffe und konnte nicht zu den anderen hinüberschauen. Ihre Entschlossenheit, ihm den Dolch nicht zu überlassen, verlieh ihr ungeahnte Kräfte. Auf einmal gelang es ihr, beide Hände auf den Griff zu legen und die Waffe langsam, aber stetig in Donalds Richtung zu drücken.

Da fühlte sie, wie sie zwei starke Hände von hinten packten. Mit lautem Geschrei warfen sich Lady Percy und Colson in den Kampf. Colsons riesige Pranken griffen nach dem Dolch, und plötzlich konnte sich Molly von Donald losreißen. Sie taumelte ein paar Schritte rückwärts, stolperte und landete unsanft auf ihrem Hinterteil.

Die beiden Männer fuhren auseinander und starrten einander an, während Lady Percy zwischen ihnen zu Boden sank. Aus einer Wunde an ihrer Seite sickerte leuchtend rotes Blut und durchtränkte ihr Kleid.

Entsetzt starrte Molly hinüber. Sie wollte zu ihrer Mutter laufen, doch ihre Beine waren wie Blei und gehorchten ihr nicht.

»Nein«, stöhnte sie nur, während ihr Tränen über die Wangen liefen. Dann konnte sie sich plötzlich wieder bewegen. Sie warf sich neben ihrer Mutter auf den Fußboden, legte einen Arm um sie und drückte mit der anderen Hand gegen die Wunde. »Du darfst nicht sterben!«, schrie sie. »Nicht hier und jetzt!«

Donald zog sie unsanft auf die Füße. »Also macht es Euch doch etwas aus, was?« Bei seinen Worten schüttelte er sie. »Aber das ist jetzt auch egal. So wie die blutet, wird sie nicht mehr lange leben, und Ihr werdet ihr bald folgen, wenn Ihr mir jetzt nicht endlich verratet, was ich wissen will.«

»Ihr Mörder! Euch würde ich nichts verraten, selbst wenn ich etwas wüsste!«

»Ich denke, wir werden Euch zuerst einmal von diesen Fetzen befreien«, knurrte er, zerrte sie zu sich herum und machte Anstalten, ihr auch noch das Hemd zu zerreißen. »Ich will das Mal sehen, das der Schlüssel hinterlassen hat.«

»Dann wird das das Letzte sein, was Ihr auf dieser Welt seht«, ertönte Kintails herrische Stimme vom anderen Ende der Halle.

Erstaunen, Freude und Erleichterung – all das fühlte Molly gleichzeitig, als sie jetzt herumfuhr, um zu sehen, ob Fin wirklich gekommen war.

Das blanke Schwert in der Hand, stand er in der Tür und wirkte in seinem Zorn noch größer und gefährlicher als gewöhnlich. Flankiert wurde er von zwei Männern, die Molly in ihrer Aufregung beinahe nicht erkannt hätte. Der eine war Tam Matheson, bei dem anderen handelte es sich zu ihrer freudigen Überraschung um Thomas MacMorran.

Colson riss sein Schwert aus der Scheide und stellte sich in Positur, bereit, auf einen Wink seines Herrn anzugreifen.

In der kurzen Stille, die nun folgte, vernahm Molly, wie Lady Percy einen tiefen, zitternden Atemzug tat. Ihr krampfte sich der Magen zusammen. Sollte sie ihre Mutter wiedergefunden haben und sie schon kurz darauf endgültig verlieren?

In ihrer Verzweiflung wäre sie am liebsten zu ihr gelaufen, doch sie wagte sich nicht zu rühren, um die Männer nicht zu einer unüberlegten Bewegung zu verleiten. Erst als Donald sie losließ und ebenfalls sein Schwert zog, eilte sie an Lady Percys Seite, ließ Sleat jedoch noch immer nicht aus den Augen. Sie befürchtete, er könne sie beide als Schutzschild missbrauchen.

Doch er beachtete sie gar nicht. Sein Blick war starr auf Fin gerichtet. »Also habt Ihr alle meine Männer überwältigt?«, wollte er wissen.

»Ja«, antwortete Fin. »Sie warten im Burghof auf Euch.«

»Sie werden sich noch ein wenig gedulden müssen, bis ich mit Euch fertig bin, Sir. Oder seid Ihr zu feige, um mit mir zu kämpfen?«

Molly, die neben Lady Percy kniete, bemerkte, dass Fin sie anschaute, so als habe Donald gar nichts gesagt.

»Bist du unverletzt, Liebste?«, fragte er sie leise.

»Ja, Sir«, antwortete sie und musste hart schlucken. »Er hat mir nichts zu Leide getan.«

»Und wer hat dein Kleid so zerrissen?« Seine Stimme klang nun schneidend und bedrohlich.

Sie fuhr sich mit der Zunge über die trockenen Lippen und schwieg. Wenn sie Donald jetzt beschuldigte, würde sie womöglich für seinen Tod verantwortlich sein, und das wollte sie nicht.

»Das war ich«, blaffte Donald. »Und wenn es Euch nicht passt, braucht Ihr es nur zu sagen.«

»Sagt Ihr lieber Eurem Mann dort, dass er sich ergeben soll«, herrschte Fin ihn an. »Sonst werden meine Leute keine Gnade vor Recht ergehen lassen.«

»Und wenn ich gewinne?«

»Dann steht es Euch und Euren Männern frei zu gehen, wohin es Euch beliebt, denn dann werde ich tot sein.«

»Und das Mädchen und sein Vermögen gehören dann auch mir?«

»Genau deshalb werdet Ihr eben nicht gewinnen.«

»Warum sollte ich Euch trauen?«, fragte Donald. »Was hält Eure Männer davon ab, mich umzubringen, sobald ich Euch getötet habe?«

»Mein Ehrenwort«, entgegnete Fin kurz. »Das sollte Euch etwas bedeuten, Sleat. Doch wahrscheinlich wisst Ihr überhaupt nicht, was Ehre ist. Aber das kann Euch nun auch egal sein«, fügte er hinzu. »Und jetzt sagt Eurem Mann, er soll sein Schwert wegstecken.«

»Tu das Schwert weg, Colson«, befahl Sleat.

Nachdem Colson das Schwert wieder in die Scheide geschoben hatte, sagte Fin: »Bring ihn hinaus zu den anderen, Tam. Der Bursche, der sich um die verletzte Frau kümmert, kann hier bleiben.«

Verdutzt blickte Molly zuerst Fin, dann den ebenfalls verblüfften Tam an und fragte sich, welchen »Burschen« Fin wohl gemeint haben könnte. Auch Donald und Thomas schauten sich erstaunt um.

Doch das entging Fin, der noch immer mit Tam sprach. »Wenn du den Kerl nach draußen gebracht hast, komm sofort zurück, damit Sleat es sich nicht einfallen lässt, auf Thomas loszugehen, falls es ihm gelingt, mich zu besiegen. Wenn er ehrlich gewinnt, brauchst du bloß dafür zu sorgen, dass mein Versprechen gehalten wird und dass unsere Männer freien Abzug erhalten. Hast du verstanden?«

»Ja, Herr«, sagte Tam und warf Molly einen fragenden Blick zu.

Sie widmete ihre Aufmerksamkeit wieder Lady Percy. »Bitte, Madam Ihr dürft nicht sterben,«, murmelte sie mit erstickter Stimme und streichelte die Wange ihrer Mutter. »Es wird alles wieder gut. Die Blutung lässt schon nach, also ist die Wunde vielleicht doch nicht so tief und es ist kein inneres Organ verletzt.« Das heisere Keuchen hielt an.

Obgleich es nicht unerwartet kam, schrak Molly zusammen, als die beiden Schwerter klirrend aufeinander prallten. Ängstlich drehte sie sich um.

Beide Männer waren stark und behände und schwangen die schweren Waffen, als wären sie leicht wie eine Feder. Jedes Mal, wenn die Schwerter gegeneinander klirrten, hielt Molly den Atem an, obwohl sie von Anfang an keinen Zweifel am Ausgang des Kampfes hegte. So grausam konnte das Schicksal nicht sein, dass es ihr Fin Mackenzie nahm, jetzt, da sie begonnen hatte, ihn zu schätzen, zu bewundern – nein, von ganzem Herzen zu lieben.

Die Erkenntnis durchfuhr sie wie ein Schwerthieb.

Da glitt Fin auf den unebenen Pflastersteinen aus, und Molly spannte vor Schreck alle Muskeln an, doch noch im Straucheln gelang es Fin, den Streich seines Gegners zu parieren und wieder auf die Beine zu kommen. Dann ging alles ganz schnell; Pardon wurde weder erbeten noch gewährt. Ein letzter weit ausholender Hieb, von Fin gegen Sleats Schulter und Hals geführt, beendete den Zweikampf.

Molly musste sich abwenden, als sie sah, wie Donald zu Boden stürzte, sein Kopf beinahe völlig vom Rumpf getrennt.

Fin ließ sein Schwert fallen und rannte auf sie zu, da war sie auch schon aufgesprungen und warf sich in seine Arme.

»Dem Himmel sei Dank, dass du heil und unversehrt bist! Aber wie seid ihr eigentlich hereingekommen?«

»Ich habe einen Geheimgang gefunden«, antwortete er. »Hat er dir wirklich nichts getan?«

»Nein. Er hat gedroht, mich zu foltern, damit ich ihm das Versteck des Schatzes verrate. Ich hatte natürlich schreckliche Angst, denn ich konnte ihm ja nichts sagen. Aber dann kamst du, und er –« Sie brach ab und vergrub ihr Gesicht an seiner Brust, ungeachtet des harten Kettenhemdes, das er unter seinem Schwertgurt trug.

Seine Arme umfingen sie, und so verharrten sie für eine wundervolle kleine Ewigkeit. Dann hob Fin sanft ihr Kinn und suchte mit seinen warmen Lippen ihren Mund. Seufzend erwiderte sie seinen Kuss, doch dann fiel ihr ihre verwundete Mutter wieder ein, und sie entzog sich ihm.

Fin ließ sie los und sagte: »Wir müssen uns um Lady Percy kümmern.«

Thomas MacMorran kniete bereits neben der Lady und blickte bei Fins Worten auf.

»Sie hat eine Stichwunde, Herr.«

»Es ist alles meine Schuld«, sagte Molly. »Während Donald mit ihr stritt, habe ich mir seinen Dolch geholt, und als er dann versuchte, ihn mir wieder aus der Hand zu winden, wollte sie mir zu Hilfe eilen und bekam einen Dolchstoß ab. Wird sie es überleben, Thomas?«

»Ich weiß es nicht, Mylady. Sie hat viel Blut verloren, aber die Blutung ist zum Stillstand gekommen. Wir werden abwarten müssen.«

»Wo ist der Bursche hin, der sich vorhin um sie gekümmert hat?«, erkundigte sich Fin.

Thomas schaute ihn an und schüttelte den Kopf. »Ich habe keinen gesehen, Herr.«

»Ich auch nicht«, erklärte Molly.

»Nun, ich habe ihn jedenfalls genau gesehen. Ein kleiner Mann, wirklich sehr klein.«

Molly spürte ein Kribbeln im Nacken. »Wie habt Ihr den Geheimgang gefunden, Sir? Ich wusste gar nicht, dass es auf Dunsithe so etwas gibt.«

»Da war so eine dicke kleine Dame«, erwiderte Fin. »Sie hat mich gerufen, und ich bin ihr gefolgt. Und irgendwo in dem Gang ist sie dann auf einmal verschwunden. Ich hatte schon Angst, wir würden in eine Falle laufen, aber dann gelangten wir zu einer Tür, die zu einem Korridor führte. Von dort aus konnten wir uns von hinten an Sleats Männer heranschleichen. Es ging alles im Handumdrehen, aber die Frau habe ich seitdem nicht wieder zu Gesicht bekommen. Wo sie wohl hingegangen ist?«

»Da wirst du wohl Maggie Malloch begegnet sein«, erklärte Molly leise. »Sie hat mir gesagt, dass du das zweite Gesicht besitzt und ihr Volk sehen kannst. Aber nur, wenn du es auch zulässt.«

»Maggie Malloch – das ist der Name, den sie mir genannt hat. Aber wer ist sie denn bloß, Mädchen?«

»Sie ist diejenige, die mir gesagt hat, dass die Narbe auf meiner Brust mit der Zeit verblassen wird«, antwortete Molly. »Sie bezeichnet sich selbst als Hausgeist, so eine Art gute Fee. Sie und ihr Sohn Claud sind bei mir, seit ich damals Dunsithe verlassen musste. Der Bursche, den du vorhin bemerkt hast, wird wohl Claud gewesen sein. Ich glaube, sie beherrschen einen besonderen Heilzauber, also wird meine Mutter vielleicht überleben. Ebenso wie du nach deinem Sturz vom Pferd oder Thomas, nachdem ihn der Pfeil getroffen hat, und Donald, nachdem ich auf ihn geschossen habe.« Sie runzelte nachdenklich die Stirn und fuhr fort: »Wenn du Maggie und Claud sehen kannst, dann können sie uns vielleicht helfen, mein Vermögen zu finden.«

»Ich weiß noch immer nicht, ob ich wirklich an Elfen glauben soll«, gestand Fin lächelnd. »Aber was dein Vermögen angeht, darüber weiß ich etwas.«

»Was denn?«

»Als wir durch den Geheimgang liefen, kamen wir an zwei großen Truhen vorüber. Ich wette, darin finden wir das, was alle hier so lange gesucht haben. Willst du sie sehen? Thomas kann bei deiner Mutter bleiben, und außerdem muss Tam jeden Augenblick zurück sein.«

»Ich bin schon da, Herr«, rief Tam von der Tür.

»Hilf Thomas, Lady Percy auf die Ruhebank dort drüben zu legen, und schau mal, ob du ein paar Decken für sie findest«, befahl ihm Fin. »Mein Mädchen und ich gehen mal nachschauen, ob ihr Schatz nun ein Märchen oder Wirklichkeit ist.«

Molly fügte noch hinzu: »Hol ihr auch noch ein paar Kissen, Tam, und versuche, jemanden aufzutreiben, der in der Heilkunst bewandert ist. Wirklich, Sir«, wandte sie sich wieder an Kintail, »mir ist es gar nicht recht, sie allein zu lassen, bloß um nach diesem elenden Schatz zu suchen. Ich weiß ja, dass Ihr ihn finden wollt, aber –«

»Nein, Mädchen, ich kann warten. Ich dachte nur –«

»Der Schatz? Mollys Vermögen?« Zu ihrer Überraschung setzte sich Lady Percy auf der Ruhebank auf, kaum dass Tam und Thomas sie daraufgelegt hatten.

»Meine Güte!«, rief Molly aus und schlug die Hände zusammen. Dann lief sie zu ihrer Mutter und blickte ihr ängstlich ins Gesicht. »Habt Ihr Euch so schnell erholt, Madam?«

Lady Percy bedachte sie mit einem liebevollen Blick. »Ich entsinne mich, dass ich mich auf Donald stürzte, damit er von dir abließ. Dann fühlte ich auf einmal einen stechenden Schmerz.« Sie schaute an sich hinab und befühlte den blutigen Riss in ihrem Kleid, wo die Klinge eingedrungen war. »Der Dolch kann aber nicht viel Schaden angerichtet haben, denn ich habe jetzt überhaupt keine Schmerzen, das versichere ich dir. Was habt ihr da von dem Schatz geredet?«

»Meine Männer und ich sind durch einen unterirdischen Gang in die Burg eingedrungen«, erklärte Fin. »Wisst Ihr etwas darüber, Madam?«

»Ein Gang? Nein, Sir, aber es heißt, dass es viele Geheimnisse auf Dunsithe gibt. Glaubt Ihr, Ihr könntet diesen Gang wiederfinden?«

»Aber gewiss«, versicherte er ihr. »Und wenn es Euch wirklich wieder gut geht, dann machen wir uns jetzt auf den Weg dorthin.«

»Ja, Sir, das muss ich wirklich mit eigenen Augen sehen. Und bitte, nennt mich doch Nell, denn Ihr gehört ja jetzt zur Familie.« Zu Fins und Mollys Verblüffung stand sie auf und schüttelte ihre Röcke aus. Sie schien wieder völlig gesund zu sein.

Molly freute sich sehr über ihre Genesung. Was auch immer Fin darüber denken mochte, für sie stand jedenfalls fest, dass Maggie und ihre Helfer ihre Hand dabei im Spiel hatten.

Fin führte die beiden Frauen aus der großen Halle und einen Korridor entlang, der scheinbar an einer soliden Mauer endete. Mit Erstaunen beobachteten sie, wie er an dem größten Stein in der Mauer zog. Da schwang die gesamte Mauer lautlos auf, und sie blickten in einen düsteren Gang, der wie eine Fortsetzung des Korridors aussah. Er lag in unheimlicher Finsternis.

»Brauchen wir denn keine Fackeln?«, fragte Molly.

»Die können wir uns später noch holen lassen, wenn es nötig ist«, sagte Fin. »Aber zuerst möchte ich, dass ihr alles hier so seht wie wir vorhin. Da hatte es den Anschein, als leuchteten die Wände, aber in letzter Zeit ist so viel Seltsames geschehen, dass ich nicht sicher bin, ob das jetzt auch geschehen wird.«

Er zog die dicke Steintür hinter ihnen zu und forderte sie auf: »Wartet, bis sich eure Augen an die Dunkelheit gewöhnt haben. Wahrscheinlich können wir dann unseren Weg gut erkennen.«

»Ich habe noch nie etwas von diesem Gang gehört«, sagte Nell. »Eigentlich kann ich mich nicht einmal an den Korridor erinnern, der zu der Tür führt.«

»Ihr seid auch schon seit über zehn Jahren nicht mehr hier gewesen«, gab Fin zu bedenken.

»Das stimmt. Und außerdem sieht die Burg völlig verändert aus, jetzt, da es hier nur noch nackte Wände und Böden und ein paar grobe Tische und Bänke gibt.« Sie stieß einen Seufzer aus.

Molly hatte die ganze Zeit über in die Dunkelheit gestarrt und ihnen überhaupt nicht zugehört. »Schaut nur«, rief sie jetzt, »die Wände und der Boden leuchten wirklich!«

Fin setzte sich an die Spitze des kleinen Zuges. »Folgt mir. Die Truhen stehen nicht weit von hier.«

Wenige Minuten später kamen sie zu zwei großen, staubigen, eisenbeschlagenen Truhen. Molly beugte sich über die erste.

»Sie ist abgeschlossen«, stellte sie fest. »Und da wir keinen Schlüssel haben, müssen wir sie aufbrechen. Aber sie ist viel zu schwer für uns. Ich kann sie nicht einmal anheben.«

»Der Schlüssel hängt wahrscheinlich an dem Schlüsselbund dort oben an der Wand«, vermutete Fin.

»Wo?«, fragten Molly und Nell wie aus einem Mund.

»Da«, erwiderte Fin und zeigte auf eine Stelle an der Mauer.

Molly konnte nichts als roh behauene Steine erkennen. »Da ist doch gar nichts«, sagte sie verwirrt und zog seine Hand fort.

»Aber ich sehe ihn doch«, beharrte er. »Ein großer Schlüsselbund, wie ihn eine Hausfrau oder Haushälterin am Gürtel trägt. Ich kann ihn erkennen – doch wenn ich versuche, ihn zu berühren, ist da nichts als die Mauer.«

»Vielleicht hat Maggie Malloch oder jemand von ihren Leuten ihn mit einem Zauberbann belegt«, überlegte Molly sachlich.

Fin schaute sie bloß wortlos an und warf dann Nell einen vielsagenden Blick zu, doch er widersprach nicht.

»Wer ist Maggie Malloch?«, wollte Nell wissen.

Fin gab Molly ein Zeichen zu schweigen, doch sie beachtete ihn nicht und fragte zurück: »Habt Ihr auf Dunsithe jemals von Elfen oder dem kleinen Volk gehört, Madam?«

Anstatt eine spöttische Bemerkung zu machen, wie Fin erwartet hatte, lachte Nell leise. »Dunsithe bedeutet ›Elfenhügel‹«, sagte sie. »Und deshalb erzählt man sich hier in der Gegend unzählige Geschichten über das kleine Volk. Ich habe viele davon gehört, als ich noch hier lebte. Ich kann zwar nicht behaupten, dass ich sie geglaubt habe, doch die Leute hier schwören, dass sie wahr sind. Könnt Ihr wirklich einen Schlüsselbund dort an der Wand erkennen, Sir?«

»Ja, gewiss, Madam. Und vielleicht bedeutet das, ich soll

nach einem bestimmten Schlüssel Ausschau halten. Könnt Ihr wohl denjenigen beschreiben, mit dem Ihr –«

Nell gebot ihm mit einer Handbewegung Einhalt. »Bitte, Sir, erinnert mich nicht mehr an diesen schrecklichen Augenblick! Ich dachte, ich tue das Richtige, um meine Tochter zu schützen, doch in meinen Träumen habe ich seither immer wieder ihre Schreie gehört. Ich kann mich an den Schlüssel wirklich nicht mehr entsinnen.«

»Bitte, Madam, versucht, Euch zu erinnern.«

Sogar in dem schwachen Licht konnten sie beobachten, wie Nell angestrengt das Gesicht verzog, doch dann sagte sie: »Wie sehr ich mich auch bemühe, ich sehe immer nur einen ganz normalen Schlüssel vor mir, der mir klein erschien, bis ich ihn auf Mollys Brust drückte und sie schrie.«

»Die dort an der Wand sind alle sehr groß«, stellte Fin niedergeschlagen fest.

»Ich wünschte, ich könnte sie auch sehen«, warf Molly ein.

Er schaute sie nachdenklich an. Dann sagte er, als dächte er laut: »Es ist dein Vermögen, Mädchen. Ich kann es nur über dich beanspruchen. Möglicherweise ist das der wahre Schlüssel zu dem Schatz. Wenn ich dich berühre, deine ...«

Er zögerte und blickte zu Nell hinüber. Dann schüttelte er ein wenig den Kopf, als wolle er seine Gedanken ordnen.

Wieder zu Molly gewandt fuhr er fort: »Immer wenn ich deine Brust berühre, habe ich ein seltsam prickelndes Gefühl in den Fingern. Ich habe gedacht, das läge nur an meinen starken körperlichen Gefühlen für dich; Gefühle, die ich schon in der Nacht spürte, als wir uns zum ersten Mal begegneten. Doch mit dieser besonderen Empfindung hat es eine andere Bewandtnis. Vielleicht kann ich auch nur durch dich die Fähigkeit erlangen, alles, was ich sehe, auch anzufassen.«

Er verstummte und schaute ihr in die Augen, als wolle er ihre Entscheidung beeinflussen.

»Du glaubst also, dass du nur die Narbe auf meiner Brust berühren musst, um auch die Schlüssel anfassen zu können, die du da an der Wand siehst?«

»Das wäre doch möglich. Wollen wir es versuchen, Liebste?«

»Soll ich euch allein lassen?«, fragte Nell. »Ich muss zugeben, ich sterbe vor Neugier, aber falls ihr lieber ungestört sein wollt, wenn –«

»Nein, Madam«, sagte Molly schnell und lächelte ihr zu. »Ihr müsst hier bleiben.« Dann drehte sie sich zu Fin um, blickte ihm fest in die Augen, schob ihr zerfetztes Mieder ein wenig weiter auseinander und schnürte sich das Hemd auf.

»Lege deine Hand auf das Mal des Schlüssels, und sieh, ob es dir hilft, den richtigen zu finden.«

Seine Gesichtszüge wurden ganz weich, und sogleich begehrte sie ihn. Am liebsten wäre sie jetzt ganz allein mit ihm gewesen und hätte alles um sich herum vergessen. Ihr selbst bedeutete der Schatz von Dunsithe kaum etwas, doch für ihren Mann und die Menschen von Kintail war er unglaublich wichtig, deshalb beherrschte sie sich und ließ Fin gewähren.

Ganz sacht legte er zwei lange, schlanke Finger auf ihre Narbe und lächelte ihr zu, dann schaute er auf die Stelle, wo er den Schlüsselbund erblickt hatte.

Molly schloss die Augen und genoss die Berührung seiner Hand, von der sie gefürchtet hatte, dass sie sie nie wieder spüren würde.

Als Fin nach den Schlüsseln griff, öffnete Molly die Augen und beobachtete, wie er wieder vergeblich versuchte, die Schlüssel von der Wand zu nehmen. Doch sie bewegten sich nicht. Mit einem Seufzer der Enttäuschung ließ er die Hand sinken, die ihre Brust berührt hatte.

»Warte!«, rief sie da. »Ich konnte sie auch sehen! Berühre die Narbe noch einmal!«

Als er gehorchte, tauchten die Schlüssel wieder vor ihren Augen auf, und einer davon glitzerte wie Silber.

Ohne nachzudenken, erfasste sie den silbernen Schlüssel, der kurz darauf in ihrer Hand lag.

»Du lieber Himmel!«, rief Nell aus. »Wie hast du denn das gemacht?«

Molly reichte Fin den Schlüssel. »Versuche, damit die Truhe zu öffnen.«

»Nein, Mädchen, es ist dein Schatz und dein Schlüssel.« Lächelnd trat er einen Schritt zurück und machte eine einladende Geste zu den beiden Truhen.

Molly kniete sich neben die erste und steckte den Schlüssel in das rostige Schloss. Zwar ließ er sich leicht hineinschieben, doch nicht drehen. Enttäuscht wandte sie sich der zweiten Truhe zu. Dieses Mal konnte sie das Schloss öffnen. Sie hob den Deckel an, und alle drei blickten gespannt hinein.

Die Truhe war leer.

23

Rasch kniete sich Fin neben Molly auf den Boden, die ihre Enttäuschung nicht verbergen konnte. Tröstend legte er einen Arm um sie und fuhr mit der anderen Hand kreuz und quer durch die Truhe, für den Fall, dass der Inhalt ebenso unsichtbar war wie die Schlüssel.

»Kannst du etwas sehen?«, fragte Molly ihn. »Ist etwas darin, was ich nicht erkennen kann?«

»Nein. Mir scheint die Truhe leer zu sein. Obgleich …« Ihm kam ein Gedanke, und er ergriff Molly Arm. »Lass mich noch einmal das Mal anfassen«, bat er und schob seine Hand unter ihr Hemd. »Mag sein, dass …«

Doch als er die Narbe berührte, spürte er kein Kribbeln. Er schüttelte den Kopf; die Truhe war wirklich leer.

»Ich verstehe das nicht«, sagte Nell. »Irgendetwas sollte bestimmt da drin sein, doch was genau habt Ihr eigentlich erwartet, Sir? Vielleicht Geld, das mein Mann vor seinem Tod hier versteckt haben könnte? Aber damals ist viel mehr verschwunden, als in diese beiden Truhen passen würde.«

»Aber eine Menge Goldmünzen, Schmuck und andere kostbare Dinge, die relativ klein sind, würden schon hineinpassen«, wandte Fin ein. »Ihr habt selbst erzählt, dass Ihr viele Juwelen vermisst. Wie dem auch sei, wir sollten jetzt lieber gehen. Ich möchte nicht, dass uns einer meiner Männer hier überrascht. Es ist besser, wenn nur wir drei von diesen Truhen wissen. Schließ bitte die Truhe ab, Liebste. Wir entscheiden später, was wir damit anstellen. Zuerst muss ich mir überlegen, was ich mit Donald und seiner Bande anfange. Ich kann diese Truhen schlecht in einem Boot voller gefangener Soldaten befördern.«

Molly, die die Truhe verriegeln wollte, hatte jetzt Schwierigkeiten mit dem Schlüssel.

»Was ist denn?«, fragte Fin.

»Der Schlüssel lässt sich nicht drehen.«

Er nahm ihr den Schlüssel aus der Hand und probierte es ebenfalls, doch vergeblich.

»Lass es mich noch mal mit der anderen Truhe versuchen«, sagte Molly. »Vielleicht muss man sie in einer bestimmten Reihenfolge öffnen.«

Fin trat einen Schritt beiseite, und Nell kam neugierig näher.

»Es hat keinen Zweck«, sagte Molly. »Der Schlüssel passt ins Schloss, lässt sich aber nicht drehen.«

»Mir scheint, euer kleines Volk ist ganz schön garstig«, sagte Nell. »Erst verraten sie euch das Geheimnis, und dann stehlen sie den Schatz.«

Molly schüttelte den Kopf. »Ich kann mir nicht vorstellen, dass Maggie Malloch so etwas tun würde. Wir haben das Rätsel einfach noch nicht gelöst.«

»Kannst du diese Maggie Malloch nicht herbeirufen?«, fragte Nell.

»Sie ist noch nie auf meine Bitte hin gekommen«, entgegnete Molly. »Und außerdem würde Kintail sie vermutlich eher sehen als ich. Wir werden uns wohl allein mit diesem Rätsel herumschlagen müssen.«

»Aber was sollen wir tun?«

Fin sagte: »Wenn sich diese Truhe jetzt nicht öffnen lässt, können wir es nicht ändern. Wir müssen noch einmal gründlich darüber nachdenken. Auf jeden Fall werde ich beide Truhen mit nach Eilean Donan nehmen. Vielleicht fällt uns ja dort eine Lösung ein.«

Als er die leere Truhe anhob, fand er sie so leicht, dass ein Mann allein sie tragen konnte. »Du hast doch gesagt, dass sich die Truhe nicht bewegen lässt.« Er schaute Molly aufmerksam an.

»Das kam mir auch so vor«, erwiderte sie. »Versuch mal die andere.«

Die zweite Truhe ließ sich keinen Zentimeter weit vom Fleck rücken.

»Ich muss wohl doch ein paar meiner Männer herschicken und sie holen lassen«, überlegte er laut.

»Und was ist, wenn sich der Schlüssel wieder in Luft auflöst?«

»Das wird er schon nicht«, sagte er zuversichtlich. »Er gehört jetzt dir, und wahrscheinlich könnte jemand anders gar nichts damit anfangen. Und jetzt sollten wir uns mit Thomas und Tam beraten. Ich wünschte nur, Patrick wäre auch hier.«

Er ging vor den beiden Frauen her den Gang zurück. Doch als sie zu dem gemauerten Korridor kamen, war der nicht mehr kahl und leer. Prächtige Behänge schmückten die Wände, überall brannten Kerzen in silbernen Wandleuchtern, und den Fußboden bedeckten farbenfrohe Teppiche.

Den dreien entfuhr ein Ausruf der Überraschung. Dann standen sie eine ganze Zeit lang bloß da und gafften mit offenem Mund.

Als sie ihren Weg schließlich fortsetzen, stellten sie fest, dass sich auch die große Halle verwandelt hatte. Drei Wände dort zierten ebenfalls herrliche Wandteppiche, und an den beiden Längsseiten prangte eine Reihe von bunten Bannern in silbernen Halterungen.

Die große Tafel war nicht mehr schäbig und nackt, sondern auf Hochglanz poliert und mit Silber- und Goldgeschirr gedeckt. Schön geschnitzte, mit weichen Kissen belegte Stühle umgaben sie, und die Teppiche auf dem Steinboden waren noch prächtiger als diejenigen im Korridor. An der vierten Wand hingen Waffen und Schilde, die im Kerzenschein glänzten und schimmerten. Viele davon waren mit Edelsteinen besetzt oder besaßen vergoldete Griffe und reich verzierte Scheiden. Auch auf den geschnitzten Bänken, die sich an den Wänden entlangzogen, lagen dicke Samtkissen.

»Es sieht aus wie in der Nacht, als Angus kam«, sagte Nell, die immer noch nicht wusste, wie ihr geschah.

»Jetzt erinnere ich mich«, rief Molly aus. »Aber warum hat keiner außer uns gemerkt, was hier vor sich gegangen ist? Es ist viel zu still. Wo sind denn alle hin? Und was, bitte schön, ist mit Donalds Leichnam geschehen?«

»Ich vermute, Thomas und Tam haben ihn zu den Gefangenen hinaus in den Hof getragen«, erwiderte Fin.

Wieder ging er voraus, und als sie durch den Vorraum schritten, sahen sie, dass auch der sich vollkommen verändert hatte. Hier trugen die Wände ebenfalls Behänge, und außerdem stand nun eine Bank mit Schnitzwerk und Kissen da.

Doch draußen wartete die größte Überraschung auf sie.

»Wo zum Teufel sind meine Gefangenen?«, rief Fin, nachdem er die Tür geöffnet hatte.

Molly lugte hinter seinem Rücken hervor, sah jedoch ebenfalls nur die fünfzig Mann von Eilean Donan, die müßig im Burghof herumlungerten. Da ertönte eine vertraute Stimme aus dem Vorraum: »Ihr habt keine Gefangenen mehr.«

Fin und Molly wirbelten gleichzeitig herum.

Bei der abrupten Bewegung schrak Nell zusammen, schien sich ansonsten jedoch nur über die kleine Anzahl von Soldaten im Hof zu wundern.

»Sie kann uns weder sehen noch hören«, erklärte Maggie. Mit vor der Brust gefalteten Armen, ihre Pfeife in der Hand, thronte sie auf einem der Kissen auf der geschnitzten Bank.

»Uns?«, fragte Molly. »Wollt Ihr damit sagen, dass sie auch Kintail und mich nicht sehen kann?«

»Sei nicht so dumm«, wies Maggie sie zurecht.

Leise sagte Fin: »Sie meint, dass Lady Percy den Mann nicht sehen kann, der neben Maggie sitzt. Es ist derselbe, der sich um deine Mutter gekümmert hat, als sie verletzt war.«

»Aber ich kann ihn auch nicht sehen!«

»Nein«, bestätigte Maggie. »Clauds Zauberkraft reicht im Allgemeinen nicht aus, um sich für die Leute in eurer Welt sichtbar zu machen. Ihr könnt mich nur sehen, weil mein Zauber stark genug ist. Ich glaube, das habe ich dir schon vor längerer Zeit erklärt, aber über Claud haben wir wohl selten gesprochen. Der Laird kann uns beide wahrnehmen, weil er das zweite Gesicht hat, für dich jedoch ist mein närrischer Claud unsichtbar.«

»Mit wem redet ihr?«, wollte Nell wissen. »Ich sehe niemanden!«

Maggie vollführte eine kleine Bewegung mit ihrer Pfeife. »So, jetzt kann sie auch nicht mehr hören, wenn ihr mit mir sprecht«, verkündete sie. »Und sie wird euch auch keine Fragen mehr stellen, denn es wird ihr nachher vorkommen, als sei überhaupt keine Zeit vergangen.«

»Was ist mit meinen Gefangenen geschehen?«, fragte Fin.

»Der Zauberbann ist gebrochen, und daher ist es so, als seien sie nie hier gewesen«, klärte Maggie ihn auf. »Ihr werdet feststellen, dass das Kleid Eurer Lady nicht mehr zerrissen ist und dass Ihr kein Kettenhemd mehr tragt.«

Fin schlug sich mit der Hand auf die Brust, und Molly schaute an sich hinab. Ihr Gewand war nicht nur wieder heil, sondern wirkte frisch und sauber, ebenso wie Fins Kleidung. Und sie bemerkte noch etwas.

»Das Kleid meiner Mutter ist nicht mehr zerstochen und blutbefleckt, wo Donalds Dolch sie verwundet hat.«

»Ja, gewiss«, stimmte Maggie ihr zu. »Alles ist so, wie es hätte sein sollen, wenn sich mein Claud nicht eingemischt hätte an jenem Tag, als der grimmige Donald Eilean Donan angriff. Donald hätte damals sterben sollen, müsst ihr wissen. Und Donald ist tatsächlich an jenem Tag gestorben, das wird euch jeder bestätigen, der bei dem Angriff dabei war. Und Dunsithe sieht so aus, wie es alle aus den alten Tagen in Erinnerung haben. Eure Soldaten,« wandte sie sich an Fin, »sind davon überzeugt, dass sie euch beide lediglich von Kintail nach Dunsithe begleitet haben, damit Ihr Eure schöne neue Burg in Augenschein nehmen könnt.«

»Aber die Leute werden sich doch daran erinnern, dass Mollys Vermögen seit Jahren verschollen ist«, hielt Fin dagegen. »Viele von ihnen haben hier auf der Suche nach dem Schatz jeden Stein umgedreht. Was sollen wir denen sagen?«

»Sagt ihnen gar nichts«, riet Maggie und blinzelte ihm zu. »Es ist ganz allein Eure Angelegenheit und geht sie nichts an.«

Fin schaute sie lange an, dann grinste er. »Ja, eigentlich habt Ihr Recht.«

»Ihr braucht bloß einen Eurer Wutanfälle zu bekommen«, sagte Molly zuckersüß. »Dann traut sich keiner, dem wilden Fin Fragen zu stellen.«

Er zog die Brauen hoch. »Keiner?«

»Nun ja, fast keiner«, erwiderte sie mit einem Lächeln.

»Du bist wirklich ein freches Mädchen«, schalt er sie mit gespielter Entrüstung. Dann wandte er sich wieder an Maggie: »Ihr habt gesagt, dass sich Claud eingemischt habe, als Sleat Eilean Donan angriff.«

»Ja. Claud war es, der die Blutung an Donalds Bein zum Stillstand brachte. Er dachte, es sei der Wunsch unserer Maid, dass die üble Kreatur am Leben bliebe, auch wenn das Schicksal es anders bestimmt hatte. Ob es mangelnde Urteilskraft oder einfach Dummheit war, die ihn dazu bewog, lässt sich jetzt nicht mehr klären. Das Gleiche gilt auch für eure erste Begegnung auf Skye oder für König Jakobs Entscheidung, die Vormundschaft über die Maid vom grimmigen Donald auf Euch zu übertragen.«

»All das war Clauds Werk?«

»Ja. Er hat es natürlich nur gut gemeint, doch dann stellte sich heraus, dass bei allem, was er anfasste, nichts Gutes herauskam. Dafür hat er großen Ärger mit unserem Clan gekriegt.«

»Doch wenn Claud für alles verantwortlich ist, dann hat er doch auch dafür gesorgt, dass wir mein Vermögen gefunden haben, oder etwa nicht?«, gab Molly zu bedenken.

»Ja.« Maggie zog ein Gesicht. »Um ehrlich zu sein, man weiß nie, welche Kräfte entfesselt werden, wenn jemand einen Zauberbann ausspricht. Vielleicht haben Claud und manch andere ja auch unter dem Zwang dieses Zaubers gehandelt, der dein Vermögen schützen sollte. Nur du konntest den Bann lösen, indem du nach Dunsithe kamst und den Schlüssel mit eigenen Händen von der Wand nahmst. Erst da gelang es dir, die Truhen zu öffnen.«

»Ich konnte nur eine davon öffnen«, stellte Molly richtig. »Gibt es irgendwo noch einen anderen Schlüssel, oder lassen sich beide Truhen mit demselben öffnen?«

Maggie runzelte verwirrt die Stirn. »Du konntest nur eine öffnen?«

Molly nickte.

»Dann hast du auch kein Recht auf die andere«, erklärte Maggie, noch immer nachdenklich. »Der Zauber erlaubt es nur dem rechtmäßigen Erben, die Truhe zu öffnen.«

»Aber wenn ich nicht die rechtmäßige Erbin bin, wer dann?«

»Deine Eltern hatten doch noch ein Kind«, sagte Maggie.

»Bessie?«

»Ja.«

»Aber Bessie ist doch schon lange tot! Sie starb, kurz nachdem sie uns entführt haben! Das hat Angus jedenfalls behauptet. Jeder weiß es!« Molly lief ein Schauer über den Rücken. »Wollt Ihr damit andeuten, dass es nicht wahr ist – dass Bessie noch lebt?«

»Ich wollte gar nichts andeuten«, entgegnete Maggie. »Ich war auch der Meinung, das Kind sei gestorben und du habest seinen Anteil geerbt. Doch wenn du die Truhe nicht öffnen kannst, dann muss die Erbin der anderen Truhe noch am Leben sein.«

»Um Himmels willen, wo ist sie denn dann?«

»Das weiß ich nicht«, antwortete Maggie. »Und um ehrlich zu sein, ich dürfte es dir auch nicht erzählen, wenn ich es wüsste. Unsere Gesetze verbieten es, so wie sie mir auch verboten, dir den Weg zu deinem Schatz zu zeigen. Ich habe zwar den Zauberbann ausgesprochen, doch aufheben konnte ich ihn nicht. Darin liegt der wichtigste Schutz, denn so vermag ich auch niemandem etwas zu verraten. Ein geteiltes Geheimnis ist schließlich keines mehr, nicht wahr?«

»Ich muss mit meiner Mutter sprechen«, sagte Molly. »Sie kann uns möglicherweise helfen, Bessie zu finden.«

»Gut, ich vermag den Zauber jetzt zu lösen, und das werde ich auch tun«, antwortete Maggie. »Aber du sollst wissen, dass sich die Erinnerungen der Lady an die Ereignisse der letzten Tage ebenso verändert haben werden wie die der anderen Leute auf Dunsithe. Nur du und der Laird werdet noch wissen, was sich tatsächlich zugetragen hat. Und sobald ihr versucht, es anderen zu berichten, werden auch eure Erinnerungen verblassen.«

Molly fragte beunruhigt: »Aber wir werden doch nicht vergessen, dass Bessie noch am Leben ist, oder?«

»Nein, diese Erinnerung lasse ich euch«, erwiderte Maggie. »Und ich sorge auch dafür, dass sich die Lady noch ein wenig länger entsinnt, damit sie euch erzählen kann, was sie weiß. Und nun lebt wohl. Ihr habt noch eine Aufgabe zu erfüllen.«

Während sich Maggie allmählich in Luft auflöste, fragte Molly Fin: »Hat Claud eigentlich auch etwas gesagt?«

»Kein Wort« antwortete er, »aber er schien sehr mit sich zufrieden zu sein.«

»Ich bin froh, dass er meiner Mutter geholfen hat«, sagte Molly und fügte an Nell gewandt hinzu: »Könnt Ihr uns jetzt hören, Madam?«

»Natürlich«, erwiderte Nell. »Warum sollte ich euch nicht hören können, wo ihr doch unmittelbar neben mir steht? Aber du hast meine Frage noch nicht beantwortet. Mit wem habt ihr euch unterhalten?«

»Mit Maggie Malloch«, teilte Molly ihr mit. »Sie hat auch

dafür gesorgt, dass es Euch so vorkommt, als sei die Zeit stehen geblieben.«

»Meine Güte, willst du damit sagen, dass ihr noch länger miteinander gesprochen habt?«

»Ja. Sie hat uns erklärt, dass alles hier wieder so ist wie vor zwölf Jahren. Und dass unsere Leute glauben, sie hätten uns nur nach Dunsithe begleitet, damit sich Kintail auf seinem neuen Besitz umschauen kann.«

»Aber was ist mit mir? Ich kann mich genau erinnern, dass Donald mich entführen und auf Dunsgaith festhalten ließ. Und dann waren er und ich hier bei dir.«

»Das werdet Ihr alles mit der Zeit vergessen«, sagte Molly leise. »Und wir auch. Doch eines werdet Ihr nicht vergessen, Madam, nämlich das Wichtigste von allem. Ihr wisst doch noch, dass ich die zweite Truhe mit meinem Schlüssel nicht öffnen konnte.«

»Ja«, bestätigte Nell. »Hat Maggie dir verraten, warum nicht?«

»Ja, und mit der Wahrheit haben wir nicht gerechnet. Offensichtlich bin nicht ich die Erbin dessen, was in der Truhe liegt.«

»Aber wer denn dann?«

»Bessie.«

Nell starrte sie an und erbleichte. Ihr Kinn begann zu zittern, und sie brachte keinen Ton heraus. Schließlich gelang es ihr zu flüstern: »Bessie ist tot. Angus hat es gesagt.«

»Angus hat gelogen«, warf Fin ein.

»Ich weiß, wie Euch zu Mute ist«, tröstete Molly ihre Mutter, indem sie ihr eine Hand auf den Arm legte. »Ich habe mich auch sehr erschreckt.«

»Du kannst gar nicht wissen, wie ich mich fühle«, schluchzte Nell, während sie sich selbst mit den Armen umschlang und ihr die Tränen über die Wangen liefen. Nach einer Weile griff sie mit weit aufgerissenen Augen nach Mollys Hand und drückte sie fest, dann schloss sie ihre Tochter in die Arme. »Ich weiß, ich höre mich an wie ein verrücktes Weib, aber du bist noch keine Mutter und hast auch noch kein Kind verloren. Ich weiß ja selbst nicht recht, was ich eigentlich empfinde!« Ihre Hände und Lippen bebten. »Kann das denn alles wahr sein? Bist du sicher?«

Molly nickte nur, und Fin sagte behutsam: »Wenn Bessie tot wäre, wäre Molly ihre Erbin und könnte die Truhe aufschließen.«

Nell holte tief Luft und rang sichtlich um Fassung. »Es ist einfach zu viel geschehen«, erklärte sie schließlich. »Mir schwirrt der Kopf. Doch dass Angus gelogen hat, kann ich mir durchaus vorstellen. Das ist ganz seine Art.«

»Könnt Ihr Euch nicht an irgendeine Bemerkung aus all den Jahren erinnern, die uns verraten könnte, wo sich Bessie aufhält?«, fragte Molly.

»Nein, an nichts dergleichen«, erwiderte Nell. »Aber wir müssen sie unbedingt finden.«

»Ich bitte um Vergebung, Mylady«, erklang Doreens Stimme von der Tür, »aber die Köchin lässt ausrichten, dass das Essen fertig ist.«

»Doreen! Ich dachte … du seist noch immer … eingesperrt, das heißt …«, stammelte Molly und blickte Fin Hilfe suchend an.

»Sie dachte, du seist noch immer in ihrer Schlafkammer beschäftigt«, sagte er lächelnd.

Doreen schüttelte den Kopf. »Nein, Herr. Da bin ich schon lange fertig. Ich habe in der Küche geholfen, so wie zu Hause. Ist Lady Percy unwohl, Sir?«

»Nein, nein«, antwortete Molly, überrascht, dass Doreen Nells Namen kannte. »Ich glaube, sie ist nur ein wenig müde.«

»Ich bin jedenfalls am Verhungern«, mischte sich Fin mit kräftiger Stimme ein. »Wir kommen sofort zum Essen. Was ist mit meinen Jungs?«

»Sie essen in der kleinen Halle, so wie gestern, Sir.«

»Ach ja, natürlich«, sagte er. »Kommt, meine Damen. Gutes Essen soll man nicht warten lassen.«

Ganz benommen überließ Molly ihm ihre Hand, und Nell folgte ihnen schweigend.

Doreen, die beim Auftragen half, schien sich nur noch daran zu erinnern, dass sie am Tag zuvor nach einer langweiligen Seereise auf Dunsithe eingetroffen waren und nur ein paar Leute vorgefunden hatten, die die Burg für den neuen Besitzer in Stand hielten.

Nell war sehr schweigsam, taute jedoch beim Anblick der kostbaren Servierplatten ein wenig auf.

Molly warf Fin einen grüblerischen Blick zu und überlegte, woran er wohl denken mochte.

Wenn sie drei mit der Zeit alles vergessen würden, was geschehen war, so wie Maggie es vorausgesagt hatte, was bliebe ihnen denn dann überhaupt noch im Gedächtnis?

Da erwiderte Fin ihren Blick mit einer Wärme, die ihren ganzen Körper durchdrang. Während er mit den Zähnen das Fleisch von einer gebratenen Hühnerkeule riss und darauf herumkaute, schaute er sie unverwandt an, und urplötzlich überfiel sie ein heißes Verlangen nach ihm.

»Madam«, wandte er sich kurz darauf an Nell, »ich könnte mir vorstellen, dass Ihr jetzt gern ein wenig allein wärt, um Eure Gedanken zu ordnen und Euch wieder mit Dunsithe vertraut zu machen. Also habt Ihr vielleicht nichts dagegen einzuwenden, wenn Molly und ich Euch jetzt eine gute Nacht wünschen. Wir müssen über so vieles reden, und außerdem, muss ich gestehen, habe ich meine Frau schmerzlich vermisst.«

»Das glaube ich Euch gern, Sir«, erwiderte Nell mit einem kleinen Lächeln, während sie gedankenlos ein Stück Brot zerkrümelte. »Ich werde wohl noch eine Weile hier sitzen bleiben. Ich muss mir erst über alles klar werden, was in den vergangenen Tagen geschehen ist.«

»Tut, was Euch beliebt«, sagte er freundlich. »Doreen

kann dann eine Schlafkammer für Euch aussuchen und Euch beim Zubettgehen behilflich sein. Molly benötigt ihre Hilfe heute Nacht nicht mehr.«

Nell schenkte Molly ein etwas wehmütiges Lächeln. »Ich hoffe, dass du mich auch hier behalten willst, mein Liebes. Ich würde gern noch ein wenig mehr Zeit mit dir verbringen, wo ich doch so lange auf dich verzichten musste.«

»Ich möchte Euch auch besser kennen lernen, Madam«, entgegnete Molly und umarmte ihre Mutter noch einmal. »Ich wünschte nur, Ihr könntet uns irgendeinen Hinweis auf Bessies Aufenthaltsort geben. Ich will sie unbedingt finden.«

Nells Augen füllten sich erneut mit Tränen. »Mir fällt einfach nichts ein. Bald muss ich mich mit Angus treffen, und davor habe ich Angst, da ich nicht weiß, was ich ihm sagen soll. Er wird wütend sein, weil es mir nicht gelungen ist, ihm und König Heinrich von England eine Botschaft von Donald zu bringen, und Angus ist schrecklich in seinem Zorn. Aber ich bin auch zornig, und vielleicht kann ich ja in Erfahrung bringen, was wirklich mit Bessie geschehen ist.«

»Bringt Euch nicht in Gefahr«, warnte Molly. »Ich möchte Euch nicht wieder verlieren.«

»Das wirst du auch nicht, Liebes. Aber nun geh mit deinem Mann, ich fühle mich hier allein sehr wohl.«

Ohne weitere Worte sagten sie ihr gute Nacht. Als Molly so neben Fin daherschritt, fühlte sie sich auf einmal wie in ihrer Hochzeitsnacht. Ihre Haut kribbelte, und ihr ganzer Körper fühlte sich warm und lebendig an. Bei dem Gedanken an den großen Badezuber in Fins Kammer auf Eilean Donan musste sie lächeln.

Er legte einen Arm um sie und zog sie an sich. »Müde, mein Mädchen?«

»Nein. Mir ist warm und … und …«

»… und du sehnst dich nach deinem Mann«, beendete er mit einem leisen Glucksen ihren Satz. »Das will ich jedenfalls hoffen. Ich habe es eben übrigens ernst gemeint, Liebste. Wir müssen wirklich ein paar Dinge bereden, zum Beispiel, was mit Dunsithe geschehen soll. Was hältst du davon, wenn ich Patrick hier als Burgvogt einsetze?«

»Wir können wohl nicht auf Dunsithe leben, nicht wahr?« Es war mehr eine Feststellung als eine Frage. Dabei stieg sie vor ihm die Wendeltreppe hinauf, die zu den Schlafkammern führte.

»Ich muss bei meinen Leuten bleiben, Molly. Wir können hierher zu Besuch kommen, sooft du willst, aber in unserer Abwesenheit brauchen wir eine Vertrauensperson, die sich um die Burg, das dazugehörige Land und seine Bewohner kümmert.«

»Ich mag Sir Patrick.«

»Ich auch, und ich werde ihn vermissen, aber ich kenne keinen hier im Grenzland, dem ich so vertraue wie ihm. Und wenn wir zu Besuch auf Dunsithe sind, können Malcolm und Mauri auf Eilean Donan nach dem Rechten sehen.«

»Ob Patrick damit einverstanden ist?«

»Er ist mit allem einverstanden, worum ich ihn bitte. Außerdem wird er hier schnell Freundschaften schließen.« Sie waren auf dem ersten Treppenabsatz angekommen, und Fin öffnete die nächstgelegene Tür. »Das wird wohl gehen«, sagte er nach einem Blick in den elegant ausgestatteten Raum. Jemand hatte ein Feuer entzündet, dessen goldfarbener Schein auf den Wandteppichen und gestickten Bettvorhängen lag.

»Das ist die Kammer meiner Eltern«, erklärte Molly. »Jetzt, wo ich sie sehe, erinnere ich mich wieder daran. Und wenn nun meine Mutter hier schlafen möchte?«

»Das wird sie nicht wollen. Es ist die Kammer des Burgherrn, und sie weiß genau, was der Brauch verlangt. Und überdies habe ich vor, die Tür zu verriegeln. Heute Nacht wollen wir auf keinen Fall gestört werden.« Kaum hatte er den Satz beendet, da schloss er auch schon die Tür und legte den Riegel vor.

Dann zog er Molly in die Arme und küsste sie. »Ich hatte schon Angst, ich hätte dich verloren«, murmelte er.

»Und ich fürchtete, dass ich dich verloren hätte.«

»Wärst du traurig darüber gewesen, mein Mädchen?«

»Mehr, als ich jemals gedacht hätte.«

Er befühlte die Stelle, wo ihr Mieder zerrissen gewesen war. »Andere mögen ja glauben, dass Donald nie hier gewesen ist, doch ich werde niemals vergessen, was er dir angetan hat, meine Liebste, und auch nicht, was er dir antun wollte. Es ist kein schönes Gefühl, Schuld am Tod eines anderen Mannes zu sein, aber ich gestehe, ich empfinde eine gewisse Genugtuung darüber, dass ich für den Mord an meinem Vater und deine Entführung Rache genommen habe.«

Sie nickte verständnisvoll und schmiegte sich glücklich in seine Arme. Seine Finger spielten mit ihren Schnürbändern, und die Wärme seiner Hände drang durch den Stoff ihres Kleides.

»Jetzt bin ich an der Reihe, dich auszuziehen«, erinnerte sie ihn.

»Stimmt.«

Da sein Kettenhemd verschwunden war, brauchte sie sich nicht mit den Verschlüssen abzuplagen. Dennoch ließ sie sich Zeit. Genüsslich schnürte sie sein Hemd auf, fuhr mit beiden Händen in den Ausschnitt und streichelte zärtlich seine Brust. Dann zupfte sie ihm das Hemd aus dem Hosenbund. Sie hätte sich noch länger damit aufgehalten, doch er packte den Saum des Hemdes und zog es sich mit einer schnellen Bewegung über den Kopf. Gerade wollte er sich seiner Stiefel und Hose entledigen, da unterbrach sie ihn.

»Geduld, Sir«, sagte sie grinsend.

»Ich bin nun einmal nicht geduldig«, knurrte er.

»Dann musst du es eben üben.«

»Du bist wirklich ein Frechdachs.«

Er legte ihr die Hände auf die Schultern und zog sie näher zu sich. Dann hob er ihr Kinn und küsste sie. Heiße Erregung rann durch ihre Adern, und als er dann noch begann, ihre Brüste zu liebkosen, war ihr, als müsse sie vor lauter Leidenschaft gleich den Kopf verlieren.

Sanft löste sie sich von ihm und fragte: »Willst du Stiefel und Hose im Bett tragen, du Ungeduld in Menschengestalt, oder darf ich dir jetzt helfen, sie auszuziehen?«

Als Antwort erhielt sie eine Mischung aus Stöhnen und Lachen, dann erwiderte er: »Wenn du glaubst, dass du das kannst, dann los.«

Bevor er sie erneut küssen konnte, kniete sie sich rasch hin, zog ihm die Stiefel aus und machte sich dann daran, ihn mit Fingern und Lippen so genießerisch langsam von seiner Hose zu befreien, dass er schließlich vor Lust keuchte.

Sie sah ihm lächelnd in die Augen. »Du musst zugeben, dass ich ziemlich gelehrig bin, oder?«

»Das bist du wirklich«, stieß er schwer atmend hervor.

Als er endlich nackt vor ihr stand, begann sie, mit winzigen, schnellen Küssen seinen Körper zu erkunden.

Fin hatte vorgehabt, ihr das Vergnügen zu lassen, ihn mit Mund und Händen zu liebkosen und zu erregen, doch hatte er nicht damit gerechnet, dass sein Körper mit solch überwältigender Lust auf ihre Berührungen reagieren würde.

Er wollte sie nackt sehen, wollte beobachten, wie der Feuerschein auf ihrer glatten Haut spielte. Er wollte sie überall berühren und sie in Besitz nehmen.

Sie spielte mit ihm, ihre heißen Lippen brannten auf seiner Haut, ihre Finger entfachten Lust auf jedem Zentimeter seines Körpers, bis er es schließlich nicht mehr aushielt. Unvermittelt hob er sie hoch und trug sie zu dem hohen Himmelbett hinüber. Sein Atem ging stoßweise, seine Hände zerrten fieberhaft an ihrer Kleidung.

Molly musste ein Lachen unterdrücken, als Fin sie aufhob und zum Bett trug. Gleich darauf lag sie ebenfalls nackt da, und er schob sich auf sie, um sie zu nehmen. Sie wunderte sich darüber, wie mühelos sich ihr Körper seinen Bewegungen anpasste, ihm entgegenkam und ihn zu immer größerer Leidenschaft anstachelte. Sie bewegten sich in vollendetem Gleichklang, und jeder seiner Stöße sandte feurige Schauer durch ihren Körper, bis die letzte, überwältigende Woge der Lust sie beide zu überschwemmen drohte.

Danach, als sie, den Kopf an seine Schulter gelehnt, dalag, streichelte er sie für eine Weile gedankenverloren, dann murmelte er: »Ich habe noch etwas entdeckt, das sich verändert hat, Liebste.«

»Was denn?«

»Das Mal vom Schlüssel ist nahezu verschwunden.«

Molly blickte auf ihre Brust und sah, dass er Recht hatte. Zwar hatte Maggie vorausgesagt, dass die Narbe verblassen würde, doch jetzt hatte es sogar beinahe den Anschein, als sei ihre Brust nie verbrannt worden.

»Hier sind wirklich merkwürdige Dinge geschehen«, sagte sie. »Aber es hat sich alles zum Guten gewendet. Es wäre herrlich, wenn wir auch noch Bessie finden könnten.«

»Wir werden sie finden«, flüsterte er. »Ich liebe dich, Molly.«

Da ließ ein Klopfen an der Tür sie zusammenfahren, und sie hörten Nells Stimme.

»Es tut mir Leid, euch zu stören, aber ich wollte euch nur sagen, dass ich eine Kiste mit Gordons Papieren gefunden habe, die alle Dunsithe betreffen.«

»Ausgezeichnet«, rief Fin zurück. »Ich schaue sie mir genau an – morgen!«

»Mir ist noch etwas anderes eingefallen.« Ihre Stimme klang tief und gespannt. »Möglicherweise weiß ich, wo wir Bessie finden können.«

Molly wollte schon aus dem Bett steigen und sie einlassen, doch Fin hielt sie zurück. »Seid Ihr sicher?«

»Nein, ich könnte mich auch irren. Ehrlich gesagt kann ich

mich nicht einmal mehr an den Namen der Frau erinnern, die uns vielleicht weiterhelfen könnte. Und ich bin auch nicht sicher, ob Jakob ihn noch weiß. Aber ich bin ihr auf Stirling begegnet. Es war auf jeden Fall eine grässliche Frau.«

»Dann kann das wohl auch bis morgen warten«, beschied Fin. »Gute Nacht, Madam.«

Nach kurzem Schweigen antwortete Nell: »Gute Nacht, meine Lieben.«

Als sie ihren schnellen Schritten lauschten, die in der Ferne verklangen, fragte er Molly sanft: »Wolltest du jetzt gleich mit ihr darüber reden?«

»Womöglich hat sie morgen Früh alles vergessen.«

»Das wird sie schon nicht. Maggie Malloch hat doch gesagt, wir werden uns daran erinnern, dass deine Schwester noch lebt. Und Nell wird morgen auch noch wissen, was sie uns über ihre Begegnung auf Stirling erzählen wollte. Aber ich tue, was du willst«, erklärte Fin rasch und strich ihr über den Bauch.

»Du hast Recht, warten wir bis morgen«, erwiderte Molly. »Wir werden Bessie finden, und ganz egal, was Maggie gesagt hat, ich bin sicher, sie wird uns helfen. Sie schien sehr aufgebracht darüber zu sein, dass ihr jemand die Wahrheit vorenthalten hat. Das lässt sie sich bestimmt nicht so ohne Weiteres gefallen.«

»Gut. Und wo soll ich dich als Nächstes streicheln?«

Der sinnliche Klang seiner Stimme fachte die Glut ihrer Leidenschaft neu an. »Hier.« Sie zeigte ihm die Stelle und genoss mit Behagen seine Zärtlichkeit. Doch gleich darauf kam ihr etwas in den Sinn. »Hast du gesagt, dass du mich liebst?«

»Ja. Du bist mein geliebtes Mädchen, Molly, und wirst es für den Rest unseres Lebens bleiben.«

»Ich liebe dich auch«, sagte sie. »Aber vergiss eines nicht, Fin Mackenzie.«

»Und das wäre?«, erkundigte er sich beiläufig, während er mit ihrer Brustwarze spielte.

»Von nun an darfst du keine unschuldige Maid mehr ansprechen, die allein im Dunkeln heimgeht.«

»Ich bin immer noch der Herr, hier und auf Eilean Donan. Und du musst eben dafür sorgen, dass ich immer glücklich bin, wenn du nicht willst, das ich so etwas noch einmal tue.«

»Denkt daran, dass ich mit Pfeil und Bogen umgehen kann, Sir. Ich könnte Euch –«

»Du hast gewonnen, Liebste«, sagte er schnell und zuckte leicht zusammen. »Ich schwöre dir feierlich, dir immer treu zu sein. Und jetzt lass uns schlafen.«

Kichernd kuschelte sich Molly an ihn. Als sie seine langen, tiefen Atemzüge spürte, schmiegte sie sich seufzend noch enger an seinen warmen Körper. Sie gehörte zum ihm und hatte endlich ein Zuhause gefunden.

Schon ganz schläfrig murmelte sie noch: »Ich danke dir, Maggie Malloch, wo immer du auch sein magst.«